KUWEI
酷威文化
图书 影视

上册

画七 著

江苏凤凰文艺出版社
JIANGSU PHOENIX LITERATURE AND
ART PUBLISHING

目录

DI
TAI
JIAO

第一章

冷宫

大津朝的秋季是极冷的。那冷不同于冬季的寒风凛冽，而是一种秋风卷落叶的凄凉，呜呜咽咽绕在心上让人十分不好受。

　　天气阴冷，冷宫就更显得凄清。今日除了门前几棵枯树还在风里簌簌作响，这冷宫就连乌鸦都没有飞来一只。

　　唐灼灼躺在破旧的床榻上，才直直看了窗外几眼就剧烈地咳了起来。刚出去给她打水的安夏听到她咳嗽的声音又急急地回到屋里，抬眼瞧见她的样子不由得有些心惊。

　　躺在厚实木板床上的女子面色苍白如纸，原本就瘦削的面庞竟不足巴掌大了，零散的长发披在肩后，目光却是前所未有的柔和。安夏急急地递过去一方帕子，面上全是忧色。

　　唐灼灼肚子里翻江倒海的，又痛又麻木，等呼吸平缓下来之后，她拿开帕子一看，原本被洗得发白的素帕上染上了一摊黑血，甚至还有成形的血块。

　　安夏顿时就捂着嘴呜咽出了声音，她瘫坐在唐灼灼跟前，收了她手里的帕子就低声地哀求道：“娘娘，您都病成这样了，就回去和陛下服个软吧。奴婢求您了。”

　　唐灼灼听了她的话，清水一样的眸子里毫无波动，只是费力地抬抬她瘦得和枯柴一样的手臂揉了揉安夏的头，缓声道：“这几年，你跟着我受苦了。”

　　安夏捏着那方帕子的手用力到泛出白色，抹了抹眼泪摇头道：“娘娘待奴婢极好，奴婢不苦的。”说完，她就急急地出去将那帕子洗了，而后又端进来一盆子清水："娘娘，您漱漱口吧。"唐灼灼扯了扯嘴角，轻轻点头笑了笑。

乌云很快就笼罩了冷宫，看样子一场暴风雨即将到来。唐灼灼面色有些痛苦，她骨头里的疼痛又开始作祟，头上黑亮的鬟发因为强忍疼痛有些湿了。

"安夏，别忙活了，陪我说会儿话吧。"唐灼灼的声音有些无力。安夏十分顺从地搬了一把缺了半条腿的小凳子，守在了唐灼灼的床前。

外面响起惊雷之声，唐灼灼偏瞧了几眼，指着窗外那棵光秃秃的树道："还记得才进来的时候，这棵枣树长得十分好，如今竟变成这样了。"

斗转星移，三年的时光真的改变了许多东西。

安夏听着她的话也有些感慨："奴婢记得娘娘还带着奴婢打过一次枣子，甜丝丝、脆生生的。"

唐灼灼目光一暗，那个时候才进冷宫，她的性子又不是个能安生下来的主，苦中作乐的事倒是干了不少。可随着待的时间长了，她的那股子热情、躁动和不安通通都积淀下来，倒像是变了一个人似的。

她生来就是养尊处优的身份，一及笄就被先皇赐婚给了太子——也就是如今的崇建帝，等到先帝驾崩，她又成了母仪天下的中宫之主，身份尊贵自不用说。可如此身份高贵的她还是进了冷宫。

唐灼灼不知想起了什么，撩起耳边的一缕长发，笑得有些腼腆："也不知道他过得怎么样了。"这一声悠长的感叹带着一些别样的情绪，却让安夏低眸抿了唇。

她自然知道唐灼灼口中的"他"是谁，正是因为王家那个小将军，娘娘才会和陛下大吵之后被送进了冷宫。

最可恨的是这个王将军明明知道娘娘的心思，还要百般撩拨，明明都是成了亲的人了，还要误导娘娘做出傻事来，着实可恨。他也该被陛下发配到边远地区守墓，活该！

夜里，暴雨倾盆而至，唐灼灼身上盖着的被子既潮湿又单薄，瓦片挡不住的雨点也落在她的脸上和发丝间。冷宫漏雨，这些罪她遭过不止一次，除了苦苦挨着也没别的法子。

只是这一次，她到底是撑不过去了，唐灼灼喉间涌上一股腥甜，手指微微动了动，一丝声音也发不出来，眼前渐渐地暗了下去……

晏清宫里，香炉内熏着西域的木松香，闻着安神又清冽。崇建帝停了笔，靠在那把宽大的紫檀椅上，听着外面淅淅的雨声，漠然发问："外面下雨了？"

御前总管跟了他这么些年，极会看脸色，低低地回了一句"是"。崇建帝骨节分明的手指轻轻按在鬓角的位置，张德胜急忙踮着脚过去替他捏肩，见他冷硬的眉宇间夹杂的倦意，试探着发问："陛下是在担心娘娘？"

崇建帝修长的手指顿住，声音里的凉薄比外面的雨还要刺骨："你如今胆子倒是越发的大了。"张德胜呼吸一滞，自己掌了嘴，低着头不敢再说话。陛下性子本就强硬，再一提起冷宫里的那位，再好的心情也要变得暴怒，简直是说不得。

张德胜望着外面飘泼的大雨，想着等会儿还是叫内务府那些捧高踩低的奴才送些东西过去，毕竟这位娘娘虽然人已进了冷宫，但还占着中宫主位。陛下没下旨废后，那位就还是顶尊贵的主子娘娘。

张德胜自小跟在崇建帝身边伺候，如今却越发摸不透帝王的心思了。若是陛下还挂念着那位，偏偏就怎么也不肯承认，若说全没有一丝情意了，又情愿夜里去冷宫的墙院上坐了一宿又一宿。

不过转念一想，冷宫里那位满腔的心思扑在外男身上，又不由得噤若寒蝉。就在这时，宫外头传来了些许声响，间或夹杂着呜咽之声。崇建帝蓦地睁开眼睛，心底涌出一股子烦躁来："去外头看看。"

张德胜自然感受到了他话中的不耐烦，一挥拂尘就去了外殿。"怎么回事？皇上面前都敢吵闹，不要命了你们？"他尖着声音训斥，原本有所争执的两人才停了下来。

一个是倚丽宫钟妃身边的大宫女素儿，手里提着一个食盒，张德胜一瞧，心里就明白了，敢情这是奉命给陛下送点心来了。

另一位就穿得极为简陋，一件单薄的外衣被雨淋得湿漉漉的，发丝间还滴着水，狼狈得不像样子。那人也不说话，光跪在那里，面上死气沉沉的，不用想，肯定是安夏。

素儿不屑地瞧了一眼安夏，又迅速换上笑脸："张总管，娘娘叫我给陛下送些亲手做的点心来。"张德胜一个眼神，身后的小公公就接了过来，他笑得别有深意："咱家会交给陛下的。"

素儿这才打着伞回去了。张德胜叹了一口气，将跪着的安夏扶起来道："倚丽宫的就这脾气，你来这可是娘娘吩咐了什么？"他对安夏的态度还算好，毕竟都是从太子府出来的老人，再加上唐灼灼先前对他多有恩惠，怎么也要给这个面子。

见安夏抿唇不说话，张德胜只得接着说道："今日这殿，你怕是进不去了，娘娘若是有什么话吩咐，我可以说与陛下听听。"安夏的声音极低，甚至可以融入外头淅淅沥沥的雨声里。

"娘娘没了。"她艰难地出声，泪水一直流，"方才屋里漏雨，我掌灯想去看看娘娘，才发现……"张德胜细纹密布的脸上一抖，手里的拂尘都险些捏不住，再也顾不得什么，抓了安夏就跪到了殿里头。

崇建帝像是有所感应，如鹰般锐利的眸子落在安夏身上，冷硬的心底突然生出一股不安来。

唐灼灼再有意识的时候，一睁眼，就看见了面前躺在硬板床上的自己的身体，面色苍白如女鬼，嘴唇也开始发紫，更别提一床的血污，她自己都有些看不下去了。

唐灼灼看着看着，目光里便带了些悲戚。作为冷宫的女人，纵使自己还保留着皇后的名分，也多是草草下葬了事。

就在她这样想的时候，一道明黄色的身影如风而至，才进了破旧的屋子，就一眼瞧见了躺在床上的她，那人后头还跟着跌跌撞撞的安夏和张德胜等人。唐灼灼睁大了眼睛，没有想到崇建帝居然会来冷宫这种地方。

三年没见，崇建帝依旧是那副冷峻的样子，只是眼睛有些红，有力的掌也紧紧握成了拳头。明黄色的龙袍沾了腥咸的雨水，变得有些褶皱。

屋里屋外乌泱泱跪了一大片人，甚至来了些消息灵通的妃嫔，他们都在外头的雨里跪着，神情哀戚，唐灼灼听了却是半分波动也没有。

她眼睁睁地看着崇建帝把自己的身体擦拭干净，甚至连嘴角的黑色血污也不放过，表情明明那么吓人，动作却像是对待世间珍宝一样。唐灼灼的喉间有些发哽。

"朕将王毅打发去守墓了，他三年前就娶了妻，你终究还是不信朕。"这是唐灼灼听到崇建帝说的第一句话，这话如同一阵狂风，将她心底层层的侥幸吹垮，让她觉得周身极冷。

"朕一直在等你回来，谁知你竟是死也情愿死在冷宫。"男人低沉的声音里夹杂着一丝罕见的脆弱，又似乎带着某种说不清道不明的不甘。

唐灼灼从未见过这样的崇建帝，他一直以来是个杀伐决断的君王，除了冷漠和暴怒的神色，她再没有见过他别的表情，如今见到了，竟是这样的场景。

她趁自己还有意识，去了一趟江源荒凉的妃陵，看到了暗地里咒骂她的王毅，也看到了他后院的那十几房姨娘。

从心如死灰到大彻大悟，用了不过短短几日的工夫，冷宫三年凄苦的日子都未磨平的幻想，被生生挫成了灰。回首看看，她自己都觉出可笑。

唐灼灼又回到了皇宫，在晏清宫里，看着她素来不关心的男人暗自颓废神伤，看到了他画的那一卷画像，听到他梦中极不安稳的一声"娇娇"。是的，以前还未闹翻的时候，他最喜哑着声音唤她娇娇了。

她再不去别的地方，只日日在晏清宫望着崇建帝，他批奏折的时候她也凑上去瞧几眼，他写的字是极好看的，只可惜她不懂政务。

到了最后一日，唐灼灼的意识近乎消散，她终是觉得有些遗憾，大概也明白了自己为何会遇上这等离奇的事。

许是老天都有些看不过去了，她这一生荣耀到极点，临到头来识人不清，又凄凉到了极点。这日晚间，瘦削了许多的崇建帝背负着手，瞧着桌案上平铺的画像，一身的凛冽尽数收敛下来。

唐灼灼来到他的身侧，闻到一股清爽的薄荷香味，崇建帝抚摸着画像上的人，终是开了口："娇娇，待朕百年后与你合葬，可好？"

"也不知你会不会又闹脾气。"

男人有些无奈的声音传到唐灼灼的耳里，她使尽全身力气，伸手抓了抓他温热的掌心，旋即视线就彻底暗了下去。

第二章

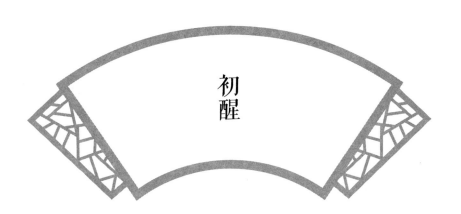

初醒

漫长的黑暗之后，唐灼灼的眼前闪过刺眼的光，她下意识地紧闭了双眼，而后缓缓睁开……

入目是精致轻薄的床幔，上面遍绣洒珠银线海棠花。她才动了动手指，就听见外头有女子的呢喃声，像是在嘱咐什么，又特意压低了声音。

唐灼灼从那张梨花木大床上坐起来，身上盖着的上好云锦被下滑到了腰间，她刚刚做了一个梦，在梦里仿佛过了一生。

殿里的熏香是她惯来爱闻的果味儿，吸到鼻腔里只觉得连舌尖上都多了一缕甜丝丝的滋味。

外面的人许是听见了动静，不多时就轻手轻脚走了进来，一看唐灼灼醒了，急忙将床幔拢起，一张清秀的脸上满是笑意："娘娘醒了？可要再睡一会儿？"

唐灼灼的目光落在她的脸上，出声道："安夏？"许是她的表情太过不寻常，安夏有些忧心地道："奴婢在呢，娘娘，可要唤人进来梳洗更衣？"

唐灼灼还没从刚刚的梦境里缓过来，声音绷得有些紧："这是在哪儿？"

"娘娘，这是在宜秋宫里。"唐灼灼一瞬间安了心，但到底还是有些恍惚，那个梦太真实了。

安夏见她面色不对，刚想开口问几句，但一想到早间娘娘和太子吵成那样，不由得又有些心疼。唐灼灼下意识地用手揉了揉发痛的眉心，发现自己十指纤纤，细腻白嫩，如同上好的冰瓷，一股荒诞的想法就蓦地冲进脑子里。

"今日是什么日子？"她抿了抿唇，有些紧张。安夏将她扶了起来："是琼元十六年六月三日，娘娘可是哪儿不舒服？可要奴婢传太医进来？"

琼元十六年，正是她进东宫嫁与霍裘的头一年，而在梦中的这天，她与尚是太子的霍裘因为王毅大吵了一架，到了用晚膳的时候又与他有所争执，便彻底惹恼了他。而她自己也懒得看他的脸色，小半年没有与他再说过话。

唐灼灼一时之间有些无措，她朝安夏摇了摇头："你先下去吧，我……本宫再躺会儿。"安夏不敢忤逆她，只得又放下床幔，出去守着了。

唐灼灼在偌大的宫殿里环视了一会儿，走到一方镶金嵌玉的铜镜前，这方铜镜被磨得极亮，是西域进贡之物，全天下一共就只有三面，两面在宫里，其中一面就留在了她的宜秋宫。

镜子里的人长发松散如瀑，一双杏眸里似乎含着夜晚的星辰，一件月白色绣银线的中衣，衬得镜中人既高贵又不失灵性。

唐灼灼起身，并没有歇息多久就轻声唤了人，进来的是安夏和安知，她们二人是从唐府里跟着自己入宫的，可梦中的安知并不老实。梦境中才进了冷宫没有几天，安知就使了些银子去了别的宫里伺候，往后唐灼灼就再没有见过她。

殿内熏着冷香，不浓不淡叫人心头舒坦，唐灼灼透过古朴的窗格，瞧到外头正盛的日光。

安夏伺候着她用了午膳，见她也不说话也不似往日那般灵动，以为她是和太子吵了架心头不是滋味，便急忙劝慰道："娘娘，殿下是太过关心您了，那些气话您别往心里去。"

一想起晨间那碎了一地的古董器物，安夏就生怕自家主子再念着那王毅去火上浇油。唐灼灼的视线落在安夏的脸上半晌，轻轻笑了一下，道："我知晓的。"应是应下了，可谁也不知道她到底听进去了几分。

　　安夏总是因为她和霍裘之间的争吵伤神，劝了又劝反而惹了她再三的呵斥，久而久之，她也就不说了。相比于安夏，安知就乖觉得多，她说什么就是什么，从不多说什么，深谙多说多错和明哲保身之理。

　　可如今因为那个过于真实的梦，她到底是不敢将安知放在身边委以重任了。一想起崇建帝，她就觉得鼻尖有些发酸，再一想起王毅那时的小人嘴脸，又恨得牙痒痒，一时不觉，竟在外头的沉香木雕花罗汉床上睡过去了。

　　等再睁开眼睛的时候，天色已经泛出青黑色，夜晚无尽的寂静笼罩着整片皇宫，黑暗如同狰狞的鬼潜伏着靠近。唐灼灼由人扶着回了内殿，用帕子擦了擦眼角，才觉得身子有些酸乏。安夏才伺候着她换了一身衣裳，道："娘娘，该用膳了。"

　　望着桌上摆着的一大桌子菜食，唐灼灼净了手坐在软凳上，却迟迟未曾动筷。宫女们候在一旁瞧她的脸色，唐灼灼却想起她梦中的今日，霍裘晚间是又来了一趟的，那人来告知她王毅意欲求娶宁远侯嫡次女的消息。

　　只是她哪里肯信，她连话都不想和他多说一句。也就是这一次，他勃然大怒，对她彻底寒心，从此之后她这个太子妃已名存实亡，可就是这样，在他登基之后，皇后的位置也依旧留给了她。

　　想到这里，唐灼灼抿了抿唇，眼神慢慢地暗了下去。正在这时，外头突然有些喧闹，到了内殿，就只剩下男人沉稳不乱的脚步声。透过一扇珍珠帘，唐灼灼只能瞧见男人明黄色的蟒袍和腰间莹白的玉牌。

　　隔着这么远的距离，唐灼灼却似乎能闻到他身上淡淡的薄荷叶子的味道，清冽如冷月。

　　殿里的宫女太监跪了一地，她还未回过神来，身子已自行跪了下去："妾请殿下安。"

　　女子声音婉转多娇，烛光轻柔地洒在她精致的侧脸上，竟然显出一种毛茸茸的温和感，与她往日偏执的模样判若两人。霍裘步子一顿，自然垂于衣侧的大掌紧了紧，旋即又不动声色地松开。

　　霍裘眸光深幽，里头情绪翻涌又似藏着赫赫风雷，他微一凝神，不动声色退开一步，冷声道："起吧。"唐灼灼察觉到他话中的冷漠，心中一凛，旋即面色如常地起了身。霍裘锐利的视线从她身上滑过，落在满桌的菜上头："在用膳？"

　　唐灼灼随着他的视线一瞧，才上的菜热气腾腾，水汽在眼前形成了一道白雾。"才传了膳，还未动筷，殿下可要一同？"触及她坦荡的目光，霍裘微有一愣，旋即别开了视线，抿了抿唇。

　　一直跟在他身后充当木头人的张德胜见自家主子爷这面色，急忙堆着笑道："娘娘，殿下刚从书房来……"他言下之意就是太子要在这里留膳了。

　　唐灼灼手心沁出些汗，马上吩咐宫女再上了一副碗筷。男人的存在感极强，她偏头朝安夏道："再叫小厨房多烧几个殿下爱吃的菜呈上来。"霍裘夹菜的动作一顿，眼底的诧异一闪而过，旋即又被眉宇间的冰霜笼罩住了。

　　大津朝向来讲究食不言寝不语，是以这顿饭吃得十分安静。唐灼灼乍一尝到色香味俱全的菜品，就连眼神也明亮了几分。她原本就是个贪吃馋嘴的。

　　霍裘用完膳用帕子擦了擦手，目光落到了离着不远的女人身上。她吃东西向来秀气，樱唇上沾了些许汤汁，变得粉嘟嘟的水灵极了，骨节分明的小手执着白玉的汤勺，一小口一小口地往嘴里送，看得霍裘眼底突然沁出丝缕的笑意。

唐灼灼自然感觉到了男人灼热的视线，一时之间有些无措。但……她该怎么解释早间的事情？

用完了膳，唐灼灼就有些不知所措了，霍裘的存在感向来极强，高大的身子一靠过来她就下意识地躲闪，手心的汗一点点沁到帕子上。

霍裘见她这般模样，目光不由得冷了下来，她的心思像是明摆着写在了脸上，枉他还心存希冀巴巴地跑到这里来。

太监和宫女有条不紊地退下，殿内就只剩下霍裘和唐灼灼四目相对。燃香的香气袅袅升到半空中，又被微凉的夜风吹散，半分痕迹也不留下。"唐氏。"他心底怒火、妒火双双烧了起来，脸色自然也不好看，声音冷得和三九天里的冰凌一般无二。

霍裘性情阴鸷，杀伐果决，他脸沉下来的时候就连朝中聒噪的言官都不敢多说半个字。唐灼灼抬眸望进他无甚表情的眼眸里，不由得一愣。

"妾在的。"唐灼灼乖巧地应了一声，将鬓边的几缕碎发挽到耳后，露出白玉般的耳廓和耳珠，散发着细腻的光。霍裘的眸光又暗了几分。

"孤既给了你太子嫡妻的身份，什么心思该有什么心思不该有，你应当知晓。"霍裘怕她听不进去，语气用得极重，一想起早间在她小柜里发现的画像，简直要被气笑。

他堂堂太子明媒正娶的正妻，整日看着画像上的男子以解相思？饶是他再冷静自持，也受不得这样的奇耻大辱。唐家世代忠臣虎将，唐灼灼自幼生在这样的世家里，脾气自然也是吃不得亏的。哪怕那个人是崇建帝。

现在想想，若他真要计较，不单单是自己，就是唐家也得吃不了兜着走。唐灼灼抿了抿唇，视线落在他垂于身侧的宽大手掌上，神色有些恍惚，想起这双手掌贴在她画像上时的温热，真是恍若隔世。

"妾定谨记于心。"她对上霍裘毫无温度的眼睛，良久才轻轻出声，声音在有些空旷的殿里扩出低低的回音。从霍裘的角度看，她纤长的睫毛垂落下来，像是一排浓密的小刷子，挠得人心痒痒。

霍裘的喉咙有些发痒，眼底飞快滑过一丝诧异，垂立在身侧的手紧了紧旋即又松了开来。

殿里一时之间变得无比安静，只隐隐还能听到外面树梢上一两声蝉鸣，唐灼灼自是知晓霍裘的意思，他无非是想来警告敲打一番。

她有心想要解释，但一想到引起他们争执的那幅画，就显得些许有心无力。霍裘瞧着眼前亭亭玉立的女人，从精致的面庞到修长雪白的脖颈，再到不堪一握的盈盈纤腰，心下没来由生出的一股烦躁感，又被他强自压了下去。

这个女人处处皆美，只是太没有良心。"孤还有些事，先走了。"霍裘深深地瞧了她一眼，抬步往外面走去，唐灼灼微微一怔，明亮的双眸暗淡了些。

罢了，冰冻三尺非一日之寒，是该缓着来的。就算给不了霍裘同等的情意，她总也能做好一个东宫妃该做的。这样想着，唐灼灼在心底叹了一口气，面上却漾出几缕笑意，自然伏身下去："恭送殿下。"

刚走到那块厚重的珍珠帘前，霍裘眉心蓦地一皱，那双绣金线的足靴微微一顿，声音里传出抑制不住的寒意，连带着他那瘦削的下颚都绷得紧了些。

"今日威猛将军王毅请旨求娶宁远侯嫡次女。"说到这里，他顿了顿，也不去望她的表情，神色沉沉如雾霭，"父皇今日问孤的意见，孤觉得不错。"

哪怕她等会儿要大闹一场，但若这样能彻底断了她的念想，再来一次他也照样做得坦荡。

什么青梅竹马的情谊，在霍衾眼里什么也算不得。那王毅嘴里说得再好听，一叫他平定西北战乱之后再迎娶唐灼灼，顿时就变了脸色。

能有多深的感情？最后还不是他带兵亲征娶了她？她与其在那等宵小之辈身边受气，还不如到自己的羽翼下被好生护着。只是没承想他将人拢到了身边，天天受气的却成了自己。

唐灼灼听了他的话，心下一凛。如今先帝病危，太子监国，霍衾觉着不错的事基本就已成定局。她梦中，就是这则消息，让他们原本就不好的关系降至冰点。唐灼灼的神色不由得有些恍惚，刚想张口说话，就瞧见霍衾不知何时转过身来，如鹰般锐利的眸子落到她的面上，神色阴骛，眉心紧皱。

唐灼灼不由得有些慌乱，她抿了抿唇低声道："朝堂中的事，殿下是不必与妾说的。"霍衾目光顿时一滞，片刻后才转过身去，声音里轻嘲之意毕显："也是。"说罢，就大步出了宜秋宫，外面伺候的张德胜见这架势，连忙一挥拂尘跟在后头连声也不敢吭。

这明明用膳时还好好的，怎么主子爷一出来又成了这等场景？夏夜的风带着星点的寒意，宫女提着灯在羊肠宫道上走着，除了细碎的脚步声，就只剩下了风吹叶片的簌簌声。霍衾想起方才殿里女子的反常，从心底冷哼了一声。

他到底是讨不得她丝毫欢心的，霍衾猛地闭上了眼睛，周身的寒意格外明显，张德胜咽了咽口水，小心翼翼地斟酌着开口："殿下，娘娘心里是念着您的好的，奴才方才听安夏说娘娘专门等着您用晚膳呢。"

霍裘连眼睛都不眨一下，这样的话以前他还能听进去一些，可如今她嫁过来半年，好生和他说过的话不超过十指之数。落花有意，流水无情，这样的事情多了，自然也就心寒了。

他转动着手上泛着幽光的玉扳指，神色莫辨。全天下的女人都可能讨好他心悦他，唯独唐灼灼不会。那就是个顶没心肝的。

男人挺直如竹的背影消失在夜色里，与此同时，殿里的那股威压感也随之消失。她觉得身子有些发软，于是寻了软凳坐下，脸上无甚表情，眸光却有些晶亮。

安夏刚见那位主子爷黑着脸离开，可又没听到别的动静，如今她见唐灼灼也不像是早间那般愤怒含泪的样子，于是稍微放宽了心道："娘娘，可要用些点心？"

唐灼灼玉手托腮，盯着殿里熠熠发光的夜明珠摇头。良久，她眉心一皱，不知记起来什么，面色有些凝重地问："那幅画呢？"安夏隐有一愣，随后嗫嚅着回道："收在箱底里呢，娘娘您……"不会又要在这当口拿出来吧？

唐灼灼明媚的杏眸里闪过一丝阴霾，旋即站起了身子，望着桌上的明烛道："拿过来。"

安夏有心再劝，可见唐灼灼的面色并不好看，再一想到她素日里的脾气，到底还是在心里叹了一口气，而后去拿了。

那幅画是唐灼灼极爱惜的，一直被好好地放着，上头一点儿灰尘也没有。她抿了抿唇，将画平放在那方紫檀木桌案上，用一方砚台压了画卷的一个角，那个角上立刻就染上了墨印。

唐灼灼淡淡一瞥，目光旋即移到画中的人上，那人儒雅一笑，翩翩如玉，好像透过画像就能觉出男人的玉树临风来。

　　王毅生得是极好的，一双桃花眼时常酝酿着浅笑，京都贵女有不少就是被他的一双眼睛勾了魂。唐灼灼也不例外，一眼相中的就是他的好皮囊。

　　画下方的署名只有一个"唐"字，那工整清秀的字迹之下还描着一朵灼然而开的桃花，显然是出自唐灼灼之手。

　　她虽然出身将门世家，但艺术天赋极高，琴棋书画样样拿得出手，只是她平日里不显山露水，很少有人知道她有这等才能。

　　唐灼灼纤细的手指宛若温玉，胭脂色的广袖拂过画上人的眉眼，眸光却蓦地冷了下来。

　　她亲自拿了这幅画细细端详，片刻后笑着对一旁伺候着的忧心忡忡的安夏道："本宫这作画的本事可还行？"唐灼灼嘴角的笑意如同轻拂过的羽毛，浅淡又不达眼底。

　　安夏到底有些怕了，道："娘娘，还是让奴婢将画收起来吧，免得等会儿殿下……"她不好再说下去，一张清秀的脸上全是焦急的模样，唐灼灼自然知晓她想说什么。

　　霍裘前脚刚走，她后脚就拿出这幅画来，这不是摆明了与他过不去嘛。若是被有心之人将这事传到他的耳里，他们免不了又是一顿争执。

　　唐灼灼抿了抿唇，将那幅画卷了拿在手里，而后微微皱眉，吩咐在一边从未出声的安知："去拿个火盆过来。"

　　安知一愣，旋即福了福身下去了，留下安夏瘪了瘪嘴问："娘娘要火盆做什么，这天儿怪热的。"

　　可不是，六月的天里，一眨眼的工夫人便浑身是汗，仿佛是从水里捞出来的一般。就是晚间睡觉的当口，殿里都要摆上几盆冰块去暑。唐灼灼垂下眼睑，倒不觉得热，只是手心里的汗擦了一层又一层。

很快两个小宫女就将一个烧得正旺的炭火盆端了上来，刚一放下，零星的火点就迸出来，屋子里的温度也一下子升了上来。

唐灼灼上前几步，将手里卷着的画往火盆里一丢，那画立刻就被灼烧出了一个碗口大的洞。她目不转睛，脸上神色莫辨，看那画被烧了良久才从鼻子里轻轻哼了一声，身子放松下来。

安夏看得目瞪口呆，似乎是不敢相信地惊呼一声，又飞快地捂住了自己的嘴，将内心的震撼默默消化了。一向沉默寡言心思深沉的安知，也难掩面上一瞬间的惊愕神色。

唐灼灼走到桌案旁拿了帕子细细地擦净了手，才笑着发话："怎么了，你们？还不快将火盆挪出去？"原本候着的那些宫女才忙不迭地端了火盆下去，而安夏则走到唐灼灼的身边，替她轻轻地捏着肩膀，话中的欢悦之意毫不掩饰："娘娘您可想通了，早该这样做了。"

毕竟皇家不同于别的地方，稍一行差踏错就会备受指责，何况太子妃身份高贵，更是容不得一点儿污点。

唐灼灼微有一愣，琉璃色的眸子在夜光里显得格外柔和，她闭上眼睛，良久才低低地"嗯"了一声。安夏再去瞧的时候，才发现她半边姣好的面庞隐于黑暗中，神色格外的冷冽。

的确是，早就该这样了。

而在正大殿，却全然是另一番场景。

青丝散落的霍裘手执狼毫，落笔成字，另一只手负在身后，桌案旁的束冠在明灯烛火下熠熠生辉。

张德胜端着一盏热茶小心翼翼地走了进来，有些矮胖的身子在挪步时像极了滚动的矮冬瓜，他小心地看霍裘的脸色，心里叫苦不迭。

这明明早间就吵成那个样儿，怎么太子妃还因为那劳什子将军闹腾？主子爷原本就患有头疾，往常无事，一旦情绪波动得厉害，头就要痛上一整宿。可这主子爷偏生还不肯请太医，摆明了是心底压了一口气。

想起方才那边传来的消息，他不由得又在心底叹了一口气。张德胜面上仍是堆着笑意，将手里冒着袅袅热气的香茶放下，道："殿下，喝点热茶吧。"

霍裘置若罔闻，连个眼神也没给。张德胜用灰青色的袖边擦了擦额角的冷汗，话到了嘴边又止住了，样子格外滑稽。霍裘不耐烦了，一个淡淡的眼风过去，声音里净是数不尽的漠然："何事？"

"殿下，方才来人说，太子妃娘娘那边又将那画拿了出来。"霍裘手下动作一顿，骨节分明的中指握在笔杆上用力到发白，一瞬间眸子里幽暗得仿若一潭深不见底的寒水。

宣纸上多了长而重的一笔，等霍裘凝神再望时，满篇的字已废了。他将染着墨汁的笔搁在砚台上，修长的手指拂过那渍黑的一团，头疼得越发厉害了。

霍裘自幼沉稳自持，向来只有他不想要的，如今眼看天下尽在囊中，他却遇到了这么一个唐灼灼。

求而不得，当真是求而不得！

第二日一早，天还未亮，四下寂然无声，外头小庭院里的蝉鸣显得格外清亮。那些蝉饮下酝酿了一夜的露珠，鸣声自然恒久。

唐灼灼习惯了早起，冷宫里人少，安夏总有忙不过来的时候，她难免自己动手。殿里还点着未燃尽的红烛，夜明珠的光亮渐渐暗了下去，唐灼灼翻了个身，旋即坐起了身子。

安夏和安知进来伺候着她梳洗，唐灼灼眼皮子还有些重，她细白的手指头捏着竹枝挑着盅里的干花细盐，随口问了一句："殿下昨日回了正大殿？"

伺候在她身边的是安知，虽然对唐灼灼问起霍裘有些意外，但面上的浅淡笑容不变，声音甜甜糯糯，让人听了就心中舒泰："回娘娘，殿下先是去了一趟西阁，而后才回了正大殿。"

唐灼灼手下的动作微有一愣，随后偏头将鬓边的一缕长发挽到耳后，杏眸里水光流转。西阁，只是东宫里一座不起眼的藏书阁，里头藏着各式各样晦涩古朴的书籍。那些书籍除了一些游记，最多的还是兵书以及讲述治国之理的书。

可饶是这样，西阁除了霍裘进得去，宫里旁的人就是想靠近都不行。唐灼灼想起她梦中，霍裘登基不久之后，那些逐渐浮出水面的谜团。

这神秘的西阁也不例外。里头藏着的不仅有古书，还有人！这人自然是霍裘的谋士，霍裘手下的幕僚众多，可真正名声在外的除了一个神谋寒算子，就只有一个神出鬼没的柳韩江。

前者算是霍裘的半个老师，后又尊为帝师，唐灼灼对他的印象不深，但这柳韩江却是个顶凄惨的。此人腹有诗书，年轻有为加之谋略无双，深得霍裘器重，可惜心比天高。

他在最关键的时候反戈一击倒向了六皇子霍启那边，那段时间霍裘日日待在书房里不眠不休商议对策，甚至大病几场，最后总算将先机夺回，一举拿下帝位。

也就是那段时日，霍裘拖着病体来找她，神色憔悴得不像样子，她却理也不想理。他在病中烧得不清，迷迷糊糊地喊着"娇娇"，唐灼灼听了也只是笑笑就过。

后来，柳韩江的下场自不用说，私刑用遍，成了霍裘手中的一具白骨，凄厉的惨嚎声让那些几朝元老都禁不住抖了抖身子。算起来，如今距离她梦中柳韩江倒戈只剩下四个月的时间。

　　唐灼灼睫毛轻颤，心中却悄悄松了一口气，欠下他那么多，终于有一件事是她能帮上忙的了。玉碗与桌面碰撞的轻微脆响将唐灼灼从思绪中拉了回来，她下颚绷得有些紧，安夏笑着道："娘娘先用碗羹汤吧。"

　　唐灼灼轻轻颔首，目光转到那只雕着素色小花的玉碗上，里头的汤汁晶润透亮，浓香馥郁，她的目光也随之亮了起来。待用完了早膳，唐灼灼换了一身胭脂色的牡丹云纹长裙，带着人径直往西阁去了。

　　反正她素来对古籍感兴趣，虽说进不进得去还两说，但总归不会惹人怀疑。这样一趟一趟去久了，总能找到一些端倪，实在不行给霍裘提个醒也是可以的。

　　这两位谋士对外都是隐居山林，实则归属在霍裘的阵营下，是以身份见不得光，唐灼灼也不确定西阁是否内有乾坤，但她知道，西阁绝非只是一个藏书院那么简单，这其中牵扯颇多。

　　事情到底如何，去了才知。

　　早间的太阳才升起，像是一个炙热的大火球挂在屋脊房梁上，唐灼灼的额心沁出了一些汗，面容却越发明艳了，和着细碎的阳光，竟叫人挪不开眼睛。

　　西阁离着正大殿不远，却离她的宜秋宫有一些距离，唐灼灼走到西阁的时候，不出意料地被人拦了下来。

　　这人，竟还是个熟人。正是跟在张德胜身边的小太监，名叫岁常，机灵得很，惯会揣度主子心思，是个会来事的。岁常这会儿瞪大了眼睛，明明还没到最热的时候，脸上的汗已经一滴滴地流了下来。

这位主子惯是个少见的，平日里除了宜秋宫，少见着有出来的时候。怎么今日倒对这西阁来了兴趣？

诧异归诧异，岁常仍是半分不敢松口，主子爷再三叮嘱，他就是有十个胆子也不敢放人进去："娘娘止步，殿下有令，西阁不可随意进入。"

唐灼灼心道一声果不其然，美目里顿时泛出点点异样的光亮，那岁常见了一愣，旋即低下头去。难怪主子爷的东宫就那样寥寥几位侍妾，太子妃如此美貌，足以勾了任何人的魂去。

"本宫拿几本游记解解乏，如何进不得？"唐灼灼抿唇，声音里透着极为逼真的不耐烦。

那岁常一听，面上一抖，头低得更低了，只是那身子却是半分不让。

唐灼灼漫不经心地拨弄着晶莹剔透的指甲，见差不多了，才幽幽道："本宫也不难为你，你先去同殿下知会一声，本宫就在这候着，能不能进去，全凭殿下开口。"

那岁常听了这话，叫人赶紧去了正大殿通知霍裘，而唐灼灼则去了就近的一个亭子里躲避太阳。"娘娘，其实咱们宫里还有几本游记您还未看过。"安夏以为她忘了，凑上来提醒道。

唐灼灼身子一顿，旋即面不改色道："那几本本宫匆匆翻看过，不尽翔实。"她又道，"殿下的藏书，定是比本宫随意找的好上数倍。"

安夏面色一喜，直道："是这个理。"唐灼灼远远地瞧着人该来了，也就站起了身准备打道回府。今日这西阁反正是进不去了，可这样一来，就间接证实了她心中的猜想，这一趟来得也就不算冤。

这样一想，唐灼灼心里顿时舒坦了不少，就连面上的笑容也更盛几分。霍裘到的时候，瞧见的正是这一幕，女子褪下了往日的怨恨和暴躁，笑容明艳至极像极了御花园里一朵盛放的牡丹芍药，他负于身后的手忍不住轻轻握了握。

唐灼灼觉察到脚步声，才抚着袖口上的褶皱出声："如何？今日这西阁本宫是进得还是进不得？"这话到底显得有些咄咄逼人了，但惯来是唐灼灼的风格。

匆匆跟在霍裘身后的张德胜嘴角抽了抽，又瞧了一眼身边这位主子爷的脸色，缩了缩脖子。霍裘衣袖带风，眸色深深，长指敲在扶杆上，片刻后才漠然发问："你想进西阁做什么？"

他的声音里刻意压抑了极为深浓的情绪而显得有些低哑，不复往日醇厚，但又夹杂了无尽的凛冽。唐灼灼愕然，身子一顿，旋即转过身去福了福身，冲着霍裘行了一礼："殿下金安。"

她虽然很快淡下了面上的笑意，但到底心虚，是以声音也有些中气不足。霍裘眼底滑过一丝极为幽暗的光，眸子里沉浮的净是看不清的雾霭，他瞧着眼前娇嫩得如同清晨还带着露珠儿的花朵一样的女子，又忆起她方才盛极的笑容，到底乱了些许心绪。

她惯是会撩拨他的心弦的。

"妾殿里的游记瞧完了，闲来无事，又听下边人说殿下的西阁藏书甚多，便想着来借阅几本。"唐灼灼半低下头，全然没了方才那股气势，只是声音尚算镇定。半晌没听到霍裘的声音，她飞快地抬头望他一眼，接着道，"原本是叫人去知会殿下一声，却不想劳烦殿下亲自走一趟。"

霍裘轻轻颔首，也不知道到底信了她几分，竟是一声不发地转身就走了。唐灼灼顿时有些傻眼，不知道他这到底是个什么意思。人既然都来了，也不给她一个信儿，这西阁她到底能不能进？虽然她本来就没抱什么希望。

霍裘走了十几步，没听到后边的脚步声，一回头见唐灼灼兀自站在亭子里，发丝上落着晶莹的光，身形婷婷袅袅，恍惚间让他想起了那年落水的娇纵小姑娘。

她那时还小，浑身上下湿得像落汤鸡一样，闭着眼睛直发抖。他将她捞起后，她顺从得不像话，摸索着勾了他的脖颈，滚烫的身躯娇软得不可思议。

他从未和女子挨得那样近过，那股浅淡的幽香将他逼得狼狈不堪，以至于他将人放下就匆匆地走了。

此后看着她在另一个人身旁肆意笑闹，而对自己却高傲得像天上的那团烈日。可那人并不是个可以托付终身的，眼看着她过了笄礼，霍裘终于还是忍不住使些手段将人娶了，终于也受尽了她的嫌弃和厌恶。

璀璨的光亮打在树叶上，再落在霍裘的眼皮上方，他蓦地回过神来，眼神冰寒下去，声音如刀："还不过来？"

唐灼灼对上他漠然的视线，有些腼腆地笑了，意识到他这是要放自己进去了，也不扭捏，大大方方地跟在他的身后，不过她隔着三五步的距离都能觉察出那一股寒意。

他绣着云纹的墨绿色衣摆随着不疾不徐的步伐轻晃，她在身后低头踩着路边的石子跟着。这时她没注意到霍裘已皱着眉头停了下来，在众目睽睽之下撞了上去。

"啊！"清凉的薄荷香气随着额头上的痛感一同钻进脑子里，唐灼灼身子踉跄一下，眼泪顿时在眼眶里打转。

霍裘不动声色地松开了环在她腰上的手，触到她的身子，他顿时觉得指尖有些酥麻，眸子也沉了下来。

"殿下。"唐灼灼抚着额心抬头望进他的眼里，却似触到了两汪无边的幽潭，周身都是他强硬的威压和他身上清爽的薄荷叶子的甜香。唐灼灼急忙退后几步，大而亮的杏眸里蓄满泪水。

"毛毛躁躁的成何体统。"霍裘沉声低喝，剑眉皱得死紧，垂在身侧的手指却忍不住动了动。他只知道她出生将门，生性倔强娇纵，从不曾见她双眸含泪的模样，只除了洞房里的那夜。

她被死死困在自己身下，面上的表情痛苦而隐忍，甚至夹杂了几丝显而易见的厌恶，直到后来，她哭得像被全世界遗弃的孩童。

其实他也不好受，见了她连串的眼泪手足无措，只好缓下来一颗颗吻进肚子里。那股苦涩的滋味从唇舌间蔓延到心底，让夜变得格外长。

霍裘想，她的苦是他一手造成的。可这又有什么关系呢？他既然做了决定，就该把这人好生宠着，一路纵着，将至尊至贵都给她。只是她骄傲得像一只孔雀，任凭他涉千山万水，羽翎却从不为他开放。

唐灼灼和他唱反调唱习惯了，下意识就想张口反驳，但瞧到他眼中潜藏的一抹忧色，气势不由得弱了下去，抿了抿唇没有说话。

霍裘剑眉皱得更深了，再不瞧她一眼，大步朝着阁子里去了，那些守着的人忙不迭地跪了一地。唐灼灼将安夏、安知留在外头，独自跟在霍裘身后。

刚一进去，她面上的燥热感就被迎面而来的阴凉湿冷压了下去，就连吸入鼻腔里的空气都带着深浓的寒意和书籍的霉味儿。

唐灼灼面对着十几排的书籍，杏眸瞪得圆圆的，似乎是不敢相信一般。她朝着隔了七八步远的男人惊叹道："世人皆言殿下文武双全，妾今日一瞧，倒是觉着名不虚传了。"

若不是真心喜爱，断不会寻这样多的古籍孤本在殿里，昼夜翻看，也不怪乎他才能如此出众了。她句句夸赞，声音里的惊讶之意显露无遗，霍裘脚步微有一顿："虚名谬赞而已。"

唐灼灼垂下眼眸轻笑，同时不动声色地打量着四周的环境。西阁内部空间极大，墙面上的青砖石古朴，这些书被摆放得错落有致，唐灼灼随手拿了一本出来，借着阁子里微弱的光一看，却是一本《虎钤经》。

她顿时觉得兴味索然，霍裘瞧着她变脸的样子，眼底深处飞快地闪过一丝笑意，旋即又消散了，声音醇厚得如同埋了十几年的老酒。

"你不是向来自诩将门虎女？竟是看不得兵书？"他话语平平，偏偏唐灼灼听出了一股嘲弄的意味，顿时将手里的书在他跟前扬了扬，语气讪讪的："那妾就带回宜秋宫翻看一段时日了，望殿下割爱。"

霍裘少见她如此鲜活的样子，清寒的眸子里蓄满意味不明的幽光，他低低"嗯"了一声，目光从她乌黑的发顶离开："孤少有收藏游记，你且来瞧瞧就是。"

唐灼灼身子纤细，隐在黑暗中的一张小脸明艳动人，她跟在霍裘的身后也不老实，一面朝着四周小心翼翼地观望，一面将她觉得不对的地方全数记下。

这次进来了，她便隔三岔五就来换几本书，一来二去的，霍裘怎么着也该放松警惕了。若是这事无甚端倪，那她就换着法儿在霍裘身边晃悠，怎么都要揪出柳韩江的把柄来。

这是她上辈子欠了他的。

第三章

嫡妻

日子一晃过去几天，霍裘越发忙了起来，唐灼灼再没有见过他的人影。

　　这日晌午，唐灼灼正斜卧在那张嵌着象牙的罗汉床上小憩，就见安夏撩了珍珠帘过来轻轻地道："娘娘，钟良娣来了。"

　　唐灼灼缓缓睁开了眼睛，眼中净是沁冷的风霜之色，她不动声色地瞥了一眼身边站得笔直的安知，缓缓开了口："去请进来吧。"

　　说完，她半坐起身子，湘妃色的蚕被就顺着她窈窕的曲线滑到了腰窝处，巴掌大的脸上尽是慵懒之意。

　　钟玉溪——她梦中唯一一个爬上了妃位的人，不争不抢，人儿也是顶顶温顺的。钟家势大，钟玉溪的兄长又深得霍裘器重，一步步青云直上，成为朝中举足轻重的人物，因此钟玉溪在后宫中更是如鱼得水。

　　说是个好相处的，可倚丽宫这位的秉性阖宫谁人不知，梦中她敢连着到冷宫三次找她"谈心"，再三告知她王毅的心思从未变过，让她信以为真地挨过了一日又一日的凄苦。

　　真是好深的心机。

　　唐灼灼不知想起什么，一双可人疼的杏眸里笑意深不见底，她也懒得起身，只用玉腕微微撑起身子，听着外头轻缓的脚步声传进来。

　　"妾请娘娘安。"钟玉溪刚一进来，见她这般模样，微有一愣后又舒展了眉眼，脸上含着淡淡的笑意。唐灼灼随意地摆摆手：

"起吧。"

也许是她今日的变化太大，钟玉溪有片刻回不过神来，但她到底非常人，还是从善如流地接过安知递过来的香茶，坐在了软凳上。

"钟良娣今日里怎么有空来宜秋宫？"唐灼灼随口一问，却让钟玉溪身子一僵。她旋即斟酌着道："妾有空自然是要来问安的。"

"不瞒娘娘，妾今日来，还有一事相求。"钟玉溪轻咬着下唇，脸颊陡然滑过两道泪痕，她放下手里的热茶转而跪在冰凉的地面上。唐灼灼的性子摆在那儿，一贯不喜欢外人打搅，她也只好开门见山直说了，连慢慢切入正题都省了。

安知见状，急忙道："良娣娘娘这是做什么？快快起来。"唐灼灼的目光顿时一凛，身子也半坐起来，表情有些微妙。

她梦中，那时的安知嫌冷宫凄苦，才三日不到就使了银子出了冷宫，而她去的正是钟玉溪的倚丽宫，且成了可以近身伺候的一等宫女。若说钟玉溪如此大度，毫无芥蒂用她身边的人，任谁也是不信的。

唐灼灼想到这里，缓缓地闭上了眼睛，连面上的表情都冷了下来。安知是不能用的了，就连候在一旁才准备去扶的安夏也黑了脸，暗骂安知不知分寸，是个心大的。

钟玉溪不着声色地避开安知的手，仍是执拗地跪着，这时候唐灼灼才发现她一张含羞带怯的桃花面煞白，脸上没有一丝血色，就连身上的衣裳，也是素白的一件。

唐灼灼转而去瞧自己手上戴着的银铃，伸手拨弄一下，清脆微弱的铃声便叮叮当当地响起。她轻笑一声，这才抬起了眼睑："良娣说的什么话，何事须求到本宫头上？"

她饶有兴味地问，落在钟玉溪耳里，却成了一种十足的不耐烦和轻嘲，这让一贯高高在上的钟玉溪咬了下唇。若不是哥哥出了那等子事，殿下连带着对她也厌恶起来，她何须自贬身份求到一个不守妇道的东宫妃头上去？

殿下如此人物，唐灼灼她一个心系外男的女人何以相配？不过想归想，她终究还是开了口，长长的乌发遮掩住她面部的表情，只听她声音低又轻地响了起来："前些日子妾的兄长干出了些荒唐事惹了殿下不快，妾这几日有心向殿下赔罪，可一直见不着殿下的……"

"钟良娣，你兄长出事那是政事，后宫不可干政，你这是想叫本宫平白担上罪名？"唐灼灼不耐烦地打断了她，听她这么一说，倒是很快记起了钟玉溪的兄长惹得霍裘大发雷霆是做的何事。

钟家将女儿送入东宫，自然是投靠了霍裘的，只是钟玉溪这兄长虽然才华横溢，但少不了年轻糊涂，竟因为想将一勾栏女子纳入房里而逼死了正妻。这事被六皇子霍启一派的人揪住上奏，原本就元气大伤的琼元帝听闻后大怒，将钟宇连贬几级，调离京都。

就因为这么一件事，步军统领一职被拱手相让，精心布置的暗桩也废了十之八九，怪不得霍裘这几日人都见不着一个好。唐灼灼抿了抿唇，就听钟玉溪声音悲戚着道："娘娘息怒，妾，妾只是想见殿下一面。"

钟玉溪暗自盘算，唐灼灼并不喜欢霍裘，自己再说几句好话奉承着，应当是不成问题的。唐灼灼心下有些不耐烦，连带着话语也不甚客气："你想见殿下自去见就是了，若是殿下不想见你，本宫又有什么法子？"

霍裘那面色一沉下来，比什么都要骇人，唐灼灼每每一想起就有些脊背发寒。她原本没发现这钟玉溪倒是个厚脸皮的，拿她当枪使，一旦她应下了，那和霍裘之间少不了又是一顿争执，而她钟玉溪正巧当了那朵惹人喜爱的解语花。

钟家人真是个个好算计。

钟玉溪脸上顿时一阵红一阵白，变个不停，而后大着胆子一咬牙道："娘娘，妾的兄长做事荒唐，连累了殿下也连累了威猛将军，妾深感惶恐，但求娘娘给妾个机会挽救。"她就不信，在唐灼灼跟前提了王毅她还能如此镇定自若。

只要见得殿下一面，稍稍提及此事与王毅暗中作祟有关，以殿下对王毅的厌恶程度，她的兄长兴许能有个喘息的机会，东山再起不是问题。

唐灼灼原本还带着一丝笑意的面上彻底沉了下来，就连一双含水的杏眸里都泛着粼粼的寒光，她樱唇轻启，字字似箭："钟良娣，殿下政事繁忙，咱们还是不去打扰的好，你说呢？"

钟玉溪飞快地抬头望她一眼，难掩面上的诧异，片刻后也只能打落牙齿和血吞，应了一声是之后被好生送了出来。

外头的太阳光极盛，钟玉溪只觉得人一阵踉跄，好在被跟在身后的宫女扶住，她尖长的指甲弯进肉里，望着宜秋宫的目光森寒无比，再不复往日仙气十足的模样。

那唐灼灼不过是仗着太子正妃的名头罢了，如今见天儿地和殿下吵，日子久了，殿下自然该知道谁才是最关心他的人。

她们，来日方长！

宜秋宫里，殿里甜果子味的浓香弥漫，几个宫女悄无声息地进来撤换冰盆。这香唐灼灼不甚喜欢，却是王毅惯来爱闻的。

"安知，将殿里的香换了。"唐灼灼纤长的手指抚过手腕上翠绿的镯子，声音里尚带了几分慵懒的笑意，半分没有将钟玉溪所求的事放在心上。一个个的都将她当大好人，想推她出去做炮灰，哪儿就有那么容易？

她顿了顿，透过眼前的珍珠帘，像是嗅到了霍裘身上那股浅淡的薄荷叶子的清洌味儿："换成调香馆里的薄荷香。"

安知面上的笑容一滞，有些犹疑着道："娘娘，这香是您吩咐日日里熏着……""本宫的话没人听了是吗？"唐灼灼只觉得心寒，连带着声音也像三九天屋檐下的冰凌。

安知急忙跪下道："娘娘恕罪，奴婢这就去换。"唐灼灼以手撑头，颇为疲惫地闭上了眼睛，再睁开时眸子里已是一片无垠的碧空，她开口道："安知，你不用在宜秋宫伺候了。"

这话如同一颗巨石投入湖心，安知一下子就重重地跪了下来："娘娘，奴婢知错了……奴婢，奴婢再也不敢说忤逆娘娘的话了，娘娘别赶奴婢走。"

她哭得凄惨，唐灼灼瞧着这从小伺候着她的丫鬟，到底还是念着旧情。她从罗汉床上起身，缓缓行到安知的跟前，勾了她的下巴望进她惊恐莫名的眼里："安知，你该知道，叛主的奴才是个什么下场。"

安知一时之间瞳孔缩得极小，回过神后手忙脚乱地急着解释，又觉得唐灼灼捏住她下巴的手极冰，冰得她骨子里发疼。安夏这时候才反应过来，她似乎是不敢相信地睁大了眼睛，嘴角嗫嚅几下，又惊又怒："安知你做了什么？！"

唐灼灼用了极大的劲，捏得安知的下巴都泛了红色，她冷声道："念在你跟了本宫这么久的分上，本宫给你留份脸面。"接着又道，"等会领二百两银子出宫吧，或者去倚丽宫伺候也可，只是别再出现在本宫面前了。"

安知原本还抱着侥幸的心思，在唐灼灼说出"倚丽宫"三个字的时候，满腔辩解的话都化成了灰，咽回了肚子里。她低着头狼狈不堪，朝着唐灼灼行了个大礼就退了下去。

整个内殿陷入一片死寂，最后还是安夏开了口："娘娘，安知她……她投靠了钟良娣？"

唐灼灼似笑非笑地瞥了她一眼，而后轻轻颔首："许是本宫对她太差了吧。"

"她到底怎么想的？简直是狼心狗肺！"安夏兀自愤愤不平，末了还不忘跺跺脚，气得眼睛都发红了。唐灼灼宽慰地笑笑，随手捻了一块小厨房送来的玉露糕，香甜的滋味似乎能冲淡那股缭绕在心底的涩意。过了一会儿，她似乎是想到了什么，突然道："这点心不错，等会儿送些到正大殿去。"

安夏闻言一喜，忙不迭地应下了。眼看着自家主子和殿下的感情有所好转，她瞧着比谁都开心。

午后，听说有两人进了霍裘的书房，唐灼灼明眸一亮，以为就是那寒算子和柳韩江，顿时来了精神。总算是被她逮到了。

她换了一身水仙绣银线罗裙，又叫安夏提上小厨房刚刚送过来的几盒点心，带着人就往正大殿去了。

虽然宜秋宫和正大殿隔着不算远，但耐不住天热，走了有一炷香的时辰，唐灼灼白皙的额间就沁出了点点细汗。守在书房外面的是张德胜，见她来了，忙不迭地行了个礼，面色一时变得十分古怪。

唐灼灼接过安夏手里的食盒，道："本宫给殿下送些点心来，劳烦公公进去通报一声。"张德胜擦了擦额上流淌下来的汗，一时之间进退两难。这进去吧，主子爷得气个半死，不进去吧，太子妃这边又不好交代。

到底是谁和这位说了威猛将军来给殿下赔罪的事？再怎么腹诽，张德胜还是硬着头皮推门进去了，出来的时候面色有些发白，对着唐灼灼做了个手势："娘娘，殿下让您进去。"

唐灼灼理了理衣袖，一想起霍裘那双幽深的眸子，心里难免发怵，脚步顿了顿才踱步进去。刚一进去就见到站在桌案前气势逼人的霍裘，他眸子里的怒焰翻涌，唐灼灼不明所以，又见他紧抿的唇角，福了福身道："殿下金安。"

等起了身，唐灼灼才见到书房里的另外二人，面上顿时就有些怔愣了。左边的人一身月牙白的锦袍，显得儒雅十足，笑起来面上还有两个浅淡的酒窝，就连声音也含了月光的清冷："见过太子妃娘娘。"

那人便是王毅了。唐灼灼一时之间屏住了呼吸，身子僵得不像话，甚至能清楚地听到身体里血液流动的声音，此时她感觉就连吸入的每一口空气都是寒冷的。等反应过来后，她才发觉自己的指甲已经深入到肉里，每一根手指都泛着惨烈的白。

怎么会是他？不堪的梦中记忆一闪而过，唐灼灼有些厌恶地皱起眉头，不动声色地将目光移到另一人身上。右边的那人唐灼灼并没有见过，长得五大三粗，站在那就像是为了衬托王毅的清越一般，他声如闷雷，对着她抱拳道："臣见过太子妃。"

唐灼灼瞧到他那双与钟玉溪三分相似的眼睛，就估摸着猜出了他的身份，神色都敛了几分。唐灼灼感受到背后两道灼人的视线，心里直打鼓，她手心沁出些汗，竭力使自己面色如常地转过身去，果不其然就对上了霍裘泛着深浓怒火的凛凛目光。

"殿下，小厨房新做了些点心，妾端给你尝尝。"霍裘冷眼望着跟前娇小的一团，她的声音清脆中带了一丝甜糯的讨好，饶是见到了王毅面色也没有太大的变化，但他还是从那双清水般的眸子里捕捉到了一丝极淡的不自然。

她还真是心急，一听王毅来了就巴巴地跑过来送点心，他怎么以前就没见她如此体贴！

这样一想，霍裘就更是恨得牙痒，觉得自己真是魔怔了一样。

哪怕她多看那人一眼，他身体的每一寸血肉都在翻涌着叫嚣。

他嫉妒得要命！

书房里一时之间除了袅袅的竹香，就只剩下呼吸的声音，霍裘深深地望了她一眼，才对着书房里的另外两人道："今日就先到这里，你们回吧。"这就是分外明显的逐客令了。

他话是对着王毅和钟宇所说，目光却紧紧地盯着唐灼灼的表情，每一个细节都不放过。

唐灼灼如何不知道他在想些什么，只是今日这事实在是凑巧，她若是知晓来的人是王毅，说什么也不会来这正大殿。

她如今瞧见他就想起他在梦中丑恶的嘴脸，多看一眼都要犯头晕。改日她定要和爹爹、兄长通个气，莫要再对他生出什么愧疚之心，这等小人永不知足、贪得无厌，就该被流放守陵。

那王毅和钟宇对视一眼，皆是在彼此眼中瞧到了一丝无奈，拱手躬身："臣告退。"就在王毅脚踏出书房门槛的一瞬间，霍裘背光负手而立，声音像是淬了毒的利箭："王毅，你婚期将近，朝中的事就不用管了，就当孤给你放个假。"

王毅消瘦的身形一顿，极想回头看看那人的表情，但又忌惮于霍裘话里深浓的警告之意，想起如今自己在朝中进退两难的局面，只得咬了牙笑着回道："多谢殿下——体恤。"

他哪里不知道霍裘这是当着唐灼灼的面逼他亲口承认他求娶宁远侯嫡次女的事，可恨他还不得不笑着咽下这口气。以权势压人，夺妻之恨，他早晚要他还了来！

王毅的目光蓦地阴沉下来，而后像是被什么盯上了一样，脚下的步子都有些虚浮，但仍是极快地拐了个弯，背影很快就消失在唐灼灼的视线中。

"还没看够？"寒凉彻骨的声音从她的身侧传来，带着一股嘲讽的意味，霍裘顺着她的视线瞧了一眼无人的拐角，看似漫不经心地问着。

唐灼灼蓦地回过神来，将刚从食盒里拿出来的糕点推到他手边，道："殿下议事许久，用些糕点吧。"一丝微弱的阳光透过窗棂的缝隙照进来，不偏不倚打在她娇媚的面孔上，给原本就貌美的人镀上了一层金光。

霍裘越看心里的一团火就越控制不住，瞧她巴巴地赶来的模样，再加上想起那日晚间她又将那画拿了出来，古井无波的眼眸里突然落起了暴风雪。可他到底还是捻了一块形状不错的糕点放到了嘴里，甜糯的滋味在口中散开，咽下去却涩涩的。

食之无味。

唐灼灼此刻又心虚又心惊，偏偏面上一丝破绽也不能有，霍裘的气场十分之强，才一皱下眉头她就能觉出沁凉的寒意来。她可是记得霍裘一向瞧不惯王毅，从来都是一个眼神也不带给的，今儿怎么突然允许他上门了？

联想到钟玉溪前几日来求她的事，再想到刚刚有些狼狈的两人，唐灼灼抿了抿唇，动了动唇角："方才那位可是钟良娣的兄长？"霍裘踱步到桌案前提笔，再不看她一眼，听她问起，也就不咸不淡地"嗯"了一声。

可哪里真能静得下心来！唐灼灼有些尴尬地揉了揉鼻尖，转而极低地嘀咕一声："瞧着也不像爹爹所说的那样。"霍裘抬眸："哪样？"

唐灼灼迎上他的目光，有些腼腆地笑："爹爹和我说钟家的公子勇猛无双，是难得的将帅之才，少有女子可堪相配。"她说话时的表情很是诚恳，钟宇是霍裘的左膀右臂，帮了他许多，且后来有所澄清，那勾栏女子一事是有人暗中算计。

虽然唐灼灼看不惯钟玉溪，但若是能帮上霍裘，她昧着良心求些情也算不得什么。她这样一说，霍裘应当可以明白她的意思吧？

霍裘提笔的动作一顿，太阳穴涨得生疼，他突然将手中的狼毫丢到一边，神情极为狠戾，近乎咬牙切齿地问："唐氏，你到底想做什么？"

她太过反常，见了王毅也不哭不闹，甚至提都不提一句，像是换了一个人般，这样反而叫他心里七上八下的没个着落。

唐灼灼哑然，感受到他话中生冷的怒意，不知道该如何回他，一时之间喉头有些发干，神色难免委屈道："妾惶恐。"

明明以前他哪怕有滔天的怒火她也能从善如流怼回去，而现在她胆子倒像是小了许多，这男人一怒，她就有些手足无措。

明明这回她一心想着能多帮他一些，倒是忘了她的转变太快，莫说是向来多疑的霍裘了，就是自己遇着了，也多是不信的。

唐灼灼心里轻嘲，而后见霍裘敛得死死的眼眸，福了福身道："殿下若有事要忙，妾就先回了。"霍裘自然瞅见了女人面上那一丝极微小的委屈，顿时气得有些想发笑，她委屈什么？

垂在衣侧的手缓缓握了握，霍裘眼里蓄了数不尽的寒光，他一步步踱步到她跟前，也顾不上衣袖上溅上去的点点墨汁，眉若弯刀，气势万钧。唐灼灼见状不动声色地退后几步，惊疑不定。

霍裘这样子……不会想掐死她吧？感受到她的躲闪，霍裘停住了步子，勾金蟒纹明黄足靴停在距离唐灼灼三两步的地方。

他生得极好，蹙着眉心的时候又像是画册中的冷面阎王，此刻面带讥嘲，声音像是十二月里的寒夜："唐灼灼，孤有一千种方式叫王毅生不如死，你可千万别把孤惹恼了。"

最可笑的莫过于此，他霍裘想要心上之人稍稍听话安稳一些，管用的法子竟只有以王毅为威胁。这样的认知让他心里翻涌的怒火达到了极点。冷落？她只怕会更开心，若是真要罚，他又哪里舍得。

唐灼灼竟觉得这男人别扭得紧，十足的口不对心。"若妾惹恼了殿下，殿下就要像碾死一只蚂蚁一般让王将军死吗？"她面上十分认真，杏眸澄澈又轻柔。

霍裘微微眯了眼眸，与他针锋相对的唐灼灼比这几日温顺乖巧的唐灼灼更叫他安心。唐灼灼没等到他出声，自顾自地笑开了，露出两个甜软的小梨涡，就连声音也带了梨的脆甜："既然如此，那妾该如何将殿下惹恼的好？"

霍裘面上的怒气戛然而止，他深深地望了唐灼灼一眼，拨弄着玉扳指的手顿了顿："孤不好戏弄，娇娇。"这声"娇娇"他念得十分重，像是要把她生生撕碎了吞进肚子里去一般，但他面上是带了浅淡的笑的。

唐灼灼眨了眨眼睛，自她来这些日子，霍裘唤她都是一句冷冰冰的唐氏，要不就连名带姓地叫她，这一声"娇娇"倒是来得突兀。可该说清楚的话还是得说清楚，她既然都来求了情，这情，就自然得找人收了。

"妾如何敢戏弄殿下？"她笑着端起桌上一杯袅袅的热茶，细细摸索着上面的纹理，纤细的手指头立刻就泛了红。"前日里妾在殿里躺得好好的，钟良娣突然就进来了，二话不说就给妾跪下，说求妾叫她与殿下见上一面。"

霍裘眼里闪过一丝兴味，离得近了，两人的呼吸都混在了一起，唐灼灼面上有些发烫，接着道："妾哪里来的那样通天的本事！殿下政务繁忙，哪里就能因为这样的事叫妾给打扰了。"

霍裘面上终于带了一丝浅淡的笑意："你没应？""自是不能应下的，妾哪里能左右殿下的决定？"唐灼灼眼角一扬，略显英气的眉毛就颇有气势地往上挑了挑，理直气壮地道，"且前朝的事，妾怎好插手，钟良娣明知此理，哪还有提起此事的脸？"

她向来是嘴上不肯弱上分毫的，特别是这副得理不饶人的小模样，霍裘真是爱极了。他蓦地离她远了些，向来漠然的眼底闪过一丝极淡的笑意。"那方才为钟宇求情的不是你？"他拿过桌上深色的帕子拭去手背上的墨点，而后剑眉一凛似笑非笑地问。

唐灼灼的脊背爬上几分凉意，她不敢直视霍裘太过犀利的眸子，道："也……也没有为钟家公子求情，只是想起父亲曾说的话，顺口就说了出来。"

钟宇对他助力颇多，若是能保的话，顺口一提的事她又不会少块肉。

霍裘瞧着她在自己跟前连告钟玉溪几状毫不心虚的小样子，就想朗笑几声将她搂在怀里好生瞧瞧。从成亲那日起，她脸上就没了明艳的笑容，日子久了，他都险些记不起她原来是一刻也静不下来的人，而她如今偏偏能在宜秋宫里一待就是十几日不出殿门。

可就是这样能左右他心情的女人，心里眼里都没有他。霍裘背在身后的左手食指微动，心里波澜四起，并不如面上看起来那般平静无波："怎么孤曾经听尚书站在院门口大骂钟家人个个伪善，登不得台面？"

唐灼灼抬头望他，身子一怔，脸上慢慢地涨红了起来，却偏偏从善如流地接话道："那许是妾记错了吧。"

千算万算，漏算了一个喝了酒爱说真话的爹。

霍裘剑眉斜斜入鬓，虽然皱起眉来时十分阴鸷，叫人喘不过气来，但若是笑起来又极为好看，阳刚之气尽显。唐灼灼净了手走到他身旁研墨的时候，他是微微笑了一下的，只是那笑容太过短暂，她还未回过神来，就已没了踪影。

她一时怀疑自己看走了眼，也不说话，就静静地研着墨。书房里摆了冰盆，倒也不热，温度适宜，满屋子幽淡的竹香，意境十足。

无人说话，却并不显得死寂，霍裘提笔而作，唐灼灼凝神细望，一个写得入神，一个瞧得仔细，倒是莫名的和谐。

唐灼灼玉白的手指头印在黑色的墨条上，越发散着一种莹白的光泽。霍裘偶一回头，瞧见的就是这一幕，心里顿时就乱了几分。

他心里暗叹一声，将狼毫搁在砚台上，挑眉问："瞧什么？"唐灼灼回过神来，脑袋凑近还未干的宣纸，瞧着上面几个黑色的字符傻眼："殿下写的是何字？"怎么她一个也识不得？

"这是西江地域的字，你自然认不得。"霍裘眼皮也未抬一下，说完顿了一下，好似想起什么，突然道，"过段时日，孤要去一趟西江，你……殿里的事，就交给你了。"

唐灼灼顿时也不纠结那几个斗大的字符了，她皱了眉头，白瓷般无瑕的小脸上满是诧异："殿下要去多久？"霍裘骨节分明的食指揉了揉鬓角位置，玄色的眼瞳蓦地暗下来，就连声音也带了冷意："十几日的光景，不定什么时候回来。"

历朝历代的西江都是个难以治理的地方，那里官匪勾结蛇鼠一窝，当地的百姓苦不堪言，偏偏上面派去的官员都只是走个过场，高高拿起轻轻放下，丝毫不见成效。

近些日子那边儿闹得越发厉害，就连大病一场瞧起来时日无多的琼元帝都上了心，他还是亲自去一趟较为安心。

唐灼灼用帕子沾点温水擦拭手上的墨迹，可那几个黑点顽固得很，她稍稍用力，白嫩的手背就泛出一大片的红色。霍裘瞧了，薄唇轻抿，拿过她手中的帕子一点点细细地擦，周身的寒凛气势尽数柔和下来。唐灼灼微微一愣，手像是被烫到一样下意识地往回缩，却被他扣得死死的："殿下……"

霍裘将她手中的墨迹擦拭干净，才将帕子还给她，与此同时松了手，面色都未变一下。

只有他自己听得到血液里跳动的声音，一下又一下，坚定而急促。

唐灼灼站在殿里，面上仍是有些红，方才他执着的手腕像是被火烧过一样，生疼生疼的，她将手掩在宽大的衣袖底下，良久润了润唇问："那在殿下外出的时日，妾能出宫去一趟寺里吗？"

她问得有些忐忑，水润的眸子里又含着显而易见的希冀。唐灼灼姿色极好，再稍稍柔和了眉眼，光是站在那就是一幅媚骨天成的画像，没有男人能抵得住这般的请求。

霍裘也不例外。他的心弦蓦地一颤，眼神却陡然寒气肆意。他前脚说要去西江，后脚她就耐不住想着法子去见王毅？原来这些天的曲意讨好，柔着性子同他说话，不过是为了在这茬上等着他。

去寺里？她唐灼灼何时信过神佛？想都不要想！霍裘瞧着不远处的女人，那人娇娇小小的，原本就明亮的眼神里流动着别样的情绪，更是叫人挪不开眼睛，他脸色沉得不能再沉，又突然觉得有些寒心。

唐灼灼不明白先前还好好儿的男人为何突然冷了一张脸，只以为是现在这个时段不方便放她出去。东宫不比外头，出宫也并非易事，她出府便是想提前派人给娘亲递个信儿，约着那日一同去寺里，有些事她好告诫给唐府众人。

但瞧霍裘这样儿，怕是不会允许了。也对，如今正是诸皇子野心勃发的时候，她一出去若是又出了什么幺蛾子，到底对霍裘不好。

唐灼灼暗自沉思，心道若是出不去便写封信叫人好生带回去，刚想说话，便听霍裘避而不答道："钟宇连累孤损失极重，今日两人来致歉，孤准备上奏请父皇将两人发配边疆，戴罪立功，你看可否？"

这样明显的试探任谁都听得出来，唐灼灼垂下了眼睑，眼里的光亮得惊人。霍裘见状心里轻嘲一声，倒也没什么失望的，原来就没抱了几分她能改变的希望。她的性子如何，没人比他再清楚了。

他背过身去，玄色的祥云纹袖口拂过桌面，漠然开了口："既然如此……""妾认为两位将军若是去了边疆，定会护我大津国土，保百姓安乐，殿下深谋远虑做出的决定自然是极好的。"唐灼灼面上笑得狡黠，霍裘倏而转身，如刀削的面上滔天的怒焰戛然而止。

他走到唐灼灼跟前，一派光风霁月的模样，说出的话却含了淡淡的笑意："如此最好，改日你使人收拾收拾，随孤一同前去西江。"唐灼灼的眸子瞪得圆溜溜的，柔若无骨的手指尖颤了一下，似乎是不敢相信地问："殿下？"

霍裘沉沉地抬起眸子瞧她一眼，知道她在诧异些什么。他抿了抿凌厉的薄唇，淡淡地道："西江虽乱，但胜在风景极好，你若是想去就自去准备，若是不想……"说到这里，他不可抑制地顿了顿，猛地闭上了眸子，再睁开眼睛便是深邃得如同两口枯井。

只是他还未说下边的话，便被女人抢了先，唐灼灼眼底全是细碎的光，就连声音里都带着显而易见的雀跃之意："要去的，妾想去的。"

若是能出去，她自然不会待在这死寂无味的宫里。虽说不合规矩，但既然霍裘这样说了，肯定有法子圆过去。唐灼灼顿时觉得这趟并没有白来。

霍裘手指轻敲着桌案的边缘，修长的手指落下去发出沉闷的声音，面色隐在黑暗里让人捉摸不透。

这话原本是他心底一时之气，也料定了她不会应下，毕竟好不容易有一个自己不在的机会，她又怎会放过？可她就如此轻巧地应下，霍裘心里哪能真的无动于衷？或许这次，换个环境，他们之间能出现一些转机？

唐灼灼见他突然皱眉不语，以为他反悔了，顿时有些急了，她转了个圈到他的跟前，巴掌大的小脸凑到他的眼前，道："殿下一言九鼎，答应妾的事可不能反悔了。"霍裘玄色的眼瞳望进她澄澈得无一丝杂质的杏瞳里，薄唇微抿，沉沉开口："太子妃唐氏入寺庙，自请为孤祈福，直至孤归来，可听到了？"

唐灼灼顿时松了下唇，露出上面一个小巧的牙印，她笑得眼睛只剩下两道浅月牙形："妾都听殿下的。"直到唐灼灼带着人回了宜秋宫，霍裘仍坐在书房的椅子上沉思，张德胜进来问要不要传晚膳，他理也没理，半晌才低低地轻叹一声。

怎么总觉着是被她占了便宜去？他站起身来，声音柔和了些许，夹杂着外头微黑的夜，醇厚得很："去宜秋宫。"

张德胜自然喜不自胜，心想这太子妃认真哄起人来时那是比谁都奏效。他已经很久没见着主子爷这样和蔼了。

第四章

娇娇

浓黑如雾，迅速地将整个皇宫包围起来，从高大的殿宇到羊肠的宫道，无一逃过。宜秋宫内，风微微一掀珍珠帘，上面润泽的珠子碰撞在一起，分外清脆。

　　外面伺候着的宫女太监屏气凝神地候着，里头越静，他们这些奴才就越担忧。六月的夜里倒不显得如何炎热，冰盆被早早地撤下，照明的灯盏上嵌着熠熠发光的绿松石，窗子里吹进一些风来，甜香袅袅而散。

　　许是因为得知可以出宫的消息，唐灼灼清澈的眸子里笑意满满当当，连带着对主位坐着的霍裘都殷勤了不少。霍裘略用了几道菜就停了筷子，紧蹙眉心的样子有些吓人，他剑目微敛，瞧着唐灼灼小口小口地往嘴里送着菜，面上渐渐溢出浅笑。

　　唐灼灼一抬头，就见到霍裘和张德胜瞧着自己不眨眼，前者还好说，可后者那吃惊的表情根本藏不住。她朝霍裘抿出一个略显腼腆的笑，而后琉璃色的杏眸一转，骄横地瞪了一眼讪笑的张德胜。

　　她白玉般的指腹摩挲着玉勺，勺子与碗碰撞的声音清脆细微，将满室的宁静都打破——吃是不好意思再吃下去了。

　　"殿下这样瞧着妾做什么？"虽说她自个理直气壮，但对上霍裘漠然的眼，还是咬着唇慢慢红了脸。吃得稍多些……也不用这样严肃地瞧着她吧？

　　霍裘见小姑娘放下了汤勺，有些遗憾地抿唇，凌厉的眼神飘向这会儿充当木头人的张德胜。张德胜顿时僵了身子，往后面默默退了几步。

"孤记着你殿里的糕点做得不错。"霍裘的目光在她宛若凝脂的手腕处停了一会儿，状似不经意地开口问。唐灼灼顿时点了点头，眼里升起两轮耀眼的小太阳。

霍裘险些看得入了迷，目光变得幽暗无比。"妾昨儿个特意叫人寻了个做糕点的厨子，今儿个下午给殿下送去的就是他做的，殿下要不要再尝尝？"霍裘触到她亮晶晶的眸子，顿时失笑道："可。"

唐灼灼一个眼神，旁边伺候着的宫女就悟出了她的意思，行了一礼撩了帘子出去了。"孤记着你以前吃得少，最近……不节食了？"霍裘的视线落到她巴掌大的小脸上，一路向下，越过修长白皙的脖颈，最终停在不堪一握的纤腰上。

她惯来是瘦的，身上没有一点肉，风大的时候她若是出了屋子，霍裘都要怀疑她会被风吹走，全然不知她吃的东西到底去了哪里。唐灼灼沉默了一会儿，才垂了眸子："妾最近也……也没吃多少啊。"

她回答得讷讷的，声音又带着如蜂蜜般醇厚的甜香。霍裘闭了闭眸子，心里那股细微的甜意从喉头下去，直流入四肢百骸里，全然不受他的控制，简直跟着了魔一样。她不过稍稍给了一点甜头，就叫他失了分寸。

唐灼灼以手托腮，露出一小段凝脂般的肌肤，白得耀眼，她手腕上戴着的镯子泛着幽幽的绿光，衬得人越发娇媚。她弯弯的眼睛成好看的形状，越发理直气壮起来："再说就算妾再能吃，殿下也养得起啊。"

霍裘高大的身子微微一僵，随后迅速地恢复过来。她唐灼灼要讨好他，根本不需要什么甜言蜜语，仅仅一个笑容，他就能将最好的都捧到她跟前。

他的眸色沉了下来，里头夹杂着诸多情绪，最后都化为漫天的雪雾，消弭殆尽。他决不能再信她。

"嗯，养得起。"霍裘的声音惯来低沉淡漠，让人听了就不寒而栗，如今却带上了一份淡淡的宠溺，将他周身凌厉的气势都冲淡了几分。

唐灼灼心尖一颤，端着清茶的指腹也跟着一缩，不知道是被他话里的宠溺惊到了还是被茶水烫到了，一时之间只顾着捧着茶盏小口小口地抿，不知该说些什么。

是的，霍裘想要的或许并不是她略显画蛇添足的帮助，而是她以相同的深情回报过去。

他有多喜欢自己，她是瞧见了的。

唐灼灼眼前蒙起一层白雾，模糊了视线，又飞快凝成了纤长睫毛上一颗晶莹的泪珠，她眨了眨眼睛，抬起头朝着霍裘笑："殿下去西江，可还带旁人？"

"孤去办正事，还带什么人？"他的剑眉蹙成一团，似有不解地轻喝。"可殿下上回不是带了钟良娣去柴县？"她小声嘀咕着，轻轻放下手里捧着的青花纹白瓷杯，掩住了手心里的一片粉白。

霍裘自然是听见了的，他缓缓地站起了身子，踱步到唐灼灼的身前，语气淡漠似有轻嘲："那时孤问你，你说与孤共处一室叫人恶心，谁想去便跟着去就是了。"

他的话明明说得和缓，唐灼灼却觉得从心底溢出一股寒意涌上后脊背再爬上小臂，以至于她莹白细腻的手背上都起了一层细细的疙瘩。她终于记起了那个场景。

那是她嫁进东宫的头一个月，霍裘日日里闲下来就来宜秋宫陪着她，偏偏唐灼灼最不想见的人就是他。各种言语嘲讽甚至谩骂诅咒，朝这人铺天盖地而来。渐渐地他也就来得少了，白日上朝处理政事，晚间就歇在正大殿里。

直到有一日，他刚下了朝，朝服都未换就来和她说要带她一起去柴县。他原本是想着能找个借口带她出去游玩一趟，顺带着培养感情，可她就坐在床沿上，连身子都懒得动一下，直截了当地说出了那样叫人寒心的话。

唐灼灼的眼瞳蓦地睁大，终于回过神来，望到霍裘瘦削冷硬的侧脸和他面上的阴鸷，身子颤了颤。要……要完！

"妾……妾当时说笑的。"唐灼灼沉默半晌，才艰难地吐出这句连她自己都不信的话来。

果不其然，身侧传来男人低沉的轻嗤之声，唐灼灼葱白的手指绕上勾银线的手帕，指尖泛出沉郁的青白色。

"孤不会带她。"霍裘神色有些复杂，他的声音顿了顿，有些生硬地道，"殿里还有些事，孤就不陪你了。"等那几碟点心端上来的时候，霍裘已走了有一会儿了，唐灼灼叹了一口气，吩咐身边的人道："挪到亭子里去，殿里有些闷了。"

夜色深浓，外头挂了一盏盏的灯，微凉的夜风一阵阵地吹着，唐灼灼脚腕上的银铃随着脚步声款作响，在这夜里悠荡。

才坐到亭子里一会儿，唐灼灼就发现安夏不见了，招来身边的宫女一问，才知道安知明日便要出宫，安夏去了安知的房里。她沉默了一会儿，没有出声，半晌才轻声道："带本宫去瞅瞅。"

不想才到了安知住的小厢房门口，就听到了两人压低的争执声，在肃静的夜里格外清晰。

微凉的夜色如水，羊肠小道上两边青草萋萋，唐灼灼艳丽的裙摆划过细微的弧度，前边一宫女提着灯笼走得小心。主子身边有些脸面的宫女都有一间自己的小厢房，虽然算不上多舒适，但总比那几个人挤一间的好些。

拐了一个弯，路过一排小屋，前头的宫女停了下来，转过头道："娘娘，就是这儿了。"

唐灼灼早就听到了那间木门里头的响动，里面的人压低了声音争辩，月色如洗，蝉鸣不停，她们的脚步声倒是没被里头的人发现。

她轻轻摆了摆手，那宫女就提着灯笼悄无声息地退后几步，唐灼灼将耳朵贴近古朽的木门，里面的声音就一字不漏地传到她的耳朵里。

安夏质问的声音格外愤慨："娘娘待你我如何你心里知晓，做人还是要知恩图报的好！"安知望着面有怒色的安夏，伸手抚上她的肩头，声音哽咽："我又何尝想如此？"

"你却不想想，娘娘这样日日同殿下作对，怎么劝也听不进耳朵里去，你我跟着她日后有什么好日子过？我也是为自己谋条生路罢了。"

她的声音凄哀，叫这外头的月亮都暗了不少，唐灼灼面色不变，只是那双灼灼的杏眸开合间拖曳出异样的情绪。听安知这样说，她心里倒是平静得如水一样。

她自己都明白，安知说的话没错。梦中的她，可不就是落不到个好下场吗。唐灼灼眼里流泻出幽幽的光，盯着那道门许久，才轻轻地哼了一声，转身走了。

安知为了自己打算没错，但到底是个养不熟的，唐灼灼不可能再纵着她。叛主的奴才，有这样的下场已经是她念了往日情分网开一面了。说不气不心寒那是假的，唐灼灼辗转了一晚上，胡思乱想了许久才终于闭上了眼睛。

第二日早间，唐灼灼就起得有些晚，脑袋昏昏沉沉的隐隐有晕眩之感，刚接过一碗清粥，眼前就蓦地一黑，软软地倒下去了。

宜秋宫一时之间七手八脚、手足无措，只有安夏还算镇定些，急忙使人到正大殿去请霍裘，却被告知霍裘下了朝之后就往倚丽宫去了。安夏跺了跺脚，一面赶紧使人去催太医，一面跑着去了倚丽宫。

岂料她连倚丽宫的门都还没进去，就被两个宫女拦住了。安夏顿时沉了脸喝道："放肆，太子妃娘娘身子有恙，特意来寻殿下，你们不仅不进去通报还敢拦着？"

那两个宫女面面相觑良久，还是为首的那个笑着回道："安夏姐姐，非是我们不回禀，只是殿下有令，任何人都不能进去打搅。咱们还是再等等吧。"

安夏顿时气得咬了牙，转念又一想到唐灼灼面色苍白地躺在床上的模样，又忧心得不行，一时之间拿不定主意。

倚丽宫里头，霍裘一身勾蟒纹的太子朝服，衬得男人越发矜贵清肃，单是站在那就是一道让人挪不开半分视线的画卷。

钟玉溪跪在冰凉的地面上，眼泪从精致的脸蛋上滑下，无声地掉落在衣衫上，瞬间就染出一朵小水花。她连哭都不敢哭出声来。

霍裘面色已有不耐烦，这殿里的香太过浓重，吸进鼻腔里都觉得呛人，他剑眉一皱，声音更冷几分："你对孤的决议有意见？"虽然是问询的话语，却偏偏不容人说出一个"不"字来。

钟玉溪死死地咬住下唇，望着眼前高高在上如天神一般的男人，艰难出声："殿下明知妾的兄长不会做出这般事来……"

为何还要贬他去边疆？那等苦寒之地，去了还能被人念起吗？只怕是这辈子都再回不了京都了。

霍裘冷眼望着女人哭花了的脸，连眼皮也没动一下，他转动着手中的玉扳指，神色一时之间如同地狱的阎王："钟氏，别在孤跟前耍小心思。"

"你兄长缘何与王毅混在一起去，你钟家心里没数吗？"他嘴角弯出一个嘲弄的弧度，又极轻蔑地道，"孤生平最看不惯的便是墙头草。"

钟玉溪面色苍白，她从手指开始，身体的每一处温度都仿佛被抽走，就连牙关都在上下打战。她垂了眸子艰难地道："殿下，妾的父亲、兄长皆全力扶持殿下，何来墙头草之说？"

这么大的罪名，他们钟家担不起。

霍裘深邃的眸子里阴霾一闪而过，玄色的广袖拂过钟玉溪早早命人摆好的棋盘，又想起钟老头子的所作所为，沉沉地闭上了眸子。

钟玉溪以为他听进去了，眼泪才稍稍止住了一点，她望着男人冷硬紧绷的下颚，小心翼翼地站起身问："殿下会这样以为，是不是因为太子妃娘娘……"

霍裘蓦地转过身来，一双毫无温度的眸子凝在她的脸上，钟玉溪的面皮抖了抖，再也说不下去了。可越是不敢说，她心里的不甘就越强烈。

明明自己满腔的心思都放在殿下身上，怎么他眼里只有那个唐灼灼？家世、相貌、性格，自己明明样样不差，可依旧得不到哪怕一点点怜惜。最叫人觉得无力的莫过于连自己输在哪都不知晓。

钟玉溪尖长的指甲深入肉里，因为他才染上的花汁也失了原来的颜色。"太子妃和善好说话，并不是你可以乱了规矩的理由。"霍裘看也不看她一眼，直接撩了帘子就想走，身后钟玉溪低低地呜咽，好看的秋水眸子里满满当当的都是嫉恨。

她甚至很想不顾一切地喊出来：唐灼灼她根本就是个水性杨花的女人，明明就是吃着碗里的看着锅里的，两头都不放过，这样的人，你怎么还看得上眼！

可她不敢，欲冲出喉咙的声音被她死死地压住，忍得她眼眶直泛红，就在这时，外头突然传来一阵争执声。

霍裘掀了帘子，瞧着外头一脸为难的张德胜和急得满头大汗的安夏，皱了眉："怎么回事？"张德胜急忙走到他身边道："殿下，奴才刚才见着安夏被倚丽宫的两名宫女拦下了，一问，竟是太子妃娘娘那出了事。"

霍裘脚下的步子一顿，一旁的安夏急忙跪到了他的脚边，脸上都是错杂的泪痕。他心底蓦地有些不安。"殿下，娘娘用早膳的时候突然晕倒了，烧得迷糊，奴婢斗胆来请殿下过去瞧一瞧。"

霍裘剑目一瞬间敛得死紧，垂在身侧的手紧紧握了一下，身形如风大步就出了玉溪宫的门。昨日晚上还好好的人，怎么突然就晕了？

张德胜一路小跑，见霍裘脸色越见阴沉，不由得开口问："殿下，那两名宫女可要处置了？"霍裘薄唇抿得死死的，周身的寒意涌动生生把夏日的暑气逼退了几步。眼看着转了一个弯，宫道上的宫女太监跪了一路，他终于开口："仗责五十，拉去浣衣局。"

张德胜刚扬起一个殷勤的笑，就听到了这位主子爷下一句话——"钟良娣德行有失，禁足一月，罚月钱半年"。

这声音没有半点温度又不容人质疑分毫，张德胜默默一甩拂尘，心里暗叹一口气。钟良娣这回是受定了这无妄之灾了。殿下这心明摆着偏得没边儿了，这是赤裸裸的迁怒啊。

霍裘才一进殿里，就见到跪了一地的宫女，个个都是大气不敢喘的模样，他的面色蓦地凝重了。床幔层层，轻薄的料子随着轻风飞舞，蹭得人心底痒痒的，一只雪白的玉腕从床沿伸出，上面覆着一条无瑕的帕子。

霍裘一路走过来，额间出了一些汗，眉心紧皱。那老太医见状身子微微一抖，而后拍了拍衣袖起身朝霍裘行了个大礼。

"免了，太子妃如何？"霍裘偏头望向那张雕花的床榻，上面躺着的人一丝动静也没有——既没有往日的冷言冷语，也没有这些天见了他就唤他的甜腻劲儿。

这人安静得让他有些心慌。"禀殿下，娘娘这是内有郁气，加上身子虚弱，受了些风寒才导致的晕厥。待臣开服药让娘娘喝下去，退了烧即可醒来。"霍裘这才稍微放下了一些心。

待药熬好了呈上来后，张德胜一个眼神，那些伺候的宫女就低着头鱼贯而出，整个内殿，就只剩下了烧得有些糊涂的唐灼灼和目光微带疼惜的霍裘。

霍裘伸手拂开床幔，探上她白嫩光洁的额心，微烫的温度让他心中愠怒，乌黑深浓的眉心皱得化不开。这唐灼灼都这么大的人了怎么还跟小孩子一样，连自己的身子都照顾不好！

他到底还是有些无奈，黝黑深邃的眸子扫过一旁温热的漆黑汤汁，便端了碗舀了一勺。汤汁刚送到唐灼灼嘴里，就顺着她失了血色的唇流到了枕边。

霍裘只好将她扶起来，半揽在怀里，女人身上幽幽的香若有若无地在他鼻尖缭绕，他深深吸了一口气，执着玉勺的手微微抖了抖。她前所未有的乖顺让他心里微热，他醒过神来转而又觉得自己有些好笑。

等喂完了药，霍裘就将她放在了床榻上。她睡得十分安静，面上的温度还有些高，两颊泛出不自然的红，巴掌大的小脸陷入绵软的靠枕里。

霍裘在床沿上坐得笔挺，目光细细地扫过她面上的每一寸，眼里才总算含了一些笑意。他已经好久没有仔细看过她了。说来好笑，他名正言顺的发妻，他却连着几个月晚上不敢踏进这殿门里。

是真的胆怯。她日渐厌恶的眼神和越来越刺骨锥心的话语，比战场上从后背射来的冷箭还要叫人心寒。

"难得见你有这样乖的时候。"霍裘到底忍不住哑声道。他修长的手指抚上她一侧的脸蛋，又顺着她精致的侧脸滑到她小巧的唇上。

动作蓦地一顿，霍裘眼底的缱绻彻底恢复了清明，他站起身来，深深地吸了一口气闭上眸子，指腹上还残留着温软的触感，酥酥麻麻的要人命。唐灼灼却不知怎么了，突然蜷成了一团，小小的拳头捏得死死的，低低地呜咽出声。

几颗晶莹的泪珠顺着她的脸颊掉落，霍裘心里一抽，牵扯着丝丝缕缕的疼。他皱眉走到床边，居高临下地望着她，一时之间不知该作何举动。

谁知她的眼泪越来越多，小小的身子都缩到了床边，纤长的睫毛上还挂着欲落不落的泪珠，就连嘴里也开始无意识地嘟哝着什么。

霍裘看了一会儿，实在是有些心疼，只好僵着身子把她拉过来让她靠在自己肩上，谁知她越来越不老实，又是哭又是哽咽着叫着什么。最后他犯了恼，将小小的一团直接强硬地扣在怀里，人才老实下来。

直到这时候，他才听清楚唐灼灼唤的是什么。她又拿滚烫的小脸蹭了一下他宽大的手掌，上面的温度叫她欢喜又舒服，嗓子有些低低哑哑的如同一头疲惫的小兽，她轻轻地唤："殿下……"

那声"殿下"被她拖得有点长，听起来就是一种甜腻的撒娇语气，霍裘被她这声音逼得身子僵直，黝黑的剑眸里风起云涌，一种压抑了许久的情绪陡然爆发。

唐灼灼念了许久得不到人的回应，越闹越急，到最后又带了声声哭腔，"殿下……霍裘！"

就是在梦里，她一贯的骄横脾气不改丝毫，到了后头甚至连名带姓地唤他，偏偏脸上的泪珠却是不断地滚落。

霍裘被她逼得终于乱了呼吸，捧了她娇俏的小脸蹭上去，一点一点将她面上的咸苦滋味卷进肚里，像是血液里融入了另一人的呼吸。他低醇的声音像是陈年的老酒，却带上了一种莫名的沙哑："娇娇，孤在的。"

一直都在的，你不要怕。

虽说太医一再保证唐灼灼只是有些发热，熬了药喝下去就会醒来，但唐灼灼还是到晚间才有转醒的迹象。

屋子里的药味混着袅袅柔柔的薄荷香，在整个宫殿内弥漫。霍裘坐在离床榻不远的软凳上，一派霁月清风的模样。

他被那女人嘴里的胡话逼得心绪不宁，原本平静无波的心里蓦地起了风，刮起一阵阵涟漪。他只好离得远些，心绪才能稍稍宁静。

可即使是这样，他的目光还是忍不住朝床榻上娇小的人瞧过去。唐灼灼面上还是有些热，巴掌大的小脸衬着乌黑的长发，雪白的肌肤在烛火下宛若凝脂。

霍裘双眸如同打翻了的砚池，里头除了深浓到化不开的黑，再瞧不出别的什么情绪，危险又沉抑。唐灼灼是被浓郁的药汁呛醒的，那种涩苦从舌尖每一寸蔓延到了心底，再流到后脊背处，连带着小臂上都起了细细的疙瘩。

她终于睁开眼睛，下意识地偏头躲过唇齿边的玉勺，睫毛轻轻颤动几下，就对上一双寒凛的眸子。霍裘一身月白银边长袍，皱着眉头坐在床沿上，手里还执着被她嫌弃的汤勺。

唐灼灼瞬间清醒了几分。"殿下？"她轻轻地唤，出口的声音有些干哑，却难掩声音里的诧异。

霍裘居高临下地望着她，从喉间轻轻地"嗯"了一声，醇厚低沉。"喝药。"他骨节分明的长指捏着小巧的玉勺，显得既笨拙又有些违和。唐灼灼头皮一阵发紧，冲他讨好地笑笑："殿下，妾自己来。"

霍裘沉沉地望了她一眼，将手中温热的药碗递到她手里，其间他触到她柔软的指腹，身子微微一僵，眸色变得有些深。药碗里药汁浓郁，味道闻着就是一种苦，唐灼灼握上勺柄，上面还残留着霍裘手指的余温。

唐灼灼深吸了一口气，手上细微的抖动被她不动声色地掩住，她一口将苦涩的药汁喝下。

一张明艳的桃花面顿时纠结成了一团，心底极想唤安夏拿一碟子蜜饯过来，又碍于霍裘在一旁冷着一张脸，只好抿抿唇闭着眼睛咽下那股苦味。

霍裘瞧着她那偷偷龇牙的表情，眼底流出清浅的笑意，周身如冰的气势齐齐瓦解。她从未在他跟前展露过这般生动的模样。待喝完了药，唐灼灼眼底已聚了一汪晶莹的泪，安夏在旁边见到，头低得不能再低地端上一碟子蜜饯。

她这才好过了一些。

殿里伺候的人进来换了香，又开了一小扇窗子透气，屋里的药味才稍稍散了些，夜色入屋，又带了些许寒意。

唐灼灼低垂着脑袋，纤柔的手指将锦被戳出一两个小坑，坐在床沿边的男人存在感太过强烈，从她的角度看过去，他的手指修长，交叠在月色的锦袍上，身上的薄荷味与殿里的混在了一起，让她的脑子突然有些晕乎。

"殿下……可用膳了？"唐灼灼望了望外面的天色道。霍裘挑了挑眉毛："孤等会儿回正大殿用。"唐灼灼轻轻颔首，而后挽了挽垂下来的细发，露出一角淡雅的木兰簪。

"今日妾可扰到殿下了？"霍裘轻瞥她一眼，站起了身子，而后察觉到唐灼灼终于放松下来，顿时沉下了眸子。唐灼灼到底为何昏睡时唤他的名字，醒来后却又如此疏离防备？她到底心里想的是什么？

"未曾。"他觉得心里头那股郁气纠结成一团，恨不能直接揪着床榻上的人好好问问，但他向来冷静自持，面上也没有展露出过多的表情。他抚了抚手指上的玉扳指，眸子里却尽是肆虐的暴风雪。

"妾生来身子就有些虚，殿下不必担忧。"她抬起头，双目澄澈真诚。她自然知道霍裘对她的关心。

"既然知晓自己身子不好，太医配的药为何不按时熬了喝？"他声音寒凉如同冬日里的冰窖，剑眉一皱，眼里更是毫不掩饰的怒火。

今日他捉了那太医一顿盘问，才得知她本该好生用药养着的，可太医今日一把脉，才发现情况丝毫没有好转，再一问她身边伺候的宫女，才知道那些药她一口没喝，全倒在院里的那几棵树下了。

唐灼灼默默地咽下刚要到唇边的话，嘴角的笑还未漾开，下颚就被一只冰凉的手抬了起来，直面迎上男人锐利的黑眸。

"你今日烧得迷糊的时候，嘴里喊着孤的名字。"听到这话，唐灼灼瞳孔一缩。

她嗫嚅着还未想好措辞，霍裘就已逼近了一步，深邃的目光在她精致的脸上游移："唐灼灼，孤深知你的秉性，这些日子你曲意讨好，所求为何？"他的语气淡漠凛然，像是一把锋芒毕露的剑，生生撕开人表面上的伪装，叫人无处可躲。

唐灼灼说话有些艰难，白嫩的手心紧紧握了握："妾……"话还未说完，霍裘就松了她的下颚，沉沉地发笑，面上阴鸷十足："你以往什么时候在孤面前称过妾？"

唐灼灼哑然，她原本就不喜欢霍裘，嫁入东宫又实属被逼无奈，不连名带姓地唤他就很好了，哪里还会一口一个妾来自称？

她恍然大悟：是不是自己的举动和以往不同叫他起了疑心？见她不说话，霍裘气得胸膛上下起伏几下，失望和愤怒夹杂着，搅得他险些失去了理智。就是这么一个人，他捧在心口上，又恨不得将她揉进身体里，偏偏她总是一副无动于衷的模样。

她那般置身事外，像是这样的用情全是他一个人的事。可，这也的确是他一个人的事。

"娇娇。"霍裘气极，掐了她纤细的腰身，叫她与自己的身体贴合，他心头终于有些安慰，略微沙哑地喟叹出声。

唐灼灼的身子僵得不像话，杏眸瞪得圆溜溜的，鼻尖缭绕的都是他身上素淡的清香，可这时那香竟没了凛冽，余下的只有弯弯绕绕的柔情。

"能不能让孤省心点？"他哑哑的声音似是低嘲，又像是情人间的呢喃，全没了朝堂之上矜贵清冷的模样。唐灼灼心头一暖，鬼使神差地别过头去，只觉得眼眶有些发热。

"除了不喝药，我惯来是个省心的。"她揉了揉鼻尖极低地嘟囔，整张小脸皱成一团。

令唐灼灼没有想到的是，霍裘虽然嘴上未说什么，但隔三岔五过来宜秋宫用膳时，必得眼瞧着她将药汁喝到嘴里。只是，从未留宿她这里。唐灼灼心下微松一口气，倒是安夏，眼见着急得不行。

某天一早，唐灼灼合了衣物起身，便走到小小的四叶窗子口。窗外头天色还未彻底亮起来，晨雾混着殿里残留的熏香，吹在人脸上凉飕飕的，让她不由得紧了紧身上的衣物。

安夏刚巧进来将快燃完的烛火撤下，见她醒了，忙走到她身边问："娘娘起这样早做什么？可要再睡一会儿？"

唐灼灼漫不经心地摇头，目光掠过小庭院里的几株小树，问："那两株种的是什么？怎么我之前未见过？"安夏顺着她的目光一望，脸上露出笑意："娘娘前不久不是和殿下提起江南地区的茶吗？"

"殿下前日就命人栽下了。"她脸上的雀跃之意太过明显，唐灼灼被她瞧得面上略微发烫，微微嗔道："就知道瞎讲。"正在说话间，只见得外面人影闪动，一人着明黄色蟒袍，上面绣着的蟒纹活灵活现，隔着不远的距离都能感受到身上的威压。

天边隐隐挂着的一轮清月还未落去，素淡的光辉洒在他的身上，给这人更添了几分清冷。唐灼灼险些看得痴了，还是安夏拉着她去换了一身衣物。

霍裘才进内殿，就见到唐灼灼站在妆奁盒前，盒子里各样的珠宝首饰正争相发出熠熠光亮。她听到脚步声，回头朝他望了一眼，旋即又转过头去挑挑拣拣，嘴里倒也乖觉，一句"殿下金安"叫得沁甜。

霍裘眼里带了浅浅的笑意，几步走到她身后，望着她纤白的小手将一根镶金的翠玉簪丢到桌子一旁，眉心一皱。"不喜欢这些？"他凑得近了，唐灼灼能闻到那股极熟悉清冽的香味，就连他的呼吸都洒在自己身上。

她手上的动作不由得一顿。"全是些过时的老物件，不合心意。"

她又拿起一支流苏簪在手里把玩，略显英气的眉毛皱得与霍裘方才毫无二致。

听到她话里的嫌弃，霍裘失笑，再一看她手上的流苏簪，明明是年下最时兴的，用的也是上好的料。他对她一向舍得。这小东西，净知道挑剔。

"张德胜！"

"把孤库里的珠宝拿出来给太子妃挑挑。"

张德胜动作微有一僵，旋即笑着对唐灼灼道："殿下库里的都是时年上贡的物件，娘娘必定喜欢。"

唐灼灼一双桃花目里光华潋滟不止，胭脂色的广袖触到了霍裘的手心，人倒是笑得欢畅："难得殿下肯割爱。"霍裘闻言略一挑眉："孤何时对你藏了私？"他高大的身躯将唐灼灼罩在阴影里，侧面一看，就像是两人拥在了一起般。

唐灼灼略骄横地道："还不知先前殿下赏给几个良娣、侍妾多少好东西，反正妾这儿一份也未收到。"话说得再理直气壮不过，霍裘沉沉地望了她一眼，手心一痒，没忍住刮了她挺翘的琼鼻。

两人身子都是一僵，霍裘不动声色地放下手，轻轻咳了一声："你倒是越发没良心了。"

赏给那些人的不过是一些寻常的珠宝，倒是叫人送来她这里的，哪一件拿出去不是价值连城？

旁人遇见都要感激涕零的事，到了她这里，偏偏就变为理所当然，这人倒还没忘了倒打一耙。唐灼灼沉默了一会儿，再抬起头来时面上又带了笑意："殿下用早膳了吗？"

霍裘一身寒凛，偏偏眉目温和如玉，瞧她的眼神不自觉地带了一份叫人无处躲避的灼热。

那日之后，虽然她并未对他突生情意，却换了一种方式对他开诚布公。

他一想到那日面带酡红的唐灼灼拽住他的腰带，眼神既羞又涩，脆生生地唤他的名字。执子之手，与子偕老，哪怕她还未曾对他生出些许情意，但这已是他不敢想的意外之喜。

"未曾。"霍裘挽了她鬓边一缕碎发，想起接下来要说的事，神情慢慢严肃起来，动作却是极致温柔，"孤是来与你说一声，原定十日后的西江一行，要延后一段时日了。"

唐灼灼脸上的笑意瞬间如变戏法一样地消了下去，她低低地嘟囔几声："殿下可答应了我的，君子无戏言。"说罢，她又觉得不甘心，白里透红的小脸蛋上委屈十足，磨磨蹭蹭到霍裘的身边，就连声音也特意压低一些："殿下，这些天我都有好好吃药的，你也见到了的。"

霍裘见她白嫩的小拇指勾了他朝服一角，那模样当真是楚楚可怜。他顿时脑仁一疼："孤说带你自然就会带你的，只是昨日父皇同孤说，要将皇祖母的八十寿诞宴挪到这几日好好庆祝。"

唐灼灼这才松了他的衣角，皱着眉头道："皇祖母的大寿不是在两个月之后吗？""嗯，钦天监上禀父皇，三日后大吉，那时大办可增皇室气运。"霍裘神色有些慵懒，眉宇间略见疲惫之色。

琼元帝大病一场伤了元气，再加上年轻时落下的病根，已难以应付那些烦琐的政务。如今他将大多的事都交到了霍裘的手里，霍裘则一面要将朝堂中的事处理得滴水不漏，一面又要掮防着那些狼子野心的皇子。

唐灼灼见他这般样子，心头一软，踮起脚给他揉了揉眉心："这日子定得未免匆忙了些，皇祖母大寿的寿礼我都还未准备好。"

她不再口口声声地称"妾"，再加上柔若无骨的小手带着一点冰凉蹭在他的眉心处，使得霍裘从喉间溢出一声低笑："都替你备好了。"唐灼灼这才放下心来。

皇太后年事已高，平日里长居慈安宫吃斋念佛，不问世事，但年轻时却是个顶顶厉害的，宫里宫外都流传着她的故事，只是唐灼灼并没有得到几次与她攀谈的机会。

霍裘低低叹了一声，寻了她玉白的小手捏了捏："孤这几日有的忙了，晚膳就不必等孤了。"

等霍裘走了，唐灼灼瞧着送来的一大箱稀奇玩意，懒懒地挑眉，盯上了笑得一脸殷勤的张德胜。

"娘娘……"张德胜心头一跳，危机感来得格外强烈。"听说钟良娣被殿下禁足了？"

张德胜忙不迭地笑着甩了甩拂尘点头称"是"。"那本宫进去瞧瞧，当无大碍吧？"唐灼灼将修剪盆栽的小银剪放下，不施粉黛的面上笑得明艳，"听说那日本宫的人进不得她的殿门？"

张德胜哑然，头大如斗。

倚丽宫离宜秋宫有一些距离，唐灼灼换了一身衣裳，手里轻轻摇着一把芙蓉色的团扇，加上天早太阳不大，倒也没觉得有多热。倒是一边苦着脸跟在后面的张德胜，脸上的汗擦了一层又一层，面色苦不堪言。

就应该叫底下那帮小兔崽子来送的，这下可好，东西是送到了，人也回不去了。虽说这钟良娣现在不受宠，那也是明摆着的主子，谁也保不准日后哪个主子风头更盛。就是她再不济，主子爷登位后，凭着钟家的家世，也少不了得一个妃位，那时这人可不是他能得罪得起的。

虽是这样想着，但张德胜到底还是不敢说什么，一路提着心跟在唐灼灼的后面。识时务者为俊杰，他自幼跟在主子爷身旁，自然极会揣摩霍裘的心思，这太子爷分明是把太子妃放在心尖上了。

迫不得已的时候，他必得得罪那么一个。唐灼灼哪里不晓得他那花花肠子，这就是个人精，但好在这人精格外懂事。

拐了个弯，他们一行人就到了倚丽宫的殿门前，宫外还是守着两名宫女，二人见她忙不迭地跪在地上行礼。唐灼灼用手里的扇子微微遮在头顶，自顾自地与身旁的安夏说笑一声："今儿个真是奇了，本宫进去不用通传给钟良娣？"

那两名宫女身子微微发抖，好在唐灼灼细望她们一眼就带着人往内殿去了。钟玉溪被禁了足，又想起兄长身上出的一堆破事，又气又急，加上天热，免不了就上了火，以至于嘴里长了几颗水泡火烧火燎地疼。

一疼就安分了不少，天天在殿里坐着绣些帕子衣裳。唐灼灼进去的时候，正瞧到她手里拿着一件月白的衣裳，手下的动作不停。她走近了才瞧出来那是一件男子的寝衣，至于是给谁的，大家皆是心知肚明。

她的侧脸纯净温和，瞧不出一丝烟火气，唐灼灼站在离她十几步的距离，眼神有些恍惚，终于在她身上瞧到了梦中圣宠不衰的钟妃的影子。

不争不抢，不食人间烟火，人前永远是一副冰清玉洁的清冷模样，比这时动不动就跪地为兄求情的钟良娣手段高了太多。

也许是听到了脚步声，钟玉溪朝唐灼灼这边一望，面上稍有吃惊，但又很快地淡了下去，将手里的寝衣轻轻地放下，福身朝唐灼灼行了一礼："妾请太子妃娘娘安。"

唐灼灼轻轻颔首，目光扫过那件做工精细的衣裳，声音明明是轻快含笑的，却偏偏谁都能听出一股嘲弄的味儿来："钟良娣好雅兴，这是在给殿下缝制寝衣？"

钟玉溪抿唇压下眼底的阴霾，温顺地答："妾不懂事触怒了殿下，心中惶恐，只想着做些什么叫殿下消火才好。"

唐灼灼笑了一声，也不坐下，就站着拨弄着自己手上的扳指，良久才开口："本宫前段时间病得不合时宜，倒是打搅了殿下和良娣的独处。"

钟玉溪紧了紧手中的帕子，面上却是诚惶诚恐："娘娘恕罪，妾哪里敢这样想？这些时日妾在殿里禁足，除了殿下没人进得来，还望娘娘原谅妾身。"

她这话说得滴水不漏，却又隐隐带刺：禁足是霍裘下的命令，即使她是太子妃，也没有这个权利不禀太子就进她的宫里。

唐灼灼闻言低低地笑了一声，纤细的手指抚上那件泛着银光的寝衣，檀口微张："良娣费心了。今日本宫听殿下提起钟家公子将远赴边疆的事，便向殿下请了个恩准，来告诉你一个好消息。"

钟玉溪闭了闭眼眸，再看看默默地缩在一边的张德胜，自然知道唐灼灼是经过了霍裘的应允才来见她的，心里再气还是要赔着笑："是妾的兄长不争气，叫殿下为难还劳娘娘费心。"

唐灼灼眯了眯好看的杏眸，走到她跟前："先前殿下与本宫说起，你认为兄长被人陷害为他抱不平，才出了这档子糟心的事。"

"本宫后来想想觉得是这么个理，又念着良娣那日跪在本宫殿里说的那些话，心有所感，想起了家中的兄长。"钟玉溪顿时一愣，不知道她说这些是个什么意思。再说……殿下，他竟同唐灼灼这样说她的吗？

唐灼灼瞧到她的神色，满意地抿了抿唇道："所以本宫今日才来告诉你这么个好消息，殿下决定叫钟家公子留守京都，你兄长虽一时之间没了职务，但好在能与相爱之人在一处。"

"良娣心中应当宽慰许多。"说到这里，唐灼灼的眉毛往上一挑，语气轻盈，任谁都能察觉出她此刻的心情。钟宇是个憨厚的，霍裘原打算将王毅和他贬到边疆，但计划赶不上变化，如今正值多事之时，又有皇太后寿辰要操办，正缺可明面上走动的武将。

多一人总比少一人好。做决定的是霍裘，想来当这个好人刺激钟玉溪的是唐灼灼。她不是想让她去求情继而拉她下水吗？她这个一向嚣张跋扈不讨人喜欢的太子妃怎样也要如了她这朵解语花的愿才好。

果不其然，钟玉溪原本还勉强带笑的面色彻底变得苍白，她只能听到自己如雷的心跳声，无力到了极点："娘娘是说……妾的兄长被革了职？"钟玉溪这句话问得无比艰难，唐灼灼却是抿唇一笑，生生刺痛了她的眼睛。

"虽是被革职了，但未必没有复职的机会，良娣好好和殿下说些好话，枕边风比什么都管用。"她最后一句话压得极低，脸上的笑却是如外头的太阳般明艳，钟玉溪这时候才蓦地反应过来。

这人就是来看笑话的，这让她心头滴血，又疼又怒。还枕边风，殿下……他连她身子都没碰过，哪里有枕边风可以吹！

唐灼灼眼见着目的已经达到，也不想多留，黛色的眉毛挑得高高的，气势逼人："殿下与本宫说良娣身边的人倒是一个个听话得很，将这倚丽宫守得连苍蝇都飞不进去一个，只是别坏了体统才好。"

就是寻常权贵人家，哪家的妾身边伺候的丫鬟敢将当家主母的人拦在外头？更别说是在这等级森严的皇家，甭管进来之前是什么身份，哪怕是良娣，那也只是一个妾。钟玉溪心思玲珑一点就通，可正因为这样，她才更觉得如鲠在喉。

殿下这是在说她用人不善坏了规矩吗？难怪……禁足的命令下得那般决然。唐灼灼深深地望了她一眼，刚要踱步走出殿门，又瞥到了那件泛着光亮的寝衣，眸色一暗："至于钟良娣这寝衣，还是莫送给殿下了。"

这话一出，不止安夏一愣，就是向来老奸巨猾的张德胜也哑然了。这好歹是钟良娣给殿下的一片心意，谁也不好在这上头说些什么，偏偏这位是个心直口快的。

钟玉溪刚抬起眸子，就听唐灼灼话中带刺道："同样的几件寝衣现在还在本宫殿里挂着，殿下碰也不碰，本宫原本还纳闷，今日才知竟是良娣绣的。"

这话如同一根根细针，扎得钟玉溪五脏六腑血肉模糊，她咬紧了一口银牙，才忍住没有当众与唐灼灼呛声。理智尚在，张德胜还杵在一旁瞧着，若她这时候顶撞了唐灼灼，那所有的罪名可全是她的了。

唐灼灼她不过仗着太子妃的身份得意一时罢了，殿下在她这样的人身边受了冷脸，还会一直宠着不成？饶是如此，在唐灼灼经过她身旁的时候，仍有一小句话稳稳地钻入她的耳朵里。

"娘娘可真忘得了王毅不成？"唐灼灼的瞳孔一缩，旋即眼里布满厌恶的神色，可落在钟玉溪眼里，却让她隐隐地生了些许快感。唐灼灼忘不了王毅，这就是钟玉溪所能依仗的最大优势！

而这事，自然也被张德胜一字不漏地转告给了霍裘。他坐在沉香木椅上，眼睑微垂，剑眉深蹙，举手投足间全是深浓的威压。"她这样说？"霍裘几乎能想象出那个娇气包不肯吃亏的小模样，不自觉地微微扯动了嘴角，深邃的眼睛里涌出笑意。

张德胜见状，笑得乐呵："娘娘还说叫钟良娣别给您送寝衣了，说您一次也没穿过呢。"

霍裘沉沉地笑，胸膛低低地起伏，他摩挲着手上硕大的玉扳指："倒是个不肯吃亏的性子。"她能在他身边纵着脾气肆意地闹，半分不顾忌其他，已经是他所能想到最好的事了。

"哈哈哈，太子妃这个性子，殿下不是早已知晓了吗？"温润的男子声音从书架后的暗道里传出来，而后一道高大的身影出现在霍裘的眼里。霍裘从椅子里起身，面上挂着一缕罕见的笑，就连声音也平和了几分："韩江，孤才算到你该回来了。"

"江北的事刚办妥，怕殿下这边出差错，便急着赶回来了。"来人被微弱的烛光一照，露出半边颇具韵味的脸，赫然便是柳韩江。

之后的两日，唐灼灼果然都不见霍裘的影子。倒是天越发热了起来，碧晴的天上万里无云，那团烈日就愈加放肆，光是在这样的天气里往外头站一会儿，都要中了暑气。

唐灼灼整日待在宜秋宫里，碍着天气不便走动，也乐得清闲自在。此时正值六月末七月初，院子里原本过了花期的紫薇，在这日袅袅地绽放出丝缕清芳。

安夏抱了一捧刚摘下来的新鲜月季，细细地去了枝条的刺才进了内殿。唐灼灼正躺在舒适的躺椅上轻摇，她身后摆着几个冰盆，凉气带着丝丝沁甜散发开来。

她见安夏抱着花进来，不由得莞尔一笑："这月季开得倒是娇艳，刚去花园里摘的吧？"

"花娇，人更娇。"唐灼灼见安夏羞恼地跺跺脚，偏头问一直候在身后的紫环，"你瞧她还恼了，本宫说的可有道理？"

紫环是这几日才选上来的大宫女，是个心思细腻的，如今微微一抿唇，倒也跟着笑了："娘娘都这般说了，那自然是了。"唐灼灼微微起了身子，水色的长袖轻拂，露出小半截白藕一样的肌肤，珊瑚手钏衬得她的肤色越发雪白，就连神情也更慵懒了几分。

安夏将月季插入玉白的瓷瓶里，转身见到唐灼灼起了身，再瞧了一眼外面的天色，不由得道："娘娘可要传晚膳？"唐灼灼纤细的手指抚上月季的花瓣，微凉绵软的手感让她惬意地眯了眯眼睛，而后点了点头。

"对了，本宫叫人送给爹爹的信，可送出去了？"如今正是多事之时，站了队的唐府自然也不是很安稳，内有小人作祟，外有皇子虎视眈眈，一举一动都要格外小心。她信里写的东西倒是寻常，不过是一些宫中琐事，但其中另有玄机，她想告诫爹爹和兄长的话都隐藏在里头。

只要信送出去了，他们自然会懂。安夏的表情也跟着严肃起来："娘娘放心，叫小柜子混在出宫的水车里送出去的，现在这个时辰，信应当是到了老爷手中。"唐灼灼这才漾出几缕笑意，窈窕的身子划出别致的曲线，掩唇打了个哈欠。

正在这时，外面传来了熟悉的尖细声音，还带着一贯的殷勤笑意："太子妃娘娘，奴才奉殿下的旨意，请娘娘去正大殿用膳。"夜幕悄然降临，唐灼灼走了一炷香的时辰才到了格外恢宏的正大殿。

张德胜早就在外面候着了，见到她来了，忙不迭地迎上来笑道："娘娘可来了，殿下在里头等着呢。"唐灼灼轻轻颔首，进了书房里头。屋里点了几盏明灯，霍裘身子修长一手背于身后一手提笔而作，也许是听见了动静，抬眸一看，见是她来了，微一沉吟就搁了笔。

"殿下金安。"唐灼灼福了福身，一张娇俏的桃花面带了几分浅淡的笑意，"殿下自忙您的就是了。"许是夜晚的缘故，霍裘的眉眼比往日柔和了几分，声音更是醇厚低哑："孤今晚没什么事，才唤你过来一同用膳。"

唐灼灼挑眉："分明是殿下抢了妾做点心的厨子，心里过意不去了才是真的。"霍裘玄色的广袖从未干透的字迹上方拂过，眉目深深，也不知是想到了什么，过了一会才低低地笑了一声："你倒是说什么都有理。"

他话音才落，见到离着不远的娇小人儿不甚满意地皱眉，不由得失笑："罢了，改日孤再给你寻一个就是了。"唐灼灼这才舒展了眉心，莹白的小手抚上茶盏的杯盖，又感受到手底下的那层微汗，不动声色地敛了眸子里的异样。

看样子霍裘已经察觉到了什么。她小厨房里的那个厨子点心做得极好，但为人低调内敛，平时也不大与人说话，任谁瞧他都只觉得有些憨厚，可就是这么一个人，是六皇子霍启安插在东宫里的暗桩。

她只在上回用膳时同霍裘明里暗里提过几句，第二日那厨子就被带到了正大殿没再回去。

至于这人是进了私牢还是去了乱葬岗，就不是她该关心的了。唐灼灼惬意地眯了眯眼睛，轻轻抿了一口刚端上来的茶水，顿时巴掌大的小脸皱成了一团："殿下……这茶叶为何放得这么多？"她掀开茶盏，里面嫩绿的茶叶在水中舒展身子，上下沉浮，茶香四溢，但茶叶确实是放多了。

霍裘掩住眼底的一缕笑意，答得一本正经："孤处理政务需花上几个时辰，茶浓一些好提神。唐灼灼嘴里的苦味不减，捻了桌案上摆着的一块糕点送到嘴里，香甜的滋味漫开，才镇住了浓茶的余味。

"虽然处理政事要紧，但也不能使这么个法子啊。"霍裘听着她的抱怨，心头一颤，手指微微动了动，面上的表情却恢复到平常的严肃模样："嗯。"

用了晚膳，唐灼灼想起后日的事，凑到霍裘身边问："殿下，后日妾要给皇祖母的寿辰礼……"眼看着这日子就快到了，她若是心里没个底，闹出笑话不说，就怕引得宫里的那几位不满。

霍裘自然想到了这一层，眼皮都未抬一下，冲着张德胜摆了摆衣袖，后者就弓着身子退下了："等会儿取来你就知晓了。"她在他身边可着劲转悠，霍裘自然静不下心来办事，幽深如井的目光从手中的奏折落到她白净无瑕的脸蛋上，眼神微微一凝。

"孤听说日前你去了倚丽宫？"唐灼灼的脊背一僵，青葱般的指尖划过手心又蓦地收住，自然知道瞒不过他，干脆就大大方方地承认了："殿下不知晓，钟良娣一贯恃宠而骄，都不把妾这个太子妃……"

霍裘伸出修长的食指止住了她下面的话，面色有些沉郁，似笑非笑地望着她，细细咀嚼她嘴里的那四个字："恃宠而骄？"唐灼灼面不改色地点点头。

霍裘透过朦胧的灯火看她，觉着好气又好笑。明明知道瞒不过自己还要强行先告一状的，除了这么个天不怕地不怕的小家伙，这世上再没有第二个了。他的气势太过压人，唐灼灼心里也有些发虚，躲闪着不太敢对上那双凛冽的寒眸。

"恃宠而骄，她哪来的宠？"霍裘伸出修长的手指揉了揉眉心，饶有兴味地问。唐灼灼感觉到他稍缓和的语气，眨了眨眼睛："自然是殿下给的宠。"不然还能是什么？

虽然她知晓霍裘对自己的情意，但他对钟玉溪一直都是不错的，圣宠不衰。就是在东宫里，她也是良娣中最体面的一个。霍裘对钟玉溪……自然算是宠的。

霍裘听着她丝毫不带犹疑的回答，深深地皱了眉头，周身的寒气一时之间极为深浓。唐灼灼有些紧张，片刻后垂下头嗫嚅着道："殿下就当没听过吧。"霍裘蓦地站起身来，眸子里像是被打翻了的砚池，翻涌着莫名的情绪。

"娇娇，孤的宠从来都只给了一个人。"钟玉溪算个什么，他连根手指头都没有动过。他自动了男女心思以来，满心满眼的都是她唐灼灼，别的女人拿什么来恃宠而骄？他的语气危险又缱绻，高大的身躯逼到了跟前。

唐灼灼不由得退后一步，眼神左右躲闪，周身都被男子清冽的气息包围。受不住霍裘太过火热的目光，唐灼灼面上通红，轻咬下唇，就连出口的那声"殿下"都是软绵绵的。霍裘眸色顿时更显幽深，女子身上微弱的甜香沁出，又羞又急。

他面上现出一抹极浅的笑意。她现在倒是知道怕了？正在这时，张德胜捧了东西笑着走进来。唐灼灼面上跟火烧一样，飞快地离了霍裘的身边，端起那杯有些凉了的茶水抿了抿，压下心底的那股燥热。

霍裘的脸瞬间黑了下来。这个不识时务的蠢奴才！张德胜面上的笑一点点僵住，最后终于垮了脸。完了，恐怕这下主子爷杀了他祭天的心都有了！

张德胜手里捧着的是几卷古经，朴实的卷页上散发着寺庙里淡雅的佛香。唐灼灼从张德胜手里拿起一本，细细地翻了几页，垮了小脸："殿下，这……这里头全是梵文，妾看不懂。"

这样晦涩难懂的经文，她不感兴趣倒是正常。霍裘脚下的步子轻轻一顿，玄色勾了金线的足靴触到地面，发出细微的响动，惊动了一室宁静："到时你与几位皇子妃一同将礼物呈上去，说几句吉祥话即可。"

怕她不放心，霍裘又特意补了一句："皇祖母会喜欢的。"未来崇建帝说的话，她自然是信的，唐灼灼敛了眸子，轻轻地将经书放在桌案上，低低地道："皇祖母又不喜欢妾……"何止是不喜欢自己，在她的印象里，就连霍裘也没得过什么好脸色。

她对皇太后所知甚少，也一直没摸透她的心思，只知道她是个厉害的角色。当然，她也懒得费心思去了解。不过皇太后好像对所有人都是这个态度，她倒是没什么好说的。

霍裘从鼻间轻"嗯"一声，眸色深幽不少，但转头瞧到唐灼灼些微懵懂的神色，倒是抿着唇扯动了嘴角，硬朗的眉目间柔和几许："皇祖母瞧过的人和事都太多了，到了这个年纪只一心向佛，不想再管什么事了。"

身在宫里位高权重，想巴结的人一大堆，若是再和蔼一些，怕是有的人就要打蛇随棍上了。唐灼灼若有所思地点了点头，又瞧了一眼那几卷古经文，揉了揉鼻尖道："这经书殿下是从哪里寻来的？"

张德胜知晓霍裘的心意，向前挪了半步道："回娘娘的话，这经文乃是普藏大师亲自抄录的，完成后又放在镇国寺贡了十数年，可惜在前朝的时候遭窃失了踪迹，不过被有幸找回，可耗费了殿下不少的精力。"

唐灼灼起先还听得起劲，到了后来身子微有一僵，声音如常地问："可是那几卷金刚经？"

"娘娘好眼力，正是这几本。"张德胜回道。唐灼灼桃花目中泛出点点的异彩，柔嫩玉白的指腹轻轻地摩挲着经文的书面："殿下真是费心了。"

霍裘坐在那张价值不菲的梨木椅上，听了她的话倒是不置可否地挑了挑英挺的剑眉，并未出声。唐灼灼的眉头微微皱了起来，像是突然想到了什么，撇了撇嘴踱步到霍裘的跟前问："殿下这几卷经书，可是从柳韩江那里寻来的？"

霍裘一瞬间沉了神色，目光在她白玉一样的小脸上细细地转了几圈，唐灼灼尽力使自己的面色瞧上去与往常无异，可手心里已沁出了一层薄汗。他的目光太过犀利，但好在片刻后又站起身来，转动着手中的玉扳指问："你是如何知道柳韩江的？"

唐灼灼的心里轻轻松了一口气，还是硬着头皮故作轻松道："还不是妾那几个兄长，从前上学堂回来之后就常讨论这些，听得多了，妾也能记住几个人。"霍裘半边的身子隐在深浓的黑暗里，嘴角一勾："都说些什么了？"

"净是一些无根之说，倒是这柳韩江妾是真真记住了。"男人太过强势沉默，唐灼灼说得小心翼翼，到了后边，就连额角也微微湿润。在霍裘跟前编话，着实考验人的定性。

"妾的三哥哥对他尤为推崇，那日练武后说起柳韩江文武双全、多谋善断，模样又长得好，可惜居无定所、行无踪影，若是有幸能见一面就是人生之大幸了。"

唐灼灼捏着茶盏杯盖的手指有些发白，艰难地道："妾这才对他上了心，后又听人说起这几卷经书正是落在他手里了，也不知真假。"

"如今倒是被殿下寻着了。"殿里随后陷入长久的寂静中，令唐灼灼有些坐立难安。可今日若是错过了这个机会，往后再想寻个机会提起此人，怕是难了。霍裘清润的笑声带了莫名的意味，他转过身来道："孤与柳韩江还算有些交情。"

这就算是默认了柳韩江已到了他的阵营里了吗？可接下来，她该怎样给霍裘提醒，这个柳韩江是会叛变的呢？就算说了，霍裘能信她吗？

唐灼灼顿时觉得有些头大，但好在事情已开了一个头，往后时不时提两句，总会让霍裘警惕一些。她想得有些出神，霍裘瞄了一眼她乌黑的头发，开了口："可要用些点心？"

唐灼灼下意识地道："要的，要芙蓉玉露糕和青枣糕。"话才一出口，唐灼灼就意识到了不对，一抬眸，果不其然就撞上了男人带笑的黑色眼瞳，顿时又羞又恼："殿下总笑话我做什么？"

霍裘眼里的笑意更浓几分，就连声音也因为带了几分愉悦的笑意而更显清润："孤的太子妃倒是个嘴馋的，以往倒是没发现。"唐灼灼娇俏的脸上泛着几缕霞红，微微一挑眉，小脾气使得顺溜："张德胜，叫小厨房不要送过来了。既然殿下舍不得，我便不吃了。"

被点名的张德胜身子一抖，试探地望向霍裘，却见他一贯冷漠严肃的主子爷眼角眉梢都带了浅笑，哪里还有工夫看他？所以，这点心还要不要呈上来？

小姑娘巴掌大的小脸白嫩干净，偏偏眼神带了几分娇纵的媚意，整个人也跟着灵动起来。

"孤何时不让你吃了？嗯？"霍裘又是笑又是气，上前一步将她鬓角落下的一缕细发挽到耳后，露出玉珠一样的耳垂。

他眼里的光陡然亮了亮，声音却仍是不疾不徐的："净会耍小脾气，看谁日后纵着你。"

唐灼灼稍有些不自然，却仍是眨了眨眼睛回道："自然还是要由殿下宠着的，莫不是殿下日后有了新欢，就不纵着妾了吗？"

她这一大段话说得顺溜，一旁候着的张德胜揉了揉眼睛，总觉得太子妃这几日像是变了个人一样。瞧瞧，这三言两语间就哄得主子爷开怀，想想他们往日累死累活，也得不到主子爷一句稍平和些的话。啧啧，果真是不能比。

霍裘凝神望着格外娇俏的小家伙，捏上了她一边绵软的脸蛋，道："自然是要纵着的。"这世上哪还有第二个唐灼灼让他魂牵梦绕，使了手段也要留在身边呢？

张德胜心里一叹，命人去小厨房端糕点去了。是夜，霍裘站在窗子前，望着外头几盏灯笼后移动的黑影，目光里含着簌簌的风雪。张德胜站在他身后一脸不解："殿下，何不将娘娘留下……"

霍裘对唐灼灼有多上心，他自然是知道的。往日太子妃摆着冷面孔念着王将军的时候，主子爷通常都气得彻夜难眠，加上第二日一早又要上朝，他们看着都忧心。是人都经不起这样的折腾！

　　好不容易这太子妃不闹腾了，眼瞧着是想通了，可偏偏殿下这里，最多只是传太子妃用膳时闲聊一会儿，至于承宠之事，提也未提。

　　霍裘修长的手指轻轻地点在窗框上，目光如同大漠上的猎鹰，随着那个黑色的身影而动，吐出的话却是极冷漠的："聒噪！"眼见着灯笼拐了一个弯消失在夜色里，霍裘才堪堪地收回视线。

　　她的态度才稍有转变，他不想强迫了她。一位优秀的猎人，怎么也不会将送到嘴里的猎物放走，但唐灼灼于他，到底与众不同些，急不得，那种被她冷眼相待的滋味太过蚀骨，他不想再受第二遍。

　　装哑巴也行，耍脾气也好，他陪着她慢慢地磨，总要叫她将一颗心收回来！"柳韩江现在何处？"张德胜也跟着敛了脸上的笑意回道："殿下，柳先生刚回了您在郊外给他置办的宅子里，也许是去看夫人小姐去了。"

　　柳韩江宠妻女之事被传得极盛，事实上也的确如此。霍裘揉了揉眉心："再派些人去将人保护好，万不可疏忽了。"若是柳韩江的家人出了些什么事，以他那个性子，只怕是不可能再为自己效命了。

　　而与此同时，宜秋宫也有些热闹。安夏一边给唐灼灼解下发髻，如瀑的青丝洒落，唐灼灼以手托腮，瞧着镜中唇红齿白的人，笑得开怀："真好看。"紫环和安夏对视一眼，无奈地摇头。

　　这几日太子妃就是这样的性子，时常痴迷自己的美貌，起初她们还跟着夸赞几句，到了后头只有跟着笑的份。这位还未入东宫时就是京都颇负盛名的美人儿，相貌如何，自不用说。

　　"娘娘，您先前怎么不留在正大殿呢？"唐灼灼抿了抿唇，褪下了自己手中的玉镯，懒懒地打了个哈欠道："明日皇太后的寿辰，得赶着早起呢，本宫也倦了，你们退下吧。"安夏还想说什么，被紫环扯住了袖子，只好退了下去。

外面夜色如凉水，唐灼灼从喉间低低地发出一声轻笑，神情既娇且媚。霍裘懂她的心思。

第五章

太子妃

第二日一早，还没等安夏进来，唐灼灼就自己睁开了眼睛。她坐起身来，撩开轻薄的床幔，瞧到外面还是乌青的天，轻轻地吐出了一口气，手指头轻点窗边摆着的花瓶，花瓶冰凉的触感让她温热的手指往回缩了一下。

皇太后的寿诞宴会定在了今日，那今日，注定了该有一阵暗波涌动。时隔四年，唐灼灼再次穿上太子妃的朝服，心情一时间有些微妙，不过没一会儿她就将眼底的异样压了下去。

霍裘到了。男人步履生风，张德胜一面替他掀了那面莹白的珍珠帘，一面吩咐人去传膳。

唐灼灼抿唇，也知道他这是还没用过早膳就来了。

"殿下来得竟这样早？"她略一挑眉，杏眸像是蕴了一夜的水雾，又好似藏了满天的星辰，笑容明艳得像是寒冬腊月里抽出的第一枝梅。

霍裘微微一顿，不动声色合上了眼睛，将眸子里那一潭幽深莫测的情绪掩住："嗯，怕你起不来。"唐灼灼站直了身子任由安夏摆弄，面上却是极不服气地小声嘀咕："我哪里有起晚过？"

这话一出来，就是安夏的面色都不太自然了。太子妃起得晚的事在东宫并不算个秘密，就因为这个，殿下还特意吩咐下头的良娣、侍妾，若无事可不用早起请安。

唐灼灼的目光顿在了安夏从库里拿出来的一套红宝石头面上，过了片刻，又伸手拿起了妆奁盒里的一只羊脂玉，眉心轻蹙，有些犯难。霍裴正坐在厚实的黄梨木椅上，见她半天不动，开口问："怎么了？"

唐灼灼转过身来，袖口处大朵的绣金线牡丹花衬着她玉白的手腕，就连她面上那颗泪痣也越发娇媚起来，更别提她咬着下唇出声："殿下，帮妾瞧瞧这簪子。"霍裴的目光在她妆奁盒中各式的簪子中顿了顿，不着痕迹地皱起了眉头。

他对这些女儿家的东西向来不甚了解。饶是这样，他也断然拒绝不了那双含着星海的眸子。霍裴起身，明黄色的太子礼服在烛光下闪着熠熠的光，衬得男人身形修长如竹，郎朗似明月。

他走到唐灼灼跟前，瞧着桌面上摆得满满当当的簪子，默了默，而后道："瞧哪支？"

唐灼灼指了指安夏手里捧着的那套红宝石头面道："皇祖母大寿，这样的日子合该穿得喜庆隆重些，可这套头面又稍显老气了些。"

霍裴的视线又转到她莹白的手里执着的那根簪子上，沉吟片刻后道："不算老气，你戴着孤喜欢。"唐灼灼抬眸望他，刚好望进那一口深幽无波的井里，弯弯绕绕到了喉咙里的疑问就咽了下去，从善如流地笑："好，那妾听殿下的。"

霍裴见她戴过这套头面？可就算她没问出来，霍裴哪里就猜不到她的疑问？那日他们大婚，鲜红的喜帕下她娇艳动人，头上戴着的，就是这套头面。只可惜，这些被他珍藏在心底的回忆，像是与她无关一般，连带着自己，都被她拒绝得彻底。

等用了早膳，霍裴和唐灼灼就相携着去了慈安宫。一路上霍裴都没有怎么说话，面色冷得如同冬日夜里筑的雪人。唐灼灼倒也不敢多放肆，东瞧西瞧的不敢发出声音，生怕惹恼了他。

只是轿子里偶有颠簸，她来了些困意，最后迷迷糊糊地竟枕在霍裘的肩上睡着了。霍裘皱着眉放下了手中拿反了的书卷，瞧向枕在他肩上面色白里透红的人，鬼使神差般地碰了碰她的脸，最后指尖辗转到她嫣红的唇上，他蓦地就回了神。

好在他动作轻，没惊扰了她。霍裘揉了揉泛疼的眉心，强忍着压下心底的欲望。可睁眼闭眼都是她娇着声音地喊的那一声声"殿下"，他想肆无忌惮地将她揉进骨血里，想得心都疼了也不敢有所动作。

好不容易，他们才有了今日和睦相处的局面，他不能亲手打破。唐灼灼早在他抚上自己面颊的时候就已经醒了，她觉得有些痒，飞快地颤动了一下睫毛又忍住了。

因为闭着眼睛，他温柔的触摸就更显得温存。她头一次遭遇到霍裘这样的对待。往日他不是僵着一张脸，就是冷言敲打警告，清冷得如同天上的谪仙。

等到了慈安宫门口，霍裘抚了抚她柔顺的发丝，声音依旧清冷："起来了，到了。"唐灼灼这才缓慢地睁开了眼睛，冲着霍裘淡淡地一笑。霍裘却瞧也不瞧她一眼，自顾自地走在了前头。

唐灼灼心底觉得有些好笑，这男人真是口不对心得很。

皇太后的慈安宫，唐灼灼来过不止一次了，但她到底还是有些紧张。霍裘看出了她的紧张，薄唇轻启道："你等会儿陪皇祖母说些话，孤要去一趟承乾宫。几位皇子妃应当已经到了，晚上还有宫宴，别乱跑，等着孤。"唐灼灼轻轻地颔首，霍裘才稍稍舒缓了神色。

果不其然，等到了殿里，其他几位皇子妃都到了。坐在上首的老人瞧着和蔼，目光里却透着一股睿智和沧桑，唐灼灼心中一凛，随着霍裘行了个大礼："请皇祖母安。"

"起吧。"皇太后常年念佛，连带着殿里都是一股深浓的檀香味，面上笑呵呵的，瞧上去与普通的老人无甚差别。可唐灼灼知道，皇太后丘氏是整个后宫里眼光最毒辣的人。

"太子妃可算是来了，皇祖母适才还念着呢，妾只说怕是又睡过了头去呢。"说话的是六皇子妃刘氏，她面上笑意盈盈挑不出一丝错来，却偏偏那语气叫人听了十分不舒服。

霍裘深深地皱了眉头，深浓的寒气席卷周身，就连出口的声音都像是夹杂着冰碴："孙子临走前污了一件衣裳耽误了些时间，望皇祖母恕罪。"刘氏顿时有些讪讪的，倒是没有再出声了。

唐灼灼心里轻嗤，这刘氏处处寻她的不痛快，因为她只会冷冷地坐在那一言不发，刘氏倒以为她是怕了她，越发蹬鼻子上脸，哪知她只不过是懒得和这样的跳梁小丑计较罢了。

在她梦中柳韩江疼惜妻女，可后来不知为何，他的妻子突然去了，只剩下一个三四岁的爱女。自此，他更是万般地宠着疼着，生怕委屈了幼女半分。六皇子对他极为看重，连带着他的女儿也进了六皇子府，跟刘氏所出嫡女同吃同住。

虽然霍启一再叮嘱强调，但奈何刘氏是个脑子转不过弯来的，觉得她的女儿何等身份，那柳韩江的女儿又是何等身份。那是一个乡野丫头，还没了娘管教着，万一将她的女儿教坏了可怎么使得。

她起初也只是在心里抱怨几句，但架不住日子久了那丫头得的赏赐竟比自己女儿还多，刘氏心里各种不是滋味，竟任由着自己自幼娇生惯养的女儿欺负挤对那小丫头，最后终于酿成了悲剧。

柳韩江的女儿当着众人的面被推下了府里的荷塘，闹到半夜才将尸体捞上来。六皇子霍启暴跳如雷，亲自给柳韩江道歉，却再也没听柳韩江说过一个字。没了柳韩江撑着出谋划策，他的麾下哪里还有谋士能与寒算子过招？

唐灼灼明亮的眼睛里闪过一丝同情，这六皇子曾经约莫着到最后是被气死的吧？上头的皇太后笑了几声摆摆手道："说这些做什么？都叫你们晚些再来，偏都要这么早来陪我这个老婆子。"

殿里除了六皇子妃，坐着的还有三皇子妃和十皇子妃，见了她倒是都微微地福了福身，笑得和气。霍裘才走没一会儿，皇太后就转动着手里的佛珠开口问："老四家的，哀家听人说你前些天病了一场，身子可好了？"

唐灼灼眼睑微垂，有些不好意思地回道："劳皇祖母挂心了，妾身体无碍。"皇太后轻"嗯"一声点了点头，倒是多看了唐灼灼几眼。这些个孙辈里面，她从心底偏爱的还是霍裘，连带着对唐灼灼这个太子妃也多了几分期待。

可这孩子到底是被唐家人宠坏了，眼瞧着不是个当太子妃的料，更没有未来一国之母的风范。她转念一想又觉得释然，唐家满门男丁，就这么一个女儿，可不得从小娇养着吗？况且事先，她都没想到霍裘会去朝琼元帝求了这么个太子妃。

但瞧着霍裘那欢喜稀罕的样儿，她也懒得说些什么。感情这事，如人饮水冷暖自知，她一个老婆子没凑上去碍眼，毕竟都是半截身体快入土的人了。可今日一见，倒是觉得这唐家的丫头整个人都变了一个样儿，就连眼神都明媚了几分，也总算有了几分太子妃的样子。

这样的变化是她喜闻乐见的。皇太后面上淡淡的，道："你们都去园子里走走，赏赏花喝喝茶吧，哀家有些乏了，晚上还有得挨呢。"说是乏了，实则是嫌她们烦呢。这么几个大活人坐在那那么局促，连话都不敢多说几句，任谁瞧了也不会觉得舒服。

唐灼灼心中一动，福身行了礼，和几位皇子妃去了御花园。还没到呢，远远地就见到贵妃的仪仗往这边来了，再瞧了瞧刘氏面上的笑意，禁不住冷了神色。她们前脚才从慈安宫里出来，后脚就撞上了言贵妃，若说不是算准了来的，谁信？

　　等言贵妃由人扶着，款款走到刘氏等人跟前的时候，唐灼灼早已换上了笑脸，只是那笑意不达眼底："请贵妃娘娘安。"她福了福身就起了，余光不经意间瞥到刘氏那堆着殷勤笑意的脸，皱了皱眉。

　　总觉得有什么不对劲的地方。这处小亭子露在太阳底下，灼热的阳光无所忌惮地洒下来，言贵妃摇了摇手中的团扇，笑得温和，连带着声音都是轻轻柔柔的："本宫才想着去太后宫里问安，怎么却见着你们都出来了？"

　　刘氏见婆婆来了，顿觉腰杆都挺得直了些，连忙笑着回道："皇祖母今日起得早，方才说有些乏了，才歇下。"言贵妃动作一顿，旋即笑意盈盈地点头，只是眼瞳深处到底还是闪过一丝嫌弃来。

　　她的六皇子处处都好，偏偏被琼元帝指了这么一个见识短浅的女人为妻，刘家也没几个拎得清的，成为皇儿的助力是别想了，只求不被拖后腿就好。

　　这样一想，言贵妃如秋水般楚楚动人的眸子就落在了一旁一言不发的唐灼灼身上，那样娇艳的颜色，倒是压得刘氏成了地里的尘埃一般："本宫前阵子听人说起太子妃染了风寒，可好些了？"

　　唐灼灼突然被问起，倒是大大方方地笑："回娘娘的话，不是什么大病，喝些药就好了。"

　　言贵妃听了浅笑盈盈，上前一步拍了拍她细嫩的手，扭头对着身边的宫女道："等会儿将本宫库里的老参和燕窝送去东宫，你合该好好补补了，身子这般瘦，似乎要被风吹走一样。"

　　一旁的刘氏抚了抚袖子上显眼的花纹，道："说不定太子殿下就喜欢这样儿的呢。"言贵妃被她气得头疼，但又不好在此时训她，她理也没理刘氏，堪堪地压了怒气对唐灼灼等人道："御花园里的花开得正好，你们几个去瞧瞧吧，本宫先回去了。"说罢，就由人搀着上了轿舆沿着来时的方向回去了。

言贵妃抚着发痛的额角，又愁又气，这刘氏当真就只会逞口舌之能耍些小聪明吗？也不知刘家是怎么教出来的嫡姑娘，这般的小家子气，一点儿上不得台面。

如今皇儿式微，眼看着琼元帝的身体一天天垮下去，指不定什么时候就两眼一闭去了，那他们娘俩还有什么盼头？

一个受新帝厌弃的太妃和皇子，在这深宫里仰人鼻息，哪天就神不知鬼不觉地被人害了，到死都不知道是谁做的手脚。

言贵妃想到这里，葱白的指尖就泛了白，秋水一样的眸子里泛起了暗色的涟漪，她抿了抿红唇，问下边跟着走的心腹宫女："茹儿，本宫说的话可交代给六皇子听了？"那宫女毕恭毕敬地答："娘娘放心，殿下说一切都听娘娘的。"

言贵妃这才微微舒展了眉心，保养得宜的脸上带着某种狠绝，细碎的阳光落在她修长的十指上，她突然有些恍惚。

一晃深宫十几年，她身居高位却时时担忧着眼前的荣华富贵成为一场梦，生怕梦醒了，她和皇子又要到跌落到尘埃里。这样提心吊胆的日子，什么时候才是个头呢？

言贵妃不知想到了什么，缓缓地睁开了眸子，而后漠然地问："本宫吩咐的事，可都办妥了？"那宫女垂着头飞快地瞥了一眼周围，而后才点头低语："一切都已准备妥了，殿下亲自办的，娘娘放心就是。"

言贵妃这才露出几分释然的笑来。琼元帝那里她已经不指望了，自己表现得再怎么一腔情深，他再如何宠着自己，也比不上他心里元后的位置。

霍裘是元后唯一所出，年纪小的时候，别的皇子都去书院里上学，他却不同，是琼元帝亲自教的。他从一出生就是太子，又学了琼元帝的全部手段，能文能武，事事都压他儿子一头，导致现在琼元帝压根瞧不上自己的六皇儿。

如今眼看着琼元帝行将就木，强撑着一口气也要肃清朝堂，为的就是给霍裘留一个盛世江山，这样的区别对待，谁也忍不下心头的这口气。奈何琼元帝虽老，但积威已久，那几个有意支持皇儿的老臣再如何意动也是乖乖地缩回了爪子，装得比谁都要乖顺，言贵妃瞧了，直气得心尖都发疼。

好在过了今晚，有眼力见的都合该知道如何抉择。这也是他们为数不多的一个翻身机会！

眼看着轿舆越行越远，唐灼灼对着几个稍显局促的皇子妃道："咱们去御花园赏赏花吧，等会儿日头大了，我可是遭不住的。"

三皇子妃率先笑着回应道："都听太子妃的，妾瞧着前边有个亭子，咱们正好去歇歇脚。"刘氏还未缓过劲来，眼皮一掀，拨弄了一下自己涂了豆蔻的指甲，不咸不淡地开口："咱们几个里边，自然是太子妃说了算的。"

唐灼灼懒得和她磨嘴皮子，直直地往前边的亭子里去了。刘氏在后面撇了撇嘴，眼里滑过一丝毫不掩饰的幸灾乐祸之意。六皇子和贵妃的计划，她自然是知道几分的，可越是知道才越是忍不住得意。

凭什么她唐灼灼就可以处处压她们一头？出嫁前备受夸赞的是她，出嫁后身份尊崇的也是她。她就是瞧不得她那股谁也不放在眼里的样儿！

唐灼灼自然可以感受到来自背后的灼热视线，她不动声色地抿唇，等到坐在石凳上了，她才将手心里的汗轻轻地拭去。

这个亭子就在御花园里，人坐在里面，既可以欣赏到外面的姹紫嫣红，又可以纳凉吃茶，倒是个好去处。

　　宫女将上好的龙井一一端到她们手边，唐灼灼还没说话呢，刘氏揭开茶盖面色不悦，阴阳怪气地冲着上前来的宫女道："怎么端上来的是龙井？本宫一贯爱的可是君山银针！"

　　那宫女急忙跪下来认错，还是三皇子妃性格温和，拍了拍刘氏的手道："好妹妹，这宫里不比自家府里，你又何必和一个宫女较真呢？"

　　刘氏越发来了劲，眼睛瞅着唐灼灼古井无波的面庞，说的话也越来越不经过脑子："姐姐这可就说错了，这龙井可不知是合了谁的心意。宫里都是会捧高踩低的东西，咱们这些皇子妃算什么？"

　　这话一说出来，三皇子妃的脸色也跟着变了。这刘氏莫不是脑子出了什么问题不成？宫里到处都是眼线，谁知道哪里就可能惹了贵人不喜。她惹祸还要拉上她和十皇子妃，六皇子有那个野心和胆量，他们可是老实本分得很，说不定被一句话拖累，上哪喊冤去？

　　唐灼灼与刘氏对视着，幽幽然揭开了茶盏，瞧着里头舒展沉浮的茶叶，笑得格外明媚，而后亲自扶起了那跪在地上的小宫女，挑眉道："这龙井泡得不错，合本宫的心意。"

　　那刘氏顿时睁大了眼睛，就像是被人隔空打了一巴掌一样，瞬间觉得腰都直不起来。唐灼灼也不避讳她，冲着她勾唇一笑，两根葱白的手指头里捏着的茶盖随之滚落到桌面上，又打了个滚，狠狠地掉到地上，碎成几块。

　　刘氏的眼皮跳了几跳，还没来得及出口，就见唐灼灼蓦地冷了神色，那模样竟有几分像了霍裘："刘氏，你要撒泼也不看看这里是什么地方？你以为这是你能为非作歹的皇子府？"

唐灼灼神色慵懒，说出的话却像是一把把凌厉的刀，让人听了只觉得脊背发凉。刘氏和唐灼灼作对惯了，第一次见她发火，顿时有些中气不足，但一双眼睛里的亮光却是怎么盖也盖不住的，一时间怒气卡在喉咙里咽也不是出也不是。

"你三番两次阴阳怪气挑衅也就算了，本宫念着今日皇祖母大寿，是个好日子，也懒得和你计较，没承想你硬是要胡搅蛮缠！"刘氏不可置信地瞪大了双眼，站起了身大声道："我怎么就阴阳怪气胡搅蛮缠了？"

唐灼灼冷哼一声，盯着那杯泛着袅袅热气的茶，眼前倒像是起了一片雾，她望向刘氏的眼神不带任何温度，既轻蔑又不屑，可说出的话却是掷地有声："你说这茶不合你的心意，叫宫女撤了再换一杯就是，为何偏偏要揪着本宫不放。"

"方才在皇祖母宫里上的就是龙井，怎么见你喝得倒是欢畅？本宫比照着皇祖母让上了龙井，你就这般不依不饶恶语中伤？"唐灼灼漫不经心地端起那盏茶抿了抿润喉，眼里的笑意尽是嘲讽，望着刘氏轻轻地道，"你若是觉得这龙井碍着你的眼了，等会儿皇祖母醒了，咱们自去找她老人家评理，你看如何？"

刘氏一腔怒火被这么一盆冷水浇下来，就连一点火星都不冒了，她面色有些苍白，嘴唇嚅动几下，在唐灼灼笑意深浓的目光下讪讪地道："太子妃真是好口才，妾自惭形秽。"说完就冷着一张脸出了亭子，她的侍女小跑着追上去，唐灼灼才满意地眯了眯眼睛。

还想将她当软柿子捏？刘氏这种人，就该将她脸皮撕破，她才会消停片刻。三皇子妃这会儿才缓过神来，她有些忧心地望着刘氏的背影，对唐灼灼道："娘娘，这会儿人多眼杂，贵妃才刚刚回去，等会儿嘴碎的人传出去……"

唐灼灼摊了摊手，笑得无辜："你也瞧见了事情的始末，明明是她硬要将脸凑上来的。"她难不成还要给自家的敌人留面子？至于贵妃……就算知道了又如何？敢告到皇上那儿还是太后那儿？

一个皇子妃做派比皇太后还高调，言贵妃估计又要被气得头疼了，没准还想着要来安抚一下自己呢。

过了些时辰，日头越发大了，十皇子妃放下手里捧着的温热茶盏，轻轻柔柔地道："瞧着快用午膳了，咱们回了吧？"

唐灼灼与三皇子妃对视一眼，后者笑得温和，道："还是妹妹想得周到，皇祖母这会儿应该醒了，咱们花也瞧够了，是时候该回去了。"唐灼灼偏头望了望不远处被晒得有些蔫的花，站起了身。宫里的日子真真不好受，这御花园还不如她宜秋宫前头的小庭院呢。

"姐姐，这六皇子妃……可要派人寻了一同回去？"十皇子妃安安静静地坐在那，垂着长长的睫毛，就连说出口的话都带着一股淡淡的凉意。唐灼灼忍不住多看了她两眼。

刘氏是个没脑子的，这会被她气走了心里指不定怎么个不痛快法，宫里不比旁的地方，要是被人听到什么，说不定她们都要被迁怒连累。这十皇子妃，想表达的应该也是这么个意思吧？倒是个冰雪聪明的。

"紫环，你去廊子那头寻寻看。"唐灼灼指了指先前刘氏怒气冲冲闯过去的那条宫廊，转而对十皇子妃宽慰地笑笑，"妹妹不必忧心，也许是她已经回了慈安宫了。"片刻后，紫环低着头垂着眸子回到了唐灼灼身边，竭力平息着自己的呼吸道："娘娘，奴婢寻过了，未曾发现六皇子妃。"

唐灼灼漫不经心地点点头，潋滟的水眸停在她有些抖的左手上，不动声色敛下眸子里的异样，对着皱起了眉头的三皇子妃道："那咱们也回吧。"刘氏断然不敢在宫里乱跑，只要她还有点脑子，就没什么好担忧的。

等到了慈安宫的宫门口，远远地就见到刘氏从另一条宫道上走了过来，面色阴沉得很，发现了她们也不说话，直直地与唐灼灼她们错开了身。三皇子妃忍了忍，还是没忍住嘀咕了一句："拿乔什么？也不看看这是什么地儿。"

唐灼灼好笑地望着刘氏的背影，眼里闪过一丝深意，道："咱们与她计较什么？叫她自个儿生闷气去好了。"等到了内殿，皇太后果然已经醒了，正坐在上首眯着眼睛笑，模样和蔼又亲和，只是一双浑浊的老眼中时不时闪过几缕光，露出叫人心悸的暗泽。

见她们都到了，太后转动了一圈手里的佛珠，道："都站着做什么？快都坐下陪哀家说会儿话，等老四和老六来了就传膳，今日这宫里总算可以热闹热闹咯。"唐灼灼笑着坐下，眼里没漏过刘氏听到六皇子眼里一瞬间闪过的亮光。

宫女端上精致的点心和冒着袅袅热气的茶，殿里无人说话，最后还是太后皱着眉心啧了一声。几个人都望向她。太后朝着身边的心腹老嬷嬷皱眉，指着刘氏的位置道，声音有些苍老但精神十足："都是怎么做事的？六皇子妃喝不得龙井，去上杯别的茶来。"

刘氏眼睁睁地看着宫女上来撤掉了她的茶，面色迅速苍白下去，她的话卡在喉咙里，有心想解释，却被太后笑着摆手止住了。唐灼灼也愣怔了一会儿，旋即垂下眸子，遮住了眼底深浓的笑意。

太后这个脸打的，她喜欢。刘氏急得眼里都泛了泪，正不知如何是好的时候，外面传来禀报声。霍裘和霍启来了。太后似笑非笑地看了一眼如释重负的刘氏，默默地转了转手里的佛珠，没有说话。

这是唐灼灼重回这里后第一次见到霍启，他同霍裘同时进来，兄弟俩眉目有三分相似，气势却是截然不同的。霍启继承了几分言贵妃的阴柔，面若冠玉肖似谪仙，笑起来更是叫人觉得如沐春风，刘氏站在他旁边，倒是显得黯淡无光了。

霍裘刚进殿里，就注意到了一脸浅笑的唐灼灼，虽然她身子坐得笔直，但目光处处透着灵动。

看到这人不是他想象中坐立难安的模样，他的眉头这才稍稍缓了下来。他微微转了转手里的玉扳指，顺着她的视线瞧到了身边的霍启身上，眸光顿时暗了下来。直到他们两人在椅子上坐了下来，唐灼灼才不动声色地收回视线，转而去瞧自己衣裳上绣着的花纹。

这殿里可没她说话的份。太后将一切看在眼里，也见惯了他们兄弟两个冷淡的模样，笑得眯了眼睛问："可是刚从你们父皇那儿回来的？"霍裘淡淡地点了点头，倒是霍启站起了身毕恭毕敬地回道："回皇祖母的话，孙儿正是从父皇殿里出来，心里念着皇祖母的寿辰，便想着同皇兄一同过来蹭顿饭吃。"

太后笑而不语，过了半晌才道："你们有心了。老六如今也越发进益了，哀家前阵子还听你父皇夸你能干，不错！"霍启敛下眼里明晃晃的得意，语气仍是谦逊的，道："孙儿那都是些小打小闹，当不得父皇的夸赞。"

唐灼灼顿时无趣地抿了抿唇。尾巴都快翘上天了，还装谦逊呢！太后笑了两声，视线转到从一开始就冷着脸的霍裘身上，说出的话有些意味深长："哀家就巴不得你们这些兄弟长出息，未来辅佐老四，也好减轻他的负担。"

像是想到了什么，太后微微坐起身来叹了一口气道："你们是兄弟，自幼的情分做不得假，多的哀家也不想说，你们回去好好琢磨琢磨。"当霍启重新坐回椅子上的时候，唐灼灼分明瞧到了他有些狰狞的面容，生生将他脸上的阴柔之气破坏尽了。

那是一种遮也遮不住的愤怒和不满。唐灼灼也有些意外，太后瞧上去竟像是多疼霍裘几分似的。但这也算是一件好事儿。霍裘本人倒是眼皮子也没掀一下，从头到尾谁都没瞧一眼，唐灼灼心里觉得纳闷，又隐隐有些担忧。

这顿午膳用得极为压抑，全程没人发出一丝声响，再美味的佳肴都像是在嚼蜡一般，加上殿里浓重的檀香味压得人喘不过气来。唐灼灼觉得胸口有些闷，却还是面不改色地等着太后放下筷子。

霍裘期间瞧了她一眼，才一眼就深深地皱了眉头，小姑娘面色呈现出不正常的苍白，吃得也少。等撤了桌，霍裘就朝面有倦意的太后道："皇祖母，孙儿想带灼灼去母后宫里问安，早间来得急，倒是还未去瞧过母后。"

太后浑不在意地摆摆绣着凤纹的衣袖，声音稍显疲倦："你们自去就是了，晚上的宫宴你父皇费了很大的心思，你们别耽搁了时辰就好。"从慈安宫里出来，当空的烈日一晒，唐灼灼脑子里有片刻的眩晕，脚下一个微微的踉跄。

霍裘的眉心顿时打了结，他下意识地握了唐灼灼发白的手，冰凉的触感让他身子一僵，当即沉声喝道："张德胜，请太医！"唐灼灼缓过劲来，冲着霍裘道："殿下不要。我身体无碍的。"情急之下，她倒是连"妾"都不称了。

霍裘死死地抿了唇，目光在她苍白的小脸上游移，越瞧眉心就皱得越紧，他的表情阴鸷得很，用力捏了捏她柔若无骨的手指头道："你很不舒服。"用的不是疑问的口气，而是满满的笃定和森寒。

这才多少天？就连着病了两场，她的身体什么时候这样虚弱了？唐灼灼拉着他的袖口朝前慢慢地走，才恢复了点力气就骄横地道："不许去。"也不知道是在同张德胜说还是霍裘说。

正午的烈日当空，在狭长的宫道上洒下一层金光，明明是热极的天，一座座宏伟大气的宫殿如同一位位远古沉默的武士，远处的红墙绿瓦闪着熠熠的光，隔着久远的距离就让人感到眼花。

后边跟着的人却出了一头的冷汗。他们这些人最怕的，就是太子和太子妃之间出岔子，否则左右遭殃的都是他们。霍裘凛冽的剑目中蓄满的都是冬日夜里起的冰凌，唐灼灼松了他的那一角衣袖，舔了舔泛白的嘴。她想：贸然传太医多少会让太后心存芥蒂，再加上这里不比东宫，总不能再折回太后的慈安宫。

让人借题发挥，对霍裘不好。霍裘望进她灵透澄澈的眸子里，突然想撬开她的脑袋瞧瞧里头到底装了些什么："你在担心皇祖母对孤不满？"唐灼灼冲着霍裘笑笑："这是老毛病了，打娘胎里就带出来的……"

霍裘不耐烦地替她遮了大半边的太阳光，语气稍带讥嘲："你的事孤不清楚吗？"唐灼灼默了默，玉白的小手指摩挲着手里柔软的帕子，就是不肯松口。霍裘气急了，像是又看到了前些日子与自己呛声不断的唐灼灼。

只不过那时，她是为了气他。霍裘索性不再去管她，强硬地吩咐道："将太医请到皇后宫里，张德胜，你亲自去。"唐灼灼刚想开口，就被面色阴沉的男人蓦地摁在了一面的宫墙上。

唐灼灼惊得身子僵硬，而后一张芙蓉面被慢慢地熏红了，她的后背抵在了冰凉的墙面上，惹得她皮肤上起了一层细细的疙瘩。

原先跟在他们身后的宫女太监远远地就止了步，霍裘身着太子礼服，侧脸浸在金色的光波里，像是画像上的无双战神，强硬、冷冽。

"殿下！"她有一瞬间的愣神，反应过来后却是羞恼的，她双手抵在霍裘胸前推拒，而后又警惕地望望四周。四下的宫道无人，只剩阳光肆无忌惮地洒落下来。

霍裘低低地笑了一声，目光扫过她近在咫尺的脸庞，骨节分明的手指抚过她细腻精致的下巴："现在知道怕了？"唐灼灼被他抚过的地方都起了一层细小的疙瘩，目光闪烁着道："殿下……有人瞧着的。"

霍裘觉得她这样子可爱得紧，但也知道这时辰不对，心里暗叹一声，不动声色地放手，唐灼灼僵着的身子则放松下来，对着霍裘讨好地笑。霍裘眼里蓦然燃起了幽淡的火光，垂在衣侧的手指动了动，声音又低又哑："再敢撩拨，回去收拾你。"

于是直到唐灼灼和霍裘走到了长春宫的宫门前，她的脸也还是热的，前面的男人衣袍带风，背影挺直如修竹，压根没露出半分异样的表情。唐灼灼咬牙，这男人就是面上端着架子，实则没脸没皮得很。这宫里，四处都是人，他也真不怕有损他太子的英名。

唐灼灼出了慈安宫，就觉得身子一阵轻，不知怎的，那殿里总给她一种压抑得喘不过气来的感觉，像是身子飘在云端而脑子里却沉了一块大石。"殿下。"眼瞧着拐了一个弯，长春宫的宫门紧闭，唐灼灼突然想到了什么，轻声喊住了距离她三两步的霍裘。

等他望过来，唐灼灼就走到他身旁低低地问："晚上的宫宴，爹爹会来吗？"霍裘挑了挑眉毛："四品以上的官员及侯爵都会出席。"他顿了顿，目光有些复杂："想家了？"唐灼灼缓缓地点了点头，明媚的眸子暗了下去，她撇了撇嘴道："好久没见他们了。"

"殿下，你和六皇子不和吗？"这全天下都心知肚明的问题，她却问出了口。他们和不和她跟心里明镜似的，不过是为了引出接下来的话。霍裘脚下的步子一顿，深浓的剑眉皱得死紧，目光落在她澄澈的眼里，道："他心术不正，以后见了远着点。"

他还记着慈安宫里这女人目不转睛地盯着霍启的事。唐灼灼了然地点头，自顾自地嘀咕："难怪今日六皇子妃对我眼睛不是眼睛鼻子不是鼻子的，这样就可以解释得通了。"

旋即她又拉了拉霍裘绣着蟒纹的衣袖，面上委屈又恼怒："殿下，那刘氏说今晚要给我们些厉害瞧瞧，让我们名声扫地！"在霍裘瞧不见的地方，唐灼灼掩住了眸子里的涟漪，露出的侧脸仍是委屈又娇气的模样。

在霍裘跟前撒谎她还是有些底气不足的，他久久不说话，她的手心出了些汗，沾到了他矜贵的衣袍上。"殿下？"她仰起红粉的小脸，眸子黑亮黑亮的，像是嵌了一颗夜明珠上去。

霍裘忍了忍，到底顾忌着还在宫里，他凝神望了她一会儿，突然转过身去，声音克制而低沉："叫你莫再撩拨。"唐灼灼有一瞬间缓不过神来，旋即睁大了眸子，面色涨红起来："殿下好不讲理，我分明在认真说事，六皇子妃那里……"

到底是不得不防啊！霍裘猛地闭上眸子，再睁开时手掌靠大拇指的位置迅速变成了紫黑色，他皱着眉头将那股痛楚压下去，打断了她："宫宴的事情你莫管，孤都已安排好了。"

霍启和言贵妃是什么德行，他怎么会不知道？闭着眼睛想想都知道他们会在宫宴上生事。

他自然有办法应对，定要让他们打落牙齿和血吞。但这不能牵连到他的女人身上！

唐灼灼的演技太过拙劣，分明就是拐着法地提醒他，这让他心里又气又怒。她原本就该是那个骄横跋扈的烂漫少女，不谙世事不通世故。她不会是一个合格的太子妃，当初强娶她的时候，霍裘就已经想好了，但唐家人能护好的人，到了他霍裘这里，怎么就不行了？

唐灼灼不明白他为何变脸变得如此之快，才心下腹诽几句，就瞧见他转过身来，神情阴鸷得很，偏偏也十分认真地道："刘氏若再惹怒了你，还回去就是了，无须顾忌那么多，皇祖母不会怪罪的。"

唐灼灼闻言低头思索片刻，才轻轻点了点头："我知晓了。"她也能大概猜到霍裘心里的想法，一时之间鼻子有些泛酸。层层金黄的光晕逐个叠加到漆红色的宫门上。

唐灼灼不动声色地紧了紧手中的帕子，霍裘以为她是因为紧张，道："母后人好，你大可不必紧张。"

张德胜上前敲了敲紧闭的宫门，不多时门就从里面打开了，面容姣好的宫女瞧见是霍裘，脸上堆了柔和的笑："奴婢参见太子、太子妃。""若姑姑不必多礼。"霍裘抿了抿唇，冷硬的面庞罕见地柔和了些，"母后可醒了？"

"娘娘这几日身子好了些，醒得也早了一点，今日早间还同奴婢说殿下会过来呢。"霍裘低笑了两声道："还是母后料事如神。"他边说边大步进了殿里。唐灼灼有些讶异，但一丝也没表现出来。

青天白日的，又是一国之母的长春宫，何以闭门不开？她皱眉细想，却愕然发现这位继后低调得很。

他们到小花园的时候，皇后关氏正摘下一朵娇嫩的红芍，晶莹的露水沾到她的指甲上，在阳光下熠熠发光。"儿臣请母后安，母后金安。"皇后见他们来了，眼神亮了亮，旋即走到唐灼灼跟前扶起了她，细嫩的玉手带着馨香的暖意，细腻而不浓郁，恰到好处。

"老四，这就是你中意的唐娇娇？"唐灼灼被皇后拉着好一顿端看，再一听到皇后含着浓烈笑意的声音，顿时闹了个大红脸。就连霍裘也别开视线，轻轻咳了一声，声线清冷如山顶的清泉水，暗蕴着一丝警告的意味："母后。"

皇后关氏却像是见怪不怪了，一张芙蓉面上满满的全是笑意，边笑边道："上回你们大婚，我恰巧病倒了，如今好不容易见到你们二人多瞧瞧怎么了？"唐灼灼琉璃般的杏目里光泽涌动，这个皇后和她想象的样子怎么也重叠不起来。

"母后，您身子如何了？"霍裘不动声色地上前几步，将正懵懂犯晕的唐灼灼拉到身后，才皱着眉问一脸不乐意的皇后。"如今没外人在，你也叫我母后？"关氏一挑黛眉，桃花眸中潋滟笑意不止，目光却停在唐灼灼露出的小半截身子上。

婚前藏着掖着算什么？如今成了婚不也要主动带着这唐家的小姑娘来向她问安？霍裘揉了揉泛疼的眉心，在唐灼灼愕然的目光里沉了脸，道："姨母。"

皇后这才笑开了，娇艳的罗裙在她的脚下泛着涟漪，她将手中刚采下的芍药放在唐灼灼白嫩的手心里，笑得比花还要艳几分："如此正好，花娇人娇，不愧是老四藏在心尖尖上的娇娇。"

霍裘的眉心跳了几跳。唐灼灼咬唇，大大方方地福了个身："谢姨母赐花。"既然霍裘是叫姨母，那她跟着叫总是没错的吧？等三人坐到了阴凉的亭子底下，宫女笑着端上一碟碟点心的时候，唐灼灼才真的回过神来。

皇后正坐在她对面偷偷地望她，见她瞅过来，悄悄地眨了眨眼睛，灵动得如同二八年华的少女。唐灼灼刚咬下一口软糯的红枣糕，顿时咽也不是吐也不是，生生地卡在喉咙里。霍裘将手边的茶盏递到她的手上，温热的手掌在她后背轻抚了两下，而后沉着脸对皇后道："姨母，你吓到她了。"

皇后顿时有些无趣，冲着霍裘翻了个白眼："我又没凶她。""娇娇，你是怎么瞧上这么个无趣的冰疙瘩的？"唐灼灼顿时忍不住笑了，但霍裘的面色摆在那里，她也不敢太过放肆，抿了一口茶水，才道："殿下人好。"

霍裘冷声道："姨母，她叫灼灼。"皇后挑眉："本宫叫不得娇

娇？"霍裘眼皮都没掀一下，冷冷地拒绝了："不能。"唐灼灼有些
窘迫，在石桌底下轻轻地扯了扯霍裘的袖袍。

霍裘深幽的眸子里顿时闪过一抹无奈，面上的表情却是一贯的
严肃。现在让姨母口口声声地叫了"娇娇"，往后夜里他若是想唤
了，还如何叫得出口？

第六章

寿礼

在皇后宫里待了两个时辰，悬着的落日余晖洒满天际，在远山的那头摇摇欲坠。眼看着天将要黑了，宫里这些日子准备着的红灯笼被一个接一个地挂在宫墙的梢头，一排排的整齐有序，喜气逼人。

　　正在这时，太后遣人来长春宫请霍裘和唐灼灼前往寿生殿参加宫宴。关氏正悠闲地采了一篮子碎花用木杵捣碎，听了外面人的禀报，眼皮都没有抬一下。唐灼灼和关氏混得熟了些，也不觉得局促了，站起身来问："姨母不去参加宫宴吗？"

　　"本宫病重，恐过了病气给陛下和太后，怕是去不了了。"关氏的眉心一皱，身子就软绵绵地倒了下去，她身边的宫女极其熟练地扶住她，面上不带一丝惊慌。唐灼灼望着上一秒还笑意盈盈的人如今捧着心口直掉泪，瞠目结舌。

　　面色铁青的霍裘带着唐灼灼出了长春宫的宫门，望着入夜更显喧闹的宫道："姨母自进宫时起，就一直对外闭门，她身子不好。"微凉的风一吹，他的声音就如揉进了风里。说完，他稍稍柔和了神色："日后你若是无聊了，就多来找姨母玩。她会很开心。"

　　直到这时候，唐灼灼才记起了一些这个继后的事。她原本是关家的二小姐，幼年丧母，父亲也是个不着调的，所以她就自幼跟长姐格外亲近些。可惜好景不长，关家大小姐被宣进宫做了贵妃，后来又当了皇后。关家的担子就压在了元后瘦弱的肩上，加上她生霍裘时伤了元气，不多久就去世了。

　　琼元帝大恸，彼时霍裘尚在襁褓中，后宫众人虎视眈眈，后位空悬太子得立，形势复杂微妙。就在这时，琼元帝下令宣关家二小姐进宫，入主长春宫，掌凤印抚养太子。

眼看着关家的荣耀得以延续，这个关二小姐却是个性情中人，她深居后宫，再不管前朝关家的事，只一心抚养护着长姐留下来的唯一血脉。

唐灼灼从回忆里抽身，还未来得及应下，就瞧见了前面灯火通明在黑夜里格外显眼的宫殿。"现在还未开局，等会儿你若是瞧见了唐玄武，替孤问声好。"唐灼灼一愣，好看的眉眼旋即舒展开来，笑得如同得了食的小狐狸，一双含水的杏眸勾人得很。

"多谢殿下。"一想到她将会见到自幼对自己千娇百宠着的爹爹和兄长，唐灼灼鼻尖就有些泛酸。除了婚事没如了自己的意，爹爹娘亲几乎对自己百依百顺，正是这样才养成了她刁横跋扈的性子。

"哭什么，傻气。"霍裘嘴上嫌弃，却将她拉到黑暗的路旁，接过雪白的帕子细细地擦了她泛红的眼眶。最见不得她掉眼泪，偏偏她金豆豆掉得倒是挺欢。昏暗的树下，男人手指尖的温度有些灼人，指腹摩挲在她的脸上，又酥又麻，她突然笑出声来。

"殿下长得真好看。"霍裘手下的动作一顿，雪白的帕子被风吹落到了一旁的树梢上。他稳了稳气息，深深地望着不及他胸口高度的娇小人儿，出口的声音低哑："唐灼灼。"唐灼灼仰起头望他，从鼻间"嗯"了一声，声音又娇又软。

"孤想亲你。"这样一句话出来，别说唐灼灼了，就连紧紧跟在身后的张德胜和安夏都面面相觑了一会儿，旋即憋着脸离得远了些。殿下最近真是越发不正常了。

清凉的夜风一波波拂过发梢衣袖，唐灼灼突然听到了自己血液里流淌着的心跳声，极快极强烈。沉寂良久，霍裘的手指动了动，目光转而渐渐地暗了下去。唐灼灼手心里全是汗，她盯着自己的脚尖，强装着镇定抬头，话在舌尖打了几个转："殿下想亲，那就亲啊。"

问她做什么。霍裘冷硬的脸上顿时现出一抹极浅的笑意，他伸手揉了揉她绵软的脸蛋，俯身与她凑得极近，唐灼灼颤巍巍地闭上了眼睛，却听到了男人醇厚的声音："娇娇，孤今夜宿在正大殿。"

霍裘闭了闭眼睛，压下心底的躁动，接下来还有一场硬战要打，他急不得。至于这个一贯会撩拨他的小姑娘，他总有机会逮了狠狠欺负一番。

等他们到寿生殿的时候，里面已经坐了许多人，只是最大头的两人还都没现身。有不少世家夫人带着自家适龄的姑娘露面，一时之间觥筹交错，欢声笑语好不热闹。

唐灼灼跟在霍裘身边，白嫩的脸上染了一层粉霞，一双灵透的眸子在殿里四处寻望，在离皇子席不远处寻着了一脸激动望着她的唐父唐母。几名临近的官员见着霍裘和她，都见了个礼，笑得一脸殷勤，但都没有凑近。

这是几个没有站队的文官，这样敏感的时候，和谁显得熟络都不好，明哲保身才是上策。

唐玄武将杯中的余酒一饮而尽，而后站起身来笑得豪迈："臣见过太子、太子妃殿下。"

唐灼灼瞧着父亲没有被皱纹布满脸颊，依旧是豪气冲天肝肠义胆的模样。她扯了扯嘴角，笑得像个闪闪发光的小太阳，唐玄武见了终于松了一口气。过得好就好。

霍裘不经意间瞧见她明艳的笑容，摩挲着手上的玉扳指，跟着笑了笑。因为霍裘的身份，他们坐在了琼元帝的下首位置，压了几个皇子一头。而太后丘氏被搀着进来的时候，宫宴就正式开始了。

琼元帝为了这次太后的生辰，不可谓不用心，从扬州的戏班子到南疆地区的歌女，处处都可见其孝心。而太后瞧上去也是格外慈和，脸上的笑意一直没停过。唐灼灼对面就是霍启和刘氏，两人脸上的笑意再是敷衍不过，她瞧着晃眼，索性专心小口小口地吃着端上来的点心。眼不见心不烦。

咿咿呀呀的唱曲声渐渐地消了下去，身侧男人高大的身躯动了动，唐灼灼一默，拿帕子擦了擦嘴，往下边一瞧，果然，自家娘亲望着自己直皱眉。这时两侧婀娜蹁跹，媚眼如丝的舞女纷纷舞动着衣袖退了下去。

三皇子理了理衣袖站了起来，他面若冠玉仪表堂堂，声音温和地朝着皇太后行了个礼："孙儿献上南海冬珠一串庆贺皇祖母大寿，愿皇祖母福如东海寿比南山。"皇太后的笑容盛了几分，道："老三有心了。"

三皇子霍源稳稳地坐下，几位成年皇子中他年岁最长，看得也最通透，妻和妾美，坐享齐人之福，自然也不去肖想那万人之上的龙椅。他送的礼也不求表现出挑，想必是觉得不出风头最好，谁也陷害不到他的头上来。

接下来，就等着看一出好戏了。唐灼灼偏头，瞧见霍裘长身玉立，剑眉英挺，一身玄色的蟒袍惹眼至极、矜贵异常，他双手捧着一个盖了一层黑布的东西，从容淡定地上前几步。

"皇祖母大寿，孙儿聊表心意，望博皇祖母一笑。"听他这么一说，琼元帝也来了些许兴致，他稍微直了直身子，犀利的眸子盯着霍裘手里的盘子，呵呵笑了两声，问："母后可知老四卖的什么关子？"

"老四哪里会给哀家提前透底？皇帝且瞧着就是了。"霍裘顿了顿，黝黑的眸子深邃无比，身侧乖觉的小太监立刻凑上去，将那块黑布掀了开来。

白玉盘子里的一方雪白的帕子露了出来。全场寂静无声，就连琼元帝都愣了一会儿。六皇子霍启见状嗤笑一声，略有深意："皇兄，你就弄了一块帕子糊弄皇祖母？也太没有诚意了吧？"

琼元帝冷冷地瞥了他一眼，低低地咳了几声，才摸着下巴开口："老四，这帕子可有什么含义？"唐灼灼也目不转睛地盯着那块帕子瞧，她明显感觉到霍裘的身子有一瞬间的僵直，旋即又不动声色地抿唇，盯着那帕子瞧了几眼。

坏了！霍裘准备的寿礼被人调换了！唐灼灼一眼就瞧到对面坐着的霍启和刘氏，他们眼里分明闪着幸灾乐祸的光亮，甚至连面上的笑容都遮掩不住，她的心陡然咯噔了一下。她总算知道了紫环偷听到的那句"叫他们好看"是个什么意思。

当着文武众臣的面，上有皇帝太后，下有皇子皇孙，若是出了这么大一个纰漏，霍裘的威信大减不说，太后和琼元帝肯定也会心有不满。言贵妃和霍启真的是，好计谋。

原本热热闹闹的殿里顿时安静得不像话，唐灼灼眼看着琼元帝的眼神越来越暗，心里又是着急又是颓然。她甚至都能想象得到等会儿皇太后脸上失望的表情。

言贵妃就坐在琼元帝的下首处，离皇后的位置仅有一步之遥，此刻她姣好的面容上浮现出些许的哀愁，温和地道："皇上，太子孝心感人，这块帕子定有其他的含义，您还是先听太子说说吧。"

当着这么多大臣的面，琼元帝再是喜爱霍裘，也少不得要出言训斥几句。而这几句，对自己的皇儿而言，是一个难得的机会，至少可以稍加喘息，不至于被逼得那么紧。这些人臣，都是些捧高踩低的东西，惯会看皇帝的脸色。

不过她心里也紧张，这看似蠢笨的法子虽然最是奏效，可若是被人揭露，对他们而言，也是一个致命的打击。就算是不被人发现，琼元帝心里肯定也有计较，难免存下疑心的种子。

言贵妃稍稍动了动身子，看着自己的皇儿和刘氏脸上毫不掩饰的笑容，心里更是有些凉。

果不其然，琼元帝别有深意地望过来，言贵妃心下忐忑，却还是面不改色地回了一个温和的笑容。

"禀父皇，皇祖母大寿，普天同庆，儿臣欣喜之余也深感惶恐，特地命人请了苏州上好的绣娘，不分日夜赶了十几日，才得了这样一块帕子，幸好能赶在皇祖母大寿时送上。"

霍裘声线清冷，不疾不徐娓娓道来，神色间既不见邀功的急切，也没有被陷害的愤怒，除了那双格外深幽些的眼瞳，整个人与平时无异。

唐灼灼蓦地松了下嘴唇，心头压着的一块大石落地，她瞧着霍裘高大挺拔的背影，心想：他既然这样说了，自然能圆过去。

六皇子的眼底疯狂闪烁一阵，而后轻轻嗤笑出声："皇兄快别卖关子了，皇弟虽然见识比不上皇兄，但还是没听过一块小小的帕子要赶十几日的。"底下座席里的大臣中瞬间传来一阵窃窃私语声。

琼元帝冷眼一望，动了动唇："老四，你说说。"霍裘面不改色，珍而重之地将那块帕子展了开来，雪白的丝帕上针脚细密。皇太后刚瞧清了那上头的几个花样，就直起了身子，神色有些恍惚。

霍启见状同言贵妃对视一眼，强压下心底的不安，逼着自己听霍裘继续说下去。"六弟有所不知，皇祖父所说的话，孤自然是要照做的。"这话一出来，在座哗然。霍裘嘴里的皇祖父就是先皇无疑了，这小小的一块帕子，难不成还涉及了先皇？

"儿臣幼时，皇祖父常教儿臣骑射，闲暇之余总与儿臣谈起早年与皇祖母相遇的情景。"

说到这里，霍裘抬起了头，望向眼眶泛红的皇太后，缓声道："孙儿谨遵皇祖父训言，在苏州上好的雪帕上绣以袅袅生烟的古屋，古屋旁有潺潺清泉、绵绵青山常伴。"

　　"在今日这样的大好日子，希望替皇祖父博祖母一笑。"太后身边的嬷嬷走到霍裘身边，端起那方帕子，呈到太后的桌案前。琼元帝眯了眯眼睛，又瞧了瞧面色惶惶的老六，神色莫辨地笑出了声："老四这心思，倒是难得了。"

　　霍启再也笑不出来了，听着底下众臣的啧啧称赞，气得心口泛疼，若不是言贵妃警告的目光再三扫过来，他真想不管不顾地出声质问。就那么一块破布，随他一张嘴怎么说，他怎么就没听先皇多说过一句？

　　但他已知自己无须再问，瞧了皇太后的神色，一切都已经有了答案。霍裘说的是真的。可明明他的人已将这帕子换了一条普通的宫女帕！霍启脑子里的愤怒焚烧了理智，觉得藏在袖子里的那条换下来的帕子成了一个明晃晃的笑话。

　　事到如今，他只能想到一个解释。霍裘早就察觉到了他的小动作，然后听之任之恍若未觉，就是为了等着他和母妃自个儿将脸凑上去被他狠狠地隔空扇一巴掌。

　　他们不惜在帝王眼皮子底下耍心机，却得来了满朝文武对霍裘的称颂，霍裘的太子之位依旧坐得稳稳当当，他们倒是偷鸡不成反蚀把米！

　　比他更惊讶的是唐灼灼，她放在膝头的双手还在微微打战，目光却凝在霍裘挺直如松的后背上，不得不赞叹他的临机应变。这样的死局都能全然脱身，果然不愧是一代千古帝王，沉稳有余足智多谋，比霍启之流强太多了。

　　她没想过那么多，只以为霍裘是看了那帕子临场乱编的，且还正巧撞到皇太后的心坎上去了。上头太后拿着那帕子细细抚摸一阵，眼角泛了湿意，对着一旁的琼元帝道："当年你父皇亲口说要亲自绘一幅与我相遇的图，哀家以为他是说笑，竟不想是当了真。"

琼元帝凑过去看了几眼，也跟着笑："父皇对母后的情意，人人皆知。""这事，老四下了功夫，哀家十分喜欢。"霍裘垂下眼睑，眼瞳幽深，等他荣辱不惊地退到了自己的座席上时，便直直地对上唐灼灼晶亮晶亮的眸子。

他不动声色地抿了一口杯中的酒，搭在膝上的左手虎口处泛出浓烈的黑紫色，他隐隐地皱了眉头，又喝下一口酒压下剧痛。一只细嫩的小手猝不及防地摸过来，轻轻地扯了扯他的袖口，霍裘面色一动，整个左手掌都已疼得麻木，那只手上的温度他却感受得分明。

"殿下，您是不是早已知晓了他们会在寿礼上动手脚啊？"唐灼灼端着小巧的玉杯用宽大的袖口掩住了面容，小声地问。一阵钻心的痛从虎口处蔓延到整条手臂，霍裘面色阴沉如水，瞥了瞥她捏在玉杯上的小指，"嗯"了一声。

唐灼灼蓦地松了一口气，他既然知道了，那自然是将计就计给霍启和言贵妃迎头一击。她笑得眯了眯眼睛，刚要将杯中的酒一饮而尽，就被一只修长的手捏住了。唐灼灼偏过头来，男人面色极冷，薄唇轻启寒气肆意："你不能喝酒。"

唐灼灼一默，放下那小巧的酒杯，模样乖巧："好，听殿下的。"霍裘的手掌些微地发抖，他沉沉地闭上了眸子，这时正轮到六皇子霍启献上自己的寿礼。霍启才从被霍裘玩弄的怒气中挣脱出来，换上了得体的笑，他对自己的寿礼分外得意，连带着步子都轻快几分。

言贵妃心底不安，几乎维持不住脸上的笑意，她暗地里望了一眼岿然不动的霍裘，恨得咬牙。随之而来的又是深深的担忧。她的皇儿太过急功近利，若没有自己指点一二，几乎没一件事不出错。

到了这时，她又怨起琼元帝来，若是他一视同仁，将帝王之道也传授给自己的六皇儿，他们娘俩何至于如此做派？唐灼灼也盯着霍启手里的东西，眼里闪过几丝兴味。

先前她不知霍裘对此事知晓几分，如今得到了他的准信，她就越发心痒想要看一场好戏。依照霍裘锱铢必较雷厉风行的性子，必然是以牙还牙。霍启那边黑布刚一掀开，露出里面的竹简，淡淡的血腥味就弥漫开来。

唐灼灼皱起眉头，侧身瞧了霍裘一眼，才发现男人额上沁出点点汗珠，双眸紧闭，旁人瞧着像是闭目养神的样子，唐灼灼却心尖一颤。她一时之间顾不得霍启的寿礼，挪了挪身子离霍裘近了些，刻意压低了声音问："殿下可是身子不舒服了？"

霍裘缓缓地睁开了眼睛，动了动有些僵硬的大拇指，道："无事。"唐灼灼垂下了眼眸，瞧着男人又闭上了眸子，面上温柔不减，纤细的手却大胆地掀了他膝上的衣物，精准地握住了那只宽大的手掌。

霍裘猛地睁开了眸子，里面像是含着两口无尽的深潭，他手掌使不上力，又不想被她瞧见自己的狼狈模样，只好冷声命令："放手。"唐灼灼这会儿倒是不怕他了，他些微的力道就攥得她手指泛白，她用另一只手将他冰冷的手指一根根掰开，料定了他舍不得对她用力。

霍裘凝望她粉嫩的脸蛋许久，旋即扯了扯嘴角漠然一笑，那么丑的东西，她要看就让她去看。左右也不过是更厌恶他几分罢了。唐灼灼将男人的手掌拉到她的膝上，也不敢有太大的动作，只借着余光匆匆一瞥，便被自己瞧到的东西吓到了。

一大片的紫黑色如同一朵妖异的花，占据了他左手虎口到掌心的位置，且颜色在以肉眼可见的速度变得深浓，最后定格在了深浓的黑色上。唐灼灼一张桃花面上的笑意层层瓦解，她的嘴唇嗫嚅了几下，却说不出什么话来。

她的眼眶有些发红，但好歹克制住了自己没有当众掉眼泪，只是脸上得体的笑是再也维持不住了。只有南疆蛊虫才会让人有这样的症状。霍裘是怎么被蛊虫入了身的？疼成这样也不吭一声，他到底是被种蛊多久了？

唐灼灼心尖一颤，太多的疑问没人解答，弯弯绕绕地梗在心口处，让她一句话也说不出来。霍裘感觉到她纤细的手心上开始冒了汗，只以为她是被吓到了，手心的剧痛慢慢削弱，他动了动指尖，抽回了自己的手。

他甚至不敢去看她的眼神。殿里霍启的目光带着得意，将那竹简层层铺开，血色的小楷密密麻麻。

底下的大臣皆是探出了脖子去观望，瞧了半天也看不出上面写了什么，只好安安静静地等着霍启自己道来。言贵妃事先被他瞒了许久，霍启口口声声说太后一定喜欢感动，她也就没去管了，但如今一看，也不知他葫芦里卖的什么药。

唐灼灼垂下眼睑，手心还残留着霍裘手掌上冰凉的温度，再没有别的心思去看霍启的笑话，可偏偏他的声音直往她耳朵里钻。

"回父皇，儿臣知晓皇祖母一心向佛，又听藏言大师提起，以血书佛诲，最见诚心，儿臣愚钝，特献上经书一卷，祝贺皇祖母寿辰。"

一席话掷地有声，琼元帝的眼底闪过一丝阴沉，他低沉地笑了两声，意味不明地问言贵妃："老六这主意不错，你给他支的招？"

言贵妃笑得谦和恭敬："臣妾哪里知道他的想法，老六一贯是个爱自作主张的。"琼元帝点了点头，神色莫辨。

唐灼灼没有心思看众人的反应，倒是见霍裘伸手为自己添了几次的酒，自酌自饮，面上仍是波澜不惊。她恨恨地咬牙，觉得他这个性子疼死了才好。不过想是这样想，她心里到底还是有些发堵，她的手才摸下去，就被霍裘狠狠地捏住了手腕。

霍裘一手端着酒杯，皱着眉头望过来，眼里落起了寒凉的雪，簌簌有声："成何体统？"唐灼灼险些被他气笑，瞥到他手上的黑紫色消了下去，也就挤出了一抹笑，再不去看他。霍裘面不改色地将那只手藏到袖袍里，随着她的目光望向大殿中央站着的霍启。真是碍眼极了。

底下的大臣侯爵交头接耳，唐灼灼细细一听，无外乎是在说六皇子心思独特孝心感人，顿时没了兴趣。那些文官不辨气味胡言乱语，可那些战场上厮杀惯了的武将可都是一个个憋着脸不置一词。

稍稍性情烈些的人，面上都噙了一股深浓的不屑来。他们在战场上杀敌众多，一个个都是从死人堆里爬出来的，哪里会分不清这到底是人血还是兽血。这个六皇子的心到底有多黑？这样的东西呈上来也不怕折了皇太后的寿！

太后望着呈上来的竹简，面上的表情复杂，许久才道："老六的心意，哀家都知晓了，是个好孩子。"霍启和言贵妃闻言都面上一喜。"等会儿去哀家宫里拿些滋补的东西，补补身子。"这一卷经书刻下来，得用多少血啊？不知道的都在心里暗暗咋舌。

唐灼灼瞄了瞄霍裘，众人都将霍启捧得这么高了，是时候让他摔下来了吧？果不其然，武将那边有个人喝高了，满脸醉意，摇摇晃晃地站了起来，将所有人的目光都吸引了过去。唐灼灼如水的杏眸里闪过一丝笑意，知道好戏要开始了。

太后的宫宴上，那些武将胆子再大也不敢全然纵情豪饮的，更何况他们虽然瞧着不如文官机灵，实则一个个胆大心细，心思多着呢。能醉成这样，十成十是装出来的。果不其然，那武将站起来先是拱了拱手，而后指着面上带笑的霍启当头就是一句："六皇子可真不厚道！"

刘氏吓得花容失色，霍启倒是神色如常，皱眉道："常将军是喝多了吧？"唐灼灼这才恍然，原来是常家的人！常家人几代的忠臣名将，明面上是中立派，实则早已站了霍裘的阵营。

那武将双目含怒，指着那竹简的手都有些不稳，声音含着醉酒后独有的含糊声调，却足够殿里的人听个明白："六皇子可别糊弄我们这帮莽夫了，人血和兽血的味儿一闻就闻出来了，您要是舍不得放那么多血，就换一样儿寿礼，这兽血味腥，您也不怕脏了陛下和太后的眼睛？"

那常将军仗着醉酒，话说得真真假假，却成功地让高坐上首的三人黑了脸。太后和琼元帝是被气的，言贵妃是急的。琼元帝扫过那堆在桌案上的竹简，深深地皱眉："老六，常轩说的可是真的？"

话语里明显带上了深浓的不悦。霍启连忙扯出一个笑来，他躬身道："禀父皇，常将军也许是喝醉了神志不清，儿臣定不敢以此欺瞒父皇和皇祖母。"为了刻成这样的几卷竹简，他的确在手上划了几道口子，象征性地挤了一些血出来，再辅以其他一些牲畜血和性温和的药材，将这几者结合得完美无瑕，断不可能就这样被闻出来。

就算是太医来验，也是验不出个所以然来的。霍启想到这里，腰板又挺直了几分，面色越发稳重。琼元帝在武将那边瞥了几眼，而后目光顿在笑而不语的唐玄武身上，沉吟片刻后问："唐卿何故发笑？"

唐灼灼望向自家爹爹，发现他一口将烈酒饮下，面不红心不跳，理了理衣袖从容起身，略显粗犷的声音如闷雷般炸开："太后，陛下。"他抱了抱拳，接着道，"这兽血腥味浓重，味稍微臭一些，时间越久味越浓，人血却是不同，日子久了血迹一干，凑上去就是一股甜香。"

　　唐灼灼默默地转过了头，从来没有听到过血液还有甜香味儿。琼元帝一个眼神，他身后的总管太监就凑上去闻了闻，而后面色凝重地回道："陛下，是腥臭味浓些。"霍启感到四面八方质疑的目光，一撩衣袍跪了下去："父皇，儿臣绝没有，若您不信，大可以宣太医来验验。"

　　什么都算到了，怎么就没算到这群武将的鼻子？霍启面色涨得有些红，几乎不敢看言贵妃责问的目光。唐灼灼忧心霍裘身上的蛊，想着回东宫了好好问问，倒是对霍启的事没多在意，只是在霍启要宣太医时听到身边稳坐如山的男人冷冷地哼了一声。

　　之后的事情犹如戏剧一样，太医很快就分辨出是兽血，霍启面如死灰直嚷嚷着冤枉，唐灼灼都没有心情再看，直到最后霍启被大怒的琼元帝下令禁足静思己过，宫宴才缓缓地落下帷幕。

　　精心准备良久的祝寿宴上出了这么一个幺蛾子，琼元帝走的时候脸黑得如同锅底。霍启被禁足，他手头上的几件差事就都落在了霍裘的手里，唐灼灼眨了眨眼睛，终于听到霍裘满意地喷了一声。

　　果然事情都是在按照他算计着地走。唐玄武走得有些慢，唐灼灼和霍裘出大殿时就看到那么一个萧索的影子。唐灼灼鼻尖一酸，还没开口说话，就听霍裘别开了眼睛道："一炷香的时间，长话短说。"

　　唐灼灼这才笑开了，瞧见唐玄武偷偷地进了一个格外幽暗的小亭子，她也小心地猫着身子躲了进去："爹爹。"夜风带着些许的凉意，唐玄武黑色的袖袍猎猎作响，侧身将亭子的一角让了出来。

"娘？"唐灼灼的眼睛睁得溜圆，又惊又喜，倒是良氏见了她，眼泪簌簌地掉，像是擦不尽一样，又不敢哭出声音怕招了人来瞧见了。"灼灼受苦了！"良氏将唐灼灼揽在怀里，声音哽咽，又抚了抚她娇嫩的脸，连声问，"在宫里一切可还适应？殿下对你可还好？"

唐灼灼只来得及点头，就被唐玄武打断了，他粗声粗气地道："哭什么？殿下既在你我面前许了诺，还能作废不成？"唐灼灼的睫毛轻颤，才想问他霍裘许了什么诺，就听唐玄武皱着眉头道："上回你托人送回家的信，上头的内容可是真的？"

正巧一阵凉风吹过，吹到人身上似乎能直沁到骨头里去，唐灼灼的身子微微瑟缩一下，而后坚定地点头道："爹爹，王家不可信，您日后不必对他们多有关照。"那一群血吸虫，永不满足，吸了你的血还想着如何踩着你上位，谁帮谁倒霉。

唐玄武深浓的眉毛皱成一团，暗里瞧了亭外一眼，而后道："先前我还对王家心生愧疚，就连王毅那小子转身就求娶宁远侯小女儿的事为父都从中出了力，没想到竟是一条会利用人的狗。"

唐灼灼垂下了眸子，默不作声地点头，半晌后才问："兄长们可都还好？"良氏握着小女儿的手不肯放，一边掉泪一边道："他们几个都好，就是时常念着你，这宫里也不比家里，囡囡要收敛性子，和殿下好好的，防着些下头的妾和通房。"

她回握住良氏的手，低低地道："我知晓了，爹爹和娘亲也要好好的。"唐玄武胡子一翘，看着外面的天色，道："行了，我和你娘该出宫了。"

等下出宫晚了被人瞧出来了到底影响不好。"灼儿。"唐玄武走出几步再回头，清冷的月光撒下层层纱幔，唐灼灼抬眸，觉得与父母亲的距离像是隔了一条星河。

　　"谁以真心待你就以真心待人，可明白了？"唐灼灼缓缓地笑，青葱一样的手指搭在亭子的扶手上，在月光下透着盈盈的光。

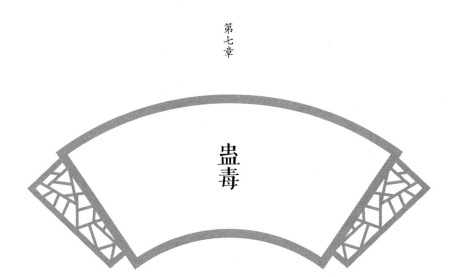

第七章

蛊毒

等回了东宫，夜已经深了，浓郁的黑色席卷了亭榭宫墙，凉风呜呜咽咽地唱，像极了先前在殿里那缠绵悱恻的唱曲声。霍裘大步走在前面，脸色冷得如同十二月里垂在屋檐下的冰凌，全然不顾唐灼灼在后面跟得辛苦。

唐灼灼疑心他是蛊毒发作，一路上都皱着眉心思索着南疆蛊虫的事。到了东宫，霍裘身形如风，背影沁在如水的月光纹理里，别样的清贵冷峻。眼瞧着他头也不回地朝正大殿走去，唐灼灼小跑几步跟上，扯住了他腰间系着的流苏玉坠。

"殿下，你手上的……"霍裘冷冷地皱眉，将她柔弱无骨的纤细手指掰开，语气罕见地带了一丝诱哄的意味："回你殿里去，孤过几日就带你去西江地。"说罢，就深深地瞧了她一眼，任由她将他腰间的玉坠扯下来，吩咐张德胜道，"将太子妃送回宜秋宫。"

唐灼灼俏脸微寒，看得张德胜的面皮抖了几抖，赔着笑道："娘娘，天色不早了，奴才送您回宫歇着。"她手里握着的流苏玉坠上还挂着一个精致小巧的香囊，龙涎香的香气缓缓地逸散出来，她握紧了手头的香囊，默默地咬了咬牙。活该疼死他才好！

张德胜瞧她半天不动身子，将手上的拂尘往臂弯里一夹，而后猫着腰劝道："娘娘，这外头风大，您还是回殿里去吧，殿下这会儿是不会见人的。"唐灼灼琉璃色的杏眸里闪着幽幽的光亮，月亮的光辉如水盈盈地洒在宽敞的前庭上，映衬出地面上小小的黑影子。

"殿下的蛊是何时被种下的？"她垂下眸子，专心地瞧着手心里的那个香囊，半分没有挪动身子的想法。他既然这么想将她打发开来，她就偏偏要守在外头。张德胜为难地望了安夏一眼，心道"不好"。

"娘娘，这殿下不让管的事，奴才们哪能知晓啊？"唐灼灼撇了撇嘴，而后把玩着手腕上的珊瑚手钏，对着安夏道："去给本宫搬把椅子来，要舒服一些的。"安夏左右为难，到底还是去了。

这下张德胜有些慌了神，这殿下还在里头不知道是个什么情形，等会李太医就要到了，被这位瞧见了还不知晓要如何闹腾。"娘娘，这殿下的命令，您是不听了吗？"

唐灼灼掀了掀眼皮，眉目如画顾盼生姿，笑得又柔又娇，偏偏嘴里说出的话却极为笃定："本宫自然是听的，可殿下如今身子有恙，难不成本宫还真要回宜秋宫去一觉睡到天明？"

张德胜默了默，再不说话了。若真是这样，殿下心里指不定又要怄气成什么样子。他想起上回被摔碎的那些古董珍玩，突然觉得这风有些凉。过了一盏茶的工夫，唐灼灼躺在婆子们搬上来的躺椅上，身上盖着月牙色的薄纱，眸色清冷。

夜渐深，唐灼灼的身子微微瑟缩了一下，安夏忧心得很，带着哭腔劝道："娘娘，您前阵子才好了一些，如今正是要好好调养的时候，怎么受得了这样的风吹？"张德胜陪站在一旁如同木头人一样站着，听了这话面上拧成了一团，转身望了望身后灯火通明的正大殿，认命地闭了闭眼睛。

这太子妃要是再出个什么事，他们都吃不了兜着走。"无妨，本宫身子如何自己知道，别哭哭啼啼的扰了殿下的清净。"唐灼灼的睫毛轻颤几下，身子早就蜷成了一团，眸子里的神色明灭不定。

如今她既然知道了这样的事，还怎么能做到置身事外？张德胜虽然心里门儿清，却还是不得不站出来道："娘娘，奴才再去同殿下通报一声，若是再不允，您就回宫去吧。"唐灼灼轻轻颔首，纤长的睫毛遮住了杏眸里的暗色，薄唇轻启："有劳张公公了。"

张德胜心里暗叹一声，硬着头皮进了内室，就见到霍裘瘦削的下巴微微昂起，发间眉梢都是细密的汗珠。他听见了脚步声才睁开微微有些红的眸子："太子妃回去了？"

张德胜的膝盖一软，马上跪了下来，诚惶诚恐地道："殿下，娘娘就在殿外面候着，说什么也不肯回去，外面风大，奴才怕娘娘这样吹下去身子吃不消。"

霍裘清冷的眸子望向自己麻木的左臂，上面大块大块的乌黑色扭结蠕动，细看古铜色的肌肤下游动着一根根黑线，飞速地从手掌处扩散到小臂，疼得钻心。

他漠然地收回视线，似乎是轻嘲般地笑笑："你如今倒是越发会办事了。"外头的风声渐渐大了，霍裘推开那为他敷着热帕子的太监，踱步到了窗前，虽然隔着的距离有些远，他还是一眼瞧见了灯笼下的那个人儿，纤弱得像随时会被风吹断线的风筝。

真的是怕什么来什么。这样狼狈不堪的自己，叫她见了还不知会被如何厌弃，好不容易他们的关系才和缓了一些。霍裘眸子里的情绪被压抑得极深，左臂下蛊虫还在血液里翻涌着，没一会儿，他的指尖竟溢出来浓黑色的血。

张德胜被吓得失了魂，倒是霍裘漫不经心地用帕子拭去了，片刻后才道："太子妃未回去之前，不准宣太医。""殿下，你这蛊毒已经压抑不住了，这……这不请太医该如何是好？"

霍裘连眼皮也没掀一下，他了解唐灼灼的臭脾气，不叫她做的事她非要凑上去，今日能守在外面并不见得她有多关心他，不过是因为自己不准她进来罢了。

正在张德胜头疼的时候，李太医得了令匆匆忙忙地赶来了，还没有登上台阶，就见到了一贯没怎么露过脸的太子妃。他不由得一愣。

这是怎么了？这夜深露重的，太子妃坐在外面是在等主子爷？可不对啊……主子爷什么时候会这样对她？李太医摸了摸自己的胡子，摇了摇头百思不得其解。

唐灼灼眼见这张德胜进去半晌了也没冒出个人影，心里大概就有了底，再一见到这神色匆匆的太医，顿时有些心慌。霍裘怎么了？

她玉手轻抬，揉了揉疲倦的眉心，而后轻声道："安夏，本宫头晕。"安夏一愣，旋即摸到唐灼灼冰凉的食指，才想劝她回宜秋宫去，话还没出口呢，人就在她眼皮子底下软软地倒下了。

"娘……娘娘？"她声音有些抖，却突然见唐灼灼偷偷地朝她眨了眨眼睛，瞬间身子都凉了。娘娘这是连殿下都要骗了啊！霍裘刚闭了眼睛忍下又一波的剧痛，却突然听张德胜失声道："殿下，太子妃娘娘昏过去了！"

霍裘心里一惊，人已乱成了一团，窗前连那小姑娘的衣角都瞧不见了。等他大步冲出去的时候，唐灼灼才被放在那张躺椅上，面色白得如同一张纸，风吹得她手腕上的铃铛直响，显得既凄哀又幽凉。

他打横抱起椅子上缩成一团的人儿，手腕处的剧痛噬心蚀骨，他却再没感觉到一分。他心口酸胀满满的都是疼惜，她既然想瞧，叫她瞧就是了。唐灼灼只感觉到自己靠着一个宽厚坚实的胸膛，男人身上淡淡的龙涎香混合着薄荷的淡香，叫人安心。

她睫毛轻颤，有汗水滴到她光洁的手背上。她感觉像是被灼烧了一下，死死忍住没有动弹。她知道，这汗是被疼出来的。可今日不用这种方法，霍裘他这个人必定不会让她进这正大殿。

他行得极稳，步履带风，李太医还在后面追着连声道："殿下不可使力，不可使力啊！"霍裘置若罔闻，直到唐灼灼被珍而重之地放在了柔软的床榻上，男人才稍离片刻。后面跟着的乌泱泱一大片人皆是屏气敛声。

他背过身去，宫女放下层层的玄色床幔，唐灼灼的眼睛有些刺痛，片刻后才轻轻地抬手拭去眼角的湿润。空气中还弥漫着淡淡的咸腥味，李太医看着霍裘的手掌，深深地皱眉："殿下，您这蛊虫里的毒又扩散了，微臣替您瞧瞧。"

霍裘偏过身，道："孤无事，你给太子妃瞧瞧。"李太医手搭上帕子，沉吟片刻才收了手道："回殿下，娘娘身子虚，前面接连两次风寒已让娘娘身神俱损，这段时日是再也受不得半点风寒了。"他每说一句，霍裘的面色就更沉一分，直到李太医说完，他才神色莫辨地开口："都下去吧，药好了端上来。"

于是一屋子的宫女太监鱼贯而出，只剩下一个张德胜和李太医。李太医神色凝重，将霍裘的衣袖卷到小臂以上，大惊失色地道："殿下，臣配给您止痛的药可吃了？"霍裘的目光凝在床榻上那层层的纱幔上，自己坐着黄梨木椅，眼皮一掀淡漠地道："嗯，前段时间用完了，孤最近事多，忘记遣人去拿了。"

这话说得，这南疆蛊虫发作起来能疼得要人命，偏偏殿下说得倒是风轻云淡的，像是全然不将这点疼放在心上似的。"殿下，微臣愚钝，只能帮殿下竭力抑制却无法根除此蛊。"

李太医说得惋惜："若是万不得已，微臣只能为殿下试那个法子了。"

外面的对话一字不漏地落在唐灼灼的耳朵里，她的手指微微动了动，揪住了里侧的一角锦被。

那个法子，她自然知道。刮骨取虫，从虎口处至上臂的位置，通通要切开来，辅以特制的药材熬成浓汁喝下去，将蛊虫逼出血肉。

唐灼灼紧紧地闭上了眼睛，所以梦境中的霍裘就是用的这个法子吗？那该多疼啊！等李太医愁眉苦脸地拎着草药箱被张德胜送走后，霍裘就掀开了床幔，对上一双乌溜溜的像是刚被雨淋过的眼眸。

他默了默。"殿下，妾头疼。"唐灼灼自知这些小把戏瞒不过他，撑着头缓缓地坐起了身子，强撑着对他笑了笑，目光却不受控制地落在了他掩在袖袍下的左手上。霍裘眸色深浓，声音沙哑："你倒是会作践自己的身子。"

他轻而又轻地拢了拢她额前的碎发，明明是万般缱绻的动作，说出口的话却不留情面："你知晓的，孤从不喜人多管闲事。"唐灼灼眨了眨眼睛，她抿着唇不说话。霍裘轻轻地笑了一声，替她揉了揉额角，修长泛白的手指又从额角辗转到眉间，力道恰到好处，唐灼灼却从心底深深地泛出一股寒意。

他登上皇位如同行走地狱，手里沾染数不尽的血腥，光鲜显贵的背后不是夜夜笙歌，而是一场场的阴谋交织成的一张密不透风的网。他连个喘息的机会也没有。唐灼灼敛了面上的笑意，低垂眼睑，从绵软的床榻上站了起来。

她就站在他跟前，娇小的身子正好够他抱个满怀。她的长发披在身后，一抬手，袖口上绣着的栩栩如生的丁香，衬得她眉目间更加令人心动。

霍裘不动声色地退开几步，她却小步凑近，拉过他负在身后的左手，卷起了他的袖口。他蓦地按住，唐灼灼偏头，声音娇软又带着点点执拗："你若是再躲着，我日后都不管你了。"

没有再称他为殿下，反倒像是极为亲昵的撒娇。

霍裘的剑目微微眯起，一抬眸就望进她黑白分明的瞳孔里。她是认真的。他的身子微有一僵，旋即掀唇一笑："你何时管过孤？"我从前倒是一直想让你管管我，可却一直没等到过，如今这么个狼狈的样子，你倒是想管了。

唐灼灼晶莹的眼珠转了几转，而后一字一句，极尽嚣张地道："现在就在管呀。"

不管重来多少次，霍裘都会败在唐灼灼一双清润的眸子里。一如那年她落水，在他怀中醒来时恍惚中睁开的杏眸。

今日殿里熏的是浅淡的木棉香，又缠绕着一股素淡的药味，倒是适合人们敞开心扉谈论点什么。

霍裘别开了眸子，也放下了按在袖袍上的手。让她看去吧，被恶心到了就自然会缩回去了。唐灼灼敛了呼吸，睫毛轻颤几下，旋即将他玄色的广袖一节节卷上去，露出大片古铜色的肌肤。

肌肤下蠕动着无数条紫黑的细线，它们纠缠扭动，就像是一条条小溪，奔腾着汇聚到了小臂的位置。"殿下这蛊虫……是何时被种下的？"唐灼灼的面色寸寸凝重下来。

霍裘的目光如炬，抿了抿唇才皱眉道："你怎知这是蛊虫？"唐灼灼纤柔的手指顺着他的虎口处辗转，些微的凉意从她的指腹间漫开，直直叫嚣着钻到他的心底，霍裘眸子里的光亮渐渐地暗了下来，目光游移在她明媚的侧脸上。

"那太医说话的时候又没避着我。"她飞快地看了他一眼，而后准确地捏在了他手腕和小臂交汇处，疼得他微微地拧了眉。"南疆蛊虫最是恶毒，被下蛊之人通常疼痛至死，又少有解蛊之法。京都鲜有此物，这蛊定是由南疆贵族带入京都，殿下和南疆人有何过节？"

唐灼灼指腹下的肉结实无比，她垂下眼眸，沿着皮肤上的一条紫黑线摸到了交汇处，纤细的食指如莹白的玉笛，白与铜色的对比分外鲜明。

霍裘原本就深幽的瞳孔里落下簌簌的鹅毛雪，凛冽而带了些微的凝重，望在了她素净如锦的侧颜上。佳人亭亭而立，温顺柔和，手下微凉触感如上好的暖白玉。

霍裘突然有些意动，喉结上下滚动一圈："南疆世家是言贵妃母族。"唐灼灼讶然抬眸，莹白的手指离了他的小臂，霍裘的眸色一时之间深幽无比，她抿了抿唇，将鬓边一缕长发绕成圈，缠在柔弱无骨的手指上，一双琉璃色的桃花眸在烛火下熠熠生辉。

擅用巫蛊之术，向来是帝王大忌，霍裘受了这样的苦楚而言贵妃依旧身居高位，跟没事人一样，自然是还没拿到确切的证据。唐灼灼的心狠狠一揪，对霍启更厌恶几分。

"那法子毕竟太伤身子。"唐灼灼说到这停顿了一下，细细观察了他的神色，才斟酌着道，"若是殿下信得过，我可以试着解了这蛊。"殿里长久的寂静过后，唐灼灼瞧着自己镶珠的鞋面，不自在地动了动身子。

霍裘这是什么眼神？不信吗？还是别的什么意思？就在唐灼灼忍不住开口询问的时候，霍裘倏而低低地笑了，他揉了揉唐灼灼的发丝，虚咳了一声："南疆蛊虫向来是虫蛊中较难解的，而最擅长解蛊的却是江涧西。"

"孤的娇娇与他，认识？"唐灼灼的身子微微有一丝僵硬，面上却笑得无比坦然，甚至迎上霍裘时的眼神都是澄澈而明媚的，她道："曾听过江先生大名，但妾长在深闺，何以与外男相见？"

"殿下多想了。"霍裘都不知道有多久没有听人用这样轻描淡写的一句话来否定自己心中的猜疑了。这个小骗子……怕是自己都不知道，她脸上欲盖弥彰的神色旁人一眼就瞧了出来，偏偏她不自知，还愣是想着要忽悠他。

"嗯，是孤想多了。"霍裘骨节分明的手指抚过唐灼灼粉嫩生霞的脸蛋，嘴角噙着淡淡的笑意。唐灼灼瞧着眼前几乎一瞬间慵懒下来的男人，刚想好的一大堆说辞还未说出口就烂在了肚子里，她垂眸微笑，手腕上的银铃清脆作响。

怎么他一点也不关心自己身上的蛊？明明都已经严重到这等程度了。"那咱们明日就开始解蛊，大约要用上一个月的时间，殿下意下如何？"她别过眼睛不去看他，强自镇定地道。

霍裘偏偏来了兴致，他的瞳孔里闪过一丝浅淡的笑意，长身玉立，将娇小的人儿逼到靠床榻的狭小空间，见她目光躲闪，就连声音也带了罕见的戏谑："白日里，孤是否让娇娇今日歇在正大殿？"

唐灼灼猛地抬眸望他，不可置信的模样倒是更引得男人想逗逗她。霍裘勾唇，狭长的剑眉微微一挑，端的是一派霁月光风的面色。他缓缓地逼问："怎么？娇娇不愿？"唐灼灼的手心里出了些汗。

他袖袍上的淡淡竹香清冽逼人，再加上殿外呼号的风声，硬生生给人一种大军压境的压迫感。唐灼灼脚有些软，艰难地出声："殿下，解蛊期间，不可使力。"这也是方才李太医一直重复强调的。

霍裘的眉目敛了锐气，变得格外温润柔和起来，他像煞有其事地点了点头，徐徐地退了几步。

唐灼灼身前的压迫感一扫而空，她小口小口地喘气，却见霍裘踱步取了雪白的锦帕来，将她虚握成拳的手掌掰开，边擦掉她手心的汗边漫不经心地问："你很怕孤？"

"殿下果决神武，妾……"霍裘不耐烦地抬眸，修长的食指摩挲在她娇嫩的唇瓣上，似笑非笑地威胁，止住了她接下来违心的奉承话："突然想亲你。放心，孤亲人的力气还是有的。"唐灼灼抬眸，面上的霞红一层漫过一层，她轻轻地咬住下唇，到底没料到他这么直接堵了她的话。

霍裘一向是冰冷矜贵的，对女人更是如此。他是历来各朝皇子

128

中后宅最干净的一个，永远都是一副无欲无求高高在上的模样，这样的男人，唐灼灼就是想破了天也不会想到他的心意。

但她如今知道了。霍裘垂眸，些微的失望一闪而过，他将卷上的衣袖放下来，刚准备开口，就见小姑娘面如桃花，杏眸里涌动着难言的光泽。他饶有兴致地停下手头的动作，薄唇一掀："真想孤亲你？"

唐灼灼的手紧了紧衣袖，琉璃色的眸子澄澈又柔和，声音混在袅袅升起的熏香中，娇软有余："殿下想亲吗？"霍裘愕然，心底如同冰山被舰船撞出了一个豁口，堆积的雪水奔流而下，他的手指动了动，凝神细望她的神色。

没有厌恶反感，没有黯淡失色，有的只是明晃晃的坦荡和一丝的犹疑不安，怯怯生生的，偏偏要装出面色如常的样子。他的眉心陡然舒展开来，绣着蟒纹的袖袍轻轻蹭到轻柔的床幔上，他微微俯身鬼使神差般捏了捏唐灼灼的脸蛋，声音又低又哑："美人心意，岂有不收之礼？"

更何况这美人眉目精致如画，早早地就站在了他心尖尖上，且一站就是好些年。说是这样说，霍裘却迟迟没有动作，唐灼灼闭了眼睛睫毛轻颤，过了半晌颤巍巍地睁开眼睛，才见到霍裘正靠在床柱上面带笑意地看着自己。

唐灼灼有些茫然地眨了眨眼睛。"小笨蛋。"他话里浓郁的宠溺之意遮也遮不住，褪去了白日里的清冷淡漠，唐灼灼突然觉得鼻尖有些痒，还有些酸。他虽然处处强硬，但也处处顾及了她的想法，她不愿意的事从没人敢逼着她去做，包括他自己。

可他什么也不说，她哪里就能猜到他的心思？唐灼灼抬起头，瓮声瓮气地扯了他的袖子道："殿下闭上眼睛。"霍裘瞥到她纤细的手指，如青葱似的根根分明，他沉沉地望了一眼，依她的闭上了眼睛。

唐灼灼仰着小脸，及腰的长发在背后漾起柔和的弧度，她缓缓地闭上了眼睛，踮起脚在霍裘的左脸上胡乱蹭了一下。霍裘陡然睁开了眸子，眼神里的幽光灼热，又带着某种沉重的压抑。他的脸颊上温温热热的触感像是过了电一样，撩得他心里有一瞬间的酥麻。

唐灼灼蜻蜓点水一样地蹭了一下后就想飞快地退开，却被霍裘强硬地揽了腰肢，两人的身躯一瞬间无比贴合。霍裘瞧着此刻缩成一团低着头的小姑娘，低低地逗弄："娇娇就是这样糊弄孤的？"

唐灼灼拽了他一角的衣袖，死活不肯抬头，隔着两件衣裳，他身躯上滚烫的温度传到她周身每一寸，她突然想起那年喝了西域进贡的清酒后，也是这样的感觉。脸上热，身子也热，脑袋晕乎乎的不知道里头装了些什么东西，像是踩在绵软的云层上一样。

霍裘觉得她现在的样子倒是前所未有的撩人，手下是她细腻的肌肤，纤腰不堪一握，他都有些担忧自己手下一用力将她的腰折断了。也的确是，新婚夜那日对他眼里心里满满都是抗拒的人，也依旧让他发了狂。

霍裘想起那夜里，眸子便如同两口深不见底的古井，喉结上下滚动几圈，才将低着脑袋的唐灼灼捞了上来。"现在知道羞了？"他嘴角边的笑意真实而缱绻，目光透过袅袅的香，瞧到外面连绵细密的雨丝。

"殿下怎么就知道欺负人？"唐灼灼骄横地瞥他一眼，自顾自走到桌案边上的椅子边坐下，身上的中衣有些宽大，露出她小巧的脚踝和如瓷的肌肤。正在这时，安夏端了刚熬好冒着热气的药碗进来，见唐灼灼坐在椅子上，不动声色地将药碗放下，福了福身出去了。

熟悉的草药味钻到唐灼灼的鼻间，熏得她脑袋疼。这是没喝呢，她舌尖都觉出一丝苦味了。霍裘知晓她的小心思，面上的表情不变，只轻轻地道了一句："三日后启程前往西江，你的身子这样，怕是……"他停顿了一下，目光移到了那碗药汁上。

唐灼灼心头一颤，猛地闭着眼睛将那黑乎乎的药汁一饮而尽，表情一时间有些狰狞。等含了甜腻的蜜饯，唐灼灼才稍稍缓过来，苦着脸道："怎么每回都要喝这么苦的药？"霍裘修长的手指轻敲桌面，任她在自己椅子上坐着，神色莫名："还不是因为娇娇总喜好用苦肉计？"

唐灼灼顿时默默地闭了嘴。这些小伎俩根本瞒不过他。外面的雨渐渐小了，风声渐歇，唐灼灼瞧了瞧外面的天色，脆生生地道："殿下君子一诺，更何况我还得为殿下解蛊，自然是要时时跟着的。"

西江人杰地灵，风景优美，她在游记上见过图册，欢喜得不得了，如今好容易有机会去了，哪里能白白放过？霍裘心里爱极了她那副理直气壮的小模样，倒是没有再逗她，轻轻颔首应下："这几日好好调理身子，叫下头的人将东西都备好。"

"我都记下了，早早就备好了。"唐灼灼接着道，"妾前些日子得了一壶好酒，明儿个叫人来送给殿下，放在库里存着也浪费了。"反正她也喝不得什么酒，三皇子妃叫人送来，不过也是想借着她的手转交霍裘罢了。

霍裘挑眉，刚要开口就听唐灼灼自顾自地小声嘀咕："就当是贿赂殿下好了。"说罢，她就起身走到窗口处，瞧着窗外黑漆漆的天空皱眉。正大殿距宜秋宫有些距离，等会儿回去又是一顿折腾。

"殿下，天色不早了，我就先回宜秋宫了。"她皱着眉娇娇地抱怨外头的天气，神色惹人心动，霍裘硬朗的下颌微微抬起，神色幽深莫辨。就在唐灼灼理了理衣袖准备唤人的时候，他心底轻声叹了一口气，到底抵不过心里念想将人拦腰抱起。

唐灼灼低低地惊呼一声，就被他抱着跌坐到了绵软的大床上，刚要出口问他，就被男人扣着肩膀深深地吻下来。这一吻牵扯出莫名的情愫，惹得她脸上慢慢漫出一层粉色。

　　原本打算的浅尝辄止终于成了一团熊熊燃烧的火，她被困在他的臂弯里，想逃又逃不过，只撇着嘴，一副十足委屈的模样。

　　"殿下……"谁都能看出她外强中干的模样。"外头夜深雨大，就别回去了。"霍裘有些欢喜她这样毫不防备的样子，沉沉地出声道。唐灼灼与他对视半晌，别过头慢慢红了脸。到底比不过他厚脸皮。

　　"殿下身上那蛊虫……"唐灼灼嗫嚅着提醒，却不好意思说得太露骨，杏眸里蕴了一层潋滟的水光，眸子开阖间拖延出丝丝的媚色，在烛光下撩人得很。若不是男人面上仍是极冷淡的神色，她简直要怀疑他是不是被人调包了。

　　外人都说他不沾女色冷硬淡漠，合该让他们瞧瞧他现在这占人便宜的样！霍裘有些意动，俯身用大掌缓缓地蒙了她的眼睛，辗转深吻。

　　从他们成亲到现在，这是他第一次如此吻她，带着令人无法拒绝的强硬和缱绻，矛盾地交织在一起。唐灼灼的睫毛颤动几下睁开了眼睛，第一眼就见到男人剑眸含笑，一副餍足的模样。

　　"这样才叫亲，可学会了？"唐灼灼别过头去不看他，片刻后才讪讪地道："我要回去了，殿下总是欺负人。"霍裘微微一愣，旋即胸口沉沉地起伏几下，眼底尽是柔和的宠溺之意。这是羞得恼了？

　　"就歇在这吧，孤不吵着你了。"霍裘想起手头还没处理完的事，冷了神色，将她用被子裹好才离了几步，沉吟片刻吩咐道，"将孤的奏疏拿上来。"唐灼灼湿漉漉的眼眸不离分毫，他这样一说她才记起，太子监国，天天都有数不清的事要做。

"殿下不歇着吗？"她有些倦了，支起身子撑着头，露出大片细腻的肌肤，既慵懒又娇媚。霍裘的手虚虚地握了握，眸色渐深。真是个处处勾人的妖精。

霍裘认命地俯下身把娇小的人儿勾到怀里，再将人塞到被子里去，最后亲自将床幔放下来，道："孤还有些事没处理，等会儿再歇。"唐灼灼的视线在他身上转了一圈，而后默默地收回，还是没忍住叮嘱："殿下身子要紧，处理完政务还是要早些歇息的。"

更何况明天开始解蛊，又要费一番心力。霍裘轻轻地笑了一声，捏了捏她红润的脸蛋，声音轻柔许多："孤心中有数，累了就早些歇着，嗯？"唐灼灼乖乖地点头，霍裘才有些不舍地收回了手，起身出去了。

隔着数层的床幔，唐灼灼的身子放松下来，纤柔的手掌抚住了脸，露出一双含水的杏眸，盯着头顶玄色的花纹失神许久，最后幽幽地叹了一口气。这一天所遇颇多，唐灼灼也累了，几乎头沾上枕头就迷迷糊糊地睡了过去，绵软的床榻上充斥着一股让人心安的味道。那是霍裘身上的淡淡龙涎香。

而另一边，霍裘刚出了内殿就进了书房，面上的寒意尤为浓烈。李太医和寒算子都在里面候着，见他来了皆是起身抱拳行了个礼。霍裘坐在宽大的紫檀椅上，瘦削的手指轻轻点在椅背上，不疾不徐地敲打着，眉头皱得厉害。

李太医沉吟片刻，而后斟酌着开口道："殿下，解蛊圣手江涧西行踪不定，性子古怪，太子妃应当未与此人接触过。"霍裘掀了掀眼皮，声音里寒气十足："那太子妃是如何能有把握解了这蛊的？"他站起身来，压迫感十足，"你不是说只有江涧西能解了此蛊吗？"

李太医擦了擦头上的汗，半晌答不上来。毕竟是他笃定地说只有江涧西能解了此蛊，不然就只有剩下那个法子可行。哪里知道突然冒出来一个太子妃。寒算子摇了摇手上的羽扇，突然开口："殿下，臣原本不该妄议太子妃殿下，但事有轻重缓急，臣斗胆一问，太子妃是真有把握，还是……"

他的话意味深长，其中的意思大家都懂。是真有把握，还是借机报复殿下？毕竟先前那样抗拒殿下的人，突然改了性子，一而再再而三地与殿下亲近，其中缘故，不得不让人多想一层。

霍裘眯了眯眼睛，半晌后缓缓地摇头，道："她说有把握就是有把握。"唐灼灼的性子如何，再没有比他更了解的了，她说能解蛊就是胸有成竹，断然不会拿这个开玩笑。况且，若是她想气自己，又何须用这么个法子？

她短短一句话就能将他气得食不下咽、如鲠在喉。寒算子与李太医对视一眼，皆是看到了一抹无奈之意。殿下在太子妃身上，总是没有太多理智可言。就像当初请旨平定边疆，一锤定音定下太子妃的人选的时候，他们苦苦相劝大道理讲遍也没有任何作用。

寒算子扇子也不摇了，抚着胡须问："那明日太子妃为殿下解蛊，臣与李太医可否旁观？"

话音刚落，他就又添了一句："臣也略懂一些医理医术，兴许有帮得上殿下的地方。"霍裘轻轻颔首，转而提起今天宫宴上发生的事。

寒算子听得拊掌朗笑："六皇子心智尚浅，不足为惧，只是言贵妃及其背后的母族是个棘手的存在。"霍裘望了望他手臂上被蛊虫盘踞的地方，神色一厉，薄唇轻启："再过几日，孤启程前往西江，届时京都中的事就要多麻烦你与韩江了。"

寒算子点头，面色也跟着寸寸凝重下来。等一切事情商议妥当，霍裘才回了内殿，他揉了揉隐隐作痛的额角，脚步放得极缓。殿里还睡着个极不省心的。张德胜早早地就将小桌案摆到了屏风外，霍裘坐在桌案前，刚拿起一本奏疏就走了神。

外头风声渐歇，雨丝成帘，他沉吟片刻，丢下手中的奏疏直皱眉，最后还是起身绕过屏风去了床榻边。他的步子放得极轻，隔着层层的床幔凝望里面睡得正酣的人儿，双手负在身后，眼底漫过浅浅的笑意。

心底蓦地就定了下来。她还在就好。霍裘转身招来一旁的张德胜，声音压得极低："去搬张小桌过来，将孤的奏疏也拿过来。"张德胜也跟着笑，一扫拂尘就叫底下的人轻手轻脚地将桌子抬了进来，愣是没发出一丝声响。

霍裘坐在桌案前，这会儿是能瞧进去东西了，但一闭上眼睛就想起唐灼灼。唐灼灼是被压低了的女子声音惊醒的，她睡眼惺忪地揉了揉眼角，而后反应极慢地朝声音来源处望过去。眼前是几层的床幔和一面极朦胧的屏风，屏风后站着一个高大挺拔的男人。

正在这时，她又听见屏风外头怯怯弱弱的声音极尽温柔，殷勤讨好味十足："殿下，妾闲来无事，自酿了一坛子的梅花酒，藏在地里到今日才挖出来，想邀殿下共饮。"赫然是钟玉溪的声音无疑了。

霍裘耳力过人，听见了床榻上的细微响动，以为她被吵得不安稳了，自然极为不耐烦："天色已晚，喝酒伤身，你且回吧。"钟玉溪的笑容就这样生生地凝在了嘴角边，再出声时已带了深浓的哽咽："殿下，这是妾特意为殿下酿的……"

她刚被解了禁足的令，生怕霍裘将自己忘了，这才在深夜巴巴地赶过来，她原以为两人喝了些酒接下来的事自然就水到渠成了。若是叫外人知道她这个良娣与太子有名无实，至今仍是处子之身，指不定大牙都要被笑掉，就更没人将她放在眼里了。

可她没想到自己都如此主动地赶过来了，殿下居然仍是这么一副冷淡的样子,甚至……连他的面都见不到。她朝思暮想的人就在屏风那一头,偏偏她还不敢凑上前去。

霍裴的眉心紧紧皱起,周身冷冽十足,若不是看在钟家还有些用的面上,他压根都想不起这号人来。偏偏这人还不识趣得很!"孤政务繁忙,没有喝酒的闲工夫,你回去吧。"

钟玉溪今日特意穿了一件轻薄的纱衣,此刻风一吹,只觉得透心的凉意钻到了骨子里,她弯月一样的指甲深入到肉里,仍是不肯死心地弱弱出声道:"殿下不要忙得太晚,身子要紧……"

霍裴轻轻颔首,连话都懒得再说了。唐灼灼困意十足,偏偏还要听钟玉溪刻意甜腻的声音,简直烦不胜烦,瞬间小脾气就上了身。"殿下……"她娇气地嘟囔,声音里困意十足,刚开口就懒懒地打了一个哈欠,声音不大不小刚够钟玉溪听了个清楚。她顿时如坠冰窖。

唐灼灼在正大殿里?她怎么可以歇在正大殿?殿下这样严于律己的人,怎么会让她坏了规矩歇在这里?可不甘归不甘,她还是清楚地听到有些急的脚步声和醇厚的男子声音。

霍裴掀了床幔,见到睡眼惺忪的人儿正在揉着眼睛,水眸中满是被闹醒的困意,他倏地柔和了声音低哄:"被吵醒了?"唐灼灼眨了眨眼睛,又斜斜地倒了回去,一副慵懒十足的模样,看得霍裴心底一软,更何况她还娇声娇气地指着外头说了一声"吵"。

霍裴站起身子,对外头的钟玉溪冷淡十足:"你回吧。"短短的三个字,像是一把利剑,将钟玉溪的心刺得鲜血淋漓,她还得强自咽下一口气,起身恭恭敬敬地行了一个礼,气息不稳地道一声:"妾告退。"

自然是没人应她的。满怀希冀地来,满心愤慨地回,钟玉溪走在昏黑的小道上,泪水止不住地流,觉得自己就是一个彻头彻尾的笑话。自己送上门让唐灼灼那个贱人打了一巴掌又一巴掌。最叫人心寒的莫过于那个高高在上的男人从始至终看都不想看她一眼。

素儿将帕子递给她，一边柔声宽慰道："娘娘，这是好事儿，您可不能伤心哭坏了身子。"钟玉溪死死地捏住帕子，目光阴寒："好事？"素儿忙不迭凑到她耳边道："殿下对太子妃新鲜劲正足，等过了这一阵，发现太子妃处处不守礼节，自然就厌弃了。"

"殿下要的，可是一个安分守己恪守皇家礼规的女人。"钟玉溪的眼底阴晴不定，片刻后才低低地笑了，她道："你说的在理，是时候去将几位侍妾请过来叙叙旧了。"素儿见她听进去了，也跟着笑了。人多力量大，这可不是一句空话。

而正大殿里，唐灼灼没骨头一样躺在软枕上，困得厉害，霍裘低低地笑，捏了捏她泛红的小脸，打趣道："你这耳朵倒是尖。"唐灼灼掀了掀眼皮，掩唇打了个哈欠，眼眶顿时就红了，她低低地呢喃，细声细气地抱怨："殿下怎么叫她进来了？烦得很。"

霍裘默了默，再瞧她理直气壮毫不心虚的小模样，气得笑了笑："你如今都睡在孤的殿里，她还进不得殿门了？"怎么说钟玉溪也是东宫的良娣。唐灼灼瞧他半晌，突然就掉了眼泪。

霍裘一愣，有些不知所措，人生头一回有女人在他跟前这样肆无忌惮地掉眼泪。唐灼灼又困又烦，平白被人吵醒气得心肝都疼，小脾气耍得淋漓尽致。她转过身，用被子捂住头，去了床榻里边，一气呵成毫不拖泥带水。

霍裘见锦被下面隆起小小的一团，又气又好笑，现在就是说她两句都说不得了？谁惯出的小脾气？想是这样想，但身体像是自己有意识一般，低低地叹息一声，将被子里娇气的一小团捞出来，露出被子里头一张泪水涟涟的桃花面。

他皱起眉头，细细地将她面上的金豆豆擦了，才道："如今说都说不得了？"唐灼灼别过眼睛不去看他，几缕发丝沾了泪水粘在她的脸上，又痒又疼十分不好受。霍裘将她的发丝一缕缕别到脑后，声音软了下来，道："下回孤不让她进来就是了，你哭什么？傻气得很。"

唐灼灼这才转过身来，将鼻涕眼泪一股脑擦在男人的衣袖上，偏偏面上仍是一副人畜无害的无辜样。霍裘的太阳穴隐隐地跳了跳，眉心一阵疼。这个没脸没皮的小东西，惯会蹬鼻子上脸！

"头疼，眼睛疼，全身都不舒服。"她的起床气一贯大，安夏往日里叫她起床都是柔声细语不敢发出什么声响的。她没骨头一样地睡在软枕上，眼睛半开半阖，看得霍裘心动。"孤去沐浴，等会儿就陪你歇下。"他有意逗她，刻意说得十分慢，颇为意味深长。

果不其然，唐灼灼身子一顿，整个人都清醒了不少。霍裘按下她白嫩的手指，略带了些薄茧的手指抚过她的额间，缓缓一笑。等他的脚步声慢慢远了，唐灼灼面色绯红，彻底清醒了，她抓过被子将自己蒙住，片刻后又浅浅地笑了。

霍裘现在不会动她，她甚至比他自己还要笃定。因为他在乎自己，所以才不会有半分勉强。等霍裘只穿了一件寝衣上床的时候，唐灼灼还是略显羞涩地别过眼睛去。霍裘眼底沉沉地闪过一丝笑意，执起一角锦被上了床，唐灼灼只觉得身边凹下去一块，紧接着就落入一处火热的怀抱中。

淡淡的龙涎香入鼻，她身子微僵，而后又缓缓地放松下来，任由身后的人抚着她柔顺的长发。"殿下就不担忧身上的蛊吗？"她想了想，还是低低地问出了口。常人遇到这样的事定是惊慌失措的，可霍裘偏偏无比淡定，就是蛊虫发作也是丝毫不乱。

她这疑问存在心里一整天了。霍裘漫不经心地答："为何担忧？平白叫人看了笑话。"他微微一顿，接着道，"再说，李太医不是说了还有另一个法子吗？"唐灼灼这下转过身来与他面对面望着，瞳孔黑白分明，十分认真地道："可那个法子……"

她突然噤了声，对上他含笑的眼眸，泄气地嘟囔："也是，殿下不怕疼的。"霍裘笑而不语，捏了捏她白嫩的手，软软的触感让他有些意动。他哪里是不怕疼，这是这些疼还不足以叫他放在心上罢了。

真正让他疼得无法呼吸的，是往日她口口声声喊着他人的名字，眼底的光亮因为别人而亮起。这比叫他剜肉刻骨还要痛。霍裘寻了她的另一只手，闭上了眼眸："睡吧，孤明早还要上早朝。"

唐灼灼就乖乖地闭上了眼睛，没过一会儿又睁开了，正巧对上他幽深的黑眸，默了默道："那殿下相信我能解蛊吗？"霍裘低声一叹，估摸着她是不问到底不罢休，将她身子虚虚一揽到怀里，低低喟叹一声道："孤信你，快睡吧。"

见她还不闭上眼睛，他徐徐地丢下一句话："再不睡就别怪孤欺负你了。"唐灼灼顿时闭了眼也闭了嘴。霍裘见状抿了抿唇，有些遗憾地暗叹一声。只是这觉，到底是没睡好。时值深夜，张德胜在外头低声禀报："主子爷，郊外别院出事了！"

霍裘陡然睁开眼睛，连带着唐灼灼也跟着坐起了身。郊外别院住着柳韩江一家人！深浓的夜幕笼罩了层层的宫殿，又起了雾，灯笼在十几米开外就只见得着一团光影，为这夜更添了几分神秘。

霍裘被服侍着起了身，唐灼灼还坐在床榻上懵懵懂懂地回不过神来，好容易清醒了些试探着唤了霍裘一声，就见男人长身玉立面色阴鸷，但仍是和她解释了一句："别院里出了一些事，孤出去一趟。"

他似乎是不放心，又沉声吩咐安夏："照顾好太子妃。"说罢，就大步走了出去。

原本已慢慢停了的雨又开始淅淅沥沥地下，渐渐有越来越大的趋势，唐灼灼起身下床，走到殿里的窗口处，只瞧到那一串远去的灯笼。霍裘已走远了。

　　她垂下眸子，望着昏暗的天色不知道在想些什么，面色沉沉如水，安夏以为她是被吵着了心里不痛快，走过来替她揉捏肩膀道："娘娘，夜还正深，奴婢伺候您再去睡会儿吧。"唐灼灼摇了摇头，转而想起晚间过来的钟玉溪。

　　"玉溪宫的那位如今是个什么情况？"她琉璃色的眸子有了寒意，抬头望向黑暗中的某个方向。那是玉溪宫所在的方位。

　　安夏手下的动作一顿，细细地瞧了唐灼灼的神色，见她面色如常，这才道："娘娘，奴才听玉溪宫的小玉说钟良娣刚一回宫就叫身边的大宫女去了几位姨娘通房的院子里，具体说了什么就不清楚了。"

　　唐灼灼拨弄着烛光下泛着晶莹光泽的指甲，略一沉吟，随后漫不经心地笑了笑："她倒是学得聪明些了。"她抿了抿唇，将手里小巧的香囊往桌案上一放。相比于钟玉溪，柳韩江那边儿，才是她如今最关心的。

　　可这事，她偏偏又插不上半点话。以往隐晦地提几句还好，如今她总不好直截了当地对霍裘说你的谋士会反叛，你得提前防着。霍裘只会以为她脑子不太正常了。真是愁人得很。唐灼灼轻啧一声，最后到底还是上床歇着了。心里再怎么念着也是干着急，一点用处也没有。

　　这一睡就到了第二日清晨，唐灼灼被外面的蝉鸣声惊醒，捂着被子翻了个身，却听到一声极轻的浅笑。她刚从绵软的被子里透出一个脑袋，就见到了身着太子朝服的霍裘站在床榻前，眼角含笑地望着自己。

　　她慢慢地挪到软垫上，声音尚带着久睡后的软糯，问："殿下何时回来的？"昨夜那事怎样了？安夏默不作声地端了梳洗盆进来，替她细细地擦了脸又等她漱了口后才笑着退了下去。霍裘的声音有些低哑，爱极了她刚睡醒的这幅慵懒样子。

　　"孤刚回来不久。"他顿了顿，又道，"父皇身体抱恙，今日不必上朝。"唐灼灼以手托腮，手腕上铃声清脆，如同雨滴落下深幽的井底时发出的声音。她神色不满极低地抱怨嘟囔："还不知昨夜殿下被谁勾了去，睡着睡着就不见了人。"

　　霍裘略一沉吟，眉宇间冷了下来，连带着声音也是寒意十足的："昨日柳韩江被一帮来历不明的人袭击，险些就受了伤，孤去处理了。"唐灼灼飞快地抬头望他一眼，没想到他回答得这么干脆利落，而且并没有随便编个理由打发了自己。

　　她一边拨弄着蛊里的干花细盐，一边略微讶然道："可是妾的兄长所提起的柳先生？他在殿下的麾下？"霍裘幽深的黑眸意味不明，望了她许久，才俯身揉了揉她的发丝，不置可否地从喉间轻"嗯"一声。

　　她果然是猜到了昨夜发生的事。唐灼灼敛下杏目中复杂的神色，一边装作漫不经心地问："那柳先生如何了？可查到了行刺的那帮人身份？"唐灼灼皱眉，这时候才意识到柳韩江梦中突然倒戈并不是与六皇子串通好了，而是其间发生了某些不为人知的事。

　　霍裘面上笼了一层冰霜，深深皱眉，眼底光芒闪烁明灭不定，半晌后才轻轻摇头嗤笑："除了霍启那边的人，其余不作他想。孤之前加派了些人，柳韩江无碍，只是他的夫人受了些轻伤，倒也不碍事。"

　　唐灼灼手下的动作停了下来，听了这话十分认真地点头，也觉得是六皇子一派的人能干出来的事。她这一点头，用一根碧玉簪松松绾起的青丝就掉落下几缕，垂落在她白皙的脸颊一侧，一晃一晃的将人心撩拨得不像话。

霍裘隔着几步的距离望着，面色悄然柔和了不少。外面的天色明亮，甚至连消失几日的太阳也挂在了空中，徐徐吐露着灼热的光线。片刻后，唐灼灼换了身素净的衣裳，跟在霍裘身后进了书房。

霍裘身上的蛊一日不解她就一日无法安心。李太医和寒算子从清晨强撑着精神等到现在，才终于见到了两位正主，对视一眼后皆是起身行了个礼。霍裘一挥衣袖示意他们起身，而后才转身问唐灼灼："需要什么药材工具？孤使人去备着。"

唐灼灼这才寸寸敛了脸上的笑意，面色变得格外凝重起来，这次解蛊的对象和她以往的不一样。他是大宴朝万人之上的太子，是未来的崇建帝，于她而言更是护着她的人，是她的夫君。

这样一想，她手心又出了些汗，她不着痕迹地将帕子放到一旁，认真地对着李太医道："需要一套烤热的银针。"李太医与寒算子面面相觑，最后还是李太医有些不敢置信地惊呼："太子妃是准备为殿下施针？"

唐灼灼轻轻颔首，后者就连连摇头，抚着半百的胡须只道："不可。太子妃娘娘，施针一事非同小可，若是力道拿捏得不准，殿下就是在活受罪！"寒算子也跟着摇头，但还是沉吟片刻问道："敢问娘娘，在何处施针？"

唐灼灼静静地站在屋里听他们言论，此时抿了抿唇如实道："头部和面部。"寒算子和李太医大惊失色，连连摇头，根本信不过她一个自幼养在深闺十指不沾阳春水的世家贵女。把殿下的身家性命交到一个女子手中他们怎么能放心！特别是这女子还曾经对殿下恨之入骨。

　　唐灼灼冷着一张俏脸，敛下眸子里的情绪，转身去瞧一直未曾说话的霍裘。真正能一锤定音的，只有霍裘。"殿下……"她刚开口，就被霍裘伸手止住了接下来的话。他剑眉深浓，威仪尽显，视线在唐灼灼的桃花面上落了一会儿，旋即吩咐道："去准备银针。"

　　这就是要准备施针了？寒算子摇了摇手中的羽扇，斟酌着言语开口："娘娘，针灸之法对施针者的技法要求极高。若是娘娘一个不留神，那殿下的身子……不如还是叫李太医想想别的法子？"

　　唐灼灼抿了抿唇，片刻后坚定地摇了摇头："若是再说法子，便只有剜肉刮骨了，李太医莫不是觉得这法子对殿下的身子更好一些？"李太医踟蹰片刻，而后一撩衣袍跪下，面上满是忧色，有些激动地道："那个法子虽然受苦了些，但无性命之忧，娘娘这个法子，银针但凡多进一点，都是偏瘫的下场。"

　　唐灼灼也知道他们的意思，都是想着替霍裘解蛊，只是李太医和寒算子这是在求稳。唐灼灼杏目微眯，里面流光潋滟，加上她极盛的颜色，一时之间李太医都有些失神。如此容貌，天下男子谁人不爱？怪不得殿下如珠似宝地捧着，连理智都失了几分。

　　唐灼灼樱唇轻启，一字一句地道："李太医可真是站着说话不腰疼，你就这么想叫殿下生受剜肉刮骨之痛？我是殿下的发妻，若今日他出了事，且拿我的命抵了去就是了。"

　　霍裘转动着大拇指上的玉扳指，神色渐渐地柔和下来，他站直身子，望着挡在他前面的娇小身影，身子里每一处的血液都在叫嚣着翻涌，让他不禁心尖一颤。这是他第一次从唐灼灼嘴里听到"发妻"这两个字眼，她一向最是反感这个词。

　　她一贯懒得与人多费口舌，无论是钟玉溪还是旁的人，不待见就是不待见，将眼不见心不烦演绎得淋漓尽致。他的娇娇，如今为了他，在和他的下属据理力争，甚至用了自己的性命来担保，就为了叫他不受那等苦痛。

实则他哪里会怕这点痛？再痛的他都受过来了。唐灼灼这时候也转过身来，白皙的面颊泛出盈盈的光，瞧上去像一块上好的羊脂暖玉，只是两颊因为和他们说不通而显出一点气恼的红色。

"殿下，我……"她顿了顿，绞着手帕有些艰难地道，"我不会害你的。"说罢，怕他不相信，她又低低细细地重复了一遍。到底是没什么底气的，虽然她之前给他添的麻烦数也数不清，叫他寒心的事做了一件又一件，但她的确从未有过害他的心。

霍裘的眸子一瞬间变得极为深幽，他双手负于身后，沉声命令道："去拿针来。"寒算子与李太医对视一眼，也不敢忤逆他的话，再是不情愿也照做了。唯一让人稍微定心些的就是殿下平日里做事极有分寸，想来这件事也是心里有数。

天气骤热，书房里又摆上了冰盆，凉风和着淡淡的木棉香，吹得人心旷神怡。唐灼灼坐在一边的软凳上，表情分外凝重，泛着寒光的银针被她紧紧地捏在手里炙烤。寒算子这会儿也不摇扇子了，全神贯注地盯着她手里的动作，生怕出什么意外。

等针都烤热了，她才紧抿着唇，用帕子细细地净了手，随后轻声问对面坐得笔挺的男人："殿下，可准备好了？"霍裘的视线淡淡地瞥过她手上的银针，轻轻地颔首，旋即闭了眸子，面上毫无波动矜贵异常。

唐灼灼的神色变得极为清冷，掩在袖袍下的手轻微地抖。等真正施针的时候，她才慢慢地平复了心境，将银针一根根地从霍裘左手虎口处扎到小臂，再到他精瘦的胳膊上。最后的时刻，唐灼灼轻轻地呼出一口气，拿起了剩下的两根银针。

一旁观望的寒算子和李太医已出了一头的汗，现在见她动作眉心直跳，精神绷得极紧。唐灼灼也紧张，连带着额上也沁出一些细小的汗珠，但手上却是极稳，将银针小心地旋进霍裘的眉心和太阳穴。

等针全部施完，她才缓缓地站起身来，吩咐道："去打一盆温热的清水过来。"寒算子细细地观察霍裘，见他呼吸平稳神色从容，这才彻底放了心，摇着羽扇笑道："娘娘技艺高超，倒是我等看走眼了。"

唐灼灼细细地观察霍裘左手上的蛊虫，闻言也笑了笑，道："先生过奖了。"又过了一炷香的时间，霍裘缓缓地睁开了眸子，他凝神望着左臂的方向，唐灼灼计算着时间也该差不多了，清润的眸子从男人面上慢慢滑过，最后也跟着看向他结实的小臂。

上面的紫黑色已全部凝结成一团，呈现出一种诡异的乌青色。唐灼灼如释重负，浅浅地松了一口气，面上的笑意盈盈如水，她柔若无骨的纤细手指抚上他的小臂，探了探他肉下的硬度，觉得差不多了，就将针一根根收了回来。

寒算子和李太医也跟着凑过来，见了这场景忙不迭地问："娘娘，这蛊虫也还未出来啊。"唐灼灼面色寸寸凝下来，与霍裘的目光对上，纤细的手指指向方才施针的地方，一层层黑色的东西缓慢地冒出皮肤表面，让人毛骨悚然。

一股腥臭的味道在空气中弥漫开来，霍裘深深地皱眉，垂在身侧的另一只手忍不住虚握了握。如今自己这么个狼狈样子，也不知道她会不会嫌弃。唐灼灼瞧了片刻，琉璃色的杏眸泛着粼粼的水光，她脆声对着李太医道："借刀一用。"

等小巧的刀到了手里，她咬了咬下唇，半蹲在霍裘跟前，凝视着他墨色的眸子，略微有些懊恼地解释道："殿下，妾得划一道口子让里面蛊虫脓水流出来。"她离得近了，身上的淡淡的果香味儿就幽幽地袭来，她微凉的衣摆蹭到霍裘的手臂上，沾上了黑色的污秽物，霍衾别过头去，心里又酸又胀。

她向来是最爱干净的，就是身上沾了一点灰尘都要生半天的闷气，如今半蹲在他跟前，袖口沾了他身上流出的脓血，丝毫不见半分嫌恶的神色。霍衾突然就握了握拳，极想捏住她的肩膀问话。

她到底是对自己生出了一丝情意，还是只是决意尽太子妃之责罢了？那王毅呢？唐灼灼她真的就能忘得了吗？霍衾的心思一时间千回百转，惊觉这段感情中竟处处都是顾忌，他的面色蓦地沉了下去，最后只轻轻地颔首，道："无妨，开始吧。"

第八章

西江之行

自霍裘身上的蛊毒解了以后，东宫知晓此事的人心里都松了一口气，连带着看唐灼灼的目光都分外不同了些，其中以寒算子和李太医为甚。

　　一天，天气正热，在宜秋宫里并排摆了几个冰盆，几个宫女摇动着不大不小的宫扇，唐灼灼也正儿八经地坐在小几前，手里拿着一根玉杵，将跟前小碗里的冰块细细地捣成冰屑，再时不时地从一旁的玉碗里倒些果汁进去。加了果汁的碎冰成了各种各样的颜色，瞧着稀奇得很。

　　安夏伺候在一旁，笑着端走了剩下的果汁，瞧着主子这么开心，她就忍不住道："自打给殿下解了蛊，娘娘这心情啊，就跟天上的太阳似的。"唐灼灼抿唇一笑，也不掩饰，手下的玉杵与碗每次碰撞都发出低低的闷响，她道："你倒是打趣起我来了。咱们东宫里知晓这事的哪个人不开心？"

　　说罢，她把手里的玉杵放在桌案上，瞧着淡粉色的蜜桃碎冰不甚满意地摇了摇头，又揉了揉泛酸的手腕起了身。安夏递来帕子给她擦手，到底没忍住问出了心底的疑惑："娘娘，您是怎么会解蛊的？李太医都束手无策呢。"

　　唐灼灼脚下的步子不停，笑着回道："山外有山人外有人，这世上有能耐之人太多了。"安夏欲言又止。道理她自然是知道，可问题是这有能耐之人恰恰是自小千娇百宠长大的主子，想到这她又有些茫然。

主子她素来大门不出二门不迈的，怎么学会的这解蛊之法？若是被老爷夫人知晓了，指不定会惊讶成什么样子呢。唐灼灼自然知晓她心里的疑问，走到妆奁盒前挑了一件珊瑚手钏戴上，装作漫不经心地问："本宫先前让小厨房做的糕点，可送来了？"

霍裘被种蛊之事知晓的人毕竟极少，是以唐灼灼会解蛊之事也鲜有人提及，一来是防着霍启那边，二来也是她不想招惹过多的麻烦上身。更何况霍裘下了死命令，任何人不可在背后乱嚼舌根。

安夏是个忠心的，是以唐灼灼就格外信她一些，但她到底是个婢子，知晓太多对她不是什么好事，反而会招来祸患。这也是唐灼灼不愿彻底为她释疑的原因。她话音刚落，紫环就端来一个古木色的食盒，还未打开外层的木盒，就传来一股浓郁的奶香味儿。

唐灼灼微微翕动鼻子，舒展开眉心，眼睛弯得像两个小小的月牙儿，她脆声道："本宫闻到了马奶糕的味儿。"紫环一边点头一边笑："可不是？里头有小厨房今儿个才做的新鲜奶糕，真是什么都瞒不过娘娘的眼睛和鼻子。"

唐灼灼揉了揉隐隐泛疼的手腕，道："走，咱们也学着钟良娣，给殿下送些小酒小点心过去。"紫环与安夏对视一眼，都在彼此的眼里瞧到了鲜明的笑意。

刚出了宜秋宫的殿门，烈日当空，热浪滚滚扑面而来，唐灼灼不小心让风里的沙子迷了眼睛，泪水一个劲儿地流，等到了正大殿的时候，眼眶底下还是通红的一片，像是刚大哭过一场一般。

张德胜见到这位，面上的笑还未彻底绽开，就瞧见了唐灼灼团扇下的那双眼睛，不由得一愣，而后一面将人引进去一面问："娘娘这是怎么了？"唐灼灼用团扇遮了大半边的脸，道："来时叫风迷了眼睛，殿下还在议事吗？"

张德胜下意识地松了一口气，弓着腰回道："正是，几位先生都在里头呢。"唐灼灼生生地止住了步子,眉心一皱:"那本宫就在外殿候着吧。""娘娘,殿下早就吩咐过了,若是您来了,无须在外候着,进去便是。"

唐灼灼朝内殿的方向瞧了几眼,才接过紫环手上沉甸甸的食盒踱步进了内殿。里头与外头泾渭分明,前一刻还是热得心慌,下一刻身上就起了一层细细的疙瘩,唐灼灼抬眸一望,隔着一层珠帘,霍裘与另外几人的身形若隐若现。

也许是听见了动静,里头的声音渐渐地停了下来。唐灼灼面上蒙着一层面纱,只余一双妙目露在外头,隐隐地勾勒出令人心动的余韵。她在珍珠帘外站定,稳稳地福了福身,声音端重清丽:"妾请殿下安。"无人应答。

片刻后,沉稳的脚步声到了跟前,霍裘掀了那层珍珠帘,将人虚虚扶起。他的目光停在她手里的食盒上,隐有一笑:"来给孤送点心?"唐灼灼默了默,将另一只手上拿着的桃花小酒往身后藏了藏,一面低低地"嗯"了一声。

霍裘的视线幽深,将人引了进来。唐灼灼一进去,就听到寒算子笑着调侃:"臣只知太子妃针灸手段了得,没承想这酿酒的功夫也是一绝。"他们都是常年饮酒的人,鼻子一动就能闻出来酒味。

唐灼灼将食盒放在桌案上,抬眸望过去,却见殿内站着的三个人竟有两个是熟人。除了寒算子,站在右侧的男人抱拳,一双桃花眼惹眼至极,细看眉间与唐灼灼有三分相似,见她望来,咧嘴笑了笑。

唐灼灼转而回首看了看霍裘,见他面色无异,才紧抿着唇压下心底的诧异,到底还是忍不住低低地笑了。那是她的二哥唐渊,也是三个兄长中最疼她的那个。

而站在左侧的人温润如玉,儒雅异常,眼里闪着睿智的光,笑容如同和煦的阳光。唐灼灼没见过此人，直到他抱拳温声向她问安，她才似乎是想起什么，不动声色笑着问："殿下，这位可就是妾的三哥哥异常仰慕的柳先生？"

能与寒算子同进同出的，除了柳韩江，她倒也想不出旁的人。霍裘的眼神凝在她泛红的眼角，方才匆匆一瞥倒没注意，如今一瞧，分明是刚哭过不久。谁惹着她了？

"臣不才，当不得三公子的仰慕。"柳韩江儒雅地笑着回话，字里行间带着江南独有的温润气韵，唐灼灼脸上的笑容渐渐地淡了几分，面纱被风轻拂，露出精致的脸部轮廓。"原来真是柳先生。"她顿了顿，旋即不再说话。

到底是外臣，她再是有心试探都无法。好在霍裘这时开了口，声音醇厚低哑："若是饿了就都来尝尝孤东宫的点心，可别说孤小气。"他的目光滑到那小瓶的酒上，朗笑一声，"这酒，孤就自个儿藏着了，等来年开春，再叫人挖出来。"

寒算子和柳韩江迟疑着摇头，还是唐渊拊掌朗笑，道："臣托殿下的福，还是第一次吃到小妹送来的糕点。"唐灼灼横瞥了他一眼，自动忽略了他的话，但霍裘投过来的目光存在感极强，她挪了挪身子，有些不自在了。

等人都走了，殿里就只剩下他们二人。霍裘捻了一块奶糕，这奶糕不仅甜丝丝的入口即化，还带着一股极为浓郁的奶香味。他却深深地思索着，下意识地皱了眉头。"殿下不喜欢？"唐灼灼后知后觉地问，惹来霍裘似笑非笑的一眼。

跟前的女人娇弱单薄，纤腰不堪一握，合该是吃着这样的甜点好生养着的。可那神乎其技的针灸之术要怎么解释才好？方才唐渊被他几句话套了老底，唐灼灼压根就没有好好瞧过几本医书，素日里不是抚琴作画，就是捣鼓一些新奇的玩意。

霍裘望着她天真烂漫的小脸，突然出声道："唐渊和我说唐府里有埋了十七年的女儿红，孤对那个比较感兴趣。"唐灼灼没料到他忽然提起这个，慢慢地憋红了脸，道："他怎么还与殿下说起这等事？"

　　霍裘虚虚握着的手缓缓松了开来，沉沉地笑，剑目幽深，他的面色一如他说的话，叫人捉摸不透："娇娇，明日一早启程前往西江，不后悔吗？"唐灼灼内心不解。后悔什么？后悔跟着去西江，还是别的什么？

　　她隐约能猜出一些他的想法，但她也不愿深究下去。唐灼灼晶莹的指甲泛着素白的光，她迎上霍裘如炬的目光，只是鬼使神差般地点头。一时之间，殿里陷入了一片诡异的宁静中，与其说是没话可说，倒不如说是一种无声的对峙。

　　唐灼灼垂下眼睑，睫毛轻颤几下，面纱随着颤动，完美地掩盖住了她眸子里的情绪。霍裘心里疑惑什么，她怎么会不知。可他不开口问，自己贸然凑上去一股脑解释了，又难免叫人觉得心虚。而且有些事，就是解释清楚了也难保他不会多想。

　　霍裘转动着手指上的玉扳指，挑开了那坛桃花酒的塞子，浓郁的酒香里混着花香，醇厚无比甘味绵长。她尚还在失神，他就已亲自为自己斟了一小碗酒。一小口酒下肚，他的舌尖瞬起灼热之感，一路直到肚里，酒明明不烈他却觉得自己有些醉了。

　　她既然自己凑了上来，那么往后的悠长岁月，就不能再退分毫了。他就是绑，也要把她绑在自己身边！

　　因着第二日就要启程去往西江，唐灼灼在暮色降临之前回了宜秋宫，刚一进去，就见安夏将殿里原先插着的玫瑰换成了带着水露的月季，殿里顿时亮堂了几分。紫环扶着她在软榻上歇下，同时递上一杯温热的茶水。

唐灼灼轻轻地呼出一口气，身子放松下来，就连眼睛也不想睁开了。"东西都收拾好了？"她揉了揉额心出声问，声音略显疲惫。她随着霍裘去西江这事到底不算光明正大，所以知道的人也就只有安夏和紫环两个大宫女，其余伺候的人只以为她收拾行装准备去庙里了。

紫环点头，轻缓出声答："娘娘，都收拾好了。"说罢，她又凑在唐灼灼耳边说了几句话，后者嘴角微微弯起，眼底闪过一丝异样，玩味地道："她还有这样的胆子？"相比之下，紫环忧心忡忡，瞧着自家主子丝毫不慌的模样，有些急了，道："娘娘，咱们不得不防啊！"

唐灼灼玉手托腮，衬出一张人比花娇的脸，略显无辜地道："这事咱们口说无凭，还是告诉殿下的好。"她扬了扬玉手，声音清脆带着难以察觉的寒意，"派人去正大殿走一遭。"刚从书房出门准备沐浴的霍裘听了张德胜的来禀，眉心一皱。

"太子妃派人来说的？"他眸子里的光有些深幽，旋即有些不满，"为何不见她自己来？"张德胜脸上的笑一滞，试探着道："娘娘下午才来过……"到底是说不下去了，在霍裘的注视下，他默默地闭了嘴。

这主子爷一听太子妃本人没来，脸都冷成什么样儿了！以往两人可劲闹着别扭的时候，太子爷动不动就发怒，可这和好了，脸色也没好到哪里去。霍裘转动着手里的一小串佛珠，神色微微地变幻了一下。

"走吧。"张德胜一甩拂尘跟上，"殿下，咱们这是去宜秋宫？""去玉溪宫。"夜幕如同一片漫无边际的黑布，没放过任何一个角落，白日里流光溢彩的宫殿都收敛了光芒，变得沉默起来。

霍裘等人到玉溪宫的时候，钟玉溪才宣了晚膳，听着下人的来禀，竟一时之间有些分不清真假。还是素儿轻声唤她才缓过神来，她面上的喜意几乎遮也遮不住，但仍是极端庄地出了内殿迎接。

　　钟玉溪心里不是不得意的，唐灼灼那样的，果然抓不住男人的心，殿下不过是瞧中了她的那副好皮囊，新鲜劲儿一过，还不是回她玉溪宫里了？"妾请殿下安。"她稳稳地福了福身，声音甜得有些腻。

　　霍裘冷淡地应了一声，大步走在前头。玉溪宫里燃的是浓香，熏得人坐立难安，霍裘的眉心皱得越发紧了。好在他进了内殿，一桌子的菜香味稍稍将这香味盖住了些，钟玉溪跟在他身后，用最轻柔的声音问："殿下，可要一同用膳？"

　　霍裘瞥过她画着精致妆容的脸，神色漠然地点头。说是用膳，实则他只动了几筷子就停了，他一停，钟玉溪自然也不敢再动。男人周身寒气越发浓重，钟玉溪也察觉到了不对，提着胆子上前替他按揉额角，打着圈儿揉捏，而后试探着问："殿下可是哪儿不开心了？"

　　女人身上的香味有些重，霍裘闭上眼睛，觉得掉进了胭脂堆里，身上都是一股水粉味，顿时沉声道："明日把殿里的香换了，难闻得很。"还是那小没脸没皮的好，身上一股浅香像是天生的，全然不需这等俗香点缀。

　　霍裘想到这，微微挪了身子，对钟玉溪也越加不耐烦。钟玉溪脸上的笑容僵了僵，温顺地应下。眼看着时辰差不多了，她大着胆子贴近他的身子，深吸一口气勾了他的衣角，表情含羞带怯，媚眼如丝。

　　霍裘却站起了身来，长指不耐烦地敲打着桌面，开口道："钟氏，孤今日来，是想告诉你一件事。孤明日将离府近一月光景，府中你位分较高，就代管东宫事宜。"他竟是把东宫的管事权交到了她手里！

钟玉溪心里一惊，喜形于色，但好歹还存了些理智，小心翼翼斟酌着试探："那……太子妃娘娘那……"毕竟唐灼灼的身份摆在那，她怎么也要象征性地问问。说不定就是唐灼灼那蠢女人太过盛气凌人，早就惹得殿下不悦，不然自己哪能大权在手。

钟玉溪越想越有道理，又想想自己兄长如今面临的困境，抿了抿唇。如今钟家眼看着大势将去，她必须博得太子怜惜为兄长争一个机会。霍裘负手而立，宽大的袖袍上用金线勾着祥云仙鹤，他想起某个女人极娇小的一团，又娇气又懒怠，窝在自己胸口告小状的样子，面色渐渐地柔和下来。

他的女人，他自然是要带着一同走的。若不带着，还不知道她会怎么个闹腾法。"太子妃会与孤一同走，这个无须你担心。"钟玉溪的脸色蓦地颓败下来，眼底立刻有些泛红，拧着手帕道："妾……妾……"

殿下出去办差事都要带上唐灼灼？一月的工夫，她日日近身伺候，自己却守在东宫里与殿下见不着面，谁知道期间会发生什么？她也想跟着去啊！

霍裘多看了她一眼，看穿了她的心思，抿了抿唇略带警告地道："孤带着太子妃是有正事，对外称太子妃入庙祈福，若是谁走漏了风声，孤绝不轻饶。"

钟玉溪眸子里顿时蓄满了泪，一副楚楚可怜的模样我见犹怜，虽然心里极不情愿，也还是道："那殿下和娘娘千万小心，妾一定替娘娘瞒着守口如瓶。"

说罢，她又添了一句："妾绝不会给殿下添麻烦。"

霍裘这才满意地点头，居高临下地望着她，半晌转动着手指上的玉扳指道："等孤回来，会给你兄长谋个武将的位置。"

钟玉溪这种人，总要给个甜枣才会听话。

果不其然，钟玉溪的眸子亮了亮，得了霍裴的保证，她心底的大石终于落了地。

自家兄长有才有德她比谁都清楚，假以时日必成大器，而自己只有得了兄长的助力，才能在后院里多一份底气。

就像唐灼灼，就是因为背后有一个唐家撑着，才能活得那样潇洒。

钟玉溪福了福身，道："谢殿下。"

霍裴冷眼望她，眼瞧着夜色深浓，他理了理腰间的玉牌，薄唇微张："孤还有事，先走了。"

等男人高大的背影消失在浓浓的夜色里，钟玉溪就瘫软在软凳上，眼泪簌簌地掉。

素儿替她拿帕子擦掉，她才终于有了反应，一把将桌上的饭菜通通扫落，气得胸口直跳，头也闷闷地疼。

殿下根本就是来通知她一声，顺带着让她给唐灼灼那女人守口如瓶，偏偏她还不能拒绝。

素儿跪在地上，表情认真地劝："娘娘切莫气坏了身子，奴婢认为这也不是一件坏事儿。"

见钟玉溪望了过来，她接着道："娘娘您想啊，殿下和太子妃一出去，正是您树立威信的好时机啊。"

钟玉溪眨了眨眼睛，缓缓地笑了，她低低地道了声"也是"，便不再说话了。

何止是树立威信？这时候正是培养自己势力的大好时机。

再说，她不说出去不代表旁的人查不到，若是查到了又说出去了，也就不干她什么事了。

　　而此时的宜秋宫里，唐灼灼刚喝了一碗绿豆汤，微微眯了眼睛，听着下头传来的消息，笑得正开怀："殿下给了她管事权？"

　　"那可不正如了她的愿？"

　　夏日的夜微凉似水，却也不是太冷，唐灼灼雪白的脚踝上铃铛丁零作响，她拨弄着刚染上颜色的指甲，道："殿下还应了她什么？"

　　跪着的小宫女如实答了，却听上头的人轻轻地笑，和气得不得了。

　　唐灼灼挥手遣退左右，兀自沉思不已。

　　给了管事权又应下了钟玉溪兄长的职位，霍裘肯定不会是为了自己，他正事私事一向分得清。

　　那么就只有一个可能——霍裘想起钟家了。

　　想起朝堂上的格局，她就觉得有些头疼。

　　钟家是百年之家，虽然如今势微，但底蕴仍在，后辈子孙中除了一个钟玉溪眼皮子浅薄，其余的都能看清局势，钟宇被人陷害一次后也长了记性，越发沉稳有度起来。

　　霍裘要的就是这样一个效果吧。

　　一夜无眠，第二日被安夏叫醒的时候，唐灼灼才合了眼没多久，如同踩在棉花上一般身子软绵绵的，好歹还记挂着如画的西江美景，耐着性子更衣梳洗，用过早膳之后就上了马车前往寺里。

　　她出发时，霍裘的马车已经出宫了。

　　宫里人多眼杂，他们一前一后错开的好。

　　等到了宫外，马车平稳地驶过一条无人的小巷子，就被几辆宽敞的马车堵住了。

　　紫环掀开车帘道："娘娘，是殿下。"

　　唐灼灼正窝在车子里打盹，眼睛都睁不开，车帘陡然被人掀开，白光在眼前一晃而过，她睫毛颤动几下，睁开了眼睛。

男人一身清贵，眉目似剑，她还未来得及起身行个礼，就被他宽大的衣袖抚过一侧脸颊，痒痒酥酥的感觉蔓延到心底，浅淡的薄荷味好闻得很。

她还未开口，就被男人一把横抱了起来，旋即弯腰出了他们这辆马车。

等到了霍裘的马车上，唐灼灼红着脸刚要起身，就被男人摁在了怀里，醇厚的声音随之而来："没歇息好就再睡一会儿，前面还得赶一段时日的路。"

她杏目含水，掩唇打了个秀气的哈欠，扯过男人腰间的玉牌从善如流地道了一声"好"。

她又闭上了眼睛，霍裘怀中是她软绵绵的身子，嘴角终于闪过一抹笑意。

她这段时日跟着忙活，又接连病了两场，虽然平素里多有馋嘴，但仍是极瘦的，瘦得仿佛一阵风都能吹走。

霍裘拢了拢她垂在脸颊边的发，露出一张精致的桃花面，美人呼吸如兰，乖顺娇小，他看得极认真，像是要把她刻进骨子里去。

他又想起昨日柳韩江说的话，平素里他太严肃冷峻，虽然她掩饰得极好，可到底还是有些怕他的。

这次西江之行，他特意叫下头的人寻来了画册，将西江有名的景点圈画出来，打算将事办完了就带着她四处走走。

离了京城那么个大染缸，也没了王毅这么个祸害，他必要让她将心收回来。

这么一想着，霍裘又抚了抚小姑娘粉嫩的脸蛋，惹来她不满的一声咕哝。

等唐灼灼醒来时，第一眼见到的就是霍裘冷峻的侧脸，祥云纹的衣袖衬在大片的暗黑上，像是为他镀了一层晶莹的白光一样。

她半睡半醒，霍裘放下手里的奏疏，瞧了她一眼，放下了被枕得有些发麻的手臂，问："睡够了？"

唐灼灼点了点头，杏眸里还带着丝丝倦意，如同含着一汪清泉，声音还有些沙哑，伸手抚了抚额头："殿下，咱们这是到哪儿了？"

霍裘用手挑了车帘，露出一道缝，足以将外面的状况尽收眼底。

他们的马车正平稳地驶过长安的街道，外面熙熙攘攘，各种小贩的叫卖声此起彼伏，糕点甜糯的香气顺着那条缝儿飘进马车里，唐灼灼默了默。

"殿下……"她抬眸扯了扯霍裘的衣角。

男人抬头，视线转到她白嫩如葱的手指上，发现她每次都会下意识地扯自己的衣袖，这种小动作让他觉得格外舒心，连带着声音都柔和了不少。

"嗯？"

"有些饿了。"

霍裘修长的食指顿了顿，而后朝外面道："全安，去买些吃食上来。"

外面无声无息，只是马车速度有所减缓，过了片刻，张德胜手里拿着几块烧饼和糖葫芦掀了帘子进来，刚一抬眸，就愣了一愣。

太子妃眼瞧着是刚睡醒的样儿，半个身子斜靠在主子爷身上，眉眼带笑人比花娇，更别提眼角贴着的那朵红艳艳的芍药，又媚又娇，而惯来最不近女色的主子爷脸上没一丝愠怒的神色。

相反倒是隐隐地还有些愉悦的模样。

唐灼灼接过热乎乎的烧饼，一口咬下去又酥又软，眼睛眯成了两轮弯月，满足地低语："还是长安街头的小零嘴好吃些。"

霍裘闻言盯着她手里那串喜人的糖葫芦，微不可见地皱了皱眉头，他素来不重口腹之欲，吃什么都是一样的味道，倒是见她每回都是一副活脱脱的馋猫样。

"你以前出来过？"他别过眼睛问。

"以前顽劣得很，时常缠着几个兄长偷溜着出来玩儿，长安街都逛了一个遍。"她一只手拿着糖葫芦，一只手指着街头的角楼，眉目精致如画，依旧是当初那么个勾人的模样，一丝一毫也没有改变。

可偏偏性子来了个大转变。

霍裘神色微动，道："孤以往只听过你娇纵的名声，倒是没承想还是个好动的。"

能在自个宫里一待就是一个月不出门的她，原来也曾是个喜爱热闹的。

唐灼灼刚想反驳几句，转头就对上那双墨色的深眸，慢慢地泄了气。

霍裘的眼底慢慢地沁出一丝笑意，娇纵是娇纵了些，倒也不是什么大事，他乐得哄哄。

唐灼灼原本以为京城距西江不算太远，没承想马车摇摇晃晃地走了十几天，又换了水路，最后月余时间过去，才终于听人来禀，前面就到西江了。

她总算松了一口气，傍晚寒凉，她身上披了件轻纱站在船头，河里水浪滚滚，加上风一吹，她身上的衣服和黑发被吹得舞动起来，露出一张明艳的小脸。

连日来的赶路，她又瘦削了不少。

安夏有些担忧地压住她的衣角，道："娘娘，咱们回船里吧，外面风大，晚间或许是又要下雨。"

唐灼灼瞧着下面深不见底的寒流，片刻后笃定地摇了摇头："不会下雨，只是又要刮几日的风了。"

安夏张了张嘴欲言又止，她以前从来没发现自家主子有预知天气的能力，说刮风就刮风，说暴雨就暴雨，比什么都准，神奇得很。

唐灼灼吹了会儿风才转过头来，漫不经心地问："殿下今日又忙着与柳先生议事？"

紫环与安夏对视一眼，还是前者道："是，殿下一个时辰前宣柳先生去了书房，一直未出来。方才张公公来叫娘娘莫等殿下了，自己用了晚膳罢。"

唐灼灼挑了挑黛色的眉毛，纤手微扬，道："吩咐下边送些点心去。"

说罢，就紧了紧身上的披风，离开了船头。

等回到船舱里，瞧着一桌子精致的吃食，略略吃了几口就放下了筷子，瞧得伺候的人忧心不已。

"娘娘，您多吃些吧，今日奴婢特意熬了一些紫米粥，您……"

话还未说完，就见唐灼灼煞白了脸伏在桌边吐了起来，紫环和安夏都吓得不轻，忧心忡忡地打来温水，刚想出去唤太医，就被她喊住了。

"都不准去。"

唐灼灼刚缓过些劲来，连说话都有些费力，小脸惨白惨白的，偏偏还不准她们唤太医。

她自己的身子自己心里有底，这些日子赶路奔波再加上气候变幻得厉害，原本就没调理好的身子有些撑不住了。

若是唤了太医，也不过是要好好调理，就怕霍裘冷着一张脸命人将她送回京都里。

那可真就得不偿失了。

安夏跺了跺脚，急得眼眶都红了："娘娘，您这样硬撑着也不是个法子呀！这几日您都没吃多少东西，船稍一颠簸就吐得厉害，不看太医怎么行？"

唐灼灼坐在床沿上，面色虽然不好精神却不算差，她抿了抿唇道："还有两三日就到地方了，你们想这时候被送回京都吗？"

"可您的身子……"

"殿下的病都是本宫治好的，还能看不住自己的身子？"

唐灼灼挥了挥手，再三告诫她们不可因为这事扰了霍裘，才匆匆地和衣歇下了。

眼看着就到了西江，霍裘越发地忙了，近三五日她都没见着人，倒是见了几次柳韩江。

对于这个人，唐灼灼一时还拿不定主意，旁敲侧击数次，瞧着怎么也不像个叛主的，一丝端倪也没露出来。

可就是抓不到丝毫的错处才更叫人觉得不踏实，这样的人，要么就是清白无疑，要么就是隐藏得太深。

唐灼灼想得脑子有些疼，迷迷糊糊间睡了过去。

而船舱另一侧，霍裘和柳韩江商议完正事，正好见唐灼灼身边的宫女将几碟子点心端进来，温润如玉的面庞上顿时现出一抹笑意，略有深意地道："娘娘这点心，今日送得有些晚了呢。"

霍裘剑眉隐有一挑，不疾不徐地道："她素来如此。"

柳韩江不置可否，想起早间远远见到的女子，那脸色比前两日差得可不止一点。

"今日臣在船头偶见太子妃，瞧着倒像是瘦了一大圈似的。"他摇了摇手中的羽扇，状似无意地道。

西江的事非同小可，加之京都还有六皇子一党作乱，霍裘这几日倒是忙得很了，整日里除了书房议事就是看折子，整个人瘦削了不少，也没工夫再去顾及其他。

太子妃也乖觉，每日里送些点心过来，不闹也不吵，就是太过安静，倒像是没这个人一般。

霍裘手里的动作顿了顿，而后在柳韩江调侃意味深浓的眼神里丢了刚拿在手里的折子，起身漠然地出了门。

张德胜一甩拂尘，忙不迭地跟在后面。

柳韩江摇了摇手中的羽扇，轻轻地"啧"了一声，转而出了门。心中暗叹真是自古英雄难过美人关，说的就是殿下这样儿的了。

只不过，自己也该去后仓陪陪夫人孩子了。

唐灼灼被些微的动静吵醒后，第一眼瞧见的就是男人居高临下的俊脸，裹挟着深浓不见底的寒意，让她瞬间就清醒了几分。

她微微动了身子，靠在了软垫上，才发现跪了一地的奴才宫女，整个屋子里安静得不可思议。

"殿下？"她昂起头低低地唤，一张素白的脸就更显得楚楚可怜。

霍裘只是深深地望着她不说话，脸色铁青，周身的寒意不容忽视，眸子里盛满了怒火和恼意。

唐灼灼心里咯噔一下，顿时有了个底。

"殿下怎么来了？"她硬着头皮问，心里直打鼓，有些顶不住男人如剑的目光。

"孤再不来你岂不就死在路上了？"片刻后，霍裘才冷着脸出声，同时端起床榻边的一碗药，眼皮也不掀一下地吩咐，"所有伺候太子妃的人都拉出去杖责。"

唐灼灼猛地抬眸，目光扫过跪在地上头也不敢抬的安夏和紫环，急了。

"殿下不要，是我叫她们不要告诉殿下的。"她低垂着眸子，又在男人的目光下一口一口喝尽了碗中的苦药汁，一声苦都没喊。

霍裘见她这样，越发来了气。

他这些天着实忙了些，若是柳韩江不提醒他，岂不是她还要接着硬撑下去？

方才太医来瞧过，刚一把脉就接连着摇头，说是呕吐之症已有数日，又未及时服药，险些伤了根本，她压根就没将自己的身子当回事！

这个认知让他怒火中烧，气得心尖都发疼。

唐灼灼抓了他的衣袖，眼中还含着方才吃药时苦出的眼泪，可怜巴巴的模样叫人看了就心软。

霍裘却瞧也不瞧她一眼，怒极反笑地捏了她瘦得不像话的下颚，另一只手背上青筋直冒："你就是这样照看自己的？"

他胸口起伏得厉害，手下她瘦削的下巴戳人得很，霍裘的目光慢慢地扫过她苍白的脸，最后落在她小巧的手腕上，上面的镯子空空荡荡地吊在手上，看得人心头一刺。

唐灼灼也觉得委屈，她头一次出京都，又是在船上颠簸得很，胃里翻江倒海的不舒服，不过就是水土不服罢了，也没什么大的事。

再则也是怕扰了霍裘，他如今正是忙得不着地的时候。

"我知道错了，殿下莫生气了。"她又扯了扯霍裘的一角衣袖，龙涎香的气味在鼻间漫开，胃里的那股药味也跟着泛开，她忍了忍，实在忍不住伏在床前吐出了方才喝下的药汁。

男人的脸色顿时黑如锅底，又惊又怒，一股惶惶之意漫到四肢百骸："太医呢？"

唐灼灼难受得两眼都含了泪。

这下完了。

等太医又被抓回来给太子妃看病的时候，实在是忍不住劝道："娘娘，这水土不服之症虽然是因人而异，但也不可轻视，加上娘娘身子原本就不见好，更要按时喝药，切不能讳疾忌医啊！"

他每说一句，霍裘的脸色就黑沉一分，等太医开完了药方，唐灼灼已经不敢抬头望他的脸色。

屋子里灯火通明，船舱不比宫里，统共那么大的地方跪满了人，就连张德胜都垂着头跪在近边的地方，除了外头的水声和风声，其余一丝声音也没有。

"都下去吧。"唐灼灼的声音有些弱，实在是觉得有些发怵，霍裘这脸色黑得和锅底有得一拼了。

可若是叫下头人听着她挨训，日后就真是脸面都丢尽了。

霍裘不置一词，冷峻的脸庞犹如寒冰拢聚，时隔月余，再一次为唐灼灼动了气。

张德胜与安夏对视一眼，都弓着身子退了出去，后面的宫女也跟着鱼贯而出。

男人坐在软凳上，眸如利箭，手中转动着玉扳指，一圈又一圈神色莫辨。

唐灼灼刚好受一些，胃里还是隐隐作痛，靠在软垫上声音含着哭腔，又娇又沙哑："殿下，你坐过来一些。"

霍裘冷冷地看了她一眼，不为所动。

唐灼灼瘪了瘪嘴，掀了身上的被子就要下床，却见霍裘冷然望过来，心里掂量一番，还是停住了动作。

"若是再这样，明日孤就派人送你回去。"他终于开了口，一字一句毫不含糊，与唐灼灼想到的反应一模一样。

他气极了，一想到方才进来时她躺在床榻上小脸煞白瘦得不成形的样子，就觉得心有余悸，才不过几日没有好生看着，她就把自己糟蹋成了这副鬼样子。

若是再过一段时日，他岂不是连她人都见不着了？

"只是换了水路头有些发晕，妾没事的，殿下。"唐灼灼闭了闭眼睛，眼尾处的那朵娇花随她心意，像被雨水浇过一样，楚楚可怜又偏生勾人得很。

　　霍裘顿了顿，长指敲打在桌面上，别过眼睛不去看她的脸色，这小东西做错了事就一口一个妾乖顺得很，平日里翻天的劲儿都有。

　　别的事纵着也就纵着了，可她的身体不是小事，太医多番叮嘱，霍裘简直恨极了她不当一回事的样子。

　　"为何不与孤说？"他心里陡然有些烦躁，缓缓地站起了身，如山的气势压得唐灼灼的身子有些僵硬，她抓着一角的床被，轻轻咬唇道："怕扰了殿下做事。"

　　到底不敢将后半句如实说出来，她更怕被送回去。

　　但她不说，霍裘也心知肚明，看她如今装乖扮可怜的模样，深深地皱眉："孤忙得连进这屋子一趟的工夫都没了？"

　　唐灼灼何时受过他这样的训斥？就是有，以往那也是以牙还牙，左右受气的绝对不会是自己。

　　"不是的。"

　　她躺在床头，靠在绵软的枕上，声音无辜又清脆，一双微红的杏眸直勾勾望着高大挺拔的男人。

　　霍裘心里叹了一口气，看着送上来的一碗药汁，俯身坐在了她的床沿边上，果然见她的眼神亮亮的。

　　"现在知道怕了？"

　　话刚说完，他自己就先愣了一会儿。

　　她唐灼灼何曾怕过自己？

　　偏偏小姑娘乌发素颜，肌肤莹白，声音娇柔，又怯又弱，说得像煞有其事："怕的，殿下脸黑得如锅底一样，瞧起来又凶又吓人。"

　　"……"

一片死寂。

霍裘转动手中的玉扳指，气急而笑，偏偏笑意不达眼底："知道怕还拖着不唤太医？"

唐灼灼闷声不语，片刻后才飞快地看了他一眼低声道："妾懂医术的，只不过是有些呕吐晕眩之症，等咱们到了西江，也就好了，殿下不必担忧。"

怎么不担忧？

霍裘瞥到那碗浓黑的药汁，揉了揉眉心，眼底一片寒凉，又担忧她喝了又吐，亲自端起碗来喂她。

"妾自己来。"唐灼灼刚闻到那药汁泛开的味道，就觉得舌尖胃里都在大冒苦水。

霍裘避开她伸过来的纤细手指，别过眼睛不想看，觉得心里像是被刺了一下。

她生生地瘦了一大圈，原本白里透红的芙蓉面上也只剩下病态的白，哪怕只穿了一件中衣，她纤细的腰身依旧可以看出大概的轮廓，他真怕自己两手一握就掐断了。

"想和他们一起挨板子？"他不疾不徐地舀了一勺送到她的唇边，浅浅皱着眉心，偏偏话里带着深浓的警告意味。

唐灼灼恢复了些精神，看出他气消了大半，咽下了嘴里的汁药，苦得直皱眉，含混不清地咕哝："才不会。"

"如何不会？真当孤不会罚你？"霍裘的神色陡然冷厉起来。

她很快地垂下眸子，掩住眼底的情绪，片刻后摇头笑了一声。

霍裘皱起眉头，刚想发问，就听她开了口："殿下舍不得的。"

她说得倒是笃定，小眉头微微一扬，活脱脱就是一副恃宠而骄的模样，偏偏霍裘听得舒心，将第二勺药汁送到她嘴边，看她马上就垮了小脸。

唐灼灼没听到男人的回答，揪了霍裘月白色的衣袖问："殿下难不成真舍得打妾的板子？"

　　霍裘不动声色地敛眉，片刻后才低哑着声音道："嗯，孤舍不得。"

　　唐灼灼这才满意地笑了，纤细的手指微凉，如小蛇一样钻进男人左边的袖口，惹来霍裘压抑的一声低叹。

　　她将月白的袖袍节节卷起，挽到小臂以上，露出大片铜色的肌肤，霍裘随着她的目光望过去，看到一条蜿蜒一寸的疤，上面已经结了痂，恢复得极好。

　　船舱里吹进来一股寒风，唐灼灼微微地瑟缩一下，乌黑的长发垂落到霍裘手臂上，痒痒麻麻地带起一室涟漪。

　　屋里的气氛陡然有些旖旎，霍裘不动如山，一口一口将药汁喂她喝下，神情和打仗指挥时一样严肃认真。

　　唐灼灼瞧了心头就有些软，也觉得如释重负。

　　也许是这样的气氛太好，霍裘再开口时声音温和了不少，将留了一些药渣的碗放在一旁，道："西江那边不是很稳定，孤不太放心，这几日忙了些。"

　　他顿了顿，望进女子娇媚的杏瞳里，只觉得心都要化开了，寻了她纤柔的手握着，声音有些沙哑："你乖一些喝药，等身子好了，孤带你出去玩玩。"

　　唐灼灼被他握住的手像是被烫了一下，下意识就要挣开，又生生地忍住了，她垂着眸子，语气仍是极轻快："妾这样儿，殿下心疼了？"

　　她太过古灵精怪，霍裘手里握着的柔荑如上好的羊脂玉一般，润泽细腻，说不动心是假的，他眉目如远山重峦，每一个字都清晰醇厚。

"心疼。"

她紧闭双眼躺在床榻上的时候，他瞧着比什么都心疼。

短短两个字，他说得郑重，连带着唐灼灼也敛了笑意，她偏头，望着男人坚毅的面容，纤长的手指卷了一缕长发，娇娇地笑："几日不见，殿下倒是越见憔悴了，胡茬都长出来了。"

霍裘伸手摸了摸下巴，沉声喝道："孤堂堂七尺男儿，有些胡茬是再正常不过的事。"

"京都男子中，殿下的容貌可在前十之列，就是不知如今，能排到第几了。"她故作惋惜，笑意盈盈。

霍裘眯了眼睛，片刻后极轻地笑，唐灼灼讶然，还未来得及反应，身子就已被大力翻了过来，而后随着重重的一声响，臀部蓦地一痛。

片刻后，唐灼灼红了脸和眼睛，羞愤欲死。

"殿下！"她声音大了许多，又急又气，或许是前不久才哭过，连带着鼻头都是红的，巴掌大的一张小脸上生出些红晕来。

霍裘扣住了她白皙的手腕，剑眸沉沉能将人吸进去，眉间浅淡还隐隐地带了一丝笑意，月牙色的衣袍衬得他人如青松，温润如玉。

"这样的惩罚，孤还是舍得的。"

唐灼灼止不住地挣扎，偏生她那样的力气在男人眼里和挠痒痒并无二致，反而随着她的挣扎生出些旖旎异样的心思。

她现在的模样又气又恼，眼睛鼻头和脸都是红的，可爱得不得了。

"先前不是惯会撩拨孤？怎么这会儿倒哑巴了？"

唐灼灼被他半压在身下，想逃又逃不开，身子也被翻了个面，可恨连他脸上的表情都瞧不见，片刻后抽抽噎噎地直掉金豆豆。

"手疼，殿下欺负人。"她的声音又绵又软还带着哭腔，霍裘将她揽着翻过来擦了眼泪，道："最近怎么这么爱哭？"

"手疼，肚子也不舒服，殿下还尽欺负我。"

她揉了揉被他扣住的手腕，霍裴一看，上面都泛了红，不由得皱眉道："孤都没使劲怎么就红了？"

唐灼灼嗔了他一眼："女子的皮肤可不都是这样吗？殿下也太不懂得怜香惜玉了。"

霍裴的眼眸黯了黯，忆起新婚那一夜，她一身的冰肌玉骨真是叫人极为发狂的，这具销魂的身子就像是牛奶做成的一般，无处不美。

难怪曾被京都那样多的人觊觎着，她这盛极的颜色和唐家的势力，天下男子哪有不爱的？

不是就连自己也没忍住将她强娶了吗？

至于这怜香惜玉，他倒还真是没什么体会的，长这么大，能叫他想起就夜夜不能寐的也只有眼前这么一个不识好歹的小女人。

而那一晚，他自认还是小心温存了的。

想着想着，霍裴的声音哑得不像话，伸手揉了揉她柔顺的黑发："孤倒是想怜香惜玉，只可惜太子妃不给机会。"

她自嫁进东宫起，吃住皆是和他一样，身上用的东西与后宫里的娘娘比都不遑多让，他是极想让她开心的。

只可惜所有的温情都被她亲手撕破了。

唐灼灼顿时有些羞了，她松了男人的衣袖，猛地用被子盖住头顶，只剩下含糊的声音传来："天色不早了，殿下快些回去歇着吧。"

霍裴身边还缠绕着她身上淡淡的果香味，哑然失笑，而后抬了步子道："那孤走了？"

被子里小小的一团一动不动，像睡着了一般。

霍裴勾银线的步靴一顿，心头"啧"了一声，忍不住还想逗逗她。

"孤往后两天都会忙，怕是没有空再来了，你……"

话还没说完，就见床上那小小的一团动了动，露出一张娇俏的小脸。

"那我能去找殿下吗？"

霍裘深深地吸了一口气，眼里闪现出火光，点了点头就出了门。

再待下去，他怕自己真的忍不住。

在船上幽幽地度过几日，唐灼灼虽然每日里喝药还是眼看着瘦了，每每站在船头吹风的时候像是要被风吹走一样，看得人揪心。

眼看着再过三日就到西江了，偏偏唐灼灼又开始吐了，一点儿精神都没有，霍裘在第三次见到她吐的时候直接下了命令。

从前面一个码头下船，走陆路。唐灼灼怎么劝也劝不住，生怕再耽搁行程，每日里喝药时无比的自觉。

好在换了马车后，她胃里总算是好过了一些，不再像没个底一样地悬起难受得慌。

霍裘的脸色这才好看了一点。

最后一夜，西江眼看近在咫尺，唐灼灼撩了车帘伸出半个脑袋去看天上的星河，漂亮的水眸里似乎也流转着星光。

霍裘大刀阔斧地坐在软垫上，丢了手头上的奏疏揉了揉眉心，唐灼灼听到动静转过身来，问："殿下为何事烦心？"

她巴掌大的小脸上还布着盈盈的笑意，天真烂漫的模样突然就抚平了他心底的烦躁。

"孤不过才到柳县，西江郡守就已经得了消息，称已修缮好别院，等孤大驾。"

他冷声道，语气中微有嘲讽之意。

唐灼灼先是迷茫片刻，在触及他冰寒的剑眸时猛然醒悟。他们虽然是低调出行，扮成富家公子出游，消息却是早早地走漏出去了的，西江郡守能知晓也不奇怪。

　　可霍裘是来整治官员调查情况的，西江百姓如今民不聊生，怨声载道，这个时候身为西江的郡守，不仅不安抚百姓，反而大动劳力兴建别院，难怪惹得霍裘生怒，也是个没脑子的。

　　唐灼灼却不好说什么，只微微偏头道："殿下和柳先生皆是谋术无双，定能处理好这堆烂摊子的。"

　　霍裘的神色微微一动，越发幽深莫测起来。

　　自小养在深闺的世家贵女，从未出过京都，不过是听他一言半语，都能知晓西江是个烂摊子，是该说她太过聪慧一点即通，还是她身上隐藏了许多他不知道的东西？

　　唐灼灼就是无心一说，见他阖了眸子不再出声，接着轻声问："殿下，那咱们是要住在郡守府？"

　　霍裘眼皮一掀，勾唇道："当然不，来之前孤就命人买下了两座宅子，届时就把你安置在那里。"

　　唐灼灼皱起眉头，仰了小脸凑在他眼前，娇声娇气地问："殿下不同我住在一处？"

　　霍裘缓缓地睁开了眼睛，似笑非笑地望着大半个身子靠过来的娇小人儿，长臂一伸，就将她搂到怀中。

　　"娇娇想和孤住在一处？"

　　他的声音醇厚而略带沙哑，在狭小的车厢里格外的魅惑人心，还带了一丝难以察觉的诱哄之意，唐灼灼眨了眨眼睛，险些沉溺在那双如幽潭的眸子里。

　　"自然是要一处的，殿下前边儿才说西江乱地，土匪贼兵出没，将妾一人丢在宅子里，殿下也放心？"

霍裘默然，而后伸手抚了抚她乌黑柔顺的长发，上面怡然的香气让人心旷神怡，片刻后胸膛震动几下，沉沉地发笑："就你会胡搅蛮缠。"

话虽然是这样说，言语间却满是溺宠。

西江再乱能乱到她这个太子妃的住处去不成？到时里里外外肯定是要守个水泄不通的。两人心知肚明，不过是都揣着明白装糊涂，一个睁着眼睛说瞎话，一个心甘情愿惯着罢了。

唐灼灼听得耳根子一热，偏偏面上不以为然，缓缓地退出了男人的怀抱，抚着晶莹的指甲眼里媚色流转，道："罢了，殿下人忙事多，妾这些天带着丫鬟自个儿逛逛也是极好的。"

霍裘眼里的笑意更浓。

真是个小活宝。

虽然心里有所准备，但真正到了西江，唐灼灼还是被眼前的景象吓到了。

他们才进西江十里有余，两岸都是陡峭的山崖，奇山耸立怪石嶙峋，无数条小溪交叉纵横清澈见底，唐灼灼却没心思为这等奇景而惊叹。

他们的马车被前面的土匪堵住了！

张德胜和安夏哪里见过土匪集结在一起的阵势，都吓得面色发白，竭力镇定挡在他们的马车前头。

那帮土匪倒也识货，不去管后面载着柳韩江一家人的马车，全部堵在了唐灼灼他们前面，一个个目露凶光，一时之间倒也没轻举妄动，显得有些训练有素。

安夏清了清嗓子，看着最前面的土匪头儿道："各位，我家主子前往西边寻亲，图经贵地，无意打扰，还望各位给条去道。"

说罢，全安得了张德胜的眼神示意，拿了几颗金元宝送到为首的那土匪的手里。

那土匪头子脸上一条疤从额上蜿蜒到嘴角，如同一条狰狞的蜈蚣，远处看又像是被削去了半边脸一样，戾气逼人。

此刻他咬了咬手里的金元宝，大笑了几声将它们丢给身后的兄弟，声音如闷雷阵阵，道："倒是没想到，还是个出手阔绰的！"

"兄弟们，咱们弟兄算是走运了！"

马车里，唐灼灼的俏脸寸寸冷了下来，但她到底也没见过这阵仗，抓着裙边的手有些微微发抖，身边的男人却仍是一副从容镇定的模样，甚至连眼皮都没抬过。

"殿下。"她偏头抽走了他手中的书籍，声音又轻又低，黛眉微皱，"等会儿是要打起来吗？"

他身边数不清的暗卫白天夜里轮流守着，唐灼灼也没什么可担心的，可如今不同，他们为了避开西江幕后人的监探，特意选了这么一个山沟过路，若是发生冲突，霍裘定会暴露。

霍裘剑眉深浓，微一颔首，听着外面张狂至极的笑声，神情不耐烦，食指一动就欲发令，却被唐灼灼顺势握住了手指。

"殿下，由妾出面去说说吧，这些土匪爱财，咱们给些就是，等过了这里，他们怎么死得悄无声息谁也不会关心。"

霍裘抬眸，想也不想就道："不行。"

"若是试过不行，那殿下再动手也不迟啊，可好？"她声音娇糯，轻轻扯了他深黑色的袖袍。

霍裘目光凝在她脸上一瞬，片刻后才道："一炷香的时间。"

唐灼灼闻言理了理衣袖，莞尔一笑。

外面土匪头子才笑完，就见到车帘被一只纤纤玉手轻轻地挑开，而安夏也是一惊，急忙去扶她出来。

等唐灼灼下了马车，那些土匪顿时觉得呼吸一滞，美人一身娇嫩的罗裙，乌发雪肤纤腰一握，更遑论笑起来眼里流转的那股媚色，简直能把人魂都勾出去。

唐灼灼只看了那些土匪一眼就垂下了眸子，轻声慢语道："各位好汉，可否借路一用？"

那土匪头子微一愣神，反应过来后神色凝重了起来，细细打量着唐灼灼一身，绷着脸没有说话。

他身后一个光头壮汉看得两眼直冒贼光，怂恿着土匪头子，道："大哥，咱们还等啥？把这美人儿劫了上山，人财两得，岂不美哉？"

他这番话一出，就引起了几个土匪的共鸣。

还是土匪头子一声怒喝，道："你们瞎了眼？这样子瞧着像是等闲人家的官家小姐？"

那些土匪一看，顿时清醒了不少。

这美人娇滴滴的样儿，哪是西江这穷山恶水里养得出来的？不说别的，就看这一身的衣裳，那料子他们见都没见过，一看就不是寻常人。

这样一想，他们就犯了难，这要是真将人劫上了山，过不了几日，得了消息的家里人找来，还不定是什么大佛，他们虽然骨子里极凶，但也不想平白无故地丢了性命啊！

可若是就这样退走了，岂不叫人笑话？

唐灼灼似乎是猜到了他们的心思，挽了挽鬓边的长发道："若是能借道一用，所携珠宝，可交与各位。"

白得宝贝，对土匪来说，吸引力极大。

那土匪头子果然动心，但仍是有所犹疑，他手里长刀一指，就指向后面的那辆马车，道："那里面还有人？"

唐灼灼心头一滞，缓缓地皱起眉头。

那里面待着柳韩江一家。

不过是心思一动间，唐灼灼抿了抿唇，兀自走到了那马车前，伸出了白嫩的手掌。

"姐姐，你出来露个面吧。"

唐灼灼心里也在打鼓，柳韩江的夫人她至今都没见过一面，也不知道性格如何，是不是个聪慧的。

唐灼灼心里暗叹一声，也有些嫌麻烦了。朝堂上的尔虞我诈真是恼人得很。

索性她还没想多久，马车里就伸出来一只纤白的手，女子温柔似水，就连声音也是秀气的。

那帮土匪还没回过神来，就见叶氏肩上站着的一只信鸽盘旋着飞到了天空中，转瞬成了一个黑点消失不见。

这样的变故让那土匪头子眼神一厉，怒喝道："你做了什么？"

叶氏却是理也不理他们，一副清冷温和的样子，拉着唐灼灼道："我刚才给爹爹传了信，眼见着到了这地，姨母也该派人来接咱们了。"

她的声音略微有些沙哑，却不大不小刚好够那群土匪听见，顿时面面相觑没了主意。

唐灼灼垂眸，盯着叶氏那双细微发抖的手，安抚地拍了拍，随后转身同那土匪头子道："我姐姐身体不好，站不得久的，你们若是瞧够了就放咱们过去。"

说罢，她就朝全安使了个眼色："将咱们带的银两交给他们。"

全安也是个聪明过人的，当机立断地从背着的笼子里取出一袋子物件，交到了那土匪头子手里。

那土匪头子一见，满脸的横肉抖了抖，二话不说就挑开了那包裹，顿时被灿灿的金光闪了眼睛。

他深深地吸了一口气，对眼前的两个美人也起了心思，但又不得不顾忌收敛起来。

他做了个手势，大喝一声："让她们过去。"

唐灼灼和叶氏的身子同时一松。

唐灼灼握着叶氏的手，轻缓地道："姐姐快回马车里吧，等会儿又染上了风寒，爹爹娘亲又得心疼了。"

叶氏顺水推舟点了点头，由安夏伺候着进了马车。

唐灼灼这才垂下眸子，朝着张德胜使了个眼色，自顾自掀开了半角车帘钻了进去。

才一进去，就被霍裘大力地捞进了怀里，男人的气息灼热地洒在她细嫩的脖颈间，她微微瑟缩，就听到他微带恼怒的声音。

"何故和他们纠缠？"

唐灼灼摸不透他喜怒无常的性子，就势斜卧在他怀中，挑眉道："妾能做的可都做了，若是他们再不识相，由着殿下打得他们屁滚尿流。"

霍裘伸手抚过她眼角的那朵娇花，眼神越见热切。

"娇娇，可是想补偿孤？"他其实也不太确定，可她变化太大，若不是这小脾气没变，他几乎都觉得是两个人。

多次和他提起柳韩江，他才生了警惕多派了暗卫保护，替自己解了蛊毒，如今又为了他不暴露而出身挡了土匪。

就连她上来时小手都还是冰凉的没有半分温度。

她明明在害怕！

可她为何觉得亏欠于他？又为何想要补偿他？

唐灼灼的身子有一瞬间的僵硬，而后又迅速恢复，垂着眸子昧昧地笑，又媚又娇，顾忌着外面的土匪，声音刻意压得极低："妾帮殿下摆平了土匪，不该是殿下补偿妾吗？"

她呼出的气隔着衣物蔓延到了胸口的一大片位置，加上她在自己耳边猫儿一样的呢喃，霍裘缓缓地笑："娇娇想要什么，孤都给。"

　　当晚就到了西江的一处宅子里，月朗星疏的夜里，唐灼灼刚被安夏扶着下了马车，就见柳韩江摇着羽扇轻笑，手里头牵着一个粉雕玉琢的女娃娃，叶氏站在一侧，见了她福身行礼："妾见过娘娘，先前多有冒犯，望娘娘海涵。"

　　宅子前有大树遮天，后面是群山葱郁，白日里定是极好的风景，晚上倒是略显阴森。

　　唐灼灼在马车上就有些犯困了，如今一下来，恨不得沾了床就睡，夜风一吹才清醒一些。

　　她拢了拢身上的披风，将叶氏扶了起来，笑道："夫人哪里的话，今日是本宫突兀了。"

　　也得亏叶氏能反应过来。

　　他们头顶的树梢上突然一阵乌鸦的鸣叫，叶氏手里牵着的娃娃愣了愣，旋即抿着唇直掉金豆豆。

　　半大的孩子，眼里全是恐惧，却还是忍着不哭出声音来，叶氏满脸歉然，唐灼灼最喜欢软乎乎的奶娃娃，更何况这小姑娘懂事得很，顿时就有些心软。

　　她半蹲下身子，用手里的帕子擦了她的眼泪，声音也是格外的轻柔："可是怕了？"

　　柳潇潇没见过眼前这人，倒也真的不哭了，眨着眼睛看向叶氏，往她身后躲了躲。

　　"这孩子胆子有些小。"叶氏笑得宠溺，向唐灼灼解释。

　　唐灼灼摇了摇头，站起身来，对着霍裘福了福身："殿下，妾就先带着夫人和孩子去后院安置了。"

　　霍裘与柳韩江对视一眼，还是后者摇着扇子出声："有劳娘娘了。"

唐灼灼轻声颔首，跟在几个嬷嬷的身后去了后院的厢房，霍裘转动了几圈手里的玉扳指，沉吟片刻道："全安，你跟过去。"

夜深时分，霍裘在书房里踱步，张德胜端了两杯茶水进来，香炉袅袅生烟，茶香四溢，外面又是葱郁的树木，间或能听到鸟鸣阵阵。

柳韩江终于收起了手里的扇子，环视一周轻笑道："殿下这宅子买得不错，待臣老了，就带着妻女来这种地方观山看水。"

霍裘也跟着扯出一丝笑，未置一词。

张德胜将茶和点心奉上，面色凝重地道："殿下，那帮土匪已被处理了，珠宝也尽数拿回来了。"

霍裘的指腹摩挲在杯沿上，眼底蕴含着一层厚重的雾气，微微颔首示意自己知晓了。

张德胜这才退下。

柳韩江正色道："殿下准备如何处理西江的乱事？"

"自然是按父皇的意思办。"

柳韩江但笑不语，只是轻轻摇头，道："殿下的心思臣都知道，可西江是个好地方，只要将言贵妃一党和贪官整治了，可用之处极多。"

霍裘转身，片刻后才皱着眉头道："只怕没那么容易。"

等商议好这几日的日程计划，夜已深了，霍裘揉了揉额心，沉沉地发问："今日那出言不逊的土匪呢？"

张德胜早就候着了，见主子爷果然问起，急忙叫全安将人押了进来，却是浑身血污没了人样。

霍裘几步走到他面前，审视地看了几眼，不知道是想起了什么，面色陡然阴骘下来。

"主子爷……这人曾抢过十几个山下的女子玩弄至死，如今怎么处置？"

张德胜问得漠然，丝毫不为这样的人感到同情。

就这样的货色，白日里倒还敢肖想太子妃，简直不知道死字怎么写。

霍裘冷然一望，极淡地道："挖了眼睛丢去山口喂狼吧。"

说罢，他就起身出了书房，边走边问："将柳韩江一家安置在哪了？"

全安立刻道："殿下，这宅子分东西两边，娘娘住在东边的悠曲阁里，而柳先生一家就被安排在了西边。"

丫鬟婆子在前边提着灯笼，在黑暗里发着幽幽的光，霍裘脚下的方向一变，直直朝着东面去了。

全安顿时心里有了数，主子爷这是要宿在太子妃房里了！

而霍裘到的时候，悠曲阁里尚还点着灯，正巧安夏从里面出来，见了他急忙行礼。

"你们娘娘可歇下了？"霍裘半边的脸笼在黑暗里，瞧不清神色。

"回殿下，娘娘刚歇下，可要奴婢去唤醒娘娘？"

"不必，都下去吧。"霍裘一挥衣袖，就遣退了屋里屋外伺候的人。

方才在马车上她就有些犯困，算算时间也该好好歇会儿了。

雕花的大床上垂下层层床幔，霍裘负手站在床边，隔着床幔看见床上隆起的一小团，将锦被全裹在自己腰间，露出两条藕白的玉臂。

看着看着，霍裘就皱了眉，原因无他，唐灼灼一个翻身，露出窈窕有致的腰身，身上就裹着薄薄的一件中衣，明儿个起来又得喊头疼。

这是什么习惯？

他伸手掀了床幔，将娇娇小小的姑娘揽在怀里，刚要伸手勾那一床被子，就见她睁开了眼睛。

唐灼灼面色红润，眼里笑意盈盈，哪里有半分刚睡醒的模样？

霍裘的身子微有一僵，旋即轻声呵斥："胡闹！"

说是这样说，但还是将人轻轻地放在了软枕上。

唐灼灼哧哧地笑，眼里流转着媚色，没骨头一样地靠在垫子上，声音又娇又甜："谁叫殿下总喜欢偷看？"

霍裘被这小娇气包扯了腰间的玉带，她身上淡淡的馨香撩人得很，他忍了忍，哑声警告，眸色都深了不少："还敢撩拨？"

这小东西就是没挨够收拾。

唐灼灼与他挨得越发近了，末了微凉的小手抚上男人冷硬的面庞，声音勾人。

"妾头疼得厉害，殿下给揉揉。"

霍裘的胸膛震动几下，低低地笑出声来，这一笑，屋子里的旖旎气氛就消散开来。

唐灼灼自顾自挪到他的大腿处，抬眸就能瞧见他俊朗的面庞，施施然闭上了眼睛，一副任他伺候的享受模样。

霍裘越瞧越稀罕，怎么会看不出她的小心思。

算准了头痛自己就舍不得动她，天真得很。

霍裘的手指冰凉，摁在唐灼灼的眉心处更是酥酥麻麻的又凉又舒服，她低低地喟叹出声，缓缓地睁开了眼睛道："妾倒是有幸叫太子爷伺候一回，若是叫京城贵女听得了，又得嫉妒得眼红了。"

霍裘随着她的话"嗯"了一声，随后问："此话怎讲？"

说起这个，唐灼灼来了兴致，揪着他腰间挂着的香囊把玩，道：

"殿下不知道，圣旨才下来那会儿，不说那些贵女们，单单是妾的两个远房表妹，都是明里暗里地笑话呢。"

霍裘任她把玩片刻，勾过锦被将她裹起来才问："笑话什么？"

做他的太子妃是一件十分可笑的事？霍裘深深地皱眉。

唐灼灼张嘴欲言，不知想到什么又默默地闭了嘴，垂下眸子讪讪道："也没什么，不过是笑妾长着一张好皮囊蛊惑君心罢了。"

当初的事情别说给人笑话了，就是她自己也险些信了。

那时她自己一颗心都在王毅身上，巴巴地等着及笄，岂料等来这么一张赐婚圣旨。

在外头人看来，自然是她上赶着傍上了太子这么一棵大树，可在她听来，难免委屈。

"外人之言，何必当真。"霍裘抚了抚她乌黑的鬓发，疼惜得很。

唐灼灼睁开眼眸，琉璃色的杏眸熠熠发光，她不动声色换了个话题，问道："殿下，怎么这次带着柳先生一家来了？"

霍裘的长指轻敲床沿，缓缓地道："西江事乱而多，孤需要柳韩江替孤出谋划策，因为上次行刺的事，他对夫人和孩子放心不下，孤想着就一并带了过来。"

唐灼灼轻轻颔首。

叶氏无恙，只要霍裘日后能护住柳韩江一家，他也不至于倒戈。

"怎么突然问起这个？"

唐灼灼望着外面清冷的月辉撒在庭院上，又被斑驳的树影遮掉部分，极轻地笑："妾与柳先生的夫人孩子都聊得来，多嘴一问罢了。"

"孤明后日都要出去办事，你在别院里若是待得无聊了，就带人去周边走走，切不可贪玩。"

霍裘沉声告诫，想起心中的计划，隐隐有些不安，好在这个庭院十足隐蔽，前边后边都是绵延的山峦，将她藏在这里，足够安全。

唐灼灼抓了他带着玉扳指的大拇指，学着他的样子转动几圈，来了困意，连带着声音越发的娇憨起来。

"夜深了，殿下就睡在妾这里吧。"

霍裘挑眉，从善如流地应下了。

不过两个时辰，他就后悔了。小女人娇软的身子带着甜香，直往他怀里钻，他避了又避，最后还是在床沿处被她缠住了。

唐灼灼丝毫不觉，两条白生生的藕臂挽着男人劲瘦的腰，毫不收敛，将霍裘的呼吸一点点逼得急促。

这也就罢了，偏偏她的小脑袋点在他的胸膛上，轻轻地呼气，乖巧得要命，霍裘却只觉得自己压在心底的隐忍被这绵软的呼吸一点点勾起，直至燎原。

他压着声音低喝："唐灼灼，你还闹？"

没人回他。

霍裘侧身，探上她的鼻息，呼吸绵长睫毛轻闭，真是睡着了的。

她乖巧地趴在他的胸膛上，什么也不说什么也不做，就能将他逼得丢盔卸甲。

第二日天明，唐灼灼起来时身边已没了男人的影子，她微微一愣，旋即叫人进来梳洗更衣。

这处宅子里树木极多，前边后边又都是层层叠叠的山峦，是以空气格外好，一大早就有鸟鸣蝉响之声不绝于耳，比宫里热闹得多。

唐灼灼将口中的茶叶水吐出，一边褪下手上的珊瑚镯子一边漫不经心地问："殿下呢？"

紫环刚从屋外头摘了一捧娇艳欲滴的野花进来，插在了琉璃色的花瓶里，安夏则是轻声道："殿下一早儿就出去了，瞧着娘娘睡得香，就吩咐奴婢们小心伺候不可打扰。"

说到这里，安夏又笑："殿下对娘娘真好。"

唐灼灼纤细的手指抚上瓶子里一朵不知名的野花，芬芳的姿态夺人眼球，她回身点了点安夏的脸颊，慵懒地笑："就你这嘴越发甜了，一早儿就跟抹了蜜一样。"

这别院凉快得很，被大树环绕，阳光都不怎么照得进来，饶是现在七八月的天，都不需要额外备上冰盆去暑。

唐灼灼刚出了悠曲阁的门，就见到外面的庭院中开满了各种花，细细一瞥，她能辨认出来的也只有几种，松果菊、千日红以及几丛开得正好的凤仙花。

她眼底流出笑意，再回首看看四周遮天蔽日的大树，更别提远望苍翠的群山，唐灼灼对这里满意极了。

"等晚些日头大了，咱们再在前头摆一张桌子，吃吃茶煮煮酒，学着古时的文人骚客，岂不美哉？"

安夏和紫环对视一眼，自然是连声说好。

正在这时，有宅子里的丫鬟来禀，说是住在西边的夫人带着一个女娃娃来了。

正是叶氏和柳潇潇。

唐灼灼目光在那丫鬟的背影上凝了一会儿，问："这府中的丫鬟是从哪儿来的？"

"听府里的管事嬷嬷说都是从外头买来签了死契的，随着咱们出宫的人不多，只能暂且用着了。"

安夏以为她用着不顺心，细细地解释道。

唐灼灼微微地摇了摇头，刚要说话，就见到叶氏牵着柳潇潇到了跟前。

"臣妇请娘娘安。"叶氏穿得素淡，偏偏更能彰显出那股如兰的气韵，就连说话都带着一股仙气。

唐灼灼笑着扶起了她，吩咐安夏去备茶备点心。

"请娘娘安。"柳潇潇紧紧地牵着叶氏的手，粉雕玉琢的一小团，笑起来糯糯甜甜的还有两个小梨涡，简直能甜到人心头去。

唐灼灼欢喜得很，她揉了揉柳潇潇另一只肉乎乎的小手，偏头对叶氏道："这就是潇潇吧？殿下曾和我说起过。"

叶氏一时之间面色变幻几下，但一瞧到唐灼灼笑得舒心的模样，也松了一口气，跟着笑道："蒙殿下和娘娘挂念，正是小女潇潇。"

她跟着柳韩江久居京城，听到的传言皆是太子妃嚣张跋扈愚钝至极，甚至还有各种流传出的小道消息，简直不能说。

就连柳韩江也略略提起过几句，言语间尽是惋惜——为太子而惋惜。

久而久之，叶氏竟差点相信了这些流言，直到昨日，才第一次真正见到这传言中的太子妃。

美真是极美的，说是一顾倾城也不为过，可智慧也不差，更别提那传说中的针灸解蛊之术。

别人不知，可她心里是门清的，这样的手段必定出自江涧西，她再笃定不过了。

直到今日一见，才知道所言皆虚，因为传言中嚣张跋扈盛气凌人的太子妃笑得再明艳不过，更会半蹲着轻声慢语地同自己的女儿说话。

这是装不出来的。

唐灼灼不知道叶氏一瞬间想了这么多的事，只是叫人挪了一张小茶桌摆在庭院里，见柳潇潇的目光直往糕点上飘，顿时了然。

"潇潇饿了？"

小姑娘像煞有其事地点点头，一张清秀的包子脸皱成一团："娘娘先吃。"

　　唐灼灼一愣，旋即掩唇轻笑，抿了抿上好的云雾茶，道："潇潇吃吧，我们都用过了早膳。"

　　柳潇潇又看了一眼叶氏，得到首肯后抱着一块点心小口小口地啃，看得唐灼灼笑意不停。

　　叶氏坐在茶桌旁，面色稍微有些不自然，捧着茶盏片刻后才道："臣妇没扰了娘娘歇息吧？"

　　唐灼灼微微摇头，目光在叶氏脸上停了一会儿，旋即不动声色地撤开，瞧着杯中沉浮舒展的茶叶，道："昨日殿下才跟我说，这些时日若是无聊了就去找你到外边逛逛。"

　　"说起来，本宫还是头一次出京城呢。"

　　"能陪娘娘闲逛，也是臣妇的荣幸。"

　　叶氏长相是典型的江南女子的模样，温润如水眉目澄澈，让人瞧着就格外舒心。

　　唐灼灼轻轻颔首，一袭凤尾罗裙衬得她颜色更盛，和当初长安城里鲜衣怒马的少女一般无二，甚至更添了几丝娇媚，叫人生生地挪不开眼睛。

　　叶氏心里暗叹一声，这样的姿色，也难怪太子殿下如珠似宝地爱着。

　　换作天下任何男子，都是一样的吧。

　　两人之间到底是初相识，又都不是话多的，略略交谈几句也就散了。

　　到了用午膳的时候，唐灼灼瞧着一桌子的西江特色菜，迟迟没有动筷子，安夏以为她是瞧着吃不下，刚要吩咐丫鬟撤下去，就听她发问："殿下还未回来？"

全安被霍裘留在了唐灼灼身边，见状忙回道："娘娘，殿下和柳先生一早就出去了，要三四日之后才回来。"

唐灼灼顿时兴致快快，玉手托腮。

她梦中，这时的霍裘也是来了西江的，只不过具体发生了什么事，她倒是记不清了，只知道他回去时带了一个西江的女子，模样倒是挺好，一到东宫就封了良娣，气得钟玉溪摔了几套上好的玉器。

而这事，也是钟玉溪阴阳怪气地央着她出面制止时她才知道的。

好像是那姑娘曾救过霍裘一命。

说是西江当时发生了一场瘟疫，涉及范围不广，因为先前在别的地方蔓延过，太医院也已研制出了药方，所以十日不到就被控制住了，但霍裘是被传染上了的，也正是因为那姑娘找出山里的一种草药，才吊住了他的一条命，等到了宫里的太医。

在唐灼灼的梦中，这姑娘凭着这救驾之恩，生生地坐到了贵嫔的位置，可以说是真正的一步登天了。

唐灼灼的面色顿时沉了下来，心里一揪，也不知道是个什么滋味，微妙得很。

过了片刻，她才轻轻地颔首"嗯"了一声。

能叫霍裘都受伤沦落到被女子所救的地步，这西江所涉颇深，里头水深得很呢。

等天黑下来，夜晚就格外的恐怖，唐灼灼长发松散，如瀑的青丝垂在肩头腰侧，她翻开一页医书，上面粗略记载了几种瘟疫的情况，图册上的草药达百种之多，却也是她能找到为数不多的医书之一。

"全安。"她揉着眉心唤，珠帘外头很快传来了声音。

"安排一下，明日本宫想去街上走走逛逛。"她合上了医书，厚厚的一大本压在她白嫩的手心上，对比分外的明显。

"娘娘，殿下走前早有吩咐，一切都备好了。"

唐灼灼这才缓缓地阖上了眼睛，却怎么也睡不着，一闭上眼睛梦里都是霍裘搂着那女人的腰，眼里满是宠溺。

她索性翻身下床，打开窗子，瞧见外面一轮皎洁的弯月，皱眉沉思，自己这是怎么了？

一夜无梦。

等第二日用过早膳，唐灼灼头上简单地簪了几支流苏簪，却更能衬出她妹艳的容貌，最后蒙了一片素白的面纱，才由着安夏扶着进了马车。

她拨弄着手上水头极好的羊脂玉手镯，神情慵懒媚色天成，哪怕只露出了一双水光潋滟的杏眸，也足以勾人。

马车摇摇晃晃足足半个时辰，才到了西江街上，与想象中不同的是，这条街上格外的热闹，只比长安街稍稍逊色。

马车停在一处阴凉的小巷子里，唐灼灼由人扶着下了马车，匆匆地往街上一瞥，敛下眸中的情绪，直截了当地道："找一处酒楼吃茶。"

等坐在西江街上最大的酒楼里后，看着和宫里全然不同的人和物，唐灼灼的心情才稍稍好了些。

若说在什么地方最容易了解到地方风土人情，莫过于人多眼杂的酒楼了。

上边说书的先生讲得极精彩生动，唐灼灼听得来了些兴味，纤细的手指又抓了一把瓜子，磕得有模有样。

全安神色莫名，从未想过能见到太子妃这样的一幕。

上头戏班子唱曲咿咿呀呀正得劲的时候，周遭的声音蓦地就停了，唐灼灼皱起眉头，随着众人的目光望过去，见到一个肥头大耳的男子怀中搂着一个娇滴滴的女子旁若无人地调笑，顿时皱了皱眉头。

"周公子，您来了？"酒楼的掌柜笑得殷勤，挥退了一旁的店小二，亲自招待。

唐灼灼隔着一面升到一半的珠帘，见到那个所谓的周家公子满脸油光的样子，顿时没有什么心思看戏了，素白的手掌心里的瓜子也摊落出来。

这原本也不关唐灼灼的事，可巧就巧在那周建搂着的女子脚下一磕，跌倒在唐灼灼跟前，顿时四目相对，那女人恼羞成怒，又依偎到男人怀中指着唐灼灼道："公子，就是这人伸脚绊的我。"

唐灼灼嫌恶地皱起眉头，从未见过如此厚颜无耻的女人，一时之间也算是开了眼界。

周健刚为这红玉姑娘赎了身，正是新鲜劲上头的时候，听到美人这样抱怨，顿时怒道："哪来的粗鄙之人，给爷将帘子掀了！"

全安顿时沉了脸挡在唐灼灼的前面，她不动声色使了个眼色才退下。

想来这周建是个富贵人家的公子哥儿，身边的奴仆众多，三两下就将帘子打破了。

唐灼灼气定神闲地坐望着，一双盈盈含笑的水眸里蕴含着不见底的怒意，那周建一看，顿时呆了神。

片刻后才整了整衣裳，将娇滴滴的红玉推到一旁，自认为有礼地笑了笑，道："周某先前冒犯了，还望姑娘海涵。"

说是这样说，一双豆子眼却游离在唐灼灼的面纱上，心神荡漾。

这样天仙一样的姑娘，怎么从没听人提起过？

唐灼灼眼皮也不掀一下，自顾自地嗑着瓜子，一粒又一粒，觉得有些渴了，才轻声吩咐道："去倒杯水来。"

周建一听这声音，如同仙乐阵阵，他不由得想入非非起来。

而这一切，都被顶层的几人看在眼里，霍裘身边陪着一脸茫然的西江郡守，还不知为何这太子爷就突然冷了脸。

柳韩江用羽扇遮住唇边的笑意，暗叹这太子妃也真是个性情妙人。

霍裘负在背后的双手紧了又松，死死地盯着下面那个娇小柔媚的女子，气得心肝都疼。

只不过是一日没回去，就被这小没良心的使了计，这样的激将法，单看他接还是不接。

接了难免让这小东西蹬鼻子上脸，往后少不得更放肆，更何况还得被柳韩江笑上几日，可若是不接……看着这女人玩得越发开心，怎么能咽下这口气？

唐灼灼面上不显，实则后背都起了一层细微的汗珠，湿湿嗒嗒地黏在背上，不舒服极了。

她再没了耐心，站起身就要走。

她原本就是来寻霍裘的，瘟疫之事非同小可，她到底是有些怕了，可这男人到现在都不露面，显然是有要事。

既然如此，她再留下来陪这猪头，岂不是平白脏了眼睛？

那周建也是平素里玩姑娘玩得多了，温顺的美人尝腻了，自然对这带刺儿的红玫瑰感兴趣一些。

当下也顾不得看那红玉姑娘委屈得直掉眼泪的表情，肥硕的身躯直直地挡在唐灼灼的跟前，衣袍间带起的风将她面上的轻纱吹起一个角，露出半张侧脸。

唐灼灼深深地皱眉，面上不耐烦之色已见浓郁。

全安意识到不对，上前几步就挡在她跟前，道："这位公子，能否让个道？"

若不是顾忌着怕暴露娘娘的身份，就这样没眼力见的富家公子，他早就一脚踢上去了。

周家是西江数一数二的富贵人家，靠着祖辈留下来的积蓄生意做得风生水起，如今府中的嫡女又入了南平王世子的眼，被带到京都里做了妾，这可是天大的造化。

由此周家更是春风得意，府中前所未有的安定祥和，周建这个唯一的嫡子更是得了姐姐的光，玩起女人来更加肆无忌惮。

也是一时被猪油蒙了心，周建见唐灼灼微微眯着眼睛瞧过来，顿时挺直了腰板，理都不带理全安一下的。

西江比周府门第高的统共没几家，可周建从没见过这样标志的娇人儿，自然就壮了色胆。

瞧瞧，这媚眼如丝的勾人样儿，比醉风楼里的牡丹姑娘还要销魂，可不得趁早将人纳到后院好生宠幸吗？

唐灼灼鼻尖轻嗅，闻到了混在酒楼茶水人群中的那一丝丝涩苦的味道牵动人心，越靠越近。

那是中蛊之人解蛊后一月内残存的涩腥味，细微至极。

她的神色有些微妙，手里刚端着准备泼出去的茶水也被她缓缓地放到了桌面上。

"姑娘哪里人？怎么面生得很以前从未见过？"那周建笑得满面油光，身上还带了一股浓烈的酒和胭脂混合的味道，唐灼灼嫌恶地退后了几步。

安夏气得脸色煞白，若是在京城里，这样的下流玩意早就被拖出去喂狗了。

"公子可否让个道？我夫君等会儿下来见了怕是会心底生怒。"唐灼灼晃了晃手心里小巧的茶盏，将杯中的茶水缓缓地饮尽，眼角贴着的那朵梨花灼然，眼里光华流转魅惑至极。

她那声夫君叫得周建脸色一沉，只是一瞬间的低落过后，又打起了旁的主意。

他拢了拢衣裳，尽量表现得得体，声音洪亮："在下周家周建，一见姑娘就心生爱慕，若是姑娘愿意，在下可将姑娘抬到府里，日日呵护。"

那边的红玉终于回过神来，急忙依偎在周建身边，娇滴滴地道："周公子，这姑娘都嫁了人了，咱就不勉强了吧？"

周建哪里听得进去？一把将人推开，见唐灼灼似笑非笑地瞥着，以为美人对自己的提议也动了心思，顿时也顾不得什么了，那只肥胖的手就伸了上去想揽着美人的腰肢回府尝尝滋味。

唐灼灼越过周遭看热闹啧啧称叹的人，瞧到了那个面色黑青的男人疾步走来，与此同时那掌柜的煞白着脸开始将楼中的客人一一请出去。

来势汹汹啊！

唐灼灼心里发虚，身子动作却是极快，避开那周建的手，与此同时，霍裘也到了。

那郡守虽然不知唐灼灼的身份，但他会看脸色，以为这是太子爷瞧上的人儿，头上顿时出了一层汗，一把扯过周建直使眼色，一边厉声喝道："这是在做什么呢！"

那周建不明所以，但还是一眼就看到了与自己父亲交好的郡守身边站着的男人，剑眉星月气势逼人，一双眸子如两口利箭，矜贵至极。

唐灼灼又抓了一把盘子里的瓜子，清脆的嗑瓜子声回荡在楼里，看戏看得津津有味，见男人望过来回了一个讨好的笑。

霍裘气极，眉心跳了跳，竭力忍了怒火哑声道："还不过来？"

唐灼灼面上蒙了面纱，正巧遮住她那张魅惑人心的桃花面，此时倒是不慌不忙地将手心里的瓜子一粒粒撒在地面上，随后上前挽了霍裘的手臂，笑得娇媚至极："郎君可下来了，妾险些就被这猪头非礼了去。"

霍裘漠着一张脸，刚想着给这小娇气包一些脸色瞧，就被她一声娇滴滴的郎君喊得心里一动。

"穆大人且瞧着办就是了。"霍裘的声音冷漠至极，深深地看了一眼那还不清楚发生了什么事的周建，横在唐灼灼腰上的手极为用力，揽着人就往楼上去了。

柳韩江将一切收于眼底，合上手中的扇子笑得意味深长，跟在霍裘身后朗笑一声："殿下既有事忙，那臣就先去街头给小女买些糖糕。"

唐灼灼能清楚地感觉到男人的身子顿了顿，眼神顿时有些忽闪。

她敢这样胡来，也不过是瞧着人多，左不过是夜里被霍裘冷着脸教训一顿，可这柳韩江一走，自己指不定被这恼羞成怒的男人怎么收拾。

一干伺候的人跟在后边，就守在天字号的门外，一个个板着脸做木头人。

等入了包间，唐灼灼还未反应过来，就被男人打横抱起往那宽大的桌案上一放，还来不及挣扎说几句好话，就见到眼前放大了的俊脸，阴鸷得很。

"一日未收拾你，胆子就大了？"

唐灼灼微微闭了眸子，只睁开一条缝偷偷地看他，再没有了对外人的那股气势，委委屈屈地捏着帕子道："分明是殿下叫我闲来无事到外头逛逛，怎么倒还说我的不是了？"

霍裘懒得和她多费口舌，掌风一掠，唐灼灼脸上的那条面纱就轻飘飘落到地面上，染上了尘埃。

她心中微微一惊，旋即松动泛麻的手腕，而后施施然抚上自己的脸颊，道："看来殿下还是更喜欢妾这般模样。"

霍裘肃立如竹，眼里的火渐渐转换成了另一种含义，他忍了再忍，最终还是被气得沉沉发笑："如何知晓孤在这里的？"

唐灼灼眼底忽闪几下，还是极认真地答了："闻出来的。"

霍裘闻言，细细地擦了手边上溅到的墨汁，眼底也是深邃的黑，他的动作极仔细，但唐灼灼还是感受到了幽幽的冷意。

这理由虽然牵强了一些，但好歹也是实话啊。

"殿下……"

霍裘心里翻涌的情绪被她一声娇娇软软的"殿下"给彻底点燃，他慢条斯理地扔掉手里的帕子，轻轻地嗤笑一声，而后就挑起了唐灼灼的下巴。

"孤就喜欢你这样叫。"

唐灼灼还未明白过来他话里的意思，唇上就贴上来两点微凉，她倏尔睁大了眸子，却只能闻到他身上那股涩苦和薄荷混合的清凉味道，脑子里一片糨糊。

等她终于能缓过气来的时候，男人已起了身，眉目稍显柔和，修长的手指摩挲着她微红的唇瓣，声音粗哑："娇娇，你这般模样，真叫孤抽不出身来。"

从她还未及笄时就已沉了下去，更遑论娶了她之后。

到如今，方知食髓知味四字是个什么意思。

唐灼灼面上火烧一样的，明明羞得厉害了，却还是强撑着用小指勾着他腰间的软带，眼眸里含着盈盈的春水，怯生生地挑眉："昨儿个夜里，妾梦见殿下揽了一人的腰带回了东宫夜夜宠幸，左思右想不对劲，这才来的酒楼。"

霍裘挑眉，看这女人还能编出些什么来。

唐灼灼飞快地瞧他一眼，娇嗔："古人常说借酒浇愁，妾也就是想消消愁罢了，哪知道还要遭殿下一顿冷脸。"

"由此可见，妾是真真失宠了的。"

霍裘稀罕她这做戏的小模样，冷声道："一派胡言！"

唐灼灼理了理衣袖，从桌案上下来，脚刚落了地就忍不住轻声嘟囔："怎么就是一派胡言了，妾梦得明明白白的，那姑娘生得极好，殿下还嘱咐妾给她一个良娣的位分，不可委屈了。"

霍裘深深地皱眉，拿起桌案一侧的纸扇，微微地掀了嘴角："你这脑子里一日日地净瞎想些什么？"

唐灼灼拈了一块玫瑰花糕，咬下去一口就唇齿生香，她微微地鼓着腮帮子，道："殿下夜不归宿，妾自然担忧。"

霍裘的目光在她吹弹可破的脸蛋上滞留一会儿，看得后者有些心惊了，才问："娇娇担忧什么？"

唐灼灼捏着手里的帕子，笑得无知无觉："自然是怕殿下被外头的美人儿勾了魂去。"

"不过瞧来可能性也不大，虽然是梦里粗粗一瞥，那女子却是没妾生得好，殿下当爱不起来。"

霍裘才提了笔，听了这话手里的动作一顿，素白的宣纸上就染上了一大片墨色。

他索性不再管，将笔丢到一边，捉了那没良心的坐在一旁的太师椅上。

"以娇娇之貌美，倒的确无须担忧这些。"他带着薄茧的手指抚过她分明的下颌，别有深意地道。

唐灼灼坐在他身上也不老实，因为瞧不见他的表情。

"殿下这是在夸妾生得貌美？"

背后紧贴过来的身子带着火热的温度，灼得她心头一颤，男人的存在感太强，她有些坐立难安。

"是极，只可惜美人能见着吃不着，将孤生生憋了许久。"霍裘眼里暗色翻涌，继而凑上去含了她小巧的耳珠，满意地感受到怀中的人身子一颤。

"娇娇准备什么时候将孤喂饱？"

他话中的暗示再明显不过，偏偏还拢了她鬓边的一缕黑发，道："孤心情好了，自然只宠着纵着娇娇一人，娇娇又哪里会瞎想这些？"

唐灼灼的身子彻底僵了，刚要扭过头来说话，就感受到了他身体的变化。

唐灼灼面色涨红，转身怒瞪他一眼。

这男人怎么这般没脸没皮！

"外人都说殿下清冷矜贵，不近女色。"唐灼灼刻意顿了顿，媚色天成，声音娇媚婉转，让男人搂着她的力道更大了一些。

"怎么如今妾看来全然不是这个样儿？"

霍裘的眸色更深了，恨不得把怀中这惯会撩拨的小东西生吃入腹。

眼见着这几天她身子好了不少，太医也说水土不服之症已缓，想到这里，他缓缓地闭上眼睛，压下心底翻涌叫嚣的欲念。

"孤只对娇娇如此。"霍裘的声音哑得不成样子，唐灼灼咬着下唇面色越来越红，描着银叶海棠的宽袖如流水缓缓地抚上男人坚毅的面庞，见霍裘被刺激得微微昂了下巴，她笑得更见欢快，偏偏身子被他禁锢着动弹不得。

"殿下若果真念想，今儿个晚间妾候着就是了。"她笑得狡黠，像是一个炙热的太阳入了霍裘的眼，他哑哑地低笑，毫不费力地将怀中不安分的人抱起几步丢到内室的软榻上，道："何须晚上？酒楼里勉强可将就，娇娇忍着些就是。"

唐灼灼讶然，好容易回过神来伸手推拒，没想到男人居然是真的打定主意收拾自己。

霍裘的眼底藏着极深的笑意，就喜欢她这副瞬间惊慌失措的小模样。

他捻着唐灼灼的一缕黑发，别到她白皙如玉的耳朵后，她自小就是一副标致的美人样儿，如今大了更是媚色天成，活脱脱一个勾人的妖精。

偏偏唐灼灼还扒拉着霍裘的一根手指玩弄，语气委屈道："殿下就舍得叫妾将就？"

自然是舍不得的。

就连大婚时，她太子妃的名头仪仗以及送到唐府的东西，一桩一件都不含糊。

霍裘的眸光深邃，高大的身躯缓缓地压下来，唐灼灼连呼吸都放慢了，轻轻浅浅地撩动人心，眼见着他的唇贴上来，她睫毛轻颤几下缓缓闭上了眼睛。

正在这时，外面却传来声音，洪亮无比。

"臣南平王世子朱泸求见。"

唐灼灼颤巍巍地睁开眸子，清楚地见到正上方男人的俊脸陡然阴沉下来，低咒一声："作死！"

她咯咯地娇笑，嚣张无比，学着男人方才的模样，粉嫩的唇贴在他耳边低喃挑衅："殿下，可还要再勉强将就一番？"

霍裘宽大的手掌松了又紧，剑目幽深，低缓而笑："再闹有你好受的。"

他站起身来，却被唐灼灼扯了广袖的一角衣料，她垮了的脸面上有些懊恼，道："妾与朱泸曾见过。"

霍裘挑眉，示意她接着说。

"他妹妹与妾在闺中时玩得极好，一来二去的也与南平王世子见过几面，等会儿……若是被认出来了，可怎么办？"

唐灼灼长睫如羽缓缓扇动，掩掉了眼里的那一丝阴霾，瞧起来是一派的温良纯善。

霍裘转动了一下大拇指上的玉扳指，没有忽略她微小的表情，皱眉将她滑落下的一层薄纱拉上，道："无妨。"

南平王是个懂时势的，什么该说什么不该说心里门儿清，这个世子怕就是来请罪的。

唐灼灼等的就是他这句话，缓缓地从软榻上起身坐在后头靠窗的凳子上，与外边隔着升了半层的珠帘，神色莫辨。

霍裘大刀阔斧坐在太师椅上，神情冷肃剑眉狠皱，道："进吧。"

朱泸等在外头有些时候了，听到这一声进的时候精神陡然绷紧了。

门一打开，里面淡淡的女子馨香就扑面而来，朱泸头也没抬，拍了拍衣袖下跪："臣朱泸参见太子殿下，殿下金安。"

"免了，世子起吧。"霍裘眼皮都未掀一下，随手指着对面一张软凳道，"坐。"

朱泸一直提着的心不敢放下，但他毕竟非常人，才镇定自若地坐下就瞧见了帘子后那道曼妙的身影，只一眼他就怔住了。

唐灼灼？她怎么会来？

霍裘放下手中的古画，长指轻敲桌面，声音不虞："世子倒是好消息，这么快就寻到孤这里来了。"

说完，他端起茶盏轻抿，放下时杯子与桌面碰撞，发出清脆的回响，朱泸这才收回视线，低头从善如流地道："回殿下，前些日子家父偶然说起，臣今日才得了消息，自然要前来拜见。"

谁知才到了半路就有仆人告诉他那个一事无成的草包周建看上了一个女人，调戏不成反被太子扣住了。

他气极，但这人好歹和他有些关系，若不来澄清一番被太子记在了心里，父王定是饶不了自己。

霍裘不置可否，轻轻颔首后不屑地笑，居高临下直截了当地问："世子莫不是为了你那大舅子来的？"

朱泸心头一跳，再一抬头，就发现珠帘后那个窈窕女子不见了身影，他咬咬牙艰难地笑："殿下恕罪，此事臣毫不知情，至于周建，全然交由殿下处置就是。"

若不是看在周沁不争不抢、娇娇弱弱深得他心的分上，周建做出了这样的事，连带着周沁都要被他赶出后院。

周家如今是越发嚣张了，那死胖子玩女人玩得上瘾，真以为自己是这地方的土皇帝了，蠢货一个！

唐灼灼坐在后方，手里捧着一本古书，却瞧不进去一个字。外面的朱泸谨慎讨好的模样叫人发笑，她捏着书边，纤细的手指用力到发白，盈盈杏眸里的春色尚未完全消散，但又添了满满的森寒。

朱泸啊……

此人不仅是朱琉的嫡亲兄长，还与王毅交好。

好到什么程度呢，好到赐婚圣旨下来后朱泸为王毅打抱不平，在唐灼灼与朱琉见面喝茶时冷嘲热讽她水性杨花，十成十的负心人。

瞧在朱琉的面上，唐灼灼没有多和他计较过，只是到底因为这些话默默地哭了几宿。

她缓缓地合上手中的书籍，放到一旁的茶桌上，一张娇俏的小脸上却仍是盈盈的笑意，侧头安静地听外面的动静。

霍裘冷哼，掀了桌面上的那盘棋，神情阴鸷："扬言要孤的女人做府上妾，你南平王府的胆子好大。"

朱泸没想到霍裘这样大的火气，一时之间除了一撩衣袍跪下，脑子里一片空白，嘴却像是自己有意识地辩解："殿下息怒。"

棋盘上的棋子哗啦啦落了一地，还有几颗跳到了朱泸的衣袍上，他咬牙既屈辱又愤恨。

他的女人……他霍裘才到西江没几日，照他一贯冷硬的性子，京城里那么多美人都入不了眼，哪里就这么巧周建能调戏到他的女人？

朱泸突然有些怀疑太子这是故意在盯着南平王府了。

霍裘负手而立，一身黑色的衣袍被吹得猎猎作响，瞧不透是什么表情，声音更是漠然至极。

"这事你做不了主，回去叫南平王给孤一个交代。"

朱泸突然僵了身体，已经可以想象自己父王暴跳如雷请家法的模样了。

他深深地吸了一口气，刚要认命叩头时就听到一声浅淡的笑，婉转清脆，如流水蜿蜒到心里，却让朱泸成功白了脸。

唐灼灼挑了珠帘出来，轻笑着瞥了他一眼后走到霍裘身边，道："殿下息怒，那周建虽然罪不可恕，但南平王世子……"

她又笑了一声，才意味深长地开口："世子高风亮节众人皆知，此事应与南平王府无关。"

霍裘转身瞅了朱泸一眼，转而疼惜地握了她柔若无骨的手，语气与方才判若两人："就你太良善，处处替别人说话。"

唐灼灼温柔地笑笑，其实面对着男人深邃的目光心里直打鼓。

霍裘这样子陪她做戏，是早就知道了朱泸与她的过节吗？

朱泸睁大了眼睛不可置信，唐灼灼身为太子妃居然被霍裘带来了这种地方，这是婚后如胶似漆难舍难分吗？

越是这样，他就越替王毅感到不值。好在如今后者和宁远侯嫡次女的婚事也提上了议程，侯府的嫡女可比唐灼灼这女人好上太多了。

他低头压下眼里的情绪，掩在袖袍底下的手紧紧地握成拳头，声音嘶哑："臣请太子妃娘娘安。"

唐灼灼的目光在他身上停留一瞬，随后漫不经心地点头："起吧。"

朱泸才抬起头，就听到唐灼灼拨弄着晶莹的指甲道："殿下说得有道理，妾可不就是喜欢以德报怨吗？"

"世子几月前可是指着妾的鼻子大骂妾嫁给殿下就是水性杨花之辈的。"她似是不经意间轻笑，眼里暗色显露无遗，她这次没有再躲闪，直直地对上霍裘的目光。

反正这男人都已经知道了，遮也不遮都是一个样，她看不惯这朱泸的态度就是要明晃晃地表现出来。

霍裘扯动了一下嘴角，就见她低下头幽幽地出声，直逼朱泸："今儿个本宫倒还想问问呢，本宫哪儿就水性杨花了？"

朱泸顿时煞白了脸，霍裘的眼神如同两把利剑悬在头顶上，他根本就没有想到唐灼灼敢这么说。

她怎么敢在霍裘面前提这个？

常人避之不及的事，她怎么就敢直截了当地问出来？

她和王毅那点事京城里谁不知道？

但他不敢说。

唐灼灼的确没按常理出牌，这些日子她和霍裘之间风平浪静，和谐得不可思议，但两人都清楚地知道心里隔着怎样的梗。

王毅就是一根刺，插在霍裘的心上，他虽然不说，依旧宠着她纵着她，但到底还是如鲠在喉难以释怀。

他多么骄傲的一个人，怎么可能释怀？

这也就是唐灼灼时常耍小脾气玩火的原因，在解决这个心事之前，他不会碰她。

唐灼灼无比笃定。

可这刺，总是要拔出来掰断踩在脚底下的。

第九章

王毅

西江最大的酒楼里，平素里座无虚席，如今却是早早地关上了门，消息灵通的人家都噤若寒蝉，寻常百姓家却只当个茶余饭后的谈资。

玲珑阁的天字号包厢里，朱泸膝盖生疼，面色稍显阴霾，却死死地忍住心里的愤恨，不敢显露出来。

侍女进来换了两个冰盆，丝丝缕缕的女人香娇媚入骨沁甜得很。

霍衷坐在太师椅上闭目不言，只有抚动衣袖的动作暴露了内心的波澜。

她太过聪慧，敏锐超乎他的想象。

唐灼灼站在他的身侧，娇小玲珑颜色盛极，朱唇一点开合间字字犀利直逼朱泸："本宫一直心存疑惑，今日正好当着殿下的面儿，咱俩说道说道。"

朱泸听了却只想骂人，若是平素，他虽然不敢再指着她骂了但绝不会给个好脸色，可如今，跪在太子面前，他又哪里敢？

唐灼灼早就算准了他的心里有所忌惮，从一开始就占了优势。

朱泸的理智告诉自己此时该开口认错撇清那时只是玩笑话，他心里却不允许。

明明就是唐灼灼负了王毅，如今她却有资格站在这里振振有词，她还有良心吗？

可转眼一看到坐着气定神闲的霍衷，他只好深深地憋了一口气。

也是，嫁入了皇家，哪还有什么良心可言？

更何况嫁的还是那个心机最深最没有良心可言的人。

唐灼灼其实心里也有些打鼓，先前那句水性杨花的话一出口就后悔了，但说出口的话收不回的水。

她原本不该出来的。

朱泸终于艰难地开口，低垂着眸子一字一句道："娘娘言重了，臣年少无知顶撞了……"

话还没说完，就被唐灼灼伸出一根白嫩的手指止住了。女人身子窈窕，海棠色的罗裙温柔至极，更将人衬得娇艳欲滴，她低下头拨弄了一下手里的玛瑙手钏，发出细微的脆响，于此时的气氛格格不入。

她卷翘的睫毛前像是蒙了一层雾，不耐烦听这样的官方话，朱泸心里想的什么她再清楚不过了，巧的是，她今儿个还真想好好说道一下。

"世子不必多说什么，我今日也不拿太子妃的身份压你，咱俩就事论事，毕竟全京城的人都知晓我唐灼灼有个受不得委屈的臭脾气。"

朱泸讶然地抬头，一眼瞥到霍裘依旧是那副模样，甚至连眼睛都没有睁开，面上更是没有半分波动。

唐灼灼走到窗边，神色晦暗不明，轻嗤一声开口："你无非就是觉得我勾引了殿下，置王毅于尴尬之中心底愤恨罢了。"

"婚姻之事，父母之命媒妁之言，他将军府和我唐家皆未开口有过这样的言论，不过感念他当年救命之恩几次茶会赏花时见过几面罢了，哪儿就成了你眼中的私订终身了？"

朱泸狠狠地皱眉，张口想要辩解，却发现的确是如她所说的那样。

唐灼灼出身名门，再怎么样也做不出幽会男人的事情来，就是与王毅见面，也不过是将军府设宴之时，身边也都有旁的小姐夫人在场。

唐灼灼拿手中的帕子擦了擦手上的星点灰尘，见朱泸没话说，眼角一挑接着道："唐家不是有恩不报之辈，为了报当年他救我落水之恩，他的武艺布阵我爹爹亲自教，剿匪遇到乱子是我二哥挡了一刀，就连他最后求娶宁远侯嫡次女我唐家都暗中有所帮助，哪儿还对不起他王毅？"

否则一个破落的将军府，那一百多抬的聘礼怎么拿得出来？

唐灼灼气得狠了，眼神都凌厉几分，走到朱泸跟前道："反倒是他一直散布流言坏我清誉，将自己置于痴情人的位置，明明知道我已嫁给殿下还要安插人进东宫给我说些有的没的挑拨我与殿下的关系。"

"他是巴不得我过得不好才舒服吧？"

这最后一句，唐灼灼说得极重，面上却还是带着轻佻至极的笑。

朱泸的眼皮狠狠一跳，这些……王毅完全没和他说过。

唐灼灼说得累了，拍了拍手回到霍裘身边，男人此时已经睁开了眼睛，眸子里不知道藏着怎样深浓的情绪，压抑得很。

朱泸艰难地开口，自己都听不到自己在说什么。

"臣和王毅断断没有这样想过，娘娘息怒。"

唐灼灼说完了心里的话，像是有些累了，坐在软凳上略有慵懒地揉着额角轻声道："殿下，妾失态了。"

霍裘微微地抬起下巴，第一次正视跪在地上没起过身的南平王世子，瞧了几眼后轻蔑一笑，而后对唐灼灼道："孤叫人送你回去。"

接下来的事，他不愿意让她见到。

唐灼灼盈盈杏眸与他对视片刻，捏着帕子缓声道了声"好"，而后理了理衣裙被张德胜请上了马车。

她素手掀开马车上的帘子，瞧着那酒楼上的三个大字出了会儿神，而后慢慢地别过了眼睛。

玲珑阁，京城也有一座，她知道，这是霍衷名下所属。

玲珑骰子安红豆，入骨相思知不知。

安夏不知道里面发生了什么事，只是说起那个肥头胖脸的周建就一肚子气："娘娘，定不能轻饶了那人，也不瞧瞧自己长得什么德行，也敢觊觎娘娘的美貌！"

唐灼灼抿唇轻轻地笑，神情既慵懒又妖媚，其实心里乱成了一团麻，外头的风带着热浪吹到她脸庞上，她一闭上眼睛脑子里就全是方才她对朱泸说的话。

若是重来一次，她未必还有说出那番话的胆子。

等回到悠曲阁里，唐灼灼就窝到了美人榻上，一静下来幽幽的凉气萦绕在身边，香气袅袅熏得她脑仁都疼。

"把香炉撤下去吧。"唐灼灼挥手，只匆匆用了几口午膳便吩咐下去。

安夏和紫环有些担心，彼此望了一眼后将床幔一层层放下，轻手轻脚地走了出去。

"你说娘娘这是怎么了？莫不是被那登徒子给气到了？"

紫环摇了摇头，皱着眉头道："娘娘不是那种轻易能被气着的人，倒也说不准，等会儿去小厨房吩咐一声，煮些娘娘喜欢的玩意儿，等娘娘醒来该饿了。"

唐灼灼悠悠地睡过去，梦里的场景极清晰，王毅不甘被摆布长期守陵，久而久之伙同其他武将有了谋反之心，在大津朝最冷的时候拥兵为王，向朝廷宣战，在开春的时候，终于被唐灼灼的大哥唐溯擒拿回朝。

霍裘一袭明黄的龙袍，威严肃正，一身清贵走到王毅跟前，后者笑得疯狂，自知命不久矣，还想着刺激眼前的帝王一番。

他面色狰狞似厉鬼，神情可怖，对着霍裘道："你不就是千方百计逼我吗？如今我谋反可是如了你的心愿？"

霍裘神色不变，甚至连眼神都没有波动一下，这更加刺激了王毅，他昂着头笑得猖獗："陛下可是为了唐灼灼那个女人？"

霍裘终于出声，漠然至极："她是朕的皇后。"

王毅笑得吐出了一口血沫，道："人都死了，陛下何必耿耿于怀呢？

"哈哈哈！陛下怕是还不知道吧？那个贱人医术高明得很，怎么会病死了呢？

"既然臣都要死了，就不妨告诉陛下一些旧事吧。那年唐灼灼落水是您救起来的吧？真是可惜被臣领去了这份情，唐家人对我可是感激得很。

"哦，包括后来，臣买通了丫鬟告诉她我王毅还没有娶妻，还告诉她是陛下您派人斩了她三哥一只胳膊。那女人最重情意，更加不可能对陛下您有好脸色了！"

王毅极为得意，看着往日高高在上的九五之尊神情破裂他就爽得不行。

霍裘果然暴怒，王毅却偏偏昂着头吐着血沫继续说："陛下还记得唐灼灼进冷宫前和您争执的那一回吗？在此之前她派人告诉我唐家可以助我娶妻，她已嫁人，往后不要再联系了。"

霍裘红了眼睛，拎着王毅的衣领将他提起来，一字一句咬牙切齿："你、说、什、么！"

画面戛然而止，如玻璃在唐灼灼眼前炸开，她捂着胸口惊醒过来，起身的时候默默地拭了眼角的晶莹。

这梦太过真实，唐灼灼抚着窗台上的边框发呆，天边的云霞如绸，她的眼泪却一颗颗掉下来，怎么也止不住。

真奇怪，她想，不过是一个梦，怎么连悲伤都这么真实。

而这一下午，朱泸过得并不好，直到日落十分，他才从包间里出来，再没有进去时那般的淡定自若，甚至脚步都有些虚浮。

霍裘面上也是冷若冰霜，张德胜急忙上前道："殿下，娘娘已回了悠曲阁，西江郡守穆大人押着周家的公子等在外边，殿下可要传进来？"

霍裘冷眼一瞥，脚步显得有些急，道："告诉他，孤等着南平王亲自来。"

区区一个周家，见了也没意思。

张德胜了然，派人去回了那郡守，再转身时只见到了主子爷的一片衣角，他急忙跟上去，就听到霍裘道："回别院。"

张德胜回不过神来，这……这一大堆子事主子爷就不管了？

太子妃对于主子爷的影响也太大了一些。

唐灼灼原本料定霍裘今晚是不会回来的，用晚膳也极为敷衍，微微挑了几口鸡蛋羹就放了勺子，闷闷不乐的样子极少见。

霍裘到悠曲阁的时候见到的就是这么个场景。

小女人玉手托腮，盯着一个地方出神，良久才又舀了一勺蛋羹咽下去，勺子与碗碰撞的声音格外清晰。

他站了有一会儿，直到唐灼灼看过来才出声："又不好好用膳？"

唐灼灼眨了眨眼睛，她想说话，才说一个字就发现声音哑了，于是揪着衣袖不出声，眼泪大颗大颗无声地掉。

伺候的丫鬟们早就退了下去，霍裘低低地叹了一声，走过去掰正她的脸将泪痕一一擦了，语气和缓："今日不是才叫你逞了一回威风？怎么这会儿倒还觉得自己委屈上了？"

唐灼灼将眼泪都蹭到他的衣物上，活脱脱一个娇气包的模样："就是觉得不舒服，气得心口都疼。"

霍裘用大掌抚了抚她柔顺乌黑的头发，声音有些紧绷低哑："娇娇今日的话可是当真？"

唐灼灼不明其意，迷蒙着眼，问："什么话？"

霍裘生生压下心底的一口气，目光深邃得如同两口古井，血液里的跳动声却是一声比一声强烈。

"你往日……"他顿了顿，缓缓地闭上眼睛道，"对王毅的情分，都是因为他在你落水之时救了你？"

唐灼灼觉得他的身子僵硬得可怕，想回头看他的表情，却被他双手死死扼住肩膀，只好点了点头，低低地"嗯"了一声。

当时她衣裳都湿透了，女儿家的名声何等重要？更何况王毅也生得不错，这才叫她瞎了眼瞧上了。

男人的身体随着这一声"嗯"彻底放松下来，他低而又低地笑了一声，意味不明，唐灼灼却分明感觉到了一丝咬牙切齿的意味。

霍裘此刻被气得心尖泛疼，连带着眼里都有些涩酸。

这个小东西往日里瞧着比谁都聪明，怎么当时就那么蠢？

合着兜兜转转这么长的时间，他都输给了自己的替代品？

夜色缓缓地追进别院里，如同一块巨大的黑布，遮住了所有的光亮，一丝不留，连带着吹来的林间冷风都是幽暗悄无声息的。

唐灼灼感觉到男人有些不正常，又瞧不到他到底是什么表情，心里难免有些打鼓。

"殿下是不是生气了？"她身子娇娇小小，被他抱着坐在软凳上正好抱个满怀，回过身问他，旋即有些懊恼地低喃，"是妾失态了，今日就不该出去的。"

霍裘将她放开，缓缓地站起身来，冷毅的脸上表情依旧看不出什么变化，只是垂在一侧的手握了握又松了开来，对她问的话避而不谈，只是别有深意地浅笑："是谁说今日晚间候着孤的？"

唐灼灼涨红了脸，蕴含着水雾的杏眸里媚色流转，她垂下眼眸微嗔："和殿下说正事呢。"

随后又道："还以为殿下今夜不会回来了。"

霍裘轻轻颔首，一身清冷的黑色衣袍简直要和外面的夜色融为一体，只有声音还有几分温度："孤才一夜未归就被娇娇想方设法叫了回来，若是再不回来，娇娇岂不是又要气得胸口疼？"

这小娇气包，一天天的只会喊疼，分明是把别人气得心肝疼。

他的声音多有溺宠，唐灼灼伸出娇嫩的掌心捂了脸，又从指缝间偷偷看他，而后重重地点头道："是会疼的。"

霍裘失笑，朝着张德胜吩咐道："孤今夜留宿悠曲阁，去把孤要处理的奏疏搬过来。"

这么个爱勾人的小东西，他今夜定不会放过了。

唐灼灼别过头去，心思一转，磨磨蹭蹭走到霍裘的身旁，纤细白皙的手指按揉着眉心，娇媚的美人儿顿时有了一股西子捧心的柔弱。

她难受地哼哼，偷瞄着男人的脸色，声音又低又弱："妾头疼的。"

霍裘微微挑眉，看着跟前的女人，半晌才道："又想喝药了吗？"

唐灼灼讪讪地放下遮脸的广袖，衣裳上的银线闪闪，她面若桃花，捻了一块梅花糕送到嘴里，鼓着腮帮子含糊道："就是有些饿了，殿下不必担忧。"

霍裘眼里沁出淡淡的笑意，显得整个人都稍稍柔和了几分，女人的腰肢纤细不堪一握，上挑的杏目明明澄澈如水，却被眼角的那朵显眼的小花生生抢了风头。

霍裘的目光陡然幽暗几分，里面燃起一串火苗。

那年冬日极冷，小姑娘穿着白色夹红的小袄，雪白的绒毛衬得她小脸极白极媚，却不慎掉到了湖里面。

他清心寡欲那么久，在那天将人救起来之后浑身湿透，冷得钻心，心跳却快得离谱。小姑娘昏迷着发抖，嘴唇冻得乌紫，眼睛都睁不开只有两只手揪着他胸口的衣物直打抖。

他干不出英雄救美的事，将人放在阁子里引来了她身边伺候的婆子后就回宫了，没有人知道那么一个事，他也没有再关注过唐灼灼。

一个女人罢了。就算是一个频频入梦的女人，就算还留着她身上掉下来的那块玉佩，也撼动不了他霍裘分毫。

可久久压抑的情愫在再次见到她时才后知后觉地迸发出来，势不可挡。

夜夜入梦都是那双含着泪的媚眼，又是一次午夜梦回，霍裘足足待了一整晚，而后冷着脸问了这女人的一些事，自然也就知道了王毅。

他起了掠夺的心思！

王毅那样的男人护不住她。

费了那样多的心思，他们两个争吵无数，临到头来她却说情起落水之恩，简直荒唐！

唐灼灼被霍裘看得有些不自在，她挪了挪身子，却被霍裘猛地勾住了腰身，男人的身体火热，带着灼人的温度逼近，她眨眼才欲出声询问就见他修长的食指抚上了她眼角的那朵桃花。

她微微瑟缩一下，迎着他的目光有些不好意思地解释道："这是妾无聊时碾了花汁又加了颜料后调出的色，画在眼角倒也合适不显突兀，殿下觉得如何？"

霍裘缓缓地笑，目光火热，道："好极。"

何止适合？简直勾人心魂。

凉风飒飒，外面的风吹得窗子作响，屋里的红烛摇曳，冷冷的冷香缓缓蔓开，唐灼灼心口积郁的烦闷随着霍裘的态度而慢慢消散。

还好，他是信她的。

她的手柔若无骨，轻而又轻地拽了他的广袖，浅浅地蹙眉问："玲珑阁可是殿下手头下的？"

霍裘手里的动作一顿，将一本又是长篇大论的奏疏丢在了一边，状似不经意地问："何出此言？"

将他的神色变化看在眼底，唐灼灼嘴里含了一粒果糖，眼睛浅弯成了月牙形，身子却像是醉了酒一样斜斜歪倒在霍裘怀里。

霍裘才动了动身子将她好生搂着，就见她侧身娇笑，脚下的银铃随着动作轻声晃响，清脆入耳，他心中无奈，才欲说话，就被她用纤柔的手指略轻桃地勾起了下巴。

"娇娇好生放肆，如此成何体统？"他面色阴鸷，语气却并不动怒，唐灼灼惯会顺杆子往上爬，柔软的指腹摩挲着他青硬的胡楂，一圈又一圈打转，将男人逼得微微昂了下巴下腹紧绷。

"殿下不喜？"唐灼灼吐气如兰在他耳边低喃，娇娇气气地缓缓收了手，却被霍裘一把握住。

"还要玩？"他的目光不负往日森寒，寸寸落在她娇媚至极的面孔上，"早先撩拨的账可要今晚一一细算了？"

唐灼灼的小手猛的一顿，而后倏尔浅笑，点了点霍裘的胸膛，酥酥麻麻的感觉蔓到心头上，霍裘嗓音低哑，长指点敲着长桌，看着一堆未翻开过的奏疏挑眉："孤是先陪娇娇玩会儿，还是先办政事呢？"

唐灼灼眼里藏着点点星光，她起身缓缓退出了男人的怀抱，绣着梅花纹路的帕子仿佛带了点幽香拂过霍裘的鼻尖，娇柔的女声却远了些："妾去沐浴，殿下专心政事就是了。"

外面不比宫里，她想沐浴并没有温泉池子，而是烧了许久的热水放入浴桶里，但饶是这样，唐灼灼还是低低地喟叹了一声。

热气蒸腾，她的身子浸在水中，眼前渐渐地有些模糊，安夏和紫环站在两边，手里都挎着一个花篮，里面是装得满满的鲜花瓣。

"娘娘，殿下对您可真上心，事事过问，就连早晨煮的粥都是特意吩咐过的。"安夏声音里的喜意不加掩饰，手里又撒下一把的月季花瓣。

唐灼灼阖了眸子没有说话，睫毛轻颤几下，梦中的那一幕无比清晰像是出现在自己跟前一样，特别是王毅那狰狞的表情和他的那些话。

越想越不对劲，她轻轻地吐出一口气，心里惊疑不定。

既然她都能重来一回，那么梦中的内容也有可能并不仅仅是一场虚无。

夏夜凉风微动，她从浴桶里站起来着衣的时候，细腻白皙的肩膀卜几颗水珠一路下滑，消失在小腿以下。

接下来会发生的事，唐灼灼心里多少有点数，自从她做了那个预知未来的梦之后到现在共一两月的光景，他是没碰过旁人的，憋了这样久，今日他眸子的暗色看得她心惊。

洞房花烛夜的记忆委实算不上美好，可只要一想起他搂着别的女子百般温存，柔和了眉眼，就要皱眉许久。

她如今是他的妻子，名正言顺。

霍裴坐在屏风外侧，幽深的眸子里蕴含着浓墨般的黑色，也不知道在想些什么，手里头拿着的奏疏一个字也没有看进去。

他最厌恶的字眼就是王毅，特别是这二字出现在唐灼灼嘴里的时候，让他恨得咬牙切齿辗转难眠，真是心里一根带血的刺。

这刺，他原本以为会梗在心里一辈子，可今天，她却轻轻巧巧地拔了，状似鲁莽的方式却像是一颗姜糖进了喉咙，流到肚子里的滋味辛辣又带着甘甜。

特别是到了今时今日，他心里也没有半点后悔，甚至是甘之如饴。

轻缓的脚步声接近，小女人身上独有的冷香袅袅飘散，霍裴端起桌上的茶盏轻抿两口，眼底带着未散尽的笑意，抬头望见她时狠狠一滞，眸光顿时暗了下去。

唐灼灼只披了一件薄纱，香肩半露欲遮不遮，顺滑的青丝松松垮垮束着，几缕黑发就落到了嘴角脸庞，最引人注目的还是眼角那朵灼然而开的芍药，妖冶带着深浓的诱惑。

像是注意到他的目光，唐灼灼的食指卷了纤长的发丝，将薄纱拉到肩上，却根本遮不住什么，对着霍裴抱怨："妾就说这件儿不好看，就该选了那件粉红的才好呢。"

霍裴缓缓地站起了身子，唐灼灼弯了弯嘴角走到他身边，娇小的样儿才到他胸口不到的位置，道："不过瞧着殿下倒是很喜欢的样儿。"

到底喜不喜欢，一看他的神情便知，男人的心思明晃晃摆在眼前，猜都无须猜。

唐灼灼心里有些发虚，如此撩拨，这男人晚间真会饶不得她的。

霍裴的声音低哑，如同被按压得极紧的古筝弦。

"孤喜欢得很。"他的目光如炙热的火焰在她大片细腻的肌肤上扫过，而后沉沉地发笑，将她拦腰抱起，惹来唐灼灼一声极小的惊呼。

他一掌落下，床幔翻飞如蝶，轻飘飘极缓地落下。

唐灼灼被困在他结实的两臂之间，背后是绵软的床褥，眼前是再清冷不过的男人，她弯了弯眉眼，素手一路向下，最后摸索到他的腰间，再缓缓勾了他的腰带，媚眼如丝。

霍衷何曾见过她这般撩人的小模样，一时之间被刺激得眼睛都有些红了，他微微昂了下巴，心里低低地嘀叹一声，最后别有深意警告她一遍："真是越发放肆了！"

回应他话的，是一双满含春水的杏眸，这眸子的主人玉手托腮，娇娇俏俏柔媚到了骨子里。

这就是个专生来勾他魂的妖精！

夜越发的深了，悠曲阁屋子里灯火通明，最最惹眼的莫过于院子外头树上挂着的两个灯笼，在风里悠悠荡荡地晃。

屋子里的小金炉里熏着西江最受官家小姐青睐的梨香，甜香不腻又带着淡淡的果味儿，蜿蜒着流淌到了心里。

唐灼灼的神情略显慵懒，那一股浑然天成的媚意就更加明显，她躺在绣着海棠的被面上，一头的青丝如水蔓延在她微露的香肩上，白与黑的碰撞尤为夺人眼球。

"殿下不瞧折子了？"她眼风一扫，就瞥过床幔后屏风前的小桌案，上面还整整齐齐叠了一摞的折子。

梦中的崇建帝严于律己不近女色，日日忙于政事直到月上中空，与如今眼前这个急切的男人大相径庭。

霍衷缓缓地笑，稍稍逼近了她，呼吸间的热气喷在她如雪的脖颈间，他越逼近一点，她就往后缩一些，直到头抵到了冷硬的床头，已经避无可避。

唐灼灼眼中微微的得意被霍裘尽数看在眼里，他慢条斯理地拢了拢她的长发，露出那张千娇百媚的桃花面，才满意地点头："这不正是娇娇想要的？"

唐灼灼被他一声"娇娇"唤得失神，垂下眸子默不作声。

男人太能洞悉人的心思，她的每一个小把戏都瞒不过去。

霍裘却爱极了她这般羞涩懊恼的模样，眸光深邃多有疼惜之色，此时上的折子莫不都是明里暗里嘲讽混淆视听的，西江是个好地方，天津十之四五的盐矿都在此地，那些盐官生怕被查出些什么，急忙上报背后的主子，朝中局势一时之间微妙得很。

这些折子他看着就心烦，原本掩饰得极好的情绪却被她一眼看穿。以他的敏锐，如何察觉不到她胡搅蛮缠背后令人熨帖的小心思？可如今她羞成这样，更叫他心底又酸又胀。

他学着女人方才的样儿，勾起那精致的下颚，声音极低："这会儿倒是知道羞了？"

"爹爹曾说那帮老头子固执迂腐得很，嘴上多是大义凛然，实则背地里的浑水没少蹚。"唐灼灼直直对上他的眼瞳，颇为不自在地解释。

所以明知道那些人有问题，那些不尽翔实的折子就不用看了。

霍裘的面色柔和下来，低头亲了小姑娘白嫩的额心。

小姑娘骄横的模样尤为勾人，特别是那一双含着细微嗔意的眸子，素来冷硬不知怜香惜玉的太子殿下也软了心肠，捧着她玉白的小脸哑着声音换了话题："孤的娇娇如今是越发的娇纵了。"

话中却是多有溺宠的。

唐灼灼微微眯了眼睛，胸膛起伏几下："娇不娇纵的，殿下喜欢就好。"

霍裘剑目一凝，再也忍不住心中念想褪了她肩上的薄纱……

"孤十七岁时救了一人。"他咬着牙沉沉地出声，眸子里的情绪翻涌得厉害。

"起先并没有动心思。"他说。

"孤想要的东西向来……向来不容他人觊觎。"他伸手抚了抚唐灼灼汗湿的鬓角，笑容里强硬之意毕显，唐灼灼只觉得走在云端上，他的话得在脑子里过了一遍又一遍才能听懂。

说到这里，霍裘俯身深深地吻她灼灼的泪眼，声音清晰入耳："但她对别的男人动了心，孤就把她抢回了东宫。"

"时至今日，终于等来她心甘情愿，终觉一切付出不冤。"

唐灼灼颤巍巍地睁开了眸子，抽泣的声音被撞得支离破碎，只是那双眼睛里的讶然和晦涩交织在一起，两行泪水自脸颊旁滑过。

从他开口的第一个字，唐灼灼就有所预感，只是没有想到那个梦居然是真的。

霍裘的面色稍稍柔和下来，擦了她眼角的泪："娇娇，不要哭。"

外面的张德胜原本还偷着笑，听着屋里面的动静感慨，这主子爷不愧是常年习武的，如今两人总算是不闹腾了，他们伺候的也不用过得那么艰难了。

霍裘在唐灼灼身上确实没有什么自制力，要了一回水后看着她半睡半醒的迷糊样柔和了眉眼，就稀罕她这般模样。

只是估计等明天，估计女人又要闹腾了。

夜正深，唐灼灼累极了，那个梦再次入了梦境，但这次她没醒，只是眼泪缓缓地流。

她依偎在火热的身子旁，一只小手被男人握着把玩，霍裘觉察出不对劲来，撩了她长发一看，果然是哭了。

她哭什么？后悔了吗？

"娇娇。"他声音清冷藏着风雪，唐灼灼自知瞒不过，从鼻子里轻嗯一声，带着深浓的鼻音。她缓缓地睁开了眼睛，将眼泪鼻涕全部蹭到他的中衣上。

"浑身都疼的，殿下惯会欺负人。"

娇娇小小雪白的一团挤进自己怀里，霍裘有些无奈，但又松了心底的一根弦，抚了抚她柔顺的发丝道："嗯，明儿个叫小厨房熬些药膳补补身子。"

他的手搭在她不堪一握的腰间，声音更是低哑几分："说好的伺候孤，临到头还不是孤伺候的娇娇？"

唐灼灼小脑袋埋在他怀里不说话，片刻后霍裘将人拎出来一看，却发现人眼角挂着两颗金豆豆睡着了。

等第二日唐灼灼醒来的时候，身边的位置冰冷一片，屋子里燃尽的红烛都被撤下，袅袅的梨香依旧，混着早晨林间的泥土味儿，特别得很。

她才一动，浑身都疼得慌，像是被什么狠狠碾压过一样。

紫环听到动静，一掀珠帘进来，伺候着她起身洗漱，脸上的笑意看得唐灼灼有些不自然，一个没什么力道的眼风过去，紫环果然稍稍敛了笑容给她揉捏肩膀。

"娘娘，殿下才出去没一会儿，叫娘娘起了就好生用膳，他谈完了事情就来陪娘娘用午膳。"

唐灼灼身子微微一僵，从喉间轻轻哼了一声。

只是那神色还是一寸寸冷了下来，她又想起如今还在京都逍遥自在的王毅，虽然没了威猛将军的名号，但仗着早前唐府和宁远侯府的帮衬，照样过得如鱼得水。

唐灼灼的指甲深深地嵌入血肉里，揉了揉额心抿唇吩咐："去拿笔纸来。"

她虽然人不在京都，但王毅也别想活得太自在！

唐灼灼的身子还不大舒服，用过了早膳就将写好的信交给安夏，叫她派人送到唐玄武手里。

王毅还是做个碌碌无为的废将军为好。

屋子外头绿浪涛涛，燥热的空气经过山风的过滤，就只剩下纯粹的凉意混着泥土的清新味儿，唐灼灼坐在庭院里的小石桌旁，手里捧着一杯温热的茶水轻抿。

"等会儿将屋里的月季换了，我瞧着那丛白兰就挺招眼的。"

安夏自然就应了，而伺候在一旁的小丫鬟十足安静，默不作声就跑到屋里将失去了些光泽的月季换下来。

这宅子里的丫鬟都是从外边买下来的，也不知道唐灼灼是个什么身份，只知道里面住着的人都非富即贵，以为是西江的哪位管家老爷小姐。

唐灼灼漫不经心地敲打着桌面，十指纤纤牵动人心，又想起了瘟疫的事来。

怎么好巧不巧的就霍衷染上了？这瘟疫也没有在西江大规模暴发，仅仅几日之后就销声匿迹，明显是有人做的手脚。

这事儿，该如何提醒霍衷？

那男人一双眼睛能看破人心，她往往一句话说下来就已露了破绽，下面的话不消多说男人就已完全明白了她的意图。

可这事，会不会发生还是个未知数，就算还是会发生，她该怎么让霍衷提防着来？

若是问起她是如何知晓的，她又该怎么回答？

将发生在自己身上的事和盘托出？岂不荒谬至极？

真是头疼得很。

唐灼灼又抿了一口茶水，而后缓缓起身进屋瞧起了医书，治疗瘟疫的方子她还记着，只是配制的药草难找，特别是其中一味浮草，多生长在丛林之中，年份越高药效越好，就是皇宫里存着的都不多，更何况是这相对贫瘠的西江了。

空有药方而无法配成药，那也是白用功啊！

霍裘在前厅与柳韩江谈论完政事，后者思量再三还是摇着手里的羽扇抚着胡须斟酌着道："有句话，臣不知当不当说。"

霍裘斜斜地望他一眼，缓缓站起身来："你我之间，还有什么需要拐弯抹角的？"

柳韩江还是笑，只是神色严肃了几分，他将手里的扇子放在桌上，道："不知殿下可有深思过太子妃身上藏着的玄机？"

能够轻而易举解了太医束手无策的毒，又能悄无声息地摸到玲珑阁，甚至可以逼得太子出面，这还是世人眼里那个嚣张跋扈草包头脑的唐府嫡女吗？

单凭那神乎其技的针灸术，她就不可能仅仅只是唐府的幺女这么简单。

可调查出来，结果摆在了桌案上，的的确确是自小千娇百宠着被唐府众人捧在手心里的那个娇小姐。

柳韩江的话才问出来，霍裘的面色就寸寸冷了下来。

见状，柳韩江心里低叹一声，还是不得不开口道："殿下该知晓，如今正是紧要关头，任何隐患都存不得，更何况太子妃日日伴在殿下身边，臣等不得不多想啊！"

霍裘面对着窗口，窗外的场景一览无余尽收眼底，他眼中的情绪晦暗，半晌才道："孤心中有数，尔等放心便是。"

闻言，柳韩江温润一笑，拿上羽扇，又是一副潇洒俊逸的模样："殿下心里有底就好。"

等柳韩江走了，张德胜进来送茶，就见一向喜怒不形于色的主子爷失手打碎了桌上摆着的前朝玉瓶，心里顿时一咯噔，脸上的笑就更显得小心翼翼了。

　　这明明早上从悠曲阁出来还是带着笑的，怎么才一会儿不到的功夫就气成了这样？

　　"主子爷，娘娘方才叫人送了一封信到唐大人手中。"

　　霍裘看了地上那堆碎片几眼，才慢慢收回了手，漠然发问："信上写了什么？"

　　张德胜面色有些古怪，支支吾吾半天说不出个所以然来，直到霍裘不耐烦地一皱眉，才深吸一口气道："娘娘在信上写要唐大人帮忙，让王将军官复原职。"

　　官复原职，那就是四品的威猛将军！

　　霍裘抬了眸子，里面一片暗色，他闭了眸子缓缓地笑，笑容森冷无比。

　　"你说什么？"

　　他坐了片刻后陡然起身，张德胜从地上站起身来，顾不得拍膝盖上的灰就跟在后面，心里叫苦不迭。

　　这……这都是什么事啊！

　　等霍裘到悠曲阁的时候，心反而慢慢地静了下来，只是那股寒意弥漫周身，就连心头都微微泛疼。

　　唐灼灼是个什么人他再清楚不过，虽然这些时日变了许多，性子却是没有变的。

　　若说对自己无意，那么昨夜，那声声婉转娇哼又该怎么解释？

　　可若是她真对王毅念念不忘……

　　霍裘的面色顿时更沉了几分。

　　而等他到的时候，唐灼灼正在钻研医书，一双美目眨也不眨地盯着那图册上的浮草，牢牢记住它的样儿，准备明后日逛一次西江的药材铺，看看能不能找到一些留着备用。

若是真找到了，她也就不用担忧那劳什子瘟疫了。

或许是男人的存在感太强，唐灼灼抬眸，见是他来了，十分自然地放下了手里的医书，起身行到他身旁。

"还没到用午膳的点，殿下怎么就来了？"

原本是不经意的一问，听在霍裘眼里却让他莫名烦躁，这里所有的一切包括她人都是自己的，怎么来还得分时候？

"办完事情就来了，身子好些了？"

夜里直嚷嚷着疼，娇气得不得了的人现在笑意盈盈，如今这会儿站在他身侧婷婷袅袅的倒是文静温和得很。

唐灼灼抿了抿唇，一双湿漉漉的眸子里蕴了一层薄薄的媚色，伸出纤细小巧的小指勾了他吊在腰间的香囊。

"还是疼的，殿下倒真是半分不怜惜。"她委委屈屈的声音更为勾人，霍裘到底做不到无动于衷，将她抱了放到一旁的凳子上，沉声道："身子不舒服就不要乱跑。"

更不要再生出什么心思来。

唐灼灼觉出一些他的情绪来，倒也不怎么意外，她屋里的动静怎么可能瞒得过这男人的眼睛？

更何况是往京都送信这样的大事。

怀中的身子娇软，与昨日夜里的一般无二，甚至连声音也是又娇又糯的，霍裘垂眸一看，就见小女人捻了他的一缕墨发绕在指尖上："就在院子里走了走，没去旁的地方。"

她打量了一番霍裘的面色，见他眉宇间按捺着怒气好声好气地与自己说话，又觉得窝心，一股子说不清道不明的感觉悄悄散开，唐灼灼瘪了瘪嘴。都被气成这样了也不肯开口问她一句。

其实霍裘哪里是不问，明明是心有胆怯，两人争执的场景至今历历在目，他再不想回到那种时候。

可真正看到她的那一刻，他就下意识皱了眉头，觉出了些门道来。

"殿下今日有烦心事？眉心皱得这样紧。"她依旧笑靥如花，明晃晃的好生刺眼。

霍裘别过头去，淡然自若地回道："左不过是些朝堂上的琐事，看得孤头疼。"

唐灼灼身子娇小，此刻大半个身子靠在他胸膛上，霍裘斜斜地瞥她一眼，身体僵硬片刻，到底拿她没办法如了她的愿将她虚揽在怀里。

唐灼灼食指微凉，一点点蹭到他冷硬的脸庞上，最后按揉到他眉心处，低低地嘟囔："皱眉催人老，殿下可千万别老了去。"

霍裘一听，险些被气笑，这女人倒是真的什么都敢说。

不管是谁，哪个见了他不奉承太子殿下清贵绝伦，人中龙凤的？这么一次两次拐着弯嫌他的全天下只怕也只有怀里的这个娇气包了。

"老了就不招娇娇喜欢了？"他神色莫辨，抚了抚她黑顺的长发问。

唐灼灼放下了自己的手，笑道："殿下生得俊朗，说来还是妾占了便宜，就是日后老了定也不差的，和妾真是天造地设的一对儿。"

霍裘一怔，观她认真理论的模样，忍不住低低地发笑，心中的郁气顿时失了十之八九。

"就你最没脸没皮，什么话都说得出口。"

唐灼灼抬眸看他，正对上男人的犀利剑目。

"今日妾写了一封信给爹爹。"唐灼灼扯着他腰带上系着的香囊，凑到鼻尖一闻，顿时嫌弃地皱了皱眉头，将那香囊丢出老远。

"又在耍什么小脾气？"

霍裘抓过她一只柔若无骨的小手把玩，见了她动作也不动怒，只觉得这女人越发鲜活可爱了。

男人先前还阴云密布的脸在片刻之间如同变戏法一样好了起来，唐灼灼微微眯了眼睛，弯成了月牙形，像是想到什么，更加的肆无忌惮了。

"这香囊可是钟良娣绣的？与她殿里的香味一般无二，妾闻着就浑身不舒服。"

霍裘微微皱眉，摇头道："孤也不知。"

他素来不关心这些，都是下头人在负责。

唐灼灼的小脑袋点了点，桃花面上朱唇一点而红，唇瓣开开合合，声音如同黄鹂婉转多娇："殿下缺香囊的话妾这里多的是，殿下挂着特有气势。"

霍裘的胸膛低低震动几下，到底还是如了她的意道了声"好"。

唐灼灼的笑容淡了许多，抬头问他："殿下不好奇妾写给爹爹的信里都说了些什么吗？"

霍裘抱着她换了个姿势坐着，连眉头都没挑一下，顺着她的意再平常不过地"嗯"了一声。

唐灼灼不满地哼哼，与男人深邃的眸子对视着一字一句道："妾说要爹爹帮忙复了王毅的将军职位。"

霍裘笑着抚了她的眉眼："孤知道。"

这男人果然早就反应过来了！真是什么都瞒不过他的眼睛。

唐灼灼顿时泄了气，挫败地戳了戳他坚硬的胸膛，不满地嘀咕："殿下就不能给妾留些面子吗？"

屋里有一瞬间的安静，就连金炉里焚着的烟也袅然无言，只剩下她略不满的抱怨。

霍裴将下巴搁在她的发顶，目光幽深神色莫辨，剑眸眼尾如刀，片刻后低头沿着她精致的下颌打转，不置一词。

唐灼灼似嗔似怒望他一眼，边拨弄着指甲尖儿上的晶莹边出声道："还以为殿下是心疼妾这心尖尖儿来瞧瞧，原来殿下是来兴师问罪的。"

霍裴眼中滑过一丝浅淡的笑意，险些又着了她的道。

"为何不直接与孤说明白？"

他在她身上向来没有什么理智可言，若今日当真急火攻心而她又不说明，两人之间才缓和一些的局面岂不又遭冰封？

唐灼灼微微挣动手腕，从男人怀中落地起身，眉目精致如同画像中魅惑众生的妖精，此刻黛眉微皱："妾懒得很，那些子糟心的事也不大计较，可王毅将妾戏弄得团团转，自然是要给些教训的。"

至于为何叫他官复原职，想来这男人早就回过了味，也不需要她解释了。

反而是霍裴的反应，叫她有些拿捏不准。瞧不出不悦却也真真算不上是面色好看的。

就如此时，这男人斜卧着一脸慵懒的样子，也不知是信了她的话几分。

"殿下……"

她轻轻地唤，眼里坦坦荡荡随他打量。

霍裴心底的些微别扭之意慢慢地散了，他在唐灼灼身上向来小心眼得很，哪怕缓过味来知道唐灼灼的意思也总觉得心里不大舒坦。

他不想再从唐灼灼嘴里听到那人的名姓。

"娇娇是准备让他领兵驻守漠北？"霍裴的视线落到被她丢掷的那个香囊上，精致的锈面上已染了一层薄薄的灰。

唐灼灼才欲点头，就见他摇了摇头。

"漠北那边孤自有安排，王毅必须留在京城。"

死也要死在京都！

漠北虽然凶险，但山高皇帝远，他在那如何也没人知晓，虽然有生命危险，但也容易绝处逢生，这样的人，还是放在眼皮子底下折腾的好。

唐灼灼顿时皱眉不明白他是个什么想法，但也知道就算是自己不掺和进去霍裘也不会叫王毅好过，她心里叹了口气，还是点头应下了。

"殿下做主就是了。"

这偌大的宅子里很快就迎来了第一位登门的客人，正是被儿子拖带着倒霉的南平王朱辕和灰头土脸没什么精神的朱泸。

唐灼灼得到消息的时候正在拿着小剪子给庭院里的玫瑰修剪枝叶，闻言有些漫不经心地问："来赔罪的？"

张德胜奉了霍裘的命来请这位过去，岂料这位听了倒是淡定得很，就跟喝了一口水那样平常。

虽然这南平王世子没什么分量，但他老子南平王可是实打实的王爷，就是殿下也要给几分薄面的。

唐灼灼阖了眸子，轻轻地摆手，道："本宫身子不适，恐身上风寒染给王爷和世子，就不去了。"

张德胜瞠目结舌。

书房里，摆了一桌棋局，霍裘与南平王各执一方，一个锋芒毕露，一个沉稳有度，各有千秋。

张德胜进来弓着身子禀报："殿下，娘娘恐身上风寒染给王爷与世子，只说来日再与王爷叙旧赔罪。"

正在这时，霍裘手中的白子落下，一声细微的响动过后，他微微皱眉，冲张德胜摆了摆手，道："承让了。"

南平王微一凝神，再看棋盘上胜负已然分明，他搓了搓手朗笑不止："殿下棋艺无双，老臣甘拜下风。"

"王爷哪里的话。"

南平王性子耿直，当下也不觉得丢人，拉过朱泸就道："实不相瞒殿下，这小子臣已用了家法教训，至于那小妾和周家，与我南平王府没半点干系。"

耿直归耿直，该撇清的一样不少，没必要为一个空有颜色的小妾和更没有眼力的商户人家把自己拖下水。

还是这么微妙的时刻。

朱泸心里恨得要死，周沁那梨花带雨的模样仍时时在脑海里浮现，他浪荡这么些年，好不容易遇着一个可心的女人，竟要以这样屈辱的方式被逼着将人家赶出了府，传到京都，他堂堂世子爷不要脸面了吗？

他死死地捏着拳头，面上的笑僵硬得很，再没有那副翩翩佳公子的温润模样。

唐灼灼那个女人，可千万不要落在他南平王府的手上，否则定叫她一一还来！

霍裘常年习武，对戾气敏感得很，当下就死死地皱了眉头，对着南平王道："既然王爷这么说了，孤自然不好再追究下去，此事就此揭过。"

南平王这才松了一口气，也知道霍裘是因为这事在警告南平王府，临走前还是忍不住道："殿下若是需要，南平王府上下任由殿下调遣。"

霍裘等的也正是这么一句话。

回去的路上，朱泸瞧着这阴森森的宅子，心里气得要命，道：

"爹，此事原本就不是我们的错！"

南平王脚下生风，闻言面色都没变一下，只是象征性地一问："何以见得？"

"那周建是好色不假，可哪有后妃随着一同远下地方的道理？"

就是太子妃也不行！

"而且从京都打探到的消息是太子妃入庙祈福，可见唐灼灼见不得光，咱们完全没必要来这一趟！"

只要拿捏住这个事情，太子也要忌惮三分啊！

南平王脸色阴沉，胡子一翘一翘的简直不想看自己蠢得没救的嫡子，直到上了马车才沉声怒喝："蠢货！"

朱泸被骂得一愣，刚要还嘴，就听南平王抚着青黑的胡楂道："你都想得到的谁还想不到？"

"你以为这西江是个风景优美美人众多的好地方？多少双眼睛盯着这里你知道吗？个个都夹着尾巴老实做人，就说与你一起厮混的那个小侯爷，这些天还蹦跶吗？人家不比你精多了？"

朱泸精神一振，细细想想这几天西江不正常的地方一点点浮上心头，他迟疑地皱眉："这都是因为太子来了西江？"

别的他不知道，可年初的时候，六皇子和三皇子接连到了西江，也没见他老子提过半句，该吃吃该喝喝一切再正常不过。

南平王简直不想再看他一眼，直直地叹气："王府落在你手里，早晚要完！"

"你莫非真以为皇位上那个老的不行了？"南平王刻意压低了声音，胡子一翘一翘的，人看起来莫名喜感，可说出的话却叫人不寒而栗。

朱泸一愣，随后险些惊得跳起来，他声音沙哑得很，又惊又惧："您是说陛下也来了？"

南平王累极，彻底不想搭理自己这个智商堪忧的独苗。

而与此同时，安夏看着悠闲地修剪花枝的唐灼灼有些担忧，跟在后面不解地问："娘娘，这下南平王都知晓您出宫了，若是再被人发现了可怎么办？"

唐灼灼手下的动作不停，随手剪下一朵开得正好的月季，瞧着颜色正好，就放到紫环手中的花篮里，道："太子殿下都不着急的事儿，咱们急什么？这花儿不错，等会儿多剪几朵带去西边的厢房里。"

这宅子里的生活太过枯燥，男人又没什么空，她就只好同叶氏去喝喝茶研究一下口脂，消磨一点时间也顺带着打探一下消息。

她对柳韩江一家，可一直都是好奇心满满的。

这宅子极大，说是东西两边，却能算得上是两个宅子，泾渭分明。

唐灼灼带着丫鬟到的时候，叶氏已经在石桌旁候着了，就连柳潇潇也是一副乖巧得不行的模样。

"请娘娘安。"柳潇潇随着叶氏一起福了福身，脆生生地道，唐灼灼莞尔，摸了摸她头上的两个小辫子，眉目柔和不少。

"夫人在这住着可还习惯？"

叶氏有些腼腆地笑，拉过柳潇潇的小肥手擦了擦，道："一切都好，娘娘费心了。"

唐灼灼捧过桌上的清茶抿了一口，动作稍稍滞塞一下，眼底流转着诡异的光。

"这是什么茶？味道与旁的都不大一样。"她面上笑意依旧，只是捧着杯子的手指有些发白，昭示了她心底的情绪波动。

叶氏笑得温婉，月白色的衣裳正衬得她如水一般柔和，她揭了茶盖，看着里面浮沉的怪异茶叶，抿唇道："娘娘好眼力，这茶是用特殊的方法制成，长期喝着可调理身子，内补不足。"

唐灼灼的表情一时之间有些微妙，却听叶氏接着道："京都是没有这种茶的，妾制茶的法子也是从家师那里学到的。"

叶氏的目光太过温和澄澈，唐灼灼揉了揉眉心，不知该如何开口。

这茶她喝过太多次了，她原本活不过二十岁的身子就是靠着这么些药材东西一点点调补回来的。

叶氏抿了一口手中的清茶，眼角眉梢都带了笑："家师最擅用针灸之术，也擅制茶，只是说我性子软弱，怎么也不肯将针灸救人之术传授于我。"

唐灼灼眼里的暗色一闪而过，也跟着轻笑，知晓叶氏说这番话的目的就是在试探她。

感受到叶氏话里浓浓的无奈，唐灼灼也跟着喝了一口茶心里浅叹一声，江涧西的性子摆在那里，说不教就不教，如同那时候她软磨硬泡着要学制茶一样，他一句性子不够沉稳就将自己打发了。

不过她和叶氏倒的确是截然不同的性子。

"那日听夫君说起娘娘神乎其技的针灸术，臣妇就在心底想，是不是该唤娘娘一声师妹。"

叶氏的声音轻缓有余，但一字一句清晰得很，说完了才抬眸看唐灼灼。

唐灼灼深深地吸了一口气，无奈地垂了眸子，浅浅品了一口熟悉的味道，才翕动着唇瓣道："早听他说过师姐蕙质兰心极为聪慧，如今才知他所言不虚。"

这个他是指谁，两人皆是心知肚明。

于是原本打算的研磨口脂也没能如愿，唐灼灼倒是拉着叶氏辩了一下午的医书，而后慢慢绘出了那浮草的样子，总算没有白跑一趟。

而有了这么一层身份，叶氏与唐灼灼之间的交流也放松了不少。

晚间回了悠曲阁，唐灼灼面上仍带着浅淡的笑意，躺在摇椅上瞧着外面的星空纳凉，嘴里咿咿呀呀地哼唱着不知名的小曲儿。

霍裘和柳韩江都出了宅子，叶氏带着果酒来寻她，两人倒是喝了个畅快，直到夜深，才各自回屋睡下。

唐灼灼直睡到第二日日上竿头才翻了个身迷迷糊糊地醒过来，刚一睁开眼睛，就见到男人背影挺直如松坐在桌案前，浅风微拂，她眨了眨眼。

霍裘听了动静也不抬头，一张俊脸绷得紧紧的，眉头一刻也不放松。

唐灼灼被丫鬟伺候着更了衣洗漱，等早膳端上来的时候还是迷迷糊糊的头晕，掩唇打了个哈欠走到霍裘身边，也不说话，就搬了把软凳坐在他左手一侧。

霍裘翻看书页的速度越来越慢，到底是被这小东西搅乱了心思。

"还敢喝……"他刚抬了眼低喝，话才说到一半，就被唐灼灼勾了腰身蹭了过来，女人身子柔若无骨，自知做错了事，小脑袋趴在他肩头猫儿似的哼哼。

霍裘眉心一跳，狠狠地吸了一口气。

又来这么一套！

偏偏太子殿下对此束手无策，身子僵了片刻后伸手揉了揉她光洁的额心："现在遭罪头疼了？"

唐灼灼点了点头，样子比西子捧心还要虚弱几分。

霍裘望着她这般模样，一口气卡在喉咙口发不出来，沉吟片刻后道："那今日就不带你去拍卖行了。"

果然，肩上的小脑袋顿时动了动，下一刻女人就来了精神，一双湿漉漉的杏眸看得他心动不已。

"殿下，妾要去的。"

"去了妾的身体就会很好很好的。"

英明神武的太子殿下不是第一次见识到她的变脸功夫，却仍是险些被气笑了。

这般耍无赖的模样，哪有半点母仪之风？偏偏将自己拿捏得死死的，一颗心全放在了她的身上。

唐灼灼在他瞧不见的地方眼眸骤亮，如同两颗炙热的小太阳，若是霍衾不提起，她险些就要忘了有这么一回事了。

西江只有一个拍卖场，一月一拍卖，里头尽是一些前朝古董玩物，真与假全靠运气和眼力，常人捡了漏一夜暴富的也不是没有。

在唐灼灼的梦中，就是这么一个拍卖行，这时候拍出了一个不甚起眼的木簪，这木簪里面的木芯历经千年，可镇头疼，延年益寿，祛毒养身，就是琼元帝手里也只有那么一小块，其珍贵程度可见一斑。

拍卖场

七月中，天正热，太子殿下一脸冷肃登上了马车，张德胜和全安伺候在左右，沿着西江护城河的方向出发，准备前往那最热闹的拍卖场。

　　马车里，唐灼灼蒙了面纱，换了身素淡的淡青色绣木槿的长裙，眉心下方贴着红莲样式的花钿，倒是显得她眉眼越发的精致了。

　　霍裘淡淡地扫了那红莲几眼，唐灼灼以为他好奇女儿家的玩意儿，就笑着凑近了问："妾选了好久才选了这个样式，瞧着显眼，殿下可喜欢？"

　　她玉白的小脸凑近，霍裘的目光却落在她殷红的唇珠上头了，他的喉结上下一动，剑目浓深，毫不留情地揭了她额心上的红莲花钿，道："无须外物，娇娇已是美极。"

　　撕了她精心挑选的花钿，若是再不说好话哄着，这娇气包又得一顿闹腾。

　　唐灼灼先是觉得眉心一凉，反应过来后脸上顿时没了笑意，孩子气样地直哼，样子倒是格外的可爱。

　　"等到了拍卖场，不得乱走动，不得与外男说话。"霍裘放下手里把玩的玉葫芦，正色告诫，尤其是"外男"两字咬得格外的重，就为了让这女人长些记性。

　　唐灼灼美目光华流转，没骨头一样地靠在男人肩头，带起阵阵香风，她勾着声音道："妾都听爷的。"

　　这一声爷让霍裘眼里顿时现出了炙热的火光，若不是顾忌着马车里行动不便，非要勾了这胆大包天的家伙收拾一顿不可。

可怜太子殿下情窦初开就撞上了唐灼灼这么个不省心的妖精，哪里是对手？尝过了她的冷淡漠然之后，如今败在她每一个眼神和字眼里，且还心甘情愿得很。

唐灼灼见男人没有反应，稍稍离远了一些，眼里狡黠的光一闪而过，也并没有错过霍裘微红的耳根。

啧，真难得见到太子殿下难为情的羞涩模样。

等真正到了拍卖场，唐灼灼才知道自己低估了世人对古物的热爱或者说是存着捡漏之心的人太多。

因为距离拍卖会开始还有些时间，下面无甚遮掩的普通座椅上座无虚席人声鼎沸，楼上的包间里却是静悄悄的安静得有些诡异。

唐灼灼抬眸一看，就知道坐在这些包间里的人才是今日的重头戏。

穿着肃整的小厮上前将他们迎上楼上的里层包间，霍裘的神色没有半分波澜，只是换了一身白色勾银线的衣裳，整个人的气质就发生了翻天覆地的变化，这样一瞧，倒真像是一个玉树临风的富家公子爷。

他们来得低调，身边也没有太多的人伺候，自然就没引起什么人的注意。

唐灼灼亦步亦趋地跟在霍裘身后，轻薄的面纱也挡不住眉眼间的风情，倒是叫不少坐在下面的男人眼前一亮。

不过看这样子，这样的美人儿已经有主了。

包间前面是一块木格窗子，透过木格，他们可以清楚地看到展示台上摆放的物品，外面的人却只能瞧到深深浅浅的木板。

而在他们不远处的包间里，南平王喝得微醺，朱泸眼尖，见了霍裘一行人急忙用手肘碰了碰自己的老爹，道："父王快看，太子殿下也来了。"

话音刚落，又见到了熟悉的窈窕身影，顿时沉了脸。

这太子倒也真是稀罕这么个女人，走到哪里都带着，当宝贝一样的，叫人看着就碍眼。

南平王倒是见怪不怪，抬了抬眼醉醺醺地打了个嗝，道："咱们只管拍到那柄剑，旁的不会跟他们碰上。"

至于谁能抢到，那就各凭本事了！

男人在太师椅上坐得笔直，唐灼灼就霸占了那张摇椅，她身子躺上去，摇椅就轻微地嘎吱嘎吱地响，屋子里摆了冰盆，清凉惬意得很。

唐灼灼的身子轻微地晃，美目微闭时不时抬眸望一下坐得端正的男人。

他既然来了这里肯定是有了中意的物件。

这拍卖会还有什么旁的宝物让这男人能看得上眼？

等小眯了一会儿，原本喧闹不已的拍卖场突然安静下来，唐灼灼纤长的睫毛颤动几下，施施然睁开了双眼，果不其然，拍卖会的人带着十几个蒙了黑布的箱子走上了巨大的圆形桌，身边俨然全是镖行的人，极有气势地站了一排。

开场的话大家都听得腻了，面上虽然附和着笑，但目光都一致地落在那十几个黑箱子上面不动声色地打量。

唐灼灼从摇椅上半坐起身子，偏头问一身白衣气宇轩昂的男人："殿下今日为何而来？"

霍裘的目光悠然，剑眸极具威严，沉沉地吐出几个字："看热闹。"

唐灼灼显然是不信的，这男人向来无事不登三宝殿，若是没有能吸引他的东西，他断然不可能过来的。

　　像是看出了她的心思，霍裘搁了手中的笔，倏尔一笑，端的是一副惊才俊逸的公子样儿。

　　"不信？"

　　唐灼灼轻微颔首，见男人打定主意不说，身子又懒懒地躺下去半截，就在这时，拍卖行的老大也终于把漂亮话说尽了。

　　随着他最后的话音落下，唐灼灼能清楚地看到无数人悄然坐直了身体，目光都跟着火热了几分。

　　"殿下既说无中意的物件儿，就别怨妾到时候抢了您的东西了。"唐灼灼说得轻快，同时给男人支了个底。

　　底下拍卖行的老大一声令下，镖局的人就揭开了第一个箱子上的黑布，唐灼灼美目一凝，见到是一个前朝的玉瓶时就了无兴趣地别开了眼睛。

　　她的反应太过真实，脸上的表情变幻被霍裘一丝不落地瞧在了眼里，忍不住轻笑了一声，也就随着她去了。

　　直到前面六个箱子都开了也没有瞧到那根木簪，唐灼灼有些急了。

　　眼看着镖局的人开了第七个箱子，里面放的是一个不甚起眼的瓶子，瓶子里置了三两颗颜色晶莹剔透的珠子丹丸一样的东西，唐灼灼凝神细看片刻，再抬眸时杏瞳里已含了深深浅浅的笑意。

　　与此同时，下面负责解说的拍卖场负责人抚着胡须大声道："此箱里正是丹药三枚，乃是解蛊圣手江涧西所制的养身丸，可调养内息，舒筋畅络，对女子身体尤有益处，竞价为五十两金子！"

　　随着他话音一落，底下的人躁动片刻，面面相觑一会儿后真正出手的人并不多，其实也不难理解，江涧西的养身丸虽然好，但五十两的价格也摆在那里，普通人家确实有些难以承受。

　　而观察一圈，唐灼灼也发现至今为止，包间里的人还未出过手，这就意味着他们在乎的东西还没有出来，一个个都铆足劲等着拼财力呢。

唐灼灼的目光在那小玉瓶上停留一会儿，而后又滑了过去，这东西她吃了不少，江涧西炒豆子一样地炼出来，她当糖豆吃，自然就没什么兴趣了。

那拍卖行的人摆了摆手，又从袖袍里拿出一支木头簪子，放在了那丹药旁，道："这簪子虽然看着平淡无奇，但场内的鉴定师认为算得上是一件奇物，簪身散发的香气淡而不俗，可静心气，女子用再好不过，今日就随着这丹药一并送出去了！"

底下顿时嗤笑连连，一根破木头簪子，回去送给小妾都拿不出手。

唐灼灼的目光凝在那木簪上，眉心狠狠地一跳。

她几乎可以确定，这簪子里面就藏着千年木芯，这东西，她怎么也要买回来！

就在她扭头想开口的同时，霍裘的目光在她巴掌大的小脸上滑过，吩咐全安道："买下来。"

这女人接连几场病下来，瘦得不像话，他时常看着就揪心，合该好好补补。

唐灼灼挽了挽鬓边的黑发，一时之间不知道该说些什么，他的目光炙热灼得她心尖都有些发烫，片刻后抿唇："妾看上那支木簪子了。"

霍裘剑眉微挑，微微颔首。

他自然能看出来。

那丹药拿出来的时候，她的目光再平淡不过，可那木簪一出来，她就直了眼神。

那个木簪里又藏着什么不为人知的玄机？

全安很快就到了下面，随意坐了一个空着的座椅，喊了一百两的价。

唐灼灼从摇椅上起身，透过木格看外面的情形。一百两的价格不算低了，不少人都已经歇了心思，那拍卖行的人刚要落锤，就听到地字包间传来竞价声。

"五百两！"

全场哗然。

唐灼灼美目微眯，纤手拢在袖下，一时之间不知道那人是个什么意思。

为了那几颗丹药？还是和她一样为了簪子？

五百两对于西江本地的富商来说都不算是个小数目了，来人如此豪掷一注，瞧起来是势在必得了。

霍裘望了一眼女人纤细的背影，随口一句吩咐下去："继续跟。"

全安得了命令，自然不怕那许多，直接出了七百两的价。

对面的包间里沉默一会儿，出了一千两的价格！

许多人都看出些苗头来，要么就是这丹药另有妙用，要么就是两家有仇。

哪有这样竞价的？动辄几百两地往上抬，谁能吃得消？

原来还有些想法的人见了这架势都纷纷歇了心思，一本正经地看戏。

唐灼灼的目光转向对面的地字号包间，眼里燃着炙热的火光，不管如何，今日这木簪她一定要拿到手！

全安坐在下面吸引了不少人的目光但仍旧不动如山，对他来说，殿下的命令就是一切。

而在所有人眼里财大气粗的地字包间里，南平王暴跳如雷，指着朱泸气得要命："逆子！王府的财产就是这么让你败的？"

朱泸抿唇，执拗地别过头不说话，憋着一口气心里梗得要命，唐灼灼那女人是要用那丹药吊命不成这么个抢法！按理说霍裘东宫里的养生圣药比这宝贵的也不是没有，也犯不着再出手啊。

　　南平王气得胡子一翘一翘的，虎目瞪得老大，在包间里来回地走动，真是恨铁不成钢。

　　而唐灼灼心里也不好受，东西没拿在手里到底怕在眼皮子底下飞了，她站到男人跟前秋眸如水，抿唇问他意见："殿下，咱们还要继续跟吗？"

　　霍裘低头，看着她乌黑的发旋，目光旋即落到她松散绾起的青丝上，眼底浅有笑意："娇娇的颜色与玉簪相配。"

　　这就是不打算抢了的意思？

　　唐灼灼紧了紧手心里的帕子，别过头低声道："可妾着实喜欢那簪子，就当妾借殿下的钱买下，等……等回东宫了再还给殿下可好？"

　　不说旁的，花个几千两为买一支木簪的确叫人有些难以接受。就是她知道原委，也不好意思要求霍裘买下。

　　霍裘听她说完良久不置一词，褐色的眼瞳里酝酿着一汪三九天里的冰水，只是伸出长指撩了撩她耳边的头发。

　　唐灼灼不知道他是个什么意思，再一望场下时，全安不知何时站起了身，报出了四千两的价。

　　全场静悄悄的没什么人出声，这里不比京都繁盛，四千两已是天价，有这闲钱去置办十几个宅子都好，没必要为了几颗养身丸破了财。

　　而对面那家地字号也终于偃旗息鼓，不再出价。

　　朱泸坐在椅子上泄了气，由着南平王冷嘲热讽也不作声。

　　他和唐灼灼不同，王府再多的积蓄也不是这么败的。

等全安捧着那丹药和簪子送到唐灼灼手里，后者脸上的笑意遮也遮不住，盈盈秋水眸里媚意如丝如缕，抚着那簪子爱不释手。

木簪表面打磨得光滑呈乌黑的木色，簪头刻着几朵栩栩如生的兰花，姿态鲜活十分惹眼。

可这样的簪子，在普通的镇上也只能卖到几两的价格，几千两砸下去倒的确是亏狠了。

唐灼灼拿着簪子把玩片刻，而后轻咦一声，鼻尖凑到簪身上轻嗅，果然传出一股奇异的清香。

她飞快地低头敛下眉目间藏不住的笑意，而后扯了扯男人素白的衣袖，道："殿下闻闻看，真有一股沉香。"

霍裘似笑非笑瞥了她一眼，顺着她的话轻"嗯"一声，以为她就喜欢这样的新奇玩意。

唐灼灼纤细的小拇指微不可见地抖了抖，定了定心神对安夏道："去拿刀来。"

霍裘来了些兴趣，目光在那簪子上停留一会儿，问："你怀疑这里面有东西？"

唐灼灼点头，一张芙蓉面因为兴奋而染上了一层霞红，比落日映红的云朵都娇软几分，霍裘的喉结微动，目光落在了她纤细的腰肢上。

真要说起娇软，那日夜里的滋味才叫人食髓知味。

"妾曾在一本古书里看过，凡木有异香，皆非凡品，这簪子外表油滑而内里馨香，里面定有好东西，说不定殿下这桩买卖还赚了。"

若真是千年木芯，赚得又何止一点两点？那可是无价之物！

唐灼灼满心满眼都是簪子里面的木芯，等那把沉重小巧的匕首到了手里才犯了难不知从哪处下手。

她转过身朝着男人眨了眨眼睛，张德胜和全安皆是别过脸去不敢再看，但心里都知道，太子妃撒娇，殿下多半是顶不住的。

　　霍裘抿了抿杯中茶水，面上现出一抹笑意，声音如同绷得极紧的弦："想央孤动手？"

　　"木头那样硬，妾若是动手磨出水泡来了，殿下还不心疼？"

　　霍裘登时皱眉，一想起那样的场景，当真是心疼的。

　　镶着宝石的匕首在男人手里格外的温顺听话，她都还没好好看个清楚，那木簪外层的木衣就化为木屑落在桌案上，唐灼灼不敢眨眼，心底的兴奋不言而喻，她从未见过这等神物呢。

　　直到最后，外面青黑的颜色完全消失不见，露出了里面娇嫩的木芯，泛出点微微的亮黄色，奇异的清香扑面而来，很快盖过了包间里的熏香。

　　霍裘将那木芯放在手指尖把玩细看，片刻后神色晦暗，望向身侧面颊微红的女人："千年木芯？"

　　唐灼灼眼眸里像是进驻了太阳的光亮，拽着霍裘的衣袖直晃，道："正是，原先妾还不敢确认，如今却是笃定无疑了！"

　　霍裘在琼元帝身上见过此物，但天底下被发现的也就那么一块儿，这第二块竟是被她误打误撞捡了漏。

　　这小娇气包，运气倒挺好。

　　唐灼灼笑得眯了眼睛，只露出两块月牙儿的形状，自认为功德圆满，又躺回她那张摇椅上，嘎吱嘎吱摇得欢畅。

　　霍裘将那一小块木芯置在桌案上，此时整个包间都充斥着清新的草木香，他走到躺椅边，看着外面热闹的拍卖进行得如火如荼，道："这木芯你留在身边温养身子，好生保管着。"

　　唐灼灼小小的一团缩在躺椅上，听了男人的话直摇头。

　　"妾带在身上也没什么用。"她顿了顿，继续道，"殿下留着才是好处多多，木芯可助强身健体更可避毒避祸，殿下才解了蛊毒更需要好生将养着。"

这小东西说起话来一套一套的，明明自己才是喝起药来还要耍小性子的人，还要他好生将养着。但心里是另一般滋味，她身子多弱自己也当有数，面对着这样的诱惑，头一个想到的竟然是自己。霍裘缓缓地转了转玉扳指，也不知道心里是个什么滋味，酸胀得心尖发烫，只恨不得将她揉成一团搓到身体里去才好。

"再说殿下若是用不着，可将这木芯雕成别致的物件儿，九月里父皇寿辰，献上去定会力压众人！"

她口口声声都是为他着想，一双潋滟的水眸倒映出他的影子，霍裘有些狼狈地背过身去，喉结上下滚动一圈，低哑地威胁："再不安分，晚间定叫你好看。"

唐灼灼一愣，索性揭了面上的那层薄纱，将精致的小脸凑到他跟前，笑得如同得了甜头的狐狸："妾替殿下解了一桩心事，殿下也不带夸夸妾的？"

"娇娇甚为聪慧，孤总算没白养着。"他见了唐灼灼巴巴地讨夸，嘴角一掀，还是如了她的愿。

九月帝王大寿，这也确实算是他的一桩心事。

唐灼灼从善如流地接过他的话，揉了揉有些发痒的鼻尖，道："可不是？妾瞧着殿下书房里的那块端砚不错，可要赏了给妾？"

霍裘顿时失笑："孤的东西有什么是娇娇顺不走的？"

唐灼灼轻嗤，对这些物件嗤之以鼻："莫说只是些稀罕物件了，就连殿下的人不也给妾勾过来了？"

身后的安夏低着头看着自己的脚尖不敢出声，也就是殿下能这么纵着主子胡闹了，若是旁人，哪能听得这样放肆的话？

偏偏丰神俊朗的太子殿下就受用她这得理不饶人的小模样，连

245

连低笑，揉了揉她乌黑的头发，道："这般不矜持？"

"娇娇看外面，好戏就要开始了。"

唐灼灼依言一望，那最后一个压轴的黑箱被慢慢地揭开了幕布，露出一柄被妥善放置的剑，隔了这样远的距离，唐灼灼还是险些被那剑身的光亮刺了眼睛。

"这是……"

霍裘笑而不语，唐灼灼低头思索片刻，而后低喃道："这……是原漠北侯身上的佩剑？"

先漠北侯原垣一死，漠北大乱，而那柄染着无数蛮夷人鲜血的宝剑下落不明，眼看漠北战事在即，琼元帝不过闲时一提，这剑就名声大噪，几股势力都在暗中搜寻，没想到这时候现了身。

不消多说，寻这剑的人自然都是为了在九月帝王生辰上拔得头筹。

只可惜了这剑……才现出锋芒又被尘封地里，唐灼灼记着这剑在梦中是随着琼元帝一同陪葬的。

唐灼灼脑子里忽然有东西一晃而过，再想去细细琢磨的时候又有些恍惚了。

霍裘见她冥思苦想半天也没想出这剑的名字，长指微敲，拿帕子细细地擦了她手背上沾着的木屑，低叹道："剑名鹰泉。"

男人的声音暗含一丝无奈溺宠，一袭白袍青丝，黑与白的对撞尤为强烈，如同一副笔墨浓重的泼墨山水画。

唐灼灼的杏眸眯成两片弯月牙，两条玉臂松松地揽了霍裘的脖颈，丝毫不怕他冷厉的眉眼，霍裘没了法子，抱小孩一样将他的娇气包抱好，也不嫌丢人，只是哑着嗓子在她耳边警告："越发没有规矩了，大庭广众的成何样子？"

唐灼灼将脑袋往他胸口一埋，霍裘身体陡然一僵，剩下训诫的话都藏在了喉咙口。

这男人满嘴的大道理，嘴上再怎么说不也好好地抱着她了？

娇气包自觉得意，也就这样吊在他身上专心看外边的热闹了。

与唐灼灼所料不差，几乎每个包间的人都开始抬价，一抬就是几千两，丝毫不觉得心疼的心态。

因为所有人都心知肚明，一旦此物献上去得了帝王青睐，得到的好处不是这区区万两之事可以比拟的。

加官晋爵都不成问题，这也正是他们的目的。

男人的心跳逐渐加快，一声一声隔着轻薄的衣物传到唐灼灼胸口处，身体和血液里就突然有了两种声音，唐灼灼水眸含雾，问："殿下不打算抢下吗？"

霍裘盯着外面的动静，听着一声高过一声的竞价，神色没有半分波动，甚至勾起嘲讽的弧度："都说是来瞧热闹的，自然不打算争的。"

唐灼灼小脑袋一扭，就当没听到。

所以太子殿下顶着七月的大太阳特意带她出来遛弯的吗？

她的眼神往四周转了一圈，最后凑到男人耳边吐气如兰，眼里全是璀璨的星光："那殿下为何心跳得这么快？"

这人分明就是心动了，还死不承认！

霍裘似笑非笑地将她往上掂了掂，声音醇厚如古筝低鸣："娇娇在怀，孤身为男人岂有坐怀不乱之理？"

唐灼灼登时挣扎着要下地，却被他揉着后腰的一处研磨，她的挣扎瞬间软了下来，微微咬着下唇不吟出声来，对上霍裘意味深长的眼神时更是羞愤欲死。

霍裘自己也不好受，只要被她近了身就没个安生，更别提她现在软成一滩春水媚色撩人的小模样，忍得也真是辛苦。

他坐上那张摇椅，两个人的重量使椅子的嘎吱声大了许多，唐灼灼哼着咬上他的肩头，霍裘也不去看她，包间里彻底安静下来，外面的声音就越发的清晰了。

那柄鹰泉已经被抬到了九千两的价格，唐灼灼有些意外，挑了挑眉头问霍裘的意见："殿下认为这剑会以什么价格被收走？"

霍裘紧紧抿唇，捉了她随处乱摸乱蹭的小手，不甚在意地答："五万两。"

唐灼灼瞳孔微缩，面上的盈盈笑意也挂不住了，伸出五只纤细手指在他跟前晃。

"五万两？可现在八千两已经没什么人在竞价了……"男人的话向来不是无的放矢，唐灼灼蹙眉不解。

霍裘冷冷嗤笑一声，目光直直地望向他们正对面的包间。

而此时的南平王搓了搓手，有些坐立难安，险些破口大骂出声："安道侯那个花花肠子何时跟着来了西江？为何没人与本王禀报一声？一上来就开这样大的口，这是要与本王撕破脸皮吗？"

朱泸放下杯子叹了一口气，劝："父王，人家明明是有备而来，您就坐下好好出价吧！"

这西江藏了多少人暂且不知道，对鹰泉剑虎视眈眈的又何止安道侯一个？明着来倒还好，就怕藏在暗地里不露名姓的，才最为致命。

只怕就连太子殿下，也是为了这剑而来的。

这剑的价格最终停在了两万两，唐灼灼抬眸望向霍裘，后者仍是一副气定神闲的模样，她忍不住开口："殿下方才还说五万来着，这下子瞧到了吧？"

霍裘终于掀了眼皮，月白的广袖闪着细碎的银光，他斜睨怀中女人一眼，不以为然轻"嗯"了一声，而后摆摆手吩咐全安："出价三万两，拍下来。"

言简意赅的一句话让唐灼灼和全安面面相觑，后者躬身领了命令出了包间，唐灼灼急了。

"殿下，怎么一开口就抬了一万？"

"不这样，怎么抬到五万？"

霍裘气定神闲，面上隐有薄怒，抚了抚唐灼灼眼角旁的花，道："你不是一向不喜欢南平王世子？"

"朱泸也来了？"唐灼灼想起那人的嘴脸就要皱眉。

"不然娇娇认为南平王为何突至西江？"霍裘反问一句，点到为止。

唐灼灼蓦地就回过了神来，连带着小眼神都变了味："方才与我抬价的就是那个草包？"

细细想来也对，除了那么个损人不利己的蠢货，谁会花大几千两买几粒养身丸？

霍裘浓黑的眸子里顿时现出笑意，爱极了她这爱恨分明的性子。

三万两的价格一出，偌大的拍卖场上静悄悄的，许多人都以为是自己听错了。

虽然西江风起云涌，本地人大多却没什么察觉，坐在这里的富商大多全身身家都没有三万两，自然是被这个数字猝不及防吓了一下。

可也有心思灵敏的回过神来，当机立断地放弃了竞价。商人重利，可也要看是什么情况，他们个个都是人精，自然拎得清情况。

这样的物件，就算是倾全身家当买了下来，也护不住的，说不得还要为此丢了性命，得不偿失。

不值得！

就让上面包间里的神仙打架去吧，他们再观望观望别的东西。

就当是出门看个热闹开个眼界了。

可就是上面一排包间里的人都被这个数字震了震，好半晌没人出声。

直到下边拍卖行的人满脸红光最后询问的时候，唐灼灼对面的那个地字包间才传出来报价声。

"四万五千两！"

南平王站在包间里怄得要命，不过是一把破剑染了漠北蛮夷人的血罢了，哪里值这样高的价！

若是往常，这样的剑摆在他跟前他还嫌腥味重了，如今倒要掏小半个家底来买，心里的滋味难以言说，一张枣红色的脸隐隐发青，就是朱泸也狠狠地皱眉，道："父王，这殿下是什么意思？也瞧上这柄剑了？"

若是他往常问这个问题还好，可偏偏是这个时候，南平王心里的郁气难泄，看着他就来气，险些破口大骂出声。

"蠢货！今日来这里的有几个不是冲着这柄剑来的？你以为太子特意来买瓶丹丸养身吃茶的啊？我怎么就有你这么蠢的后辈子孙！"南平王说到最后重重地叹气，真觉得王府的未来堪忧。

朱泸被骂习惯了也不觉得什么，只是皱眉问出心底的疑惑："这剑真的这么重要？皇上随口一提的，说不定也没当真。"

这话不无道理，帝王喜怒不形于色，真真假假假假真真，真正喜欢的东西往往没人琢磨得透，他们何必就因为这么一句话大动干戈，甚至不远千里前来西江？

朱泸百思不得其解。

南平王抓过一旁的茶盏喝了几口润润喉咙，指着斜对面最不起眼的那个角落冷笑："皇上接二连三提起，又是这么个紧要关头，谁不明白是什么意思？这剑再珍贵不过是因为它承了漠北侯的意志，这是又要起战乱了啊！"

朱泸蓦地睁大了眸子。他的嗓子突然有些干哑，道："那……那拿了这剑做什么？"

上战场吗？

"不过是向皇上一展我南平王府的立场和决心，近些年来，陛下是越来越冷落咱们了。"

南平王的眼神有些幽深，而后低叹道："拿了这剑向皇上请旨前往漠北，就算我死了王府也得一世平安荣华，就是不允，至少给陛下留个好印象。"

朱泸霍地站起身来，失声道："您要请旨出战？"

南平王幽幽地瞥他一眼，沉声低喝："放心，这天乱不了。"

漠北与蛮夷摩擦不断，但都是些小打小闹，且听着前边传来的消息，漠北王室尚有联姻之向，这仗是打不起来的。

正是因为这样，这剑才必须拿到手。

没有风险又能一表忠心，多好的机会啊。

朱泸这时才缓过神来，顺着南平王手指的方向看向那最小的一个包间，问："这里头的人从头到尾都没有露面，父王看出什么端倪来了？"

南平王冷笑一声，看着朱泸的眼神里都带着刀子，一抚袖袍，道："除了你那个好兄弟王毅，还能是谁？"

朱泸想都没想，下意识地反驳："不可能，王毅被革了朝中职务，与宁远侯府嫡次女的婚事也将近，怎么会来西江？"

南平王收回目光，转而望向他们正对面的包间，冷哼一声："再和这些狐朋狗友联络，老子打断你的腿。"

朱泸的眉心狠狠一皱，刚要说话，就被南平王截住了，他道：

"王毅连同着将军府上下都投靠了六皇子一派，如今官复原职，这次来就是当六皇子的跑腿来了。"

他转过身，意味深长地拍拍朱泸的肩膀："若他当真也把你当兄弟，怎么你一丝风声也听不到？"

"咱们王府可是站在太子阵营，太子和六皇子之间的矛盾，不用我过多解释吧？"

朱泸面色复杂难辨，片刻后眸光闪烁点了点头。

孰轻孰重，他自然分得清。

只是心里到底还是不怎么相信的，毕竟这到底只是南平王的一面之词，而他不喜欢王毅也不是一朝一夕的事情了。

南平王看他的神色，终于可以稍稍放下心来，在心里叹息了一声。

而此时的唐灼灼也听到了南平王府开的价格，一时之间笑得欢畅，摸到了一块冰凉的佩玉，玉的水头极好瞧着就不是凡物。

霍裘原本闭着的双眸缓缓地睁开，声音里是抑制不住的低哑，撩了她耳边一缕黑发，凑到她雪白的耳朵后轻声道："娇娇好不安生。"

这女人越玩越上脸，越是纵着越发没个安生清净，被她这般模样折腾，谁也忍不住。

唐灼灼眼角一挑，倏尔一笑，盯着男人的俊脸打量良久，而后近乎挑衅地勾了男人冷厉分明的下颚，气若幽兰："殿下最是恪守礼训，断然做不出这样的事来。"

她得意的小模样越发勾人得很了，嘴上口口声声在夸他，其实是告诫着他得守着太子爷的脸面，拿准了这样的地儿他不会乱来。

被明着奉承暗里调笑的太子殿下勾了勾唇，眸光倏尔幽暗如墨，就连外面竞相抬价的一幕都入不了眼了，今日若不收拾了这无法无天的女人，日后岂不由她嚣张嘲他夫纲不振？

唐灼灼话刚说完，就见男人眼里的笑意幽幽地转为暗色，她觉出些不妙来。

霍裘完全看透了她的心理，转了转玉扳指，声音里带着些微的沙哑之感，醇厚冰冷，挥了挥袍袖："都下去。"

张德胜一愣，旋即一个眼神，里面伺候的丫鬟皆是鱼贯而出，而他自己迟疑了一会儿才关了门守在了外面。

唐灼灼美目一转，挣脱不过他手掌的桎梏，意识到这男人并不是做样子吓吓她，立刻就收了面上的笑意，轻咬着下唇楚楚可怜地小声哀求："殿下，妾再也不闹了。"

霍裘剑眉微微一挑，修长的食指抚了她眼角那朵才画上去娇媚动人的花，道："娇娇此时认错，不觉晚了些？"

"殿下……"

她话才出了口，那身浅绿色绣木槿的衣裳自肩膀位置齐齐断开，她甚至都来不及反应，手臂就蓦地一凉。

唐灼灼惊呼一声，迅速收敛了嚣张的小模样，连呼吸都缓了，霍裘则对上她惊恐莫名的眼睛，缓缓抱着她起了身。

还以为这女人天不怕地不怕，惯来敢肆意撩拨，原来是这么个欺软怕硬的性子。

唐灼灼的睫毛轻颤，怕极了男人真在这里收拾了她，下巴磕在他的肩膀上，猫儿一样地呢喃，勾人还勾魂。

若真在这给这男人收拾了，她还有何颜面出这道门？

"殿下，妾错了，再也不敢了。"唐灼灼眸子转动一圈，而后拿出惯用伎俩，捏着他袖口一片衣料道，"妾还给殿下捡了块木芯来着，殿下就这样对妾？"

霍裘低声笑了两下，唐灼灼隔着衣物都能感觉到他身上火热的温度，她却放肆地瞪了他一眼，不服得很。

他但笑不语，威严肃整。

"外面都是人呀，恐有损殿下英明。"她极低极细地出声，面上霞红一朵朵，霍裘眼底淡淡的笑意寸寸尽收，抱了她往那张躺椅上一坐，身体绷得有些紧，再不去看这放肆玩意。

外面就是坐了几百人的会场，过廊里甚至时时响起匆匆的脚步声，唐灼灼这时候也终于镇定下来，料定了这男人不会如何动她。

毕竟世人都知太子殿下恪守礼规，为大津朝皇室之楷模，外面所坐皆是他的臣民，今日所为若是叫一些消息灵通的人得了去，岂不是将太子殿下一世英名尽毁？

以这男人的倨傲程度，想也无须想，定然干不出这样的事儿来。

果然她所料不差，霍裘只是抚着她娇嫩生霞的脸庞沉沉地笑，将她鬓边碎发别到耳朵后，声音有些无奈："就数你最没良心，处处想着法子整孤？"

唐灼灼笑得好生得意，素手捞起一旁齐整的女子衣物，细细穿戴好后有样学样，扯着霍裘墨黑的发圈在手指上，道："妾惯来是个顶顶有良心的，倒是殿下，没事就来吓唬妾。"

霍裘听出她话里的意思，气得直直发笑，神色莫辨任着她玩："娇娇可是在责备孤？"

唐灼灼笑而不答，一双杏眸里的意思昭然若揭。

简直欠收拾！

唐灼灼也知见好就收的理儿，只是经历了这一茬，外面的竞价拍卖她是一个字儿也听不进去了，出来这么会儿，原本也有些乏了的。

"可是累了？孤抱你回别院？"

唐灼灼从鼻子里轻轻哼了一声，伸了两条细白的胳膊让他抱，霍裘自觉此行不冤，将她打横抱起后又给她戴了条面纱，将她面上的诸般风情尽数掩去。

张德胜见主子爷就这样抱着太子妃出来，顿时不敢再看，只是默默地跟在后面提醒："爷，咱们不参加后边的拍卖了？"

霍裘颔首，抱着唐灼灼大步登上了马车。

张德胜急忙吩咐人将那千年木芯放在玉盒里，好生地捧着送回了宅子里。

这可是稀世珍宝，容不得半点闪失。

而就在这时，斜对面的包间里有一人走出来，一身白衣温文尔雅，十足的如玉公子样，见了这一幕脚步一顿，再想看时两人都已经消失在了眼前。

他的面容有些不自然的狰狞扭曲，修长的十指握成了拳头，霍裘出现在这里他不意外，可依偎在他怀中乖乖搂着他脖颈的女人是谁？

他脑海里下意识地闪过唐灼灼娇媚至极的面孔，旋即就被自己否决了，不可能，东宫妃怎么可能跟来这样的地方？

可除了唐灼灼，还有谁能那样靠近霍裘？

身后有人走过来禀报道："王将军，六殿下传来消息。"

王毅面上的肌肉抖动了一下，又成了人前温润如玉的模样，和颜悦色地问："何事？"

那人附在他耳边一顿言语，而后道一句："六殿下急令，望将军不要拖延，近日务必开始行动。"

王毅眸子里迸发出精光，深深吸了一口气，拳头都有些抖，这样的事，他哪里会拖延？

等了这么多天，霍启终于要对太子出手了！

他也终于可以报仇，夺妻之恨，害他沦为诸人笑柄甚至流放革职，他经历了这样的大起大落，早就对霍裘恨之入骨了。

一想到这里，他又想起方才的匆匆一瞥，女人淡青色的裙角微动，王毅压下了心底的一股气。

若是此次成事，六殿下登上九五之位，他位极人臣之时，看在唐家还算识趣的份上，其他人的命他虽然保不住，可唐灼灼一介女流，他还是有法子保下来的。

只要她乖乖听话侍奉好他，一个妾的名头他并不会吝惜，毕竟他也曾夜夜肖想她勾魂的身段。

这样一想，王毅负手沉沉地笑出了声，对手下吩咐道："将鹰泉剑连夜送回六皇子府，多派精兵，不得有误。"

先前在走廊边她面皮薄，唐灼灼生怕被人认出来，一路将头埋在霍裘的胸膛里，这时候才敢稍稍露面。

男人又恢复了淡漠疏离的姿态，一丝一毫也瞧不出方才在包间里的偏执狂热，唐灼灼似嗔非嗔瞥他一眼，抿了口茶水润了润喉咙。

可饶是这样，她的声音里依旧带着那么一丝未消散的倦意："谁拍得了那柄剑？"

霍裘挑眉，转动了一圈大拇指上的玉扳指，闻言不动声色地回道："孤哪里还有心思观察那些？"

她在身边，他哪还能静下心来？

他的目光在她身上转了一圈，道："不过应当是被霍启得了去吧。"

他方才的确是失了控，小女人身子原本就不好，也不知受凉了没？

原先也只是想着吓吓这么个嚣张跋扈的女人，可衣裳一褪，最先忍不住动了情的险些收不回的却是自己。

一向清冷矜贵不近女色的太子殿下有些不自然，微微皱眉轻咳了一下。

唐灼灼秀气的眉毛死死皱紧，下意识地问了句："六皇子也来了？"

想起霍启给霍裘下蛊的事，唐灼灼就对这人嫌恶得不行，心术不正的人就是登上皇位也是眼里不容人之辈。

霍裘面色阴鸷，视线落在她妍秀的面容上，摇了摇头，道："不是他。"

唐灼灼隐约从他的面色里看出些什么，心头一颤，就见霍裘一面揉了揉她乌黑的发旋，一面道："是王毅。"

他的眸子如大漠捕食的雄鹰般锐利，唐灼灼的身体不过一瞬间的僵硬，就见到了他微微沉下去的面色。

"将军府……不是站在殿下的阵营里的吗？"唐灼灼倒是没什么多的表情，只是觉得有些惊讶。

霍裘收回了手，将手中那串佛珠丢在马车里摆着的小桌上，语气森寒："早成了叛徒。"

言简意赅再平常不过的一句话，唐灼灼却吸了一口凉气。

照着这么个意思，王毅一直都是六皇子霍启的一招暗棋？

仔细想想，一个流放守陵手里并无实权的将军，是如何做到一夕之间集结几路势力称王的？

唐灼灼一时之间倒是找不到合适的话说，倒是霍裘神色莫辨，偏头问："舍不得了？"

他的话里锋芒毕露，唐灼灼美眸光华流转，笑着道："自然舍不得。"

霍裘身子微微一僵，眸色深幽泛着浓重的怒火。

唐灼灼忍着腰间的生疼，面色如常地低头瞧自己的指甲，而后抬眸反问："那人心术不正还和苍蝇一样恶心人，妾自然舍不得殿下又要与柳先生谈事到天明了。"

霍裘想不到她是这样的回答，片刻后缓缓地笑，一身的凛冽气势尽散，捧了唐灼灼娇嫩的脸颊，些微颔首："孤的娇娇伶牙俐齿，孤甚欣慰。"

唐灼灼掩唇打了个哈欠，将帕子团成一团攥在手心里，就势倒在男人怀里，娇气得很："妾困了。"她偏头蹭了蹭，接着道，"身上酸，还疼，殿下给好生揉揉。"

这小人儿没脸皮地撒起娇来没个底线，霍裘给她捏捏胳膊和腿，倒是惹得她惬意地哼哼。

霍裘缓缓地闭上眼睛。

至少她今时今日心底的人是自己，可如今王毅跟来了西江，她心底就真的没有半分回忆吗？

他们的曾经一直都是他心底的一根尖刺，只是这段时间这女人将刺磨平了些，乍一看已经拔了，可如今才清楚地知道，这刺仍是插在心底哽在喉咙口，无法忘怀。

霍裘向来冷静自持，现在心绪突然就有了一丝紊乱，他抿唇，抚了抚她的碎发，道："孤突然有些后悔将你带来了。"

只是若将她留在京都……

那么也只怕没有此刻的温存。

唐灼灼自然明白男人心里在想些什么，只是此时若是辩解，更是此地无银二百两，他肯定是不会信。

她挽了挽针脚细密绣着海棠花样的广袖，声调仍是带了星点软绵，点了点他的胸膛，道："就知道殿下是想将妾丢在东宫里孤零零的，自己好出来快活偶遇美人儿。"

"就你没良心。"

得她胡搅蛮缠一通，霍裘心底微暖，眼神都是犀利如箭。

既然敢来，就要做好被剁一只爪子的准备！他的女人，断然容不得外男半分肖想，全身上下都刻着自己的烙印，是生是死都是他名正言顺的太子正妃！

生同衾，死同穴，合该这样。

马车行到一半的时候，半路突然冲出来一个衣衫褴褛浑身破烂不堪的孩童，约莫着十岁不到的年纪，瘦得让人心疼。

却是来讨吃食的，看着像是饿得没办法了一样。

霍裘面色一沉，挑了帘子沉声问："怎么回事？"

张德胜凑过来："殿下，是个讨饭的孩子，刚才奴才给了点粗粮，作为报答，非要给殿下一串亲手编的草环手钏。"

霍裘没放在心上，粗粗地看过一眼就别开了眼睛。只是略提了一句："去告诉郡守一声，是时候开仓施粥了吧？"

唐灼灼问："西江的郡守可是姓穆？"

霍裘以为她早已猜到了什么，也不隐瞒，皱眉道："正是，不过也是个趋炎附势的小人，无才无能。"

唐灼灼点了点头。

那块千年木芯的事没有走漏一丝风声，霍裘也是比较慎重，过了两天才将唐灼灼叫到书房里，将一小串微微泛金黄色泽的手钏套到她素白的手腕上。

手钏由九颗黄豆大小的木珠组成，木中散发异香，唐灼灼讶异，抬眸望着霍裘，问："殿下给妾做什么？"

"那块木芯算不上多大，只能匀出这等小珠子。"霍裘面色瞧不出变化，只是透着她的手细细地看了一会儿。

原本就是留给这男人避毒避祸的，怎么兜兜转转还是到了自个儿手里？

她怎么也有一身医术，又是久处后宅，冲着她来的阴谋阳谋怎么也比霍裘少些。

唐灼灼揉了揉眉心，敛了神色认真道："殿下日夜劳累，自然比我更需要这手钏。"

说罢，她把手上的那串珠子褪下，转而放在了男人的手里："妾一身的医术，像蛊虫那些旁门左道是断断近不了妾的身，殿下就不一样了。"

"这木芯就由殿下管着，如此最好。"

她神情再坦荡不过，霍裘知道，她是真的想要将这珠子留给自己的。

世人争破头皮做梦都想得到的东西，她却再三推脱。

是真的不想要吗？定然不是的，这世上谁人不惜命？多一分保障就多一分心安，唐灼灼这样的举动让霍裘的眉心有些发胀，手心里的那手钏安安静静地躺着，还残留着唐灼灼身上的温度。

这个小娇气包……

倒真是不枉他费了那么多心思宠着纵着。

唐灼灼哪里想了那么多？不过是为了躲懒，一则这木芯效用极多，霍裘若是日日带在身侧，她梦中那突如其来的瘟疫说不定就不会发生，二则她戴着这么贵重的东西，没被认出来还好，若是被眼尖的瞧见了，又是一场麻烦事。

她这人最怕麻烦了。

还是将一切麻烦事推给未来严整恭肃的崇建帝好了。

又过了一两日，唐灼灼身子酸乏，加上天气发闷，她就更懒得出去了，每日里找叶氏品品茶聊聊天，日子也过得快活。

值得一提的是，唐灼灼对江涧西的制茶术垂涎许久，如今好容易得了机会，央着叶氏指点一二。

叶氏极为耐心，一步一步地教她，可那茶的味道就是不一样，远远没有叶氏泡的那般甘洌，无奈之下只得作罢。

到底她性子不如叶氏那样温润，也没有那般温和耐心，难怪当初江涧西一句话就打发了她。

这日夜里，月色正好，银辉洒满庭院，叽叽喳喳的鸟儿也踩在枯瘦的树枝上消停下来，而唐灼灼早早洗漱完就歇着了。

霍裘已经几日未回别院了，唐灼灼虽然有些担心瘟疫的事情，但一想到那木芯在他身边，心里顿时安定了不少。

西江势力盘根错节，霍裘想要追查些什么断然不容易，定然是极忙碌的。

睡到半夜被一阵冷风拍打窗户的声音惊醒，唐灼灼平息一下呼吸，往额头上一探，满头的冷汗。

紫环在门外低着声音唤，唐灼灼摆了摆手，声音有些沙哑："我没事，你们都下去歇着吧。"

屋里屋外顿时一片死寂，唐灼灼动了动身子，手却不小心触到了什么微凉的东西，垂眸一看，是那串珠子。

她登时就消了所有睡意，那珠子藏在她枕头底下，刚刚她从床上坐起时不知道怎么带出来了，这才叫她看见了。

屋子里的熏香缓缓地燃，一缕缕袅袅白色烟雾带着馨甜的香味让她的脑子晕了片刻。

怪不得这几日她沾了床就想合眼歇息，明明也不乏累，原来是这木芯的安眠效果起了作用。

她缓缓地闭上眼睛躺在了绵软的床褥上，可才过了片刻，庭院外就现出了一行人匆匆的脚步声。

唐灼灼翻了个身，听到了张德胜和安夏压低了的声音。

"娘娘，您睡下了吗？"

张德胜的声音有些急，唐灼灼心底油然生出一股惶惶之意，定了定神开口："何事？"

听她醒了，张德胜终于不那么急了，理了理思绪恭声道："娘娘可否随奴才往正院走一趟？"

"昨儿个夜里，殿下才从书房出来就发了高热，原本以为太医来瞧过就会有所好转，没想到这病来如山倒，今日倒是越发严重了，这三更夜里西江也没什么好的大夫……"

他话还没说完，唐灼灼就已经懂了，一股从心底钻出来的冷意迅速蔓延了全身，她细细地打了个寒战，声音却格外冷静："本宫知晓了，安夏，进来更衣。"

她的面色有些发白，旁人都没多想，也都清楚事情的严重，屋里安静得能听见针尖碰地的声响。

第十一章

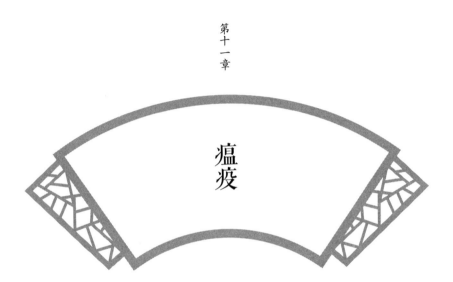

瘟疫

这场瘟疫来得毫无预料又在情理之中，只是那味浔草还没有找到，她心慌得很。

在去正厅的路上，张德胜接着和她讲具体细节："殿下迷迷糊糊中醒过一次，只说不要惊扰了娘娘，可奴才瞧着这病不大寻常，吓人得很，最后与柳先生没了办法，才来请娘娘出面。"

经过了上次的巫蛊之事，张德胜对她的医术那是佩服得五体投地，毕竟他亲眼所见那蛊毒的厉害与霸道，太医院束手无策的事，到了太子妃这里，半日不到的功夫就好了。

足见其医术高超。

可唐灼灼完全不敢托大，瘟疫与别的小打小闹不同，稍微一不留神就是成片的死人。

无论在谁手里，瘟疫都是最棘手的难题。

所有接触过霍裳的人，包括柳韩江、张德胜，都有大概率卧床、甚至丧生。

想到这里，唐灼灼脚下的步子更快了几分。

才进去正厅里，就闻到一股深浓的苦药味，唐灼灼面色不改，几步走到床榻前查看男人的状况。

屋里草药味更加浓郁，床头还放着一碗温热的药汁，霍裳躺在床榻上一动不动，就是昏厥了也仍是那副清冷矜贵的模样。

男人在她跟前何时这样脆弱过？唐灼灼抓了他的手，昔日的温热悉数化为冰冷，她稍稍别过头去，待情绪平定些了才转身掀了男人的眼皮。

眼珠里一片猩红，吓人得很，额上降热的帕子敷了一块又一块，仍是反反复复地发高热。

柳韩江也在，他就站在床沿边，眉头死锁，手里也不摇他那扇子了，难得地严肃起来。

张德胜正端了床头的药准备喂霍裘吃下，被唐灼灼制止了，她望着那碗浓黑的药汁，闭了闭眼睛。

"拿出去倒了吧。"

瘟疫初期病情与风寒极为相似，许多大夫都分辨不清，这样的风寒药喝下去反倒是一种折腾。

柳韩江抬头望了她一眼，若有所思："娘娘是瞧出些什么了吗？臣瞧着这症状，倒不像是风寒了。"

只是他不是大夫，只是略略读了一些医书，心中有怀疑也只能压在肚子里。

唐灼灼面色凝重地点头，转身望了一眼床榻上俊朗依旧的男人，他常年习武身子康健，就是偶有风寒，也断然不会这么严重。

才一天就已陷入昏厥之中。

张德胜倒也不犹豫，安静地站在一边听唐灼灼说。

"柳大人、李总管，本宫也不瞒着你们。"她的目光从两人脸上滑过，吸了一口气道，"殿下染上了瘟疫。"

谁都没有注意到，床上躺着的人微微睁了眼睛，刚好将这话听到了耳朵里。

"瘟疫"两个字一出来，张德胜和柳韩江都再没有说话。他们相视片刻，心里掀起惊涛骇浪。

这两个字到哪里都是一片血雨腥风，没有人不怕的。

还是柳韩江见多了世面，只是微微失态，接着追问道："娘娘可确定？"

这事非同小可，只要一人出了瘟疫，那么定然牵扯到一大片的人，他们都不能幸免。

唐灼灼最不愿见到这样的事，俏脸微寒，从床沿上站起身来。

"八九不离十了，柳大人心底也该有数才是。"

柳韩江叹了一口气，原本以为只是他不切实际的猜想，没承想竟成了真。

"依我方才诊断，殿下患的瘟疫曾在别的地方发生过，且太医院也已研究出了药方。"

柳韩江和张德胜闻言，面色终于好看了一点。

"不过两地相隔太远，远水难救近火，就怕殿下撑不到京都来人。"唐灼灼理智地分析，手指甲却深深地嵌入肉里。

她望向一脸凝肃的张德胜，沉吟片刻吩咐道："派人快马加鞭回长安取药，切记，不是药方，而是药材！若是没有药材，也一定要将浔草这味药带回来！"

张德胜半刻犹豫也没有，立马吩咐人去办了。

屋里就只剩下唐灼灼和柳韩江，两人间多有沉默，最后还是唐灼灼开口："柳先生备受殿下敬重，本宫到底女子之身，不好调兵遣将，有些事就只能拜托柳先生了。"

柳韩江微微颔首，羽扇轻摇，冲着唐灼灼抱了抱拳："臣定全力以赴，不负殿下与娘娘嘱托。"

唐灼灼这才揉了揉泛痛的眉心，起身出门去写药方，虽然暂时寻不到浔草，但好歹能缓解下男人的痛苦。

而这时，张德胜又回了房里复命，正准备给霍裘换一块帕子敷着，就见到霍裘睁开了眼眸，那眸子里血丝交杂，森冷可怖。

他说话有些吃力，还皱着眉头，望向张德胜和柳韩江，问："孤得的是瘟疫？"

张德胜顿时额心冒汗，还是柳韩江镇定些："殿下无须担心，等几日后京都将药送来了，就无大碍了。"

他刻意说得轻松，霍裘怎么不知道瘟疫背后蕴含着什么？当下就咳了一阵，再抬眸时眼里的猩红色更浓了一些。

"将太子妃送回京都，即刻就走！"

他下了决心，说出来的话却叫自己心口一阵绞痛。

张德胜和柳韩江面面相觑，虽然一直知晓主子爷对太子妃的心意，却没想到居然达到了这种地步。

这样危急的时候也要顾全了太子妃？

柳韩江沉吟片刻，斟酌着劝："殿下，李太医对瘟疫束手无策，现在能指望的也只有太子妃了，若是她此时一走，您的病情若是抑制不住可怎么是好？望殿下三思而行。"

张德胜跟着道："殿下三思啊。"

霍裘却缓缓地闭上了眼睛，嘴唇上的皮干裂，此时裂开了几道口子，出了些血，是温热的铁锈味儿。

"孤的话没人听了吗？今夜就走，让玄龙卫一路护送。"他将话重复了一遍，嘴里都是血腥味。

霍裘深知此次是遭人算计了，震怒有余又突生心悸，他命硬得很，从小到大无数次的暗算都挨过去了，也不在乎这一遭，可唐灼灼那个娇气包啊……

他放在心坎上的娇娇，若是也和他一样得了瘟疫，躺在床上遭了这罪，他光是想想那场景就无法接受。

而这两三日的功夫，足够他将一切安排妥当，虽然还不到时候，可拼尽全力，也可将六皇子一派一网打尽，给她谋个最好的出路。

只是到底，心有不甘！

柳韩江重重叹一口气，道："臣遵旨。"玄龙卫都用出来了，这是生怕途中遭人暗算啊。

殿下这么怕传染给太子妃，急着将她送回去，他这做臣子的不得违逆君命，可太子妃却未必不敢。

而唐灼灼不过是去写了几个方子，再回到正房时却被拦在了门外。

她颜色极盛，怒起来更是双目有神，眼里全是不容忽视的怒火，望着那一排排守在门口的侍卫，冷声问柳韩江："先生这是什么意思？"

"太子妃恕罪，殿下有令，让您即刻回京，臣等也是君命难违，望娘娘体谅。"

唐灼灼一愣，被霍裘气得很了，一时之间胸膛起伏都大了些。

连夜回京？这男人倒是想得出来，那他自己呢？躺在床上等死吗？

她冷笑一声，直接无视那些挡在身前的侍卫，几步就欲闯进屋里去，被柳韩江和张德胜低着头挡住了。

"放肆！"她皱眉冷喝。

唐灼灼要进去的话，没有谁拦得住，倒不是没有人敢拦，而是用什么拦？

若是碰着了这位的身子，被里面躺着的人知晓了，不死也要脱层皮。

僵持片刻，柳韩江率先挪开了身体。

早就在意料之中的事，戏做足了就好，不能耽搁了殿下的病情。

隔着一道门和一面珠帘，唐灼灼能闻到里面的草药味，甚至还能听到男人压抑了的咳嗽声，顿时心底一股无名火骤起。

柳韩江识趣，张德胜却是不敢抬头，死守着门口。他和柳韩江不同，主子爷的命令，无论如何也要守着的。

唐灼灼指尖发白，微微颤抖，她闭上眸子深吸一口气，里面的咳嗽声也越发急促起来。

这男人有多高傲清贵谁都知晓，若不是着实忍不住，断然不会在她跟前展露出来。

"本宫今日看谁敢拦着！"她声音轻缓又带着寒冽的冷意，如同一根绵绵细针插进骨子里。

张德胜见她眼神冷冷地瞥向自己，犹豫片刻还是挪开了身子。

这主子爷自己都招架不住的人，他们哪能守得住？

唐灼灼冷哂一声，满腔的怒火和委屈在看到霍裘的时候就慢慢平息下来了。男人面色泛着病态的红色，一双眸子紧紧地闭着，唐灼灼刚拉住他的手，就被他挣开了。

她被气了个仰倒，险些顺不过心气来。

"殿下何故要送妾回京？"她面色恢复平静，连带着说出的话也是十足温和。

霍裘闭眸不语，只是身体往床里动了动，想离她远些。

可就是这样的动作，也吃力得很。他何时这样狼狈过？还是在她跟前，诸般无助尽显，若连她也护不好，哪里对得上当初娶她时的誓言？

身体康健时想着的都是生同衾、死同穴，哪怕死也要拉着她一同，可真正到了这个时候，哪怕心头绞痛，他也想着将她送走。

真要一起受罪，他哪里舍得？

唐灼灼见他不说话，也没有在意，只是很冷静地分析，道："京都有药材，可殿下的身体断断不能劳累了，只能派人回京都取药。而瘟疫来势汹汹，殿下再强悍的身子也受不住，只不过一天工夫就已陷入昏厥。"她顿了顿，替霍裘掖好了被角，缓缓道，"这两三日的功夫，妾若是回了京都，殿下就是能熬过去也必然元气大伤。"

霍裘这时候终于开了口，声音嘶哑像是沙砾磨在了地面上，极严肃地道："唐氏，即刻回京，这是命令。"

唐灼灼许久没从他嘴里听到唐氏，一时之间有些恍惚，耳边尚还存着他一声声柔和溺宠的娇娇，眼前却已经是他卧床不起的场景。

"殿下将妾送回去后，是准备送一旨休书备着，还是要妾青灯古佛长伴？"她眼里没什么波动，说的话却是极狠，直扎人心。

霍裘终于有了别的反应，藏在被子里的手缓慢地握成了拳头，良久才沙哑地道："你先回去，一切等孤回京再说。"

只要他还剩一口气，哪怕是元气大伤寿命大减，也断然不会动写休书和离的念头。

唐灼灼掀了掀眼皮，盛极的容颜星星点点的怒意不容忽视："妾忘了告知殿下，三皇子妃与妾关系恶劣，若是来日三皇子登上九五之座，妾被逼着和亲漠北，可就如了殿下的意？"

想都无须想，这男人必定不会放过言贵妃和霍启一派，届时朝中成年皇子只剩下三皇子和十皇子，而皇位十之八九也就到了三皇子手里。

他自认为一切安排得妥当，却压根没站在她的角度想过，觉得他安排了一切，自己应当无忧了才是。

所谓的与三皇子妃不和只不过是个幌子，好叫这男人知道，不是什么事情都在他的控制之内。

屋里顿时一片死寂，守在房门口的两人第一次见到太子妃呛人的模样，且对象还是他们向来说一不二的主子爷。

单是这份胆量，就没得话说。

　　柳韩江面上缓缓地现了笑意，心底总算松了一口气，殿下受了太子妃这样的气，总该想通了，只是苦了太子妃，等主子爷好过来，免不了一顿算账。

　　霍裘睁开了眼睛，眼底的血丝清晰可见，丝丝分明，他瞧见唐灼灼就站在床沿边，眼眶都有些红了，还是倔强着居高临下地望着自己，想来真是被气得很了。

　　他哪里不知道她这般呛声背后的心思？可就算是知道，也被她口中的休书和亲字样刺激得不轻。

　　"娇娇，你听话一些。"

　　哪怕重病之时，昏厥梦魇之中，他心底恋恋不舍的依旧是眼前这么个任性的娇气包，她的身子连小小的风寒都扛不住，更别提瘟疫了。

　　唐灼灼的神色总算是柔和了一些，她上前一步，晃了晃手中的珠子，眼底有些发红："殿下明知这珠子的效用，何故将它塞在妾的枕头底下？"

　　霍裘见她戴了手环，面上表情才好看了一些，只是仍不说话。

　　他唇上干裂得厉害，唐灼灼端过安夏方才去熬的草药，又接过汤勺，一口一口地喂他喝下。

　　草药有助眠安神的效果，霍裘很快就皱着眉头睡了过去。

　　唐灼灼就这样瞧了他半晌，站起身时腿已经有些麻了，去了隔壁房间坐着。

　　张德胜这时候小心翼翼地走了进来，柳韩江则是跟在身后，一屋子三个人，表情都是如出一辙的严肃。

　　他们两个门外汉，面对瘟疫这事当真是束手无策，一切只能听太子妃的。

　　唐灼灼抿了口茶水润润喉咙，揉着眉心难掩疲惫，道："从昨日到今日，接触过殿下的人通通关起来，以防瘟疫蔓延。"

"娘娘放心，臣已命人去做了。"

唐灼灼点了点头，而后目光落在两人身上，问："此地尚无第二人染上瘟疫，说明这就是冲着殿下来的。"

"在此之前，殿下可有接触过什么不太寻常的东西？"

张德胜低头细思片刻后，缓缓地摇了摇头。

"殿下所用的东西都是早早置好的，基本都是全新的，侍候的人身体也都没有什么异样。"

唐灼灼死死地皱眉，还是柳韩江欲言又止，也知道这事涉及众多隐瞒不得，摇了摇扇子道："倒是南平王世子朱泸昨日曾送给殿下一幅画，臣没看清那幅画的样子，但瞧了那幅画之后，殿下就病倒了。"

朱泸？给霍裘送画？

唐灼灼的眉心一跳，起身问道："那画现在何处？"

柳韩江指了指前面的书房方向，摸着胡须道："就在殿下的书房里。"

唐灼灼从他的话里捕捉到了什么，但又不敢完全确认，只是深深地看了柳韩江一眼。

"剩下的事，就交给柳先生了，另外本宫还有一事，希望先生应允。"

唐灼灼走到门口突然转身，盯着柳韩江道："本宫需要夫人的帮忙。"

原本柳韩江就已经猜到了，是以也没有迟疑，点头应下。

唐灼灼需要叶氏的原因有两个，一个是她常年制茶煮茶，茶中又加了江涧西的药粉，长期疗养身子对瘟疫有一定的抵抗力。

二则是叶氏曾跟在江涧西身边，有一定的常识，可以帮到自己不少。

　　她见柳韩江爽快地应下，面上终于有了一丝笑意，心中对他最后的一丝疑虑也消了。

　　从正房到书房，只隔了狭长的一条过道，丫鬟手里提着灯笼走在前面，浓深的黑如墨，唐灼灼一路走，明明脚都有些提不起来了，精神却是一点没有乏意。

　　她独身一人进了书房，在桌案上见到了那幅已经被卷起来的画。

　　唐灼灼深吸了一口气，看了看手腕上的手钏，踱步走近了桌案。

　　书房里空无一人，她的脚步声回响在屋子里，越发显得悠悠荡荡安静得可怕。

　　那幅画静静地躺着，卷轴瞧着有些眼熟，唐灼灼目光一凝，手腕微微一动，那幅画就缓缓地展了开来。

　　空白的纸上是纷纷扬扬飘落的花瓣，那花红得有些妖异，树下是一个女子，桃花眼泪痣灼灼，赫然就是唐灼灼的模样。

　　落笔一个王字，时间是两年前。

　　唐灼灼心底冷笑一声，朱泸送这画来的意思是什么？提醒霍裘她与王毅的曾经？他哪里来的那样的胆子？

　　那么这事，必然是王毅的手笔。

　　寡淡的血腥味从画中逸散出来，唐灼灼神色冰冷至极，胸口翻涌着的怒气让她几乎丧失了理智。

　　事到如今，她没去找王毅算账，他竟自己送上门来，再次利用自己谋害霍裘。

　　若不是这画中的人是自己，霍裘根本就不会打开来看！

　　她纤细的手指发白，捻在了那些红得有些奇怪的花瓣上，再拿下来时手指上淡淡的红色验证了她心底的想法。

这些花瓣上沾着血水，是瘟疫的来源。

唐灼灼恨得死死地咬住下唇，眼眶通红，朝着外面的人吩咐："都不许进来，推个火盆到门口。"

这样的肮脏东西，只能一把火烧了。

火盆温度炙热，滚滚的热浪扑面而来，唐灼灼将画卷丢到火盆里，顿时响起噼里啪啦的燃烧声响。

火光下她面色十足冰冷，连眼神都没有波动一下，只有她知道自己心里是个什么滋味。

身后传来轻缓的脚步声，随后她的肩头多了一双温热的纤手，叶氏面带忧色，身着素淡的紫色衣裳，声音温和："娘娘不必太担忧，事情尚有转机。"

唐灼灼默不作声，片刻后咧嘴无声地笑，拍了拍她的手，站起了身："师姐放心，本宫没有那么容易被拖垮。"

等霍裘平安无事醒来，背后蓄谋的人一个也跑不掉！

特别是王毅。

她想要亲手弄死他！

夜鸦声声，门外的脚步声也匆匆，全安尚还喘着气，便在门外禀报。

"娘娘，殿下吐血了！"

全安的喘气声清晰可辨，他说的每一个字唐灼灼都听得懂，连在一起，她却只觉得头脑眩晕，若不是叶氏扶着，真就要走不稳一个跟跄了。

那条长长的廊子被照得灯火通明，唐灼灼和叶氏步履匆匆，脚步声和着飞鸟的惨鸣，更显得凄凄惨惨，正应了此时众人的心情。

张德胜用艾叶洗过一身，就在门口候着，也不敢再让他近霍裘的身子，柳韩江倒是无妨，而唐灼灼和叶氏到的时候，正是他在换洗帕子。

叶氏和柳韩江相视一眼，而后都默默地别开了视线，注意力全在霍裘的身上。

霍裘面色白得不像话，就连那种病态的红润都尽数消退下去，他紧紧地皱眉，身子有些发抖，嘴角却不停地冒出血水，甚至是浓黑的血块！

唐灼灼的手有些抖，探了探他的额心，温度滚烫。

她凝了眉心，就连叶氏也看出了什么端倪，道："殿下这病情恶化了许多。"

唐灼灼默不作声，搭上霍裘的手腕，片刻后才点头沉声道："是，瘟疫本就来势汹汹，再加上殿下蛊毒才解，身体正是虚弱的时候。"

面对瘟疫，现在的他能依靠的只有这具身体和自身的意志。

唐灼灼心头一痛，若是他这回……熬不过去，那该怎么办？

屋子里一时之间十分安静，每个人心里都有计较，霍裘就是众人的主心骨，如今这主心骨倒了，所有的目光都停在唐灼灼身上。

希望着她能有办法。

所有的压力都压在唐灼灼的肩上，她深深地吸了一口气，将霍裘嘴边溢出的血块一点点擦净，纤细的手指有些细微的抖动，微不可见。

这样的时刻，她不能表现出一丝颓然和无措。

但在场的都是什么人？叶氏就不用说了，跟在江涧西身边许久，一眼就能瞧出具体情况，柳韩江更是人精，没什么能瞒得过他的眼睛。

唐灼灼忧心地看着床榻上的男人，将湿透的帕子敷在他的额头上，目光渐渐地柔和下来。

做了他那样久的心尖上的娇娇，得他溺宠无度，各样的小性子小脾气都被他一笑而过，她哪里就是不通人事的木头？平素嘴里表现得再没良心，心里总归也是感动的。

殿下，您且瞧着，您惯来娇纵着的娇娇，也可独当一面。

屋子里药气袅袅，她被熏得有些头晕，用手揉了揉眉心，不敢再去看他憔悴得不像话的面容。

"殿下这样子撑不住多久，等明日天一亮，本宫要带人上山采药。"唐灼灼阖了眸子道。

浔草这味药原本就出自西江山林之中，与其坐等京都来人，还不如自己带着人去寻寻看。

寻到了是运气，寻不到……可能就是天意吧。

叶氏先是诧异片刻，与柳韩江对视一眼，皱着眉头问道："娘娘，山里危险，且咱们也没有药方，寻什么草药都是问题。"

没必要白白冒这个风险。

叶氏以为唐灼灼是见到霍裘这样乱了分寸，开始病急乱投医了，只能在心底低叹一声。

唐灼灼摇了摇头，十分冷静，条理清晰娓娓道来，目光从他们两人身上滑过："本宫已经列出了药方，只是缺一味十分重要的草药，其余配药皆已准备妥当了。"

从记起这事以后，她就派人将一味味的配药集齐了，到了如今，也只差浔草这一味主药了。

正因为是主药，所以不能用别的替代，只能慢慢搜寻。

听了这话，柳韩江才浅浅地松了一口气，抱拳道："如此就拜托娘娘了，臣遣一队精兵随娘娘上山，请娘娘千万量力而为，不可勉强。"

他到底是霍裘的幕僚，最关心的莫过于霍裘的身体，如今好不容易瞧到一线希望，自然不会顾忌什么而多加阻拦。

叶氏这时候也低头挽了挽头发，声音温润秀气，握了唐灼灼发白发凉的手，道："臣妇也随着娘娘一同进山。"

说完，不待唐灼灼发话，又继续道："师父那人娘娘也知晓，常年居于深山，久而久之臣妇也学到了许多，可帮到娘娘。"

唐灼灼的目光瞥向柳韩江，后者只是皱着眉头对叶氏嘱咐："万事多加小心，保护好娘娘。"

她这才冲着叶氏点头。

因为她心里门儿清，叶氏对柳韩江而言，就相当于自己在霍裘心底的位置一样，若他不允许，她是断断不会带叶氏上山的。

事情就这样定了下来。

后半夜，叶氏回去准备明日上山要带的东西，而唐灼灼则是坐在霍裘的床沿上，盯着直冒热气的茶水发呆。

屋里熏着的香早就压不住浓郁至极的草药味，更遑论还有一股血液的铁锈腥味儿交杂在一起，屋子里更是显得沉闷压抑。

唐灼灼耸了耸鼻头，闻着闻着，竟然也习惯了，并不觉得像刚开始那样难以接受。

她坐久了，身子有些发麻，才动了一下，就见霍裘睁开了眸子。

浓深的剑眸里血丝渐浓，他咳了一会儿，接过女人递过来的茶水抿了几口，声音嘶哑发问："怎么还守在孤这儿？"

唐灼灼眨了眨眼睛，如往常般勾了他露在外面的小臂，眼睛微微弯成了月牙形，娇声道："妾在等殿下醒来啊，等着等着，殿下这不就睁开眼睛了吗？"

霍裘目光深邃，扯了扯嘴角，手轻轻抚上她有些发红的眼角，道："哭什么？傻气。"

这已经不是他第一次说她傻气，唐灼灼却觉得格外窝心，她嘴角一瘪，大颗大颗的金豆豆就掉在了他的掌心里。

　　唐灼灼自觉丢人，将小脑袋埋在他的臂弯里蹭了又蹭，不安分极了。

　　最后她抬起一张惨白的桃花面，尖瘦的下巴搁在他肩头，揪着他的衣物恶狠狠地威胁，声音里还带着深浓的鼻音哭腔："方才也哭了，殿下就躺在床上理也不理妾一下，妾哭得心尖尖都疼。"

　　霍裘心底骤然一痛，尖锐得叫他瞬间就狠狠地皱了眉头，看着她泛红的眼角，也知道她定是哭了许久。

　　唐灼灼对自己明早进山的消息闭口不提，她知晓，若是此时提了，她真会叫这男人拘了哪也去不了。

　　霍裘咽下了心底被人陷害而生出的暴戾，哑着声音轻哄眼前哭得委屈巴巴的娇气包，道："娇娇这般，孤就是眼睛闭着也觉得心疼。"

　　所以他断然不会出事，留她一人在这世间受尽寒凉和迫害，他就是真的闭了眼睛也不甘心。

　　这还是男人第一次说这般露骨的情话，唐灼灼抽泣的动作一顿，悄悄地红了耳根子。

　　"殿下放心就是，有妾这么一个神医在，断然会治好殿下的病。"她明艳至极的芙蓉面上还挂着两串泪痕，此时却还是笑开了宽慰道。

　　霍裘没有说话，只觉得她这样强颜欢笑的模样比身体上的疼痛更叫他难以忍受。

　　天方亮，霍裘又咳出了些血块，而后精力用尽睡了过去，唐灼灼这才轻手轻脚地起身。

　　外面叶氏换了一身轻便的衣裳，见了唐灼灼微微地笑，道："娘娘不必担忧，臣妇回去查了医书资料，浔草大多生长在西江山林幽密处，数量倒是不少，咱们人数众多，自然会找到的。"

唐灼灼牵强地笑，一夜里没有合过眼睛，显得格外疲惫。她听了叶氏的话，只是点了点头，没有说什么。

话虽然是这样说，但山里那么大，各种猛兽层出不穷，要遇见隐在山里小小的几株浔草，何其困难？

只不过是去碰个运气，心存侥幸罢了。

唐灼灼回屋里拿了早早叫人备好的驱虫药粉，将一头如瀑青丝高高扎起，在清晨的第一缕光里鲜嫩得如同初开的花骨朵一般。

张德胜哭丧着一张脸，越是见他们严阵以待心里就越紧张，特别是知晓这位主子并没有和殿下商量就私自决定了上山，心里就更是忐忑。

往日里这位主子娇娇抱怨一句疼，殿下的脸都要沉个好半天，这一上山遇到个什么事，哪怕就是一道刮伤，主子爷醒了都不会饶过他们。

但如今形势摆在眼前，他有心相劝都开不了口。

"照顾好殿下，有什么事就与柳先生商议。"唐灼灼看了看日头，转身吩咐道。

见张德胜苦着脸点了点头，唐灼灼头也不回地跟在了叶氏的后面进了山。

山是连绵的群山，崎岖难行，唐灼灼和叶氏到底是身子跟不上，才走到一半脚下步子就虚了，额头上沁出细密的汗珠。

唐灼灼停下来喘了几口气，叶氏见状也停了步子，走到她身边问："娘娘可要停下歇息会儿？"

唐灼灼摇头，平复了下呼吸，道："我们只有一天的时间，不可耽搁，继续走吧。"

她每耽搁一刻，霍裘就多受罪一刻，她哪里能停得下来？

　　叶氏见她执拗的模样，也是能够感同身受，若是染了瘟疫的是柳韩江，只怕如今的她还做不到唐灼灼这样冷静。

　　上山的路只有一条，一条羊肠的道直通山顶，潺潺的山泉水从细小缝隙处汩汩而出，湿气扑面而来，更显阴冷。

　　浔草多生长在半山腰，唐灼灼看过不少医书，大致了解了它的模样，一边走一边找，同时也叫前面的侍卫拿着图纸比对。

　　半山腰树木稀疏了点，往上看只觉得头顶一层浓雾蒙蔽着，各种树木草叶欣欣向荣，糅杂在一起，就成了浓深的绿色。

　　唐灼灼擦了头上的汗，山风吹到身上，她细细地打了个寒战，骨子里都被吹得生冷。

　　先前想的简单，只有真正站在山上，看着这漫山遍野的绿色，才能体会到那种深深的颓然。

　　根本不可能找得到！

　　饶是这样，唐灼灼还是压下心底的惶惶，冲着叶氏点点头，道："师姐，咱们分开两头去找，这样也快些。"

　　叶氏自然是满口同意的。

　　这一找就是半日，唐灼灼累得腰都直不起来，正准备放弃的时候，无意间一瞥就瞧到了山头上那一小丛翠绿的叶子。

　　叶脉上点点的水珠晶莹剔透，一小丛一小丛随风摇摆，分明就是她心心念念着要带回去的浔草了！

　　唐灼灼面色一喜，再不敢怠慢，小跑着就到了浔草的跟前。

　　"真的是……"她低声轻喃，心底的一颗大石陡然落下。

　　有了这些浔草，她就有十足的把握能治疗好霍裘的瘟疫。

　　她刚想唤人，就听到一声雄浑的怒吼，唐灼灼缓缓抬眸，与一双没有情绪的兽瞳对上。

那是一头浑身棕黑的熊，四足落地吼声地动山摇，唐灼灼身子一僵，还未反应过来，就觉得身子轻飘飘地飞上了天，胸口一阵闷痛，落地后偏头吐出了一口猩红的血。

她和那些侍卫没有离得很远，这棕熊的吼声必定会惊动他们，唐灼灼死死地阖了眸子，牙关上下细微地抖动。

她从怀里掏出一包细碎的粉末，抖在了身前，那棕熊像是被什么激怒了一样，疯狂得很，见了她这样的动作更觉得被挑衅，怒吼一声就冲了过来。

唐灼灼被撞得打了几个滚，其间死死地护住了头部，那畜生红了眼睛还要再冲过来，但因为吸了那粉末的原因，动作明显慢了几分。

正在这时，一道划破空气的利箭如流星，直直地射入了那棕熊的左眼，温热的血狂飙出来，紧接着又是两箭破空，将那棕熊的肚腹穿了两个孔。

恍惚中，唐灼灼只觉得全身骨头都被碾碎了一样，眼皮子努力抬了抬，见到一个脸上蒙着黑布的男人手挽着弓箭，玄色的衣袍上刻着一条龙徽。

是玄龙卫跟来了。

叶氏这时候也听到动静赶了过来，见到她的模样吓得花容失色，小心地将她拉得半坐起来："娘娘……"

唐灼灼低低地喘了几声，手指费力地抬起，指着那朦胧的一片："浮草……都带回去。"

叶氏看着她脸上蜿蜒的血液，心底狠狠一沉，太子妃那样娇嫩的脸庞，被沿路树枝刮伤，留下一个寸长的伤疤。

多半是会留下印子的。

唐灼灼只觉得全身都疼，眼前迅速暗下去，咬着牙强撑，捉了叶氏的手道:"药方在我屋里……再……再加上药桂子五两磨成末,浔草熬汁……趁热喝下,瘟疫可解。"

叶氏不知道此时心底是个什么滋味,怀里的小姑娘巴掌大的脸上全是血迹,声音极低极细,强撑着等她回答。

"我都记下了,咱们这就下山,娘娘别再说话了。"

唐灼灼轻叹一声,再也撑不住闭上眼睛晕了过去。

等叶氏一行人回来的时候,夕阳西下,如霞的云朵连片铺成一片片的锦缎,美得近乎妖异。

霍裘烧得迷糊,高烧不退,什么法子都没用,好在唐灼灼吩咐熬的草药里有镇痛的效用,才不至于那般痛苦。

又一次换了帕子之后,柳韩江和张德胜都有些坐立不安,望着山口的方向频频出神。

柳韩江扇子也不摇了,明明树荫遮蔽院子里阴凉得很,他却出了一头的细汗。

张德胜更不用说了,两头忧心,来回转了几圈对柳韩江道:"应该拦着太子妃的,这山上最是凶险,两个女子上山,手无缚鸡之力,若是出了什么事,可怎么跟殿下交代啊?"

这要是平安无事归来了还好,可就怕个万一,太子妃又是位顶金贵的,真要有个三长两短,不光主子爷这边,就是京都那里都不好交代。

都怪自己一时糊涂也跟着病急乱投医了。

而柳韩江抿了抿唇没有说话,眼见着日头越来越小,直至最后剩下一道余晖,他终于坐不住了,沉声吩咐:"再派一队人上山。"

而就在这时,后山口传来了嘈杂的声音,张德胜和柳韩江对视一眼,同时疾步走了过去。

　　而到了跟前瞧清了形势，他们的心都是一凉，一股寒意从后脊背冲到天灵盖上。

　　叶氏身上沾染了许多黑污的泥块，见了柳韩江眼眶立刻就红了，她哽咽着侧了身子，道："娘娘发现了一丛浮草，刚要采药时就被一头熊撞伤了身子昏了过去。"

　　张德胜大惊失色，往她身后一探头，就见到了侍卫们抬着的唐灼灼。后者满脸血污，白与红的碰撞尤为冲撞人心，就躺在临时做成的布架子上生死不明，呼吸薄弱。

　　"这……这……"张德胜说话都不怎么利索了，定了定神急忙吩咐道，"快去请太医！"

　　等安夏和紫环给唐灼灼换好衣裳扶到床上躺好时，瞧着那一盆淡淡的血水只掉眼泪，至于出现在自家主子那张素来姝丽的芙蓉面上的狰狞伤疤，更是看都不敢看一眼。

　　主子那么爱美的一个人，常常对着镜子能自顾自地欣赏半天，若是等会儿醒来知晓了这事，那该是何等的难以接受啊。

　　安夏陪在唐灼灼身边的日子更久些，感情也更深些，此时看着李太医抚着胡须摇头叹息的样子，忍不住从喉咙里发出低低的呜咽之声。

　　叶氏也没好到哪里去，只换了一件衣裳就匆匆地赶了过来，见了这样的情形直皱眉，问："李太医，太子妃娘娘身子可有大碍？"

　　李太医唏嘘不已，直言道："夫人，太子妃娘娘身子并无大碍，只有一些划痕外伤也不碍事，喝些药好生调理便可。"

　　"只是……"他顿了顿，分外感慨，"只是这脸上的划痕着实重了些，恐会留下疤痕。"

　　叶氏呼吸一滞，虽然原先也猜到了，但听太医这么一说，心里就更不好受了。

柳韩江和张德胜此刻则是守在霍裘的床边，将刚熬出来的药一口口喂霍裘喝下去，等碗里的药汁见了底，他和柳韩江才走出了屋子。

　　夜里星子闪烁，瞧着分外迷离朦胧，美好得像梦境一样，只是如今，倒没人有心情欣赏。

　　鸦声阵阵，寒意袭来，柳韩江连着守了两日两夜，好容易见那药汁生了效，霍裘额上的温度降了一点点，他才有心思回自己院子里小歇片刻。

　　叶氏正坐在庭院里的小石桌旁，低着头不知道在想些什么，见他回来了，也只是牵强地笑笑。

　　"夫君劳累了两日，先去屋里歇会儿吧。"她声音如水，对着柳韩江道。

　　"不急。"他撩了衣袍坐在她身侧，玉树临风面若冠玉，一举一动皆是从容风流。

　　"我知道你心里不好受，可这事不能怪你。"柳韩江牵了叶氏的手摩挲几下，目光悠远，道，"且这也不能算是坏事，经此一事，殿下必将真正明白皇家无亲情，行事再无须顾忌。"

　　叶氏不明所以，片刻后试探着道："夫君的意思是殿下这次的瘟疫，是六殿下所为？"

　　柳韩江的目光顿时深邃起来，片刻后点头低笑："是，也不全是。"

　　叶氏向来不关心朝堂上的局势，见柳韩江不想多说，也就没有继续问，只是抿了抿茶道："娘娘脸上的那道疤怕是好不了了，都怪我当时没有叫人跟着她。"

　　柳韩江揉了揉她乌黑的头发，低声轻哄："等回了京都，自然是有办法的，莫要再自责了。"

霍裘再次醒来时，夜色正浓，弯月儿挂在天幕正上方，惨淡的月色如水潺潺，流淌到了院子里。

屋里的中药味久久不散，红烛滴泪摇曳不止，脑子里的沉重感也一点点散去，张德胜就守在床前打盹，听到细微的动静睁开了眼睛，见他醒来，大喜过望："主子爷，您可算是醒了！可要喝些水？"

睡了这么久，喉咙的确又干又热，霍裘抿了抿茶水润喉，察觉到了自己身子的变化。

虽然头依旧有些昏涨，但再没有那种动也动不了的无力感，原本死死凝住的内息也开始缓缓流淌，滋养全身。

"孤睡了多久？"

"殿下，现在正是三更，您睡了四个时辰了。"

霍裘轻轻颔首，动了动手指，眸子里的血丝交杂，却仍旧幽深，他盯住张德胜问："太子妃研制出了药方？"

他死死地皱眉，半坐起了身子，环顾四周，却没有看到那个娇气包的身影，心底突然生出一股慌乱感。

张德胜额头上出了一层细密的汗，一股寒意从脚底升到后脊背，让他根本不敢抬头直视这位爷的目光。

偏生这个时候柳韩江又不在。

简直是要命！

"回殿下，正是娘娘试出了药方。"张德胜毕恭毕敬地答。

霍裘食指微动，想起白日里那小女人娇娇媚媚地凑到跟前，直说自己这个神医，定不会被瘟疫难倒的，却不曾想竟真的这样快就想出了法子。

又够她好一阵得意的。

他的面色渐渐柔和下来，以为她是累着了回屋歇息去了，一时之间心尖溢出淡淡的甜意。

这两天，还真多亏了这个娇滴滴的心尖尖儿。

"那幅画还在书房？"霍裘面上仍带着柔和的笑，就连声音也轻得不得了，只有张德胜的头更低了几分。

主子爷这是彻底被激怒了！

"回殿下，那画被太子妃丢到火盆里烧掉了，娘娘说就是因为那画，殿下才染上瘟疫的。"

霍裘略感讶异，没想到唐灼灼心思敏锐到了这般地步，自己一字未提，她就能顺藤摸瓜找出源头。

那画他初看时只觉得心烦意乱，既气又恨，醋意不受控制，却没有想到霍启有这样的胆子出手，等回过神来意识到不对的时候，已经中了招。

他冷冷地笑，剧烈咳了一阵，而后摆摆手道："柳韩江呢？"

"先生守了两夜，直到太医说殿下脱离了危险，才刚刚回院里小歇。"

张德胜心里越是紧张就越是不敢看霍裘的目光，霍裘是什么人？只不过一两眼就看出了端倪，沉声问："发生了何事？"

张德胜腿一软，险些就当场跪了下来，脸色惨白，他几乎可以想象太子妃那边的消息若是传到主子爷的耳朵里，这位将会是何等的震怒。

霍裘见他不说话，心底的那种感觉越发强烈，不由得沉了面色，周身温度直降。

他到底非常人，微一寻思就知道能叫他们这样唯唯诺诺不敢直言的只会是关于那小女人的事情。

"太子妃人呢！"他真正沉下脸来那股威压就连纵横朝堂的老臣都顶不住，更遑论张德胜了。

他声音中的怒意不加掩饰，张德胜不敢再瞒，老老实实地答："娘娘……娘娘在悠曲阁里。"

"她怎么了？"

张德胜小心翼翼地答，每说一句都要咽一口唾沫，只是完全不敢去看他的表情。

"娘娘说治瘟疫的草药里还缺了一味浮草，可殿下的身子眼见着就撑不住了，娘娘便下了命令进山采药。"

霍衷在听到上山采药时整个人都一僵，片刻后才抬了眸子，一字一句声音沙哑地问："孤吃的药是她从山上采的？"

张德胜点了点头，脑袋低得更低了。

霍衷心底的惊惧泛出涟漪，她那么娇滴滴得所有人纵着捧着不能有一点不如意的人儿，是怎么生出上山采药的想法的？

山间多猛兽、毒蛇和断坑，哪样都能要了她的命，暂且不提这些，光是想想她背着药篓爬到山上磨得脚心直起水泡的模样，心底的暴戾就怎么也压不住了。

"你继续说。"

"浮草难找，好容易找着了，却蹿出来一头棕熊，娘娘护着那草药，被那畜生撞得昏了过去。"

霍衷缓缓地闭上眸子不敢再听，只觉得心口钝痛，那种无力感甚至比躺在床上动弹不得来得还要强烈一些。

"太医方才看过，娘娘现在还在昏迷之中，只说是一些划伤，好生调养着就无大碍……"张德胜咽了咽口水，飞快地看了一眼主子爷的神情，接着道，"只是脸上会留一道疤。"

霍衷反手就掀翻了床头的茶盏和空药碗，怒不可遏道："谁准她上山的？你们一个个吃了熊心豹子胆？将孤的话当耳边风吗？！"

他粗粗地喘了口气，光是想想那样的场景就觉得心疼。

心疼得要命！

霍裘翻身下了床，一身中衣面颊含冰，刚一出去就碰见了迎面走来的柳韩江，霍裘冷冷地看了他一眼，一言不发地朝悠曲阁去了。

柳韩江见状挑眉，从善如流地跟在身后，也不多问一句。

接下来他们恐怕免不了一顿责罚。

这还没见着就心疼成这般模样了，若是见着了，那般怒气只怕会尽数撒到他们身上。

哎，最是左右为难中间人。

霍裘到底大病初愈，哪怕身子再强悍，也撑不住这般劳累，可他根本无暇顾及这些，满心满脑都是那个惯来爱缠着他可着劲胡闹的小女人。

等真正见着的时候，他脑子里有一瞬间的空白，下一瞬恨不得给自己无数个拳头。

一条两寸长呈蜈蚣样的疤，蜿蜒在她白净如玉的脸上，手背上深深浅浅的刮痕无数。

他恨不得捧在心口上的娇娇，竟然因为自己成了这般模样。

第十二章

罪魁祸首

悠曲阁里寂静得可怕，月挂中空似银钩皎皎，如水的光波漾映在寂静无声的红墙绿瓦、屋角飞檐上，给这夜色披了一层轻薄的浅纱。

　　后半夜，月色收敛，林子里起了薄薄的雾，朦胧隐绰，寒鸦声时不时袭进人的耳朵里，呜呜咽咽凄凉至极。

　　屋里屋外都安静得可怕，霍裘坐在软凳上，身形消瘦，面上青黑的胡茬都冒了出来，只那眼神却比任何时候都要犀利。

　　柳韩江沉吟片刻，不动声色向后挪了几步，离霍裘更远了些。心底轻叹一声，无妄之灾殃及池鱼，自己竟成了这倒霉的池鱼了。

　　殿下自从去隔间瞧了太子妃之后，便一直是这么个表情，也不说话，身上的寒意一波强过一波。

　　张德胜还是劝！"主子爷，您身子才刚有所好转，还是回正院去歇着吧，等明儿个娘娘醒了，见您这般模样，心底指不定多难受呢。"

　　霍裘垂眸不语，动了动有些麻木的手指，宽大的袖袍掩住了他略显僵硬的动作。

　　"孤昏睡前怎么与你们说的？"他嗓子有些干哑，声音既轻又浅，不容忽视的却是他话中那股压抑到极点的深沉怒气，直逼张德胜和柳韩江。

　　张德胜默不作声地跪了下来，苦着脸道："殿下，娘娘执意要上山，奴才根本拦不住啊。"

霍裘扯了扯嘴角，心底深处一股无力感席卷全身，也对，那女人连他的话尚可驳回，天不怕地不怕，更遑论在自己昏睡之后要上山，谁又拦得住？

毋庸置疑，谁也拦不住。

"王毅那边有何动作？"他语气漠然，像是在问一件无关紧要的小事，可柳韩江却突然生出一缕笑意来。

殿下终于不再顾东顾西而决意斩草除根了。

"一切如殿下所料。"

霍裘的瞳色比墨还要浓深，紧了紧椅上的扶手："那便动手吧。"

柳韩江摇了摇手里的羽扇，淡笑着应下。

太子妃脸上一道寸长的小疤，为殿下换来一个后顾无忧的皇位，怎么瞧都是划算的。

后半夜，柳韩江回了自己的院子，张德胜守在悠曲阁的门前头一点一点地打盹。

他这几天着实没好生休息过，好容易殿下醒了，还没来得及松一根弦，太子妃这儿又出了这样的事儿。

真是天生的劳累命。

霍裘坐在床沿上，雕花的实木大床上躺着的人还是一动不动，没有一丝将要转醒的迹象，安静得让男人莫名的心慌。

他低低地咳嗽一声，丫鬟端来一碗熬好的草药，他却看也没看一眼。

"殿下，您将药喝了吧？等会儿娘娘见了，又该心疼了。"安夏将先前一碗泛凉的药汁端下去，这样劝道。

霍裘哪里是抗拒这药？分明就是心疼这床上的女人，为了这药她到现在还昏迷着，更别提还毁了脸，若是她醒来知晓了，不定要怎样哭鼻子呢。

喝下去每一口都灼得嗓子生疼，霍裘闭了眸子，将碗中的苦药一饮而尽，捏着碗边的手用力到青筋暴起，指尖泛白。

　　他得快速好起来，将她所受的苦痛一一还回去，这样才能解心头万千憎恨气恼。

　　天蒙蒙亮，唐灼灼费力地睁开了双眸，入目是熟悉的撒海棠花绣面床幔，她眨了眨眼睛，刚一动手指就觉得全身像是被碾过一样，尖锐的痛直往脑子里挤，特别是脸上火辣辣地疼。

　　她靠床边的小拇指被温热的手掌包裹住，唐灼灼抬眸一看，就见到霍裘靠在椅背上，双眸幽深清贵如竹，顿时漾出了笑意，喜出望外道："殿下好了？"

　　霍裘默不作声，递给她一杯水润润喉咙，而后才哑着声音道："孤是好了，可娇气包怕是不会很好。"

　　唐灼灼刚一动嘴角，就牵扯到了面上的伤口，她微微一愣，旋即就知道发生了什么。

　　面颊处沁凉，可再上乘的膏药也压不住那火辣辣的疼意，她记起昏迷前的那一幕，顿时也没有说话，划痕累累的手抚上面颊上的那一块。

　　严不严重的，总该让她心底有个数，有个心理准备。

　　就在即将触到的那一刻被霍裘抓住了，男人揉了揉她的发丝，声音哑得不像话："别乱摸，等会儿发炎了又该喊疼了。"

　　唐灼灼见他这般模样，愣了愣也就从善如流地应了。

　　按照这男人的性子，没有第一时间将她捞起来打两个板子·板着脸训一顿就是有问题了，更别提还如此情态和她说话。

　　她这是破相了吗？

　　唐灼灼靠在软枕上，忍了忍还是用手遮住了半边的脸，垂头低低地道："殿下别看，丑的。"

声音里到底带了些软弱的哭腔，强忍着没有掉金豆豆，她当时再如何胆大到底都还是娇养于深闺的少女，如今知道自己破了相，没有当着男人的面哭出来已是强自忍耐。

霍裘身体一僵，起身坐在了床沿上，将她娇嫩的小手攥在手心里，力道大得恨不得将她融入骨血里。

"下回再敢这般擅作主张，孤定饶不了你。"他揽过傻傻失神的小女人，下巴磕在她的肩膀上，良久才出言警告。

唐灼灼面颊上火辣辣地疼，也不知将他的话听进去了几分，只是扯了扯他宽大的袖袍道："殿下，可否拿面铜镜过来，妾想瞧瞧妾的脸成什么样儿了。"

霍裘将她苍白的小脸扳正，一点一点瞧得仔细，声音如古筝声声低哑醇厚，直入人心。

"娇娇貌美，姿容绝色，黛眉远山，水眸含情。"他说着，倏尔笑了起来，抚着她完好的右边脸颊，眼神细细描摹她的面部轮廓，挑眉道，"特别是娇娇一双杏眸，藏着皎皎月光，孤甚喜欢。"

特别是夜里被他欺负时，那眼里的媚色几乎能要了他的命！

男人甚少夸她，原本就是个得点阳光就无限灿烂的主儿，若是再夸，还不得美死她自个儿？

唐灼灼耸了耸鼻头，将小脑袋埋在他的胸膛里，声音委委屈屈如流水一般淌进霍裘的耳朵里，她道："妾定是破了相了，这会儿殿下百般夸赞，日后不定怎么嫌弃妾呢。"

她呼出的热气大片大片地铺在他的胸膛上，霍裘闭了闭眼睛，感觉到她又将眼泪胡乱蹭到自己袖口上，一向爱干净受不得一点脏乱的太子殿下却没有半分嫌弃，只觉得再冷硬的心都要被这小娇气包蹭化了。

若是旁人遇到这样的事儿，还指不定如何歇斯底里，可断然不会像她这样一股脑儿揪着他胡搅蛮缠，让他心底胀得不行。

自古以来，女子的容貌便是立足的根本，唐灼灼深知这个道理，没了容貌，就更不能胡乱一通号哭惹人厌弃。

"不会。"

太子殿下一惯不会哄人，今日这两句夸赞的话一说，已是词穷，他拍了拍女人的背，艰难地开口："咱们回京都上最好的药，定会恢复的。"

就算不能恢复，只要她是唐灼灼，他就永远珍爱怜惜，百般呵护。

可这样煽情的话，他到底说不出口，只是身子绷得越来越紧。

唐灼灼哭过一场，自觉丢人，抹了抹眼角的湿润，才点了点霍裘的胸口，道："殿下才喝下草药，身子正虚着，怎么不好好歇着，反倒来守着妾来瞧笑话？"

霍裘失笑，他哪里是来瞧笑话的？他来时分明是一步一咬牙，想着待她醒了，无论如何闹腾哀求，也非要给这女人一个教训才好，没得无法无天连自己的安危也不顾了。

可真正见着人，他只想将自己推出去好好反省。

"没看笑话。"霍裘拢了拢她的长发，烛光摇曳，她鼻翼一侧的疤痕弯曲如蜈蚣，将她面上的美感生生地冲淡了十之八九。

这女人那般爱美，恨不得日日里捧着那张脸，屋子里那些瓶瓶罐罐的口脂香膏便是最好的评据。若是见着了这样的伤口，指不定怎么个伤心法。

"叫底下人收拾收拾，后日启程回京。"霍裘敛了神色道，东宫里各种奇珍异宝多得很，他一样样地试，总归会有办法。

若由着这小娇气包整日里胡思乱想，他还不定会有多心疼。

唐灼灼缓缓地摇头，眼神半分没变，道："殿下不处理西江的事儿了？"

就这么放王毅那个伪君子一条生路？那霍裘与她所受的罪岂不白白挨了？

一旦让他逃了回京，有六皇子庇护，只怕为顾全大局，只好暗自忍耐，她光是想想都觉得承受不了。

王毅绝对不能放过！

霍裘知晓她心底想法，拢了拢她的中衣，将那白得耀眼的肌肤挡住，一字一句道："娇娇且放心，涉及此事的人，一个也跑不掉。"

他最不能容忍之软肋为自己而受伤，这让一向心高气傲的太子殿下如何咽得下这口气？

唐灼灼这才掩下眼底的暗色，哼哼唧唧催着男人去了隔壁的屋里。

等他一走，她脸上的笑容就倏尔消失，将伺候在外面的安夏和紫环叫了进来。

两人的眼眶都有些发红，还是紫环最先牵强地笑着出声："娘娘，可要吃些什么？殿下都吩咐人一直热了备着，是要桂花糕还是糖枣儿？"

这两样都是她爱吃的零嘴，只可惜太子殿下发了话，明令规定一天只能吃一两块，时常馋得她心尖痒痒。

如今她受了伤倒是大方了。

唐灼灼早先观察过了，屋里四周的铜镜全被撤走了，一面也没留下。她吸了一口气，指了指脸上的疤，垮了一张小脸道："拿面铜镜进来。"

安夏与紫环对视一眼，皆是摇了摇头，看着脚尖道："娘娘，殿下吩咐，您脸上的伤痊愈前，不得在屋内挂镜子。"

唐灼灼斜躺在软枕上，道："谁才是你们的主子？"

紫环还想再说什么，却被安夏扯了一下，后者跟在唐灼灼身边的时间更久，也更了解自家主子的性格。

只怕见不到伤口的样子，主子才要更伤心呢。

安夏拿来的镜子是她往常最喜欢的一块儿，是西边进贡上来的水银镜，照人格外的清晰，镜边儿镶着几颗硕大的宝石，熠熠生辉，还是她从霍裘那里磨了许久磨来的。

细细一想，太子殿下屋里稀珍物件儿，十之五六都进了她的箱底里。

这般宠爱，当真是叫京都贵女羡慕红了眼睛。

唐灼灼靠在软垫上边，手里拿着那面水银镜，里头照出来的人眉目依旧，只是那条疤盘踞着将那份盛极的美感破坏得淋漓尽致。

她的手指有些细微地抖，深深吸了一口气，再抬眸面上隐有笑意，问安夏道："来给本宫诊治的是哪位太医？"

安夏不明所以，还是老老实实地答："回娘娘，是李太医，就是想和您学针灸术的那个。"

唐灼灼咧嘴无声一笑，将手里的水银镜丢到一边儿，倒在绵软的床榻上不作声，没有众人想象中的难以接受，也没有哭闹，安夏不放心轻手轻脚掀开帘子一瞧，人竟是睡着了。

隔壁的厢房里，霍裘净了面，又成了那个清冷自律，再是冷漠不过的太子殿下，只不过此时此刻，他剑眉深皱，长指轻摁眉间，面露疲惫。

张德胜将安夏带进来，笑着道："主子爷，娘娘已经睡下了。"

霍裘将手里把玩的佛珠丢到桌上，抬眸问："哭了没？"

安夏摇了摇头，道："娘娘照了镜子就躺下了，这会儿已经睡着了。"

霍裘挥了挥手，让人都退了下去。

　　张德胜咋舌，好嘛，主子爷瞧不得那位主儿的泪珠子，那位倒是好，自个儿睡得挺香。

　　屋里熏着安神的檀香，霍裘皱眉沉思，片刻后豁然起身，直直到悠曲阁里，二话不说长袍一撩，搂着那娇气包倒头就睡。

　　片刻后，唐灼灼自黑暗中缓缓地睁开眼睛，将手心里攥着的那两颗浑圆丹药送进嘴里一颗，香甜的滋味漫开，她眯了眯眼睛，往男人身上蹭了蹭，感受到他一瞬间极不自然的僵硬，笑得无声。

　　她声音十分小，带着某种得意的笑，摸上男人坚毅的面庞，最后摩挲他冰凉的唇瓣，将手心里剩余一颗白色的丹药送入他嘴里，兀自嘀咕："这是最后一颗了，再没有别的了，殿下若是再不爱惜自个儿身子，妾也没法子了。"

　　男人身子火热，动也没动一下，任她所为。

　　直到天方亮，唐灼灼是真的睡着了，霍裘才缓缓地睁开了眸子，眼底的血丝消减不少，他翻了个身想将有些麻的手臂抽出来，才一动，枕在上面的娇气包就不耐烦地皱眉，细声细气地哼唧。

　　霍裘止住了动作，将她揽得更紧一些，最后想想，实在是气不过，伸手捏了捏她挺翘的鼻梁，声音低沉宠溺："就是个小骗子。"

　　尽知道骗他。

　　唐灼灼这一觉睡得有些久，起来的时候已过晌午，天边起了一些雾，阳光并没有出来，旁的地方还好些，可山里就显得湿冷了些。

　　她手上脸上用的药都是极好的，手上的细微划痕已接近消失，就连脸上的那道大口子，也痒痒麻麻的让她止不住想去挠。

　　安夏端上来一碗药汁和糖枣儿，唐灼灼闭了闭眼睛喝下，险些全部吐出来。

　　"柳夫人呢？"

　　紫环见唐灼灼面色不错，也不见颓废伤神，也是松了一口气，笑着回，"夫人早间来瞧过娘娘，见娘娘睡着就没有打扰，说是等会儿再来。"

唐灼灼轻轻颔首，这次诸多事情，也真多亏了柳韩江夫妇。

屋里的铜镜又被全部放了进来，唐灼灼坐在妆奁盒前，注意到脸上的疤痕淡下去几分，也不着急，既不动怒又不失声痛哭，一挑眼角，媚色天成。

"去拿画笔来。"唐灼灼看着那条疤碍眼，这样明晃晃的疤痕摆在脸上，她心底也不痛快。

她向来自诩貌美，就是暂时破了相也得继续貌美着。

紫环不明所以，安夏却是闭了闭眼睛，不死心地规劝："娘娘，咱们还是蒙条面纱遮着吧。"

"蒙面纱做甚？说不定叫人瞧了笑话。"唐灼灼素手轻转，蘸着刚磨出来的花汁，对着镜子细细描画，不过须臾之间，就已将那疤痕遮了个十之八九。

她画画的功底好，连带着在脸上作画的本事也十分高超，等她缓缓地放下画笔的时候，安夏已别过眼睛不敢再看。

紫环惊愕地捂了嘴巴，唐灼灼回眸挑了挑眉毛，问："如何，你家主子这般，可比得上之前？"

何止比得上？只有过之而无不及。

她白皙的半边脸上寸长的花枝惹眼至极，绯红的颜色衬得她颜色盛极，回眸一笑百媚生，紫环瞧过宫里的无数美人，这刻却仍是愣了愣。

也终于明白了安夏的欲言又止，主子这样儿出去，哪里像是端庄大气的太子妃？分明就是从画中走出来勾魂摄魄的花妖，再配上那一双含情的杏眸，哪个男人能不恋上这样销魂的女子?

难怪主子一点儿也不忧心沉闷。

　　唐灼灼掩唇浅笑，瞥了一眼桌上的食盒，道："走吧，本宫饿了，咱们去找殿下讨些吃的。"

　　安夏低头看着鞋面，心道娘娘这果然又是想去祸害殿下了。

　　唐灼灼就这样一路到了正院，畅通无阻。

　　薄雾形成了一道屏障，蒙了眼前数十米外的场景，唐灼灼到书房门口的时候，张德胜正候在外面。

　　"太……太子妃娘娘安。"他只看了一眼就低了头，险些将手里捧着的文书摔到地上。

　　这位主子也真是任性，这脸才划了口子第二日就这样大摇大摆地出来，没有一丝遮掩，甚至面纱都没蒙一张，还有这脸上画的东西……

　　难怪殿下被吃得死死的，这位当真是不按常理出牌的。

　　唐灼灼轻轻颔首，心情尚还算好，就是不知等会儿那男人是个什么表情。

　　"殿下还在里面？"她隐约能听到里面说话的声音，听着听着却觉着里边更像是打斗声。

　　张德胜点了点头，面色不太好看，凑近唐灼灼耳边道："娘娘可要进去瞧瞧？殿下吩咐，如是娘娘来了，无须禀报，自行进去便可。"

　　唐灼灼思索片刻，料定里面定然不是在商讨要事，不然也不能叫她随意进的。

　　张德胜见她意动，也就退到书房角落一侧，冲着里面低声禀报道："殿下，娘娘来了。"

　　里面的声音戛然而止，不多时就传来霍裴微怒的声音："进来。"

　　唐灼灼一愣，这男人火气怎么突然这样大了？

　　才一进去，就见到了跪在地上被五花大绑着的男人，那男人面上全是青黑胡楂，瞧起来格外粗犷不羁，只有那一双眼睛，是唐灼灼觉得既熟悉又陌生的。

除此之外，就只有柳韩江和那日将她从熊掌下救下的玄龙卫了，坐在太师椅上的男人缓缓地抬眸看她，见到她这般妆容，目光陡然如箭一样冷厉，又带着如火般炙热的温度。

唐灼灼没想到有这样多的人在场，顿时也有些不好意思了，本想着来逗逗这男人的。

柳韩江早在她来时就后退了几步，目光更是一刻都没落在她脸上，明哲保身为上，殿下的醋意来得与常人不同，他可不想再被殃及池鱼。

至于那玄龙卫，原本就是死士出身，再美的女人在他眼中都是一堆红粉骷髅，哪怕是以颜色姝丽名满京城的太子妃。

可地上跪着满头大汗的那个男人，眼里却是极快地闪过一丝痴迷和眷恋，又带着强烈的希望，只是被卸了下巴不好作声，嘴里还在咿咿呀呀地说着些什么。

唐灼灼不动声色退了几步，被霍裘一把扣住纤细的手腕，男人漫不经心把玩着她娇嫩的掌心，问："仔细瞧瞧，还认得他不？"

这小女人夜里那颗丹药效果极好，一觉睡醒，浑身酸乏尽数消失了不说，内息更见绵长隐约有更上一层楼之势。

既然如此，那么她面上的这道疤……

霍裘的目光再次落在她如玉的面颊上，喉结上下滚动几圈，剑目里拖拽出极深浓的火气。

又来变着法子戏弄挑衅自己，真是欠收拾！

亏他还真以为这小女人伤心欲绝，昨日各种露骨情话都讲到了她面前，还不定叫她怎么个得意法儿呢。

唐灼灼狐疑地瞧着那瞧着自己目光格外热切的男人，再次细细看了他的身形，一脸的笑意寡淡至极。

她回头朝着男人笑："怎么不认得？这可不就是京都的翩翩佳公子王将军？只是这人皮面具做得别致，等会儿殿下把它揭了交给妾好生捣鼓一番？"

霍裘配合着沉沉低笑："一切依太子妃就是。"

王毅瞪大了眼睛，怎么也没想到见着的是这么一副堪称琴瑟甚笃的画面，怎么会是这样子呢？明明不该是这样啊？

唐灼灼什么臭脾气哪有人比他更了解？那就是一个被惯坏了的少女，嚣张跋扈一点也不会收敛，断断不会臣服在太子爷的光辉下学着旁的少女曲意讨好的。

她的心里，不该只有他一个人吗？

会不会是霍裘……他知道了什么，把当年落水的真相告知唐灼灼了？

唐灼灼对他的目光视而不见，只是缓缓地抚上脸颊上的那道伤疤，虽然心里知道不会留疤，可这疼，是实打实的。

"殿下不是说将王将军好生请过来？怎么如今人这样凄惨了？"

唐灼灼上前几步，眼神如刀刮在王毅的面上，眼里雾霭沉沉，端详片刻道："这下巴卸得利索，可却不疼。"

她啧啧道，话音才落，旁边站着如同木头一样的玄龙卫突然动了，他速度极快，唐灼灼避得也快。

下一刻，王毅刺破天际的惨叫声与唐灼灼咪咪的笑声交杂在一起，竟是格外的和谐。

唐灼灼一笑，面上的那条花枝就跟着开出一树的娇嫩来，王毅嘶哑的痛呼低吼之后，一双眼睛直直望着她，再不复以往清润有礼的模样。

从没有过这样的屈辱，被捆了这样跪在地上，任由别人肆意嘲弄，甚至被人卸了下巴像厉鬼一样，连咒骂都做不到。

唐灼灼琉璃色的眼瞳美得迷离，王毅能在其中瞧到自己小小的倒影，这是第一次，他在这个女人眼底看到自己。

唐灼灼一双玉手伸向他的面颊，霍裘的面色一下子黑如锅底。

"唐氏！"他声音里淡淡的不悦任谁都能听出来。

唐灼灼略遗微憾地低叹了一声，这男人凡在人前不悦的时候，惯是"唐氏"地唤，一到夜里情动时却像是变了个人般。

王毅因为她的举动而燃起星点希望，原本只差一步，他今早就可以渡河回京，就只差那么一炷香的时间啊！

还是被玄龙卫逮住了。

他甚至都不知为何霍裘现在还是好好儿的，明明那画，朱泸亲眼见他打开了的。

到底是哪里出了错？

六殿下那里，已经知晓了情况吗？会来救他吗？

唐灼灼淡淡地瞥过一眼，端了桌上的白灰色水液就往他身上一泼，水声哗啦，地面上也很快汇成了一条条蜿蜒的水痕。

王毅捂着脸模糊不清地惨嚎，唐灼灼没有耐心再看他，只是抬了抬眸，对着霍裘道："殿下，现在可以将他脸上的面皮揭下了。"

戴了人皮面具也还是这副不要脸的恶心模样。

霍裘起身，朝带刀的玄龙卫示意一眼，后者就走过去毫不留情地揭了那一层轻薄的面皮。

露出面皮底下那惨白而毫无血色的脸。

唐灼灼这时候说不清心底是个什么滋味，原本以为会恨得将他挫骨扬灰才好，如今看他落得这般田地，她却只想交给霍裘处理了。

他原本就没资格叫自己那般费心。

手起刀落彻底了结了他性命多好？

霍裘察觉到女人的心思，将她小手上沾着的水液一一擦拭干净，头也不抬地道："收押大牢，押回京都。"

那玄龙卫抱拳领命，像拎鸡崽一样地把他拎了出去。

从始至终，王毅就没有机会开口说一句话。

柳韩江摇着扇子微妙地笑，目光落在唐灼灼半边描了花样的脸上，心里啧啧称奇，这太子妃可真是个妙人儿。

半年前瞧着还是一副对王毅痴迷的样儿，如今就能做到熟视无睹，其中变化，就怕不是那么简单啊。

等人都出去了，屋里燃起袅袅的香，唐灼灼挽了男人的小臂，刻意将那半张俏生生的脸凑到他跟前，道："殿下今儿个可觉得好些了？"

霍裘垂眸望她："好了不少。"

唐灼灼这才正色，小小的手指娇娇嫩嫩地挨着他，垂眸低声问："殿下明知道那幅画有问题，为何还要打开来看？"

朱泸那人和王毅交好，又是个没脑子一根筋到底的人，送来的东西能有什么好的？

这男人心思那样敏锐，怎么会看不破这么个小把戏？

霍裘皱眉，嘴唇抿得有些紧。

只因为画中的人是她，他哪里受得了旁的男人拿了她的画像日日念想？就是这么一想，心底堪堪压住的暴戾和嫉妒又开始作祟。

唐灼灼见他不说话，踮着脚往他跟前凑，一边还指着脸上的疤委委屈屈道："太医说妾脸上要留疤的，殿下可要记着，往后要可着劲儿疼妾这个心尖尖儿。"

这是太子殿下第一回听女人如此明目张胆地邀宠，这就是搁在琼元帝的后妃里都没有一个有这样胆子的。

他低头去看她，目光停在那栩栩如生的花枝上，声音哑了许多：

"瞧着这疤比昨日要好了不少。"

昨日还是有些吓人的，血肉微微向外翻着，如今却隐约能瞧到结了疤，照这样下去，莫说是留疤了，只怕不到三五日就恢复如初了。

唐灼灼自然知道昨日夜里的小动作瞒不过他的眼睛，不说别的，就说昨日喂给他的那丹药，太子殿下如此人物，若不是清醒着纵她所为，哪里就能那么顺利？

"若是好不了了，殿下是不是就要去宠幸旁的美人儿了？"她捧着小脸愁眉苦脸地叹气，时不时偷瞥他一眼，"果然如他们所说，殿下只是喜欢妾这张脸的。"

霍裘险些被这么个不要脸的东西气笑了，他轻轻地"哦"了一声，带着疑问的语气，而后道："那娇娇觉得是你的性子叫孤喜欢？"

不说旁的，光是平日里的无理取闹，她就没少干过，嚣张肆意恃宠生娇更是不在话下。

唐灼灼被男人的话噎了噎，捂着左边小脸走到桌案前，细细看了那张从王毅脸上揭下来的面具，而后瞳孔一缩，道："是真的人皮。"

霍裘身子动也没动一下，只是漫不经心地轻"嗯"一声。能做得如此逼真足以以假乱真的面具，自然是从人脸上活剥下来的，他手里头也有不少，王毅能从霍启那拿到也不奇怪。

唐灼灼别过眼睛不敢再看："殿下准备怎么处置他？"

这个他，自然是指王毅了。

霍裘的神色终于有了些波动，他转动了几圈手里的佛珠，道："先押着，等回京收拾了言贵妃一派，让他们主仆相见。"

霍启这会儿怕是以为他躺在榻上等死了吧？从昨日晚间到今

日，派来的杀手都好几拨了，他这皇弟还是这样耐不住性子。

原定两日后启程回京，却因为午间传来的一则消息，一行人不得不当天晚上就收拾东西踏上了回京之路。

琼元帝大病卧床，整个太医院束手无策，如今只靠着药石吊命，帝都顿时人心惶惶，六皇子一派尤其活跃，开始大肆拉拢人心，一时之间风雨欲来。

这消息是张德胜传来的，他来的时候，唐灼灼正和叶氏磨了花汁制口脂。

经此一事，她们两人的关系好了不少，说话也更加随心所欲起来，再加上原本就是师承一派，可聊的东西也多些。

叶氏细细地看了唐灼灼脸上的伤口，低低地叹道："师父给的丹药，果真是极好的。"

"只是可惜了。"唐灼灼随着她说道，"再没有剩下的了。"

叶氏抿了一口清茶，又捻了一些花汁捺在手背上，嫣红的颜色极鲜艳，她叹了一口气，道："我的也用完了，统共两粒，一粒生潇潇时服下了，一粒给了寒江。"

张德胜这时候带了人过来，脸色严肃，见了她就道："娘娘，殿下有令，今晚回京，连夜赶路，您快叫底下人收拾收拾吧。"

唐灼灼动作一顿，微微讶异："可知道是因为何事？"

张德胜只摇头不说，带了人匆匆下去了，避她如避洪水猛兽一般。

若是京都没有发生要事，那男人断然不会下令连夜赶路回京的，唐灼灼浅浅地皱眉若有所思。

而直到天微微黑下来，霍裘才出现在悠曲阁里，他裹挟这一身的浓重寒气，大刀阔斧地坐在太师椅上皱眉不语，身子前倾双手交叠，在灯火通明的屋里显得格格不入。

唐灼灼正在偷吃一碟子糖枣儿，她最近格外喜欢吃甜食，吃了又闹牙疼，太子殿下没了法子下了禁令，一天只准吃三颗，再多却是没有了。

　　这一小碟还是安夏怕她伤口疼，偷偷去厨房做了拿来的。

　　哪知道这男人突然就冷着脸回来了。

　　屋子里的东西少了许多，显得有些空荡，唐灼灼不动声色地将几颗糖枣儿含到嘴里，离霍裘更远了些。

　　霍裘气极，揉了揉眉心，道："再不过来以后都别想吃了。"

　　一击毙命，唐灼灼顿时漾开了笑，理了理裙摆上的细微褶皱，磨磨蹭蹭走到他身边，伸手揉了揉他的眉心，霍裘身子一松，眉间才舒缓一些。

　　"东西可都收拾好了？"

　　唐灼灼点头，男人身上的星点龙涎香缭绕在鼻尖处，她浅浅地出了一口气，问："殿下有烦心事？"

　　只要不惹到她头上，她向来懒得问，特别是朝堂中的事儿，听起来就头疼得慌，那错综复杂的关系能将人头绕晕。

　　霍裘素来知晓她的秉性，见她主动问了也没有多加隐瞒，这事原本也就瞒不住："父皇早朝时突然倒地，太医皆说时日无多，现在靠药材吊着，孤这才决定连夜回京。"

　　琼元帝老了，又有年轻时征战落下的老毛病，一病如山倒，竟厉害到了这般程度。

　　唐灼灼心里算着时间，最后默然，心底暗叹一声，这回怕真是药石无医了。

　　她偏头望向身侧的男人，只能瞧到一边坚毅的侧脸和微微低垂着的清贵眼眸。

　　都说天家无情，可这男人面对着与至亲的别离，分明也是伤心

的，只是这伤心不可对外述说，于是所有人也都以为太子爷是赶着继承皇位的吧。

唐灼灼长这般大，从来都是被别人宽慰的，面对着男人这沉默的样儿，心里的话到了嘴边儿又默默地咽了回去，最后也只是学着他往常哄自己的样儿揽了他的肩膀，软言温语道："殿下别伤心，妾陪您一块儿。"

她拙劣的安慰倒真的慢慢抚平了他烦乱的心绪，霍裘反手握了她的小手，细细摩挲着她手背上细微的刮痕，闭了眸子轻"嗯"了一声。

KUWEI
酷威文化
图书 影视

下册

画七 著

江苏凤凰文艺出版社
JIANGSU PHOENIX LITERATURE AND
ART PUBLISHING

第十三章

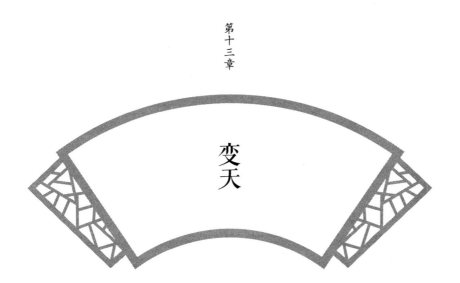

变天

夜黑雾浓，月光惨淡，被掩在云层里泛着幽光，不知名的鸟鸣和蛙声交织，怎么觉着都有些凄凉。

　　几辆马车飞驰而过，留下几团黑浓的影子。

　　马车里，唐灼灼与叶氏坐在一处儿，小桌子上摆着一盘残局，只是瞧着两人的样子，心思显然都不在这棋局上边。

　　马车又是一个猝不及防的颠簸，小茶桌上摆着的棋子散乱了一地，还有几颗顺着滚出了车边，天的那边打起了闷雷，轰隆隆地听着就叫人心里烦闷，怪不舒服的。

　　叶氏摁了摁胸口，缓过一口气来，又捂了潇潇的耳朵，朝着唐灼灼瞧了一眼，谁也没有说话。

　　"要变天了。"唐灼灼掀开车帘一看，前方的夜色如注，浓浓黑的，只是天空上时不时划过几道惊雷，将天穹照得犹如白昼。

　　叶氏怀中的小姑娘方才被惊醒了这时又沉沉地睡了过去，唐灼灼抚了抚她娇嫩的面颊，轻声附和道："是啊，京都只怕不太平了。"

　　何止是不太平？简直是风起云涌、波谲云诡，局势变化无穷，那些开国大臣都称病闭门，连带着府上的人都被勒令小心做人，表面上是等着看龙榻上那位的圣旨了。

　　可到底如何大家心里都清楚，储君已立，威望颇高，无论是嫡长贤都占了一个上风，又是那样的雷霆手段，这新君之位，跑也跑不掉。

　　只是这事情没尘埃落定之前，还是明哲保身的好，更何况此时太子还远在西江。

一旦站错队，那就是株连九族的下场。

霍裘和柳韩江在前面，马车飞驰而过，碾在一个小水坑上，溅起半面水帘。

柳韩江终于收了手里的扇子，拈了一块桂花糕送进嘴里，面上隐有笑意，冲着霍裘抱拳："恭喜殿下，多年所谋，终有回报。"

霍裘摆了摆广袖，漫不经心勾唇，天边惊起一道雷，他面上出奇的平静，就连声音也是波澜不惊的："把那边盯紧一些，在孤抵京之前，万不可出什么岔子。"

眼看着大势将成，霍裘掩在袖袍下的手握了握，原本就是他的东西，总该一点一点尽数讨要回来。

他们抵达京都时，已是五六日之后。

仍旧是一前一后，几乎同时抵达东宫。

世人都知太子妃入庙祈福，如今太子爷平安归来，她自然也要从庙里出来了。

轿舆上男人身姿如松，清冷矜贵，让一早就等在正大殿门口的女人们齐齐亮了眼睛。

"妾请殿下安，请太子妃安。"异口同声的问安声娇腻，扑面而来的胭脂水粉香味叫霍裘沉沉地皱眉。

"起吧。"

东宫的女人不多，有两个他还能认出来，可剩下的三四个他完全没有印象，如今一看，倒觉得像是同一个人般。

其中又以钟玉溪位分最高，她站在最前面当仁不让，深压着心底的激动笑得清浅如风，渴望着殿下能给她一个赞赏的眼神。

这些日子，她管理东宫后院，捞着了不少甜头又得了一个好名声，除了没有夫主体恤关怀，日子过得真是舒坦。

这人一得意就容易忘形。

别人不知道原委，她却听了钟家传进来的消息，唐灼灼不知为何破了相，可能日后还得留疤。

钟玉溪想到这，笑容更盛了几分。殿下和一个破相的女人待在一起那样久，再怎么也该看腻了吧？

退一步来讲，一个面部有缺陷的人，怎么守住殿下的心和正妃乃至国母的体面？

霍裘不耐烦地别过眼睛，却是几步走到唐灼灼的轿前，一把掀了轿帘，将里面正在打盹的女人牵出来。

唐灼灼半睡半醒，这几日连着没日没夜地赶路，昼夜不分的，都没有好好歇过一阵儿，自然没心思理会这些女人。

霍裘瞧她的迷糊样，心底爱极，眉目渐渐柔和下来，沉声问：“可是困了？”

唐灼灼点点头，面上一派慵懒模样，他身上些微的薄荷凉香袭来，她才有了些精神，在他耳边低低地抱怨：“才一回来，怎么人都来了？”

想睡个觉也不安生，晚上又得去给琼元帝侍疾，实在是有些吃不消。

霍裘大半个身子替她挡了有些刺目的阳光，冲着钟玉溪点头：“都辛苦了，等会儿下去领赏。”

一瞬间，钟玉溪的面色就变得惨白，脸上险些挂不住笑。

她从昨儿个晚间就开始等着，等到现在就等来殿下这么一句敷衍的话？像打发奴才一样打发了她？

这怎么可以？

钟玉溪咬唇惨淡地笑了笑，目光移到唐灼灼的一角衣料上，月牙白的衣裳，极其素淡，与她平日里喜欢的张扬颜色大相径庭。

也对，人都破相了再穿那大红的衣裳，岂不徒惹了人笑话？

她走近了几步，甜笑着对唐灼灼道："这样热的天，娘娘怎么还蒙着面纱？"

唐灼灼美目横扫，斜斜入鬓的长眉竟生出几分凌厉的气势来，与霍裘足有三四分相似，眉宇间的不耐烦之色展露得淋漓尽致，半分笑容也不给一个。

钟玉溪陡然失了声，光是这样艳极韵致的眉眼，就叫人怎么也看不腻。

难怪殿下还如珠似宝般地护着。

唐灼灼兴致缺缺地收回目光，从始至终都没有和钟玉溪说上一句话。

霍裘挑眉，将她带在身边这许多时间，这小脾气眼看着又见长了？

在走过钟玉溪身边的时候，唐灼灼脚下的步子顿了顿，拨弄着晶莹的指甲，凉凉地瞥了她一眼，道："良娣真是好兴致，如今这个时候，倒是穿得这般艳丽。"

话一点即止，但令在场的女人都白了脸。她们听闻殿下回来了，自然想在迎接时穿上最得体鲜艳的衣服，好让殿下分些目光给她们，哪里还有工夫去分析时下的局面？

霍裘瞥了一眼唐灼灼，她侧脸柔和，印着半面金光，一条面纱下是娇娇万种风情，他的目光突然有些黯。

"下去。"他冷淡道，语气比起方才，明显不虞。

正是多事之秋，琼元帝大病难愈，东宫的女人却一个个穿得花枝招展，生怕外人拿不住把柄吗？

就连自己身边这个娇气包都在昨晚客栈里挑挑拣拣许久，最后挑了一件最不起眼的，他分明瞧见，黑暗里她瞥向那件大红罗裙时闪闪发光的眸子。

他可在心尖疼的女人都有所顾忌，怎么东宫里这群女人倒还肆无忌惮起来了？

霍裴的面色隐隐地黑沉下来。

钟玉溪大惊失色，再不敢多说些什么，含着一汪泪行礼退下了。

京都不比西江那个宅子，太阳当空照，宫里的琉璃砖瓦上泛着粼粼的波光，唐灼灼在太阳底下走了一阵子就被晒得有些头晕。

宜秋宫还是老样子，宫女们早就摆放好了冰盆，徐徐的凉风拂面，唐灼灼才觉得胸膛里燥热的火稍稍压下来了一些，她抬头望着霍裴，樱唇微张："殿下去忙吧。"

霍裴见她困意绵绵，轻微颔首，捏了捏她柔若无骨的小手，嘱咐道："不可睡久了，晚间还要去晏清宫给父皇问安。"

唐灼灼顺从地点点头，也不知道到底听进去了几分，霍裴揉了揉她乌黑的头发，凌厉的剑眸扫向安夏："晚膳前将你们主子唤醒来。"

如今正是春困夏乏的时候，唐灼灼是真真儿眼皮子都睁不开了，再加上这几天累得够呛，几乎沾着枕头就睡了过去。

梦里是阴冷的湿牢，呜呜咽咽的悠曲一声声地响，从四面八方飘散过来，唐灼灼走了一间又一间的牢房，每一间都是空荡荡的没有一个人影，直到到了最后一间，她见到了蜷缩在角落里的那个人。

她下意识里觉得背影十分熟悉，可还没等到他抬头，这梦就倏尔停止了。

唐灼灼手指微动，睁开了眼睛。

她揉了揉眼睛半坐起身来，见到屏风后坐着的男人端正肃穆，捧着一面折子，半晌岿然不动，她瞧着瞧着，竟有些痴了。

霍裴将折子放到桌案一角，无奈起身，小姑娘才睡醒，迷迷糊糊地眨着眼睛，见他到了跟前，一点儿也不客气地伸出两条胳膊，松松垮垮地吊在他的脖颈上，小孩子一样地耍无赖，哼哼唧唧的没个正行。

"这成什么样子？嗯？"虽然是这样说，声音里却分明是溺宠无奈居多，至于责备，那是一丝也没有的。

唐灼灼瘪了瘪嘴，尖细的下巴磕在他的杏黄色的四爪蟒袍上，又瞧了瞧外面的天色，对男人的口不对心见怪不怪。

"妾睡过了时辰？"

霍裴摇头，道："孤适才派人去问过，父皇还在昏睡之中，暂时见不了人，今夜就去晏清宫守着。"

这就是说，这几日都不会有太多时间回东宫？

"殿下也要顾好自个儿的身子，前头才解了蛊，又患上了瘟疫才好没多久，再禁不住劳累了。"她极低地抱怨，沁甜的香味直钻入霍裴的鼻尖，他心头一软。

往日里那些纨绔子弟的调笑，他向来引为无稽之谈，直到今时今日，他才体会到被一个女人勾得不想踏出屋门是个什么滋味儿。

偏偏那娇气包什么也没做，只是哼哼唧唧叫他搂着说了好一会儿话，他竟就有了一股荒诞的冲动，以往的冷静自持通通土崩瓦解，在她身上溃不成军。

直到太子殿下出了宜秋宫的殿门，心思却还在殿里那个赖着不肯起床的女人上头，埋藏的欲念勾得心头微麻，狭长的宫道上太监宫女跪了一路，他突然顿了步子，皱眉吩咐："让膳房做一份奶糕，等太子妃醒了送过去。"

小娇气包最近换了口味，独独喜欢吃奶味重一些的糕点吃食，每回起来都心心念念着这东西。

张德胜见他突然停下来，以为是什么大事，等听完了他的话，不由有些愣怔，而后飞快地反应过来。

"是……是，主子爷放心，都已经备着了。"

这位的心都偏得没边儿了，钟家那位几次三番派人来请，殿下连个眼神也不给，就独独把宜秋宫的那位宠得和什么一样儿，到头来可不就是自个受罪？

怎么主子就是悟不透这个道理？

如今的晏清宫随着琼元帝的病重被禁卫军围了一层又一层，霍裘进去的时候，天已微微泛黑，在里面照看的不是言贵妃，而是皇后关氏。

一场病下来，琼元帝老得不像样子了，那张黄花梨心木雕成的龙床更衬出他的瘦弱来，霍裘的脚步一顿，再抬眸时神色再无半分波澜。

他躬身道："儿臣请父皇、母后安。"

关氏见他真真出现在了面前，心里才松了一口气，如今这时局，他坐镇朝堂才能叫人安心。

琼元帝才喝下药，如今听到他的声音也缓缓地睁开了眼睛，露出浑浊不堪的眼珠子，他朝着霍裘挥挥手，声音嘶哑难听，上气不接下气。

"皇儿来了？"

霍裘面色一痛，声音也带了几分压抑，他上前一步，握了琼元帝的手道："父皇，儿臣幸不辱命，西江一事，尽数办妥。"

琼元帝从胸膛里发出几声闷笑，虚虚地咳，摆了摆手道："吾儿从不曾叫父皇失望过。"

"咳咳……听说你前阵子染了风寒，如今可好些了？"琼元帝浑浊的老眼里精光乍现，用力握了握他的手。

风寒？八百里加急前来取京都的救命药，怎么就成风寒了？

霍裘的身子微僵，四目相对，一分破绽也没露出来，只是微微勾了勾嘴角，道："谢父皇关怀，儿臣身子健朗，没什么大事。"

到了如今这么个局面，琼元帝竟还想着要他放霍启一马，将这事彻底埋在心底？

他何时有这样的肚量了？

更别提他这条命还是以那个小女人脸上一道长疤为代价换回来的，哪里就这么轻易完了？

关氏也听出了些端倪，一边给琼元帝额头上换了一块帕子，一边扭头道："老四患的不是瘟疫吗？怎么在皇上嘴里就变成风寒了？"

霍裘的剑目倏尔幽深一些，记忆中这还是第一回见姨母和父皇相处，竟不承想是这样的局面。

琼元帝愣了一会儿，有些尴尬地干笑了一声，搓了搓手，刚要说话，又开始剧烈地咳嗽。

等琼元帝睡着了，关氏面不改色地净了手，示意霍裘一起去了外间。

"姨母。"霍裘眉目淡淡，声音却柔和下来。

关氏顿时皱起了眉头，将他上上下下看了一遍，最后一把扯过他的左臂，看到上面一道刀疤，而原本盘踞着的蛊虫也没了踪迹。

"怎么？"关氏凝神望他，而后道，"你父皇此次病重，寻遍天下，终于将江涧西请到了皇宫里，本宫原想着请他替你解了这蛊，没想到你还是用了那法子。"

见关氏误会了，霍裘抿了抿唇别过眼睛，也不多做解释，只道："江涧西怎么说父皇的病？"

关氏摇了摇头，笑得有些无奈："你父皇身子状况已成这样了，你我心底都有数。"

接下来不过就是用药吊着，多一天是一天罢了。

霍裘默不作声坐在了长椅上，关氏跟着坐到了对面，自顾自给自己倒了一杯茶水，小口小口地抿，道："你回来了姨母就放心了，守了两夜，也困了，这就回长春宫歇着了。"

霍裘站起身来，也知道关氏的性子，沉声抱拳行了一礼："恭送母后。"

在外人跟前，这声母后是势必要喊的。

偌大的宫殿里，除了里面睡得昏沉的琼元帝和随时待命不敢发出一丝声响的太医们，就只剩下闭目养神的霍裘了。

一场瘟疫险些让他元气大伤，若不是那颗丹药……

他猛地站起身来，长身玉立、丰神俊朗，冷声问张德胜："江涧西在何处？"

江涧西此人最是神出鬼没，这次若不是琼元帝病重，定然是请不动他的。可既然是那小女人的师父，又承了这么个情，自然是要见见的。

张德胜凑到他耳边小声道："回殿下，他就在偏殿候着，可要传进来？"

霍裘挥了挥手。

原本以为江湖中盛传的解蛊圣手是仙风道骨、白发飘飘的高人，可没想到进来的人面若冠玉，举手投足皆是风流韵致，一派的俊逸潇洒，瞧起来不过只有二十三四的年龄，甚至见了霍裘也只是从容不迫地瞥了一眼，而后道："草民叩见太子殿下。"

霍裘有片刻的诧异，而后将他扶了起来。

"先生不必多礼。"

不过是错身一瞬间的工夫，江涧西就挑了挑眉毛，一双入鬓的凤目里闪过一抹兴味，再起身时已是满面春风般的笑意。

这太子身上的药味，倒是熟悉得很。

霍裘与他错开视线，心底已有了个大概。

"久仰先生大名。"霍裘一袭太子蟒服挺拔如皑皑雪地里的寒松，眼里落雪簌簌，轻微颔首道，"先生瞧过孤父皇的病了没？"

江涧西的面色渐渐肃然起来，掸了掸云色衣裳上的褶皱，回道："皇上圣体抱恙，郁结于心，又加之旧伤反复发作，草民无能，只能用药物压制。"

后面的话却也无须说了，大家各自都懂了。

一代帝王，垂垂老矣，直到如今躺在榻上被整日不断的汤药吊着一条命，何曾不是一种无奈和屈辱？

霍裘一路听到的都是这样的消息，此刻也不觉得失望，只是细看了他一眼，而后道："孤都知晓了，希望先生竭力而为，孤必有重赏。"

江涧西微不可见地后退一步，道："谢殿下。"

他躬身的动作标准而优雅，像一个翩翩京都贵公子，动作始终不卑不亢，霍裘心里觉得此人天赋异禀又谦逊知礼，就更高看了几分。

霍裘与江涧西稍稍说了几句话就分开了，一个回到了龙榻前，一个去了偏殿。

琼元帝再次醒过来时已是三更天，他最引以为傲的皇子坐在桌案前，以手撑头，看模样也是累极。

心头微微一动，想到他才大病初愈，老六干的那些荒唐事他心里还算有个底，一时之间倒觉得有些愧疚。

只不过，自己这皇位都是太子的，也算是有所弥补了。

他喉咙里蔓出一股不寻常的痒意，怎么也抑制不住，重重地咳了一声。

霍裘清冷的眉皱得更紧，一边起身一边吩咐道："将药端进来。"

琼元帝将药喝下，朝四周望了望，面上竟有一丝极细微的黯然闪过，他扭头问霍裘："你姨母呢？"

不是母后，而是姨母。

霍裘电光石火间恍然知晓了什么，不动声色地抿唇，直勾勾地与苍老的帝王对视："姨母说有些头疼，就先回长春宫歇着了。"

琼元帝的目光更黯几分，片刻后动了动手指，意味不明地叹道："她惯来……惯来就会用这般借口。"

霍裘的神色晦暗不明，倏尔想起自己殿里的那小东西，和关氏是一个性子，但凡有一点点事不乐意了，就往自己怀里一倒，揉着额心直道胸口疼。

十足的活宝样儿。

透过晏清宫里燃着的上好熏香，霍裘突然不知道该怎么接话，他沉吟片刻，握住了琼元帝有些发颤的手，沉声道："等姨母明日身子好些了，定然会来瞧父皇的。"

琼元帝摆了摆手，长叹一声，翻到里边闭上了眼睛。

"你大病初愈，快回去歇着吧，别守在朕身边又沾了病气。"

夜里狭长的宫道显得格外幽深，像是化为天幕上浩瀚星河里的某一条，几盏灯火星星点点，如同一只只翻飞的萤火虫，飞入了夏天深远的梦里。

霍裘回东宫之后，在宜秋宫门前停了停，张德胜见主子爷犹豫不决，出声问："殿下，可是要留宿宜秋宫？"

他负着双手不作声，宫女手中的灯火点照着宜秋宫的牌匾，三个大字格外分明，霍裘手里的扳指转了一圈，又想起晏清宫里琼元帝提起姨母时脸上的神情，片刻后摇头："宣寒算子。"

他在西江一月有余，手中大部分的事情皆是寒算子在跟进。

　　而唐灼灼从午间睡到天黑，在天上泛星子的时候醒了过来，吃了几块奶糕后又觉着乏味，叫人搬了张罗汉榻到宜秋宫的庭院里头，美其名曰乘凉。

　　微风褪去了白日里的燥热，此刻留下的，只剩下缠缠绕绕让人心醉的柔和，唐灼灼惬意地轻叹一声，仰头望天上的点点星子。

　　身后的宫女拿了小扇替她驱蚊，安夏凑在她耳边轻轻地问："娘娘，可要传膳？"

　　早已过了传膳的点，唐灼灼也不觉得饿，只是身子倦懒得很，她瞧着天色，心里想着霍裘当是不会来了，也就意兴阑珊地摇了摇头。

　　"没什么胃口，全撤下去吧。"她微微摆手，声音凉如水沁，安夏见她自睡醒后精神都不怎么好，不由得问："娘娘可是哪儿不舒服了？可要奴婢去请太医？"

　　唐灼灼更是摇头，小声地抱怨道："请什么太医？天天喝些苦药，全身都是一股药味，难闻得很。"

　　安夏顿时闭了嘴，除了殿下，再没有旁的人管得住这位主子了。

　　唐灼灼闭目不言，片刻后问："给陛下治病的是江涧西吗？"

　　安夏和紫环面面相觑，后者斟酌着回道："奴婢听着下头的宫女们嘴碎时说起，正是请了神医到宫里。"

　　唐灼灼轻微颔首，片刻后露出哭笑不得的神色，道："明日将叶夫人请来喝茶。"

　　想来得知了这个消息而头疼的也不止自己一个。

　　第二日一早，霍裘歇了一个时辰，起来时眼底还泛着微微的血丝。

　　晏清宫的守卫又多加了一些，霍裘去的时候，正好与言贵妃和霍启正面碰上。

他蓦地皱起了眉头，心底杀意骤起，张德胜不动声色将面色不善的六皇子挡在一边，现在还不是双方撕破脸皮的时候，更何况还是在帝王重病之时。

　　此乃大忌。

　　霍启再是不情愿，也张口做了做样子，叫了一声"皇兄"，霍裘面上顿生讥嘲之意。

　　霍启刚想开口，却被言贵妃用眼神制止住了，他到底还是历练不足，显得更沉不住气，此时压了一肚子的怒火。

　　王毅那个废物！他冒着那样大的风险，花费了难以想象的金钱和时间，上上下下打点得滴水不漏了，现在不仅让霍裘活生生地站在他跟前，甚至连人都不出现了。

　　也不知道是不是已经落到了霍裘的手里了……

　　因为上回皇太后生辰宴上发生的事，言贵妃和霍启被琼元帝冷落了很久，这好容易被放出来了，他们想见一面重病的琼元帝都不能，这会儿霍裘又毫发无损地回来了，言贵妃和霍启急得一夜没睡，嘴角都起了小水泡，一大早就火急火燎地来了。

　　晨起微末的风还带着丝丝缕缕的沁凉之意，晏清宫肃然巍峨，傲然屹立，俨然就是这巍巍宫殿里最突出的一个。

　　霍裘一言不发，拂袖向殿里走去，御前总管这时候迎上来，见了他连忙笑着一甩拂尘："殿下金安。"

　　霍裘轻轻颔首，御前总管就走下了阶梯，向言贵妃和霍启问了安，道："娘娘和殿下请吧。"

　　言贵妃和霍启对视一眼，都从对方眼里看到了一丝喜意。

　　这么多天以来，这是琼元帝第一次松口叫他们进晏清宫。

　　晏清宫仍旧是老样子，安神的檀香淡淡的，多了一股遮掩不掉的浓郁中药味，殿里静悄悄的连咳嗽声都没有。

绕过那扇醒目至极的屏风，霍裘听着身后的两道脚步声，微微握了握拳，剑眉深深地皱起，连着声音里也是压低了琴弦般的紧绷："儿臣参见父皇。"

他往床榻边一望，顿了顿，从善如流地接："儿臣请母后金安。"

关氏也在，她面色有些白，冲着霍裘挥了挥手，倦意十足："怎么这么早就来了？"

"儿臣处理完政事，想来多陪陪父皇。"

琼元帝放下手里的药碗，用帕子随意擦了擦嘴角，瞧起来精神倒是好了不少，指着霍裘微微地笑："太子有心了。"

一切瞧起来十分和谐，哪怕心底里都各藏心思，至少表面上俱是一派的岁月静好。

可这样的场景落在言贵妃和霍启眼中，那就是分外的晃眼了，霍启还好些，见惯了琼元帝对霍裘的偏爱，可最不能接受的却是言贵妃。

她见鬼一般地望着关氏，不过是一瞬间的工夫，就压下心底涌起的各种情绪，仪态万方盈盈下拜："臣妾给陛下请安，给皇后娘娘请安。"

琼元帝面色淡漠，从鼻子里冷哼一声，而后略不耐烦地道："都起来吧，一大早的你们来做什么？"

言贵妃的笑容有些僵硬，而关氏则是完全没有了笑意，漠然至极，除了对上霍裘还有些温度，就是对琼元帝也爱搭不理的。

言贵妃不动声色瞧了她几眼，再抬起头时一双娇美的水眸里已是通红，带着哭腔道："臣妾担心陛下的身子，只听着宫人每每来传，臣妾又进不来晏清宫，日日惶恐不安，忧心得很。"

琼元帝面不改色地盯着她，不一会儿视线又停留在霍启身上，心里暗暗地叹了一口气。

他虽然没对言贵妃动过情，可对这个儿子，一样也是疼爱有加的，可自己的意思也一向十分明确，太子之位，只可能是霍裘的。

也正是这份宠爱，滋养壮大了这母子俩的心，临到头来，他护不住嫡子也护不住这孩子，只能瞧着兄弟俩较劲厮杀。

而结果，显然是他不愿见到的。

可事到如今这一步，显然不是他所能控制的了。

琼元帝心头一痛，声音却是不变的冷漠："朕没事。"

如今朝局动荡，每个人都觉得帝王命不久矣，就连这个心思一向深沉的女人也忍不住频频出手，光是这几日，南疆世家来了京都的就有好几户。

若他一死，这天下岂不改朝换代，成为南疆人的天下？

琼元帝一想，原本就浑浊的眼瞳更是幽深几分。

言贵妃自然感觉到了帝王话中的敷衍和不悦，有些不明所以，但一想到最近自己和皇儿的部署，才觉出一些底气来。

好歹有了和霍裘分庭抗礼的资本。

不至于那么被动！

他们母子俩不讨人喜欢，没过多久就被琼元帝挥挥手遣了出去，外面太阳微热，霍启掩在袖袍下的手松了又紧，最后不甘地开口："母妃……"

像是知道他想说些什么，言贵妃一个轻飘飘的眼神制止了他接下来的话，她整了整霍启的皇子礼服，意有所指："这衣裳配不上吾儿。"

能比皇子服还要高贵显眼的也就只有太子的蟒袍和……龙袍了。

霍启的心慢慢地静下来，而后抿了抿唇，道："母妃，那皇后怎么出来了？"

在他的记忆里，一共也没见到过几次，平时就整日整日地待在长春宫里，动不动就头昏脑热的，这个皇后形同虚设，怎么今日倒是出来了？

说起这个，言贵妃也是皱眉："她自然是巴不得霍裘登基称帝的，想来是想着讨好你父皇吧。"

而此时的晏清宫里，安静得有些过分，关氏实在受不住琼元帝和霍裘时不时瞥过来的隐晦目光，眉心一皱，揉着额心，身子就是一个趔趄。

"陛下，臣妾身子不适，能否回长春宫静养？"

琼元帝像是听不出那话里的冷漠，默了一段时间没有说话，再开口时语气略显无奈："晏清宫有最好的太医，什么病瞧不好你的？"

关氏揉着额心的手放了下来。

霍裘一挑剑眉，慢慢地退了出来，最后只隐约听到琼元帝略有些慌张的讨好声音："你都多大人了还哭啊？你再陪我一段时间。"

"……最后一段时间。"

霍裘心底像是被刺扎了一下，极轻微地疼。

这是他这辈子第一次听琼元帝自称"我"，也是第一次听他如此低声下气和一个人说话。

宜秋宫的庭院前，唐灼灼和叶氏约着煮茶吃，杯中的茶叶舒展起伏，新嫩的茶叶带着独有的清香，唐灼灼捧着轻轻抿一口，惬意地喟叹了一声，缩在了宽大的摇椅上，小小的一团。

叶氏第一次见她这般模样，新奇之余又觉可爱，指腹摩挲着温热的茶盏边盖，问："师父那……娘娘要怎么说？"

唐灼灼才阖了眼睛，拈了一颗糖枣儿送进嘴里，甜滋滋的味道蔓开，她的眼睛眯成月牙形。

"咱俩先躲着，瞧着样儿，他这次来京城该是别有所谋。"

若不是他动了心思来，哪有什么人找得到他的踪迹？唐灼灼和叶氏深知他是个什么样的德行，所以才更为在意。

能说得动他的人没有几个，京都正是多事的时候，若他横插一脚，霍裘这男人的直觉又是分外的敏锐，一旦察觉到什么，江涧西根本没得跑。

叶氏抿了抿嘴角，再抬头时已深深地蹙了眉："师父不是个冲动的人，更不喜欢参加这档子糟心的事，应当没理由掺和进来。"

不然光是凭借他那身医术，就足以令所有人趋之若鹜，奉为上宾。

唐灼灼沉思片刻，而后缓缓地摇头，总觉得这事不大对劲，最后想不出个所以然来，手腕微动，上面的铃铛也跟着清脆地响。

"此次请师姐过来，就是觉着这事不大寻常。"

叶氏无奈地摊摊手，嘴角噙着一抹苦笑，与唐灼灼对视一眼，才开了口："想来娘娘也应当知晓师父的一些旧事。"

唐灼灼身子微僵，而后从躺椅上慢慢地坐起身子，目光渐渐凝实。

她与叶氏说是江涧西的弟子，实则相处下来倒更像是兄妹，那人睿智风趣，将一生所学教给她们，行事如风放荡不羁。

唐灼灼被送到庙里时十三岁，正是青葱娇纵的时候，却因为身体原因不得不缠绵病榻，整日里连房门都出不了。

唐府里请来的大夫皆道她在娘胎里时就伤了根，活不过二十岁，眼瞧着越长大身子越不行，唐家人只好将她送到了寺里安置，祈盼菩萨福泽庇佑，大难不死。

菩萨没遇到，倒是偶然在后山遇到了翻墙摔倒的江涧西，他一脸不羁笑意，人前又是一副再君子不过的面貌，丝毫不将她的身份放在眼里。

一日暴雨倾盆，电闪雷鸣，她捂着胸口瘫倒在地上，再醒过来时江涧西隔着一张珠帘在替她诊脉。

雨夜阑珊，他笑意依旧，甚至有些寒凉，起身气定神闲地笑："小丫头身子太差了，活不过多久了啊。"

唐灼灼眸光闪烁，从回忆里抽身，边踱步边道："江涧西的那个姐姐？"

见她直呼江涧西的名字，叶氏忍俊不禁，点头又摇头，宽慰道："娘娘也不用忧心，他什么样的头脑？断然不会没头脑一样地与殿下作对。"

等叶氏回去，唐灼灼在摇椅上摇了半晌，在日落之时浅浅地睡了过去，眼下的一团乌青在她雪白的肤色上显得格外惹眼。

夜色如水，霍裘从书房里出来，心里有些烦乱，原本想着吹吹风清醒一下，脚却像有意识一般到了宜秋宫。

两月前，他踏进这宫里时也是这样美的月色，只是当时心情却与此时天差地别。

她躺在外间的摇椅上，身子上盖着一层薄薄的丝被，外面蝉鸣声阵阵，她睡得极不安稳，几次眉心都微微蹙起，一动身子，被子就滑落到腰下位置，露出极窈窕的曲线。

霍裘眼底沁出笑意，问伺候的人："你们主子用过膳了没？"

紫环摇了摇头，道："娘娘一整天就只用了些糕点，午膳摆上来都没动筷子。"

霍裘摆了摆手，示意她下去传膳。

唐灼灼才从一个梦境掉到另一个梦境，手腕一动，就被一只温热的手掌握住了，她闻出些龙涎香的味道，睫毛扇动几下，施施然睁开了眼睛。

男人剑目狭长，极其俊朗，她才睡醒，脾气有些大，顿时耸了耸鼻子揪住他杏黄色的蟒袍，将脑袋埋在他的胸膛里，瓮声瓮气地问："殿下怎么来了？"

　　霍裘不理会她小小的讨好，皱着眉头将人挖出来，食指如钳抬起了她的下颚，深邃的目光落在她左脸颊那道疤上。

　　褐色的疤已脱落，露出粉红的嫩肉，这娇气包极其爱美，日日要拿东西遮了去，稍觉不如意就要闹腾一会儿。

　　"再过几日，这疤便可彻底消了。"

　　他使人送来的都是东宫最好的去疤药，加上她自己也使了法子，这疤愈合得十分好，并不会留下印记。

　　霍裘这才松开了手，任由她哼哼唧唧地赖着不起，被这磨人精缠得久了，就再不会受她蛊惑心软，拨弄了一下她手腕上的银铃，冷声道："一日未曾用膳？"

　　唐灼灼缩了缩脖子，忌惮他的语气，低声抱怨："回了宫有些不习惯，总觉得御膳房做的东西没有妾外面请的大厨做得好。"

　　霍裘摁了摁有些发痛的眉心："娇娇请的厨子会做什么？糕点？"

　　这小东西不肯好好用膳，糕点倒是吃了不少，只是一点儿肉也没长，瞧起来反倒是瘦了许多，站在风里简直就要被吹跑。

　　本来身子就不大好，药膳也得每每哄着给了好处才喝，一个不开心简直要委屈一天，越宠越娇纵，从前没个太子妃的样，现在更没有！

　　他叹了一口气，索性不和她商量，直接将人抱在凳上，见她还想挣扎，沉了脸警告："再想闹腾，一月别想吃着软糕。"

　　唐灼灼瘪了瘪嘴，一双杏眸里媚色点点，微微眨一下就如蝴蝶扇动进了心底，霍裘见她终于老实下来，忍不住勾了勾嘴角，想将

328

她揉进骨子里，这么一想，又弯腰将小女人轻松勾到了怀里。

唐灼灼漫不经心地抬头望他一眼，男人面上虽然带了笑意，那双眼里却藏着别样幽深的情绪，她仰头问："何人惹了殿下不开心？"

到底什么都瞒不过她，娇是娇纵了些，小脑瓜子倒是机警。

霍裘闭目不语，下颚蹭过她毛茸茸的发顶，片刻后才出声："父皇不行了。"

唐灼灼大惊，一算日子，现在宫里也没传出半点风声，怎么就不行了？

精美的菜肴一道道呈上来，这回不止霍裘吃得索然无味，就是唐灼灼也只挑了几粒白米饭，香嫩的菜到了嘴里只觉得味同嚼蜡。

她琢磨着霍裘这话中的意思，想着是不是江涧西在其中扮演了什么角色，越想眉头就皱得越紧。

就在她咬着汤勺准备开口的时候，就见霍裘一个眼色过来，他道："别整日里乱想有的没的。"

"无论何时，孤都护着你。"只当她怕了这等时局，太子爷屈尊纤贵地道，面色有些不自然。

唐灼灼顿时就笑了，她凑到男人跟前，甜腻腻地道："就知道殿下最疼妾了。"

霍裘失笑，目光在触及她带着些汤汁的粉嫩唇上顿了顿，喉结上下滚动几圈。

先前还不觉，现在，倒是真想好好疼疼她了。

滋味定是不一般的甜美！

浓黑的夜如水如雾，缓缓流淌着漫过了东宫的每一个门槛，倏尔间，天地间仿佛只剩下浅淡的月色和极致的安静。

还有宜秋宫里的华灯盏盏。

烛光摇曳，战火一触即发，也不知是谁先迷惑了谁，可最先受不住动手的，却是一贯冷淡矜贵的太子爷。

　　好容易将火气尽数纾解，霍裘将唐灼灼抱着去洗身子，小女人困得不行，又被他欺负狠了，到现在脸上还挂着泪痕，小脑袋一点一点地往下沉。

　　霍裘瞧着好笑，忍不住拉着她白嫩的手心亲了亲。

　　躺在床榻上，唐灼灼嫌他靠过来太热，咕哝着将他推到床的另一边儿，太子殿下从小到大第一次被人如此嫌弃，当即不悦地狠狠皱眉。

　　好在并未过很久，唐灼灼就自己黏了上来，手脚并用缠在他身上，睡得无知无觉，脸颊上还带着欢好过后的淡淡霞红。

　　霍裘被她身上的甜香逼得有些难眠，时醒时睡的直到后半夜。

　　夜里十分安静，只能听到隐约的走动声，是外边守夜的人发出的。

　　唐灼灼睡得正迷糊，就被一阵急促的脚步声和喘息声惊醒了，她费力地睁开半只眼睛，就被霍裘拍了拍后背，男人声音醇厚沙哑，带着轻哄的意味："没事，睡吧。"

　　她从喉咙里"嗯"了一声，从善如流地应下，也真的乖乖地闭了眼睛。

　　张德胜在门外咽了咽口水，硬着头皮禀报："殿下，钟将军与人搏斗，被挑了手脚筋丢在了林子里，如今太医正在钟府诊治，钟良娣方才得了消息昏了过去。"

　　霍裘猛地睁开眼睛，翻身下床，衣袖倏尔间被原本睡着的女人轻轻扯住。

　　昏暗的环境里，唐灼灼神色莫名，她眨了眨眼睛，觉得喉咙有些干涩："殿下是要去瞧良娣吗？"

霍裘摁了摁发痛的眉心，外面张德胜禀报时话只说了一半，若他所料不错，钟宇是替他带回了那样东西，也同时丢了大半条性命。

"娇娇，孤等会儿就回来。"他弯腰替她掖了掖被角，又捏了捏她软绵的脸颊，笑道。

唐灼灼不错眼地瞧，再次重复先前的话："殿下要去玉溪宫吗？"

她皱着眉头有些严肃，极像平日里闹的小性子，霍裘只以为她是被人吵醒了心底不舒坦，低叹一声将人拉在怀里轻哄，声音极柔和："钟宇被孤派出去拿一件东西，如今生死不明，孤得去瞧瞧。"

唐灼灼眼睑低垂，轻微颔首，再抬头时又是一脸含糊困意，将男人推离了床榻边，一边连声嘟囔："殿下快些去吧，外面人该等急了。"

可真等人走了，唐灼灼盯着杏色的床幔，秀气的黛眉狠狠皱起，片刻后掀被起身。

安夏进来换了盏灯，十分自然地给她按揉肩膀，见着主子身上有些青紫的痕迹，顿时别过眼睛不敢再看。

唐灼灼只觉得心底憋了一团火，她将自己缩在外面的小小罗汉床上，以手撑头，问："殿下去了哪儿？"

安夏低着头老实回答："瞧着是往玉溪宫的方向去了。"

唐灼灼闭目不言，低头拨弄了会儿自己的指甲，而后指腹缓缓摁到脸颊上那道肉粉色的疤上，偏头问："本宫现在这样，是不是丑了许多？"

她脸色不好，烛光下有些惨白，安夏急忙反驳："娘娘的美貌京都传遍了，怎么会丑？"

"娘娘别说胡话了，等会儿殿下回来，见娘娘不好好歇息，可又得不好受了。"

唐灼灼挥了挥手，示意人都退出去。

月色清冷，她突然站起身来，沿着妆奁盒走了一圈又一圈，最后被自己脑海里一闪而过的想法惊住。

挑人手脚筋，却是江涧西的惯用手段，且再无续接的可能，只能一辈子躺在床榻上混吃等死。

而顶着夜风一路大步流星向前的霍裘心里也是窝了一团的火，他皱眉沉声发问："怎么回事？"

张德胜一边小跑着跟上他的步伐，一边喘着气道："殿下，钟将军奉命拿回另一块玄龙令，却不料在寺里后山林子里被人挑了手脚筋，但那人好似对玄龙令不感兴趣，只伤了人就走。"

"如今玄龙令由钟将军昏迷前托人送到了玉溪宫里。"

霍裘猛地顿了步子，剑眉狭长直入鬓，在如水的夜色里生出一股暴戾的邪意。

钟家竟有如此胸襟，利用着嫡长子的残废，也要为在东宫的嫡女搏一份宠。

只是这玄龙令，哪里是钟玉溪一个深宫女人该知晓的东西？

钟家，最近太不安分。

等霍裘到玉溪宫的时候，钟玉溪才刚刚醒过来，一见了霍裘就哭着跪到了地上，眼泪水哗哗地流，却是真的伤心了。

"殿下，请为妾的哥哥做主啊！钟家一心向着殿下，向来忠心不二，哥哥是家里的独苗，如今遭此横祸……"她的声音有些尖厉，平复了一些后又哭着直磕了个头，"请殿下找出真凶。"

霍裘皱了皱眉，坐在了临近的一把凳子上，也不去扶她，只问："钟宇叫你交给孤的东西呢？"

钟玉溪愣了愣，咬着唇将床头的一个盒子递了上去。

霍裘看也不看，直接将那木盒打开，里面放着一块染了些血的玄龙令，正是玄龙令所缺失的最后一块。

他拿在手心里把玩，而后神色晦暗不明地道："你兄长待你还真是极好，这样的东西，也要交到你手里。"

钟玉溪白了脸，嘴唇嚅动几下，不知该如何解释。

霍裘有些不耐烦，心下又惦念着宜秋宫的那个小东西，见东西拿到，也就站起身，直直望着钟玉溪，半晌才勾唇："钟氏，若你老实安分，孤不会亏待了你。"

华衣美食，荣华富贵，尽可给予。

钟玉溪眼神亮了亮，在霍裘转身踏出房门时鼓足勇气缠了上去，柔软的身段随着香风阵阵，蹭到男人的胸膛上，红着脸去解男人的衣裳。

霍裘眼底霎时布满厌恶，他抓了钟玉溪的手腕，毫不留情甩到一边，神情阴鸷："孤的话你没听进去？"

钟玉溪哪里受过这样的对待？往日殿下冷漠归冷漠，可对她们却不算差，虽然一年到头人都见不着几次。

可也没如现在这般，全身都透着一股厌恶嫌弃。

她跪在地上，哭得凄惨，声声带泪："妾知晓殿下对太子妃娘娘一片深情，可妾对您，也是满腔的深情啊。"

钟玉溪瞧着男人脸色小心翼翼地接着说，模样卑微至极。

"妾进东宫半载有余，殿下却从来不曾碰过妾……"

何止没碰过自己，就是东宫里其他女人，都一样尚是清白之身，只有夜里听着宜秋宫唤了一次又一次水的时候，钟玉溪恨得咬牙切齿却又无可奈何。

霍裘神色晦暗不明，望着跪在地上的女人，纤腰一把，哭得也是楚楚可怜，他却怎么瞧也不是个味，眼前全是宜秋宫里那个妖精柔着嗓子哼，一声声没脸没皮地凑上来，叫他多疼自己一些。

他根本不欲多留，抬脚就走。

宜秋宫里，唐灼灼揉着眉心困意全消，躺在那张铺了软垫的躺椅上，咿咿呀呀换着调唱着小曲，那嗓音婉转多变，明明是欢快的曲儿，却偏偏叫她唱出一股哀婉的意味，倒是与这夜色极配。

霍裘的脚步放轻了许多，倚在门口笑看着她闹性子，也不出声，直到她唱不下去回过头来气哼哼地望着他。

谁料他才一走进，唐灼灼的面色就微微一变，片刻后凑上去闻了闻，闭着眼睛笑道："是调香馆里的茉莉花味，良娣的眼光越来越好了。"

她满不在乎的模样激得霍裘心里十分不舒服，他坐在她身边，眉目清冷面无表情："娇娇倒像是十分高兴的模样。"

唐灼灼敛眉，同时也敛了脸上的笑意，一双杏眸里漾开了光，她别过头问："若妾心底不痛快了，殿下可还会去？"

霍裘剑眉内敛，倏尔间抬了眸子，道："娇娇，孤会一直宠着你。"

平生第一次当着女人跟前说这等子话，太子殿下自觉满腔深情诚意就差摆在她跟前了。

他原本就不是个重欲的人，这么多年也就瞧上了这么一个不省心的东西，未来嫡子出生，那必然就是东宫太子，日后谁也欺负不到他们娘俩身上去。

可若说从此椒房独宠，太子殿下又觉荒谬，皇家注重子嗣绵延，现下那些大臣附庸已显不满，不过是因为她占着嫡妻正妃的名头，旁人再是不满也说不得什么。

可往后，离了东宫，一国之母该有的度量怎么也要做出个样子来。

唐灼灼站起身来，青丝覆盖的雪白肌肤下还留着半个时辰前的青紫红痕，显得有些触目惊心。

　　明明前不久还在耳鬓厮磨的两人，如今在情腻味还未完全消散的房间，倒是隐隐地对峙了起来。

　　她偏头不语，尖长的指甲划过掌心的嫩肉，男人的目光越见深幽，像是两柄锋寒的剑立在头顶，她抚了抚衣袖，恍若无其事地对着霍裘笑："殿下自然会一直纵着妾的。"

　　压力骤然削弱，灯光下唐灼灼的表情晦暗不明，在霍裘的角度瞧着，却分明是微微翘着嘴角的。

　　一直宠着纵着，就是无论东宫乃至日后后宫进了多少新人，嫡妻嫡子的地位无人能撼动？

　　倒也真是，男人说话一向一言九鼎，这样的承诺，真算起来，她还算是赚了。

　　一时无话，红烛摇曳不止，熏香阵阵，唐灼灼掩唇打了个哈欠，眼底泛出些银光，声音困意绵绵："妾困了。"

　　霍裘微微颔首，见她上了床榻，也就跟着坐到床沿前，替她掖了掖被角，而后道："孤还有些事情，明日再来瞧你。"

　　他转身走到了门口又转身，肃着脸道："若不按时用膳，孤自不轻饶，你该知晓轻重。"

　　琼元帝如今当真是在用汤汁药丸吊命了，京都气氛一日比一日紧张，晏清宫却还是老样子，重兵把守，除了太子霍裘和皇后之外，其余人等，一概进不去，唐灼灼带着人去了几回，也不过做做样子罢了，被人好言好语地请着回去了。

　　六皇子与言贵妃也不出意外被挡在了门外，气得面容扭曲，脸上的笑容都维持不下去了。

　　朝堂上那些官员最擅揣度圣意，一个个人精一样，瞧着这仗势，自然明白了时势，一时之间都心照不宣躲在府里避祸。

八月初七，霍裘从宜秋宫拂袖而出，脸上的怒意滔天，让一干人等都摸不着头脑。

用午膳的时候，唐灼灼还叫人上了几盘奶糕，用勺子挖着一点点送到嘴里，丝毫瞧不出半点忐忑与低迷，与平日里毫无两样，仿佛早间那事，她一点也不放在心上。

安夏早间听着那屋里的动静，又见着了太子爷怒气十足拂袖而去的模样和散落了一地的花盆摆件的碎片，提心吊胆了整整一上午。

可这正主却半天没点动静，该吃就吃该喝就喝，跟没事人一样。

真是皇帝不急太监急。

"娘娘。"安夏实在有些忍不住了，站在唐灼灼摇椅的后边道，"您与殿下到底怎么了？怎么又吵起来了？"

这样的场景任谁看了都有些心慌，毕竟之前那么多次争吵也都是今天这个情形。

生怕又一朝回到解放前了。

唐灼灼脸上笑意不变，甚至连眼皮子都没掀起来一下，只是摆了摆手，无甚在意地道："没事儿，殿下只是最近政事繁忙，想起一些事心烦意乱罢了，与咱们无关。"

安夏对这套说辞太过熟悉，以至于听了这句话眼皮一跳。瞧瞧，就这么轻飘飘一句，比什么都好使。

你们看，殿下生气那是因为朝堂上的事，与我无关，我也没法子。

等人都出去了，唐灼灼揉了揉额心，坐到妆奁盒前细细地打量脸上那道疤，过了这么些天，这疤也好得差不多了，若不是凑近了细细看，定然是瞧不出痕迹的。

她晃了晃手腕上光泽温润的玉镯子，里面像是有水在缓缓涌动，是今早那喜怒无常的男人给她套上的。

想到这儿，唐灼灼忍了忍，终究还是冷哼了一声，任由那镯子掉在地上碎成了几段。

那男人会逞威风，一个不如意就碎了她殿中珍藏的瓷瓶古珍，怒火来得那般莫名其妙，还不许稍问几句。

而正大殿里才发了一通火的霍裘，直到晚膳时才堪堪能静下心来，只是那神色，当真算不上好的。等了一天，那个女人不仅人没来，甚至就连一句话也没有，别说话了，只怕连他这个人都不记得了。

当晚，霍裘批完折子已是三更天了，他搁笔揉了揉眉心，压着心底的怒气问："太子妃在做什么？"

张德胜头低得不能再低，心道这两个主子又是在闹些什么？太子妃这两日明显懂事乖顺了许多，怎么殿下不仅不开心，还一进宜秋宫里就发了那样大的火？

"回殿下，这个时辰，娘娘已经歇下了。"

霍裘的手掌忍不住握了握，原本以为离了她身边会稍得清净，可如今看来，心心念念放不下的一直是自己，三年来皆是如此。

这三五日来，那女人竟一直在自己眼皮子底下做戏！

表明上一味地恭顺得体，变了个人一样，俨然就是一个再合格不过的太子妃，该做的都做得滴水不漏，挑不出半点毛病。

甚至在今早他从床榻上逮着唐灼灼问话的时候，那女人还用满是困意的声音劝他雨露均沾，多去旁的去处走走瞧瞧。

仿佛那日揪着他衣袖叫他不要去玉溪宫的人只出现在一场虚幻的梦里。

霍裘心中烦乱，他一向雷厉风行杀伐决断，独独在那女人身上乱了柔肠。唐灼灼的反常从那日晚间开始，明明如今她知书达理不吵不闹，他却觉得心口空荡荡的，直到今日晨间那句"雨露均沾"

出口，他简直想掐死她的心都有。

千算万算，独独没有算到她如此洒脱，如今这局面，无论如何放不开手的人竟成了太子殿下。

冷战又一次在东宫两位主子间拉开了帷幕。

这一冷，就直到八月十五前夕。

唐灼灼倒也习惯了悠然自在的生活，霍裘不来，她也没必要将脸凑上去，这事原本也不是自己的错。

晏清宫里，琼元帝在昏睡了一日后醒了过来，天色尚早，皇后关氏还睡在外面的罗汉床上，与龙榻之间隔了一道万代兰屏风。

霍裘进来问安的时候，琼元帝正坐在床上，身后垫着明黄色的软枕，在时隔多日后面色终于有了些许的红润。

他瞧着这场景，再联想到江涧西说的话，心底蓦地一沉，从后背生出些许凉意来。

回光返照，留给一代帝王的时间不多了。

琼元帝瞧着自己最引以为傲的嫡子，笑着向他招了招手，说话声音有些轻，生怕吵醒了睡在外面还未醒的人。

他笑得有些慈祥，此刻已完全看不出帝王身上的威严，琼元帝喘了一口气，握着霍裘的手道："以后，就交给你了。"

霍裘并没有说话，此刻到嘴的宽慰之语已是多余，琼元帝自己心底也当是有数。

琼元帝的意思他再清楚不过，但在这时候，他能做的好像只剩点头应下。

琼元帝又重重地咳了几声，帕子上跳出一团浓黑的血块，霍裘变了脸色，刚要沉声唤太医，就被琼元帝摆了摆手制止住了。

他从明黄色的床褥下抽出一个暗盒，交到了霍裘的手里，干枯的手掌上历经时间的风霜，他望着霍裘道："……这是暗卫令，可调遣朕手里的所有暗卫，代代相传，吾儿要替朕固守住这江山万里。"

"儿臣定竭力而为，不负父皇期嘱。"

琼元帝把该交代的都交代了，面上的表情也轻松了不少，这时候他扭头望了一眼屏风后，笑着道："叫你姨母来陪陪朕吧。"

殿里伺候的人都有条不紊地退下，关氏早已醒了，在屏风后面静静地听，此时走进来自然地坐到了床沿边。

琼元帝眼里的光陡然亮了起来，又极小心地握了她的手，关氏瞧了两人交叠在一起的手掌，默了默没有抽身起开。

霍裳躬了躬身去了偏殿，偌大的晏清宫内殿就只剩下年老重病的帝王和久久不面世的继后。

殿里满是药味，闻惯了倒也不觉得难闻，反倒莫名地叫人静心。

琼元帝的目光紧紧地黏在关氏姣好的面容上，嘴角噙着笑意，许久才沙哑着道："这么多年过去，朕瞧着你模样倒是丝毫未变。"

不止容貌未变，就是性子也没有变动分毫。

关氏狠狠地皱眉，打断了他的话："陛下该喝药了，臣妾叫人端上来。"

琼元帝急忙拉住她的手，苦笑连连："到了这时候，喝不喝这药，又有什么区别？"

命数如此，药石无医。

他的手因为身体原因有些微微地抖，此刻的模样俨然就是一个老态龙钟的老者，奄奄一息命不久矣。

关氏不知想到了什么，声音有些变了调："既然如此，那些太医养着又有什么用？"

琼元帝也不恼，只是竭力撑着身子坐起来，叹息道："朕这辈子励精图治，儿女绕膝，活到这个时候后悔的也只有一件事。"

关氏却不想再听下去，漠着一张脸想起身，却被琼元帝死死拉住，他不知从哪来的那般力气，脸上都涨得有些红。

关氏眼底闪烁片刻，心头一角到底还是软了软。

琼元帝这才松了一口气，摸到自己脸上松弛的肉和一层层的褶皱，直叹气："朕原本就比你大上不少，如今更是老得不像样子了。"

关氏的目光落在他苍老得不成样子的脸上，半晌轻嘲一句："是，又老又丑。"

琼元帝这辈子第二次听人这么说自己，两次都是她。

一次在他正意气风发之时，自然是对这话嗤之以鼻的，这一次却不得不承认了。

"若是当初，没有那杯酒，你我之间，会否不同？"他这话说得有些艰难，有些没头没尾，关氏却马上明白了他的意思。

若是没有那杯酒，该和他成亲的人就当是自己。

琼元帝见她不说话，也就摩挲着她的指腹自顾自地道："不过也没差，你到底还是朕的妻子。"

"当年你姐姐去世……咳，实则没有说叫你进宫这等话，是朕……"琼元帝说话的力气都不剩多少了，他停了停，接着道，"是朕，当年你与清远侯的婚事都快定下了，可朕心底不痛快啊，朕哪里舍得？"

哪里舍得叫你嫁给旁的男人，相夫教子美满一生？

关氏冷眼看着他吐了一口血歪倒在床榻上，嘴唇翕动几下，道："我自然知晓。"

"姐姐是个什么秉性我再了解不过了，她既受了这深墙宫苑夫君不爱之苦，就断然不会再要求我进宫续关家荣耀。"

琼元帝默默地擦了嘴角的血迹，声音嘶哑地问："那你为何……为何？"

为何还要进宫？当时那等情形，他是问过她的，只要她一口回绝了，他哪怕是脸皮再厚也断然不可能要她进宫了。

关氏抽了他身后的软垫，让他平躺在榻上省些力气，眼里闪过一丝压抑的痛色，她道："姐姐的孩子还在宫里无人庇佑。"

所以无论怎样，这继后的位置，她也要牢牢坐稳了。

琼元帝弯了弯嘴角，缓缓地闭上了眼睛，嘴里还小声地道："朕这辈子，天下尽在手中，却至死没得到过最珍爱的人。"

无论是身体，还是心，一样也没得到。

琼元帝这一闭眼，就再也没醒过来。

霍裘带着人再进来的时候，关氏在琼元帝床边神情愣怔，坐得腿脚都有些麻了。

"姨母。"他冷厉的眉宇间尽是深沉的痛意，声音像是一根紧绷的弦，一触即断。

关氏这才如大梦初醒一般起了身，或许是因为坐得太久了，身体一个趔趄。霍裘闪身过去扶住，无意间碰到关氏的手指，凉得吓人。

关氏和他对视一眼，而后神色极严肃地率先跪在了床前。

琼元帝驾崩的消息顷刻之间就传遍了深宫，前来报信的太监是霍裘跟前的人，身上已换上了素服，面色悲痛。

唐灼灼就算是早有预料也觉得心头颤了颤，在那太监离开前还是忍不住问了句："殿下现在何处？"

这话才一问出口，她就觉得自个儿像是傻了一样的，琼元帝驾崩，他不定得忙成个什么样子，如今定是守在晏清宫的。

宫里的丧钟悠悠地响了起来，一声一声像是撞到了人的心坎上。

唐灼灼被伺候着换了一身白色的素服，身上的饰物尽数褪下，可饶是这般素面朝天的样子，她的容颜仍是精致到叫人无话可说的，天生的一副勾人皮囊。

　　她拿了两块糕点垫了肚子，一路带着人往晏清宫去了。自那日皇太后寿辰宴过后，她就再没有见过琼元帝，就是后来他卧病在床之时，也是不允许旁人进入的。

　　今夜，他们这些后辈子孙皆要在晏清宫守孝！

第十四章

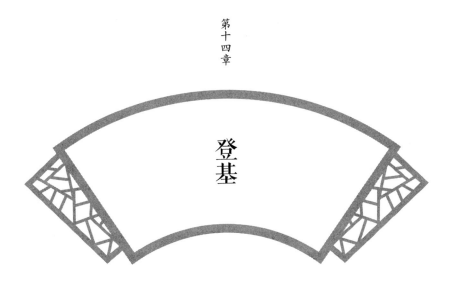

登基

八月十四的夜里，天空突然飘了雨，细细绵绵的又带着森寒的温度，席卷了整个京都。再加上琼元帝大行的消息一经传出，前朝后宫更是动荡不已，且不论心底是个什么想法，面上皆是一副哀伤的模样，看得人心头压抑不止。

　　再晚一些的时候，唐灼灼进入了晏清宫，昔日熠熠生光的宫殿里处处皆是白布，像蒙了一层朦胧的雾霭灰尘般。

　　比她到得早的人按照品阶身份跪着，面容肃整哀伤，唐灼灼不动声色跪下，抬眼一望，正前方离着不远处的男人身板挺直，墨发与素衣的对撞尤为强烈，只一眼，她竟感受到了如山的威压与悲伤，如同一幅颜色分明暗蕴波涛的古画。

　　女眷这边，是关氏跪在第一位，但奇怪的是言贵妃从一开始就并未露面，就连六皇子霍启都未曾前来。

　　唐灼灼心下疑惑，只知这段时日霍裘对霍启的打压尤为厉害，但百足之虫死而不僵，六皇子多年苦心经营，也不可能被这样一朝一夕的敲打镇压了。

　　更何况，琼元帝生前对这个皇子，也是较为宠爱的。

　　这样一想，唐灼灼心头就有些惴惴不安。

　　她低着头，弯月一样的黛眉稍不可见地蹙起，止不住又抬头瞥了一眼霍裘的背影，他生得高大挺括，单是一个背影都散发着深浓的寒意。

　　也罢，他这般的人，自然无须她担忧些什么，省得又凑上去自作多情，倒坏了太子爷的好事儿。

透过一扇小窗，外面乌沉沉的云压在了宫殿的顶上，唐灼灼突然觉得有些胸闷气短，揪着帕子沉沉地喘了几口气。

那日一场无厘头的争执，看似是太子爷单方面的发怒，实则她哪里又没参与进去？

太子殿下既然想怄气，那她自然奉陪到底，这心底酝酿许久的无名之火，她若总憋着，非得憋出毛病来不可。

到了后半夜，王公贵族和高位大臣都来齐了，琼元帝生前最倚重的总管太监面色沉痛肃穆，捧着一卷明黄色的圣旨前来。

众人见状，心底都有了数。

这张圣旨，将会决定皇位花落谁家。

诸位皇子后妃都来了，唯独缺了六皇子一家与言贵妃，那些大臣眼观眼心观心，没一个敢发问的。

这六皇子一派，不会已经被太子爷关押起来了吧？

至此，皇位之争帷幕还未开始就已悄然落下，按琼元帝所留遗诏，拥皇太子霍裘继位。

唐灼灼在晏清宫守了两夜，等被安夏扶着去往偏殿歇息的时候，只觉得双腿都在打战，才坐在床榻上恢复了一些气力，她便扭头问："皇后娘娘现在何处？"

紫环一边给她揉捏着小腿和膝盖，一边恭顺地答："娘娘比咱们早出来一会儿，现在应当回了长春宫了。"

因为琼元帝丧事还未办完，所以关氏也还暂居长春宫。

唐灼灼的目光微微闪烁几下，而后小脸凑到冰盆前深深地吸了一口气，顿觉一股寒凉深入到骨子里，就连精神也为之一振。

"走吧，咱们去瞧瞧。"

他们到长春宫门口的时候，正见着几个低位妃嫔吃了闭门羹，灰头土脸地走了。

唐灼灼就当没看到一样，不施粉黛的精致小脸上漾开了得体的笑，刚要说话，那守门的宫女就蹲身行了个礼，道："娘娘早有吩咐，若太子妃来了，自往里头走便是。"

唐灼灼笑着颔首，在踏入那朱红色大门前回首望了一眼，那离去的妃嫔由一个小宫女扶着，白色的衣角颤巍巍地被雨点打湿又被风吹起。

守在深宫里，命运向来如此，若无子嗣傍身，这些妃嫔往后只怕不是青灯古佛清苦一生就是给帝王陪了葬，至死都得不到史书上只言片语记载。

进了长春宫，走过一段石子路，安夏收了伞，唐灼灼听宫女说关氏因为连着几日劳累，现在躺在床榻上歇息。

她放轻了步子走进去，内殿有些昏暗，只点了几盏灯烛，床幔开了一面儿，随着风轻微飘动。殿里熏着素淡的檀香，又好似与一般的檀香料不同，更为平和安神。

关氏见她来了，放下手中捧着的一朵白色花儿，那花开得正好，却沿着床边骨碌碌一路滚到唐灼灼的脚边，她稍微一愣，旋即弯腰捡起。

关氏歪在软垫上，笑得格外柔和，冲她招了招手，道："娇娇过来姨母这边。"

唐灼灼耳根子稍稍有些红，关氏身居高位，待她却每回都是极亲热的，且也不是做面上功夫，却是真真实实的喜欢。

她才走到床沿边，就被关氏捉了手，后者脸上笑意自然，除了脸色有些苍白，也瞧不出别的什么来，就连一丝丝的伤感与悲痛都没有。

唐灼灼抿唇，一时之间也不知该如何开口了。

"前阵子本宫照着你的法子磨了口脂，只是那颜色怎么也不对。"关氏笑着提起这事，也不知想起了什么，拍了拍她的手道，"等先帝的事过了，咱俩再一同说道说道。"

"正巧妾前阵子央殿下寻了一种玉石花的种子，刚种在妾的庭院里头，等几月后开了花碾成汁做口脂才好看呢。"唐灼灼眨了眨眼睛，纤长的睫毛如同小扇子一样地忽闪，关氏越瞧越觉得这孩子当真是个水灵的，长得好看，说话又甜，难怪霍裘那小子当个宝一样地宠着。

"太子这些天可有得忙，娇娇闲时无事多来陪陪姨母，这长春宫啊，冷清得很。"关氏微微叹气，感慨道。

唐灼灼自然一口应下，亲亲热热地挽了关氏的手臂撒娇。

最后走出长春宫的时候，唐灼灼瞧着琉璃砖瓦屋檐下滴滴答答的水滴连成一道珠帘，心底不知为何有些许难过作祟。

关氏应当也是伤心的吧？虽然从外表上瞧不出一丝端倪来。

她自己撑着一柄油纸伞，伞面上绘着悄然起舞姿态蹁跹的女子，豆大的雨点打在上面，就如同奏起了一段乐曲，让上面的人物更显鲜活。

长春宫里，关氏看着她走了出去，对着身边的嬷嬷直笑道："太子妃是个好的，唐家教得好，若是什么时候，给皇帝添个一儿半女，我这心也算是放下了。"

说罢，她挥手叫人都退了下去，偌大的宫殿顿时显得空荡荡的，她半日下来，脸上一直挂着淡淡的笑，如今人都出去了，她却只觉得脸僵。

那人……就这样没了？

关氏微微昂了昂头，鼻尖有些发酸，眼睛紧紧地盯着前面的床幔，那人离开前说的话却仍是一字一句在脑海里清晰地浮现出来。

他们之间，原本不该如此！

关氏狠狠地蹙眉，一滴眼泪终究还是猝不及防砸在了被面上。她不再是十几年前那个天真不谙世事的关二小姐，深居后宫这么些年，她一颗心早就已经硬得不像话了。

明明觉着苦得过不下去的宫中生活，在那人彻底离去后，她才觉出几缕兴味来。

十几年如同一场梦恍然，她却仍十分清晰地记得，那日继后册立典礼上，琼元帝一身大红色的龙袍，眼角眉梢都是浓郁的喜意，就连后来挑开喜帕时手都有些抖，忐忑之意，明眼人都瞧得出来。

她也不是没有动心过的，只是姐姐对她太过重要，她只得一再告诫自己，进宫是为了将姐姐所留血脉护佑成人，其余旖想，通通烂在了肚子里。

更何况，她做下的错事，就是一辈子，也偿还不清了。

所以就有了后来那出，洞房花烛夜里，万人之上的帝王躺在喜床的外围，将里面的位置尽数留给了她，只是声音沙哑地与她说了一句——

在宫里，你不要怕。

他没有碰她。

仿佛这样，他们之间，就还是当初那样的清清白白。

关氏冷静地用指尖蹭去了眼角的点点湿润，不小心碰翻了手肘边的那个花篮，里面刚采摘下来的白色花儿顿时散落了一地，沾染上几许尘埃，在琉璃色的地面上颤巍巍地抖动几下归于平静。

她倏尔闭上眼睛，极低地出声，道："姐姐，这么些年，我再没有负你。"

也当真负了自己。

接下来发生的事出乎所有人意料的是，六皇子一家与言贵妃在

348

琼元帝驾崩前两三日，就得了消息连夜悄悄出了京都，等旁人反应过来的时候，六皇子霍启已现身淮南地区，自称为王，号钰王。

唐灼灼彼时已住进了长春宫，霍裘因为接二连三的事也抽不出身来，她自个倒是乐得清闲，整日里不是赏花制茶就是跑到慈安宫陪陪太后。

值得一提的是，除了唐灼灼这个皇后，东宫里的老人竟没有一个是高位妃嫔，她原以为钟玉溪会得一个昭仪的名头，再不济也是个淑仪，谁料圣旨一下，竟只是一个嫔。

剩余四五人，分别是婕妤与容华，甚至还有一人只得了贵人的名头。

唐灼灼半夜看着名册直皱眉，倒有些摸不透那男人到底是个什么心思了。

其间，唐灼灼一次也没和霍裘碰过面，倒真有些像她刚入东宫那会儿两人每次争吵过后的冷战。

久而久之，关氏也察觉出了什么不对来。

十月初，才熬过一年中最热的时候，唐灼灼一早就带了些自酿的桂花酒去了慈安宫。

如今已成为太后的关氏仍是那副老样子，不想见的人任由你敲破了门也不见，见了欢喜的人能开心半天，越活越随性，可把唐灼灼羡慕得够呛。

才开了那酒坛子，一股馥郁的浓香就扑面而来，闻着倒不像是酒的味道，反倒像是站在了满树繁花的桂花树下，细数芬芳。

关氏美目盛满笑意，点了点唐灼灼的眉心，道："你这丫头哪里是来送酒的？这分明就是你那宫里的蜂蜜吧？"

唐灼灼手腕上套着的珊瑚手钏碰到了酒坛一角，发出清脆的声音，里面的酒液也跟着晃了晃，她笑着挽了挽软袖，露出手背上大片雪白的细腻肌肤。

"皇上驾到！"

突兀的一声尖细嗓音如同沙子与琉璃摩擦在一起，唐灼灼身子顿时有些僵直，片刻后缓缓呼出一口气，而后就是微不可见的皱眉。

她有足足一个多月没见到这男人了。

霍启自立为王，淮南地区原本就是富饶之地，如今朝堂与那边官员的联络尽失，想也无须想就能猜到他打的主意。

为了这事，刚登上帝位的霍裘昼夜颠倒，再加上到底是被唐灼灼那句"雨露均沾"刺激得不轻，两月来莫说什么雨露均沾了，就连后宫都没踏入一步。

十足的清心寡欲模样。

好在如今尚在先帝丧期，新帝为表孝道如此，倒也容不得别人说三道四。

那些大臣的嘴也就还没胆子落到唐灼灼头上。

唐灼灼自然乐得清闲。

真是有些怪，明明两月前他们还好得如胶似漆，甚至不分彼此，她肆无忌惮地耍小性子他都能一一安抚下来，怎么这次，忽然就闹得这么僵？

唐灼灼偶然间一想起，就觉得浑身都不舒坦极了，也说不出具体滋味，只是每每想起，也总是意难平，一个不小心，又砸碎了几件早前央过来的物件。

一两月的功夫，长春宫虽然处处精致妥帖，与在东宫的布置相差无几，可前面霍裘送的那些精致的小物件，被她藏在箱底不见天日，当然，细数也所剩无几。

这才觉得眼不见心不烦。

关氏笑得眯了眼睛，冲着一身明黄色龙袍冷硬矜贵得如同天神的男人道："皇帝今儿个得了空？"

唐灼灼别过头，再自然不过地给他笑着行礼，仿佛先前蹙眉的人不是她一般，道："陛下万安。"

女人的声音再娇软不过，时隔近两月，霍裘再一次凝神细细地望她。

暖色的光晕一圈圈漾开消弥在她身上，她就静静地站在关氏身边，婷婷袅袅娇娇俏俏的一个，露在外面的肌肤像是被镀了一层瓷釉，光泽涌动，她好似被阳光晃了眼睛，粼粼的光在眼睑处游弋。

美好得叫人心头一颤。

霍裘再是强自忍耐也还是微微顿了步子，喉结上下滚动几圈，深幽的眼睛里看不出涌动的是怒气还是旁的什么，声线冷然发问："皇后也在这儿？"

唐灼灼轻轻颔首，往后稍稍退了一步，从善如流地答，面上一派自然："臣妾在宫里也没事做，就来与母后说会儿话。"

瞧见她后退的动作，霍裘狭长的凤眸里火光乍现，强自忍耐着颔首，一时之间再不想说话。

这些时日，他盼着这女人出现，想得心都发疼，夜里搁了笔深思，她这是在与自己怄什么气？

不过是一个不知所谓的女人，他养在东宫里手指头都没碰过一下，怎么就值得她如此在意？就是在后面，钟玉溪也只得了一个嫔的位分，这些她却像是瞧不到一样，长春宫自始至终安静得不得了。

霍裘压根不知道这女人脑袋里在想些什么，每每思及，恨不能绑了她问个清楚才好，临到头来还是忍不住自个走到她跟前来，却见她如此避之不及的动作。

唐灼灼不敢对上霍裘如鹰的眸子，偏头瞥向那坛酒，紧了紧手里的帕子抿唇不语。

崇建帝一旦真发起怒来，她心底止不住有些发怵。

关氏见两人如此情形，摇着手里精巧的宫扇不客气地呛声："若是娇娇不在本宫这儿，皇帝会寻到这来？"

这话太过露骨，当着长辈的面，唐灼灼还是止不住红了耳根子。

霍裘没有说话，眸色是深不见底的暗沉一片，对关氏的话不置可否。

"罢了罢了，年轻人的事，我这把老骨头就不掺和了。"关氏看足了戏，碍于霍裘投过来的清冷眼神，她从躺椅上起身进了殿里，只剩下悠悠带笑的声音传到两人的耳朵里："皇帝可别欺负了本宫的娇娇去。"

霍裘深吸一口气，这分明是他的娇娇！

几乎是关氏一走，唐灼灼就有些怵了，她羽睫颤动几下，很好地掩住了里面的云丝雾霭，柔着声音道："那陛下去和母后聊会儿，臣妾宫里还有些事情……"

霍裘的声音冷得如同塞北呼号的夜风，大庭广众之下就这么朝她逼近几步："朕同你一起去。"

如此再明显不过，这男人摆明了是来寻她的。

羊肠宫道上，唐灼灼与霍裘一前一后走着，远处是琉璃色泛着光的砖瓦宫墙，前面是清贵阴鸷的崇建帝，身后一群人丁点声音也不敢发出，唐灼灼只觉得压抑得很。

跟到了山穷水尽的绝路一般。

长春宫与慈安宫隔着实在不远，怎么今日走起来却没完没了瞧不到尽头？

她越走越慢，霍裘皱眉停下来等她，岂料她全然不看路的，直接一头扎进他的胸膛里，一时之间疼得捂着额头眼泪水直晃。

时隔两月，软玉温香再次入怀，霍裘眯了眯眼睛，听到自己心跳的声音，一声比一声急促。

"嘶……"她倒吸一口凉气，眼前只能见到他胸膛前那条张牙舞爪的金龙，霍裘扼住她乱动的手，沉声问："走路都不看眼前的？"

唐灼灼泪眼蒙眬，才想包着泪反驳回去，就见他指腹倏尔揉摁上自己的额心，带着不容置疑的坚定与温热的温度，她顿时心尖一颤，到了嘴边的话又兜兜转转地咽了回去。

"疼的……"她的声音委屈至极，轻易地就拨动了霍裘心底那根名曰理智的弦。

就这么个没心没肝的娇气包，一个照面就将他击得丢盔卸甲，城池尽失，且叫他再生不出恼恨的心思，只恨不得捧她入骨血才好。

唐灼灼不知男人心底的千回百转，这会儿好容易缓过来了点，又觉着这么多人跟前红了眼睛到底没面子，哼哼唧唧地后退了几步，盯着自己绣牡丹勾金线的鞋面不说话。

瞧着这情形，这是有心想和好了？可当初太子爷耍威风摔了东西就走，如今冷着脸就想把这事揭过？

天底下哪里就有这么好的事？

她脾气大，可难哄着呢。

霍裘收回了食指，那上面还残留着女人身上的绵软娇香，残留的余温叫他手指微微一动。

"陛下怎么突然停下来？"唐灼灼似嗔似怨，如碧波的眸子漾开了琉璃色淡浅的笑意，一张含情脉脉的桃花面勾人心魄。

霍裘心底积郁已久的怒火眼看着就这样被她绵软的语调扑灭，连挣扎都显得有心无力。

"过来。"他伸手，略带薄茧的手指修长，整个人逆着光，身后的寒气生生将阳光的暖意逼退。

唐灼灼沉吟片刻，往前走几步将手交到他温厚的掌心，两人身子挨得极近，男人的气势更胜从前，眼里的黯光积郁成一口不见天日的古井。

　　她手指尖儿有些发白，指腹摩挲着他的小指，目光澄澈神色坦然，舔了舔唇边道："其实今日陛下不来，臣妾也要去寻陛下了。"

　　霍裘心里一暖，总算觉得这个软服得不算太丢人。

　　唐灼灼见男人面色稍稍柔和下来，眼睛弯成了两道月牙儿，眼见火候差不多了，接着道："今日晨醒，姐妹们都略略提了一嘴，是明年开春选秀的事，妾寻思着后宫里的妃嫔也是不多，是时候该多添些姐妹进来，是以想找陛下商议一下。"

　　说到这，她不敢再去瞧男人黑如锅底的脸色，咽了咽口水，状似镇定自若地道："若是皇上应允，这事也可提上议程了。"

　　霍裘深深地吸了一口气，握着她的手也不由得紧了紧，面色阴沉得可怕。

　　身后张德胜缩了缩脖子，抬头望了一眼有些晃眼的太阳，这明明还算是热天，怎么就觉得浑身透凉呢？

　　唐灼灼能清楚地感觉到，她话音才落，握着她手的男人面色陡然阴沉下来，如同八月无云的天空倏尔间变得乌云压境暴雨欲来一般。

　　她青葱的指尖微微一缩，随着她的心意蹭在男人的掌心，带着小心翼翼的试探和徘徊，如同一只刚出生还未睁开眼睛的小兽，动作又轻又柔的，只叫人片刻失神。

　　霍裘只觉得这句话从她嘴里说出来，如同被塞北三九天里屋檐下结起的冰凌敲打着脊梁骨，甚至脚底都有些发寒。

　　前几个月的厮磨缠绵情形尚还历历在目，而耳边却回荡着她好听的劝慰，一字一句地甚至让他觉得比战场上的刀光剑影更害怕。

唐灼灼见他面色阴鸷不置一词，就慢慢地将自己的手抽了回来，不经意一瞥，上面白皙的皮肤上被勒出了一道醒目的红痕。

她微微偏头躲过他的视线，觉得嗓子有些发干，再说话时又分明带上了一丝无可奈何的情真意切来。

"皇上对臣妾的好众所周知，臣妾又哪里舍得将您往外推了去？"

"只是古往今来规矩如此，臣妾如今贵为这中宫主位，合该处处替皇上着想，才不负皇上昔日疼爱。"

唐灼灼说到最后，眼神悄然波动一下，在地上阴影的遮掩下默默勾了勾唇角，嘴角顿时开出了一朵旖旎的小花来，转瞬即逝。

这可是陛下您亲口说的话，如今总算有机会一字不落尽数还回去，瞧着那男人越见黑沉的面色，唐灼灼到底忍不住得意几分。

既然她不愉快，那么崇建帝也别想独善其身逍遥自在。

她就是要挑刺，挑到他不敢再提起那茬事来。

霍裘被这看似善解人意的一席话激得胸膛剧烈起伏几下，这次是真的被激得怒意翻腾。

明明她说的每句话都在理，听在他耳朵里却是处处嘲讽，每一句都叫他眼底眸色一暗。

"先帝丧期未满，朝堂局势动荡，这个当口，朕不欲选秀，劳皇后费心了……"他玄黄色绣着龙鳞的袍袖一挥，沉沉盯了她一会儿，开口拒绝了这个提议。

早在意料之中的事。

淮南将起战端，这男人势必不会坐以待毙，发兵前往不过只是时间问题罢了，再加上是这样敏感的时期，这男人极其注重形象，断不会留下把柄叫人诟病不满。

所以无论如何，这选秀，是断断不会真的提上议程的。

她也正是对此心知肚明，才挑开了想利用此事将月前的那场战局扭转回来。

　　论耍脾气，她输过谁？东宫里日日不见歇的争执，她都没输过半分气势，两败俱伤，也总比她一人舐伤口的好。

　　以牙还牙，她更是拿手得很。

　　唐灼灼的心思九曲十八弯，面上却是浅浅皱眉，片刻后才舒展了笑意，薄唇轻启道："也好，陛下可先下旨将一些貌美心巧的少女召进宫来，待时机稳妥了再行选秀。"

　　"臣妾留意了几家的少女，皆是才貌双全聪颖可人，家世也……"

　　霍裘抬眸，打断了她的话，一双冷厉的剑眸能瞧透她心里的所有心思。

　　"朕还有些事，就不陪皇后了。"说罢，他转身就朝着晏清宫的方向离去，面色森寒得吓人。

　　他龙行虎步走得极快，片刻工夫就彻底消失在唐灼灼眼前。

　　瞧着男人这阵仗，唐灼灼抿了抿唇，眼底泛着琉璃色的光亮。

　　安夏这回算是瞧清了，心底却更加的着急，她忍不住插了一嘴："娘娘，皇上这都多久没来瞧您了，这好不容易见着了，怎么还将人往外推？"

　　没人比安夏心里更急，生怕自家主子一时想不开重蹈覆辙，与皇上一日一日地争吵。

　　唐灼灼在日光下站了这么久，脸颊透出淡粉的光泽，额间细汗点点，此刻不紧不慢地往长春宫的方向走，道："急什么？身为皇后，自然要大度一些的。"

　　否则怎么叫那男人好生试试这些时日她心底的滋味？

　　大度？她大度起来连自己都害怕。

　　就是不知晓崇建帝他怕不怕？

霍裘才到晏清宫，就忍无可忍拂翻了那端墨砚，哐当一声响，地面染上乌黑的墨汁，一摊摊的瞧得人心底更阴郁几分。

张德胜挥挥手叫人将地面收拾了，踱步到霍裘身边，劝慰道："皇上莫跟娘娘置气，娘娘也是关心您。"

照他说，今儿个的皇后娘娘比以往和善太多，端庄得体落落大方，真正的母仪之风，可偏生这主子爷不知心底别扭什么，娘娘越是贤淑，他就越是不满。

这事到如今，两头都不愉快。

可事实上，不愉快的只有晏清宫，之后月余，单看张德胜脸上多出的皱纹，就可知道个大概情形了。

唐灼灼也不恼不急，整日里种些花草，就连每日的晨昏定省也往往多加懈怠，各样的借口推了去。

左右是那几张熟悉的脸，又都不是什么善茬，天天瞧着都瞧腻了，还不如赖个床浅眠到午后呢。

崇建帝雷厉风行，才不过短短三两月的功夫，朝堂基本上趋于平静，异党得以肃清，新贵开始崭露头角。

值得一提的是，通过唐府的来信，最近钟家异动频频，已触及帝王底线，最近恐有一番大动作。

唐灼灼望着信上的内容，轻轻阖了眸子，片刻后冷哼一声，纤长的手指如玉凝脂，夹着那页信纸染了烛火，火舌飞快闪动，她轻飘飘地松开手指，退后几步。

等火星平息下来，那信纸已成了一堆黑灰。

钟家不过是在用此举展现自己的不满，嫡长子被废，钟家后继无人，所有的盼头都落在了嫡女身上，好不容易盼望着霍裘登基，临到头来钟玉溪只得了一个嫔的名头。

要宠没宠，要位分没位分。

这口气，任何一个世族大家都忍不下去。

对比之下，唐家就是稳赚不赔。三个嫡子个个人中龙凤得皇上器重，唯一一个嫡女还占了中宫主位，满门荣耀得以延续。

他钟家凭什么就什么也捞不到？

有时候，对比过后的不满会缓缓地滋生出一种大逆不道的心思来。

而这显然，触了帝王的霉头。

唐灼灼看过就忘，也没将这事放在心上。左右是朝堂政事，再怎样也落不到她一个深宫妇人头上。

京都步入秋季，长春宫前面庭院里的花枯了一大半，有的已经开始结果，唐灼灼畏寒，身上已早早地换了小袄，原本就只巴掌大的小脸更显得瘦了。

整整一个月的时间，霍裴没有再踏入后宫一步，他心底对她亲口所提选秀一事耿耿于怀，每每深夜，他忍不住想去将她掳了来的时候，又被记忆中她淡然的语气给刺激到，怎么也要憋一口气。

就在唐灼灼以为会这样继续僵持下去互不妥协的时候，事情又发生了翻天覆地的转变。

如今正是十一月中旬，天上的月亮正圆，浓深的黑雾也掩不住清朗的月辉，她拈了一块玫瑰糕放进嘴里，惬意地眯了眯眼睛。

殿中的熏香袅袅，空气中都漫散着一股香甜的味道，唐灼灼用帕子净了手，瞧了瞧天色，准备梳洗一番后歇息。

正在这时，安夏神色有些慌张，进来禀报道："娘娘，晏清宫来人了。"

唐灼灼正褪下手腕上的玉镯，听了这话，眼底涌动着暗流，心底不知为何生出惶惶之意，她挥手："宣进来吧。"

进来的是岁常，唐灼灼记得他，见他跪着问了安，拨动了手腕上的檀珠，散漫地笑："公公深夜前来，可是皇上有什么吩咐？"

岁常面上不复往日那般轻快，抬眼望了望唐灼灼身边站着的紫环，而后飞快低头道："娘娘，皇上请您即刻移步倚丽宫。"

唐灼灼光华潋滟的面上缓缓没了笑意，她皱眉紧了紧手里的帕子，又细细抚平了衣裳上的褶皱，起身开口道："既如此，那便走吧。"

左右不是什么好事儿。

果真不是什么好事。

才进倚丽宫的殿门，唐灼灼余光一瞥，一溜儿的侍卫，才进里头，就看到跪在地上的钟玉溪。

和一条眼见着有些熟悉的帕子。

顿时脑仁都有些疼。

她离着钟玉溪几步的距离，对坐在上首位置的男人屈身行礼，面上的笑意恰到好处："臣妾给皇上请安。"

霍裘放下手里把玩的小巧酒杯，闻言终于抬起了头，才一见她就止不住皱了皱眉头。

这女人又瘦了些。

比那日他深夜潜入长春宫瞧到的还要瘦些。

"过来坐。"他轻微颔首，接着指了指身边的位置道。

唐灼灼有一瞬间的讶异，迫于他周身如山的威压，踱步坐到他身边，面色有瞬间的不自然。

"钟嫔怎么跪着？"她偏头问霍裘，两人原本就隔得格外近些，这一偏头，她浅淡的呼吸就喷在他的面颊上，又酥又痒，还带着这女人身上传过来的一股淡淡甜香，叫他欲罢不能。

霍裘目光深幽，半晌没有说话，只是盯着她望了半响，而后意味不明地指了指钟玉溪，开口道："钟嫔，先前与朕说的话再给皇后说一遍。"

唐灼灼自然而然地把目光投到了钟玉溪身上，后者眼底疯狂闪烁一阵，再抬起头来时，又恢复了一贯的楚楚娇柔。

她也不看唐灼灼，只是面朝着霍裘，捡起了地上那条帕子。

唐灼灼目光紧盯着那条帕子，在看到上面一个灼字后心头一凉，还未来得及反应过来，就听钟玉溪开了口。

"皇上容禀，今日臣妾用过晚膳之后，闲着无事便想着出来消消食，走到御花园的假山口，居然瞧见了一摊黑色的血迹，极其吓人。"她顿了顿，看了唐灼灼一眼，接着道，"而后臣妾定了定神，躲在了假山一侧，听到山口的小洞里有两人在说话。"

"臣妾紧张极了，瞧着那摊血也不敢出声，没完全听着那两人说了什么，只隐约听到了几句。"

说到这里，唐灼灼分明瞧到了钟玉溪脸上一闪而过的喜意。

今日这局，完全是针对她而来的！

霍裘轻微颔首，示意她继续说下去，钟玉溪宛如得到了某种鼓励一般，接着道："其中一人声音较粗，臣妾便听得清楚些。那人问另一人，将人送出去了没，另一人只说了一句，这是皇后娘娘交代下来的事，务必将人混在水车里送出宫去。"

说罢，她怯生生地望了一眼唐灼灼，面上是一派的左右为难，最后重重地磕了个头，道："那人还特意嘱咐千万不可叫人发觉了，还说那可是诛九族的大罪。"

她见两人面色都没什么变化，又拿起了地上那条帕子，指尖都有些抖："原本妾以为两人说着玩笑，直到那两人神色匆匆从石头口里出来，其中一人落下了这条帕子，等人彻底不见了，臣妾才敢出来细看。"

"都怪臣妾懦弱没见过这等阵势，等回到殿里缓过神来时，越想越觉得不对劲，心里火烧一样地难受，这才深夜惊扰了皇上和皇后。"

唐灼灼越想越不对劲，钟玉溪这是编的什么无厘头的胡话？她能将什么人偷送出宫？且她嘴里那一句株连九族的罪，瞧起来并非无的放矢，那么所指到底又是何事？

她低头瞧着冒着浓浓热气的茶水，蹙紧了眉头。

这是想将一个私通的帽子强行扣到她头上？可这弯弯绕绕的好似又不全是这么回事。

唐灼灼偏头望向霍裘，眼睑微微垂下，瞧不出什么别的情绪，语气也是淡得不能再淡，却偏偏十足认真："臣妾没有。"

轻轻巧巧的四个字对比钟玉溪所说的那么一大段，尤为不叫人信服。

霍裘的目光落在她气得有些发白的指尖上，又慢慢移到她紧蹙的眉头上，不置可否地轻"嗯"一声，长指轻微敲打着紫檀木椅的扶手，片刻后才道："两个时辰前，王毅被人从天牢里救出来了，现在不知所踪。"

一字一句地轻描淡写，他看起来浑不在意，但唐灼灼分明瞧到了他眼底大片的不容忽视的阴霾，浓烈得吓人。

唐灼灼这时才终于明白钟玉溪如此大费周章所为什么，不说别的，光是她与王毅的那些坊间传言就不好辩白，如今又有她的帕子作证，分明就是想把这一大盆污水泼到她头上。

还叫她压根无从翻身，皇后之位不保不说，甚至还要牵连唐府众人。

只一个瞬间，唐灼灼就明白了这样的主意定是出自钟老爷子之手，钟玉溪还没有能力和胆子布下这样天衣无缝的局来。

所以如今，她该如何破局？

还是只能坐以待毙？

唐灼灼沉默片刻，缓缓起了身走到钟玉溪跟前，在众目睽睽之下捡起了那条帕子细细观看，如玉一般的手指抚上那条锦帕，而后当着所有人的面点头："的确是本宫的手帕。"

且还是她亲自绣的，统共都没有几条。

钟玉溪的面色顿时有些讶异，不由得多看了她几眼。原先还以为无论怎样，唐灼灼都会矢口否认，这样她就可以顺理成章地请皇上搜宫，搜出她的手帕，一比就知，届时所有的辩解都属于无用功。

霍裘左手转动佛珠的动作顿了顿，不知为何，眼底居然划过一丝些微的淡笑之意。

这小东西，还真是不按常理出牌。

月色如丝绸，泛着冰凉而柔和的光，唐灼灼的心头不可避免地冒出一股森森怒火，她原本就不是个好相处的性子，更何况如今被人如此陷害到头上，还不得不耐着性子解释。

真是糟心透顶！

她压下心底的一口气，也敛下了眼底所有的情绪，往前走几步，将那帕子在霍裘跟前展开，指着那上头的图样道："这是臣妾亲手绣的帕子，数量不多，乃臣妾消磨时光之作。"

"皇上瞧，这上面的图样是两年前流行的鱼鸟纹。"说完，她又拿出自己手里的那条帕子做对比，指腹摩挲着那大朵的花样，道，"这是臣妾随身带着的帕子，上面绣的是最近才时兴的玉佩纹。"

"就连两面帕子所用的缎面都差了许多。"

钟玉溪听到这里，忍不住插嘴："这又能说明什么？左右都是皇后娘娘亲手绣的。"

唐灼灼懒得看她一眼，将两条帕子放到男人手中，才略带讥讽地回道："也对，钟嫔自个就会拿着两年前的物件四处招摇。"

钟玉溪一时被堵了话，心里恨得不行，恶毒的心思如毒蛇般滋生。

左不过让你再嘚瑟会儿，看你怎么圆得了这般局面。

霍裘手里的两条帕子柔软舒适还带着女人掌心的余温，熨帖到心坎里，他漫不经心瞥了一眼，目光不离她分毫。

唐灼灼摸不准他到底是个什么心思，到底信还是不信她，只能咬着下唇出声："臣妾从前绣的帕子都管在以前的一个背主丫鬟手里。"

她目光如同夜幕里最闪亮的两颗星子，瞧人时自带一股居高临下的诘问气势，此刻又因为怒气而加重了语气，别有深意地问跪在地上的钟玉溪："钟嫔你说，本宫那个丫鬟，如今在哪里？"

钟玉溪面上陡然有些发白，不明白为什么好好的捉奸现场变成了这幅场景。

唐灼灼在这件事上也存了诸多的疑惑，例如王毅被劫走之事，而瞧着钟玉溪口中那两人的对话，也不像是凭空虚构。

那么这到底是有人想借着钟玉溪的手将自己拉下后位，还是钟家早就谋划好的一出大戏？

若是后者，也未免太过牵强荒唐，后宫阴私众多，如果真是为了争宠，又何必兜兜转转一大圈子甚至去闯了天牢也要将人救出？

这样大的动作，霍裘必会察觉，对钟家也是百害而无一利，但凡有些脑子的人都干不出这样的事来。

唐灼灼沉思，被钟玉溪强自镇定的声音拉了回来。

"娘娘这话问得，臣妾如何知晓？"

钟玉溪长得娇柔，像极了那种江南世家的官小姐，骨子里都浸着一股楚楚风情，奈何帝王就是不解风情，独爱那朵京都艳极的牡丹花，食髓知味。

霍裘的目光从始至终都落在唐灼灼的身上，半分没有分给旁人。

　　分明每回夜深实在按捺不住心底念想了，堂堂九五之尊也会做贼一样翻了宫墙去将不省心的娇气包抱在怀里亲了又亲。

　　可远远不够。

　　如今瞧着，她好似清晨还带着露水的花骨朵，袅娜香甜，眉宇间又艳丽几分，越发晃得人挪不开眼睛。

　　他也不例外，简直七魂失了六魄。

　　唐灼灼走到霍裘身边坐下，从他手里抽出那两条帕子，双颊被气得泛红，道："皇上，臣妾那丫鬟您也知道的，跟着臣妾一同入的东宫，被打发出宜秋宫后，去的正是钟嫔的玉溪宫。"

　　霍裘狭长的剑眉一挑，而后将手上的佛珠手钏丢在桌上，淡淡地道："嗯，皇后与朕说过。"

　　唐灼灼的脸越发的红了，听出男人话中的揶揄意味，她不得已咬了下唇。

　　她从未与这男人说过安知的事。

　　霍裘似笑非笑，积郁月余的心情倏尔好了不少，只是脸上毫不显露，漠然一挥袖袍，吩咐道："将倚丽宫围起来，搜！"

　　没有多余的一个字，却将钟玉溪吓得魂飞魄散，她脸色煞白地瘫坐在地上，如同一具了无生气没了支撑的玩偶，精致的脸上有些麻木愣怔。

　　又被她逃掉了！

　　若是等下搜出了安知，再搜出了那些花样相差无几的帕子……

　　明眼人一看便知怎么个事，更别提原本就对她冷漠异常的崇建帝了。

　　外面的月光被几片乌云遮住，倚丽宫里熏的香甜得发腻，唐灼灼闻着闻着，头就有些晕乎。

霍裘倒是一直没什么表情，浓黑的剑眉紧紧蹙起，周身涌动着冰凉冷漠。

搜宫没有多久就结束了，禁卫军首领押着一个被捆了手脚的丫鬟出来，同时将一个小黑盒子呈到两人跟前，抱拳禀报道："皇上，娘娘，臣在倚丽宫偏殿后的小耳房里找到了被绑成这副模样的宫女，正是早前皇后娘娘身边伺候的安知，还有这个小黑盒，是在钟嫔娘娘寝殿里找到的，请皇上过目。"

底下安知不断地扭动着身子，望向唐灼灼的眼里满是哀求，嘴巴被发了霉的布条绑住说不出话来，要多凄惨有多凄惨。

唐灼灼见结果已出，心里松了一口气的同时，也不可避免地寒心。

早在安知选择进入玉溪宫伺候的时候她就预感到今天这样的画面，因为对钟玉溪来说，安知的作用就是能在背地里出其不意捅她一刀。

仅此而已。

只是安知被眼前的利益蒙了眼睛冲昏了头脑，竟丝毫没有察觉出钟玉溪的用心，如今知晓了，也晚了。

她不会再给她机会了。

霍裘的目光幽深成了一摊墨水，黑不见底，他打开那个黑色的木盒，玩味地挑起里面的几条帕子，这几条所用的缎面和上面勾出的花样，都与钟玉溪方才拿出来的那条十分相像。

事到如今，局势再清晰不过。

"钟嫔，你还有什么要说的？"唐灼灼声音轻得不能再轻，却足够钟玉溪听得清晰。

她霍地朝着霍裘跪下，哭得梨花带雨，连声否认："皇上明鉴，臣妾全然不知此事，更不敢存了污蔑皇后娘娘的心思，皇上相信臣妾。"

唐灼灼嗤笑一声，将那黑色的木盒往她跟前一扔，正中她的额角，钟玉溪痛呼一声捂住了脸，温热的鲜血从她指缝间汩汩而出。

唐灼灼这才觉得稍微解气，冷哼一声，道："这么说倒是本宫逼着钟嫔你迫不及待向皇上告发污蔑本宫？"

说罢，她施施然转身，眼角微微向上一挑，表情就像是一只被人激怒的小兽，终于亮出了爪牙，毫不留情地回击后那种得意到不行的模样。

"请皇上还臣妾一个公道。"唐灼灼的神情和声音一瞬间都染上委屈的意味，看得她身侧的男人心头一热。

其实搜出的这些帕子并不足以证明她在王毅被劫一事中全然洗清了嫌疑，可钟玉溪那些控诉，却再没有人会信。

霍裘只看了地上痛苦不堪的钟玉溪一眼，已做出了决定。

她都说要个公道了，若是这公道不给足了，只怕她小脾气一上来，更不待见他。

"污蔑皇后，欺君罔上。"霍裘念了一遍，眼神阴寒刺骨，倏尔起了身，高大的身躯气势逼人，钟玉溪捂着脸一个劲地摇头，面上表情如惶惶之鼠。

霍裘步子沉稳，一步一步直到钟玉溪跟前，这才顿住，他离得那般近，钟玉溪却只觉得心脏都被一只无形的大手捏住，连大声喘息都做不到。

"将钟嫔囚于倚丽宫，终生不得出。"

钟玉溪惨叫一声，昏死过去。

唐灼灼听了这等结果，微微挑眉，没有多说什么。

夜色深浓，月光如水，撒下星星点点的柔光，霍裘走在前面，

366

唐灼灼则是心不在焉地踢着沿路的小石子，那圆润的石子像是不耐烦与她玩这等游戏，一个骨碌翻身跃进昏暗的草丛里。

前面成排的宫女点着灯笼，将弯曲的宫道照得骤亮，眼看着前面转个弯就是长春宫，唐灼灼动了动手指，眼底琉璃色的光流转不休。

谁料霍裘猝不及防停下，眉目深深扼了她青葱如雪的手腕，引来她猝不及防低低的惊呼，下一刻就被男人大力摁入怀中。

她的鼻尖蹭上男人的胸膛，有些疼和痒，她也不好伸手去挠，只是僵着身子些微地挣扎几下，却引来他更大力的桎梏。

"皇上？"唐灼灼伸手迟疑着拍了拍他的背，他高大的身躯将自己遮得严严实实的，陷入一片漆黑里，她心底蓦地有些慌乱。

前面的宫女只瞧了一眼便都不敢再看，提着灯笼立到了一边儿，那些灯笼俨然成了黑暗中的一颗颗明珠，泛着柔光。

"公道也给了，娇娇总该给朕一个笑脸了吧？"半晌，霍裘略微沙哑的声音传出，凉薄的唇不经意间蹭过她温热的后颈，引来她在他怀中一个细细的颤缩。

唐灼灼心底还存有疑虑，声音才出口，就像喉咙口堵了一团棉絮："王毅被人劫走了？"

霍裘不满她此刻嘴里吐出别的男人名字，低着声音应了一声。

"此事朕来处理，无须娇娇担忧。"像是知晓她心底在想些什么，霍裘松开了手臂，于浓深夜色中细细勾勒出她发丝眉间的轮廓，眼底不是没有痴迷沉沦的。

他的掌心火热，就连晏清宫也不回了，拐了一个弯，随着她入了长春宫的大门。

唐灼灼面上微嗔，暗恼这男人厚脸皮的程度，但到底没有再出言在人前与他呛声。

直到进了内殿，伺候的宫女有条不紊地退下，唐灼灼独自坐在铜镜前，将原本就有些松垮的发髻散下，如墨的发丝散着幽香，她手中的玉簪莹莹，衬得她节节指节如青葱。

殿里无人说话，一时之间安静得不像话。

风渐渐地有些大，吹得窗子哐当作响，她旁若无人地走过去将窗子支起一个角，凉薄的夜风肆意，一眼望出去，外面全是形状诡异黑森的树木花枝。

唐灼灼掩唇半真半假地打了个哈欠，眼底顿时蓄了半数的泪水，没骨头似的像只媚猫儿，对着这殿里存在感极强的男人道："闹了这样一出，臣妾乏了，身子懒得很……"

后边的话她没有说，只是那心思却明晃晃写在眼底眉间了，只差明白着请他移步了。

霍裘深深地吸了一口气，胸口闷疼，心底的那股怒气与些微委屈交织在一起，酸胀得很，偏偏她还不肯服丁点的软。

他从一出生起，就是天之骄子，清冷自律，从不在女人身上失了分寸，如今败于她的方寸之间，即使事到如今，也没有半分懊恼之心。

着了魔一样。

他几步将娇小的一团拉进怀里，无视她的挣扎，在她耳边近乎咬牙切齿，力道大得惊人："娇娇还要与朕置气多久？"

唐灼灼微微一愣，片刻后慢慢红了脸。距离那次他们争执，已有两月功夫，最先低下头，不要帝王颜面来找她的，却是他。

这男人死要面子活受罪，如今崇建帝能松口说出这么句话来，唐灼灼昂着一张巴掌大的俏脸，得益于狡黠尽数写在了脸上。

"皇上是想念臣妾的？"她眯着眼睛蹭了蹭霍裘坚毅的下巴，变脸速度快得令人咋舌，霍裘被气得沉沉地发笑，胸膛震动几下，捏了她小巧的下巴，目光却停滞在那艳得勾人的朱唇上。

"想与不想，娇娇心底没数？"

若不想，何至于被她耍弄在掌心之中？又何至于明知她小心思又纵着如了她的意，更莫说还做出了翻墙那等荒谬之事。

所有他自个认为不可能的荒谬之事，皆被他自己打碎得彻底。

崇建帝何时对人服过软？偏偏对上这个小娇气包，原则一改再改，头低得一次比一次低，偏她还不知足。

真是应了那句古话，英雄气短，儿女情长。

唐灼灼偏头无声地笑，眼角底下的那颗泪痣牵动人心，她伸出两条如脆藕的胳膊，环住了男人的脖颈，咿咿地轻哼。

"要抱着。"

霍裘心底低叹一声，心甘情愿得很，将她好生抱到榻上，瞧着她如浓墨的发丝散在床褥上的潺潺山水间，融合得恰到好处，心底就蓦地一动。

唐灼灼在倚丽宫伤神费心许久，此刻躺在绵软的床榻上，低低地喟叹一声，就连脚趾尖儿都放松了下来。

男人也跟着上了床，将她搂到怀里，小小的一团浑身娇软又带着叫人熨帖的温度，他的眉心舒展开来，竟也有了几分困意。

这两个月来，没了她在身旁，耳根子终于清静下来，心里却总不踏实，像有一根看不见的线牵动着他，那线就握在她的手心里，自然人也跟着，任她拿捏揉搓，偏偏却不想反抗，心甘情愿得很。

只是这软玉娇香并不安分，她伸出粉嫩的手指戳戳他的肩头，在黑暗里低低地出声："钟玉溪所说的御花园两人交谈之事，是否属实？"

霍裘将她的手指捉在手里把玩着爱不释手，一双眸子在黑夜里都难掩光芒，他嘲弄地勾了勾嘴角："意料之中的事。"

就在刹那间的电光石火间，唐灼灼想明白了一些事，她猛地昂头，唑地抽了一口冷气，问："皇上故意放走了他？"

如果是这样，那么一切都解释得通了，可霍裘这样做的目的是什么？

毕竟将军府早已破落，有名无实，在京都贵族中已排不上号。

不值得如此费尽心力。

"他的确是被人救走的，只不过失了两条腿，就算救出去了，能有什么用？"

正好用来钓鱼上钩。

唐灼灼垂下眼睑，再一细想王毅的面容，竟觉得分外地模糊起来，就像冬日里的一面窗子，她一眼望出去，能看到的只是雾蒙蒙的一片。

霍裘显然不愿她多过问此事，对于那个男人他始终是心存芥蒂。唐灼灼也就真的没有再问，一切只别惹到她头上来，万事好说。

钟玉溪的事一夕之间传遍朝堂，钟家连着几大世家上书，只口不提钟玉溪的事，而上书的内容，正是那日唐灼灼提过的选秀之事。

纵观历代皇帝，没有哪一位后宫女人少成崇建帝这样，且到现在也没有一位皇嗣，那些大臣自然着急。

第十五章

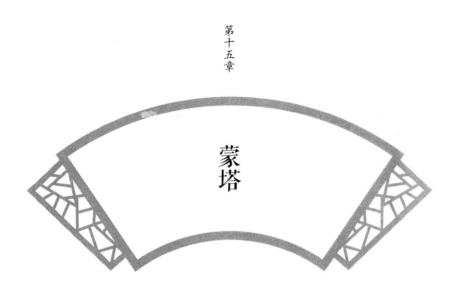

蒙塔

晏清宫，书房。

霍裘将手里的奏折粗略看了几眼，又稍显不耐烦地丢到桌上，墨笔一搁，沉声怒道："尽关心起朕的后宫来，如今霍启在淮南作乱，就没有一个人敢吭声请兵前往。"

淮南那地方，易守难攻。

霍启占据了地理优势，麾下也有大将，且淮南依山傍水，粮食收成也好，供给军队绰绰有余。

没人敢做这个出头鸟也是正常。

张德胜给换上了热的茶水，道："皇上息怒，这也不是没人去，今个儿早朝上武状元不是请命前往……"

他那个"吗"字还没说出口，就见到了霍裘冰刃一样的目光，浑身的肉都抖了抖，赔着笑道："奴才多言，奴才多言。"

霍裘负手，身子站得笔直。

与霍启的这一仗，避无可避，势必要打起来。这大津朝完好的河山，不能在他手里变得分崩离析！

而此时，唐灼灼正带着人去了御花园，园里亭台水榭环绕，假山巨石众多，她被太阳晒得头皮发烫，才终于见着了那染着黑血的假石块。

那血黑得十分异常，经过了一夜，已经干成了一摊摊可疑的血块，凑近一闻，还有十分浓烈的腥气。

安夏被熏得后退了几步，扶着唐灼灼问："娘娘，这是正常人流的血吗？"

怎么看起来这么吓人？

唐灼灼惊疑不定地站了片刻，而后微微地摇了摇头，一言不发带着人回了长春宫。

她一坐就是一个上午，也不出声，倒把安夏吓得够呛。

"娘娘，可是那血有什么异样？"

唐灼灼抬眸望她，抿唇笑了笑："没事，本宫就是想到了一些事情思绪不宁的，你先下去替本宫沏壶茶吧。"

昨日安知的事一过，最伤心的反倒是这个傻丫头，晨间来伺候的时候眼眶都还是红的。

等将茶捧在手心里了，那股深入骨髓的寒意才开始慢慢减弱，窗外风静树止，她搭在茶盏上的指尖粉嫩嫩的，眸子里的情绪渐渐沉静下来，如同一口不见底的幽潭。

半晌，唐灼灼起身净了手，绕去了屏风后面的桌案前，拿起了搁置已久的笔蘸了墨汁，在空无一字的白纸上勾画。

与她以往娟秀的字迹不同，她这次落笔极快一气呵成，笔走龙蛇力透纸背，一笔一画间涌动出凛然的磅礴大气之意。

待得落笔，那张白纸上赫然是一个江字，力道道劲完全不似女子所作，唐灼灼看着这一页纸张，揉了揉泛疼的手腕，片刻后不满意地摇头，将那纸团成一团丢到一边。

唐灼灼软在了那罗汉榻上，挥手的动作娇弱无力，她附在安夏耳边吩咐，道："拿了我放在木箱子里的木牌，去西街的浮云楼将江涧西请进宫来。"

说罢，她揉了揉眉心，嘱咐："现在就去，你亲自去。"

"见了他不要多说，直言听我命令，唤他入宫就是了。"

江涧西有着神医的名声，被霍裘许了特权，随他自由出入宫内宫外，只是他这人不羁惯了，向来厌烦宫中的环境，基本都是待在京都游荡。

又好像因为什么不得不守在京都一样，怪异极了。

能将江涧西牵绊至此的，单是这份影响力，就足以引人重视起来了。

京都最繁华的西街上，小贩们的叫卖声不绝于耳，各样的茶楼座无虚席，那些个唱曲的声音，隔着老远就飘到了耳朵里，眼前一片繁荣盛景。

安夏额面上出了些汗，她拿帕子擦了擦，跺了跺脚有些着急。

怀中还揣着那块沉甸甸的木牌，她却怎么也找不到自家主子说的那浮云楼在哪。

直到走到了街的尽头，她才看到了一间再简陋不过的屋子，上面浮云楼几字都脱了漆，若非眼力过人，真真注意不到这处。

安夏有点迟疑，最后一咬牙上前敲响了门。

无甚动静，除了上面长满大锈的锁哐当哐当地摇摇欲坠，落下许多灰尘之外，里面半点儿脚步声也没有。

眼看着天上乌云聚拢，风卷散了地上堆积的落叶，沙子迷了人的眼睛，眼前的那扇门后边才传来沉缓的脚步声，不疾不徐的，每一步都像是丈量过一样。

脚步声停在了那扇门后。

安夏退了几步，再次抬手敲了敲门，轻声道："有人吗？"

这回终于有了动静。

有人从门缝里丢出来一把生了锈的钥匙，随之而来的声音带着微醺的醉意，像是咬到了舌根一角，透着丝丝凉气。

"拿钥匙自己开。"

安夏往左右飞快地瞥了一眼，随后不动声色蹲下身子拾起那柄钥匙进了这看似根本无须锁着的宅子。

宅子很古旧，一推门，上面的灰尘簌簌地落了一身，院门口立着一棵光秃秃的老树，这树看着有些年头了，几只寒鸦单脚站着，安夏小心翼翼地避开，后脖颈升起一阵寒意。

也不见先前给她丢钥匙的那人。

她绕了许久，终于在一间偏僻的厢房里找到了这屋子的主人。

房里堆了许多药材，不知名地混在一起倒也不显得突兀，空气中弥漫着的药香香而不腻，就像男子对面女人身上的幽香一样。

安夏见了这大名如雷贯耳的神医之后，有片刻的愣怔。

实在是太年轻了，压根不是旁人口口相传的朽老者，倒像是这京都的风逸佳公子，风流潇洒的气质浸到了骨子里。

"先生。"安夏敛目，从怀中取出了那一块黝黑的木牌，双手呈上，而后道，"我家主子请先生入宫一趟，不知先生可抽得出空来？"

江涧西名头摆在那，是人都带了三分敬畏。

江涧西这才掀了眼皮，见到那木牌，嘴角微微勾起，望了一眼对面端坐着不置一词面上蒙着面纱的女子，声音如山间泉水，清澈干净，道："告诉你家主子，今日你来晚了，我这儿已有客人。"

安夏顿时面露难色，望了一眼那位全身包裹在黑色斗篷里只露出个脑袋来的女子，只这一眼，她便觉出些熟悉来。

面容身形都瞧不真切，但那执着棋子的手，在些微的光亮下如同上了一层瓷釉一般，光泽如玉纤纤无骨。

像极了她家主子。

"如此便不叨扰先生了。"安夏极有分寸，知晓今日带人回去是不能了，于是屈身行了个礼退下。

那块木牌就这样被放在了棋盘的中间，楚汉的交界处，同时吸引了两人目光。

　　江涧西将那木牌放在手里把玩着，骨节修长的手指漫不经心地转动，一双略微邪气的眸子笑意十足。

　　"贵客今日远道而来，所求只是有关凝血散的消息？"

　　掩在宽大黑袍下的手腕动了动，女人的声音清淡无波，只是稍稍挑了挑眼角，狭长的凤眸自成一股清贵气势："然，望先生告知一二。"

　　"我为何要告诉你？"江涧西来了兴趣，随口一问，面上清润笑容不减，将一颗白子落下，"我这人如何，想来贵人应有所耳闻。"

　　戴着面纱的女子默了默，而后伸出四根手指头，也不多说什么废话，直截了当道："四千两，买一个消息，先生觉得如何？"

　　江涧西摆了摆手，抚着那木牌，道："凝血散早已失传，多年不出于世，这等消息你同我打听，未免也太看得起江某了。"

　　那女子见他油盐不进的模样，也是有些无奈，稍稍缓了语气道："最近我见了一些不干净的东西，其中似有凝血散的影子。若先生真知晓什么，可否略告知一二？"

　　江涧西面上这会儿终于有了些笑意，他略略挑眉，细嗅茶间芳香，而后摇了摇头，将嘴里茶叶咽下，道："凝血散姑娘不用打听了。"

　　那女子眉若远山，也不动怒，静静地听他继续说。

　　"江某无能，不能替姑娘解惑。"江涧西唇畔还蕴含着似有似无的笑意，清酒烧过喉头，他的声音陡然低了下去，"自然，在江某这打听不到的，只怕这世上，也没有能替姑娘解惑的人了。"

　　如此大放厥词，那女子却半分不惊讶，只是瞥了一眼停浮在水面上的茶叶，敛下眼底诸多情绪。

既然谈到现在也谈不拢，那么这出宫一趟，就真是白费心思了。

也不知宫里那男人会否发觉到什么。

得不偿失！

这将自己遮得严严实实，甚至戴了上面具偷溜出宫的，正是唐灼灼无疑了。

她自从在御花园里瞧到那块被黑血浸染的假石，心头的疑虑就一点点加深了，直至后来恍惚间想起凝血散这等阴毒东西，顿时有些毛骨悚然。

这也是她为何等不及自己寻来的原因，再者也是宫中人多眼杂，许多事她不好发问。

江涧西起身，风度翩翩，对她做了一个请的手势。

这是要赶她走？

唐灼灼挑眉，也跟着站起身来，用手拉了拉宽大的黑色衣裳，眉眼带着温和的笑，道：“不管如何，今日都谢过先生了。”

江涧西不置可否地点头，目光扫过横在两人间的棋盘，上面是她落的子，已将他逼到了死角。

棋风还是一如既往的锋芒毕露啊！

这丫头，是一点也学不会他传授的东西，难怪被那么多人盯上。

唐灼灼微微咳了一声，眼看着提脚就要踏出这小厢房，江涧西手里执着的最后一颗白子落下，眼底浮着雾霭千重。

“姑娘身子寒气重，调理的药物一样不可落下。”他的语气蓦地有些重，转过身来缓缓道，“否则，药石无医。”

唐灼灼掩在宽大黑袍下的手臂微微地抬了一下，而后缓缓地将面纱摘下，露出一张平平无奇的女子面容。

只是那双灿若星辰的眸子盈盈一瞥间，什么都明了了。

“师父。”

唐灼灼倒也没觉得被一语道破身份不好意思，她笑弯了眼睛，走到江涧西的跟前三五步处停下，道："原也没觉得能瞒过你，但到底还是心存侥幸。"

　　她虽然叫他一声"师父"，但言语间并没有太多敬意。

　　江涧西细看她两眼，道："下回整个漂亮些的面具戴着。"

　　唐灼灼听出他话中的嫌弃之意，瘪了瘪嘴。

　　"就这么一副面具，我整来已属不易，师父将就瞧着。"

　　江涧西的目光落在她姝丽的眉眼间，有了片刻的失神，再回神时又是一副不羁的浪子样。

　　"说吧，问凝血散做什么？"

　　唐灼灼不好说出宫里发生的事，因这事已被霍裘全面封锁了消息，如今她尚且不知江涧西是敌是友，和盘托出未免太过草率。

　　"我在宫里，见到一摊黑血，形若黏胶久久不散且伴有腥臭。"她边说边拿眼睛偷瞥江涧西。

　　江涧西面不改色，闻言只是低叹了一声，道："时辰不早了，你快回宫吧。"

　　"不该管的事少管一些，你这命原本就是我捡回的，弱得很。"

　　唐灼灼见状，也只好歇了心思。

　　江涧西不想说的事，一个字也不会多言，就如同那时她缠着要学制茶时，软磨硬泡数月也无其结果。

　　见她又蒙上了那层面纱，江涧西忍了忍，还是忍不住多了嘴："皇上身上的南疆虫蛊，可是你用法子解了？"

　　"是。"唐灼灼毫不迟疑地答，声音脆甜，江涧西倏尔一笑，走过来揉乱了她的发丝，笑得阴沉，"你被接回唐府之时答应了我什么？"

　　"唐灼灼，你对我能不能有一句真话？"

男子身上干净清冽的味道袭来，唐灼灼皱着眉头微不可见地后退几步，两条眉毛皱得十分紧，反驳道："南疆蛊虫何其凶险你我皆知，霍裘是我夫君，我自然无论如何也要保他无恙的。"

江涧西倏尔回过神来，抚了抚额头："那不是普通的虫蛊，你用的药太烈，虫毁人亡。"

"种下蛊虫的，是南疆世家贵族的一名嫡系子弟，如今已然身死。"

说罢，江涧西回过头来，一字一句地强调："我如此说与你听，可明白了？"

唐灼灼几乎是瞬间就警惕起来："有人想与我寻仇？"

多说无益，江涧西将棋盘上横亘着的木牌放进她手里，别有深意地道："灼灼，别与我为难。"

等唐灼灼回宫的时候，外面天色已然黑了下来，她心里惦念着江涧西说的话，心不在焉得很。

安夏也已回到了宫里，见她从内殿出来，心底又是涌过一阵异样的感觉，忙上前禀报："娘娘，奴婢已出宫见了江太医，只是他说今日已有客人，可否改日再议。"

唐灼灼不甚在意地颔首，从一本晦涩的古书中抬起头来，外面的风有些大，簌簌地吹卷着落叶，她指尖不正常的白，也不知听进去安夏的话没有。

"本宫知晓了。"

她抬眸望了一眼外面的天色，问："皇上可曾来过？"

紫环在一旁摇头，唐灼灼才真正放下些心来。

她手里捧着的书正是有关南疆甸族，那里的人世代养蛊，蛊虫食人精气成长，甚至有人以身饲蛊，等到用时将蛊虫驱出，附在另一人身上，格外难缠。

如果真如江涧西所说，霍裘当初被种下的是这种蛊，那么刮骨逼蛊的方式都没了用。

她轻轻合上书，睫毛轻颤。

片刻后她随手抽出白玉花瓶中一枝桂花枝，手腕微微一抖，细细小小的小花儿就撒了她一身。

当天晚上，夜色沉入天际，同时也浸入了宫墙，唐灼灼原本想着等霍裘的，却在用膳时头就一点一点的，却是困乏极了。

等霍裘到的时候，美人原本就嫣红的唇瓣上沾了一些酒液，甘香清冽，酒液随着她嘴唇的嚅动而泛着诱人的水光。

一眼瞥到桌上的酒盏，再瞧到美人如今的醉态，霍裘的嗓子染上了一层干哑。

"你们主子喝酒了？"

紫环福了个身，笑着道："娘娘原本是坐着等皇上的，等着等着忽然就想着吃些酒，奴婢们拿了最不醉人的果酒，不想娘娘抿了几口，还是醉了。"

霍裘闻言，不由得勾了勾唇。

他微一摆手，屋里伺候的人就极有眼力地退下。

男人光是站在那不说话，也如天边皎皎而清冷的明月，唐灼灼微微清醒，眨了眨眼睛，而后弯了眉目。

她脸上的那条疤早已消失了，如今脸上再是光滑白皙不过，在灯光的照耀下散发着令人口干舌燥的莹泽，勾人心魄。

霍裘着看她咿咿呀呀娇懒无力的模样，倚靠在门口慢慢柔和了眉眼，那双明黄色勾金线龙纹的足靴却是一动不动，离她十几步的距离。

他一不动，唐灼灼就倏尔潋滟一笑，冲他招招小手，声音极小，却极其娇糯。

"你过来。"

霍裘一挑剑眉，长这么大从未被女人如此对待过，这倒是叫他大开了眼界。

话虽如此，可他的双脚却宛如不受控制一般向前走了几步，还未到她跟前，怀中就撞进娇小软绵的一团。

他常年练武下盘极稳，定了定心神就把人拉上来，沉声道："越发爱胡闹了。"

唐灼灼抬起脑袋，一双美目里泛着粼粼的水光，皱眉伸出粉嫩的手指点点他胸膛上的龙纹，极不满意地嘟囔："陛下怎么又这样凶？"

霍裘听到她的抱怨，胸膛震动几下，将她不安分的小手捉住。

这小东西如今倒是越发没有良心了，各种不满抱怨信手拈来，他何曾凶过她半分？

他又哪里舍得？

分明恨不得将毕生温情耐心付诸她身。

"可撞疼了？"霍裘将她一张粉嫩的桃花面扶正，皱着眉头细细按揉她大力撞上来的额心处，声音里夹杂着些微的溺宠与心疼。

唐灼灼的脸更红了几分，觉得这屋里有些热。

她喝了些酒微醺，原本就绵软的身子如今更是显得柔若无骨，几次要从他怀里滑下去。

渐渐的，这屋子里的气氛就变得有些旖旎。

霍裘被她带着果子味的鼻息逼得喉头发紧，一手捞过她软如面团的身子，一边哑着声音道："朕抱你去床榻上歇着醒醒酒。"

说着就要唤人备醒酒汤。

却被一只嫩生生的手指堵住了他即将说出口的所有话。

唐灼灼食指含香，眼神既娇且媚，揪住他胸前的衣物认真强调："臣妾没醉。"

　　为了证明自己没醉，她费力地稳住身子，皱起了眉头向他展示自己一身的衣裳。

　　霍裘早在进来时就已注意到了这件火红的舞衣，上面点缀着点点星光，华丽到了极致，穿在小娇气包身上却刚刚好，两者之间相得益彰，只叫泰山崩于顶也能面不改色的崇建帝眼神也有片刻的迷离。

　　"臣妾给皇上舞一曲吧。"

　　她昂起下巴笑，指了指一旁放着的长笛，笑："有劳陛下吹笛助兴了。"

　　霍裘的目光也落到那杆玉笛上，眼前的女人娇媚到了骨子里，他却未见过她一舞的情态，如今她自个提出，他又岂有不奉陪之理？

　　然而骨子里的私心却还是此处唯他与她。

　　如此，崇建帝自然乐意至极。

　　笛声倏尔袅袅而起，如云雀晨起没入云霄，悠远舒长，这个时候，唐灼灼却皱着眉头，脚下一个不稳，却又极快地扶着桌面站了起来。

　　霍裘的神色变化一下，笛音的调都高了许多。

　　她真的醉了。

　　唐灼灼火红色的袖袍一挥，一道绝美的剪影便呈现出来，但也仅此而已。

　　她脚底一个旋转，眉目间皆是迷离的光，离着霍裘不过两三步的距离，说好的跳舞也不舞了，只是偏头望着他笑，那笑容衬得她眼角泪痣灼然。

霍裘别开了视线，搭在玉笛上骨节分明的手指用力到泛了白，险些被她逼得乱了所有分寸。

唐灼灼微微眯着眼睛，得意得不行，她微凉的柔荑抚上男人再清冷不过的面庞，见他陡然间幽深至极的目光，脑袋就埋进了他泛着淡淡龙涎香的胸膛里。

曲子仍在继续，虽然被她逼得断断续续，但好歹一曲终了，霍裘感受到怀中不断蠕动的一小团，眉目柔和得不像话。

"困了？"她的发丝柔软，摸着手感极佳，像一只软了爪子的小兽，乖巧得令他也软了所有心肠。

唐灼灼沉默片刻，倏尔抬了头望他，眼角有泪在闪，男人身子陡然僵了一下，才冷了脸要问话，就听她委屈得不行，道："这曲相思，陛下弹错了调，足可见对臣妾的敷衍。"

霍裘愣了一会儿，旋即气得咬牙。

她一刻也不叫人省心，淡淡一瞥就足以叫他失了所有控制，勉强将这曲子弹完，却叫这小没脸没皮的一顿好生嘲笑。

不过下一刻，唐灼灼的眼睛就弯成了月牙形，嘴里像是含了蜜糖一般，她道："不过无事，妾很喜欢的。"

沙沙哑哑低低怯怯的一句，明明喝了酒的人是她，霍裘却是觉得自己也是微醺了。

片刻，他紧了紧手臂，将小姑娘抱得更紧一些，声音如同压得极紧的弦："娇娇喜欢就好。"

唐灼灼退出他温热的怀抱，纤长的手指指着桌上备好的酒与菜，勾了男人的小指，道："臣妾方才就叫人备好了，皇上可有兴趣喝些小酒？"

霍裘一撩衣袍坐下，轻微颔首，似是不经意间问："娇娇想将朕喝倒？"

"自然不会，饮了这合卺酒，陛下就可歇了。"唐灼灼的脸有些红，执着酒杯的手有些细微地抖。

霍裘面上的笑意慢慢凝滞下来，他似乎没有听明白这话的意思，破天荒地问了一句："合卺酒？"

"不喝了不喝了。"唐灼灼耳根子红透，伸手才要夺了他跟前的那小小的酒杯，就被男人温热宽大的手掌包裹住。

"娇娇可知道自己在说什么？"霍裘握着她手的力道大得惊人，一双黑瞳里酝酿着数不尽的风暴，强迫着她直视自己。

唐灼灼只抿唇不说话，最后连头也低下去了。

"臣妾记着，新婚之夜，是失手将合卺酒打翻了的。"

片刻，她略显低落地出声，眸子里也蕴了一丝雾气，瞧不真切面上的表情。

霍裘面上的神情却是彻彻底底地凝重下来。

他们的新婚之夜，外边的大红灯笼挂满了窗梢枝头，烟花一朵朵地在夜空上绽放，可他们两个人，一个冷着脸打翻了合卺酒，一个漠然叫人收拾了局面。

那杯合卺酒，曾让霍裘和唐灼灼都耿耿于怀。

他哪里不知道她当时是什么心情啊，自然也就不想再强迫她，不喝就不喝吧，他将人都娶回来了，喝与不喝，都一样。

可心底，到底是遗憾。

"所以今日娇娇是打算补给朕一杯合卺酒？"对面坐着的女人面容若芙蕖，又好似长得更开了一些，竟比当初嫁给他时还要媚上几分。

唐灼灼纤长的睫毛微微扇动几下，而后微不可见地点了下头，道："皇上若不愿……"

接下来的话她没有说下去，只是唇角的笑意有些明显，衬着面上的霞红更是明眸善睐，抬眸一瞥就是万种风情。

她比谁都要清楚，他不会拒绝的。

事实也果然如此，尽管崇建帝觉得有失皇帝颜面，也还是一口应下。

莫说是合卺酒了，就算此刻摆在他跟前的是一杯毒酒，他只怕都能心甘情愿地一口饮尽。

霍裘缓缓地勾了唇角，松开了唐灼灼的手。

酒是清甜的，入口回味绵长，唐灼灼一喝完就以手托腮望向他笑，夜风徐徐吹来，乱了一两缕黑发，也乱了一两人的心肠。

"陛下生得美。"她想了想，偏头补充，"比起臣妾也不遑多让。"

霍裘第二次被她夸这张面皮，他仍记得第一次是在皇祖母办寿时，那时她对他尚且存了畏惧之意，怯怯生生的，全然没有现在的这股放肆劲。

"娇娇喜欢就好。"

男人的呼吸有些暧昧的急促，一声声地泯灭在烛火里，霍裘忍到现在，也着实辛苦，但也真是被这小娇气包生生地打动了一回。

合卺酒啊，和他的娇娇。

唐灼灼早早就困了，这会儿浑身的果子香与酒气，身子更是软得不像话，直到被霍裘抱到床榻上，才稍稍老实一些，沾了枕头就睡过去。

她的皮肤如同上好的瓷玉，只叫人爱不释手，霍裘抚着她浓墨一样的发丝，声音哑得不像话，一字一句地问："合卺酒都补上了，娇娇就不打算给朕补个花烛夜？"

唐灼灼被逼得几乎要哭出来，花烛夜他们哪里就需要补了？

这男人真不要面皮！

一夜荒唐，第二日一早唐灼灼自然是起不来的，霍裘的心情倒是极好，穿戴整齐后走到床榻前，透过几层轻薄的床幔，见她一副迷迷糊糊半睁着眼睛的模样，勾了勾唇弯腰抱了抱她，哄小孩一样地轻哄："时辰还早，朕叫人备了早膳，娇娇再睡会儿就起来用膳。"

说罢，他兀自皱了眉头，抚上她白皙的额心，嘱咐道："不可赖床。"

唐灼灼不耐烦地皱眉，抱着被子缩到床里头的角落，宽大的床榻上顿时隆起一小团。

压根不想理这毫无节制的男人。

霍裘大步出了长春宫，御舆早在外面候着了。

而唐灼灼真正清醒过来的时候，已是日上三竿。

京都十月的天正是不冷不热的时候，今日又出了些太阳，外面碧空万里，连云朵都瞧不见几团，若是温度再降下去一些，就得换上厚衣了。

唐灼灼躺在池子边，温热的水如同一双双宽厚的手，不轻不重地按捏着她的四肢与肩头，紫环在水面撒下一些花瓣，她闭着眼睛舒服地喟叹一声。

"娘娘，殿阁大学士夫人来了。"

唐灼灼睁开眼睛，重复着念了一遍，才苦笑着挥了挥手："好生伺候着，本宫马上就来。"

霍裘继位，颇受器重的柳韩江地位仅次于寒算子，官居殿阁大学士，而他的夫人，自然也就是叶氏。

叶氏人原本就低调，性子也沉稳，如今一声不吭急匆匆地进了宫，必定是有急事，而这事，十有八九与江涧西脱不了干系。

叶氏在外殿等着，不时抿上一口清茶，顿时觉着唇齿留香，回味绵长。她顿了顿，低头不语，姣美的面容上平静无波，只有眼神还透着些许烟火气。

不到一盏茶的时间，唐灼灼就已在宫女们的簇拥下出来了，叶氏放下手中雕青花的茶盏，起身恭敬地行了个全礼，被唐灼灼手疾眼快一把扶起。

"师姐无须多礼。"

叶氏顺着她的力道起身，牵强地勾了勾唇角。唐灼灼与她离得近了，才发觉她脸色不算很好，于是转身冲伺候的人摆摆手，声音散漫："都下去吧。"

等殿里空荡荡的只剩下她与叶氏两个人了，唐灼灼才握了她冰凉的手皱眉，问："师姐，可是发生了什么事？"

叶氏直直地望了她片刻，眼底慢慢沁上来点点银光，唐灼灼不明所以，才要发问，就见叶氏如同不堪重负一样弯下了腰，捂着脸只掉眼泪。

唐灼灼一时之间有些反应不过来，叶氏在她眼里从来都是从容不迫的，永远清清冷冷的不食人间烟火的样子，就连片刻的慌乱也是没有过的。

叶氏极压抑地啜泣，甚至有些喘不过气来。等她平复一些，唐灼灼才将手里的帕子递过去，抚了抚她起伏不定的后背，轻声道："师姐，先将眼泪擦擦。"

叶氏这时候也觉得自己失了态，她擦擦眼角，而后笑了笑，低头道："叫娘娘看笑话了。"

唐灼灼微微摇头，面色有些松动，问："可是与柳先生闹矛盾了？"

叶氏摇头："臣妇今日来找娘娘，夫君并不知情。"她这样一说，唐灼灼就更为好奇，只是一时半会儿也不知道该如何开口问起。

像是看出了唐灼灼的疑惑，叶氏绞了绞手帕，咬了下唇缓缓道来："昨日晚间，师父潜入家中内院，说要带走潇潇。"

唐灼灼瞳孔蓦地一缩，她握着长凳扶手的玉指缓缓收紧："这却是为何？"

柳潇潇那孩子唐灼灼见过不止一次，活蹦乱跳的性格也好，江涧西忽然说要带走那孩子是个什么意思？

叶氏却突然不愿说了，她的表情有些恍惚和痛苦，几度哽咽得说不出话来，最后好不容易抬起头来，姣好的面上却满是一种破釜沉舟的决心。

唐灼灼看得心尖一震。

"也罢，臣妇今日来娘娘这，自然也就没打算要这张面皮了。"叶氏倏尔平静下来，只剩下声音微微地颤抖，也不去看唐灼灼的面色，自顾自地说，"潇潇并不姓柳。"

唐灼灼早先心有所感，但亲耳听到叶氏说出这句话，还是由身到心觉出一股深浓的悲凄来，果不其然，叶氏惨笑着补充："潇潇是我与江涧西的孩子。"

这话如同平地一声雷，炸得唐灼灼的呼吸都慢了几分，她缓缓地从椅子上起身，有那么一个瞬间她甚至以为叶氏是在逗她玩寻个开心的。

柳潇潇……是江涧西的孩子？

这怎么可能？

唐灼灼的嘴唇嚅动几次，嗓子口像是堵了一团棉絮一般，半晌都发不出什么声音。

好容易镇定下来，她听到自己的声音清楚而冷静地问："这事，柳先生知晓吗？"

单凭叶氏这寥寥几句，唐灼灼脑子里就想象出无数种画面，杂乱得很。

　　叶氏对上唐灼灼的目光，缓缓点头："夫君自然是知晓的，他一直将潇潇视如己出，这些年也没想着要个孩子。"

　　唐灼灼这才松了一口气。

　　"那这事，柳先生怎么说？"唐灼灼见叶氏乱了阵脚，心里暗叹一声，接着问。

　　叶氏抿了抿唇，面色更显苍白。

　　"夫君说随我意愿，我自然是要将潇潇带在身边的。"叶氏再如何冷静也到底还是一个柔弱女子，遇到骨肉分离这种情况自然无法忍受。

　　她说罢，抬起头来道："虽然潇潇只是一个因我而起的意外，可她却是我的命！"

　　唐灼灼伸手揉了揉隐隐作痛的眉心，自当理解她做母亲的心情，可如今叫她疑惑不解的东西太多了。

　　江涧西为人如何她了解，自然不是那等乘虚而入强迫女子的人，那么柳潇潇从何而来？

　　叶氏往日提到江涧西时也是再自然不过，甚至还能从容地叫一声师父，可见她心底也是没有江涧西的存在的。

　　一时之间，唐灼灼心里微妙得很。

　　叶氏也觉得尴尬，面上无光，却仍是咬着牙恳求："娘娘可否与他说一声？要什么东西都好说，只是潇潇，也只有她，我是怎么也接受不了的。"

　　"这事，本宫也是无能为力。"唐灼灼缓缓地道，片刻后默默地摊手，声音里也是有些无奈。

　　如今这骨节眼上，江涧西不来寻她的事就算好了，她实在是不想惹上他，更何况她到底是个外人，怎么好插手这样的事。

　　"我自然不会叫娘娘为难，只是提前与娘娘支个底。"叶氏忽然敛了所有的情绪，变得极为严肃与认真，她从怀中掏出一个小锦囊，递到唐灼灼手中。

那锦囊温热而馨香，唐灼灼无须打开看就知晓里面是什么，她皱着眉头将锦囊推回叶氏的怀中："这太贵重了，夫人留着自己用吧。"

她没能帮上什么忙，自然也没有面皮收这样珍贵的物件。

叶氏握着她的手，道："我这身上没什么娘娘能看上的东西，只这丹药，或可在日后派上些用场，今日我来，就是想要娘娘一句话。"

说到这里，她闭了闭眼睛。

"若潇潇日后出了什么事，娘娘能否念在昔日情分，保她平安？"

"不求富足，不求显贵，但求平安一世。"

叶氏满含希冀的目光让唐灼灼心里绞痛，鬼使神差般将那锦囊收了下来，而后偏头低声问："你准备如何做？"

"娘娘放心，臣妇不会鲁莽行事，只要师父不带走潇潇，一切自然如所有人的愿。"

哪怕事到如今，她仍称江涧西一声"师父"。

叶氏出长春宫时，面色已经恢复如初，再也瞧不出半丝殿中的崩溃模样。

她的心腹丫鬟侍候左右，见状忍不住问了声："夫人，您左挑右挑，为何最后选了皇后娘娘给小姐做依靠？"

叶氏闻言，倒是温和地笑笑，道："皇后年轻，瞧着又是十分喜欢潇潇的，有这样一个人护着，是潇潇求之不来的福气。"

更何况以后若真出了什么事，下位者就是再有心，也不若唐家这位轻飘飘的一句话。

这张护身符是她如今未雨绸缪，可来日说不定真就有那么一天，所以那颗丹药，给得也值。

好好的天到了晚间，忽然涌出层层叠叠的乌云压顶，一笔一画壮阔至极，一场大雨酝酿着即将来临。

唐灼灼心里想着事情，自然也就凝不了神，直直地望着窗外出神不已。

霍裘今日特意将诸多事情提前处理好，巴巴地来陪这小女人用顿晚膳，结果等菜呈上来，她却玉手托腮，眼中一片空洞。

"娇娇可是又犯了挑食的毛病？"

男人声音醇厚，又刻意压低了些，就如同一片羽毛缓缓滑过耳边，又酥又麻。

可饶是这样，唐灼灼也只是微微掀了掀眼皮，无甚兴趣地瞥过一眼满桌的菜点，干脆利落地偏头："不吃。"

霍裘的脸蓦地就黑了下来，他慢条斯理地放下筷子，还未来得及开口，唐灼灼就换了一张面孔，她眼角泪痣闪着细光，小脾气上头。

"皇上又要凶臣妾是不是？"她面上有些红，真的就像山寺里开出的第一朵桃花。

霍裘眼底倏尔带了丝丝笑意，也不说话，就看着她继续混说。

唐灼灼太会拿捏这男人，她蹭到他的跟前，将烟水色的袖子挽起一个角，露出大片雪白细腻的肌肤，她指着上面的青紫娇声抱怨："今日都还疼着，这会儿皇上又要做出严肃面孔给臣妾看。"

这会儿是真的有些委屈了，唐灼灼越发无法无天，点着他的胸膛道："整日里就说妾是您的娇娇，原来都是哄骗臣妾的。"

霍裘哑然失笑，虽然不是第一次见这女人变脸，但每一次都叫他止不住地越发想欺负了去。

唐灼灼见男人不出声，倒是越发来了劲，她纤柔的两条胳膊如藤蔓一般缠上霍裘的脖颈，松松垮垮地被他搂着，眼神晶亮，逼着他出声："是不是放心尖尖上的娇娇，皇上自个儿说。"

　　霍裘稀罕她这般古灵精怪的模样，但也不由得伸手捏了捏她的脸颊，笑道："朕的娇娇如今脸皮倒是越来越厚了。"

　　笑闹归笑闹，晚膳却是躲不过的。

　　小女人原本就瘦弱，身子骨更是弱不禁风，前段时间好容易养出一些肉，她又闹着节食，惹来他一顿动怒才堪堪作罢。

　　这小娇气包惯会得寸进尺，一刻也不能纵着。

　　在这方面，崇建帝的态度格外的强硬，半分不动摇。

　　唐灼灼到底怵他黑脸的模样，极不情愿地离了他身边，自顾自挑了几粒白净的米饭送入口中，皱着眉头气得直哼哼。

　　霍裘不消抬头看就知她现在是个什么委屈巴巴的模样，一时之间既觉好气又好笑，慢条斯理地擦了擦嘴角，声音清冷："娇娇既这样恼朕，那今年秋猎也定不想前去了？"

　　唐灼灼手中动作一顿，望了望外面黑沉下来的天色，明艳的小脸上全是奕奕的亮光，她有些迟疑地问："秋猎要开始了？"

　　原以为今年的秋猎是不会有的了，毕竟时间已晚了半月有余，但此刻听霍裘的意思，分明是已决议好了。

　　霍裘轻微颔首，道："五日后出发。"

　　得了崇建帝的准信，唐灼灼因为叶氏那席话而郁结不已的心情也终于缓缓平复过来。

　　她向来喜欢那样的场合，纵马长歌，饮酒作乐，虽然也不可太过肆意，但总归离了重重宫墙，得以逍遥一段时日。

　　想起往年的秋猎，唐灼灼扯了霍裘的半片袖口，轻轻地晃，一双眸子澄澈如海水，声音里满是憧憬和希冀："要去的，臣妾想去的。"

"早些年随着爹爹和兄长们去的时候，都只能在一旁眼巴巴地瞧着，连马儿都不让摸一下。"

霍衾没有说话，只是将她轻轻巧巧搂在怀里，下颚轻磕在她的头顶轻轻摩挲，一下一下地带着熨帖人心的温度。

他知道她今日是不开心了。

叶氏的事他早已从柳韩江今日憔悴不少的面容里瞧出不少端倪，他都不甚在意，只是没承想叶氏会来找这小女人。

娇气包不常与人为善，嚣张跋扈惯了，心肠却是顶柔软，不消多说，单看她今儿个晚间出神的模样，就知道她又开始瞎操心了。

嘴上时时都在说懒得多管闲事，可临到头来，还是禁不住答应了人家的要求。

他的娇娇啊，从来口不对心，可爱得紧。

唐灼灼哪里知道这男人已开始心疼起自己来，她现下情绪有些激动，几次要从他身上滑下来，最后瞧见他不悦地皱眉，才堪堪意犹未尽地补充："臣妾见过皇上狩猎的模样。"

"哦？"霍衾来了些兴趣，绕着她几缕浓墨一般的发丝在指尖，声音浸在夜色里。

"那时皇上还是太子，清清冷冷的一个人，对谁都是一副冷若冰霜的模样。"她皱皱眉头，忽然提起一件事来，"那时臣妾好容易背着兄长与爹爹偷偷溜出帐子，刚要学着别家的少女姑娘射猎，那弓才拿在手里，就被皇上走过来训斥了一顿。"

霍衾也记得这么个事，那日他正巧路过，见小姑娘拿着那与她自己身材极不对称的弓比画，又瞧见了那冒着冷光的箭头，顿时又惊又吓，忍不住走过去说了几句，顺带着收了她的弓箭。

只是他记得自己那时的语气柔了再柔，断断称不上是训斥的。

"那东西太过危险，一不小心就会伤着自个儿。"霍裘目光深邃，执了她雪白的尾指摩挲着道。

唐灼灼抿了抿唇，片刻后才恨恨地道："臣妾那时是想着找皇上教的，但瞧着京都几家的少女都抢着围在皇上身旁，自然也没去了。"

霍裘又喂她吃了些东西，而后才不疾不徐地道："朕一个都没教。"

那些个女人，他只嫌聒噪。

唐灼灼这才觉得心满意足，不再说话。

自那日叶氏走了之后，唐灼灼就派人密切盯着动静，只是几天过去，一切如常，各自相安无事，她便放下不少心来。

日出日落，时间过得飞快。

十月中旬，秋猎缓缓拉开帷幕。

围场离京都不算远，可也足足赶了四五日的路才到。

王公贵族一路随帝后出行，声势浩大，戒备森严，恰逢秋风席卷大地，不热也不冷，正是狩猎的大好时机。

草原深处，是一片绵延得瞧不见边的绿色，秋猎的围场便设置在这样的地方。

因为舟车劳顿，他们到地方的第一晚，便各自回去歇息养精蓄锐，以期明日的良好表现。

草原的夜里繁星点点，似乎触手可及，唐灼灼系上一件水色的披风，出了自己的帐篷。

"娘娘，夜里风大，咱们出来透透气就回去吧。"安夏忧心她的身子，手里提着灯笼道。

唐灼灼只是抿唇轻轻地笑："等会儿就回了。"

真到出来了，才知睡不着觉的远远不止她一人，偌大的草原上帐篷一座挨着一座，夜里更有许多灯笼的亮光悠悠晃晃，如同一只只翻飞的萤火虫。

帝后的帐篷是分开来的，男女眷互相怕冲撞了，是以离得有些远。

草原的一切都与京都截然不同，这里的风声势浩大，呼啸而过，吹在脸上却又是极为柔和舒适的，一切都徐徐不燥，唐灼灼惬意地眯了眯眼睛。

她特意避开人群，选了另一处稍显黑暗的地方，走得有些累了就拿帕子垫着坐下歇了会儿，还没歇多长时间，前面就传来压得有些低的声音。

她与安夏恰巧坐在几丛灌木后，晚风吹来，黑影绰绰，人影与树影混淆，她们提着的灯笼被月光照得瞧不出半丝光亮来。

隔着几丛灌木，唐灼灼微微蹙眉，才要站起身子，就听到了妇人喑哑着急的声音："皇上不选秀，如今娘就是再有心也没法将你送进宫去，此次围猎机会难得，你最擅长骑射，往后几天定要好好表现，娘已提前与你父王说过了。"

唐灼灼面上一寒，屏了呼吸默不作声，安夏更是不敢稍动一下。

这……分明就是南平王妃的声音！

另一人始终没有出声，南平王妃有些急了，好似推了那人一下，恨铁不成钢地念叨："你这丫头性子到底随了谁？"

"你堂堂王府嫡女，身世相貌差了哪里？一个妃位都是委屈了，你怎么就是脑子不开窍？"

这回朱琏终于动了，她或许是听得多了，声音都有些麻木了："娘别在我身上费功夫了，三妹妹和五妹妹倒是一心想进宫，您劝她们去吧。"

南平王妃被气了个仰倒，指着朱琏连声道不孝女，冷静过后又不得不好言相劝："你与皇后是闺中密友，自小玩得来，就是去动动嘴皮子求求她，我也不至于为此日夜难寐。"

朱琉这回的声音更冷，眼神有些飘忽："正因为曾是闺中密友，哥哥尚且各种诽谤她，我现如今连见她一面的脸都没了，更何况说入宫？"

"再说入宫也非我意愿，娘不必再劝了。"

话说到这里，南平王妃也是心灰意冷懒得再管她，由丫鬟搀着回去了。

她一走，唐灼灼就动了动身子从灌木后走了出来。

朱琉则是伸了个懒腰，神情格外放松，与唐灼灼如以前那般击了个掌，上上下下打量一番后吹了个口哨："皇后娘娘这听墙角的功夫日益见长。"

唐灼灼也跟着笑，瞥一眼南平王妃离开的方向，问："王妃瞧上去十分希望你进宫？"

朱琉也不避讳，眉目间自凝成了一股冷意，她冷哼一声："别说我娘了，就是朱泸那草包也三番五次来劝，专门咯硬人。"

唐灼灼敛目，上回朱泸将那画送来导致霍裘生了瘟疫，南平王亲自将人捉了请了家法，打得只剩半口气了才叫人拖回王府关禁闭。

没想到，如今竟还有工夫到处瞎蹦跶。

"你的身子瞧着倒好上不少？"

说着说着，朱琉眼尾一扫，从腰间抽出一条黑褐色如蛇的长鞭，一鞭下去就是一声压抑到极点的闷哼声，唐灼灼看那人狼狈地捂着手臂嘶嘶吸气，顿时就现出些笑意来。

那人挨了这么一鞭，痛得脸上笑容都有些狰狞，吸着冷气走出来，先是看了一眼唐灼灼，面色不虞地冲着朱琉怒道："你下手能不能不要这么没轻没重？"

朱琉走过来将唐灼灼护在身后，冷声道："可汗自重，免得冲撞了皇后娘娘。"

那人的脸在月光下渐渐现出轮廓来，只是原就黝黑粗犷的面庞更显黑沉，唐灼灼在朱琉身后探出一个脑袋，十足的看好戏模样。

屋塔幕悔青了肠子，他放着自己偌大的草原和子民不管，巴巴地跑来这秋猎围场，结果就得这女人如此冷脸。

他深深地吸了一口气，压抑下转身就走的冲动。

唐灼灼捏了捏朱琉的肩头，上下打量了几眼屋塔幕。

"两年不见，可汗倒是越发……"话到嘴边，唐灼灼失了语，不知该夸他什么。

朱琉眼皮子朝上一掀，将手里鞭子一收，接口道："还能越发怎么？越发丑呗。"

屋塔幕的目光比三九天的落雪还寒凉，他手背上顿时暴出几根青筋，深深吸了一口气，皱着眉头对朱琉道："我这次来，就问你嫁不嫁我？"

草原人的粗犷直接刻进了骨子里，屋塔幕问得十分显摆，显摆得唐灼灼与朱琉都是一愣。

朱琉的身子有片刻的僵直，而后开始细细地发抖，这是被气得，唐灼灼猫着腰躲远了些。

果不其然，朱琉根本不想和他废话，缠在腰上的长鞭如龙，毫不客气地抽过去，被屋塔幕手疾眼快地捉到手里。

有些微的暗红色落下，铁锈的味儿淡了又淡，朱琉面色一变，冷声道："可汗可知自己在说些什么？中原不比草原，女子名声要紧得很，我也不是草原上那放荡不羁的女子，望可汗说话前先过一下脑子。"

说罢，她瞧了唐灼灼一眼，眼底的戒备更重一些："你再不走，我可叫人了，堂堂可汗溜进女眷住所，传出去是要惹天下人耻笑不成？"

屋塔幕眼皮子连着跳了跳，倒也没被她吓住，高大的身躯笼在黑夜里，如同一只潜伏的野兽，危险至极。

"我一直不明白。"他将朱琉的长鞭扯到手里，也不在乎手上破了的那点皮，将长鞭盘好才抬头，压迫感十足。

"明明两年前还追在我身后说要嫁我的姑娘，为什么在上次围猎结束前几日，就忽然变了个人一样？"

这似乎困扰了他许久，导致屋塔幕说出来的时候一直紧皱着眉头。

唐灼灼的梦中，这两人最后是在一起了的，婚后第二年就生了孩子，一家和乐，再是幸福不过，只是不知如今是怎么个情况。

朱琉有所顾忌，只是冷着脸漠然道："有什么不明白的？人会长大的，所有的想法也都会变，只有可汗这么天真竟相信一个未及笄少女的话？"

她夺过自己的鞭子，也不看屋塔幕的表情，扯过一边看热闹的唐灼灼就走。

夜色越来越浓，屋塔幕长久地屹立在原地，渐渐与夜色融为一体，不分彼此。

等渐渐瞧不到那男人的身影了，朱琉才停下步子，唐灼灼一脸莫名的笑意望着她，问："怎么回事啊？我可是记着上次围猎时你还拉着我去偷看他呢。"

朱琉嘴角一抽，冷冷地哼了一声。

"年少不懂事罢了，谁还没个喜欢的人哪？"

唐灼灼笑着点头，见她不是很想谈那男人，也就换了个话题。

"原本以为这次你不会来的。"

朱琉讶异，抬眸望她："上回不是说好了等你身子好些了就教你骑射吗？"

唐灼灼心里顿时涌上一种说不清道不明的酸胀感。

有一种人，他们不会说好听的奉承话，却将你说的每一个字都记在心里，没有半分敷衍。

霍裘是这样，朱琉也是这样。

朱琉挨着她坐了下来，也不怕将衣裙弄乱，两人如同小时候那样，瞧着天上的星星，有一句没一句地闲聊。

"唐灼灼。"朱琉将五指伸在跟前，透过缝隙眯了一只眼睛看天上的星星，忽然出声道。

唐灼灼偏头望她，眼神些许迷离。

"你和皇上相处得如何？没怎么闹腾吧？"

唐灼灼面上一红，一时之间倒不知道该如何说了。

"他人挺好的。"

朱琉一看她那表情，心里就有了底："哪里是人好？也就对你好吧？"

唐灼灼不置可否，巴掌大的小脸上得意得很，淡淡的红霞涌动，分明就是掉进了蜜罐子里的神情。

朱琉勾了勾嘴角，揉乱了她的头发。

"你能想通才好，我一直担忧你转不过弯来。"

这个弯，指的是谁两人皆是心知肚明。

唐灼灼缓缓地合上眼睛，仿佛能听到天幕上星光涌动的声音，耳边呼啸而过的风其实再温柔不过，她弯了弯眉眼，整个人与这草原融为一体。

"你与那蒙塔可汗之间到底发生了何事？方才可不像是你的一贯作风。"她的声音极尽轻柔，朱琉却一下子睁开了眼睛，她的眉眼随了南平王，显得极其有神与英气，更多的却是随了南平王妃的貌美，不同于娇滴滴的京都贵女却又十分有味道。

"还能如何？左不过是我一厢情愿罢了，他今日说的那些话一个字也信不得，你莫被他那副模样骗了去。"朱琉有些自嘲地扯了扯嘴角，神色有些恍惚。

唐灼灼伸手笨拙地拍拍她的肩头，思索片刻后斟酌着道："你若真心悦他，就与他说个清楚，我今日瞧着他的神态，倒也不像是在说假话。"

"若是王府不同意，我就去央皇上赐道求婚圣旨，屋塔幕是蒙塔可汗，身份尊贵，与你也是门当户对了。"

朱琉随手摘了身旁的一朵小花别在唐灼灼的鬓边，手掌的温度不冷不热，轻轻地叹了一口气："你呀，就别为我操心了，你自个儿过得好，我比谁都要开心。"

唐灼灼瘪嘴，却也真真将这事放在心上了。

虽然她睡得有些晚，第二日却起得十分早，实在是因为一大早的外面就开始热闹起来，她耳根子一刻清静不下来，最后躺了一会儿，也跟着起来了。

梳洗过后，唐灼灼换了一身劲装，是她来时就吩咐人备好的，火红的颜色，如同烈日下一团燃烧的火焰，衬着美人如雪的肌肤，生生晃了许多人的眼睛。

女眷们不管心底如何，面上却是个个毕恭毕敬，跟在唐灼灼的后面去了集合的地方。

她们到的时候，大部分的王公大臣世家权贵们都已到了，霍裘坐在正上首的位置，目光如猎鹰般令人心底发毛，面上却是一派的云淡风轻，甚至能不动声色地喝完了一盏清茶。

他身边还并排放着一张空椅，唐灼灼福了福身，声音清脆带着淡淡的笑意："陛下万安。"

霍裘见她心情不错，眼中寒霜渐渐消减，指了指身边的位置，道："皇后过来坐。"

唐灼灼理了理衣裳坐到他身旁，这时候今日要来参加围猎的基本上也都来齐了。

因为是在宫外，到底少些局促和紧绷，帝王没发话开始围猎，那些大臣和女眷就站在外面闲聊，不过声音都刻意压低了些。

霍裘把玩着手里精巧的匕首，抬眸瞥了身边娇气包一眼，声音里满是紧绷："这件衣裳怎么朕以前从未见娇娇穿过？"

精致得他简直想压了她欺负才好。

或许是夜夜软玉娇香在怀，昨个儿夜里他睡在帐中，没了她在跟前换着花样折腾人，倒是诸多不自在，直到天边泛亮才强迫着自己闭上了眼睛。

她对自己的影响，早在不知不觉中越来越深，直至现在，当真是中毒颇深还心甘情愿得很。

光天化日的，唐灼灼被他当着这样多人的面唤娇娇，往日再厚的面皮都有些兜不住了，虽然他声音压得低，可在场不乏常年习武耳聪目明的，他倒是一丝也不顾忌。

她有些不自在地挪了挪身子，凑到他耳边小声回道："不是什么精致的衣裳，左不过是臣妾瞧着适合围猎时穿，就叫下头人带上了。"

霍裘将手中镶了大颗宝石的匕首放在锦盒里，注意到身边小娇气包一瞬间亮起的眼神，有些想揉乱她柔顺的头发。

忍了忍，他再开口时嗓音里似沁进了沙子："这是蒙塔可汗送上的礼，上面镶嵌了大颗宝石与东珠，世间罕见，娇娇若是喜欢……"

他眼神一瞬间黑得如同浓墨砚池，离唐灼灼更近了几分，几乎贴着她的耳朵道："若娇娇喜欢，今夜来朕营帐，朕亲自教娇娇使用。"

唐灼灼一时不察，脸色几乎快要挂不住了，嗔怒地望他一眼，脸上不可抑制地飘起几朵红霞，如同春日枝头最早抽出的那花骨朵儿，鲜嫩美好得让人心折。

若不是常见这男人冷脸发怒的模样，她简直就要怀疑崇建帝是不是被人掉了包。

霍裘喉结上下滚动了几圈，冷着脸强行压下心底的欲念，最后与这小女人说了一句："等会儿就跟在朕身边，莫要乱跑。"

唐灼灼自然知道事情轻重，乖巧地应下。

真要不听话，崇建帝还真做得出来将她留在营帐内的事。

约莫着到了时辰差不多的时候，太阳高高在天空中挂起，不算太热却极有力量，霍裘将茶盏搁在桌子上，发出叮当的脆响声。

顿时，里面外面都纷纷安静下来，动与静的反差格外明显。

年轻的君王不怒而威，一双剑目如刀，明明是笑着的，却有人从骨子里感受到一种压迫和寒意。

霍裘今日穿着杏黄色的骑装，更衬得他身子极威武高大，龙章凤姿，眼神深邃得如同这草原上方盘踞的雄鹰，危险至极。

唐灼灼落后他半步，只堪堪到他肩膀位置，倒没如旁人一般眼里带着畏惧，只是在人瞧不到的地方稍稍弯了眉眼。

这套衣裳，还是她那日在内务府送来的一溜儿衣物中挑出来的，杏黄色不如明黄显眼，却能衬得男人轮廓柔和一些。

她私心里还是喜欢同他在东宫的日子，这件衣裳就像极了他身为太子时穿的蟒袍。

原本就是略略一提，她自个儿都没放在心上，这男人嘴上嫌弃得不行，还好生取笑了一番她的眼光，这不也还是换上了吗？

唐灼灼那些个千回百转的小心思以为藏得严实，却被侧前方的男人余光一眼瞥尽，那张熠熠生辉的小脸染上了一层霞光后看得他心尖狠狠一动。

罢了，她喜欢就好了，左不过一件衣裳罢了。

都随了她的愿，她想要什么自己都给就是了。自个瞧上珍而重之放在心坎上的人，有什么办法呢？

若是惹得她不痛快，心疼得直皱眉抱着哄的也是自己。

霍裘的声线再清冷不过，他接过侍卫手上那半张人高的大弓，神色平静无波："将猎物放出来。"

众人皆屏气凝神，目光齐齐转向早就被关在笼子里焦躁不安的鹿，那守着的侍卫皆是面色凝重，听了霍裘的吩咐，便有人上前开了那铁笼。

鹿这种动物最是机警，此刻瞧到了一丝生机，将那铁笼撞得哐当一声，跑得飞快，身姿矫健，并不是那种被人囚了许多天的病恹恹的鹿。

眼看着那鹿飞快地冲出了视野，只留下一道残风背影，霍裘终于拉开了弓，唐灼灼看得有些紧张，却只听耳边一道破风之声响起，前面那疾奔的鹿抽搐几下，无声无息地倒下了。

自始至终，她甚至都没有瞧清楚男人什么时候搭的箭。

有性情豪迈的武将立时就拍手称快，隔着不远的距离，唐灼灼瞧到了一脸赞赏笑意的唐玄武和一身白衣而立的唐渊，她喜不自胜，笑得弯了眉眼。

良氏这回没跟着过来，连带着她大哥唐溯都没来得成，被强压着留在府里相看人家，听说日子过得有些苦。

唐灼灼倒是提前与良氏打了个商量，不拘在意对方家世，须得要唐溯自个儿愿意，真要强迫着给大哥塞一个进府，往后的岁月也欢喜不起来。

等崇建帝射出第一箭，也就意味着这秋猎正式开始了。

"诸位爱卿自行出发，听号角声集合，所猎多者，朕重重有赏！"霍裘负手而立，眉目间终于现出几缕笑意来。

有兴致高的文臣武将这时也都上了马，朝着霍裘抱拳行礼后深入灌木林间，一时之间人声鼎沸熙熙攘攘热闹至极。

等人都走得差不多了，唐玄武带着唐渊走了过来，高声朗笑道："陛下，娘娘，那臣与犬子也就出发了！"

唐灼灼的目光顿时亮了亮。

霍裘露出些许笑意，点头颔首："老国公气魄不输当年，今日定能夺魁。"

唐玄武连连摆手，道："若说夺魁，恐怕非陛下莫属了，臣可不敢直撄其锋。"

唐灼灼眼见着自家爹爹和兄长都各自上了马，暗中轻轻扯了霍裘的衣角，轻声细语地商量："陛下，臣妾能否与父兄一同？"

霍裘浓深的剑眉一皱，就见唐玄武骑着马转了一圈，笑问："灼儿可是想跟在你兄长后面捡猎物？"

只这一句灼儿，唐灼灼就险些微红了眼眶，她从小到大都是府上最叫人操心的那个，先是病弱的身子，再是倔强的性子。

自她与霍裘成亲后干出那一件件荒唐事，唐家人听到风声，简直要愁白了头发，每次好容易见着，也都是各种告诫，哪儿有今日这般带着笑唤她？

她禁不住就想点头，却被前面高大的男人不动声色遮住了大半个身子，她还没来得及说话，霍裘就已替她回答了。

"灼灼身子骨弱，朕带在身边放心一些。"

自此，唐玄武与唐渊对视一眼，摇了摇头也朝着灌木深处去了。

等人都走了，男人的脸色瞬间就阴沉下来，他回头，望着眼里泛着光的小女人，声音清冷又危险："娇娇才应了朕，转头就忘得干干净净了？"

唐灼灼到现在，自然已不怕他的冷脸模样了，她低头小声道："臣妾都许久未见过家人了。"

这一句话从她嘴里说出来，娇弱可怜得很，霍裘脚下的步子一顿，不知怎么了，心尖蓦地一软，他仍是皱着眉头的，声音却一柔再柔："再过段日子，朕许娇娇回府省亲住一段日子。"

男人声音里低低哑哑游弋着漂浮的溺宠之意纤毫毕现，唐灼灼忽然有些看痴了，樱唇开合几下，最后泛出潋滟的笑意。

"陛下今日穿着这身衣裳，迷得那些小姑娘都找不着东南西北了。"她黛眉若远山，笑起来眼尾处的那颗泪痣娇楚风流，乍一看只以为是还未及笄的青葱女子。

有些女眷上不得马就留在了围场里，与一些世家夫人闲聊，可那目光，仍是极隐晦地落在了霍裘身上。

天子身份尊贵无匹，后宫佳丽又少，盯上的人自然不少。

霍裘随着娇气包的眼神望过去，果然见几家姑娘顿时涨红了脸。

若这时是在寝宫里，唐灼灼自然是要揪着他衣袖蛮不讲理胡搅蛮缠一番的，可如今大庭广众之下，她一张含春的芙蓉面上尽是徐徐的笑意，可贴着传入男人耳中的声音却是极为口不对心。

"陛下瞧，那边儿站着的穿鹅黄色襦裙的姑娘，是齐国公府上的嫡姑娘。"唐灼灼别有深意地道，"臣妾是记着陛下曾夸过她貌美林秀的。"

小娇气包没事做，总爱往崇建帝身上扣一些莫须有的帽子来。

霍裘眼底闪过几丝极淡的笑意，而后又看了一眼，佯装认真地点头："细看之下，是不输娇娇貌美。"

唐灼灼面上的笑意很快淡下去，跺了跺脚离他远了几步。

这时候，张德胜牵着一匹毫无杂色的棕色马走过来，见长春宫这位主子满脸不虞的模样，心肝都颤了颤，他低着头禀报："皇上，这是蒙塔可汗送来的顶级千里马，奴才们方才检查过了，是匹好马。"

霍裘点了点头，旋即瞥了一眼恨不得离得十里远的小女人，被气得有些无力，沉着声音道："还不快过来？"

唐灼灼偏头，想了想心心念念许久的狩猎，还是磨磨蹭蹭地走到了男人跟前，还未反应过来，身子就一个腾空，风吹乱了她绵密的发丝，也堵住了她险些出口的惊呼声。

再反应过来时，她已经稳稳地坐到了那匹马的后背上，这马十分高大，唐灼灼朝下一望，腿肚子都有些发抖。

"皇上，臣妾不会骑马。"她咬着下唇，面色虽然有些发白，瞳孔深处却藏着一丝极细微的兴奋与激动。

她到底不同于一般女子。

霍裘掩下眼里涌动的情绪，翻身上马，姿态再自如不过，一握缰绳，那马就通灵般地嘶鸣一声，朝着前面浓密的林子里去了。

他们的后面自然还跟着时时保卫皇帝安全的御林军，一群血气方刚的男人本应骑得飞快，如同往年那般与尚带着野性的猎物酣畅淋漓地搏斗，可奈何最前面那匹高头大马走得十分缓慢。

唐灼灼起先身子僵直得不像话，后来颠簸习惯了才微微放松了些，这一放松，她就不偏不倚靠在了崇建帝的怀中。

他的心跳十分平稳，一下一下地坚定又有力，可靠得很。

唐灼灼长这么大，头一次尝试着骑射，眼里心里的激动之意自不用多说，一激动，就不老实。

她觉得这样坐着不太舒坦，就挪了挪身子，霍裘好容易见她适应了些，才加快一些动作，却不防她娇软的身子在怀中如蛇般扭动，他嘶嘶抽了一口冷气，怒道："乱动什么？"

原本就憋了一夜的火，想着今日满足了这女人的愿望带她出来玩玩，结果她倒好，一刻也不肯消停！

唐灼灼自觉无辜，但也乖乖地靠在他怀中不敢稍动，可渐渐的，她就觉得有些不对劲了。

身后男人的胸膛火热，不经意间两人身躯贴合得严丝合缝，自然，男人的身子就越绷越紧，她的呼吸越放越浅。

唐灼灼憋红了脸，简直想飞速离开这不分场合的厚脸皮男人，往常都揪着她直说没脸没皮，这会儿一大群人跟在屁股后头，他倒是面不改色地走走停停，一副专心得不得了的样子，实则心思比谁都不单纯。

她实在受不住这样的厮磨，腰身被男人一只手紧紧禁锢住，眼前的景物不快不慢地掠过，风声呼啸着听不真切声音，她只好咬着下唇红着脸偏头凑到男人耳边。

"皇上……"

娇气包又羞又气的声音好听得很，和着风传入霍裘的耳朵里，面色阴沉得不像话，高大挺括的身子更是绷得不能更紧，他缓缓吐出一口气，凑到唐灼灼耳边，声音低得如同沁了沙砾："娇娇可是就爱看朕这般模样？"

这才放肆可着劲地折腾。

也不瞧瞧现下在什么地儿。

只这一句话，唐灼灼就有些兜不住了。

分明是这男人自个儿臭不要脸，怎么这会儿倒是全成了她在撩拨？

　　心里不满归不满，唐灼灼到底顾忌这男人说一不二的性子，一双透着灵气与羞意的眸子如最纯粹的溪水，就连呼吸也放轻了，生怕哪里又惹着他。

　　又行过一道小溪，他们约莫着已进了林中深处，头顶有不知名的飞鸟盘旋，一下子就没入林梢，有几只野兔十分机警，听了声音就往林子更深处蹿。

　　从始至终，他们一行人都没有开过弓。

　　唐灼灼有些疑惑，眼见着几只松鼠从他们头顶一跃而过没了踪影，忍不住问："为何都不见稍大一些的猎物？"

　　按理说原本就是专程将这些猎物集结到一起赶入林子里的，猎物应当十分多才是，怎么他们走了这么久也没见着一只半只的影子？

　　霍裘剑眸眯起，缓缓审视前方与四周，而后揉了揉怀中女人的发丝，只笑不说话。

　　这时，禁卫军统领策马赶上来，目不斜视地回禀，半分也不敢看被年轻帝王护在怀中的女人。

　　"禀皇上，前面恐有凶兽，不如让臣来打头阵？"

　　唐灼灼的视线被男人杏黄色的衣袖拢得严实，她动了动身子，透过一条缝隙瞧到那禁卫军统领的脸。还没来得及看上第二眼，就听到一阵枯叶被踩过的声音，随之而来的咆哮声惊天动地。

　　他们前面的巨石上，盘踞着一只稍显慵懒的猛兽，见到他们，好似有些兴奋，抖了抖黄白相间的皮毛，硕大的头颅直直盯着某一处。

　　难怪走了这么久，什么猎物都没见着，敢情是他们走入了这个大家伙的地盘？

一时之间，所有人都哑了声音。

身后的男人从箭筒中抽出一支闪着寒光的箭来，搭弓放箭一气呵成，可那大虫却像是通人性一样，几个闪身，如小山的身子轻盈得如同一片落叶，离他们更近了几分。

大虫这种猛兽太过少见，谁也不知道为何这里出了一头，且瞧起来竟如此的灵活。

跟过来的都是禁卫军中的精锐，甚至还有些是隐藏着的暗卫，身手不凡胆识不比常人，一头大虫还不至于叫他们如今束手束脚。

唐灼灼瞧着四面八方围过来的豺狼，十分头疼，霍裘只以为她是怕得很了，皱着眉头道："娇娇先随禁卫军出去，朕随后就回。"

趁着此时狼群还没全然将他们围住，跑掉一两人虽然会激怒狼群，但总比留她在这里吓得魂不守舍好。

再说她留着，更会让他分出心神束手束脚。

唐灼灼一下子明白了他的意图，自然不同意，可男人却再不听她胡闹，直接肃着脸下了命令。

她却偏偏不如他的意，两条细长的胳膊环着他精瘦的腰，眼睛一闭就淌下一行金豆豆，温热的液体浸透男人的衣裳，他就像是被烫到了心尖一样，心疼得紧。

往日总听她说要将她放在心尖尖上可着劲地疼，或许是听着听着，这话也就真的入了心。

可不是又叫她如愿一回？

她只是哭，也不发出半点声音，手指头却绷得紧紧的，他使力抽出她一只手，那晶莹的指甲上面还染着花汁，是他最喜欢的颜色。

她的另一只手却还紧紧地抓了他的衣袍不放手。

霍裘叹气，耐心地擦了唐灼灼满脸的泪痕，才道："莫哭了，这会儿你想走都走不了了。"

狼群都已经围上来了。

他将她送走不过是安个心，就是独身一人，自然也可全身而退，只是她这般情态到底让他心底熨帖不少。

这小娇气包，倒是没枉费自己一腔心思全落在她身上。

唐灼灼耸了耸鼻头，见他剑眉深皱，周身涌动着寒霜，甚至眼底都淬了冰碴子的模样，瓮声瓮气地道："皇上别怕，娇娇来护着你。"

她的声音还带着一些破碎的哭腔，声音低低哑哑的牵动入骨，眼神却极认真。

霍裴顿时轻轻笑了几声，摩挲着她变得有些凌乱的发丝，琉璃色的瞳孔里闪动着莫名的情绪，他意味深长地道："朕方才已发了信号弹，就是不知晓娇娇的药粉能坚持多长时间？"

林间的日头有些大，透过一棵棵遮天蔽日的大树，照在人身上的光线滤掉了灼热，只剩下单纯的柔和，唐灼灼却只觉得一股寒意直直爬上背脊。

原本以为她的小动作做得无人发觉，没承想一切都在他眼皮子底下。

豺狼群最是凶猛且无所忌惮，可这会儿却迟迟没有动作，将他们围在一个圈内焦躁地徘徊，却没有一只上前撕咬。

最奇怪的是，他们身后的那只大虫更是安静得不得了，无聊地伸出爪子一掌将石头拍出几道裂缝。

隔着不远处，马蹄声渐渐传入耳中。

援兵到了！

霍裴当机立断，一箭将前面暴躁得撞树干的豺狼射了个对穿，破风声混着浓郁的血腥味漫开，明显刺激了另外七八只豺狼，高亢的嗥叫声传出老远。

　　唐灼灼偷偷瞥了一眼男人的脸色，见他只是凝神静气，箭筒中的箭一支一支射出去，她低下头默默地不说话，只是手中一直松松地扯着他半角衣袖。

　　这是……生气了吗？

　　最先赶来的是屋塔幕带着的蒙塔一族，他们是生长在马背上的民族，出了名的骁勇善战，见了这等情况，二话不说就搭上了弓箭。

　　他们人多势众，再加上唐灼灼暗中撒下的药粉，那些豺狼完全被当成靶子射，不到片刻工夫，此地除了血腥味，就只剩下歪七倒八的野兽尸体。

　　屋塔幕下了马，冲着两人行了个礼，刚要说话，余光就瞥到了一旁悠闲自在的大虫，瞬间脸部跟着抽了抽。

　　这崇建帝是个什么样的运势？先是被一群豺狼围住，前面又被这大虫挡了路！

　　感慨归感慨，屋塔幕当机立断朝着他身后的人做了个手势，那些蒙塔壮汉就跟着小心翼翼匍匐着逼近。

　　那大虫晃了晃硕大的脑袋，倒是显得分外憨厚，这么久了也不见攻击人，此情此景着实有些蹊跷。

　　霍裘想翻身下马，刚动了动身子，就发现自己的衣袖被唐灼灼扯住了。

　　小女人纤细的手指嫩生生的，十根手指白白净净，纤长无骨，霍裘垂眸，片刻后冷然出声："放手。"

　　她生得再瘦弱不过，原本就小小娇娇的一团，如今听他这样冷漠疏离的语气，也只是敛下眸子默不作声，良久才缓缓地松开捏着他袖袍的手。

　　这般模样简直就像极了一只被遗弃的小兽，沉郁、压抑。

　　霍裘的眉心狠狠一跳，明明知道她是半真半假地做戏，心还是不可抑制地抽了一下。

他从没如此清楚地感受到，任他身份再尊贵，哪怕全天下的女人对自己趋之若鹜，也比不过她轻轻巧巧半个眼神。

明明自己只是气她屡屡的欺瞒，临到头来做了错事的人倒像是他一样。

最可笑的是，就连自个也觉得是自个儿的错了。

霍裘将人抱下来，小姑娘乖巧得不像话，半分反抗也没有，轻飘飘的如同一团柔软的棉絮。

唐灼灼的脚落了地，只觉得还像踩在云端上一样。

一边的屋塔幕细细看那头黄白相间的大虫，越看越觉得有些眼熟，他抿唇，放下手中的弓箭，扭头问唐灼灼："这是……"

唐灼灼不知怎么的，脸色忽然有些虚白，她知晓屋塔幕想问些什么，片刻后轻轻颔首，离了霍裘的身边，一步一步走向那头眯着眼睛偷窥她的猛兽。

"唐灼灼！"霍裘的剑眸蓦地睁大了些，面色极阴沉地伸手去捉她手臂，却被女人再轻巧不过一个闪身避了开来。

手掌落空，男人坚毅冷硬的面容上不可抑制地就带了些怒气，屋塔幕靠过来，见他气成那样，似是心有所感，感慨道："皇帝莫要担忧，这只大虫识得唐……皇后。"

他一时恍惚，竟险些还当眼前之人是两年前与那姑娘形影不离的唐家丫头，舌头一时绕不过弯来。

霍裘黝黑色的瞳孔里燃烧着幽森的火，自然垂在衣侧的手背上暴出青筋来。

任何一个人，都比他更了解他女人的过往。

而他对此一无所知，甚至就连暗卫也查不到什么。

他能从平日里的蛛丝马迹中猜出许多东西来，可她不想说，他也就耐心地等着，这一等却仿佛没有尽头一般。

她顾虑重重，平日里嬉笑玩乐，什么话都敢说，可偏偏一些事，明明知道他已然查到了什么，就是闭口不提一句，牙关比谁都严实些。

简直就像特意拐着弯来气他一样！

就像方才被狼群围住时她借着风神不知鬼不觉撒出去的药粉一样，正如她嘴上认真说的那句一样，她说她护着他。

还有上回夜里烛火熄尽，她偷偷往他嘴里塞的那颗丹药，功效立竿见影，瘟疫过后所留下的后遗症一扫而尽，甚至内力更胜从前。

若是旁人，还不知要如何邀功，偏生只有这么个不省心的，竟愣是半字不提。

平时唐灼灼这女人没出息得很，一些小惠小利就乐得不行，真要有大功劳的时候，缩得比谁都快。

霍裘缓缓地吐出一口气，压抑着郁气冷声问："如何识得？"

屋塔幕的眼神也暗了下来，不知道想到了什么。

"皇上可认识南平王府的姑娘？"

南平王府就一个嫡女，又自幼与唐灼灼玩得好，品行也还算不错，比她那个脑子进了水的兄长朱泸讨人喜欢。

霍裘轻微颔首，就听屋塔幕沉着声音道："这大虫，就是上回秋猎时这俩姑娘执意要救下的。"

"难怪它也不攻击人，原来是闻到娘娘身上的味道了。"

屋塔幕说罢，又伸手指了指那显然有些兴奋起来的大虫，道："上回还是朱琉硬拉着我将这大虫绑起来才勉强包扎住了伤口……"

他突然住了嘴，提起那人的名就觉得浑身莫名地烦躁。

就在两人说话间，唐灼灼已走到了离大虫十步左右的距离，眼看着它享受地眯了眯眼睛，霍裘这时却也步步向她靠近过来。

他逼近上前，后面的禁卫军自然也跟着动，大虫感受到了肃然的杀意，顿时立起身子龇牙咧嘴咆哮一声。

雄浑的声音刺破耳膜，霍裘硬生生顿了步子，听出那大虫声音里不满的警告意味，瞳孔里聚集起深幽的黑色。

他一停下步子，身后的人自然不敢轻举妄动。

"唐灼灼，回来！"男人的声音里到底带上了震怒和未知的惊惧，他从身后抽箭的时候手都是抖的。

林间的风带着些溪水的甘甜，吹得枯叶纷落，正巧落下几片在那大虫的鼻子上，它伸出两只黄色的大爪子去挠，倒是像极了童心未泯的孩童。

唐灼灼见状，轻轻拧着的眉头倏尔就舒展开来，她知道霍裘的担忧，转身轻声道："陛下别担心，咕噜就是来找臣妾玩儿，它不伤人的。"

听了这话，一直跟在霍裘身后的张德胜身子险些有些不稳，不伤人？就方才那一声吼，他甚至都见到了它血盆大口里未消化掉的肉末，还卡在牙缝里。

我的娘娘诶，那可是只活生生的不认人的野兽啊！哪有那么通灵能认得几年前的人？

霍裘深深地吸了一口气，看着她一步一步走近那瞧起来就不好对付的长虫，恨死了她这永远不听话的性子。

想上前去护在她跟前将人拉回来，却又忌惮着怕那野兽不管不顾直接将她咬伤，到底投鼠忌器，崇建帝人生第一次遇到这样的情况还只能眼巴巴地看着。

小女人背影再纤细不过，长风吹起她的发丝，也吹动了她雪白脚踝上的银铃，叮叮当当的空灵又幽静，如果不是旁边有只安静如猫的猛兽，崇建帝甚至要再一次被迷了眼睛。

咕噜从石头上跳下来，动作轻盈划出一道矫健的弧度，唐灼灼眼里闪过些许紧张，见它慢慢靠过来，试探性地低呼："咕噜？"

它顿时从喉间溢出几声低低的吼声，对这个称呼不是十分满意。

与小时候如出一辙的动作让唐灼灼松了一口气，她微微弯了眼睛，半张侧脸柔和得不像话。

咕噜是她与朱琉一同救下的，那时候恰巧遇到屋塔幕，过了这么久，她仍然记得当时朱琉红着脸磕磕绊绊上前搭话的神情。

只是比起两年前，咕噜的身形大了五六倍不止，长长的尾巴扫过唐灼灼的脚跟，她抬脚躲了一下，却被咕噜用两只爪子牢牢摁住了脚。

所有人顿时呼吸一窒，霍裘剑眸微眯，搭在弦上的箭一触即发。

唐灼灼自己也被吓了一跳，回过神来并没有觉得半分痛意，咕噜没忘记把它那尖长有力的爪子收起来。

它伸出一只前爪，碰了碰唐灼灼脚踝上的铃铛，清脆的声音久久不歇，眼看着它玩性大发，唐灼灼只好伸手揉了揉它肥硕的大脑袋。

信号弹一经发出，想必过不了多久，所有的人都会聚集到此处来，若是见了咕噜，到底人多眼杂她不放心。

唐灼灼将它往林深处推了几下，道："回去吧。"

咕噜见了想见的人，心情也是好得不得了，最后用头颅蹭了蹭唐灼灼白嫩的手，喉咙里咕噜咕噜的，最后跳上一颗巨石，朝着冲它搭箭的人吼了几声，咆哮声传出老远，等众人回过神来时，哪还有什么大虫的影子？

若不是耳朵还在隐隐作痛，许多人只怕以为自己只是做了一场梦。

唐灼灼有些怅然地望着山林深处的方向，片刻后才低着头踱步走回霍裘身边。

　　后者的面色已不是一个黑字足以形容。

　　一片寂静中，还是屋塔幕摸了摸鼻子开口悻悻地道："分明是我救了它，怎么见了我反倒朝我龇牙咧嘴的？"

　　后边的事自然无须多提，秋猎的第一天，虽然过程有些惊险，但单是带回那七八头豺狼的尸体，他们也是当之无愧地夺了魁。

　　到了午间，唐灼灼心底发怵，不敢待在霍裘身边，在张德胜进来问要不要同去马厩挑马的时候，想也没想的就以头疼为借口推拒了。

　　马厩里，霍裘听着柳韩江有条不紊地分析如今的时局，正巧见到张德胜回来复命，单是见到他那副支支吾吾的样子，心里就有了数。

　　"说罢，是头疼还是腹痛？"他身上换了一件衣袍，颜色却仍是没变，不怒而笑的模样令人心头一寒。

　　张德胜讪讪地笑，磕磕绊绊地回："娘娘说……说早间骑了马，颠得这会儿正头疼。"

　　"……"

　　柳韩江说话的动作一顿，片刻后清咳一声，才想从善如流接着说下去，就听霍裘冷哼了一声，不知怎么的，这还是他第一次从冷静自持的帝王嘴里听到不满与些微的委屈。

　　这世上果真都是一物降一物的。

　　草原的风光与京都迥异，阳光普照，白云堆成了不知名的形状，就连吹过来的风，也是带着些许绿草的清香。

　　朱琉在众目睽睽之下堂而皇之进了唐灼灼的帐篷，一坐就是一下午。

唐灼灼躺在软垫上，先前马上颠簸了一路也不觉得有什么，可一回来歇着了，真是浑身都疼得不行。

她凝脂一样的手指垂在扶手上，五根纤细的手指勾人得很，手腕上松松垮垮地套着一个极润泽的玉镯，软被轻挪腰间，在这样的气氛里，就连她说出的话也是软绵绵娇滴滴的。

朱琉见惯了她这般模样，挑了她话中的重点来听，待知晓咕噜来找过她的时候，眸光微微闪烁了几下，最终也没开口问什么。

一提及咕噜，她就禁不住会想起那人，而那样铺天盖地而来的回忆太过汹涌，她根本招架不住。

最好的法子，便是不提不见。

可她不提，唐灼灼却不能由着这两人去，她半支起身子，缓缓地掀了眼皮十分漫不经心地道："我瞧着屋塔幕也是不明白如何惹恼了你。"

"你们两人之间，到底发生了何事？"

朱琉的面色寸寸冷了下来，唐灼灼见她这样，心里叹了一口气，伸出手指点了点她的手背，道："罢了，你若不想说自有你的道理，也合该给他一些教训尝尝。"

日后才知珍惜。

朱琉被她说得泛了笑，笑容里带着些疲倦的意味："昨夜才与我母妃争执了一番，方才又被父王叫到帐里去，虽然没再提要我入宫之事，我瞧着那阵势，却是想借着这回的秋猎，给我相看个出类拔萃的公子哥儿的。"

唐灼灼睁大了杏眸，虽然还是觉得有些惊讶，却细一寻思也是情理之中的事，于是她偏头问："那你自个儿是个什么主意？"

朱琉今日穿的是一件淡青色的长裙，手腕上戴着大串的手钏，瞧着是不大常见的样式，却生生添了几分异域风情。

她听了唐灼灼的问话，神情落寞，自个儿都忍不住想笑，长长的睫毛遮住了眼底所有的念想。

　　"我自个儿还能有什么主意？父王母妃已为我和朱泸操了不少的心，如今朱泸又是那么个德行，我若还给他们添麻烦，倒还真不如铰了头发去寺里当姑子的好。"

　　唐灼灼听了这话，没有作声。

　　她太理解那等滋味了，就像当年她与霍裘话都没说过几句，却要嫁入东宫与他为妃的时候，也是念着府中的亲人，念着从小到大的点滴上了花轿的。

　　只是如今，庆幸远比那时的痛苦来得更多。

　　唐灼灼张了张嘴，说不出什么能安慰朱琉的话来，只能用力握了握她的手："既如此，咱们也不急，慢慢地来，务必挑个品行端正的。"

　　朱琉有些牵强地笑，并没有说话。

　　就怕品行再如何端正，也无法再叫她红了脸。

　　等朱琉走后，唐灼灼的腰实在酸得不行，安夏站在她身边按揉着，听她嘶嘶的抽冷气声音，一面心疼一面止不住道："早劝娘娘莫去行猎的，娘娘身子还未养好，马上又是那样的颠簸危险，可不就是要疼上一段时日吗？"

　　唐灼灼将一块奶片送入嘴里，甜香的奶味就丝丝缕缕漫到心里，含糊不清地道："你们呀，一点儿也不心疼本宫，这会儿被你们念叨了，等会儿还得被你们陛下念叨一番。"

　　只怕那男人这会儿还在气头上呢。

　　唐灼灼想起这事儿，就不免有些头疼。

　　许多事，她并非刻意瞒着，也确实料到了那男人能查出些端倪来，所以也就并没有上赶着去澄清。

　　有些事，行动上做了比嘴皮子磨叽下管用得很，她又懒又怕麻烦，比如江涧西的事儿，从头到尾若是说下来，好几处她自个尚且还是迷迷瞪瞪的，那男人精明至此，哪里会信？

　　至于早间那些药散，是他那日同她说要秋猎时就开始备着的，怕的就是这种情况。

　　都成那样的场面了，那男人险些就要将自个送走了，她若再不将药粉撒出来，必定会止不住地厮杀搏斗一场，林间的野兽有凶性，咬起人来可是毫不嘴软的。

　　恰巧一阵风过，她将药粉撒下，既省时又省力，做起来还神不知鬼不觉的，谁能料到那男人眼睛如此尖？

　　朱琉才从唐灼灼的帐篷里出来，在回自己帐篷时不经意间一驻足，就见到屋塔幕站在不远处的围场里，身边站着的，正是两年前那个娇俏可人的女子，像是察觉到了她的目光，那姑娘朝她扭头笑。

　　真刺眼。

　　朱琉揉皱了手中的帕子，面上却是客气而疏离地回了一笑，再也不看那边一眼，转身进了自个帐篷。

　　屋塔幕黝黑色的面庞上瞧不出什么波动来，牧戈伸手推了推他的胳膊，换来他不甚在意的一瞥。

　　"那个就是可汗要迎娶的中原姑娘？"牧戈笑得露出一排洁白的牙齿。

　　屋塔幕心中有些烦躁，皱眉问："莫不是你们女人都是如此善变吗？"

　　明明两年前是他换着法子婉拒那个还未及笄的小姑娘，怎么这会儿他带着最大的诚意与聘礼前来，她倒爱答不理起来，见了他简直和见了洪水猛兽差不多。

　　牧戈的眼眸亮了亮，她上下打量了一番屋塔幕，电光石火间抓住了什么，问："人家中原姑娘瞧不上你？"

"我听说那姑娘是王府里的县主，又与皇后交好，身份顶顶尊贵，上门求娶的人踏破了门槛。"

屋塔幕在听到最后一句时眼神狠狠地波动一下。

这丫头不会是因为喜欢上别人了吧？

牧戈瞧他脸色，最后叹了一口气，劝道："若实在不行，也莫强求了。"

屋塔幕垂在身侧的手缓缓地捏成了拳头，他目光深远，不知在想些什么东西，转身就走。

牧戈缓缓地收敛了面上的笑意，对着身边的丫鬟道："打听一下，今夜我想见一见这琉璃县主。"

今夜月圆，不少女眷难得出门，如今见到挂在天上仿佛触手可及的圆盘，纷纷出了帐篷仰望。

淡而薄的月光勾人，像是在人身上撒下了一层薄纱，轻而不透，亮而不艳，柔和美好。

朱琉性子清冷，特意选了个离得远些的幽静草地，拿帕子垫在身下，玉手托腮，在这样柔和的夜色里，白日里纷杂的念头终于得以平静下来。

牧戈找到这里的时候，微有一愣，旋即轻声问："琉璃县主，我能否与你说几句话？"

朱琉眼皮子都没有掀开，只是嘴角勾起的弧度有些寒凉，她的声音有些沙哑，却又极其轻柔："你说吧。"

牧戈也不在意，她挨着朱琉坐下，原本就姣美的面庞更是柔和得不像话。

"我也是中原女子，不过是父母在蒙塔远游时失了性命，这才被前任蒙塔可汗收留下来，认作养女。"

她偏头，眯了眯眼睛微微地笑，接着道："可汗性子刚烈，脑子有时转不过弯来，我却知晓，县主前后态度变化，皆是因我而起吧？"

"因为上回秋猎时，我抱了他？"

朱琭睁开眼睛，深黑色的瞳孔中闪动着不知名的情绪，她缓缓出声提醒："姑娘说话逾矩了。"

不管是中原还是蒙塔，皆是规矩森严，她为县主，而牧戈却只是一个可汗的养妹。

牧戈一愣，旋即迅速反应过来，她也丝毫不气恼，撩了鬓边的一缕长发，笑得十足友好。

"县主生得貌美，更是出生高贵，追求者不在少数，为何独独看上了一个生在广袤草原上的可汗？"

朱琭坐直身子，目光不怒而威，熟悉她的人都知道她已然动怒。

可牧戈不知晓，也许不是不知晓，只是揣着明白装糊涂罢了。

她们都明白，就算牧戈是真的出言不逊了，为了两邦友谊，此事也只会不了了之。

"牧戈长这么大，眼睁睁瞧着昔日雏鹰终于可以雄霸一方，统一部落之后想做的第一件事竟是来中原求娶王府贵女。"

牧戈的神色掩在黑暗里有些落魄，长长的睫毛垂下来遮住了眼底的乌青，就在朱琭认为她不会再说话的时候，她却倏尔抬起了头。

"今日牧戈冒昧前来，却是为了告诫县主一席话。"

"可汗与县主在一起并不会开心，因为县主并不了解蒙塔人心中的血性与报复。"她咽了咽口水，直视着朱琭玉色的面庞说，"县主定然不喜欢可汗与别的女子在一处，可我却能容忍。"

说罢，牧戈站起身来，一阵风过，她的裙角微微拂动，而后一只手放在胸前，冲着朱琉深深地行了个蒙塔礼："望县主原谅牧戈的叨扰。"

朱琉没有再说话，只是坐在草地里，一坐就是一整宿。

而就在星子点缀天幕，月光洒落大地的时候，唐灼灼系着一件米白色的披风，借着夜色的掩护，进了崇建帝的那个帐篷。

周遭士兵林立，森冷的铠甲泛着幽光。

唐灼灼进去时，男人长身玉立，站在桌案前凝神细绘，见她来了，便将那画卷一收，放到了张德胜的手中，吩咐他拿下去收好。

唐灼灼福了福身，借着余光看到一个女子的背影，背影前面还有一轮惨白的血月。

她不甚在意地偏头，见帐篷里还生起一堆的火，火上烤着吱吱冒油的乳羊羔。

香气四溢，每一丝每一缕都飘进鼻腔里，唐灼灼抿了抿唇，有些发馋。

霍裘坐在桌案前，他一声不吭，她也不知该说些什么，一时之间，这帐篷里除了偶尔烧出的噼啪声，安静得有些诡异。

唐灼灼自知理亏，她慢慢地踱步到男人身边，也不说话，只是伸出一只小手拽着他的衣袖，一下一下地轻扯。

这是她惯用的伎俩。

男人无动于衷，甚至连眼神都没有给她一个，唐灼灼不知怎么的，又想起早间他那句冷漠疏离至极的"放手"，顿时心里像是堵了一大团棉絮。

是真的有些难过的。

唐灼灼绕到男人身后，两条细长的手臂环住男人的肩膀，察觉到他的身子极细微地僵了一下。

霍裘心里暗骂一声，也不知是恼怒自己的没出息还是别的什么，面色一沉再沉。

唐灼灼最怕他沉着脸不说话的模样，于是也不敢太过放肆，只是用带着些凉意的脸蛋蹭他的脖颈。

她的鼻息带着熟悉的甜香味，霍裘突然闭上了眼睛，发现自己根本无法抗拒。

他的声音带着危险的嘶哑，捉住她柔若无骨的纤细手指，问："你就没有什么想对我说的吗？"

没有称她为"娇娇"，甚至也没有自称"朕"。

只有你和我。

唐灼灼抿了抿唇，默不作声地放下环着他的手臂，长而卷的睫毛垂落下来，根根分明，瞧起来一派无辜，是个男人都不忍再问下去。

霍裘只好逼着自己不去看她。

"为何你就这么不信我？"

怎么就不信我说的护你周全？

唐灼灼还被他握在手心的手指微微颤了颤，他这句逼问像是一柄并不锋利的刀子，却仍足够刮开她心中的腐肉，只至入骨。

这男人待她是真真没有话可说的，哪怕是她屡屡在眼皮子底下做的小动作，也通通视而不见，任她所为。

而她懒了倦了，不想管那些破事的时候，又是他悄无声息地把她心里压着的事都处理了。

久而久之，她竟习惯了藏着掖着自己的心思，与他在一处的时候，插科打诨不在话下，却忘了他心中藏着怎样的不舒坦。

她什么事也不与他说，那他得多难受啊！

唐灼灼觉得嗓子有些干，她抿了抿唇，小声地反驳："不是的。"

"只是不知如何与皇上说，也不知皇上会不会信。"

霍裘捏了她雪白的下颚，强迫她对上自己黝黑的瞳孔，一字一句斩钉截铁："只要是娇娇说的，朕全都信。"

　　这不是他第一次对她说这句话了，可没有哪次来得比这次还要触动人心。

　　唐灼灼眸光清澈，眼角的那颗泪痣像是在发着光，足以叫人神魂颠倒，她捂着被捏疼的下巴，掩住了眼底的泪光，道："皇上想知道什么，为何不开口问？"

　　她从没有过不信他，早在他得了瘟疫不顾身体都想遣人送她回京的时候，就对他再无任何不信任了。

　　霍裘缓缓地笑，笑意直达眼底，遂了她的意再一次低了头，问："娇娇与江涧西是何时相识的？"

　　"十三岁那年，臣妾险些病死，爹娘没了法子，只好将臣妾送到庙里，希望神佛庇佑，病消灾退。"唐灼灼尾音颤颤，明明是再正常不过的话语，到了她的嘴里，自有了一种不胜娇怯的意味。

　　霍裘的面色有些古怪，默了片刻，又问了另一个问题："那屋塔幕与朕的娇娇，也是熟识？"

　　唐灼灼打蛇随棍上，小手捏了捏他坚毅的下巴，被青黑色的胡茬戳得有些痛，不由得又乱抓了几把，才回答了他的问题。

　　"不算是熟，只是见过几面。"

　　唐灼灼偏头，娇俏的面孔上现出一种古怪之意，揉乱了霍裘的衣袍问："陛下觉得此人如何？"

　　霍裘环着她腰肢的手不由得紧了紧，声音带了些警告："再如何也与娇娇无关，与其费心思琢磨旁的男人如何，娇娇不如多在朕身上下些功夫。"

　　一想到她曾与别的男人走得那般近过，明知不应该，霍裘心底还是忍不住发酸。

他嫉妒得要命！

他将"旁的男人"四字咬得极重，唐灼灼默了片刻，而后接着道："陛下觉得琉璃县主与他可成良配？"

第十六章

朱琉

霍裘面上才现出些清润的笑意来，很多事这小女人瞒着他也知晓，气恼的不是那些事，而是她躲躲闪闪的遮掩。

如今捉了她将事情说开，实则也没什么好问的。

小姑娘身子纤弱，换上了一件与白日不同的凤尾罗裙，外面的野风吹进来，将她的裙角吹出一两朵涟漪来，此时瞧着，她乖顺柔和得不得了。

霍裘把玩着她嫩生生的手指，说起屋塔幕，微微蹙眉："朕瞧着此人对朱家嫡女倒是挺上心。"

他端过桌上的浓茶抿了一口，浓深的剑眉一挑："怎么？娇娇闲着无事，如今倒做起红娘的活来了？"

唐灼灼玉手托腮，坐在他跟前的椅子上，将一张莹白的小脸凑到他面前，两只脚丫子更是圆润如玉，一动，上面的铃铛脆生生作响。

霍裘饶有兴致地盯着她那双玉足，耳边是女人再娇糯不过的声音，屋子里分明没有熏香，他却觉得鼻尖明明缭绕着一股沁沁的冷香。

又在猝不及防间，被这女人勾得失了魂。

"朱琉是臣妾最好的玩伴，她的终身大事，自然得关心一下。"

唐灼灼一边斟酌着说，一边瞧着崇建帝不眨眼睛，眼底的暗示再明显不过。

妾可提前给您打过招呼，该赐婚的时候您可给点力儿。

她原本就生得一张倾城的脸蛋，特别是那双杏眸，里面藏匿着万点星辰，不消多说什么话，眼波流转间一切都已明了。

霍裘低低哑哑地笑了一声，半支起身子与她凑得极近，问："想求朕的一道圣旨？"

唐灼灼点头，又怕这男人明日就下了圣旨，解释道："尚且不急，臣妾等围猎结束时再来请皇上赐婚。"

霍裘失笑，骨节分明的长指捻了她小巧的珍珠耳坠，极耐心地提醒："娇娇一个眼神换朕一道赐婚圣旨，怎么瞧也是朕吃了亏。"

"……"

唐灼灼愣了愣，而后站起身来绕到他身后，在他肩膀上胡乱按揉一气，一边按一边温声细语地询问力道。

霍裘瞧着她那副小狗腿子的模样，心里稀罕得不行，恨不得将人揉成团融入身体里才合了他的意。

往日里都是他抱着这小东西哄，今日倒是崇建帝第一回受到这女人如此殷切的对待，心情一时之间颇为微妙。

往日里他对她的警告威胁，哪回见她真当了一回事？不过是说了便忘，与没说一个样，拿准了他舍不得对她如何，小心思比谁都精明。

这会儿真有事求到他头上了，又殷勤得很。

唐灼灼柔弱无骨的小手尚带着外面些微冰凉的温度，按揉在男人后颈处带去一串酥麻的感觉，若她老实认真地按揉也就算了，可偏偏她使着性子乱按，这细微的感觉就随着她手指的动作无限放大起来。

帐中一时有些安静，因此男人渐渐粗起来的呼吸声也声声入耳，霍裘眸子幽深得不像话，最后忍无可忍将唐灼灼捉了抱到床榻上。

他高大的身躯如泰山压顶，唐灼灼愣了愣，从他火热的眸子里看出了端倪，顿时往床里头缩了缩身子，同时低低地道："不要，外面……"

　　外面那样多的人啊！

　　殊不知她这般娇糯的声音落在欲火焚身的男人耳畔，就是最强劲的催情剂，他顿时忍得眉心紧蹙，哑着声音扣了她挣扎的手轻哄："娇娇别动，朕着实念得狠了。"

　　唐灼灼手动不了，只能扭动着身躯挣扎，一张俏生生的桃花面如同喝了些酒微醺了一般，越发的千娇百媚起来。

　　光一想想这男人每次闹出的动静，她就羞得不行。

　　男人俊朗的面庞近在咫尺，接连几滴隐忍的汗水打在了她雪白的手背上，唐灼灼咬着下唇，双目里含着两汪春水，瘫在霍裘怀中细细发抖。

　　霍裘咬牙，根本受不住她这般撩人至极的妖精样。

　　简直能要了他的命！

　　就在这时，外面传来些微的动静，霍裘一口气正卡在喉咙口，他将迷迷瞪瞪的小女人好生搂到怀中，而后怒喝："何事！"

　　张德胜见这位主子终于分出心神了，忙不迭低头回道："皇上，西边出了些事。"

　　位高权重的老臣与新贵居住的帐篷都在西边。

　　"出了什么事？"霍裘极力压抑着心底蠢蠢欲动的燥热，哑着声音不耐烦地问。

　　唐灼灼在他怀里细声细气地哼，逼得他手背上又暴起了几根青筋。

　　张德胜不敢迟疑，急忙回道："南平王世子出了事，现在将南平王气晕了，太后请您与皇后娘娘过去。"

南平王世子。

又是朱泸那个没脑子的窝囊废！

霍裘的脸顿时黑得不像样子，他深深地吐了一口气，眼底森寒的光汹涌成灾。

唐灼灼这时候还未缓过神来，小脸粉嫩嫩地蹭在他宽大的手掌上，眼神湿漉漉的像林间最澄澈的泉水。

霍裘任她伸手虚吊在他身上，又替她一件件将衣裳穿戴好，男人第一次做这种事，动作笨拙得不行，磕磕绊绊的用了些时间。

唐灼灼终于缓过神来，见他抿着薄唇，长指落在她衣裳纽扣上时，鼻尖突然有些发酸。

她其实从未想过有朝一日，真会有那么一个人，将她放在心坎上疼，更别提干这下人干的活儿。

更没想过，这天底下顶顶尊贵的男人，真就一路纵着她越发的无法无天，答应她的从不食言，句句都放在了心上。

她纤长的手指覆上男人骨节分明的中指，两者对比，颜色形状分明，却奇异的融洽。

"去走一遭朕就带你回来。"霍裘以为她又小脾气使然，揉了揉她浓墨一样的发丝道。

唐灼灼乖乖地埋在他怀里不出声，比任何时候都要听话。

霍裘才要扬声唤人进来伺候，就见怀中一直软软绵绵没动静的娇气包从他怀中站起身来，扯着他明黄色的腰带拽到自己跟前。

男人才要沉声低喝一声"成何体统"，却被她接下来的动作堵住了所有的话语。

娇软的唇瓣带着独有的甜香，毫无章法却又十足蛮横地没入唇齿，她的睫毛颤得厉害，心里也虚得厉害。

霍裘才勉强压下去的火顿时就像被浇了油一样，越烧越旺，直至燎原。

她丝毫不得章法，又羞得厉害，只是浅尝辄止就停了下来，埋在他胸膛位置死活不吭声。

唐灼灼羞恼交加，心里那一瞬间的冲动在付诸实际之后变得分外难为情，她嘤咛一声，见男人久久没有动静，才慢慢地抬头。

霍裘再是清贵不过，一双剑眸里满满当当缠绕的全是缱绻的柔和笑意，唐灼灼捏着裙边的手不由得又紧了紧。

"娇娇，等会儿回来朕再好好教你。"男人的心情显而易见的愉悦，声音如同藏在地窖许多年的醇酒，引人发醉。

南平王世子的帐篷在西边的一个角落里，霍裘与唐灼灼到的时候，里面已经挤满了人，除了面色难看的朱琉和已经被气得昏过去的南平王，其余大多都是抱着瞧热闹的心态来的。

太后关氏坐在正上首位置，再是气定神闲不过地品茶，见霍裘与唐灼灼来了，无波无澜的眼里才现出几丝暖意。

"母后金安。"

"皇帝与皇后都过来了，朱泸，你有什么想说的，也自该交代了。"关氏的声音极为柔和，却又带着不用抗拒的意味，让本就觉得受了奇耻大辱的朱泸激灵灵打了个寒战。

早在两人来的路上，张德胜就已把一切交代了个十之七八，剩下的几成，单是见了如今跪在地上两人的凄惨样子，就已心里门儿清。

有力气大的婆子搬了把凳子在唐灼灼的身后，她坐下，目光只在朱泸的脸上顿了片刻，就意兴阑珊地望向另一边。

空气中还散发着某种黏腻的气味，即使房中熏了香一时半会儿也还是无济于事，明白人一看便知这两人间发生了什么。

相比于面色铁青的朱泸，他身边跪着的姑娘就显得安静许多，说是安静，倒不如说是心如死灰来得贴切。

唐灼灼认得她，梨花带雨的脸蛋，眉心多点了一颗红痣，也多了几分稚嫩。

正是齐国公府的嫡次女白冰霁。

后者比不上她长姐白冰薇才名在外，却也是齐国公府的掌上明珠，平日里家人多有娇宠，性子再恬静不过，就是连门都不怎么爱出的。

是断然做不出与情郎私会这样的丑事的。

唐灼灼心中低叹一声，就听到身侧的男人声音不怒而威，缓声问："世子，这是怎么回事？"

朱泸顿时闭了闭眼睛，咬牙道："皇上，臣对此毫不知情，此前更是与齐国公府的二姑娘清清白白，半句话也没说过。"

说才说完，就听到几声隐匿在暗处的讥笑之声，心底更是恼恨，一口黑血堵在喉头，险些控制不住失了态。

虽然他已经全然失了形象。

朱泸再是蠢笨，这时也还是分得清时势，深知不管他嘴上如何辩白，都没有一个人会信，反倒更让人看了笑话。

这样一想，他就更是憋屈地闷声磕了个头，道："但事情已然发生，臣叫二姑娘失了清白受了委屈，自当……自当……"

说到这里，他喉咙口像是被什么堵了一样，半晌说不出半个字来。

自当迎娶过门。

这句话如有千钧之力，还未说出口就已先将他给击倒了。

若是没发生这事，这齐国公府都未必会看得上他，可如今不同，朱泸光是一想，心里就不痛快。

这叫个什么事儿？

他未来的世子妃怎么能是这么一个受人指点的女人？

哪怕这指指点点是因为自己，那也不行！

站在一边冷若冰霜的朱琉终于看不下去，还不得不柔着声音打圆场："兄长自当回京备礼，将二姑娘好生迎娶过门。"

这眼瞎的东西，没看见齐国公那快要杀人的眼神吗？

若不是尚还忌惮着太后与帝后在场，非得冲出来扇得他找不着东南西北。

朱泸努力地说服自己，片刻后才在众人的目光前磕磕绊绊地重复，朝着白冰霁挤出一个再生硬不过的笑来。

"若二姑娘不嫌嫁给朱某委屈了，朱某日后定加倍珍惜……"

他的话到底没能接着说下去，因为白冰霁已起身上前两步，跪在了唐灼灼和霍裘跟前，面色平静得宛如一潭死水。

"皇上，皇后娘娘，臣女情愿一生不嫁，也断不入南平王府的门，望陛下与娘娘成全应允。"

她的声音尚带着哭意，话语却是斩钉截铁，唐灼灼不由得多看了她几眼。

霍裘望了一眼惊愕与愤怒交加的朱泸，问："世子，你怎么看？"

此事，说到底还是得看双方意见。

只是瞧这样子，倒是齐国公府万般瞧不上这朱泸。

朱泸面色涨成猪肝色，一口气不上不下的，被这样当着所有人的面羞辱，他自觉还要点脸，于是冷声道："既然二姑娘都这样说了，那臣也就不强求了。"

他巴不得能有个这样的结局，反正除了失些面子，他也不吃什么亏！

这时候，齐国公终于忍不住拨开人群冲着上首的三人行了个礼，随后指着朱泸的鼻子中气十足地骂："我闺女连帐篷都没有出一步，还不知是哪个登徒子使人打晕了冰雰的侍女，世子也真是不把自个儿当人看，什么牲畜不如的话也能说出口？"

说罢，他从鼻子里冷哼一声，扶起地上默默流泪的白冰雰，心疼得眼眶都泛了红，有些哆嗦地重复："不嫁就不嫁，咱们就留在府上，爹爹与兄长养着，日子比劳什子不靠谱的王府舒坦得多。"

言语间，却是一点颜面也不留了。

朱琉顿时闭了闭眼睛，险些腿软，这下好了，把齐国公府也得罪了个彻底。

朱泸早晚会将南平王府整垮！

看着像是一瞬间老了许多的齐国公，霍裘对着朱泸冷哼一声。

唐灼灼抚了抚晶莹的指甲，望着瘦弱却不气弱的白冰雰，难得放柔了声音劝慰："二姑娘受了委屈，便先回帐篷吧，这事，本宫想南平王府定会给齐国公府一个交代。"

交代？还能有什么交代？最好的结果也就莫过于将她从简娶进门罢了。

唐灼灼别有深意地顿了一下，眼尾一挑，缓缓地笑："朱世子说是与不是？"

朱泸的脸皮狠狠地跳了一下，在众目睽睽之下从牙缝里挤出来一个"是"字来。

齐国公嫡长子跟在胞妹后面，下去的时候瞧着朱泸的目光像是一柄利箭，能轻易洞穿他的头颅一般。

眼看着这么一出丑事接近尾声，关氏拍了拍唐灼灼细嫩的手背，有些疲累地低声道："哀家年纪大了，看不得这样的事，该如何，交由皇帝和皇后定夺就是。"

霍裘颔首，吩咐人将关氏护送回了帐篷。

不知是不是错觉，唐灼灼总觉得自从琼元帝过世之后，关氏就一天一天眼见着老了下去，原本四十几的年龄瞧起来像是三十开头，如今却也生了好几根白发。

其实她心里也全然不是表面上那般无动于衷吧？

哪里真能说不爱就不爱呢？

朱泸仍旧是跪在地上，南平王妃则是满脸疲倦与失望交织，显然也是伤了神。

而在场唯一一个从始至终冷着脸连表情都没有变过一下的，只有朱琉。

霍裘将手里的茶盏不轻不重地放在桌上，不大的动静却叫人没由觉得心惊肉跳。

"朱泸，朕再问你，这人你娶是不娶？"

他的声音再慢条斯理不过，可那话语间的警告之意不言而喻。

朱泸这样的也能算是个男人？平白碰了人家姑娘身子还说得如此冠冕堂皇，半分责任也不打算负，将自己推脱得干干净净，可真叫人大开眼界一回。

朱泸却只觉得自己冤枉至极，他事前连这二姑娘的面都没见过，分明是被有心人摆了一道，凭什么他还要吃这个哑巴亏？

再怎么说他也是未来的南平王，世子妃的人选得慎重了再慎重。

若真娶进门，岂不叫人耻笑一辈子？

朱泸深深地吸了一口气，哑着声音道："皇上，非是臣不娶，而是二姑娘刚才的话也放在那里了，臣实在不好强人所难。"

朱琉看着跪在地上到这时还在犯傻的朱泸，忍得十分辛苦才没有踹上去，你就是心里这么想也得做出个样子来啊，这是膈应谁呢？

谁不知晓齐国公府现如今深得陛下看重，而且嫡长子白宇近段时间接连办好几项差事，锋芒毕露，齐国公府后继有人，就是真把二姑娘留在府上一辈子也是使得的。

朱琉看着霍裘寸寸冷下去的神色，跪在朱泸身边道："陛下息怒，父王昏过去前说过定会给齐国公府一个满意的答复，这婚事向来是父母之命媒妁之言，兄长今夜受了刺激，说的都是胡话。"

真要结了这门亲，说到底还算是南平王府赚了便宜。

他还有什么不满意的？

难不成还想娶了公主郡主不成？

就他自个儿那副德行，谁能瞧得上？

朱琉气得心头滴血，手指尖儿都开始泛出浓烈的白色。

屋塔幕坐在屋内，一直没有出声，只是那眼神，半刻没有从小姑娘脸上挪开。

小姑娘生气极了，不仅红了脸还红了眼眶，屋塔幕动了动身子，一向最不喜欢管闲事看热闹的人也有些坐不住了。

那倔强的小模样，真叫他有些心疼。

唐灼灼有些担忧地望了朱琉一眼，而后扭头对霍裘道："臣妾瞧着当务之急是将幕后的人找出来，给齐国公府一个交代，至于婚事，等到南平王醒来再定也不迟。"

越是位高权重的，对这些阴毒的伎俩就越熟悉与痛恨，今日的事，一瞧就是被人安排好的。

在帝王眼皮子底下还如此胆大妄为，已经犯了天家大忌。

"今日外出形迹可疑的，通通抓起来。"霍裘一锤定音，再不想见到朱泸那张丧气的脸，起身拂袖就走。

唐灼灼理了理裙摆上的褶皱，走过去将朱琉扶起来，捏了捏她的手，柔声细语地劝慰："南平王那儿，皇上已派了最好的御医照看，你大可放心。"

等她终于从那个帐篷里走出来，一阵凉风拂过面颊，她微一抬眸，就见霍衾一身明黄色的龙袍，站在月色下眉目深深威严自成。

他在等她。

这个结论叫唐灼灼眼角眉梢都微微地带上了笑意，她几步迎上去，刚一靠近男人身边，就被他握了一只手。

"怎么这样凉？"

唐灼灼摇了摇头，道："等天儿再冷一些，手脚都是冰凉的，怎么也暖和不起来。"

霍衾大半个侧脸掩在黑暗中，瞧不清楚神色，半晌后才低声叹了一口气："朕的娇娇怎么就是养不胖呢？"

若是胖些，身子也能比现在好些吧？

唐灼灼一听，顿时警惕起来，她娇声娇气地哼了一声，若不是尚在人前，只怕又要无法无天地戳戳他的胸膛。

"臣妾这是自胎里就带出来的病，只能慢慢养着，指不定哪天就……"

他们原本是慢慢地走着，霍衾最不爱听这样的话，他顿时止了步子，连带着唐灼灼也一个踉跄被他略显粗暴地带入怀中。

竟是连身后跟着的侍卫仆从都顾不得了！

"再说这样叫朕不痛快的话，娇娇就自去领罚。"他的声音紧绷得厉害，手上的力道像是要把怀中的女人融到身子最里处永远不分开的才好。

只可惜他的威胁向来无甚威力，唐灼灼微微一愣后眨了眨眼睛，轻轻抚了抚他的后背，声音里仍是融了笑意的："臣妾浑说八道的。"

霍衾高大的身躯如同一棵可遮天地的大树，此刻又沉重得叫人心头压抑，许久，他才重重地抱了抱她的肩膀，道："会有法子的。"

总会慢慢养好的，一日不行就一月，一月不行就一年，总会好的。

唐灼灼生了一双极璀璨的眸子，此刻微微眯成了月牙形，眼角的泪痣却更为勾人，她循着男人的眼光摸到自个的眼角，道："自古红颜多薄命，皇上要多疼惜娇娇一些才好。"

霍裘额上顿时暴出几根青筋，对她不听话已是恼怒到了极点，面色更黑了几分。

唐灼灼见这男人真的动了气，也不敢继续说下去，只是笑着伸出小指钻进了前面男人的袖袍里。

"臣妾在那帐篷里，闻到了极淡的迷迭香味道。"唐灼灼忽然想到了什么，偏头回忆道，"还不像是市面上的俗香。"

霍裘不动声色地"嗯"了一声，其余半个字也没再说。

"此事一瞧便知有人暗中作祟，那白二姑娘倒也是个傲性子，不过朱泸那样的刘阿斗，嫁过去也是受苦。"

唐灼灼自顾自嘀咕，一双杏目在旁人瞧不见的地方闪着极细微的光。

那香，除了白冰雾与朱泸身上沾得有些浓之外，她分明还在那齐国公嫡长子身上闻到了，甚至他身上的香比朱泸身上的更浓烈几分，好似和那二姑娘春风一度的人并不是朱泸，而是他一样！

真是奇怪。

她鼻子向来灵得很，霍裘抿了抿唇，问："娇娇以为是谁？"

唐灼灼犹豫着不确定。

"臣妾怎么觉得是齐国公府的那个世子？可听人说白宇对二姑娘一向是呵护有加，就连大姑娘都要退一射之地，难道是传言有误？"

她想不明白的点就是这个，那白宇也是京都公子哥儿中的翘楚，前段时间又被升做吏部侍郎，算计一母同胞的嫡亲妹妹能有什么好处？

还影响日后齐国公嫡长女的婚嫁。

霍裘虽然算到了她有所怀疑，但还是没想到这小娇气包不止撒娇耍小性子在行，破案也是一流。

"皇上是不是早就知晓了？"唐灼灼这时忽然回过味来，这男人从始至终没有一点意外之感，就像一切尽在掌控之中，发生了这样的事，他却只是一句轻飘飘的查，至于会查出些什么来，还不是他一句话的事？

霍裘眼里蕴含着云丝雾霭，又似藏着风雪赫赫，片刻后方才沉沉笑出声："若真是白宇做的，娇娇以为他意欲为何？"

唐灼灼诧异抬眸："竟真是他做的？为了与南平王府结亲？"

说罢，她自己都先绷不住笑了。

齐国公府如今正是如日中天的时候，反倒是南平王府日益落败下去，两者反过来倒是还有可能。

"齐国公府原本只有一个嫡姑娘，后来发现抱错了一小户人家的女子，等到发现时，两个姑娘都已快到及笄了。"

"齐国公府派人接回了那受苦的孩子，对外称是自小寄养在寺里的大姑娘，白冰霁就成了府上的二姑娘。"

霍裘见她实在想不出因果，就将这段暗卫查出的因果说给她听。

话说到这里，他们已到了帐篷里。

唐灼灼寻了一把躺椅坐下，浅浅蹙眉寻思片刻，问："而后国公府又舍不下这养了多年的二姑娘，干脆就一并养着，对外称是同日出生的姐妹？"

霍裘拿起一本折子，闻言点头颔首，没有再说什么多余的话。

唐灼灼这回是真的有些好奇了，她从躺椅上半支起身子，露出小半个脑袋，颇为不解地问："可饶是这样，十几年的兄妹情分，这世子是多狠毒的心肠，这样算计陪伴了多年的养妹？"

或者说这白冰霁到底做了何事，值得他冒这样的风险算计？

这世子瞧着也不像是朱泸那样的蠢货啊。

霍裘被她口中的狠毒一词击得动作一顿，他撇开目光，勾了勾唇角，道："二姑娘已过及笄，再留也留不住多久了，你说做兄长的急不急？"

他点到为止，也不去理会小姑娘瞬间复杂至极的表情。

白宇身上有一股阴狠劲儿，为达目的不择手段，可这样的人若是迷恋上了哪个姑娘，也就是疯狂与沉沦的开始。

想想在御书房里，与他那时向琼元帝求一张赐婚圣旨的情形近乎一模一样，崇建帝向来赏罚分明，白宇连着处理了好几件棘手的事情，按理应当升官一级，可他没要，只是沉着脸将这等家族秘事一五一十告知了霍裘。

甚至包括了他对二姑娘的偏执感情。

听到最后，霍裘才来了几分兴趣，在昏暗的灯光下，他发问："就算朕允了你瞒天过海，你那妹妹能情愿留在你身边？"

那可是十几年的兄长啊！

一朝一夕之间，谁也受不了心中爱戴的兄长竟有了这样荒诞不经的想法，也更受不住世人异样的眼光与谩骂。

更何况二姑娘原本就是个十足傲气的。

白宇却似乎早早就想到了这个问题，面色平静得宛如一潭死水，躬身抱拳，目光灼然，道："臣斗胆问，若是当年皇后娘娘不肯嫁给皇上，皇上能眼睁睁瞧着她为他人妇吗？"

霍裘自然震怒，当即就将这胆子大得出乎意料的世子轰了出去。

那是他恨不得一辈子不提及的旧事。

白宇从容淡定地行礼出了御书房，只在门槛处停了步子笃定道："皇上无法做到，臣亦然。"

事后静下心来想一想，他说的不无道理，那时他明明知道唐灼灼有多么不情愿嫁给自己，却还是义无反顾强娶了她。

只有他明白，失控就是在那时开始的，而且逐渐越发一发不可收拾起来。

若是再不出手就只能眼睁睁看着她相夫教子啊，怎么能忍得住？

只是到底没有想到，白宇这一步的棋竟走得如此决绝，一丝后路也没留给二姑娘，更没有留给他自己。

真要是这二姑娘被朱泸轻薄了的话，白宇那小子的脸色能是那样？还能做到那般波澜不惊？

在迷迭香的作用下，两人都迷糊着，只是可怜朱泸，被硬生生拿来当了一回幌子，还毫不知情。

唐灼灼理了许久，才理出一些头绪来，她兀自惊疑着不敢相信："这么说来齐国公世子竟……竟对二姑娘产生了男女之情？"

她难得这般吃惊，像极了一只受了惊吓的小兽，霍裘觉得有些可爱，从奏疏里抬了头："怎么？觉得有些不可思议？"

唐灼灼啧了啧嘴，小声呢喃："可世子也太过分了些，这样就要了二姑娘的清白之身，还叫她清誉尽毁，就是日后再想弥补，估计也无济于事了。"

情起于执念也毁于执念，更何况两人在世人眼中可是实打实的嫡亲兄妹啊！

哪怕他们自个心里知晓真相，又如何堵住这天下悠悠众口？

根本没有法子！

唐灼灼又想起二姑娘那张惨白的小脸来，心中暗叹了一句可惜，蹙着眉头环了男人劲瘦的腰，将小脸放在上面轻蹭。

霍裘只觉得被她蹭过的地方有一些痒，就像被一片羽毛轻轻拂过，痒过之后又是一片酥麻。

他喉结滚动几圈，将小姑娘拉到跟前，就望进她黑白分明的瞳孔里，里面干净得只剩下璀璨的细闪光亮，她昂着头有些闷闷不乐："那齐国公世子就打算这么囚着二姑娘在府上一辈子？就是死后也要受人的非议和指点？"

哪怕是出门也要被戳着脊梁骨骂一遭，谁受得住这样的委屈？那二姑娘好歹也是被国公府娇养着长大的。

这个世子也委实太遭人厌了！

霍裘目光深邃得如同两口寒潭，片刻后轻嗤一声，勾了勾嘴角："白宇不是朱泸那等蠢笨之辈，剑走偏锋，今日这一局他当是谋划了许久，自有他的用意。"

而能叫他那样昼夜不思筹划拼命想要留住的女人，他又哪里舍得委屈一辈子？

那二姑娘只是在那跪了一会儿，那小子的脸色就黑得与这夜色有得一拼。

分明也是被拿捏得死死的。

唐灼灼耸了耸鼻头，对这个世子的好感降到了最低点。

帐篷里没点什么香，但唐灼灼身上自有一股淡香，甜香不腻，再加上还开着小窗，外面黑暗潜伏，长风涌动，她的下巴磕在男人的肩膀上，身子又是软软绵绵的一团，没骨头一样将全身重量尽数托付在他身上。

张德胜和安夏将烤羊分好了装在盘里端进来时，见到的就是这样一幕，两人相视一眼，皆是不敢再看。

"皇上，这羊是草原上出生的乳羊，又用秘制的法子烤了几个时辰，肉质极其细嫩，太后娘娘才吩咐人送来的。"说罢，张德胜又从另一边的盘子里端上一杯白汁，屋里顿时散发出一股浓浓的奶味。

霍裘的眉头顿时拧了起来，张德胜暗道不好，急忙撇清道："娘娘，这热奶汤也是太后叫人送来的，说这东西吃了对女子益处多多。"

唐灼灼顿时亮了眼神，她的手才轻移到碗边，就被霍裘拿捏住了雪白的手腕，一时之间神色都变了个样。

霍裘向来不喜欢她多吃这些糕点甜食，只以为她胃口统共就那么大，稍稍吃了些甜食就再吃不下别的什么，哼哼着自个儿饱了之后，就怎么说也不动筷子了。

张德胜与安夏皆是十分有眼色地退下。

这两位主子好他们的日子也就跟着好。

唐灼灼缓缓地扭着手腕，细声细气地说好话："姨母都说对女子有益处，陛下可又要克扣了去？"

霍裘瞧着她，半晌闷笑几声，便也遂了她的愿。

熬得雪白浓稠的奶汤，也不知是用了什么法子，将奶里的腥味剔除得一干二净，只将醇香原封不动地保留下来，细细一闻，倒有几分像小女人身上的甜香。

这样一想，崇建帝的目光又柔了几分。

今夜白宇与二姑娘这事，到底也让这位爷想起了从前做过的事，他自认事到如今丝毫不悔，哪怕明知她非自愿，也强硬地拿了圣旨压她，在这方面，他与白宇倒是一路人。

只有一点不同，霍裘瞧着坐在身边此刻柔和纯真的小姑娘，眼里沁出遮也遮不住的宠溺之意。

他到底不是白宇。

更无论如何也舍不得叫这女人面临今晚二姑娘那般的场面。

一丝一毫也不可能。

南平王世子的帐篷里，朱琉平静地起身，身子被气得微微颤抖，连着吸了几口冷气，才堪堪平复了心情，却是再也不想看一眼狼狈不堪的嫡亲兄长。

真不知道爹娘怎样教的他，眼界竟还比不上一个女子，蠢笨到如斯境地。

这样的事往后再来两回，谁也保不住他这条狗命。

朱琉狠狠地皱眉。

离开时她才要厉声告诫几句，一回头看到朱泸那灰白的面孔和哆嗦着的唇，瞬间泄了气。

说再多也无济于事，反而叫自己心里不痛快。

朱琉细细地用帕子擦了手，将疲累至极的南平王妃送到隔壁的帐篷里，眼瞧着这屋里只剩下他们兄妹二人，朱琉最终还是平缓地开了口。

"你打算如何？"她的声音带上了些微沙哑和疲倦，也是为今夜的事伤神不已。

"我一定将背后谋害我的人揪出来！"朱泸咽不下这口气。

朱琉有些无奈地苦笑，一字一句再次重复着逼问："我是问你准备如何安置二姑娘。"

她低着头轻嘲："再说叫你去查？什么时候又被陷害了都不知道，南平王府早晚毁在你手里。"

朱泸暴怒，他从南平王那听这话也就罢了，这回就连一向安静不问事的嫡亲妹妹也敢这么说了，瞬间五脏六腑都充斥着怒气，叫嚣着叫他理智全无。

"朱琉！你可别忘了你再如何也只是女儿身，早晚要嫁人说亲，这王府败落了对你有什么好处？"

"你如今怎么全然变了一副模样？简直叫我失望至极！"

他说罢，指着门口道："滚！我朱泸没有你这样落井下石的妹妹。"

朱琉垂眸理了理自己裙摆上的褶皱，简直要被这人气笑，她走到帐子门口，迎着风回眸，声音格外冷些："王府的男丁不止你一个，朱泸，你这世子之位，可得坐稳了。"

说罢，她丝毫不停留，纤弱的身影与外面的黑暗融为一体，毫不在乎后面琉璃玉器破碎了一地的声音。

黑夜总使人格外地清醒，她揉了揉隐隐胀痛的额心，问身边伺候的人："父王可醒了？"

"姑娘，王爷还未醒过来，太医说是急火攻心，喝了药下去，约莫着也快了。"

朱琉点了点头便不再说话了。

"你去瞧瞧，我自个儿回帐子里。"

就在她走到自己帐篷门口时，手臂却被一人狠狠地拽着隐入黑暗中。

朱琉猝不及防，下意识就要惊呼出声，却发现自己的嘴巴被捂得死死的，男人身上的凛冽冷香再熟悉不过，幽深的黑暗里，她黑色的瞳孔寸寸冷了下来。

屋塔幕见小姑娘冷静得很，只是小小的一声惊呼，鼻息呼在他温热的手掌上，有些痒。

等到了一方无人的草地，前面是一个下坡，他们站在坡上，满

446

天流动的星辰仿佛触手可及，屋塔幕默默地松了手。

朱琉慢条斯理地整理袖口，片刻后才出声，声音冷得如同冬日夜里的冰碴子："你将我带到这里，所为何事？"

屋塔幕垂在双侧的手紧了又紧，黝黑的面庞在黑夜里瞧不真切表情。

"你上回与我说，中原女子名声要紧。"他瞧着那方才被他扼住的雪白手腕，神色莫名，"两年前你牵了我的手，方才我也抱了你身子。"

屋塔幕接着道："我娶你。"

他接连两回说这样的话，让朱琉有一瞬间的愕然，可转眼一想到一个时辰前的那个名叫牧戈的女子，又勾了勾唇角，笑得再凉薄不过："可汗，既然已金屋藏娇，就别再肆意许下这等荒谬的话。"

屋塔幕狠狠地皱眉，拉住了意欲离开的朱琉，问："你这到底是怎么了？我可有什么地方惹了你不开心？"

草原人融于骨血的粗犷叫他根本无法理解这女人的善变，分明前两年还见天儿围着他乱转，口口声声说要做他的可敦，他到现在一闭上眼睛就能想起那时候这小姑娘的眼神，澄澈，欢愉以及一丝小心翼翼。

朱琉狠狠地吸了一口气，再开口时声音柔和了许多，她笑得有些疏离，道："可汗，以前是我不懂事多有冲撞，可如今，你我皆是无意，就不要再说这等玩笑话了。"

屋塔幕认真地纠正："我并没有与你说玩笑话，我这回来，带上了聘礼，如果你愿意，等回到我的部族，整个草原都是你的。"

朱琉再怎样也到底是个女人，面对着眼前的大个子笨拙的解释，她垂下了眼睑，不知道是因为雾气还是别的什么，眼角有些湿润。

"今日牧戈姑娘来找我了。"

屋塔幕闻言，皱了皱眉头。

朱琉不动声色地将黑发挽到耳后，风一阵而过，她整个人像是要被吹走一般。

"可汗可知，牧戈姑娘心悦于你？"

"我无意于她！"屋塔幕斩钉截铁地反驳，道，"你大可不用在意那些，只要你愿意，可敦的位置就永远是你的。"

朱琉反问："那可汗准备怎么安置牧戈姑娘？"

男人的身子高大魁梧，在黑暗中的存在感极强，此刻沉着一张脸不说话的模样又如同一座厚重的石雕。

朱琉自嘲地勾了勾唇角，朝着他福了福身："可汗莫来找我了，我已答应了母妃，回京就与清远侯世子成亲。"

她想得再透彻不过，与其嫁给一个自己欢喜的，还不如嫁给一个素未相识的。

嫁给清远侯世子，至少可以笑着将一门又一门的小妾抬近府，可若是换作屋塔幕，她看着该多难受？

前者可以让她从始至终保持着当家主母的端庄与大度，后者却只会叫她成为一个妒妇，该怎样选，她心中有数。

屋塔幕不可置信地望着她，声音干哑得像是沁了沙砾进去："你答应了？"

朱琉闭了闭眼眸，轻声回道："是，我答应了，与我同龄的都嫁人许久了，我总不好再等下去了。"

屋塔幕有些烦躁地扯她细长的胳膊，眼里像是点了一团火，他压了声音道："明日就去回绝了，我去找中原皇帝赐婚。"

闹到现在，朱琉脑子生疼，也来了几丝怒气，恨不能扑到他身上咬下几块肉。

他凭什么说回绝就回绝？

他懂那种等人等到绝望的痛吗？

朱琉越想越意难平，在他又一次靠近的时候一口咬在了他古铜色的小臂上，毫不留情地使了全力，直到嘴里全是铁锈一样的腥味才罢休，提着裙摆就跑着进了自己的帐篷。

屋塔幕看着手臂上那个渗着血丝的牙印，久久地皱着眉头。

"去查一下清远侯世子。"

这个世子就是她现如今喜欢上的男人吗？

后半夜突然下起雨来，草原上的雨来得迅疾而凶猛，噼里啪啦打在帐篷上，唐灼灼动了动身子睁开了眼睛。

外面雨疾风骤，红烛摇曳，冷香沁人，她觉着骨子里有些生冷，就像是生了锈的铁，一动就嘎吱地响，且疼得难以忍受。

身旁的男人睡梦中也还浅浅地蹙着眉头，唐灼灼贴近他火热的身子，用冰凉的小脸蹭了蹭他温热干燥的手掌，咬着牙默默地忍着小腹下的一波波疼痛。

黑暗中，霍裒缓缓地睁开了眼睛。

他向来浅眠，身边的人一动他就要转醒，不过是瞧着她的小动作可爱，就睁一只眼闭一只眼任她所为。

原本以为她又要不安分一阵，谁曾想她今日安静乖巧得过分，小小的一团背对着被他抱在怀里，甚至还有些细微的抖。

她在发抖？

霍裒蓦地出声："娇娇？"

唐灼灼没有回他，额上衣裳上全是细密的冷汗。

男人坐起来将她轻而易举地抱在怀里，借着微弱的光，瞧见了她惨白惨白的嘴唇，瞬间觉得心跳都停了一瞬。

霍裒抿着唇冷着脸就要唤人，唐灼灼伸手拉住他的手掌摇头，怎么也不肯唤太医。

"唐灼灼！"霍裘心里和火烧一样，她还闹着不肯听话，瞬间就恼了，说话声音也重了不少。

唐灼灼的眼神有些躲闪，最后有些不自然地咬着唇道："没事的，就是……就是小日子要来了。"

霍裘有一刹那的呆愣，紧接着清咳一声将她好生放到床榻上，将她汗湿的稀碎黑发撩到一旁，问："要不要朕唤人进来伺候？"

唐灼灼紧咬下唇，觉得里子面子都失了个七七八八，却还是在他有些紧张的目光下摇了摇头。

"还有一两日才来。"

这是老毛病了，她身子弱，小日子不准时，有时一两个月不来，来了又疼得要死要活，每呼吸一口都是惊痛。

"怎么会疼得这样厉害？"他实在心疼，眉头皱着一直没松过，在屋里踱步片刻后还是扬眉道，"张德胜！去请女医来。"

唐灼灼听她说是女医，才蒙了被子阖了眼睛沉沉地睡过去。

女医进来看过，也只是摇头惶恐道："陛下，娘娘这是内里的毛病，一时之间也无法，臣这就下去开个方子，喝了药或可减轻些痛苦。"

霍裘一时之间神色莫辨，在燃起来的熏香里周身的寒气渐渐聚拢起来，瞧着床榻上隆出来的一团，问："若调理得当，以后还会如此吗？"

那女医面露难色，最后叹了一口气回道："娘娘底子生在这里，往后怎样，不好说。"

一句不好说，让空气都有些凝滞。

那女医下去开了药，霍裘则掀了衣袍坐在床沿上，脑子里却是她那句红颜薄命。

他将皱着眉头流冷汗的小姑娘用被子裹了抱在怀里，亦觉惊痛。

唐灼灼舔了舔有些干的嘴唇，动了动身子，有些不自在："皇上，不干净的呀。"

女子来月事前后，男子不得近身，恐惹了污秽，虽然唐灼灼从来引为无稽之谈，可这男人的身份到底不同些。

霍裘眉目深深，伸手抚了她艳极的眉心，哑声道："娇娇浑身每一处都香甜，朕喜欢得不得了。"

唐灼灼有些红了脸，但一双眼睛仍是水灵灵地勾着他，缓缓地伸出小指勾了男人身上的香囊把玩。

男人向来口风极紧，从不怎么夸她，倒是毛病一挑一大堆，如今正儿八经说这档子情话，倒叫她这个一贯最没脸没皮的觉得有些害臊。

"皇上说这些干什么？"

霍裘见她面上终于有了些血色，深邃的眼瞳里也终于现出几丝暖意。

"没什么，睡吧，明日早起就不痛了。"

唐灼灼也确实有些困了，勉强喝了一碗药就挨不住阖了眼睛。

霍裘这时候才把人放到床榻上，转身的瞬间，眼底就已酿起了汹涌的风暴，他撩开帘子，冷风灌到身上，张德胜就守在外面。

"皇上，有王毅的消息了，人的确是被六皇子一派救走了。"

霍裘毫不意外，掀了掀嘴唇露出一个讥讽的笑意，问："查出来是谁救出去的吗？"

"禀皇上，还未查出，不过听暗卫来报，似乎那王毅断掉的手筋脚筋都已叫人接好，如今调养过来与正常人无异了。"

将人关在牢里时他们自然没少用刑，甚至能说只堪堪吊了他一口气，就这样也能被救活，世上有这样高超医术的人屈指可数。

帝王疑心下来，首当其冲被怀疑的就是素有神医之称的江涧西。

像是知道霍裘在想什么，全安皱着眉头道："暗卫全天盯着江涧西，并未发现他离开过京城，整日里晒药炼丹，再不就是煮茶看医书，除了这些，就再也没有别的了。"

霍裘对王毅的事像是不那么放在心上，转头问起了霍启的动静。

"六皇子近段时间与蒙塔族动作频繁，似有接洽之意。"

霍裘凝神，想起屋塔幕对南平王府的那个嫡姑娘的上心程度，倒是不怎么担忧。

若是这蒙塔可汗当真有不一样的心思，又怎么会连着几年秋猎赶来？

连着几天的雨，唐灼灼也着实疼了几天狠的，直到第四日，小腹的疼痛才彻底散去，也当真算得上小死一回。

秋猎通常是半月的功夫，如今日子已过去大半，女眷们也开始学着骑射，虽然只是一些皮毛，也算开了眼界。

这日唐灼灼才换下骑装洗漱一番，朱琉就进来了，她坐下才歇了一会儿，就突然问："灼灼，你觉得清远侯世子为人如何？"

被猝不及防问到这个，唐灼灼也是愣了片刻，而后眨了眨眼睛，离朱琉更近了些。

"以往未曾留意过，怎么突然提起他？"

"母妃才与清远侯府互换了帖子，定下了我与清远侯世子的婚事。"朱琉说这话时无比的平静，没有忐忑更没有期待，宛如只是在说今日午膳用了什么一样。

唐灼灼心口一窒，她捉了朱琉白嫩的手，满脸不可置信："琉璃，你怎么……"

"……怎么也不提前与我说一声？"

她美眸瞪得有些圆，语气里尚带着不可思议，手下也忍不住使了些力。

朱琉反过来安抚她，樱唇轻启，一丝别的情绪也没有："听母妃说世子人不错，内宅干净不是个重女色的，清远侯夫妇也都十分和善，嫁过去也好相处。"

说罢，她勾了勾唇角，笑道："说起来我还虚长你一岁，今年怎么也要将自己嫁出去了，不然就成老姑娘了。"

唐灼灼看得有些心疼，她是再明白不过朱琉对屋塔幕的感情了，嘴唇嚅动片刻，还是劝道："你又何必如此？他既带着聘礼前来，自是一番诚意，你且受了就是，又何必……"

又何必逼着自己嫁去一个素未相识的人家？

岂不委屈了自个儿？

这些话她不好说，但朱琉都懂。

"灼儿，你可曾想过有一日年老色衰，红颜不再，皇上的身边又添了许多新人，莺莺燕燕的每日去你宫里请安的场景？"

朱琉黑色的瞳孔分明，声音好听得不得了，唐灼灼却被问得一愣。

她一直在下意识逃避这个问题。

霍裘不是个重女色的，但自她回来这小半年时间，他没有去过旁人的宫里，一次也没有。

再加上被他宠得厉害，唐灼灼险些也真的以为日子会这样渐渐地过，可到底是不能，他们不仅是夫妻，还是帝后。

这样一想，唐灼灼就有些意兴阑珊，她指尖掐了一朵鲜嫩得透着水的蔷薇，勾唇有些无奈地道："怎么没想过？"

"可那样的场景，不是我想避免就能避免的，我既享受了万人之上的身份地位和帝王的宠爱，就要肩负起相应的责任，协理后宫，原本就是皇后的职责所在。"

朱琉的眼神有些灰白下来，她摇了摇头，喃喃自语："我受不了，我光是一想想那场景，就觉得心痛得不得了。"

"所以我情愿嫁入清远侯府。"

她声音虽小，但一字一句都带着力道，唐灼灼纤细的手指抚了抚她乌黑的头发，轻声道："琉璃，你可想好了？"

"若是真想好了，我便去陛下那央道赐婚圣旨，好歹也体面些，叫清远侯府的人不敢欺了你去。"

朱琉胡乱地用帕子擦了擦眼角，牵强地道："等回了京再说吧。"

朱琉一走，唐灼灼面上的笑意就缓缓地消减下来，她拿起小银剪给刚换的新鲜花枝修剪，一面扭头问端了糕点进来的安夏："清远侯世子在京都风评如何？"

安夏一听主子问起这个，倒是来了精神，将自个听到的传言一一道来。

"娘娘，清远侯世子好远游，这回游历了好几年时间，前不久才回来。"安夏不知想到了什么，突然又道，"娘娘可去看了昨日的骑射？正是清远侯世子夺了魁，骑在马上跑得那样快，还箭箭射中靶心，听闻皇上都降下了赏赐呢。"

唐灼灼手里的小银剪在花枝上顿了顿，她随后专心修剪，蹙着眉头轻声道："是吗？那倒也真是个不错的。"

就是不知晓这皎皎如月的公子面具背后，可是如出一辙的内里？

再晚一些，霍裘就掀了帘子进来。

在这里不比在宫里，无须处理那样多烦琐的政务，倒是难得

454

闲暇。

　　将近十一月的天，又是草原，是以格外的冷些，唐灼灼见他进来了，笑着将剪子放下，又走过去替他解了披风。

　　她这样乖顺，身上还带着不知名的花香，淡淡浅浅好闻得很，霍裘剑眉一挑，声音清隽："今日怎么这么乖？"

　　唐灼灼抿着唇轻笑，眼里润着薄薄的媚意，褪去了几日前的虚弱苍白，就连声音也轻快几分："臣妾几时不乖了？"

　　这话一出口，安夏和紫环都齐齐地低下了头，有些心虚。

　　自家主子被皇上宠得越发娇纵，来小日子的时候哭得这位主子爷满身的泪，直僵着身子许了一溜儿的好处不说，甚至还亲自拿了热帕子给主子敷在小腹上，反反复复地试探着温度。

　　这样的男人，就是放在一般的百姓人家都打着灯笼难找了，偏生是这世上顶顶尊贵的那个。

　　就是不知自家主子受了陛下这等精心呵护，可否还受得了往后的重重风霜与疏离。

　　新人替旧人，古来如此。

　　帘子掀开一道口，灌进来一些冷风，霍裘怕凉着她，便站在门口等身上暖和些了，才将香香软软的小姑娘拢在怀里。

　　"晚间可有事？"

　　唐灼灼点头，指着昨日就叫人去采了晾着的红色浆果和墙角一边的花瓶，道："臣妾今日想了好几回，将果子捣碎了挤出汁浆来，再将花瓣碾成花泥，和在一起晒个十几日，等成了形添一些蜜桃果味的香料，制成的口脂必定好看。"

　　霍裘的目光在她粉嫩的樱唇上滞留一会儿，声音清润带上了些微的笑意："为何添蜜桃果味的香料？"

　　唐灼灼抬眸，从善如流地改口："那便添香梨味的吧。"

她虽然嘴上这样说，可瞧着霍裘的眼神分明是带了嗔意的。

这男人明知故问。

霍裘揉了揉她嫣红的唇珠，周身的寒意如骤遇暖阳般消散，他朗笑了几声，搂着娇气包意有所指地哄："就添蜜桃味的，香甜可口，朕喜欢。"

"真想不起来今儿个是什么日子？"

唐灼灼不答，只是眼角眉梢晕染着笑意。从早间起来开始，两个丫鬟就在念叨着今日是她生辰，若在宫里，定是要好好过上一场的。

唐灼灼觉得不甚在意，只是没承想这男人倒是还记得这些。

"陛下可有给臣妾备上生辰礼？"

无须想，这男人既来问她，定是已备下了的。

这两日过得不安生，为着南平王世子与齐国公二姑娘之间的事，如今闹得满城风雨，那些个流言蜚语压都压不下来。

最后没了法子，朱泸再是不情愿，也还是进了齐国公的帐篷，谁知还没说上几句话，就被几棍子打了出来。

众目睽睽之下，齐国公的怒吼声久久不息，这事就彻底僵了下来。

外人皆以为那日夜里齐国公放下的只是气话，哪承想人家说的正是心里话。

齐国公府的姑娘要么一生不嫁，要嫁就定然是真心疼惜姑娘，品行端正的良人。

这就像是一个无形的巴掌打在了南平王府的脸上，连带着府上所有人都没脸。

而那日说的彻查，自然也就成了一句空话，不了了之了。

唏嘘看戏之余，唐灼灼也是有些心疼那只见了一面的二姑娘。

霍裘眯了眯眼睛，吩咐张德胜将东西呈上来。

一幅画卷，静静地躺在锦盒当中，白卷黑底，颜色的碰撞尤为激荡人心。

唐灼灼心有所感，拿了那画卷缓缓平铺在桌案上，一卷到底，白色的小袄衬着素色的雪地，上面的女子巧笑嫣兮，一张小脸隐约可见撩人的媚意，却到底还是青涩的。

背景是裹了雪的洛音桥。

唐灼灼记得很清楚，她就是在这桥附近落的水，冬日里的寒水险些就要了她的命。

唐灼灼偏头，问："皇上那时就在桥上吗？"

霍裘把目光也落在画上的女子身上，片刻后哼了一声，摇头道："朕当时在边上的酒楼里与柳韩江谈事。"

然后她就落了水。

唐灼灼不明白他为何要画这样一幅画出来，也不知晓他为何会将这画作为生辰礼送给自己。

霍裘像是洞穿了她所有的疑惑，长指轻轻敲打着桌面，拇指上的扳指时不时与桌面碰撞一下，发出极细微的声音。

他半张脸隐在黑暗里，像是陷入了某种回忆，坚毅的轮廓染上了烛火的幽光，变得柔和下来。

那是他最难熬的几年时光。

太子之位坐得摇摇晃晃，明面上温和清肃，背地里韬光养晦，几次以身犯险甚至中了蛊毒，终于一步步壮大起来。

他终于可以不惧任何人。

却在那个时候，遇见了十几岁的小姑娘。

霍裘的目光陡然沁了风雪，他勾了勾唇，声音有些紧绷，听着又是再清润不过："你才嫁入东宫那会儿，每每争执不休之际，总会冷着脸问我到底看上了你哪点。"

唐灼灼突然就别过头去没有说话，她初入东宫时干的荒谬事比前面十几年还要多。

"灼灼，其实朕也不知晓，到现在都不知晓。"

霍裘的神色有些复杂，眉心紧蹙，是真真困惑至极。

他骨节分明的食指抚上画中那女子的脸，道："这是朕第二次见到你。"

"那时你年龄尚小，踩着冬日的第一场落雪，脸蛋瞧起来只有巴掌大。"

当时他与柳韩江谈着前朝的事，透过窗子瞧着她小小的背影，破天荒地皱了眉头，那样危险的地方，怎么身边也没有个人跟着？

在她落水的时候，他从酒楼的房间里到沁凉刺骨的水中，不过只用了几个呼吸的时间，而等她闭着眸子乖顺地躺在自己怀里时，他能十分清楚地感受到自己的心跳。

叫嚣着想要掠夺。

霍裘的声音有些嘶哑："朕那时将你放下就走，现在想想，不过也是因为胆怯。"

她总说自己整日里沉着脸再是清冷不过，却根本不知晓，那时他奔着下去救她时的步子有多急。

唐灼灼还是第一次从这男人嘴里听到胆怯这个词，她哑了声音，不知该如何说话。

霍裘的眼底融入了最绚烂的光，他握住了唐灼灼有些抖的手，笑着凑上去吻了她眼角的泪花，那滋味苦中带涩，又像是淌不尽一样，叫他心疼到了骨子里。

"哭什么？娇娇，你哭什么？"

她哭什么？在这段感情里，从始至终输的人都是他。

唐灼灼也不知道自己哭些什么？只不过是听着他那句开诚布公的胆怯，鼻尖一酸，眼泪水不受控制地就流了下来。

霍裘捧着她哭得花了妆的小脸，感受到她身子的细细战栗，哑着声叹息："娇娇总拐着弯与朕说，只听新人笑，哪闻旧人哭，哪来的什么新人旧人，朕从始至终都只有娇娇一个。"

这话一经说出，唐灼灼身子激灵灵一僵，她有些不可置信地抬起头，外面风雨交加，男人面色柔和又认真，温热的指腹摩挲在她的手背上，重复道："从来都只有娇娇一人。"

心和身子都是她的，从此就再也容不下第二个人。

唐灼灼眼里还氤氲着水雾，似是没有听懂这句话，小心翼翼地试探着问："皇上……这话是什么意思？"

霍裘原本没想着将这事说出来，此刻身子也有些僵硬，故作镇定地起身，道："娇娇自行领会。"

在这人跟前，崇建帝已数不清自己低了多少次头，她冷着脸的时候尚是心上宝，更别提笑着撒娇耍性子的时候了。

唐灼灼非常惊讶，简直是怎么也不敢相信的。

一代君王，坐拥后宫，他却明明白白地告诉她那些女人一个也没碰，全是充当摆设。

弱水三千，只取一瓢饮，这话说得好听，她却是从来都不信的。

天下男子一个样，就是再冷情冷性清心寡欲的男子，也只是没遇到够娇够媚的女人罢了，若真遇到了，木头也能烧出烈火来。

可今日说这话的人，却是霍裘！

她再清楚不过，他不会编造这等子话来骗她，更没有必要。

那她前阵子闹的各种别扭，岂不成了一种笑话？

唐灼灼唤人进来擦了脸，霍裘就坐在桌边的软凳上，一时之间无人说话，就显得气氛有些凝滞。

待人都出去了，唐灼灼慢条斯理地起身，将那幅笔触极细腻的画卷起来，瞥到落款的日期时又是一愣。

　　时间是三年前的今日！

　　三年前她的生辰之日，这男人就已动了心，而她却对此一无所知。

　　她恶狠狠地皱眉，险些又要掉下眼泪来。

　　"皇上今日怎么这般会哄人开心？"她转身抚了抚他青黑色的胡茬，觉着有些扎人，又紧接着松松垮垮地吊在他身上，两只脚丫子不安分地直晃，嘴里一直强调，"臣妾觉着真欢喜，从没有这样欢喜过。"

　　她带着甜香的脸蛋亲昵地蹭到霍裘的下巴上，好叫男人也能真实地感受到她的那份欢喜。

　　十九岁的生辰，她过得比往年任何一个还要舒心。

　　唐灼灼这几日过得蜜里调油，朱琉却简直倒霉透顶。

　　原因无他，她如今算是与清远侯世子纪瀚定了亲，这日在南平王妃的耳提面命之下与纪瀚一同约着去赛马。

　　纪瀚身子修长，生得文弱，清秀的面上永远带了几分笑意，说话也是客气有加，朱琉瞧着第一眼就觉得这男人干净极了，就像一摊清水。

　　她的马术毫不含糊，在踏上马背的一瞬间就朝着纪瀚道："世子，赛场上见真章，我可不会放水。"

　　纪瀚仍是笑，道："自该这样。"

　　他这几年都在远游，才一回京城就叫他爹给逮住揪到秋猎围场来了，今日一见这琉璃县主，倒是没有过多的反感。

　　性情这样爽朗的女子，娶回家定然不错。

　　到时一同去云游四海，看遍山河与夕阳，岂不快哉？

两人几乎同时出发，朱琉敛了心神跑得飞快，纪瀚跟在她身后气定神闲地追，待路程过半的时候，朱琉停了下来。

最前面横着一匹黑色的骏马，马上的男人笑得森寒，如同草原上的一匹野狼，见两人都停了下来，才骑着马不紧不慢地赶来。

朱琉俏脸一寒，抿着唇没有说话。

纪瀚偏头看了她一眼，又望了望来者不善的蒙塔可汗，也跟着翻身下马笑着将朱琉拉到自己身后。

屋塔幕被这个动作刺激得眯了眯眼睛，上上下下审视这个清远侯世子。

这身子看起来比女人还弱几分，也还好意思将朱琉护在身后？

两年不见，朱琉就喜欢上这种小白脸？

纪瀚全当看不见那侵略性十足的眼神，他笑得清润十足，抱拳道："久闻可汗大名，今日终得一见，果然是龙凤之姿，名不虚传。"

相比之下，屋塔幕远远做不到这般冷静，他皱着眉头，直接略过了这碍眼至极的男人，对着站在纪瀚身后冷静无比的朱琉粗声粗气地道："出来。"

朱琉气得身子都在抖。

她都说得那样清楚了，这狗男人还来掺和她的事？

他自己破事一大堆，红颜知己都顾不过来，竟还有工夫来给她添堵？

朱琉到底不敢与他正面对上怕引人误会，只好压了心底的一口气，对着纪瀚道："世子，咱们去那边吧。"

她年纪大了，耽搁不起了，再不嫁人就成老姑娘了。

纪瀚看了一眼煞气更重的屋塔幕，笑着回她一句"好"。

屋塔幕被气得笑出了声，眯着眼睛冷声威胁："琉璃，不如我现在就去求见中原皇帝？"

朱琉半条手臂一僵，强自镇定着扭头与纪瀚道："世子先回去吧，可汗找我说些事。"

　　纪瀚的步子顿了顿，也不问什么，依旧是笑着道了一声"好"，瞧着天气有些阴冷，又让小厮送来一件纯白色的披风放在朱琉丫鬟的手里，嘱咐道："天冷，等会儿给你家县主系上。"

　　这才抬脚去了另一个方向。

　　从始至终，没有问过半句，更没有甩脸色。

　　朱琉面色平静地回过头，去了一丛不起眼的灌木后，不多时，屋塔幕就跟来了。

　　她深深地吸了一口寒气，眸子里的风雪大得吓人："屋塔幕，你到底想做什么？"

　　"你是不是就巴不得我一辈子围着你转才好？"朱琉着实气得有些狠了，青葱一样的手指都泛出浓烈的白来。

　　屋塔幕也窝了一肚子的气，他就不明白了，嫁给他不比嫁给那弱不禁风的劳什子世子好？

　　那个只会做表面功夫的小白脸。

　　朱琉兀自说着，眼泪都险些流下来："我真的不能和你耗下去了，中原女子不比草原，你若是还念着一丝我往日的好，就别在我身上费心思了。"

　　她这话一说完，对面站着的男人脸色就彻底黑了下去，他玩味地勾唇，强自压着怒火问："方才那个，就是你现如今喜欢的男人？"

　　朱琉一时之间没有说话，这般举动落在屋塔幕眼里，分明就是默认了。

　　"这样瘦弱的男子，哪里就能入得了你的眼？"屋塔幕讥笑，而后目光落在她白嫩的小脸上，反问道，"如何不在你身上费心思？

现如今我草原儿郎个个都知晓我来迎娶中原县主，若是没法将你带回去，我该如何向他们解释？"

朱琉的目光闪烁几下，抿唇低声道："中原的县主多的是，你大可挑个顺眼的，没必要揪着我开这等玩笑。"

说到最后，她忍不住还是说了句："可汗与其整日里盯着我，还不如管好牧戈姑娘，不要三天两头地来找我，不知道内情的还以为我与她交好呢。"

屋塔幕深深地皱眉，声音被气得有些哑："我与你说过，牧戈从小和我一起长大，更有老可汗的嘱托，我这才对她多照看了一点。"

"我与她之间，不过是兄妹关系，清白得很。"

朱琉只是望着他再冷淡不过地弯了弯嘴角，才要说些什么，又觉得有些无力。

还说什么呢？

他们之间还有什么好说的？

各自有各自的良人，她如今也是即将定亲的人了，还有什么资格说他左拥右抱好生快活？

朱琉揉了揉隐隐作痛的额心，再一次强调："此次秋猎回京我就要定亲，可汗与其惦记不该惦记的，还不如珍惜眼前触手可及的。"

这话到底自欺欺人，她每说一句，心里都痛得厉害，到了最后，再如何张嘴也说不出半个字了。

屋塔幕高大的身影尽数笼在灌木的黑影之下，沉郁压抑的气氛缓缓漫开，他倏尔抬眸，不羁地挑眉："若我说不呢？"

朱琉才要说话，就被他逼近一步扼了手腕："琉璃，是你先招惹我的。"

"哪有事到如今，你全身而退的道理？"

他的力道有些没控制住，将她雪白的手腕勒得红了一圈，朱琉听着，忽然想起两年前自己满腔心思扑在他身上的时候，他是如何的冷淡，对自己避之不及的。

她还兴冲冲地想去找他道别，想告诉她自己只要一及笄就与父皇母妃开诚布公。

她想嫁给他，一刻也不想多等。

可她只瞧见了大树下男子身形慵懒，牧戈姑娘笑意深深地站在他身边，两人依偎在一起，她还听见他笑着说中原那个小县主生得好生有趣，竟吵着闹着要嫁给自己。

心凉莫过于此。

等她如今好容易说服了自己，用了整整两年时间调整，如今他却全然换了个口风。

难不成还要再昏头昏脑地冲动一回？

她哪里还有两年的时间可以耗下去？

南平王府日益倾颓，两年后谁知是个什么光景？如今她还尚可在一些世子中挑选，日后呢？

想到这里，朱琉缓缓地睁开了眸子，她听见自己的声音无比冷静，在黑夜里每一丝的颤音都分毫毕现。

"你放手。"她感受不到手腕上的痛，却能再清楚不过地感受到来自他手掌的温度，烫得她心里嘴里眼里都是苦涩的滋味。

屋塔幕听着她点点带着颤抖的哭音，心里一急，放开手有些无奈地道："你若是嫁给我，我一定待你好。"

明明夜里还积攒了许多想和她说的话，这会儿却什么也说不出来了，来来回回的就这么两句。

可正就是这两句，让朱琉吧嗒一声落了泪。

她压着声音细声细气地哭，不敢发出什么声音，小心翼翼的模样让屋塔幕有些心疼。

他有些笨拙地凑过去，拿了条帕子递到她手上，见她难得脆弱的模样，当机立断地就道："等明日，我就去拜访南平王与王妃。"

朱琉一下子就抬起了头，小姑娘眼眶红红的，拧着帕子凶他："谁叫你去了？"

"反正我不嫁你。"

说罢，她就将纪瀚送的那条披风系在身上，纯白的颜色衬得她唇红齿白，生生叫人错不开眼睛。

朱琉步子走得极快，仿佛身后有什么洪水猛兽在追赶一样，直到她进了南平王的帐子，才发现帐子里还坐着一个清润如玉的男人。

纪瀚也在。

朱琉一瞬间垂下了眸子，默不作声地朝着南平王妃行了个礼，这才寻了软凳坐下。

"你这孩子，再怎么关心马匹，也不能将世子一人丢下啊。"出乎意料的，南平王妃的语气甚至有些温柔。

朱琉刚端起茶盏的动作一顿，瞧着手上那一圈快淡下去的红色默不作声，才一抬眸，就与一双蕴含着淡笑的温柔眼眸不期而遇，而后错开，各怀心思。

纪瀚声音温润，好听得很，欣赏与夸赞之意毫不掩饰："县主心肠极好，是子渊唐突了。"

朱琉嘴唇有些发白，心思却兜兜转转的早不在这帐子里了。

等纪瀚出来的时候，南平王终于开了口，却是称自己身子不适，叫朱琉送他一段路。

这就是表态了，他对这个清远侯世子十分满意。

朱琉只好放下茶盏起身，在出了帐篷之后，有些歉意地道："多谢世子方才替我说好话，不然父王和母妃又得为我操心了。"

纪瀚笑着摇头，目光温和得如同第一缕晨光："你自有你的心事。"

朱琉咬着下唇，脸涨得有些不自然的红，她轻声开口问："世子就没有存了疑心？"

她与屋塔幕之间……

今日若是换了旁人，特别是她那没脑子的兄长那一伙人，指不定就要闹个面红耳赤，而她确实理亏在先，到时候左不过是两边都闹得难看罢了。

纪瀚见过浩渺天地，观过山河壮阔，却独独没有见过女人红了脸的模样，虽然这模样一瞧就不是为了自己。

他心中直涌上一股说不明道不清的情绪，细微到他自己都无法辨别。

"你既然不说，那自然有你的道理。"

他向来如此，好奇心不强，她说，他则听着，她不说，那便罢了。

没什么好疑心的。

大家都不是不谙世事的孩童了，什么事能做什么事不能做，心中都有数。

朱琉第一次碰到这样全然不同于京都纨绔子弟的世子，清冷、漠然，不沾半分人间烟火气。

她踢了踢路边的石子，眼瞧着前面一个转角，纪瀚停了脚步，道："县主留步，就送到这吧。"

朱琉点头，刚要转身原路返回，突然听到了男人如雪般清冷的声音："琉璃，你若真决定好了，我们回京城就成亲。"

他不疾不徐地道："旁的男人能给的，我自然也能给。"

朱琉心尖一颤，缓缓闭了眸子，脑海中那男人的眼神挥之不去。

她原以为自己会很利索干脆地道一声"好"，快刀斩了所有乱麻，可真正到了这时候，只觉得舌头都绕不过弯来，一个再简单不过的"好"字也说不出口来。

这个"好"字一旦应下来，就再也没有任何回旋的余地了。

自然，与那男人之间，也断得干干净净了。

朱琉慌乱地垂下眸子，近乎落荒而逃。

纪瀚身边的小厮见了不由得皱眉嘀咕道："这琉璃县主是个什么意思？"

他家公子在京都的哥儿中绝对是独一份的出彩，怎么这琉璃县主倒像是极不情愿一般？

几滴雨丝落了下来，被北风吹到了发丝眉眼间，纪瀚抬眸望了望灰蒙的天空，轻而又轻地笑了一声："总该叫她好好考虑清楚。"

毕竟婚姻大事，对于他而言，也不是儿戏。

隔日一早，唐灼灼懒着身子坐在软椅上一件件拆收到的生辰礼，一边听朱琉说了事情原委。

事情说完，唐灼灼也没有心思再接着拆礼了，她在软椅上瘫软了半截身子，而后轻微颔首，缓声道："听你这么一说，这清远侯世子倒是个会疼惜人的。"

也是个通透的。

跟这样的人相处起来，舒服自在许多。

朱琉这才抬眸有些疲惫地笑，眼下的乌青就是敷了一层脂粉也还是遮不住。

外面骤雨初歇，风带着初冬微末的凉意吹进帐篷，起先倒没什么感觉，吹久了便觉着骨子里生寒，如同附骨之疽般就连屋子里生的炭火也驱不走。

唐灼灼听她断断续续地把事情说了一遍，适才回过神来，问："那个牧戈还去找了你？"

朱琉只是颔首没有说话，倒是她身边的小丫鬟忍不住了，道："娘娘不知道，那牧戈姑娘也太过分了一些，三天两头地就来找县主，也没个自知之明，倒弄得县主乐意缠着那可汗一样。"

　　朱琉目光一厉，轻声呵斥："绿珠，禁言。"

　　唐灼灼轻轻地"哦"了一声，眼角的那颗泪痣衬在雪白的皮肤上，格外的勾人心魄，她将手中把玩的暖玉小麒麟丢到一边，琉璃色的瞳孔中尽是漠然，轻嗤一声道："怎么如今你的胆子反倒如此小了？任由旁人欺到你头上？"

　　朱琉的面色寸寸寒凉下来，她抿唇冷声道："不过是一个没名头的养女罢了，我同她计较岂不是自落身份？"

　　"这倒也是。"唐灼灼施施然站起了身子，问，"她三番两次如此可不就是拐着弯来恶心人？"

　　"不过这事，倒还是得由你自个说了算。"她走到朱琉跟前，抚着她的肩膀一字一句地问，"琉璃，你想嫁给谁？"

　　朱琉嘴唇嗫动几下，片刻后有些迷茫地摇头低喃："我原本以为自个会毫不犹豫地选择纪瀚，可我只要见到那人，心底就还是会生出几丝不该有的希冀来。"

　　谁不想嫁给真心喜爱的人呢？可她就算飞蛾扑火地嫁过去了，也是成天面对一堆的破事，背井离乡一辈子都见不着亲人几回，受了委屈也只能一忍再忍，连个能撑腰的人都没有。

　　若是屋塔幕再像两年前那样。

　　她该怎么办呢？

　　唐灼灼了然，道："说到底我也想瞧瞧那屋塔幕对牧戈是个怎样的态度。"

　　说罢，她轻而又轻地拍了拍朱琉瘦弱的肩膀，眯了眯眼睛道："若是他瞻前顾后的丝毫不心疼你……"

"琉璃，这样的男人，咱们不要也罢。"

接下来连着好几日，朱琉都被唐灼灼留在她的帐子里，整日里赏花煮茶的好雅兴，也就真的再没有人敢来打扰。

牧戈第三次被告知县主在皇后帐子里的时候，礼貌地告了声谢就往回走了，这回就连步子都要比来时轻快许多。

秋猎眼看着就要结束了，朱琉这样一躲就是几日不出来，瞧上去倒是真的对屋塔幕死了心似的。

想到这里，牧戈稍稍安了些心。

身边的侍女不明其中道理，压低了声音问："姑娘，咱们现在见不着这县主可怎么办？"

牧戈勾了勾唇，一袭长裙配着松散的黑发，笑得纯真而无害，她偏头望着远处的帐篷，轻轻呢喃："我见不着，可汗也见不着啊。"

只要两人不见面，待这琉璃县主的婚事一定下，她便可以安枕无忧了。

在秋猎还剩最后三日的时候，唐灼灼才吩咐人将朱琉送回她的帐子里，便听紫环凑在她耳边道："娘娘，张公公来了。"

唐灼灼原本慵懒毕显的眸子里闪过几缕浅笑之意，才挥了挥手，张德胜就挑了帘子一脸笑地走了进来。

"还是娘娘这里暖和。"张德胜一甩拂尘行了个礼，一张稍显圆润的脸瞧起来格外的喜庆。

"公公这话说得，皇上那儿还能不暖和？"唐灼灼挑眉，似笑非笑地反问，精致的面容就是在夜里也泛着玉一样的光泽。

张德胜干笑几声，照他来说，皇上那还真没有这位主子帐子里讲究，前些日子这位主子来了月事，每喊一声疼这帐子的炭火和暖炉就要多添一些。

"皇上忙完了？"

张德胜急忙点头，笑着道："才批完折子，这不，唤奴才来请娘娘过去用晚膳。"

透过只开了一道小口的窗子，唐灼灼瞧到外面已完全黑下来的天色，微微挑眉，问："这都什么时辰了？皇上还未用过膳？"

张德胜只是点头没有说话，唐灼灼心里就已明了。崇建帝是个爱民如子的好皇帝，却不够爱惜自个身子，堆成小山的折子，往往要皱着眉头批阅完才肯用膳歇息，时常熬到深夜。

皇帝的帐篷外面是一排排站得笔直的侍卫，佩带的长剑在月光下泛着令人脊梁骨发凉的寒光，唐灼灼踱步进去时，男人正坐在椅子上揉着眉心，神情再是清冷不过。

或许是听到了她的脚步声，霍裘睁开眼睛，朝着张德胜吩咐："传膳，让下头多做几道皇后喜欢的菜。"

唐灼灼几步走到他跟前，瞥到他隐于眉间深处的一丝疲惫，一边伸出手指替他按揉几下一边忍不住细声细气地抱怨："臣妾才和皇上说过的，身子要紧，这才不过几天，皇上就都只当耳边风了。"

长久这样下去，就是常年习武的身子也熬不住啊！

小姑娘才到他肩膀上头一点点，小小嫩嫩的一团，给他按揉眉心时还得踮着脚，耳边又是她再娇软不过的抱怨声，霍裘就势将她揽入怀中，笑着应下："下回朕注意些。"

说是会注意些，实则每回都还是这样。

唐灼灼气不过，低低哼了一声，而后又道："不如往后天天叫人备两份的药膳，不光臣妾喝，皇上也跟着一并调养调养。"

张德胜才端着两盏茶进来就听到了这样的话，心尖一颤，脚步都跟着慢了下来。

这位主子可真是个什么都敢往外说的，也不瞧瞧站在跟前的人是谁，这世上怕是再没有人敢这样与陛下说话了。

可耐不住崇建帝受用，他一敛眉目，捉过唐灼灼嫩生生的小指头，再强硬的话语都要柔了七分："今日可还疼？"

唐灼灼别过头去小声闹他："前几日就走了，陛下怎么总问这个？"

还不是因为被她那几日的模样吓得狠了？

因是在草原上，菜膳中就多是野味，去除了腥味，吃起来鲜而不腻。

唐灼灼用膳时比别的时候安静许多，嫩白的脸藏在乌黑的发丝下，一抬起头来，竟真的只有巴掌大小，瘦得简直不像样。

霍裘的心尖突然像被针扎了一下，他夹了一块嫩肉放在唐灼灼的碗里，又被她扒拉到一边，也不说话，就是不吃。

眼见着男人缓缓地皱了眉心，唐灼灼擦了擦手抬起头来，一双眼眸黑白分明，明明是无辜的表情，却被眼角的泪痣和眉心的花钿抢了风头，瞧着就是一股不胜娇楚的意味。

"臣妾不吃这个的，尽是一股油味。"她拿着帕子擦了擦嘴角，娇声娇气地道。

霍裘才要开口叫她莫要挑食，就见小女人已走到了跟前，勾着他腰间的香囊把玩，到了喉咙口的话就硬生生换了一层意思："明日朕叫下头换些清淡的新鲜花样？"

唐灼灼笑得得意且毫不掩饰，明晃晃的只叫霍裘心里暗叹了一口气。

明知她恃宠而骄，可自己非但生不出分毫训斥的想法，甚至还想着将这宠再多给一些。

也不知是自个中了毒还是这女人太会拿捏。

闹了片刻，唐灼灼便有些犯困，被霍裘半搂在怀中懒着身子细着声音道："算着时间，琉璃的婚事也该定下了，皇上觉得可汗与清远侯世子两人谁更好些？"

"清远侯世子。"沉默半晌，霍裘吐出了这么五个字出来。

唐灼灼哑然，片刻后失笑，道："臣妾也觉得清远侯世子好些，内宅干净，性子又温和，倒是那可汗身边的姑娘不太老实，瞧起来是个会来事的。"

霍裘勾了勾唇，将小姑娘的长发拢到身后，哑着声音道："娇娇对朕都没这么上心过。"

宫里的妃嫔，只要没惹到她头上，她是一眼也不会去瞧的，前段时间甚至还主动忙活着要替他张罗着选秀的事宜。

这会儿倒是护起短来，生怕旁人欺负了那琉璃县主。

霍裘目光幽深，一下下抚着她柔顺的长发，直到胳膊都有些麻了才失笑。

他这是在做什么？

低头一看，怀中的娇气包眸子半开半阖，偶尔细声细气地哼一声，却是困意绵绵了。

第十七章

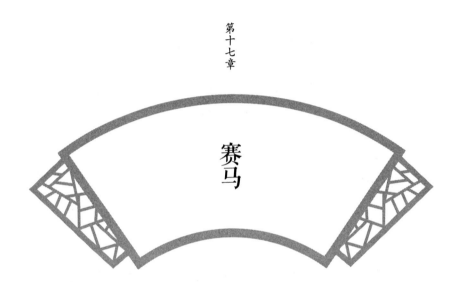

赛马

第二日清晨，唐灼灼起得格外早些，因为外面的响动实在是有些大。

　　安夏与紫环端着盥洗盆进来，唐灼灼漱了漱口，又细细净了面，听着外面嘈杂的声音问："今日怎么这样吵？"

　　帐子里小窗开了一道口，往外瞧，一眼就望见了再湛蓝不过的天空，就连一朵云也瞧不见，太阳早早地就出来了，在这样的天气里带来些暖意。

　　"娘娘，今日有个骑术比赛，男宾女眷都可上场，这才一大早这么热闹的。

　　"听说皇上和太后都会亲自上场呢。"

　　这消息早已在下边伺候的丫鬟和小厮间传开了，安夏也只是粗略地听了几句，见唐灼灼问起，也就这样答了。

　　唐灼灼才挑了一个梨花样式的花钿贴在额心上，铜镜里映出的女人身姿纤细翩跹，一张小脸再精致不过，原本就勾人的眼眸因着与眼角那颗灼然的泪痣相衬，媚得能滴出水来。

　　此刻听了这话，她手里的动作不由得一顿，有些迟疑着觉得是自己听左了去："太后也要上场？"

　　这样的赛事，若是关氏是去瞧个热闹，她自然是信的，可若说是要亲自上场，到底听着觉得不真切。

　　就在她兀自疑惑的时候，张德胜身边的徒弟岁常就进来了，见她已经醒了，行了个礼道："娘娘，皇上叫您前往赛马场。"

就是岁常不来这趟她自然也要去的，这样的热闹可不多见了。

等她到的时候，一眼就瞧见了坐在霍衮身边穿得有些素淡的关氏，后者眼里带着温润细闪的笑意，那眼角的皱纹却是掩都掩不住了。

岁月不饶人，短短几月的工夫，像是把以往深宫里十几年的岁月都加诸到她的身上一样，唐灼灼瞧着，心里不知道是个什么滋味。

可再怎么不是滋味，也不好当着人前表露出来，她再自然不过地行了个礼，还没来得及说什么，就被关氏拉了手好一阵打量。

"娇娇身子可好了些？前阵子被皇帝藏得那样严实，哀家都没见着几面。"

唐灼灼面上慢慢涨得有些红，她低声解释道："只是一些小毛病，劳母后费心了。"

霍衮眼皮子也没掀一下，只是转动了一圈大拇指上的玉扳指，略显漠然道："皇后来得正是时候，女眷们就要开始比赛了。"

顺着男人的目光望过去，偌大的赛道上站着的多是未出阁的姑娘贵女，脸上的笑容比天上的太阳还要耀眼些，青春活力得很。

许久没看到这样的场景，唐灼灼乍一看之下，竟生出些不一样的感慨来。

这些人，鲜嫩得如同晨起的第一缕亮光，更像还带着露水颤巍巍吐露芬芳的花骨朵儿。

相比之下，自己倒像是老了一样，明明也不过才十九岁的年纪。

站在最前面的朱琉像是察觉到什么，扭头往她这边瞧了一眼，而后不动声色地抿抿唇，跟在那些贵女后面上前见了礼。

朱琉今日穿了一身月白色的衣裳，如浓墨一样的长发束成高高的马尾，身姿窈窕婀娜，眉若远山，让端坐在一旁的纪瀚和屋塔幕都微微亮了眼眸。

关氏面上再是整肃大方不过，等一偏头却和唐灼灼说起悄悄话来："娇娇瞧皇帝那脸色，阴沉得和什么一样，实则就是想叫你夸夸他，他等会儿也要上场的。"

关氏的声音说大不大说小也不小，霍裘面皮一抖，缓缓地闭了闭眼睛。

不该叫她们聚在一起的。

唐灼灼忍了忍，还是没忍住在暗处勾了唇角，趁着下边一溜人的目光都在那些女眷身上，挪了几步到男人身边，细声细气地夸："皇上骑术了得，定能大放异彩一举夺魁的。"

霍裘的眉心突突地跳了几下，掩在袖袍底下的手紧了又紧，"闭嘴"二字出口时简直咬牙切齿。

谁要她这被掇掇着来的不走心夸赞？

就是她不说这话，他就不能夺魁了不成？

唐灼灼乐不可支，眉眼弯弯，好看的杏瞳眯成了月牙的形状，但她向来了解这男人，他稍稍一蹙眉头她就往关氏那头挪了步子。

无妄之灾的滋味她没少受，自然也不想再尝。

眼看着比赛就要开始，屋塔幕突然起身朝着霍裘行了个礼，爽朗地笑："皇上，屋塔幕有一事不知当说不当说？"

一语激起千层浪，唐灼灼和朱琉瞬间就变了脸色，而站在屋塔幕身边原本还挂着笑意的牧戈，面上的血色一瞬间褪得干干净净，甚至脚下都有些跟跄。

旁人不知他接下来要说的事，他们这些人却是心知肚明得很，唐灼灼抿了抿唇，望向身侧站立如松不怒自威的男人，又瞧了一眼下面的屋塔幕，敛了眼底所有的情绪。

这蒙塔可汗也真是可笑，自个身边的莺莺燕燕还带着碍眼，妄想凭着一番话就可以叫琉璃远嫁过去？

就是京都的纨绔子弟，整日里流连烟花之地醉生梦死，到了正儿八经议亲的时候，不也得好好表现一番？

这人都还未嫁过去就被如此欺负，嫁过去还得了？

朱琉纤长的手指泛着青白之色，心底一直紧紧绷着的那根弦"啪嗒"一声断了，弦断时发出的嗡鸣之声震得她有些头晕目眩。

屋塔幕竟真的这样逼她！

可她知道，只要屋塔幕开口，为了朝廷与草原的情谊，崇建帝定是会毫不犹豫地答应。

朱琉的心彻底凉了大半截，明明还不算冷的天，她却像是浸泡在寒冬腊月里的冰水里，甚至连打个哆嗦都不能。

一片的死寂里，霍裘勾了勾唇角，别有兴趣地问："可汗何事相求竟如此慎重？且说说看，能允的朕自然允。"

这话如同压死骆驼的最后一根稻草，朱琉的眼神一下子灰败下去，低着头咬着唇默不作声。

事到如今，也只有听天由命了。

没想到兜兜转转这么久，她竟会用这样的方式嫁给自己的心上人。

屋塔幕面色极凝重，虽说不与她商量就闹成这般到底叫人气恼，他却是没得选择。

两日之后，她若是回了中原，天高地广的他再想见一面都难，更别提还有一个碍眼至极的清远侯世子虎视眈眈？

未免夜长梦多，还是早些将她定下的好，哪怕她此刻再气恼，婚后好生哄哄也就消气了。

纪瀚就坐在不远处，嘴角仍是勾着极清润的笑，丝毫没有受这死寂气氛的影响。

屋塔幕上前几步，目光如炬地望着朱琉瘦弱的身影，虽然瞧不清她的面容，但他仍是无比清晰地知晓——她生气了。

也可以说是失望到了极点。

他定了定心神，朗声笑道："我想以我草原半数牛羊为礼求娶中原的琉璃县主，若得皇上割爱，自当尊为可敦，珍爱一生。"

朱琉彻底闭上了眼睛，喉咙口像是堵了一团棉絮一样，闷得说不出半句话来。

她是最想嫁给他的，但绝不是以这种方式，也不该是这样的场景。

牧戈也是如遭雷劈，红唇咬得几乎要见血才堪堪将已到嘴边的尖叫声憋回去。

为什么？

明明都到了这个时候，他们马上就要回自己的草原了，为什么屋塔幕会突然请中原皇帝赐婚？

到底是哪里出了错？

气氛一时之间像是被冰封了一样，周围的男宾女眷互相递了个眼神，开始窃窃私语起来，可真正能说得上话的，却一个个面沉如水默不作声。

唐灼灼半颗心也跟着提到了嗓子眼，她生怕霍衾就这样应下了，那琉璃日后得生受多少糟心事啊？

原先她倒是挺看好屋塔幕，毕竟是带着诚意而来，又是朱琉真心喜欢的人，若是两人在一起能得到幸福，她也没什么可说的。

只是事到如今，眼看着这人做的事没一件是靠谱些的。

明明知道朱琉打心底介意那个牧戈，还是毫不避讳地日日带在身边，就差同吃同住了。换个脑子清醒些的人，可不就是得日渐疏远着吗？

这回倒好，朱琉死不松口，他竟然就直接在大庭广众之下挑明了说。

唐灼灼气得手都抖了几下，最后只好狠狠地别过眼来不再去看那张惹人生厌的脸。

霍裘的余光瞥到身侧小女人暗自咬牙切齿的小模样，心尖一颤，凛冽的目光一寸一寸柔和下来，眼底的笑意再是缱绻不过。

这娇气的小模样，越发受不得丁点的气了。

"原来是这么个事？"霍裘嘴角勾起一缕笑，意味深长地顿了顿，而后有些遗憾地道，"可汗说得晚了，已有人提前向朕禀明，想求娶琉璃郡主为妻。"

唐灼灼蓦地抬眸，卷翘的睫毛轻颤几下，映入眼帘的却是男人轮廓分明的侧脸。她站着有些恍惚，竟清楚地记起来那日夜里她昏昏欲睡之际，这男人玩弄着她的手指，脸上是一贯的强硬冷漠，吐出的话语却温柔得不像话。

娇娇，你什么都不用担心，交给朕。

仅仅这一句话，便能叫她心中安定许久。

果然，她什么都不用担心。

他早就将一切安排得明明白白的了。

唐灼灼抿了抿唇，心如同在蜜糖罐子里走了一遭。重来一回，她处处小心警惕，也从未打心眼里想去相信谁。

除了自己，谁也靠不住。

只是霍裘……他到底是不一样的。

哪怕他天天端着帝王的架子，沉着脸呵斥她这里不像话那里不守规矩，可从未真的有哪次逮了她好好立一次威，哪怕脸色实在不好看。

唐灼灼就是一只善勾人魂的狐狸，伸出来的爪子试探着小心翼翼，若是被人踩上一脚，她就变得比谁都要听话。

可同时再也不会做任何试探了。

可霍裘将她纵得无法无天，同时又耐心十足，等她将身子缩回去大半之后，他便一把搂着抱到怀中，视若珍宝，再不给她往回缩的机会。

这男人太过精明，诱敌深入甚至将自己都赔上，唐灼灼怎么可能无动于衷？

她根本控制不了自己。

在众人诧异的目光里，朱琉心尖一颤，见到纪瀚慢条斯理放下了手中的茶盏，面上的笑容变都未变过一下，自始至终都似局外人一般。

可就是这局外人，闲庭信步一般走到屋塔幕的跟前，在后者阴沉得能滴水的面色中笑得自若，声音清润如同雨滴从房檐上滴落："可汗容禀，子渊远游归来，初见郡主惊为天人，日前已奏请陛下赐婚。"

言下之意，他被人捷足先登了。

众人皆唏嘘，待反应过来时才惊觉，在这三言两语间，原本的琉璃县主已成了郡主，身份地位皆不同往日。

屋塔幕千算万算，却怎么也没料到是这么一个结果，他面色黑得不像话，现下这等情况，若是争的是旁的什么东西就罢了，可偏偏是个女人，还是个他想娶回家宠着的。

怎么甘心就此作罢？

霍裘见状沉思片刻，而后侧身问唐灼灼："皇后觉得该如何？"

男人的眼瞳里沉着夜晚的浩瀚星海，她有些慌乱地别开眼睛，甚至有些怕自己溺在那涌动的情潮中。

唐灼灼抿了抿唇，待心情平复后笑着望向朱琉，声音如琉璃珠子碰撞在一起，悦耳好听得很："一家有女百家求，臣妾觉得还是得琉璃自个儿心里喜欢的那个才是良配。"

"可汗生在草原，马术自当一流，不如这样，琉璃若是跑赢了接下来的这场骑术比赛，那便与可汗成良配。"

说罢，唐灼灼又看向自始至终都面不改色的清远侯世子，眼底深处的欣赏之意一掠而过，接着道："若是没能夺魁，那就适合与清远侯世子过闲云野鹤一般的悠闲自在生活。"

众人皆是配合着笑，纪瀚好游山玩水的事大家都有所耳闻。

如此一来，主动权又回到了朱琉自己的手里。

她自幼爱这些，与京都一些贵女比骑术，想赢是再简单不过的事了，一丝压力也不会有。

若她还是想与屋塔幕在一块，使出全力跑一遭便是，若是瞧上了清远侯世子，慢慢悠悠晃过去自然也不会有人说什么。

朱琉低着头道了一声"好"。

屋塔幕浑身的肌肉都绷得死紧，只觉得这辈子都没有这样紧张过。

倒是一直闭着眼睛转着手里佛珠的关氏听到清远侯世子几字时曾抬起眼睛瞧了几眼纪瀚，而后又无声无息地闭上了眼睛。

就在参加骑术比赛的女眷们准备上场的时候，站在屋塔幕身旁面色变幻许久的牧戈突然站出来行了个礼，咬着唇问："久闻琉璃郡主骑术高超少有人敌，不知今日牧戈能否跟着上场与郡主一较高下？"

就那么几个弱不禁风的娇滴滴贵小姐，十指不沾阳春水的模样，朱琉想要夺魁，岂不是信手拈来的事？

牧戈感受到周遭一束束异样的目光，咬着牙将满腔的怨恨委屈咽进肚子里去。

那清远侯世子瞧着也是个不错的，怎么朱琉就是还惦记着屋塔幕呢？

若他们真的成了亲，自己又该如何自处？还能有一处容身之地就算得上不错了。

所以无论如何，今日说什么也不能让朱琉跑赢！

牧戈长发松散，原本再清淡不过的美人儿低着头，在众人瞧不见的地方貌一瞬间狰狞似鬼，指甲在白嫩的手心划出一道道泛着血的红痕来。

一片哗然声起，众人的目光顿时变了个味道。皇后娘娘才刚放话，这不知所谓的蒙塔养女就跳出来蹦跶，在场皆是沉浮朝堂许久的老狐狸，眼光比谁都毒，小女儿家的那些心思大家心知肚明。

这蒙塔可汗倒也真是个厉害的，身边还跟着个红颜知己，转身就开口求娶琉璃郡主。

唐灼灼面上的笑容渐渐地淡了下去，再抬眸时已是一种似笑非笑的蔑意。

屋塔幕看着朱琉冷若冰霜的眼眸，暗道一声不好，沉着声音强自压着怒气低喝："牧戈，你胡闹什么？"

牧戈还是保持着行礼的动作，听了这话身子细微一颤，咬着唇没有松口。

坚决不能松口。

朱琉上前一步，刚要说话，就听一直闭目养神的关氏轻笑了几声。

"清远侯世子……哀家记着是叫纪瀚吧？"关氏把那佛珠戴在手腕上，声音再是轻缓不过，又带着些莫名的感慨之意，将目光投在了纪瀚的身上。

纪瀚也愣了愣，而后低眸恭敬道："臣纪瀚，请太后娘娘安。"

关氏瞧着底下那年轻的孩子，与清远侯像是从同一个模子里刻出来的一般，就连身上的气质都是如出一辙的儒雅清润，干净得如同林间溪水。

她眼前有些迷糊，像是恍惚间见着了二十几年前的清远侯，就站在自己的跟前轻笑，转眼间，那画面又被肆虐的火光吞噬，丁点不留，画面的最后一角，却是那男子斩钉截铁地道：他不要你，我要。

关氏仍是笑着的，只是那笑意不达眼底。

她负了爱她的人，最终也没有得到自己爱的人。

她这一生，简直荒谬又可笑。

人老了，想起那些旧事就疲惫得很，关氏揉着额角轻微颔首，又看了一眼那得脸颊泛红的朱琉，垂了眸子道："这两个孩子瞧着倒是般配。"

说罢，她就摆了摆手，笑着道："你们年轻人的事，哀家这一把老骨头就不凑热闹了，出来许久倒是有些累了，这便回了。"

众人皆是起身恭送，脑子里还兀自琢磨着太后临走前那句话的意思。

意思便是要将琉璃郡主许给清远侯世子？

有些老狐狸转而联想到太后与清远侯早年的那些事，面色变幻不定。

那个时候，两人可是险些就成了亲的啊。

唐灼灼美眸里光华流转，望着牧戈缓缓地笑，道："今日竟这样热闹，牧戈姑娘生在草原，想必骑术应当了得。"

霍裘自始至终没有说话，只是这会儿望见她投来的目光直皱眉，果不其然，女人丁点也不听话，声音婉转软糯，却是要跟着一起去凑个热闹的。

说是去凑热闹，他哪里会不知道这女人的想法？左不过是想以防万一，若是朱琉真的还想与屋塔幕在一起，那这牧戈定然不会如她所愿的。

霍裘眼里燃着深重的火光，已然动怒，眉心突突跳了几下，眼神中警告的意味深重，却也不好在大庭广众之下驳了她的面子。

唐灼灼清楚地知道如何才能让这男人心软，只是一瞬间的工夫，原本还柔和端庄的笑就变了一种模样，小女人变脸功夫快得很，眼底的希冀喷薄欲出，缠缠绕绕不知怎的就入了他的眼。

霍裘终于松了口，只是面色到底不算好看："小心一些"。

男人的声音淬了冰，唐灼灼精致的面庞上就兀自荡漾开了笑意，如同一朵再妖冶不过的牡丹，层层绽放，勾魂夺魄叫人再挪不开眼睛。

霍裘冷眼瞧着她又卖乖的模样，心底陡然生出一种惶惶之感，那感觉凭空而起，却到底扰了他的几分心绪。

等唐灼灼换了衣裳与朱琉并排站在赛场上时，后者目光冰冷，嘴唇抿成了一条线。

唐灼灼压低了声音问："琉璃，你意欲如何？"

如今已到了必须做决定的时候了。

朱琉瞧着后面虎视眈眈的牧戈，语气再漠然不过，甚至连手心里都染上冰寒的温度。

"我不会夺魁。"

不知怎么的，她这话一说出来，唐灼灼竟从心底松了一口气。

"那……"唐灼灼隐晦地看了一眼牧戈，意有所指地问。

朱琉不甚在意地抿抿唇，翻身上了马，道："咱们不去管她。"

她想拿那第一，那便让她去拿好了，不过是一个男人罢了，还是个爱怜香惜玉疼惜红颜的，两人青梅竹马正配。

等到开始的时候，牧戈果然如同离弦的箭一般飞了出去，一马当先跑在最前头，朱琉飞快地超越前头的那些贵女紧紧跟在牧戈的身后。

永远只差那么几步的距离，近乎并驾齐驱。

唐灼灼咬牙一再提速，风在耳边吹得呼呼作响，她几乎能感觉到看台上陡然凌厉起来的两道视线，如同两柄噬人的利剑。

那些贵女原本也不过是玩心一起，才寻思着来参加这么个骑术比赛，此时见了这样的架势，一个个都远远挂在后头，不想把自个掺和进去。

明哲保身永远被多数人信奉。

牧戈自小生在草原，骑术又是老可汗亲自传授，自认为碾压一个中原姑娘是不成问题的，可这样的得意到了后半程，早就消失得无影无踪了。

那琉璃郡主从始至终都没有与她拉开距离，自己一快她也快，总是跟在屁股后面如同附骨之疽。

这样的状况让她措手不及，牧戈眼神一厉，不知想到什么，速度竟慢慢地缓了下来，出乎意料的是，那琉璃郡主的速度也跟着慢了下来。

唐灼灼这时也瞧出了端倪，琉璃没有想过拿第一，却也断然容不得这牧戈一人出尽风头。

说不定更是明晃晃地告诉屋塔幕一些东西。

我有本事夺魁，可我瞧不上你。

到了最后关头，唐灼灼掉在牧戈的左边不远处，与朱琉偏头相视一笑。

她远没有朱琉那样轻松，一张小脸被风吹得煞白，就连腿肚子都有些发抖，一笑起来就更显弱不禁风。

眼看着终点将至，朱琉轻蔑一笑，有意放缓速度。

牧戈眼见着就快要到终点了，一左一右都是威胁，气息都有些不稳，再一想到看台上那人如今会是个什么样的眼神，她的心顿时一横。

马鞭狠狠扬起，力道却极为微妙，鞭尾带着一颗银钉，如她所愿地擦到了朱琉的马腹上。

一声突兀的嘶吼声和着飙起的血线，朱琉的马一下子失了控，唐灼灼蓦地睁大了眼睛，却只能看到牧戈的马避让几步，正好撞到了自己的马身上，她被一股大力抛得飞了出去。

唐灼灼只觉得身子撞到了地面上，滚了几圈后一股剧痛叫她眼前迷糊，全身都在细细地抖，就在这时，牧戈也被抛得滚了下来，恰好落在她的小腹上。

一股翻江倒海的感觉席卷全身，她连着吐了几口血，再也没有任何知觉了。

这一切都发生在电光石火之间，快到叫人来不及反应，原本在看台上抿着唇的霍裘眼底涌出一丝前所未有的慌乱与惊恐，他周身寒意深得吓人，只觉得心脏跳得有些抽痛。

耳边的风呼啸而过，而直到他到了唐灼灼身边，才发现自己手掌抖得不成样子。

三个女人，只剩下朱琉跌坐在地上，右腿间流出汩汩的鲜血，唐灼灼和牧戈离着不远，皆是昏死了过去。

与霍裘同时飞奔而来的，还有屋塔幕和纪瀚。

霍裘玄色的瞳孔里满是惊痛，她如一片飘叶安静地躺在怀中，没有什么重量，他明明用了十足的力道扣着她的肩膀，却还是觉得留不住她。

纪瀚此刻再是清润不过的瞳孔里也涌现出煞气来，他半蹲在朱琉的身边，白色的衣摆垂落在地上，声音里笑意尽敛，轻声问："还能动吗？"

屋塔幕此时也紧皱着眉头走过来，道："我抱你回帐子里瞧太医。"

朱琉只是摇头，目光紧盯着霍裘的背影，那个男人身上的怒火难以压制，大步流星抱着唐灼灼离开，身后是浩浩荡荡惊恐莫名的丫鬟和小厮，她连她的衣角都看不到。

她紧了紧衣裙，才低了头，泪珠子就大颗大颗地落下来，腿上的剧痛和心底的担忧叫她怎么也忍不住眼泪。

纪瀚看得皱起了眉头，二话不说就将她轻轻巧巧地抱了起来，又刻意注意了力道，朱琉睁大了眼睛，却只能听到他极清润的声音，带着淡淡的疼惜："疼了就咬在我肩膀上。"

屋塔幕见了这一幕，哪里还能忍住？他横在两人跟前，眉心皱得不像话，声音嘶哑："把她给我。"

纪瀚一个侧身躲过，面上的表情再淡漠不过，他轻瞥了一眼地上被几个小丫鬟围着生死不明的牧戈，薄唇轻启："可汗还是先关心一下您那青梅竹马吧，我纪瀚的人，还轮不到你费心。"

言辞犀利不留情面，可见也是愤怒至极。

他们都是浸淫朝堂的人，牧戈那样的动作手段哪里瞒得过他们？

现在是皇后身子要紧，接下来这蒙塔可汗和他那红颜知己要面对的，将是帝王的怒火！

屋塔幕朝着牧戈看了一眼，哑着声音唤了朱琉一声，就见他这些天来一直心心念念着的小姑娘满脸泪痕，她转过头来，死死地咬着下唇，喉咙口像是堵了一小团的棉絮。

她发不出声音，可他却清楚地看见了她的口型。

她说：你好自为之。

若是唐灼灼真出了什么事，她一辈子都不可能原谅他。

青天白日的阳光还在头顶照着，屋塔幕却觉得自个被困在了漆黑的屋里，没有一丝光亮，身体里流淌的血液都凉透了。

他知道朱琉的性子。

也正是因为知道，所以他才如此清晰地感觉到了她的离开，那是他怎么伸手也挽留不了的决然。

他们之间，完了。

皇后的帐篷里，空气中尚还弥漫着一股唐灼灼早间才叫人去采了来的野花香气，素淡的香味中又夹杂着一股极淡的血腥味。

里面乌压压地跪了一地的人，太医战战兢兢地把脉，一丝一毫也不敢大意，初冬的天，后背都湿了一大片。

霍裘胸前濡湿一片，那是她嘴角溢出的血，方才在外面吹了些风，他只觉得越吹脑子里越胀痛，可瞧着她躺在床榻上了无生气的模样，他胸膛里涌动的暴戾搅动着心疼，险些叫他失了理智。

这是第二回了。

从那样高的马上摔下来，又被人压在了小腹上，唐灼灼那么小的一团，他往日里抱在怀中都千小心万小心的，她怎么受得住那样的疼？

霍裘揉了揉眉心，明黄色的袖袍拂过眼角，片刻后一脚将身边的椅子踢翻，那再名贵不过的梨花木椅便分崩离析了。

帐子里的人都抖了抖身子。

那太医诊了再诊，待松开把脉的手时，面色已带上了十二分的凝重。

不知为何，霍裘的眼皮突然狠狠地跳动了几下。

这太医是太医院医术最高明的李太医，早早地就是霍裘一派的人了，此刻他抚了抚胡须，心里暗叹了一口气。

"皇后如何了？"霍裘负着双手，神色阴鸷得如同地府的阎王。

李太医隐晦地望了一眼屋里跪着的人，也知人多眼杂这个词，于是斟酌一番，道："皇上，可否屏退左右？"

霍裘一听这话，原本就高高悬起的心蓦地一沉，他的声音嘶哑得不像话，冲着下头的人挥手："都下去吧。"

于是这小小的帐篷里，除了里面正昏迷着的那位，就只剩下李太医和霍裘，一个站着面沉如水，一个跪着谨小慎微。

"皇上，娘娘从马上摔下，外表的擦伤倒不碍事，擦着药膏过不了多久便会好，也不至于留疤。"

霍裘的面色这才缓和一些，只是还未等他稍微舒展眉心，就听李太医接着道："臣方才细细地替娘娘把过脉，有一事不知当说不当说。"

"说！"

李太医抹了一把额头上的汗，不敢去看一眼帝王的脸色，接着道："牧戈姑娘从马上摔落，正巧落在了娘娘的小腹处。"

说到这里，他咽了咽口水，干脆和盘托出："娘娘身子本就偏虚，这么一来，就伤到了根源，日后……"

"日后……"

霍裘沉声喝："吞吞吐吐做什么，说！"

李太医一咬牙，跪在地上磕了个头，道："娘娘日后恐难有孕啊！"

这话一出，他不敢再抬头。说是恐难有孕，实则日后能有孕的概率甚至可以忽略不计，若说这躺在里面的是别人也就罢了，可偏偏是这位主子。

那可是后宫之主啊！

这样的消息一旦传扬开来，被有心的人加以利用，他甚至可以想象，不出十日的功夫，崇建帝的案头上摆着的折子就全是申请废后再立。

原本就因皇上独爱长春宫的这位，又迟迟不肯添进新人，那些家中有适龄女子的旧臣新贵早就隐有怨言，如今这理由可不就是一场及时雨？

甭管事情如何，单皇后无所出这一条，就已成了罪。

霍裘的身子僵硬得不像话，分明觉得动一下手指都困难，却硬生生将手中的茶盏碾成了碎末，温热的茶水流下来，淌到衣服上，叫他浑身寒凉。

"这事……可有办法医治？"他的声音一字一句嘶哑无比，每说上一个字，心头都如同在剜肉一般。

李太医头伏在地上一直没有起来，如今听了霍裘的问话，细细思索片刻，才遗憾着道："这世间万物万法，皆是有迹可循，只是臣愚昧，还未有那等医术。"

"皇后娘娘的身子皇上是知晓的，原本就体虚体弱，如今小日子才过，小腹又受了撞击，这才……"

言下之意，便是希望渺茫。

霍裘猛地阖了眸子，在屋里来回走了几步，问："江涧西可有法子？"

"皇上容禀，江涧西虽然人称神医，可对妇人之症一向是不精通的。"

十一月的天里，艳阳高照的甚至还有些热，霍裘偏头瞧了一眼身后，轻薄的床幔之下，女人的身子再纤细不过。

心突然就有些泛寒。

眼前还是她缠着闹到自己怀里，夸着柳潇潇长得可爱的情形，他还记着那时她的表情，眉眼间都是柔和的笑意，嘴角抿出一个细微的弧度，牵扯出两个娇甜的梨涡。

那是任何男人都逃不开躲不过的眼神。

霍裘不敢再想下去，他眼底泛出森寒的冷意，漠然吩咐道："此事给朕烂在肚子里，一个字也不准泄露出去。"

李太医自然有分寸，就在他躬身准备退下的时候，霍裘突然哑着声音道："皇后问起也不要说。"

李太医惊讶地抬眸，却还是点了点头："臣遵旨。"

皇上这是准备瞒住所有人啊！

原本以为这位主子爷在知道皇后不能生育之后会有所冷待，可瞧着这架势，倒也不像是他想的那一回事啊。

唐家的这位，倒也真是个好福气的。

等所有人都退了下去，霍裘几步走到床榻前，掀开绣着海棠花叶的床幔，目光就落在了唐灼灼那张苍白的脸上。

就在一个时辰之前，她还在笑着取闹他，暗地里无法无天。

她躺在床上不动便叫他生出一种惶恐之感来，霍裘坐在床沿边，轻轻握了她雪白的手腕，一握上去才发现，她的手腕瘦得只剩下了骨头。

她太过瘦弱，平日里又是个素来挑食的，自个儿对她又是多有纵容，睁一只眼闭一只眼也就过去了。

他嘴唇有些干裂，修长的手指抚上她失了血色的唇瓣，视线却到了锦被以下——那是她的小腹。

"也罢，自己都还是个孩子性子呢。"

片刻后，霍裘轻声道，神色一点一点地柔和下来。

等出了帐子，张德胜急忙迎上去，禀报道："皇上，禁卫军已查出来了，是那牧戈姑娘在马鞭上做了手脚，而后甩到了琉璃郡主的马上，牧戈姑娘避让的时候，又惊着了娘娘的马。"

"现在琉璃郡主伤了腿，牧戈姑娘也晕了。"

霍裘没耐心听这么多，森寒之意毕显："将人给朕关起来，押回京都受审。"

张德胜迟疑一下，问："皇上，那可汗那里……"

到底不好交代。

霍裘一想起那句子嗣艰难就觉得心像是被细密的针扎过一样，现在一听张德胜说起这个，更是森寒一笑："朕倒想叫他给个交代呢！"

就今日这个事，叫他从今往后断子绝孙也不为过！

张德胜不敢再劝，带着人去了屋塔幕的帐子里。

不到一会儿的工夫，朱琉雪白的脚踝就肿得高高隆起，像是被蜜蜂蜇了一个大包。

纪瀚瞧着再清贵隽迈不过，身子却极有力量，一口气将朱琉抱着到了她的帐子里，其间她一直低着头掉眼泪，泪珠子砸落在他的衣服上，滚烫滚烫的。

也不知道到底在哭些什么。

纪瀚将她好生放在了床榻上的时候，一向清贵的男人到底还是悄悄红了耳根。

南平王夫妇还未得到消息，这狭小的帐篷里就只剩下两人。

朱琉胡乱擦了眼睛下面的泪水，才抿着唇哑哑地道："多谢世子了。"

纪瀚只是轻轻颔首，半蹲下身子细看她肿得老高的脚踝，皱眉问："应是扭到了，可疼得厉害？"

他的声音如同春风拂面，极近温和，与屋塔幕全然不同。

朱琉有些慌乱地摇头，片刻后抬起眸子，问："世子可知皇后那儿是个什么情况？"

她可是记得唐灼灼被摔得生生呕了好几口血出来，再加上这么久了也没一个报信的，她心慌意乱得很。

纪瀚眼见着太医久久不来，听着都在皇后那边忙活，于是起身亲自拧了帕子敷在她的伤处，垂着好看的眸子回道："暂时没听到什么风声，只是皇上下令将那蒙塔女子给关了起来。"

朱琉的贴身丫鬟眼眶都红了，此刻忍不住恨恨地咬牙道："郡主不知晓呢，那可汗起先还护着那牧戈，大庭广众之下意欲谋害皇后，咱们这么多双眼睛都看着呢，证据确凿的，哪能就这么算了？"

朱琉的睫毛轻颤几下，嘴里全是苦涩的滋味。

"都是因为我。"

若不是因为自己，唐灼灼好好的怎么会心血来潮突然想参加这样的比赛？

她一向是怕这些麻烦的。

不过是想着为自己撑一回腰，叫所有人瞧清楚她的态度。

朱琉难受得说不出话来，一张娇软中带着丝缕英气的面庞皱成一团，纪瀚瞧得心中一动，生平第一次想去揉揉小姑娘的头发。

触感定比林间如绸带的溪水还要好上一些。

他浑身都透着一股琉璃一样澄澈又干净的气息，语气却又极其柔和："你先莫自责，此事不怪你。"

怎么会不是她的错？若不是她左右摇摆不坚定，唐灼灼又何苦用这等法子帮她？

一时无话，待南平王夫妇赶到之后，纪瀚就十分礼貌地告辞了。

这到底算是女孩子的闺房，他不好多待。

外面的阳光钻进了云层，一眼望过去绿色的草原连着天边，他眯了眯眼睛，露出一个极清润的笑，吩咐身边的小厮："去给可汗传个话，晚上我请他喝酒。"

那小厮摸着头理不清思绪，却到底还是去了。

天边隐现灰暗，在这风雨欲来之际，纪瀚的心底却突然生出一种安定的感觉来。

他曾行过崎岖山路，也曾漂过江海湖泊，见了外面山河万里，曾以为心上的姑娘会出现在一个古旧的小镇，温婉如水笑意甜软。

可这个姑娘，生在繁华热闹的京都，生在高门大户的闺房，与他想的偏差许多，是他父母亲相看着中意的。

如今却真真叫他起了不一样的心思。

事情的发展出乎了所有人的意料，就在牧戈悠悠转醒坐在床榻上哽咽的时候，张德胜就带着人闯进了蒙塔贵族住的地界。

彼时屋塔幕面色阴鸷得不像话，声音如闷雷一样："等能走了就去给皇后和琉璃赔罪道歉。"

牧戈张了张嘴，声音小到不能再小，急着辩解道："我没想这样的。"

她明明只是想在最后关头赢了比赛而已，虽然耍了些小心机，可若说是有意将两人害成那个样子，她却是万万没那个胆子的。

朱琉也就罢了，可最要命的却是伤了中原的皇后。

听说皇帝宝贝得很。

屋塔幕眼前一幕幕都是朱琉被纪瀚抱着离开时的模样，心里被巨大的烦躁与暴怒笼罩，若不是还尚存了几丝理智，只怕会直接将这人揪了去认罪。

他森寒地笑，近乎咬牙切齿："牧戈，你何时变成这副模样了？"

心狠手辣，肆意妄为。

牧戈察觉到男人冰寒得近乎陌生的眼神，连连摇头，心都寒了一半，第一次袒露自己的心声，泫然欲泣。

"屋塔幕，我跟在你身后那么多年，你都不明白吗？"她的声音还带着一股虚弱、小小怯怯的模样，屋塔幕却更觉得心烦意乱。

"我们自小生活在一块，我才是最懂你的。"

牧戈的情绪有些激动，她微微坐直了身子，抹了面上温热的泪水，道："那个琉璃郡主根本不想嫁给你啊，她明明可以跑赢我，却并不想着超过我。"

若不是最后一刻她太过心急，生怕朱琉先一步到终点，也不至于会用这样的法子。

她都能看清楚的事，屋塔幕哪里会看不清？他自己就是草原上的王者，一眼就能瞧出那丫头压根没动真格，可不到最后一刻，到底是心怀希冀的。

"牧戈，若不是父汗临终前的嘱托，今日单凭你犯下的罪，就足以丢到旷野里去喂鹰。"屋塔幕身子极为高大，轻轻地嗤笑显得极为可怖。

牧戈不可置信地睁大了眼睛，全身都在细细地抖动，她一直都知道这男人再冷情不过，可万万没想到这样狠绝的话，会对自己说出来。

就在这时候，张德胜有些尖厉的声音在帐子外响起："可汗，杂家奉皇上旨意前来将谋害皇后与郡主的人押送回京。"

牧戈一时之间吓得瘫软，连出气都不顺畅。

屋塔幕深深地看了她一眼，没有说话。

张德胜进来时面上仍是带着恰到好处的笑容，只是笑意到底浅薄，他不慌不忙地朝着屋塔幕行了个礼，而后尖着声音道："可汗，皇上有令，将牧戈姑娘收押至天牢等候发落。"

屋塔幕扭头看了牧戈一眼，恰巧对上一双惊恐莫名的眸子，他仿佛又看到了他父汗病重之时伺候在床前的少女，也如今日一般惶恐悲伤。

他抿了抿唇，手背上青筋暴出几根，极隐忍地道："牧戈好歹是我部族之人，虽然在此处行事鲁莽，但贸然收至中原天牢，传出去恐引我草原子民不满。"

也知道张德胜无法做决定，他接着道："等会儿本汗亲自去与皇帝请罪，若商议不好，公公再来捉人也不迟。"

张德胜其实也早料到了这样的结局，只是临走时隐晦地瞥了一眼牧戈，意味深长地道："现在皇后娘娘尚在昏迷之中，琉璃郡主也折了腿，皇上正在气头上，可汗要给草原子民交代，我中原也有中原的规矩。"

"这规矩，总是不可废的。"

说罢，就带着一帮人掀了帘子回去了。

牧戈这时候是真的怕了，她忍着浑身的痛从床榻上跌下来跪在屋塔幕的脚边，涕泪横流，吓得浑身发抖，语无伦次地道："可汗，我不要，我会死的……牧戈再也不敢了。"

屋塔幕将她拂开，面色沉得吓人："回草原之后，我会给你找个好人家嫁了。"

若她安分守己，余下半生，也能衣食无忧。

牧戈一下子瘫软在地上，泪水和着花了的妆，晕染开来，竟显得有些吓人。

就在张德胜离去前，屋塔幕也出了帐子，问："琉璃郡主怎样了？"

张德胜倒是扯出一个笑容，道："郡主无大碍，与清远侯世子的婚事也已定下。"

屋塔幕紧紧抿唇，没有说话，只是换了一身衣服就到了皇后的帐子外面。

霍裘还在里边守着。

听说皇后还没醒过来。

帐子里中药苦涩的滋味漫开，像是打翻了一锅熬好的药膳，袅袅的熏香也压不过那股苦味。

霍裘坐在床前，细细描摹唐灼灼的轮廓，这段时间在草原上，烈日当空地受了晒，眼瞧着每个人都黑了一个色号，这小女人却是一如既往的白。

全身上下没有一处不精致，哪怕现在躺在床榻上昏迷不醒，也只是和睡着了一样。

可每每一想起太医的那几句话，霍裘就心头一痛，若是这小娇气包醒来知晓了这样的事，怕是不知道要背地里抹多少眼泪的。

药碗里盛着的苦涩汁水变得温热，霍裘亲自一勺一勺喂下，见她终于喝了下去，总算是松了一口气。

再过一两个时辰，应当就醒了。

外面传来几人的脚步声，随后，张德胜恭敬的声音传了进来："皇上，蒙塔可汗求见。"

霍裘原本还带着几丝柔和的眼眸陡然变得深幽不见底，开阖间俱是有若实质的寒气，他看了一眼床上的人儿，俯身在她光洁的额心上亲了亲，声音哑得很："等朕回来。"

胆敢伤了她的人，他是一个也不会放过。

管她是什么牛鬼蛇神。

他大步走了出去，帘子因为他的动作而灌进一些风，而后又缓缓地合上。

屋塔幕早先见这中原皇帝的时候，前者虽然十足严肃冷漠，可到底也没失了礼节，这次一见，却发觉到他整个人气势全变了个样子。

阴鸷，暴戾，愤怒，锋芒毕露，这些情绪所起皆因那个中原皇后。

那个集万千宠爱于一身的唐家姑娘。

不知怎么的，屋塔幕面对着这样的年轻君主，竟有些毛骨悚然，这是他以前从未有过的感觉，却准得可怕。

"皇上。"他正了神色拱手，道，"牧戈还小，又自小被父汗惯着，做事不过脑子……"

话还没说完，就被霍裘阴寒的笑打断了，那笑只浮于表面，带着淡淡的蔑意，却又丝毫不达眼底。

"可汗若是还要为牧戈求情便罢了。"

"朕的发妻还在里面躺着至今没醒过来，可汗一句轻飘飘的不过脑子，这事就算完了？"

霍裘话语中的强硬之意不容置疑，面上像是覆上了一层万年冰山的雪水。

屋塔幕眯了眯眼睛，轻叹了一口气道："皇上恕罪，草原有草原的规矩，牧戈做错了事，自当按草原的律法来罚。"

再怎么样，总归也能保住一条命。

他能做的，也只有这些了。

也算是圆了昔日对父汗的承诺。

霍裘倏尔停下步子来，高大的身躯挺括清贵，足下勾着金线的龙纹软靴在日光里闪着细光，他玄色的眼瞳里满是冰冷的怒意。

"既然可汗这样说了，那朕就等着。"

叫一个人生不如死的方法有许多，将这牧戈千刀万剐都不足以泄他心头之恨。

他和唐灼灼的孩子。

他盼了许久，甚至从她嫁进东宫之前就有想过，不论是男孩女孩，拥有着与他们相似的眉眼，若是男孩，那便是未来的储君，若是个女孩，那便更如意。

定是长得与她一样精致。

出了这样的事，屋塔幕也没有脸再提赐婚一事，眼见着霍裘半点不留情面，也就皱着眉头找了个借口走了。

直至到了深夜，唐灼灼还是未醒，一丝动静也没有，霍裘一向爱干净的人，穿的却还是早上那一身，此刻守在唐灼灼的床榻前，感受那随着时间的流逝而越见深浓的惊惧。

"怎么皇后还不醒？"他的剑眉深深皱起，问跪在地上的两三名太医，几乎维持不住往日淡漠的形象。

几名太医也是被折腾得身心俱疲，彼此间互相看了一眼，其中一人道："皇上，娘娘只是受了些撞击的外伤，按理说喂了药是应当醒过来了，臣等合计着，还是觉得启程回京为上策，京都的药材也多些。"

霍裘见他们说不出个所以然来，也就揉了揉作痛的眉心将人谴退下去。

他握了唐灼灼纤若无骨的小手，将她的手贴上自己一边的脸颊，因为疲累，声音带了些沙哑："你不是往日里最爱揉朕的脸？如今给你揉。"

她惯是个不安分的，试问天底下还有谁敢捏天子的面颊？除了她，不作第二人想。

她仍是没动静，安安静静地再乖巧不过，却叫霍裘气得心肝都疼，他垂着眸子觉得眼角有些酸涩，片刻后，有些压抑的声音才从喉咙里传了出来。

"就不该惯着你的。"

一夜独坐到天亮，守着一个不愿醒的人。

第二日一早，皇帝下令启程回京，离京这么久，许多人都有些想家了，这样的消息一传出来，到底引起些躁动，只是碍于如今这个时局气氛，硬生生没有人敢表现出半分欣喜来。

而屋塔幕所说的惩罚，则是押着牧戈打了四十个板子，惨叫声传出老远，听说牧戈被放下来的时候，整个臀部都已血肉模糊了。

这样的惩罚，在女子当中，着实算不上轻了。

霍裘听了，却只是轻蔑一笑，狭长的剑眸微微一挑，丢了手里的折子道："听说昨晚，屋塔幕与清远侯世子打起来了？"

伺候在旁边的是全安，他点头如实地回道："原本就是约着喝酒，谁知喝着喝着，可汗就发了疯一样地对清远侯世子出手。"

霍裘勾了勾唇，斜瞥了一眼手侧的明黄色圣旨，那是前段时间就拟好的赐婚圣旨。

"想也无须想，屋塔幕不是纪瀚的对手。"

"皇上料事如神，可汗喝的酒有些烈，听人说醉了竟连世子十招也接不过去，倒也真是人不可貌相。"

瞧着那清远侯世子也实在不像个能打的啊。

霍裘漠然地笑："就是不醉也不见得就能打得过。"

他眯着眼睛还想再说什么，就听见外面急促的脚步声，全安出去一看，将紫环带了进来。

"皇上，娘娘醒了！"

唐灼灼再一次做了上次未做完的梦，潮湿阴暗的地牢里，一间又一间地走过去，直到细微的磕绊声响起，她才找到了蹲在角落里的那人。

衣衫褴褛下是被皮鞭抽得翻卷过来的血肉，那人却像是无动于衷一样，只是低着头呢喃，"你走，你快走"。

唐灼灼久久地站立在他跟前，直到他抬起了头，露出猩红的双目，才轻而又轻地唤了一声"师父"。

那张瞧不出原本模样的脸，得仔细辨认，才能获得那么一丝熟悉感。

闻名天下的神医，是被何人关在地牢里，又为何落得如此悲惨的境地？

唐灼灼才要深究，又觉得小腹火烧一样地痛，最后费力地睁开眼睛时，只觉得梦中的自己冷静得可怕。

她很快就无暇顾及那个荒诞的梦，因为全身都是火烧一样，稍微挪一下都是伤筋动骨的痛。

安夏正守着她，见她醒了，立马就红了眼眶，将她小心地扶起来，而后倒了一杯温水放在床头，牵强地笑："娘娘才醒，喝些水润润喉咙吧。"

她这样一说，唐灼灼也觉得嗓子干得不像话，说话都不发不出声音来。

稍稍抿了一口水，她闭着眼睛细细地抖，颤声问："郡主怎样了？"

脑海里最后的记忆，却是朱琉跌坐在地上，面白如纸的场景。

"三人之中，就娘娘伤得重些，郡主崴了脚，牧戈姑娘更是罪魁祸首，方才才领了四十板子，被拖着回了帐子里。"

听安夏说了这番话，唐灼灼也记起来了，最后关头的时候，牧戈甩到朱琉那头的马鞭有问题！

她阖了双眼，全身上下没有一处不痛的地方，就连说着话，她都觉得字字都得停下来吸一口凉气。

定了定神，唐灼灼刚想细问，就见帐篷的帘子被霍裘一把掀开，男人走得有些急，坚毅的下巴上沁出了些汗来。

安夏识趣地退了下去。

　　原先屋子里还只是一股药味，可如今随着女人醒来，倒又多了一缕极淡的甜香味。

　　这香霍裘闻着再熟悉不过，正是这香，叫他数个日夜沉沦着欲罢不能。

　　唐灼灼原本还没觉着什么，这会儿见他来了，倒是觉得浑身的疼都一起涌上了大脑，几乎是眨眼之间，她就瘪了嘴掉了金豆豆。

　　她见这男人只是站在那里，始终离她十几步的距离，都无须细细揣摩他的表情，就已然清楚，他这回是气得狠了。

　　唐灼灼也有些后悔，断然没曾想过牧戈竟有那样的胆子破釜沉舟，要死三人一起死？

　　她伸出两条玉藕一样的手臂，声音尚带着不明显的哭音颤意："皇上，疼的。"

　　霍裘深深地望了她一眼，走到床前拭去那两行眼泪，谁知这小娇气包越发来了劲，只是勾了他的脖颈将小脸昂在他眼前，那泪水，竟像是淌不完一样，擦了又有。

　　男人的心简直要被这颗颗的眼泪给烫化了，可他偏生皱着眉头沉声问："这会儿知道喊疼了？"

　　"追在人后头的时候就没想想摔下来有多疼？"

　　唐灼灼这一下摔得狠了，甚至磕在地上的时候还咬破了嘴里的嫩肉，这会儿一说话又有一股腥味。

　　她又疼又被数落，漱了口之后就默不作声了。

　　小姑娘睫毛上还颤巍巍挂着泪珠，看看楚楚娇柔得很，霍裘瞧了，却是十足的疼惜，他缓缓地将人搂到怀里，十分注意着自己不去碰她擦伤较严重的左臂。

　　"不准再有下回。"

直到现在，他仍是心有余悸。

唐灼灼点了点头，她生来就是个勾人魂的妖精，哪怕现在样子狼狈，哭相糟心，可那张小脸，依旧是足以勾魂摄魄的。

霍裘的眸光一寸寸落下，最后辗转到她小腹处，目光一瞬间结成了冰，可再抬眸看她的时候，除了眼里的疼惜之意更浓一些，别的什么情绪也看不出来。

唐灼灼伸手摸了摸白嫩的脸颊，而后轻轻地松了一口气，小脸埋在男人的胸膛前，在他瞧不见的地方偷偷地又掉了几滴泪。

霍裘抿着唇轻拍着她的背，耐心十足地问："饿了吗？你昏了足足一天，朕叫人备好了清淡的菜，可要尝尝？"

唐灼灼哪里还有胃口吃得下东西？

她的头摇得和拨浪鼓一样，又生怕男人起身硬逼着她吃，两条白皙得像是镀了光的胳膊紧紧地环住了霍裘精瘦的腰，好看的杏眸像是一弯沁了水的弦月。

"皇上……"她轻声轻语地唤他，却又不说别的，一声又一声，她每唤一声，霍裘就答一声，直到她揪着他的衣服哭成泪人。

霍裘心里顿时一咯噔。

她虽然娇气，却不会轻易掉眼泪，若只是单纯因为摔得疼了，最多也只是半真半假地掉几滴眼泪，为的是哄他怜惜和心疼。

而不是像现在一样，全身都缩成了一小团，哭得直喘不过气来。

霍裘目光如刃，手上的力道也大了一些。

"娇娇，莫哭。"他仍是来来回回只会这一句，当真再说不出什么情真意切的窝心情话来。

哄女人的一套，他都还是在这小娇气包身上现学现用来的，变来变去也变不出一朵花来。

往日他这么一说，唐灼灼也就见好就收，左不过再顺了崇建帝一些奇珍异宝寻个开心，可没有哪一回，像她现在一样。

唐灼灼自个跟江涧西学了那样久的医术，从她醒来到现在，小腹处的疼痛都是不容忽视的，她再如何心里都有了数。

男人的身子僵得像块石头，唐灼灼没了力气，将下巴磕在他宽厚的肩膀上，也不开口问什么，安静得叫人心慌意乱。

"娇娇。"霍裘捏了捏唐灼灼冰凉的小手，皱着眉头叫她。

唐灼灼嗓子有些哑，只是动了动手指回应。

"好好养着身子，不要多想，朕陪着你。"霍裘揉了揉她如浓墨般的长发，溺宠之意遮也遮不住。

唐灼灼抬起眸子，望进一双深邃如浩瀚星海的眸子里，她纤细的手指根根分明，覆在小腹上，长长的睫毛颤了颤，问："臣妾不能有孩子了，对吗？"

这一句话，惊起霍裘心底的惊天风浪，他手背上突出几根分明的青筋来，拍着她的后背安抚道："只是身子弱了些，娇娇若想要孩子，朕努力些就是了。"

若是旁的时候，男人说这种话，到底会带着几丝柔情蜜意，可这个时候，他却只能用这样的话语来安慰怀中的人。

哭成这样，她该多伤心？

唐灼灼哭过之后就是一副呆呆的模样了，咬着下唇任霍裘怎么唤也不出声。

男人深深地皱眉，心痛得要命，他凑上去亲了亲女人嫣红的唇，唐灼灼才恍然，松开了已被咬出血痕的唇瓣，哑哑地道："对不起。"

霍裘的动作顿了顿，将她揽在膝头，沉声呵斥："胡言乱语些什么？"

唐灼灼没有说话，心里堵了许多东西，她的手掌从小腹处移开，软绵绵地垂在床沿上，许久之后眼神里才聚起一些光亮，她软软地抿唇，小心翼翼地扯他的衣袖，问："日后……皇上有了旁人，可否还时常陪陪臣妾？"

霍裘的眉心突突地跳动，这女人这时候也要成心气他？说得那样委曲求全，他何止是时常陪？如今染上了瘾一般，一日见不着就心底发闷。

唐灼灼翘了翘嘴唇，听着外面淅淅沥沥的雨声，只觉得从骨子里生出的阴冷死命地缠住了她。

她同样想到了后果，一个皇后，若是无子嗣傍身，待得容颜衰老家世倾颓的时候，过的恐怕也只能是在冷宫那样的日子了吧。

若是霍裘不念旧情，她连皇后之位都保不住。

哪怕是重来一回，她也逃不脱那样的命运吗？

"娇娇，莫要再闹。"霍裘的眼皮跳动几下，重复着道，"朕会一直陪着你。"

唐灼灼默默地阖了眸子，再不出声。霍裘低眸去看她的时候，正巧她睫毛上挂着泪，皱着眉心睡着了。

她这般模样，男人看了心里也不好受，恨不得替她生受了这份痛去。

夜深了，霍裘和衣而起，面色阴郁地踱步到另一个帐子里，黑暗如浓雾，将一方天地遮盖得严严实实，丫鬟点了松灯，帐子里亮如白昼，男人的面色沉沉如水，手边的佛珠吧嗒一声掉在地上珠子乱飞。

"张德胜，连夜派人搜寻皎月夫人的踪迹，若有线索了，即刻回禀，不可擅作主张。"

张德胜研着磨，有些迟疑地道："皇上，皎月夫人久不出世，若是想寻踪迹，恐怕还需得问过太后娘娘啊。"

霍裘勾唇，不怒而威："朕自有分寸。"

求到关氏面前，就势必要说清楚如今那个小女人的情况。

皎月夫人是当今世上最擅调理女子身子的，他存了万一的希望，为着今日夜里那娇气包掉下的那么多眼泪，也得将人找出来。

唐灼灼在夜里又醒了一次，眼皮肿得险些睁不开，枕头上的绣面也有些湿，她呆愣片刻，而后双手抱住膝头，一直到霍裘回来。

男人不放心她，吩咐完事情片刻也没耽搁，直直地往这边过来了。

挑开帘子一瞧，果真是这么副场景。

霍裘不知是因为太过疲累还是别的什么，眼中突然现出几缕血丝来，衬着他更是阴鸷十足。

他几步上前，直接将人狠狠地禁锢在怀中，力道大得唐灼灼的身子生疼，她吸了吸鼻子，嫩生生的手指勾了他的小指，倏尔绽放出一个小小的笑容来。

"皇上别担心，臣妾没事。"唐灼灼用手捂着红肿的眼皮，小小地出声。

霍裘没有说话，只是闭上眼睛将她摁在怀中，声音如同绷得极紧的古琴弦，声声沉哑："娇娇，朕将你放在心尖尖上。"

一直都是这样。

往日里她娇声糯语，见天儿地说要将她放在心尖尖上可着劲地疼，男人矜贵内敛，从未正面应过她，可这话，却是真真入了心的。

没有一丝敷衍。

而原本定好的启程回京日期因为唐灼灼的醒来而往后面挪了几日，她的身子暂时还不宜舟车劳顿。

她手臂与腿上的刮痕涂了最好的药膏，倒是好得快，只是到底伤了根本，加之心里不好受，就越发地消瘦下来。

第十八章

回京

唐灼灼受伤后的第三日，深夜。

　　帐篷外面飘落起雨丝，绵绵柔柔的，却也很快给这片碧绿的草原染上了一丝枯黄的颜色，冬季马上就快来了。

　　秋风瑟瑟，从小窗的缝隙里吹进来，将桌上点着的烛火吹得摇摆不定，唐灼灼低低地咳了一声，在昏暗中睁开了眼睛，手一摸身边，冰凉一片。

　　安夏听到她咳嗽的声音，不放心地撩了帘子进来查看，看她失魂落魄地呆坐在床榻上，不由得几步走上去，担忧地问："娘娘，可是身子哪里不舒服了？"

　　唐灼灼这一两天都是头重脚轻浑浑噩噩的感觉，这会儿像是被那风吹得醒了一点，她沉默片刻后摇了摇头，而后道："无事，去把铜镜拿过来。"

　　安夏不知她要做什么，却也乖乖地把梳妆台上放置着的铜镜举到她跟前。

　　唐灼灼梦中做了许多光怪陆离的梦，醒来时面上全是冷汗，再加上这会儿冷风一吹，又是冷又是热的，更显得狼狈。

　　她抬眸，镜中的女子也跟着抬眸。

　　素白的中衣，苍白至极的面孔，甚至额角还粘着几缕湿答答的黑发，再配上这样的昏暗的环境，倒真像极了话本中害人不浅的女鬼。

　　唐灼灼纤长的手指轻微发抖，再也看不下第二眼，伸手将那镜子拂开，铜镜落地破碎的声音清脆而响亮，安夏大惊失色，生怕她割着自个。

她何时成了这般模样？

莫说是旁人了，就是自个看着，也是要万分嫌弃的。

唐灼灼疲惫地皱眉，望着外面黑青色的天幕，哑着声音问："现在是什么时辰了？"

"回娘娘，现在才卯时，今日是雨天，倒显得格外阴沉些，娘娘大可再睡会儿。"

安夏见她魂不守舍的，便笑着宽慰道："皇上走时说了，来陪娘娘用午膳。"

唐灼灼摇头，细长的手指揉了揉酸胀的眉心，过了片刻，她才又抬起头来，这回，莹白娇嫩的俏脸上总算是勾起了一抹笑意。

"不睡了，这几日见天儿地躺在床榻上，又乏又懒的。"她温热的手心又覆上小腹，最后垂头耸了耸鼻尖，道，"梳洗一番吧，本宫等会儿去瞧瞧琉璃郡主。"

这几天她窝在床榻上，谁也不理，甚至就连霍裘，也没多给过好脸色。

她能察觉到每次男人的面色一点点寒冰下来，却一再强忍着，喂她喝药的时候，她冷着脸抿着唇，药汁顺着嘴角流下来，他就强硬地扳过她的脸来吻着灌了进去。

她苦，他也苦。

就是琉璃崴了脚，也还是叫人扶着一瘸一拐地来赔罪，她在帐子里哭，琉璃在外面掉眼泪，连着三日，都是如此。

她明白，这事不怪琉璃。

那个傻姑娘，心里指不定是如何个伤心法呢。

天边亮起第一缕晨曦的时候，唐灼灼瞧着铜镜前妍资灼灼的面容，亲自挑了一个梨花样儿的花钿贴上额心，这才勾唇笑了笑："这样才美呀。"

安夏和紫环险些喜极而泣。

娘娘这几日都闷着脸不说话，特别是对上陛下的时候，无缘无故地就开始淌眼泪，问什么也不答话，比那时候在东宫时还要过分些。

她们看得心惊肉跳，却也担心得很。娘娘往后不能生育，要想继续在后位上稳坐着，能依赖的也只有皇上的这份宠爱。

若是两者都没了，那才叫真正的得不偿失呢。

这样浅显的道理，她们懂，唐灼灼自然更懂。

没孩子就没孩子吧，她想，逍遥快活的日子能过多久就算多久吧，没道理她现在就心如死灰像进了冷宫一样。

趁着霍裘还愿宠着她。

待天大亮，唐灼灼身上围了一件披风，艳极的精致脸蛋在灰蒙暗沉的天色下如同一朵娇艳欲滴的花，让瞧到的人眼前都亮了几分。

她手里撑着一柄油纸伞，眉目温软，雨滴似筝声声入耳，远远地就瞧到了朱琉帐子前站着的人。

男人身子高大，周身拢在阴暗中，也没有撑伞，细雨润进他的衣裳和黑发间，唐灼灼却眯了眯眼睛，脚下的步子也跟着顿了一下。

屋塔幕，他这是来做什么？

唐灼灼从来非良善之辈，虽然这事也不是屋塔幕想见到的，可她到底是不能释怀，如今只是远远地望着，她搭在伞柄上的青葱指尖就已泛出浓郁的白来。

等离得近了，屋塔幕也望见了她，微微诧异过后，还是抱拳行了个礼，而后道："你身体可好些了？牧戈的事，十分抱歉，她向来聪颖灵慧，我也不知为何她会做出这样的事来。"

说到这个，他只恨不得苦笑几声才好。

唐灼灼的眼神寒凉得能瞧见飘飞的雪花，她冷笑着勾了勾唇，上上下下瞧了他几眼，没把他的话放在心上，只是勾唇问："可汗怎么还好意思来找琉璃？"

"以往琉璃一颗心全在你身上，突然蹦出了个不知所谓的养女，这也便罢了，你一边与这红颜知己剪不断理还乱一边又来勾搭琉璃，这却是个什么道理？"

她美目里流动着嘲讽的光，像是第一次认识他一般。

出了这样的事，他还能口口声声说着那牧戈聪颖灵慧，祖护之意溢于言表，也真是够叫人瞠目结舌的。

他这叫哪门子的在意？

屋塔幕的面色变幻几下，重重地咳嗽了几声，消瘦不少的面庞上终于带了几丝黯然，他深深地瞧了那帐子一眼，而后道："是我的错，你去看看她吧。"

说罢，就大步匆匆朝着草地那头走过去了，怎么瞧都像是落荒而逃。

唐灼灼轻嗤一声，这种既放不下青梅，又还要打着情深的幌子来骗人，简直就是懦夫所为。

雨落得有些大了，唐灼灼驻足许久，安夏便凑到她耳边轻声道："娘娘，昨日皇上已下了赐婚圣旨，将琉璃郡主许给了清远侯，回京就完婚。"

唐灼灼微微一愣，皱着眉头问："清远侯？"

像是看穿了她的疑问，安夏上前细细地解释："老清远侯才向皇上请辞，说是要带着侯夫人出去外边瞧瞧，这清远侯府，可不就落在世子手里了？"

唐灼灼了然，而后心里略一思忖，倒也生出几丝极淡的羡慕来。

果然，能教出纪瀚那样的子孙出来，这老清远侯也当真生了颗淡泊通透的心。

朱琉早就听到外边的动静，唐灼灼掀开帘子进去的时候，她正皱着眉头由人扶着下了床。

"你这是做什么？伤了脚就好好地养着。"唐灼灼轻轻地将她推坐在床沿上，才自个找了软凳坐着，微一挑眉，问，"屋塔幕先前在外面站了许久，你不肯见他？"

朱琉登时就紧紧地皱了眉头，声音里尽是满满的漠然，望着床角一处道："还见做什么？左不过是提醒着我往日瞎了眼罢了。"

"见了更糟心。"

唐灼灼大抵能明白那种感受，轻微颔首过后宽慰道："清远侯是个好的，你嫁过去一没公婆管着，二没妯娌相争，后院也是干净得很。"

朱琉凑到她身边握了她的手，而后垂着眸子低声道："你说的这些我自然知晓，只是觉得自个配不上这样好的人。"

她深深地吸了一口气，黯然苦笑。

纪瀚这个人，她真的挑不出一丝毛病来，男人明明比冬日的雪还要清冷，却生生叫她感受到了几丝久违的暖意。

只是她现如今，哪里还有什么心思与精力再去喜欢上一个人？

唐灼灼默然，只是拍了拍她的手，没有再说什么。

感情之事，如人饮水冷暖自知，她过多的掺和并非好事，只希望她自己看清楚些才好。

又闲聊了几句，唐灼灼身子倦乏，就起身回了自己的帐篷，从始至终，都没有提起自己的遭遇，就是朱琉再三问起，她也只是说摔得身子疼了些，没有什么大碍。

外面风雨初歇，朱琉卷了软袖一角，伸手揉了揉眉心，压着满心的疑惑与惶惶，兀自犹疑。

唐灼灼到底是出了什么事？若说仅仅只是擦身，那么断然不会昏了那样久，更不会在自己几次去见时被拒之门外。

她了解唐灼灼。

可没人对她说真话，连唐灼灼自己都瞒着不说。

夜晚，悄寂无人，天上黑蒙蒙的一层雾气，贴身的丫鬟进来禀报，说清远侯来了。

朱琉略显诧异，而后抿了抿唇，将手中读了一半的书卷放下，淡淡地道："去请进来吧。"

纪瀚向来是个极有分寸的人，若不是当真有紧要的事，断不会深夜入女子营帐，哪怕赐婚圣旨已然下来。

纪瀚今日穿的，依旧是一袭白衣，脸上的清润笑容如同温酒，浅尝辄止就已深醉其中，他将手中的玉白色瓷瓶放在桌上，温声道："这是我今日寻来的扭伤药，每日睡前涂上即可。"

他的眼底藏着淡淡的笑意，朱琉瞧着桌上的瓷瓶，许久才讷讷地道："哪里要这样费心？还劳侯爷亲自跑一趟。"

心里却是知道，能叫他半夜也要送过来的，只怕并不逊于宫中的药。

她心底感念这份心意，嘴角微微弯了弯。

纪瀚乌发如浓墨，一双入鬓的凤眸竟比女人还要美上几分，他便是站在那不说话，也自是天上的皎月清晖，此时轻轻地摆了摆手，笑道："我自是要把好的都给你。"

再简单不过的一句话，朱琉却险些红了眼眶。

她扭伤这两天，才知什么叫真正的心如死灰。

纪瀚只是浅笑了笑，到底也不好多待，他眉目柔和得不像话，轻启薄唇道："你好好养伤，其余的都不用操心，你既入我清远侯府，我自当一心一意对你。"

他耳根子有些红，微微皱了眉头才说出这样一番话来，气氛一时之间有些凝滞，朱琉紧了紧手底的裙摆，片刻后才哑哑地道："京都贵女中仰慕侯爷的比比皆是，侯爷没必要如此。"

他如此通透的人，怎么会瞧不出她以前对屋塔幕的心思？

可事到如今，纪瀚亲自去求了圣旨不说，甚至连半句也没有问过她，从始至终都是一副闲云淡月的模样。

纪瀚好看的眸子里笑意潺潺，他微微勾唇，声音格外醇厚："如何没必要？"

虽然只是短短十几天的相处，可他哪里就看不出，琉璃是个多好的女孩子？

朱琉默了默，最后还是轻声道："委屈侯爷了。"

若不是因为自己，这闲云野鹤一样的世子爷，断不会因为突然的赐婚，被冠上清远侯的头衔，留在京都度日。

纪瀚仍只是清润地笑，那笑如同细雨滋润万物一般，他转身挑了门帘就要出去。

这时朱琉的眸子猛地闪烁几下。"侯爷。"她的声音有些急促，纪瀚疑惑地挑眉，转过身来望着她。

"你能否告诉我，皇后到底怎么了？"她说出的话里带着浓深的颤音，眼眶也在一瞬间红了起来，"他们都瞒着我，我……我真的怕。"

小姑娘泪眼婆娑的，与那日赛场上风姿飒爽的模样形成了再鲜明不过的对比，纪瀚皱了皱眉头，将帕子递过去看着她擦了眼泪，才斟酌着开了口："皇后不想叫你知道，你又何必再问？"

朱琉摇头，心底的不安之感越来越重，险些将她压垮："要知道的，都是因为我。"

她的眼睛十分大，干净又澄澈，加上方才哭过，更像是被雨洗过一样，纪瀚低低地叹了一口气，再抬眸望她时面上的表情十分微妙。

若是不说，只怕她才要日夜不思，胡思乱想吧？

朱琉一下子就慌了神，她紧紧地盯着他，问："是不是真出了什么事？"

"琉璃，这事全不怪你的，而此事的罪魁祸首也断然逃不过去的，你大可不必太过自责。"纪瀚长身玉立，眸子黑沉，顿了顿道，"皇后伤了底子，怕是日后都不能有孕了。"

这事被崇建帝一力压下，知道的人不超过五指之数，他也是那日被年轻的君王叫到帐子里，听他阴鸷又冷漠的告知，中原与蒙塔恐有一战发生时，才回过神来的。

淮南地方霍启作乱尚未平息，如今断不是与蒙塔开战的好时机，这事稍微有脑子的人都知道，崇建帝不可能没有考虑到。

那么也就只有一种情况，霍裘被彻底地激怒了！

长久的死寂过后，朱琉面色分外的平静，她的眼神尚有些呆滞，嘴角却紧紧地抿了起来，她对纪瀚道："多谢侯爷告知，夜深露重，侯爷回去时小心些。"

这便是谁也不想见了。

等纪瀚走了，朱琉才缓缓地睁开了眼睛，那双琥珀一样的眸子里尽是骇人的冷意，将她姣美的面庞破坏得淋漓尽致。

像是应了这段时间发生的乱事，天公不作美，连着几日淅淅沥沥的小雨和灰蒙的天空，叫人瞧了心底就不痛快。

霍裘来的时候，唐灼灼已经睡下了。

屋里点着好几盏灯，亮如白昼。

男人半边身子沁在黑暗里，身上犹带着外面夜里的冷冷寒意，如冰刃一样的目光落在床榻上那人上头时才柔和了几分，他压低了声音问："皇后何时睡下的？"

　　她这几日白天黑夜颠倒，白日里因为不想见他也不想见人，倒是能睡上几个时辰，可到了夜里，便呆愣愣地坐着，双目无神仍旧谁也不理，但好歹肯让他抱抱。

　　今日，居然睡得这样早。

　　"回皇上，娘娘天黑不久后便睡下了，有两个时辰了。"

　　霍裘敛目，抿唇道："都退下吧。"

　　床榻上的女人黑发如墨泼洒，盛极的容颜点缀，白与黑交织在一块，俨然就是一副惊心动魄的泼墨山水画。

　　难得的是，她今日睡得安稳，没有流泪也没有皱眉。

　　霍裘站在床沿边瞧了片刻，而后出去洗漱一番，才轻手轻脚地掀了一角锦被上了床，他枕在手臂上，瞧着小姑娘面色红润了些，忍不住伸手拨弄了她的几缕长发。

　　他一动，娇气包就自觉得很，两只白得腻人的胳膊如同玉藕一般，松松地缠在男人的腰上，乖得不得了。

　　霍裘呼吸一滞，眼底如同打翻了砚池，深浓的黑色深邃无比，他抚了抚唐灼灼的后背，绷紧了声音问："不闹了？"

　　怀中的小人身子瑟缩一下，缓缓地睁开了眼睛，眼底的滢滢光亮瞧得人心头一颤，她软软地笑，学着他的样儿手指尖缠上几缕黑发，道："哪里就闹了？"

　　男人的身子修长火热，如今见她终于有了些活力，面上却忍不住结了一层冰，厉声道："下回再不准试那样危险的东西了。"

　　唐灼灼眨了眨眼睛，漂亮的眼瞳里顿时就蓄起了一汪濡湿透亮。

霍裘的眉心跳了几下。

骂不得，打不得，就连说也说不得。

他怎么就摊上了这么个娇气的小东西？

唐灼灼昂头将小脸凑到他跟前，扯着他半角衣袖细声细气地道："臣妾叫皇上担忧了。"

她知道的，这事说来说去与自己也有关系，若不是她逞能非要去陪着跑一遭，事情也不会变成现在这样子。

这男人心里的难过一点儿也不比她少。

白日里要忧国忧民处理政事，晚上到她这里来也歇息不好，短短几日的功夫，他也跟着消瘦了下去。

可饶是这样，他也没有一句重话，除了她死抿着唇不肯喝药的时候怒到摔了碗，事后也还是会耐着性子冷着脸将她的眼泪擦干。

这些，她也不是瞧不见的。

霍裘听着她这样软软糯糯的话，一腔压了许久的怒气突然就奇迹般地平静下来，他原本还想着等这女人缓过劲来了，定是要狠狠地惩罚一番的。

可如今，怀中的身躯再是香软不过，勾得他心都软了。

"前几日，臣妾依稀记着皇上曾说，将娇娇放在了心尖尖上的。"

她倏尔展颜，笑得如同山涧里初升的曦光，霍裘眉目沉沉，瞧了她一会儿后，突然蒙上了她的眼睛。

唐灼灼眨了眨眼睛，长长的睫毛轻颤，一扇一扇就像蝴蝶的翅膀一般蹭在他温热的掌心上，撩人心弦。

"什么都依你。"许久之后，男人醇厚的声音低低地响在她的耳畔，带着些许无奈的低哑，让唐灼灼悄悄地红了脸。

她缓缓地阖了眸子，嘴角的笑意柔和又纯粹。

不管往后如何，至少此时此刻，他的眼里全是自己。

唐灼灼想，这便足够了。

"皇上，若是日后有了诞下皇嗣的妃嫔，可还会这样什么都依着娇娇？"她微微阖着眸子，声音轻了又轻，像是在做一场梦，稍稍大声点就会支离破碎。

霍裘抚着她后背的手微微一顿，旋即沉了面色，捏上她一侧娇嫩的脸颊，森然道："你就这么巴望着朕去宠幸别的女人？"

男人面色阴鸷，眼神如刺骨的冰凌子，唐灼灼突然觉得有些冷，她的身子细细地抖了抖，片刻后，霍裘才听到女人极低迷的声音："没有的事，我才不想将你推给别人，巴不得死死地占着，丁点地方也不给她们留呢。"

这话被她说得理直气壮又孩子气十足，偏生十分平淡的只是用了你我二字，霍裘的神色一寸寸地柔和下来，须臾间带了些暖意，抚平她皱着的眉心，道："想占就占着。"

唐灼灼在他臂弯里弯了弯嘴角，从善如流地道："好，皇上一言九鼎，到时可别怪臣妾一点没有皇后的容人气度。"

这样的话，也只有她敢说出口了。

瞧瞧，若真有皇后的气度，哪里有她上面那一连串顺溜无比的话？

可惜崇建帝偏偏觉得心中熨帖，受用得不行。

"娇娇，日后，不准再吓朕。"

崇建帝活了二十九年，刀尖舔血的日子尚能眼睛也不眨地走过来，可这几日，却觉得艰难无比，小女人心里不舒坦，药也不吃人也不认，他见着心里针扎一样地难受。

是他一时疏忽大意，以为女人间的钩心斗角翻不起什么大浪，没有守护好自己的女人，崇建帝觉得挫败无比。

两人许久没有这样子窝在一处说话，长桌上灯火摇曳，床幔飘飞，唐灼灼把玩着他腰上的玉环，低低地提了一句："秋猎已过了好几日，咱们何时回京？"

这围场，她是一日也不想待了。

她怕瞧见那牧戈，会忍不住一个错手将人掐死。

到时他们与蒙塔之间的战争，可真正是一触即发了。

"后日便出发。"

霍裘揉了揉小姑娘后颈上的一小团软肉，如是说。

唐灼灼颔首，被男人这样子搂在怀里，屋里又熏着安神的香，她倒是昏昏欲睡起来。

可就在这时，外面突然热闹起来，夜深人静本该是坠入睡梦的好时机，如今却是一阵胜过一阵的吵闹。

霍裘深深地皱眉，还未开口，张德胜就已在外面喘着气禀报，声音尖厉如同一道哨音划破黑暗："陛下，娘娘，蒙塔人的帐篷起火了！"

唐灼灼一下子就清醒了过来，她从男人怀中半支起身子，琉璃色的瞳孔在烛光下闪着滢滢的水光。

她忽然扯了霍裘的袖袍，道："皇上，是琉璃。"

昨日她去瞧琉璃时，后者就多次暗中试探她身子的事，皆被她笑着糊弄了过去。

如今不知从哪儿得了消息，可这事，真是她能做得出来的。

夜里雾气重，冷风幽幽，唐灼灼裹了一件厚实的披风才被允许着走了出来，她与霍裘一路都沉默着没有说话，隔着老远就瞧到了那连天的火光。

橘色的火光撕开了黑暗，漫天的烟雾浸入黑幕中，惊慌的人围了一层又一层，有睡意惺忪的大臣内眷，更多的却是愤怒的蒙塔贵族。

睡得正香的时候，却发生了这样的事，还好人机警，没被这飞来横祸夺走性命。

说是飞来横祸，其实明眼人一看便知，这是有人蓄意纵火，且来意十分明确，就是冲着可汗的帐篷去的。

唐灼灼与霍裘到的时候，火势已经被控制了下来，屋塔幕一身浓重的寒意，黑着脸见了霍裘与唐灼灼也只是十分淡漠地点了点头，可见其心中愤恨之意。

唐灼灼觉着好笑，他这是觉得这事是自己叫人所为？

霍裘高大挺括的身躯上前一步，将唐灼灼大半个身子遮在身后，挡住了刮过来的炙热浪潮与浓黑烟雾。

一声惊恐的尖叫从烟雾中穿透出来，浓雾与亮光中出现了几人的身影，是两名蒙塔守卫，扶着一个面目全非的女人。

唐灼灼瞳孔一缩，自然看得出来那个狼狈得不堪入目的女人就是牧戈，此时的后者全然没了往日的半点清秀可人模样，她的脸被利爪挠出了深深的痕迹，甚至可以见到里面白色的骨头。

那不是人能抓出的痕迹，反而更像是一种大型的野兽，唐灼灼看了一两眼之后，还是被那几个血洞给吓住了，她低头默了片刻，再抬眸时正巧撞上牧戈惊恐莫名的眼眸。

众人都退避几步，生怕那血沾到自己的身子。

牧戈前几日才被罚了四十板子，如今还没缓过气来，就又被毁了容貌，一时之间，只觉得比死了还要难过一些。

牧戈用尽全身力气，冲着屋塔幕竭力嘶吼，状若疯魔："是琉璃郡主做的！她让大虫来抓伤了我！"

说罢，她就昏死了过去，满衣服满脸的血。

这火看似烧得旺，却没有波及其余任何人，独独牧戈被毁了脸，细细一想，不少人都是脊背发凉，特别是那些蒙塔贵族，看着他们的眼神都明显带上了戒备之意。

"可汗，此事该彻查。"

人群中不乏出现这样义愤填膺的声音。

屋塔幕自从听到那句琉璃郡主，只觉得心像是被寒冬腊月的冷风吹过一般，不信也得信了。

那爪印，明显至极，旁人不知晓，他却是再清楚不过，那就是咕噜的爪痕。

虽然这回的事，只有牧戈受了伤，可他却记得清清楚楚，那火，正好是从他的帐子附近蔓延开来的。

到底发生了什么事，她竟恨他到了这样的地步？

甚至巴不得他去死？

唐灼灼望着像死人一样被拖走的牧戈，丝毫生不出半分同情来，甚至心底还觉得她这就是罪有应得。

莫说她冷血，就算没有今日这一遭，她也是断然不会放过这牧戈的。

她从来不是什么信男善女，不主动招惹别人便已算不错了，更何况如今是这牧戈一心寻死，以为小小的四十板子做做样子便可糊弄了她去？

往后都难有孕，为此，她日后甚至要把自己的夫君亲手推出去！

此仇不报，她是怎么也咽不下这口气的。

屋塔幕闭着眸子一言不发，直至火光全部熄灭，还是唐灼灼没了耐心，低眸仔细吹掉飘落在自己指甲上的黑灰，抿唇笑着道："可汗可要细细分辨真假，切莫伤及无辜啊。"

有人实在听不下去了，气得脸粗脖子红，大声道："皇后娘娘此言差矣，牧戈姑娘方才说的话我们大家都听到了，怎么就成了伤及无辜？"

唐灼灼杏目里光华涌动，滢光点点，她身边的男人剑目沉沉一瞥，那人就缩了回去。

"牧戈姑娘对琉璃郡主有多大的恨意你们自个心底不清楚吗？再说了，使唤大虫伤人？说出去也不怕人笑掉大牙？"

这回倒是没有什么人再出头说话了。

方才危及自身性命，难免有人冲动发声，如今仔细想想，那牧戈所说的话的确是漏洞百出，先前还不觉得有什么，如今唐灼灼一出声，倒也纷纷清醒过来。

就中原女子那样风一吹就倒的身形，也能驯服大虫这样的猛兽？

这牧戈是陷害琉璃郡主上瘾了不成？处处都要拉上她。

唐灼灼美目停留在屋塔幕的身上，意味不明地轻嘲，一字一句道："再说了，我们琉璃郡主被害得伤了腿，现在走路都要几人扶着，怎么就能纵火伤人了？"

屋塔幕面色已然铁青，别人不明白，他却是知道，琉璃就有这样的本事能驱动咕噜，唐灼灼这番话根本就是在嘲讽他。

就在两人眼神交汇的时候，张德胜带着一队禁卫军走了过来，敛眉低声禀报："皇上，禁卫军已抓获到纵火之人。"

霍裘一身黑衣，与无处不在的黑暗融为一体，此刻嘴角绽放出玩味的笑，挥手道："带上来。"

被带上来的却是一个女子，一个已然呆愣住的女子，唐灼灼对她尚有些印象，是在牧戈身边伺候的贴身丫鬟。

果然，此人一出现，屋塔幕的脸色就更黑了几分。

"可汗，救救奴婢，奴婢知错了，奴婢只是听姑娘的命令行事啊！"

这句话，像是成了压死骆驼的最后一根稻草，屋塔幕手掌握成了拳头，声音像是从牙缝里挤出来的一样："什么命令？"

那丫鬟四处瞥了瞥，不得不吞吞吐吐地说出了实话，鼻涕眼泪都糊在了脸上，被吓得不轻："姑娘说……说都是因为琉璃郡主，她才成了如今这副模样，还说要破釜沉舟，可姑娘只是嘴上说说，断没有真要纵火这一说啊。"

"只是入了夜，奴婢点着火把去照看姑娘，也为了驱驱寒，谁知那火把好好地放在那，竟起了好大的火，而奴婢恍恍惚惚地回过神来的时候，姑娘已经伤成那样倒在地上了！"

这一套说辞下来，当真是把琉璃摘得一干二净，反倒是牧戈心术不正又想害人，最后也得到了报应，听起来倒是极为完美的一个故事。

唐灼灼微微偏头，寒风袭来，吹得她耳边长发飘到背上，她伸出纤嫩的小指，趁着人不注意，轻轻地摩挲着男人温热的手掌，一下又一下的，像是羽毛挠过，痒到了心底。

霍裘随着她闹，面上仍是霜花寒冰的一片，斜长的剑眉一挑，便是十成的压迫感，他冷声问："闹到如今，可汗都不准备给琉璃郡主一个交代？"

屋塔幕眼底闪动着怒意，刚要说话，就看见琉璃被人扶着一瘸一拐地过来了，或许是走得久了，额上还挂着晶莹的汗珠，咬牙强撑的模样叫他再也说不出一个字来。

唐灼灼敛了面上漠然至极的笑意，上前几步将她扶起，却在这时候，感觉到她指尖冰一样的温度，顿时心里一沉。

可最叫她难受的却是朱琉的那双眸子，里面一丝光亮也没有，全是愧疚、亏欠与自责，叫她瞧着就压抑得喘不过气来。

唐灼灼抿唇，道："你腿受了伤就别来了，又没人会说你什么。"

朱琉唇色苍白，只是牵强地笑了笑，就一言不发地站到了她的身边，也不说话，低垂着头也不知道在想些什么。

就在她来后不久，已是清远侯的男人也执着伞到了，唐灼灼美眸泛出异彩，这人不管到哪，永远都是一副闲庭漫步的飘逸姿态，眼瞳漂亮得堪比新年夜帝都天空上的烟花。

"娇娇。"

霍裘伸手执了她柔若无骨的小指，语气危险又低沉，唐灼灼立时就回过神来，冲他讨好地笑。

朱琉一来，那些原来还振振有词的蒙塔贵族就有些挂不住脸面了，特别是瞧着她那行动不便的腿，一个个哑了声。

这看似只是一场闹剧，屋塔幕极其疲倦地敛了眸子，挥手叫众人都散了。

也不知是谁手上举着的火把光亮照在了几人的脸上，一时之间，也没有人出声。

屋塔幕的眼神从始至终都落在朱琉的身上，直到纪瀚撑着伞将她挡在身后时，才戾气十足地笑了："郡主真是好手段。"

唐灼灼眼眸里的冷意瞬间凝聚成了森森冰凌，恨不能将他钉死在这空寂的黑夜中。

这男人好生不要脸，口口声声说喜欢琉璃，那牧戈将琉璃伤成这样，如今她反击回去，倒成了好手段了？

与她恰恰相反的却是朱琉，她俏脸含着一缕淡笑，将脸颊上的发丝拢到肩后，道："比不上牧戈姑娘的心机，不愧是可汗亲自教出来的人。"

霍裘将一脸愤愤的小姑娘挡在身后，坚毅森寒的脸上似笑非笑，直面屋塔幕，道："可汗明知那女人犯的是何罪还要祖护着，这情谊当真可说得上是感天动地的。"

"朕且不管你们那些破事，但凡伤了皇后分毫，按我中原律法，株连九族也不为过。"

他眼底的黑色噬人，一时之间，屋塔幕竟有些不敢与这样的年轻君王直视。

唐灼灼被霍裘带回去时，夜色更深了几分，瑟瑟秋风吹黄了叶片，趁着无人，唐灼灼软了骨头一样地靠在男人肩头上，面若桃花，将一双湿漉漉的杏眸也笑成了一泓弯月泉。

霍裘无奈，捏了捏她粉嫩的指尖，问："可开心了？"

唐灼灼眯着眼睛点头，身子的重量全部压在了男人身上，瞧着像极了一只慵懒餍食的猫儿，特别是眸子半开半阖的时候，媚得能滴出水来。

谁也受不住这样的诱惑。

霍裘的呼吸悄然重了几分，俯身低头将小姑娘抱到椅子上，才吩咐全安将药端了上来。

黑浓的药汁混着屋里的香味，唐灼灼下意识地扭头皱眉，好容易端着药碗将里面的药一饮而尽，一张玉白的小脸顿时皱了起来。

冷风如丝如缕，吹得桌上的烛火明灭不定，唐灼灼将蜜饯含在嘴里，一侧的腮帮就鼓了起来，灯光下女人一张桃花面既娇且俏，更莫说还咕哝着挂在了男人的身上。

普天之下，也只有这么个女人敢在太岁头上动土，只是崇建帝从善如流，纵着这娇气包久了，如今觉得倒也习惯。

从霍裘的角度看，女人娇嫩的脸颊在烛火的照耀下纤毫毕现，他沉了眸子刚要说话，便见唐灼灼悄然红了脸，踮起脚在他下巴上轻轻抿了一下，蜻蜓点水一样的，一触即离。

霍裘的身子僵了片刻，而后骨节分明的食指摩挲着被她亲过的那片地方，眸光热烈得几乎能将唐灼灼烤化。

唐灼灼低垂着头，有些不敢看他，却又无法忽视这样的存在，只好讷讷地绞着手指，十足的羞怯模样，声音沉入外面的绵软细雨里，带上了万千种的柔意："皇上这样瞧着我做什么？"

小姑娘羞得厉害，就连臣妾也不称了。

霍衾的手指只能感受到下巴上的黑青胡茬，硬生生地扎手，可分明，她身上萦绕的香甜气息还在鼻尖。

男人目光墨一样的黑，勾了勾嘴角。

"娇娇还怕羞？"还有什么是她怕的？她是个什么胆子两人皆是心知肚明。

不过是一个甜笑，一段糯音，以及一个浅尝辄止的吻，便恨不得勾了他的三魂六魄。

唐灼灼纤细白嫩的手带着丝丝的凉意，抚在了男人的一侧脸颊上，指尖轻碾在方才她亲过的地方，眼中突然就带上了迷蒙的雾气，温声细语地问："皇上怎么总对臣妾这般好？"

方才那事，定是他给琉璃善了后。

这男人嘴上千般生硬万般淡漠，可心底却是极其口不对心的。

甚至在知晓她咽不下这口气的时候，一句话也没说，在她自个动手前就早早安排好了一切。

哪里还像是那个严苛到近乎不近人情的崇建帝？

分明就是无微不至体贴入微的儒雅公子。

最叫唐灼灼吃惊的却还是子嗣的事。若她只是一个寻常妃嫔也就罢了，宠就多宠一些，可她的身份摆在那，皇嗣何其重要？

特别是在他还尚未有一子一女的时候，焦虑与忧心似乎就成了一种压力，横亘在男人心头。

唐灼灼不是沉溺在男女之情中不可自拔的女人，重来一回，她瞧得十分明白。

当形势十分清晰地摆在自己跟前无从选择的时候，一味地自怨自艾只是徒增伤悲罢了，悲恸大哭过之后，女人似乎都会格外坚强一些。

她甚至都已做好了准备，霍裘会来与她说挑选妃嫔充纳后宫的事，她原本想得好好的，若是他提出来，她自是会点头的。

可没有，一句话也没有。

霍裘抿了抿嘴角，目光深邃得只叫人不敢直视，他倏尔低笑："娇娇不是日日里念叨着要朕多疼你一些？"

她既然天天地念着，他哪里还舍得不如了她的愿？

三日后，启程回京，君王仪仗摆开，沿途百姓一路叩拜，所到皆是一片安乐繁华，直至长安街城。

连着几日的奔波，唐灼灼回到长春宫的时候，方才疲惫地揉了揉眉心，指尖与脚趾冰凉，殿里烧上再多的炭火也驱不了那种缠绕在骨子里头的冷。

安夏心疼地替她揉肩，同时叫人端上了一碗热粥，温声细语道："娘娘且忍着些，咱们才一回来，皇上就宣了江神医进宫，只是今日天色已晚，明早就能替娘娘诊治了。"

唐灼灼放下了手，懒懒地搭在梨花木扶手上，微微阖了眸子，显得有些漫不经心地问："皇上下的命令？"

安夏想到这儿，面上才有了些笑意，点头道："可不是？皇上时时都牵挂着娘娘呢，这是好事儿。"

唐灼灼盯着妆奁台上的那串深色的玛瑙手钏，目光稍稍停滞了一会儿，片刻后才跟着缓缓地漾出一个笑来，垂眸道："就你嘴甜。"

用过晚膳之后，唐灼灼躺在内殿的软榻上，透过窗口，她能十分清楚地瞧见外面如水的月色，温柔而清晰地洒进前面的小花园里，簌簌的黄叶落在了地面上，却也能瞧见那提着灯疾步而来的嬷嬷。

唐灼灼认得那人，是在慈安宫伺候的。

她嘴角抿出一丝苦意，再抬眸的时候又是一派的云淡风轻，半支起身子，薄被轻移，将窈窕有致的身子勾画得淋漓尽致。

霍裘忙得很，刚一回宫就马不停蹄地去了晏清宫，堆积了近两月的事都等着他去处理。

冷风浸入夜色里，紫环走了进来，恭敬地道："娘娘，太后宫里来人了。"

唐灼灼褪下纤细手腕上戴着的木芯手钏，抬了眸子微微颔首，从软榻上起了身。

"唤进来吧。"

进来的嬷嬷笑得慈眉善目，请了个安后也不多扯什么，脸上的褶子一条条倒像是开了一朵花似的，她道："皇后娘娘，太后娘娘请您移步慈安宫一趟。"

唐灼灼微不可见地皱了皱眉头，但只是转瞬之间，就变了一副模样，笑着点头说了声"好"。

夜里寒凉，她在出内殿的那一刻就机灵灵打了个寒战，而后葱白的手指拢了拢身上的披风，在无人窥探的黑暗里抿了抿唇。

意料之中的事。

只是没想到来得这么快。

天黑已久，慈安宫却仍是灯火通明，大门敞开着，绕过曲曲折折的宫道，唐灼灼顿了顿，跟在那嬷嬷身后进了门。

慈安宫里十分安静，一只脚才踏入里面，一股热气就扑面而来，殿里地龙烧得极旺，将唐灼灼身上携带了一路的寒意也吹散几分。

殿中的人跪了一地，有娇俏的宫女迎上来，怯怯生生地给她行了个礼，声音甜糯得不像话，道："奴婢参见皇后娘娘，娘娘，太后在内殿等着您呢。"

唐灼灼的目光不偏不倚地落在这宫女的脸上，雪白中带着霞红，身段纤细又勾人，就连声音也是极媚的，这样的可人儿，就是她见了也要心软三分。

唐灼灼的眸色一瞬间十分幽深，只是面色仍是无波无澜的，甚至还微微勾了唇角，像是瞧不到一样朝着里面去了。

关氏坐在一张紫檀木椅上，像是为了特意等着她来，听到动静了，才强撑着抬起头来，冲唐灼灼笑了笑，招手道："娇娇快坐到姨母旁边来。"

殿里的熏香从淡淡的果子味换成了安神的檀香，关氏瞧着显得憔悴不少，唐灼灼福了福身便笑着坐到了关氏旁边的位置上。

方才那个小宫女目不斜视，甜笑着站在了关氏的身边，瞧着样子，甚至取代了先前那个老嬷嬷的位置。

唐灼灼捧着手中的青花色茶盏，借着在眼前升腾而起的雾气，迅速敛掉眸子里的所有情绪，笑得无知无觉，眼里润得能滴出水来一样。

关氏看得心尖一痛，将手中的茶盏轻轻一磕，清脆的响声便格外清晰些。

唐灼灼抬了眸子，便听关氏笑得一如既往的和善，声音再是和煦不过："娇娇可用过膳了？"

"回姨母，已在宫里用过膳了。"

关氏瞧着眼前鲜花一样娇嫩，恨不得一掐就受伤的女子，眼底盛满了疼惜与无奈，再开口时，就带上了几缕显而易见的疲惫。

"娇娇心思透彻玲珑，姨母今日也不与你绕弯子了。"

关氏拉起唐灼灼纤细白嫩的手，微微叹了一口气，眼角的皱纹就浮现了出来。

"早先几日，皇帝到哀家这来过。"

唐灼灼心下一凛。

"先前的事，咱们就不提了，只是哀家这几日思来想去，晚上也没睡个安稳的好觉，觉着有些掏心窝子的话，想与娇娇说说。"

唐灼灼长而卷的睫毛垂下，在眼底投下一小片阴影，侧脸柔和，十足的乖顺模样，只是心底到底有些东西，悄然冷却，继而一片寒凉。

"你与皇帝情投意合，又有东宫相扶持的经历，皇帝到底疼爱你一些，这是一件好事儿，哀家巴不得你俩长久走下去，可……可这偌大的后宫里到底是皇嗣要紧些。"

关氏话说得有些艰难，看着唐灼灼逐渐白下来的神色，几次都险些说不下去。

她自个懂那种滋味。

她空坐后位十几年，眼睁睁瞧着这后宫进了一个又一个美人，得宠又失宠，失宠又复宠，周而复始，她看得都腻了。

所以才更明白那样的心酸，坐在九五之尊位置上的，是她的夫君，她却不能纵着自己像别的妃嫔一样，在他怀中调笑作乐。

她身上背负了太多的东西，琼元帝也是一样，他们两人，注定就该这样，永远朝着自己的那根直线走下去，至死也不相交。

可也正是因为这样，关氏心底的滋味才微妙，姐姐就留下霍裘这么一个血脉，如今又站在万人之上的位置，若是长久无子嗣，江山社稷都会有所动摇。

更何况，淮南还有一个霍启虎视眈眈。

关氏一想到这些，便头疼得不得了，思来想去许久，才做了这样的决定。

唐灼灼面色十分平静，平静到出乎了关氏的意料，那样一双勾人又无辜的眸子望过来，关氏心里更不好受。

可再不好受，她也还是要继续说。

"母后说得是。"

唐灼灼偏头，望着殿中的小金炉，在灯光烛火下泛起细密的光泽，不由得微微眯了眯眼睛。

除了这句话，唐灼灼一时之间竟不知道还能说些什么。

关氏就连人都给霍衷备好了，而且不是世家贵女，只是一个身份低微的宫女，也是为了日后自己好拿捏得住。

这份用心，她还能多说什么？

关氏说完这席话之后，细细瞧了唐灼灼的眼神，却并没有看到想象中的愤懑、不满与气恼，有的只是平和与波澜不惊。

这唐家的丫头跟在霍衷身边久了，竟也染上一星半点的凛然气势来。

关氏眼睛下面的乌青遮也遮不住，她勾了勾唇，低叹一声，而后道："哀家这新选了一个小宫女，来伺候一把老骨头着实是可惜了，哀家便想着派去皇帝身边，不知皇后意下如何？"

她最后一个字落地，整个内殿死一般的寂静。

这话的意思再是明显不过了，只怕去了之后，这宫女的身份便要发生翻天覆地的变化了。

唐灼灼青葱一样的指尖搭在茶盏上，混着青色的花纹，深深浅浅的颜色好看极了，她顺着关氏的目光望过去，假意细细观察片刻，而后抿了抿唇。

"瞧着姿色倒不错，不知唤何名？"

关氏心下松了一口气。

那宫女几步走到她跟前，深深地跪了下去，恭敬地道："回娘娘话，奴婢有幸得太后娘娘赐名，唤时七。"

唐灼灼手里转动了一圈，又将杯盏放下，才偏头与关氏道："母后果真是好眼光，这姑娘不错，水灵可人得很，儿臣瞧着也要心动了。"

关氏笑着点了点头，不是没有注意到唐灼灼称呼上的变化，她心里到底有些不舒服，于是起身道："皇后觉得好就好。"

"皇帝现在还在晏清宫处理政事？"

唐灼灼点了点头。

"瞧着天色，应是不早了。时七，你去晏清宫伺候着，顺带着给哀家与皇后带一句话，叫皇帝注意着身子。"

唐灼灼蓦然抬眸，没承想关氏竟这样心急。

她上一句才允了下来，下一刻就这样被定下乾坤。

时七烂漫娇俏的小脸上顿时漫出一层显而易见的喜意，唐灼灼一个不留神瞧见了，只觉得心尖上像是扎了针一样地难受。

胸口处的阵痛缓了好一会儿，唐灼灼手指尖都忍得发白，才堪堪觉着自己好过一些，好歹能分辨出眼前的场景与形势。

嫩绿的宫装消失在她的余光中，唐灼灼垂下眸子，低头望着自己绣着牡丹花纹的鞋底绣面，竭力忍下心底的那股陡然升起来险些叫她红了眼眶的酸涩。

这不怪关氏的。

她心里再清楚不过，事关皇嗣，她无所出，那么自然有的是人想取而代之。

关氏给足了她皇后的脸面，也没有说什么重话，就连人都先给她挑了一个。

还有什么可说的？

关氏估摸着时间，也是长途跋涉接连好几日没有歇息好，面上的疲惫不言而喻，但到底有所顾虑，淡淡地吩咐人摆好了棋局，这才拉着唐灼灼的手道："许久没有与人对弈，哀家今日倒有些心痒。"

唐灼灼眨了眨眼睛，微低着头道："儿臣陪母后下几局。"

关氏不过是怕她出了这慈安宫将人半路截和了去，她又怎会不知晓呢？

唐灼灼紧紧抿着唇，几次都出了错，就连关氏见了，也只得叹了叹气，又瞧了瞧外面的天色，道："你快回去吧，好好养着身子，有空就多来我这慈安宫走走坐坐，咱们两个，也好好说会儿话。"

唐灼灼敛目，起身告退。

慈安宫与长春宫离着并不算远，外面寒风凛冽，吹在脸上如同刀子挂在了骨头上一样，唐灼灼手里抱着个汤婆子，却几次腿软得几乎走不动路。

她亲自把霍裳推向了别的女人。

长夜如鬼，形影不离，安夏搀扶着她，面色凝重，劝慰道："娘娘，咱们忍着些。"

这后宫佳人添了又添，除了忍着，好似也没有别的法子了，她到底心疼自家主子，接着道："皇上心里是有娘娘的。"

借着前面宫女手中摇晃着的灯笼，唐灼灼抬眸，黑水银一样的眸子泛着凉气，直直地望向前面那一座大殿的暗黑屋檐，那是晏清宫。

唐灼灼的手指微微动了动，又倏尔紧紧地抿了抿唇，加紧了步子。

回到了长春宫，熟悉的果香味儿渐渐散开，缭绕在她的鼻尖，唐灼灼疲惫地阖上了眼睛，梳洗过后便睡下了，她只觉得全身的骨头都像是散了架一样，拼凑不起一个完整的身躯来。

寒冷，深入骨髓的冷。

紫环进来给香炉添香料，她轻手轻脚地准备掀了珠帘去外面守着，却不料唐灼灼突然出声，声声清冷："若明日皇上未曾下旨，便将那宫女提为贵人。"

　　紫环有片刻的愣怔，而后轻轻道了声"是"。

　　只有唐灼灼知道，这话到了她的嘴里，用了怎样的力气才一个字一个字清楚地说出来。

　　艰难至极。

　　她睡得十分不安稳，隐隐约约只觉得眼角有些湿，身子又倦懒得很，动都懒得动一下。

　　唐灼灼一向没心没肺惯了，如今却真觉得锥心的痛，却第一次无可奈何。

　　能怎么办呢？

　　霍裘他那样宠着纵着她，她哪里就真忍心瞧着他一辈子无所出？

　　晏清宫里，霍裘明黄色的龙袍沾上了温热的茶水，茶盏磕在地面上碎成了许多片，时七手足无措地跪在地面上，一边拿眼睛悄悄去瞅俊美无俦的冷漠君王，一边低着头红了脸。

　　霍裘的胸膛一阵起伏，眼瞳了像是打翻了墨砚那般幽深的黑，翻滚着簌簌风雪，叫张德胜抖了抖身子。

　　"谁叫你来的？"

　　他陡然眯了眸子，修长的手指碾在桌案上，指甲上涌出愤怒的青红之色。

　　时七吓得不轻，但仍是磕磕巴巴地道："回……回皇上，是太后与皇后娘娘叫奴婢来伺候皇上的。"

　　一瞬间，霍裘的面色就比外面的夜色还要黑，他怒极反笑，盯着跪在地上的宫女，勾了勾嘴角轻嘲道："真是大度。"

亲自将女人送来晏清宫，倒的确算得上是尽职合格的皇后了。

时七见他突然没了声音，抬起头一看，咬了咬牙，大着胆子起了身，娇娇怯怯地贴了上去，自是一番不胜娇楚的意态。

女人的身子绵软，带着脂粉的香气，下一刻却已然瘫倒在了地上，男人面带深浓的戾气，冷声道："将人送回慈安宫。"

张德胜忙不迭叫人进来将人拖了出去。

霍裘越想越烦躁，最后还是紧了紧手心，碎了一个前朝的古董之后，踩着满地的碎片出了晏清宫。

张德胜跟在后面小跑了几步，喘着气道："皇上，您的衣服……"

还沾着水呢。

男人置若罔闻，一个冷眼过来，跟在后面的人一个个噤若寒蝉，没人敢再劝什么。

十二月初的夜里，冷得不像话，月光惨淡，倾洒在霍裘的身上，总算敛去了男人眉心间一星半点的戾气。

帝王的仪仗到了长春宫的宫门口，霍裘兀自大踏步走进去，沿途伺候的人跪了一地，每走一步，男人的面色就更冷一分，等到了唐灼灼的床榻前，已然凝结成了怎么也化不开的寒冰。

柔和的明珠散发出幽光，床幔一层又一层垂下，安夏刚要唤醒唐灼灼，便被霍裘摆手挥退了下去。

殿里比晏清宫还要暖和一些，小女人怕冷得很，香炉里袅袅的熏香飘散到半空中，又悄然散开，熟悉的香味闻着竟显得有些陌生起来。

霍裘负手而立，居高临下地望着浅睡中的人，发梢眉间都蕴含着寒凉的冰碴子。

闭目一想起方才那宫女妍丽的面容和含春的妙目，男人便觉得荒谬至极，分明几月前还因为他去了一趟钟玉溪的宫里而闹腾得很的女人，如今大度到亲自将别的女人送上龙塌。

这叫他心里翻涌得不是滋味，甚至忍不住想，是不是在这场腻人的情潮里，自始至终沉溺进去的都只有他一人而已，这女人在岸上笑得风轻云淡，抽身得彻底。

直到他将女人推醒，瞧见她眼角蜿蜒闪着细碎光亮的泪痕，才觉得心头一颤。

竟是在梦中也哭了吗？

唐灼灼迷迷糊糊中被推醒，还未完全睁开眼睛，只瞧见了男人舒逸清隽的面容，声音还带着浓浓的睡意，下意识地伸出两条玉藕一样的胳膊，困意绵绵："皇上，抱着。"

娇气包眼睛都才只睁开一条缝，一泓弯月牙的清水一样，勾得人心头痒痒，更别说那绵软娇糯的声音，像是情人间再正常不过的撒娇。

霍裘一口气顿时不上不下，眸光深邃得不像话。

唐灼灼这时才倏地回过神来，她揉了揉眼睛，眼尖地瞧见了男人腰间一大片濡湿，闻着茶水的味道，不动声色地敛了眸子，像是之前的娇音糯语只是一场梦境。

她皱了皱眉头，压下心底的情愫，道："皇上怎么也不换身衣服，这上面怎么还沾上了茶水？"

她越是表现得若无其事，男人心底的火就烧得越旺。

张德胜目不斜视，将干净的衣裳捧了上来，唐灼灼强忍着睡意，掀了被子下床，一边细声细气地道："这样晚了，皇上怎么还未就寝？"

"臣妾替皇上换一身衣裳。"

说罢，唐灼灼便走近了霍裘，香软的娇躯带着温热的体温，最要命的却是缭绕在鼻尖久久不散的淡淡奶香味，入目皆是风情，勾魂又勾命。

霍裘眼底的猩红蓦地就深重了些，男人连着几日的疲累，眼睛也没怎么合过，临到头来还受了这遭气。

唐灼灼手指微凉，才碰到他的袖口，就被男人大力地扼住了雪白的手腕，那上面一圈的皮肤肉眼可见地泛了红。

男人身上凛冽的龙涎香逼人得很，叫她一退再退避无可避，唐灼灼被迫对上他的视线，这一看，便是一惊，身子也跟着一僵。

霍裘只觉得自己的隐忍已至极限，他手背上突出几根惹眼的青筋，隐隐可以听到皮肉下血液流动的声响，声音更是一哑再哑，语气危险至极："娇娇不问问朕在晏清宫做了什么？"

这女人如此灵敏的嗅觉，他身上尚留着那宫女身上的胭脂水粉味，她分明已经闻到，怎么还能够如此无动于衷？

唐灼灼吃痛，贝齿轻轻地磕在了下唇上，却是真真正正的唇红齿白，她敛了眉目，低着头不说话。

霍裘的眸色越来越冷，怒极而笑，将张德胜捧在手里的衣服拂到地上，衣扣与地面发出沁人的声响，惊扰了一室的死寂。

唐灼灼身子微微抖了抖，睫毛颤巍巍地扇了几下。

这是她重来一次后第一回见霍裘发这样大的火，往日的别扭与争执都成了小打小闹，而这次却格外不一样些。

"皇上……"她的声音沁了蜜一样，说出的话却叫霍裘觉得心都凉了半截。

"臣妾无事的。"

从霍裘的角度望过去，嫩生生的小姑娘瓷白玉一样的脸上覆下一片阴影，瞧不清表情，他的血液却一瞬间变成了冰，甚至连呼吸都有些不稳。

到底是真的慷慨大度，还是压根就不在乎？

唐灼灼心头发涩，满腔的话却不知道如何开口，最后说出的话连自己也欺瞒不了。

　　"唐灼灼，方才那宫女替朕揉了眉心，还将身子尽数贴在了朕身上。"霍裘一步一步逼近，眸子寒凉得瞧不出一丝温度，字却是说得极慢，每一个字每一个音节中都混了十足的戾气。

　　他身上的淡香扰人心神，唐灼灼恍惚片刻，才勉强扯了扯唇角。

　　无须他说，自打那宫女出了慈安宫的门，她就能猜到后头所要发生的事。

　　唯一算漏的却是这男人会在这时候来长春宫，且还是如此怒气冲冲的模样。

　　男人等着她回话，她却只是轻轻地咬着下唇，一副再委屈不过的神色。

　　霍裘心头的火像是遇到了热油，烧得他浑身每一处都在叫嚣着释放出寒意，他手指修长骨节分明，强硬地捏住她白雪一样细腻的下巴，凑到她耳边，声音轻得不能再轻："娇娇，你将人亲自送到了朕的床榻上。"

　　不知怎的，唐灼灼听了这一句话，鼻尖突然涌上了一股酸意，她别过头，不愿叫他见到自己这副出尔反尔的模样。

　　她不开心，不开心极了！

　　她又哪里愿意这样呢？

　　霍裘见她只是轻微地皱眉，面上甚至连一分波动也没有，顿时觉得有些心灰意懒，他低低地笑了一声，而后放开了她尖细的下巴，转而懒懒地抚上了她再精致不过的眉眼，感受到小姑娘微微的战栗，又觉得十分不是滋味。

　　"娇娇，朕次次都如你心意，这回，你想要朕再听你的吗？"男人不过剑眉微挑，却将唐灼灼骨子里的慌乱与无措全都逼了出来。

小女人木然地站着，并不说话，眼尾染着微红的颜色，瞧着可怜得很。

霍裘离了她身侧，一脚将那雕着精致花纹的躺椅踢得散架，木屑横飞，他最后深深地瞧了唐灼灼一眼，女人还是紧抿着唇的模样，可那泪珠子，还是顺着脸颊流了下来。

他心底翻涌着戾气与暴怒，声音冷得如同雪山巅峰的寒风："朕尚是太子之时，便求了先帝赐婚，不欲委屈你半分。"

"高头大马，十里红妆，不是叫你今日亲自将人推上朕的床榻！"

说罢，霍裘便头也不回地出了长春宫。

唐灼灼想走到床榻上坐着，可身子却不听使唤，脚软得不像话，满地散乱着他的衣服与那木屑，除此之外，便只剩下外面呼号的北风发出些声音了。

若是再不走，他怕自己受不住她的眼泪，继而答应她任何事。

紫环与安夏放心不下，在外面轻声问："娘娘，可要奴婢进来收拾收拾？"

那样巨大的声响，她们都听到了。

唐灼灼轻轻摇头，道："无妨，本宫乏了，明日再说吧。"

这话一落，外面也彻底没了声响。

唐灼灼紧紧抿唇，面色是纸一样的白，她缓缓地弯下了身子，将男人拂在地上混在木块里的华服拾起来，最后揉了揉眼角，终于忍无可忍，红了眼眶。

她巴不得在方才就缠上去，如往日那样，扯着他的衣袖告诉他，她并不喜欢他碰别的女人。

怎么可能欢喜得起来？

一夜清寂，霍裘也再没有回来。

第二日晨曦撕裂黑暗露出第一缕光亮的时候，唐灼灼就睁开了眼睛，脑子里一片混沌。

　　今日天气尚好，罕见地出了太阳，暖暖的光撒下来，将冬日里的冷冽也逼退了几分。

　　唐灼灼用干竹枝拨动着盅里的花末细盐，神色略显慵懒，眼睛下面的那一团乌青就是脂粉也遮不住，唐灼灼瞧着铜镜里的人儿，半晌瘪了瘪嘴，道："遮不住就别遮了，索性今日也不去什么地方。"

　　她青葱一样的手指抚着一个水润的镯子，美目里尽是一股灰败的心灰意懒，还是安夏提醒道："娘娘，您忘了？等会儿江神医要入宫给您诊治的。"

　　经她这么一说，唐灼灼才勾了勾嘴角，抿唇道："还有这事？本宫倒是忘得一干二净了。"

　　待用了早膳，唐灼灼便斜卧在软榻上看书，她的手指在书页上轻轻划过，眼前就恍惚起来，这还是她才回来那会儿去西阁楼里取下来的，与那男人说好瞧完了就放回去，可直到现在，她还未看完。

　　心口处忽然就像是被塞了一团棉絮，不痛，但堵得难受，本来好不容易才说服了自己的事，临到头她却败在每一个细节里。

　　她再没有心思看书，将手里的书卷轻轻扣在小几上，疲惫地揉了揉眉心泛疼处。

　　这一件一件的事接踵而来，叫她头疼不已。

　　安夏掀了珠帘进来，低着头急声禀报，道："娘娘，江神医来了。"

　　唐灼灼潋滟的美眸光华一闪而过，刚要说话，又听安夏道："听人说，陛下也从晏清宫来了。"

　　唐灼灼面上的笑意尽失，她的手指微微动了动，而后眯着眼睛道："将人请进来。"

安夏颔首，恭敬地退了下去。

唐灼灼许久没见到江涧西，这会乍一瞧他肃整神色，俊逸自如的模样，第一反应竟是觉得分外陌生。

也就是在这时，张德胜尖细的声音传到了每一个人的耳朵里："皇上驾到！"

唐灼灼理了理袖口处的褶皱，冲着大步流星进来面色不虞的男人盈盈下拜。

江涧西的神色没有变幻一下，只是若有所思地盯着唐灼灼的面色瞧了半晌，泰然自若。

"给皇后瞧瞧。"

霍裘面色阴沉，从始至终没有看唐灼灼一眼，只是余光仍是不受控制地随着那一团娇嫩的身子移动，十足的口不对心模样。

江涧西笑着应了声"是"，隔着雪白的帕子，将手指搭在了唐灼灼那如凝脂一般的手腕上，随着时间的推移，面上的笑意一寸一寸地淡了下去。

霍裘已察觉到不妥，负在身后的手指动了动，手背上冒出了几根分明的青筋，心里紧紧绷着的那根弦又被狠狠地拨动了几下。

江涧西拿了帕子起身，在抬眸的时候却不期然对上了一双清冷至极的秋水眸，含着淡淡的警告意味，他撇了撇嘴。

小姑娘这性格倒是一丝一毫也没变。

叫人气得牙痒痒。

霍裘转动了几圈手里的佛珠，眸子温度冰寒，打破了这略显诡异的气氛，问："怎样？"

唐灼灼的睫毛颤动几下，手指微微动了动。

江涧西的声音再是清润不过，却叫唐灼灼白了半张小脸，他站在霍裘身边，不卑不亢，一个不怒而威，一个温和清润。

"皇上，草民能否与皇上单独说两句？"

这话一经说出，唐灼灼便生生咬碎了一口银牙，她根本不知道江涧西想与霍裘说些什么，可冥冥之中，又能感知到一些什么，那绝不是她希望霍裘听到的。

"当着我的面，不能说吗？"

唐灼灼勉强挤出几缕笑意，好叫那话说出来的时候更自然一些。

可江涧西与霍裘都是何等人物，她那样细微的表情与动作，一丝一毫也瞒不过去。

霍裘终于淡淡地扫了她一眼，道："可。"

一锤定音。

这一聊，便是两炷香的时间。

外面小庭院里的花枝上听着两只体型小巧的鸟，偏着头叽叽地叫唤，平白为这风雨瑟瑟的冬日添了几抹活气。

唐灼灼玉手托腮，皱着眉头漫不经心地拿了手上的镯子敲核桃吃，那水头极好的玉哪里经得起这样的折腾，不过几下，便裂了两条缝，眼看着是毁了。

安夏与紫环对视一眼，也没了法子。

长春宫的偏殿里，霍裘大刀阔斧地坐在长椅上，明黄色的宽大袖袍拂过桌案一角，晃得人有些眼花，他长指微敲，剑眉一挑，好整以暇地问："皇后身子到底如何？"

竟连她自己也要瞒着？

江涧西嘴角蕴含着温润的笑意，笑意却只溢于表皮，不达眼底，反问道："皇上不是早便宣宫中的御医瞧过了？"

该是什么个结果，心底自然门清。

霍裘终于缓缓地敛了神色，片刻后哑了声音问："真的没有办法了吗？"

江涧西自顾自地寻了一把软凳坐下，神色泰然自若，听了这话，眸中的黑光一闪而过，他似乎是对这话来了兴趣，就连唇畔也染了几分玩味的笑意。

"今日这般局面，唐家丫头心里再清楚不过了，我三年前便与她说了个明白。"

江涧西越说语气越轻快，又轻抿了一口茶水，抬了眸子："办法自然是有的，我江涧西一生就这么两个徒弟，自然是处处都考虑妥帖了的。"

霍裘紧紧皱着的眉头终于松了松，积在心底已久的郁气消散了不少，连带着眉梢处也少了几分凌厉。

他缓缓地站起身来，声音如积雪消融："只要先生肯出手，加官晋爵，真金白银，但凡朕能做到，定不吝啬。"

江涧西浅笑着摇头，面上表情深意十足，他也跟着站起了身，端的是清润舒隽的公子样，他微微侧目，道："皇上可知那丫头为何不想你我单独谈话？"

说起这个，霍裘的食指动了动，原本就暗沉的瞳色更加深不见底。

他自然注意到那女人状态不对，必是对他有所隐瞒，而这等隐瞒，她并不想叫自己知晓。

"为何？"

江涧西瞧了手里捧着的茶盏许久，指腹摩挲在细腻的花纹上，片刻后，像是想到什么好笑的事，忽而勾了勾唇，将茶盏放下。

"皇上有所不知，我当年倾了全力给那丫头续命，后来她离开寺庙之际曾给过她三颗丹丸，可保她身子康健，一颗我亲眼瞧着服下，另外两颗，我则叫她在十九岁生辰左右服下。"

这席话不疾不徐，却叫霍裘的眼皮接连跳了几下，男人半边的身子都笼在寒冰的黑暗中，面上的表情叫人不寒而栗。

　　江涧西敛了面上的玩味，重又坐在了凳子上，慢条斯理地道："在先帝的床前，我第一次见到陛下的时候，就闻到了那丹丸的药香，那时候，想必您才服下那丹药不久。"

　　他说着说着，竟慢慢叹了一口气，摊了摊手，接着道："这回惊马事件不过只是个诱因，当初我嘱咐那丫头的话，她是一个字也听不进去。"

　　偏殿十分安静，安静到霍裘甚至能听到自己血液中的惊跳声，一声大过一声，等他终于能控制着张嘴说话的时候，他才嘶哑出声，艰难地开口问："她将自己续命的丹丸给了朕。"

　　那个她划伤了脸的夜里，他瘟疫才将稍退之际，她确是将一颗丹药送到了自己嘴里，可那竟是她保命的药吗？江涧西抚着茶盏，眼底氤氲着袅袅的薄雾，咧嘴笑道："也不是什么大事儿，我千叮咛万嘱咐的，她早便知晓这丹丸的药效，更知晓对她来说，这药意味着什么。"

　　霍裘嗓子干哑得如同要冒烟一样，手中拿着的佛珠手钏也掉落在地上，滚落了一地的珠子，片刻后，他才抬眸，问："先生可还能炼制出来需要什么药材，尽管提便是了。"

　　江涧西摇头，但笑不语。

　　"当年，为了制这一炉药，我与叶丫头深入迷雾深处，九死一生，这才有了潇潇。"

　　"这世间，再没有第九颗药丸了。"

　　霍裘猛地阖了眸子，一瞬间竟觉得人都站立不稳，直到扶着桌案一角，才堪堪稳住了身形，他哑声问："她将药给了朕，自身会有什么后果？"

男人话语里迸发出的苦痛与艰难，如同一柄利箭，划过江涧西的眼底，带起几丝惊讶。

最是无情帝王家，竟也会在意一个女人的生死。他忍不住喷了喷嘴，补充道："陛下就不问问，这药对您有什么好处吗？"

他当初为了那一小炉子的药，可谓是历经九死一生，甚至最后失了控中了计，毁了徒弟的清白，甚至还因此多出了一个女儿，背上了一生洗不去的罪孽污点。

这药，自然效果不凡。

他状似漫不经心地敲着长凳的扶手，一边拿眼睛仔细去瞧男人的神色，一边慢条斯理地道："陛下应当已感受到了其中好处，内息畅通，从前旧伤逐一恢复，往后，更是益处多多。"

霍裘的眸色随着他的话语，一深再深，手背上接连暴出几根狰狞的青筋。

自己身子的变化，他自然感受得出来。

可只要一想起，那女人付出了怎样的代价，就觉得心中惊痛。

她怎么可以一声不吭，浑然无事一般，将他完美地蒙在了鼓里，甚至还天真地以为，她不能生育是因为摔伤了身子。

一瞬间，霍裘陡然想起了很多细枝末节，回忆像涌动不休的潮水一般，席卷覆盖，许多他之前浑不在意的小事，如今就像是一柄小锤子，一下一下锤在他的骨子里，生痛不止。

江涧西像是没有瞧见他蓦地暗沉下去的眸子一样，意味深长地道："至于唐家丫头，陛下也不必愧疚，我当初与她说得那样明白，她还是这样做了，这便是她的选择。"

"陛下该有所知，唐家丫头底子虚是从娘胎里就有的，命数由天定，而我当年行径，已算逆天改命。"

言下之意，便是他也没有丝毫的办法。

为了那一炉药，他甚至平白玷污了自己的徒弟，毁了一世英名，这也算是一种报应吧。

他们这等人，最怕的就是天降惩罚，噩耗缠身。

霍裘眼底掀起骇人的风暴，最后还是重复着问了一次："她会有何后果？"

话说到现在，他早便不在意能不能有子嗣的问题了，一种由心而发的恐慌叫他忍不住紧了紧身侧垂落的手掌。

拼尽全力想抓住什么，却什么也抓不住。

无力，深入骨髓的无力。

江涧西从椅子上站起了身，第一次直面着神色阴鸷的君王，悠闲自若地挑眉："皇上也无须太过担忧，虽然她给了你一粒，可自个也服下了两粒，就现下而言，倒是没有什么问题。"

"日后也不过是无子嗣，寿元稍减罢了。"

江涧西琥珀色的眼里划过一丝淡淡的疼惜，而后抿了抿唇，率先出了偏殿。

而此时在正殿等得有些心焦的唐灼灼，见了江涧西，不由得寒了一张脸站起了身子。

而跟着他一起进去偏殿的霍裘，却并没有跟出来。

唐灼灼顿时压低了声音问："你与皇上说了什么？"

江涧西复杂地望着她，偏过头去再淡然不过地开口调侃，声音清润得如同江南地方的细雨，他道："丫头，好歹我也几次救了你的命，怎么每回见我，都是这般防备的姿态？"

"一日为师终身为父，这话可是你说的。"

唐灼灼黛眉轻蹙，又想起那个梦来，听着细碎无声的脚步，冲着江涧西极细极低地开口："我不管你来京都是做什么，趁着现在无人察觉，赶紧走，事情若是闹大了，谁也保不住你。"

正是因为念着他救命的情分，她才怕他蹚入浑水中来，到时候抽身不易，真要沦落到梦中那样的情形，她心里更不好受。

虽然嘴上总不承认那声师父，可心里到底也是带了几分尊敬与感激的。

江涧西别有深意地瞧了她几眼，最后从袖袍里极不情愿地丢出来一个玉白的瓷瓶，乘着霍裘还没有进殿门，也压低了声音："不该逞的强就别去逞，本身就是半吊子水平，还过得这样惨，说出去都没人相信你是我徒弟。"

"嫁了人还一意孤行的，做了什么事更是一声也不吭的，有本事也别躲在人后哭，难不成还要师父我教你争宠？"

"药散兑水，好好养着，两年之内，不宜有孕，你这回再不听我的，便是我也没法子了。"

"我回去再想想办法，你的身子近些年倒是还撑得住。"

就怕十年八年之后，身子彻底亏空，药石无医。

唐灼灼眼皮子一跳，手里的玉瓶就已然掩在衣袖底下，极低地道了一声谢。

江涧西从嘴里冷冷地哼了一声，又朝着走进来的霍裘躬身行了一个礼，便头也不回地出了这长春宫，一身清风，端的是再潇洒不过。

唐灼灼因着他最后那两句话，心尖都颤了颤，她一双杏瞳美目都泛着深郁的惊喜之意，突然觉得那瓶药散出奇的灼热，烫得她浑身的血液都静止片刻。

江涧西原来还真有办法。

她这些日子悬着的心悄悄地落下了。

霍裘大步走进来的时候，一眼就瞧见了那个眸中泛着异彩闪着水光的小姑娘，娇娇怯怯的模样，站在碰撞得叮当作响的珠帘背后，半边的小脸都泛着生动的光亮。

他只觉得心头蓦地一软，三步并作两步地走到她跟前，才想开口说些什么，才发觉声音已然哑了。

唐灼灼觉得男人面色不对劲，小心翼翼地试探，伸了两根白嫩的手指在他眼前晃："皇上，他方才都说了什么？"

霍裘的目光像是含了冰，又似乎是燃起了一团火焰，还没等唐灼灼深究其中意义，她就被男人一把死死地摁在了怀里。

"娇娇……"

唐灼灼伸手抚了抚他瘦削的肩膀，迟疑着轻声道："皇上，臣妾在的。"

外面的风微微扬荡，刮起的冷风到了殿里，就全然成了暖意浓浓。

男人高大清隽的身子绷得有些紧，片刻后才松了双臂，也是这时候，唐灼灼才瞧到男人剑眉星目之下的那一抹微红。

真可怕，算上梦中的，她竟第二次见崇建帝红了眼睛。

唐灼灼一双柔荑紧了紧，而后轻颤着抚上男人的眉间，想将那褶皱抚平，可才触上去，就被霍裘握在了手里。

两手交叠，严丝合缝，契合无比。

霍裘眉目深深，问出来的每个字都似乎耗尽了毕生气力，又觉得嘴里翻搅的都成了血沫，他一只手扣着女人雪白的下颚，一只手又与她紧紧相握，这样近乎怪异的姿势，却恰恰合了他此刻的心情。

"为何不告诉朕？"

唐灼灼足足愣了片刻，才知道他所说是何事。

殿里地龙烧得旺，她的肌肤白中润了红，瞧起来是再健康不过的模样，一双妙目笼着两汪春水，依旧是那副处处生情、没心没肺的模样。

霍裘不由得深深皱眉，重复着问了一句："为何什么都不与朕说？"

唐灼灼这回听得仔细，慢慢地低了头，瞧着鞋上栩栩如生的绣面，片刻后才抬起头来，直直望进男人略显戾气的眼眸里，软着嗓子道："臣妾自个愿意的。"

"皇上总说臣妾是心尖上的娇娇，可实则，臣妾也将皇上放在了心尖上。"

哪有什么那么多的原因？

左不过是她愿意罢了。

轻飘飘的一句话，落在崇建帝的耳朵里，便觉得如泰山一样的重，重到每呼吸一口气，便觉出几丝惊痛来。

"那日夜里，你给我喂的，便是江涧西留给你保命的东西？"

唐灼灼踱步到男人身边，一双眸子如秋水剪影，轻轻颔首之后便扯了他的衣袖，昂着一张小脸笑。

霍裘低垂眸子去望她，再出口时声音里罕见地带上了一丝脆弱，像是沙砾与外面的青石砖摩擦在一起，既嘶哑又低沉，道："朕不需要你这样顾着。"

想起江涧西话中的意思，男人的面色都狰狞了几分。

他略带薄茧的手指抚过唐灼灼细嫩的脸颊，动作轻柔得不像话，可偏偏每一个字都用了十分的气力。

唐灼灼知晓这男人的心性，一时之间，倒是无比乖觉，小脸主动贴在男人温热的大掌上，小兽一样地轻蹭。

她便是不说话，那双眸子也足以叫人心底怒气顿消，霍裘便用手遮了这双眼睛。

"娇娇，朕将你看得比任何人都宝贵。"

包括他自己。

若是早知那颗丹药里藏着那样多的玄机，当初他情愿元气大伤，调理一两年缓过来，也断断不愿叫她付出这样大的代价。

　　唐灼灼被蒙了眼睛，瞧不见他的表情，可单凭着声音，她也能察觉出男人波动不止的心绪。

　　"早知晓他瞒不住消息。"

　　氤氲的香气里，唐灼灼没头没尾地道了一句，黛眉紧紧地皱在了一起，面上像是染了哪种花尖儿汁的粉嫩，低低地抱怨。

　　男人这般毫不避讳的情话，叫她止不住有些羞。

　　这样的事，若是江涧西不说，又正好碰着了惊马一事，便将这事儿翻篇揭过，谁也不知晓。

　　霍裘眸子里蕴含着细碎的银光，深邃得不像话，他忽然开口："若不是江涧西进宫，娇娇还准备瞒朕多久？"

　　"若是这事朕一辈子都没有察觉，你便落得个自讨苦吃的下场，深居后位无所出，且缘由还是因你一时玩心大发而起，若是传扬出去，你也准备紧咬牙关不松口，自个默默受了？"

　　"直至最后，像昨日一样，亲自将那些女人一个个送进朕的后宫？嗯？"

　　说到这里，霍裘将手放下，雪白的大氅下男人眉宇间含冰带雪，不怒自威。

　　男人说起狠话来，哪怕俊美无俦的面庞上仍是微微勾着嘴角的，唐灼灼都有些发怵。

　　"皇上瞧着臣妾是那样逆来顺受的人吗？"

　　霍裘细细地瞧了瞧小女人坦坦荡荡的神色，片刻后无声地扯了扯嘴角，若是放在平时，他是头一个不信的。

　　这女人犾黠得很，心眼也小，平素里懒得惹事，可若是被人犯到头上来了，便是锱铢必较也会叫人还了回来。

逆来顺受，这个词与她是万万不搭的。

可如今事实摆在他跟前，由不得他不信。

唐灼灼见他的神色终于缓和下来，一双柔荑覆上了他的手，软着声音含着几分不真切的笑意道："若是当日得了瘟疫躺在榻上的人是臣妾，皇上不也是会这样做吗？"

她悄悄地弯了眉目："且一定瞒得死死的不叫旁人知晓。"

"臣妾不过是与万岁爷同心罢了。"

小姑娘脸颊上的两个小梨涡娇软勾人，不过短短一炷香的功夫，霍裘心底滔天的怒与惧都消了大半，他到底无奈，抿了抿唇，道："平日里一点小功全被你邀了，这样的事，你倒是打定了主意瞒得比什么都严实。"

说罢，他似乎是疲累至极，长臂一展就将人勾到了怀里，细细地亲了亲额心，而后极浅地叹了一口气，将头磕在她瘦削的肩头上，声音如琴弦声声作响："怎么为朕好的事，娇娇都不说与朕听？"

唐灼灼眉目弯弯，眼睛里流淌着潋滟水光。

殿里暖意深浓，怀中身躯再是香软不过，崇建帝却觉得一片寒凉，他深深地吸了一口气，问："昨日姨母为着这事找了你？"

至于是什么事，两人心底门清。

唐灼灼轻轻颔首，眼里突然就带了些细碎的银光，她轻轻扯了扯男人的衣袖，咬着下唇懊恼道："母后将人都选好了，臣妾是断然拒绝不了的，才想着皇上能体恤一二，不料皇上倒好，一进门便发了那样大的火。"

她面上的表情含嗔带怨，却又带着恰到好处的撒娇，半真半假，显然是想起了昨日夜里的事。

霍裘从鼻间轻"嗯"了一声，长指微微挑起女人的乌发，道："往朕身边塞人，娇娇倒还有理了。"

"若是心中不舒坦，拒了便是。"

男人这话说得再自然不过，像是在说今日中午用什么菜一样，无关痛痒的，唐灼灼死死地拧了眉头，颇有些无奈地道："臣妾倒是想拖着呢。"

那也得关氏给她时间和机会啊。

说到这里，唐灼灼看了一眼霍裘，白皙纤长如瓷玉一样的手指点了点他的胸膛，问："那宫女臣妾也瞧过，的确是少见的好颜色，怎么还惹得皇上龙颜大怒了？"

且还是冲着她来的。

怎么伺候的人是那宫女，临到头来受罪的倒成了她，这样一想，唐灼灼心里不舒坦，兀自带着几丝说不清道不明的情绪，开口甚至沁了沙哑的哭腔，如同藤蔓一样，缠缠绕绕的叫人挣脱不开。

"皇上好不讲理，臣妾昨儿夜里再老实不过，那宫女莫不是惹了事，倒叫皇上第一个迁怒了臣妾。"

所谓吃力不讨好，说的也就是她了。

"娇娇，昨日不论是谁送来的这人，朕都不会如此气恼。"

霍裘拿帕子一点一点拭去她眼角的碎银点点，声音清冷却又带着不容置疑的意味："朕受不了的是被自个儿心上的女人亲自推到旁人身边。"

唐灼灼身子僵了片刻，怎么也没料到他竟会将这样的话说出来，甚至还带着几分柔情蜜意。

"臣妾没有。"

一张微红的小脸哭音颤颤，霍裘的心蓦地就软了下来，就是不使人去查，他也能想象出昨日慈安宫中的场景。

若不是关氏开了口，若不是他从心底尊敬这位姨母，唐灼灼自是不会这样听之任之，半句话也不多说的。

至于更深的原因，他却不想再深究下去了。

左不过就是子嗣问题罢了。

可也正因为他心知肚明，一颗心就更是柔得不像话。

霍裘几日几夜没歇息好，加上昨日夜里被气得彻夜难眠，现在眼底还挂着淡淡的血丝，他伸手抚了抚唐灼灼的发顶，声音是从所未有的柔和，他低叹一声，道："朕将那宫女送回慈安宫了，这几日你便待在长春宫，也别去慈安宫请安了。"

唐灼灼抬眸，还未说话，便被喜怒无常的男人掩了唇，他勾唇淡笑，目光深幽："谁也别想欺了朕的娇娇。"

"太后那儿，朕去说。"

这话似有不一般的魔力，唐灼灼也不知怎的，只觉得一股巨大的酸意冲上鼻尖，原本还半真半假地哭着，这会儿倒是真的觉着控制不住，揪着霍裘的衣袖便将脸埋进去，娇小的身子耸动着哽咽。

明黄色的龙袍就这样沾上了小女人滚烫的泪珠子，湿了一小片。

这样的场景，若是叫任何一个外人见了，眼珠子也要惊下来。

"身子哪儿都不舒坦，昨……昨儿夜里，本来还好好儿的……睡也睡不下，好容易睡着闭了眼睛，你还专程跑过来凶我。"

这一哭，倒是叫男人看得心疼，他哑着声音给她擦眼泪，眉头拧成了一个绳结。

"是朕不好。"

崇建帝破天荒地应了自己的不是，像是经历了一番十分艰难的斗争，最后舒展了眉心，揉了揉傻姑娘后颈上的雪白软肉，道："你好好养着身子，子嗣的事不需放在心上，若实在与我们无缘，朕就从宗族里挑一个，从小放在身边培养就是了。"

这话一说出来，时间都静止了片刻。

唐灼灼细细哽咽的声音也戛然而止。

她揉了揉红了的眼睛，不可置信地抬眸看向高了她一大截正柔着眉眼望她的男人，她嘴唇嚅动几下，似乎是怀疑自个听左了。

"皇上……"

霍裘好笑地回望着她，轻应了一声，而后道："相比皇嗣，朕更在意你。"

唐灼灼偏着头用力眨去了眼里的晶莹，颤着声音说了声"好"。

放在普通人家，夫妻恩爱而无子嗣者，若是女方问题，多半是落得个遭休弃或者抬妾的下场，而只有男方出了问题，才会考虑抱养一个孩子。

而在宗室贵族，这样的情况更是屡见不鲜，可就是抱来的孩子继承家业，那也会被人背后指手画脚，毕竟到底不是亲生的，血脉多低微。

可如今说这话的，是向来生死予夺的君王，就这样眼睛也不眨地将这样的承诺给了她。

若是孩子与咱们无缘，便去皇亲中挑个。

这样一句话，却比情到深处时的甜言蜜语还要戳人。

第十九章

朕护着你

冬日里的第一场雪，声势浩大，鹅毛一样的大雪覆盖了皇宫的每一片琉璃砖瓦，纷纷扬扬地落白了树梢枝头，原本还有些动静的飞鸟这会儿是一只也瞧不见了。

　　长春宫里却还是一如既往的暖和，唐灼灼这几日服用了江涧西那日给的药散，原本白嫩的脸颊更是生出几朵红晕来，瞧着气色好上了不少。

　　安夏进来的时候，肩头的雪就化成了水，晕开了一片濡湿，唐灼灼瞥了一眼她手里捧着的红梅枝，站起身抱了一捧在手里，顺带着皱眉嗔道："快下去换身衣服，这天寒地冻的，可别落了毛病。"

　　安夏不当一回事地笑，道："娘娘再喜欢这花，也且放在瓶子里细赏，那花枝上结了一层冰，可仔细着别又受了寒，白白遭罪。"

　　说罢，找了个白玉瓶出来，将嫣红灼灼的梅枝放了进去，这才笑着下去换衣服去了。

　　外面天冷得不像话，唐灼灼一向惧寒，殿里虽是不怎么冷，但还是穿了一件雪白的小袄，衬得她一张芙蓉面越发的唇红齿白，潋滟生姿。

　　此刻她坐在梳妆台前，手里还拿着当初叶氏珍而重之给她的锦囊，她皱眉细细思量一会儿，将里面的东西倒了出来。

　　一股清新浓郁的药香扑面而来，唐灼灼手心里的药丸浑圆，呈枣红色，小小的一粒，足以叫这世上任何人都心动。

　　她的这条命，就是被江涧西生生用药物吊着一路撑下来的，直到这些年，才真正好了起来。

原本三粒药丸，可保她康健，与普通人无异，可阴差阳错，她给霍衾喂下一粒，自个服了两粒，又受了撞伤，到底亏空了些身子，可如今叶氏手里的最后一粒药丸到了她手里，便也没什么不同了。

寒风簌簌，殿里的小窗关得死死的，温香氤氲，唐灼灼瞧着那颗药丸，缓缓地送到了唇边。

正在这时，紫环面色焦急，掀了帘子从外面小跑进来，她性子沉稳有度，少有这样乱了分寸的时候，唐灼灼敛目，将那颗生香的药丸吞了下去。

一股苦涩回甘的滋味在口腔里漫了开来，唐灼灼眉头皱了一下，而后站起身来，笑着问："怎么了这是？"

紫环瞥了一眼殿外边，才低着声音道："娘娘，太后宫里来人了，说是让娘娘往慈安宫走一遭。"

唐灼灼目光一顿，身子微微僵了下来。

"皇上也在，听说还与太后起了争执呢，这时候叫娘娘过去，就怕来者不善啊。"

唐灼灼顿时眼皮跳了几下，实在是觉得有些头昏脑涨，瞧着外边的天，还是缓缓地站起了身子。

即便知道这八成又是一场鸿门宴，她还能推脱了不成？好容易过了几天的太平日子，那个叫时七的宫女被霍衾原封不动地送了回去，关氏听闻也没有大动肝火，实则心底憋着一股气。

霍衾这会儿赶上去，可不就是要出问题。雪落白了长长曲曲的宫道，这后宫原本就人少得不像话，这个时候又正是天冷的时候，就更显得清冷萧瑟没有人气味儿，皇后的轿舆一路从长春宫到了慈安宫的宫门前。

前面还停了君王的御舆。

唐灼灼伸手紧了紧身上的大氅，又瞧了一眼沾了白色雪末子的衣袖，低不可闻地叹了一口气。

　　待她进了内殿，瞧清了眼前的情形，嘴角的笑意就淡下了几分。

　　气氛格外的凝重，关氏见她来了，甚至还重重地冷哼了一声，这是以往任何一次都没有的事。

　　霍裳大刀阔斧坐在紫檀木椅上，面色更是冷得与外面房檐下结出的冰凌子有得一拼。

　　俨然就是一场没有硝烟的战争，只是就目前而言，她并不知晓谁稍占上风一些。

　　唐灼灼敛目，呼吸轻了几分，她低着头半福了福身子，给两人问了安。

　　原本慈安宫里熏着的安神檀香换成了白桃木的香味儿，闻着倒是浅淡，可唐灼灼总觉得压抑得胸口都透不过气来。

　　关氏终于放下手里的佛珠望了过来，只是那眼神，有些出离的愤怒与复杂，看得唐灼灼有些摸不着头脑。

　　她迟迟不叫起，还是霍裳皱着眉头站起身来，俯身亲自将她扶了起来，声音里蕴含着丝丝不悦，道："母后有何不开心的，同朕说便是，皇后身子不好，久跪不得。"

　　关氏一听，好不容易舒展下来的眉头都皱了起来，连带着声音也尖锐不少，再没有以前的那股不问世事的模样，沾染上了许多人间烟火气。

　　"皇后身子金贵，更是皇帝的心头宝，如今哀家是说也说不得一句了。"

　　关氏这话到底刻薄，她说完个儿都恍惚了一下，而后抿了抿唇，撇过头去不再看唐灼灼一眼。

　　唐灼灼不动声色地起身，长长的睫毛在白嫩的脸颊上投落下一小片阴影，就在这时，男人手掌带着温热而灼人的温度，紧紧地握了握她的手。

她抬起眸子，见一身明黄色龙袍的男人皱着眉头，略带忧色地看过来，顿时心头一软，勾了勾唇角露出一个笑来。

可男人明显误会了什么，一双幽深的眸子落在她苍白而牵强的笑意上，不由得从心底又生出几分怜惜来。

这女人什么胆子，没人比他更清楚了。

当初初入东宫的时候，瞧他百般不顺眼，便也什么事都做得出来，忤逆君言，当面争执，没一件是落下了的，浑然不要命的样儿，却也是真的气人。

可这会儿，性子尽数收敛下来，受了这样大的委屈与误解，也往心底深处埋，连着几日夜里，都要偷偷掉泪珠子，却愣是不与他说一句关氏的不是。

这些，她不说，他心底也有数。

他的姑娘，在没接纳他之前还活得那样肆意，怎么如今全心全意跟了他之后，倒要变得这样缩手缩脚，人人可欺起来。唐灼灼一双杏瞳含着水雾，见两人都不说话了，便笑着道："今年园子里的红梅早开，臣妾那里剪了好些，都鲜嫩着呢，等会儿叫人送些摆在母后的殿中，瞧着也是赏心悦目。"

关氏见她说得诚心，一张小脸上尽是可人的笑意，心底的怒与怨也消了几分，只是仍扯不下这个面子，只好生硬着道了一声"好"。

霍裘的面色又冷了几分。

唐灼灼将一切瞧在眼中，才想着开口缓和下气氛，便见关氏直直望向了她，这会儿面上倒是又带上了几分意味不明的笑意。

唐灼灼心里叹息一声，还是躲不过。

"今日哀家叫皇后来，却是想与皇帝说个清楚。"说罢，她话锋一转，指着那跪在角落面若死灰的时七，沉声道："那日夜里，皇后答应得好好的，将这宫女送去伺候皇上，怎么今日皇上倒是气势汹汹冲着哀家算账来了？"

她话语里显而易见的不满，叫唐灼灼微微睁大了眼睛，她沉默了片刻，俏脸微寒，旋即走到一边将那哭得梨花带雨还不忘偷瞥霍裘的时七拉了起来。

她垂了眸子，慢条斯理地道："母后息怒。"

"后宫妃嫔人数不多，这宫女又是母后亲自挑的人，自然是处处都好的，臣妾也没有话说，便是后来，臣妾也说给这宫女一个位分好伺候皇上的。"

唐灼灼顿了顿，随后目光瞥过那生出希冀的时七来，眼里带着三分寒凉七分不屑，抚了抚袖口处的青色花纹，声声清脆如泉水叮咚："这宫女触怒龙颜，臣妾念着是母后的人，更是求了情，断断没有多加阻挠之理。"

关氏眼底沉着雾霭，将手里的热茶往桌上一放，用了几分的力气，那茶盏里还溅了几滴出来，她抿了些笑意，道："皇后伶牙俐齿，皇上既信了这些枕边风，哀家自然没有话说了。"

唐灼灼面上的笑意渐渐地淡了下来。

不知道为何一夕之间，原本与世无争永远蕴含着笑意的人怎么就突然变成了如今这般模样。

这般一闹，她脑仁都有些疼了，但或许是先前吞下去的丹药发挥了效用，一向冰凉的小腹上涌上一股热浪，她闭了闭眸子，刚要说话，就听男人出了声。

霍裘长身玉立，一袭明黄色的龙袍，衬得人更是清贵舒隽，如同上古年间传下来的谪仙图一般，明明面上是带着笑意的，那笑却半分不入眼底，浅薄无比，唐灼灼瞧着，冷不丁抖了抖身子。

这男人动怒了。

"母后，儿臣一再与您说过，此事与皇后无关。"

"如今朝堂尚有动荡，淮南霍启百足之虫死而不僵，处处都等着朕去费心，何来的功夫耽于享乐，流连后宫？"

霍裘漫不经心地在殿里走了几步，说了这几句话后并没有再去看关氏青白的面色，而是执起了唐灼灼的手，神情阴鸷，甚至夹杂着警告的意味。

"往后这样的事，还是交给皇后处理，母后放宽心享福便是。"

"毕竟这后宫，还是皇后做主的好。"

这话一出来，唐灼灼和关氏都敛了呼吸，特别是后者，险些一口气没有提上来，关氏站起身来，颤巍巍地指着霍裘，半晌说不出话来。

这话说得好听，可明里暗里的意思谁不知道不过是叫太后日后少插手后宫之事，这便是明晃晃地偏袒着唐灼灼这边了。

唐灼灼轻轻地扯了扯霍裘的袖子，却见他一直都没回头，而是朗声对关氏道："时间不早了，母后好生歇息，儿臣与皇后便不在此叨扰了。"

"慢着！"

关氏声音嘶哑，目光死死地盯着唐灼灼，道："老四，你便是再儿女情长，也不能昏了头啊，皇后若是能生就罢了，哀家便也睁一只眼闭一只眼，可如今呢？"

唐灼灼的身子倏尔就僵硬下来，原本一双还蕴含着些许温度的眸子彻底冰寒下来。

或许是知晓自己这话伤人，关氏有些不自然地咳了几声，仍不松口地道："哀家说的是实话。"

霍裘的面色彻底阴沉下来，狭长的剑眉带着极强的压迫感，威严十足，目光里的失望与不解毫不掩饰，桃木香氤氲成烟袅袅而散，男人的声音掺杂着冰碴子，冷得刻骨："母后，江涧西已为皇后诊过脉，此事有法可解"。

说罢，他便牵着唐灼灼大步出了这物是人非的慈安宫，额上的青筋却将他心里的滋味体现得淋漓尽致。

迎面一股冷风吹到脸颊上，也吹得唐灼灼骨子里刀刮一样地疼，她微微地缩了缩身子，霍裘就察觉到了，扭头缓了面色揉了揉她冰凉的小手，道："莫怕，朕护着你。"

鹅毛大的雪花落到了唐灼灼黑亮的发丝间，白色与黑色纠缠不休，最后那莹白的雪色终是融化消失在暗色中，只留下丝丝缕缕的浸润。

她拢了拢身上披着的雪色大氅，一张巴掌大的小脸笑起来只叫人心底软和得不像话，霍裘的神色恍惚一下，亲自执了伞与她慢慢地走回去。

"皇上，臣妾没将母后说的话放在心上的，父皇才去不久，母后难免伤怀……"唐灼灼踢着脚下的小雪团，边眨着眼睛对身边的男人道。

霍裘高出她大半截，从这样的角度望下去，小姑娘的模样倒像极了她落水那年，便是这么些年过去，她身上也仍是时时透着一股灵透气息。

"朕知道。"他笑着拂去唐灼灼头上的几片雪花，眉眼间溢满了藏也藏不住的柔和，甚至这份柔和还使他整个人如同浸在皎皎月光中一般。

"娇娇不在意，朕在意。"

"谁也不能这样说你。"

他说这话时嘴角还噙着笑意，唐灼灼却不由得顿住了步子，后面急匆匆追上来的宫女面色煞白，见了他们便跪在地上慌乱道："皇上，娘娘，太后……太后方才晕过去了！"

唐灼灼低低地叹了一口气，学着男人刚才的样子抖落了他肩上的一层雪花，道："皇上快去瞧瞧吧，臣妾记着长春宫里还放置了几根百年老参，这就回去取出来叫人送到母后宫里去，服下去应该就能醒过来了。"

她说话的时候，目光再澄澈不过，霍裘紧了紧手掌，隐晦地回首望了一眼慈安宫的方向，沉声道了句"好"。

唐灼灼心中低叹一声，执着伞的手指不知是冻得还是因为旁的什么，青白青白的，头也不回地在雪地里消失成了一个小小的黑点。

霍裘并没有转身，目光随着那身影的消失而深邃到了极致，还是张德胜在后面提醒着道："皇上，可要去瞧瞧太后？"

茫茫的雪色中，霍裘终于还是动了步子，他漠着脸问："皎月夫人可寻到了？"

张德胜一听，腰弯得就更低了，面色凝重地摇头，道："近几日暗卫正寻着，尚还没什么线索。"

霍裘轻轻颔首，而后负着手吩咐道："将人都撤回来，不必寻了。"

张德胜是知晓其中缘由的，此刻一听这话，脸色瞬间变幻几下，小心翼翼地问："那皇后娘娘那……"

霍裘摇了摇头，目光凝在了那座裹了银装的慈安宫的飞檐广角上，片刻后轻轻嗤笑，手指轻按在了明黄色的广袖上，道："将江涧西放了吧。"

张德胜大吃一惊："皇上，此人医术了得，如此放他离去，若是真入了淮南一派，岂不等同放虎归山？"

霍裘剑目一横，半晌后才说了声"无妨"，之后便进了慈安宫，再不提这事了。

那小女人自从见了江涧西，面色红润不少，闹起人来更是丁点不省心，瞧着精神倒是好上了一大截。

说是与江涧西没关系，他却是不信的。

既然如此，投桃报李，他自也该放他一马，想必他也是个聪明人，知晓何事该做何事不该做。

而在一处的宫道里，唐灼灼则是稳稳地停了脚步，安夏与紫环面面相觑，也跟着停了下来。

"娘娘，这雪下得越发大了，咱们还是早些回宫吧。"

唐灼灼伸出一只纤细的手，去接住空中的飘茫白色，闻言头也不回，若无其事地抖了抖自己的肩膀，淡笑着回头："吩咐人回宫里拿了参药给慈安宫送去。"

安夏一愣，旋即问："娘娘不去了？"

这些天，自家主子与慈安宫那位的关系眼看着急转直下，她们也都是知晓的，可此刻皇上还在慈安宫守着呢，再怎么也得去做个样子不是？"不去了。"唐灼灼似乎是全然没听出她话中的惊愕之意，淡然得不得了。

她用帕子轻轻擦去白嫩手掌上的水雾，抿唇笑了起来："皇上若是问起，便说本宫回了长春宫就犯了心绞痛，唯恐过了病给太后，便不去了。"

"噢，莫忘了把那一瓶红梅搬过去，太后娘娘喜欢。"

两个丫鬟互相望了望，被自己主子这张口就来的本事惊得目瞪口呆。

等回了长春宫，唐灼灼懒懒地窝在躺椅上，身上盖着一件厚重的大氅，或许是被闹得累了，眼睛也睁不开，媚猫儿一样的，娇得能滴出水来。

安夏蹲下身子给她按捏肩膀，仍是有些气愤地嘀咕："在东宫的时候太后对娘娘可不是这个样儿，这会儿又是塞人给皇上又是污蔑娘娘，皇上才站在娘娘这边，转头就被气得晕了过去。"

"哪儿有这么巧的事？一瞧就知道是装的。"

唐灼灼从鼻子里轻"嗯"了一声，丝毫不将这事放在心上，反倒是瞧着自个指甲上的花汁挑了挑眉毛，懒懒地出声："傻丫头，你气什么？"

关氏能用的伎俩，那早就是她玩剩下的。

也是拜她所赐，那男人对这招烦不胜烦，可若是使这法子的换了一个人，且还是个素来得体端庄的长辈，就不知奏不奏效了。

"虽然太后娘娘做得过分了些，可娘娘，咱们不如还是走一趟吧，免得落人口舌。"

唐灼灼抬了抬眸子，揉了揉隐隐作痛的眉心处，果断地摇头，不带一丝犹疑。

她情愿在殿里窝着躲懒打盹，也不再去做那等子热脸贴冷屁股的事了，那样的事，同样的人身上做一次便够了，难不成她现在去瞧了关氏，关氏醒来就能对她有个好脸色？世人皆是如此，觉得你好的时候，怎么瞧都觉得像个宝，觉得你不好的时候，做什么都是别有居心。

她懒得再去为了这事儿惹得自个不愉快。

得不偿失，自找没趣，何必呢。

等到了天黑时分，外面纷纷扬扬的大雪总算停了下来，转而又开始飘起了雨丝，落到人身上，便是噬心蚀骨的阴冷。

霍裘踏进长春宫的时候，唐灼灼已醒了有一段时间，她踮着脚将他肩上的雪渣抖落，末了又催着他去洗漱一番，生怕他受了外面的寒气。

冬日的寒凉里，殿里烛光明亮，薄纱轻舞，霍裘瞧着坐在眼前玉手托腮的美人儿，竟从心底生出一股岁月静好的感觉来。

这样一想，开口便是柔和的语调："娇娇的心绞痛次数倒是越来越多了。"

唐灼灼的眼珠转了转，软着声音道："臣妾是怕母后见到臣妾，心底更不舒坦。"

她的心思就差明摆在他跟前了，霍裘失笑，饮下杯中烧热的酒，以驱寒气。

或许是这段时间压在心里的事多了，一向自律的男人也忍不住贪杯，一杯接一杯的酒下了肚，唐灼灼也不拦着，就这么隔着些距离瞧着。

直到他古铜色的脸上泛起了不太明显的红色，唐灼灼才起身拿过他手中的酒盏，小脸凑上去，轻声细语地道："改日再喝。"

霍裘的唇角倏尔勾上了笑意，唐灼灼还未反应过来，便已被他拉到跟前扼住了手腕，随之而来的是一个带着辛辣酒味的吻，十足凶狠又百般温存。

唐灼灼好容易挣脱开来，眸子里已蕴了薄薄的一层雾气，真真正正的娇得滴水，就连身子也软得不像话，全靠着男人支撑着。

霍裘修长的手指慢条斯理地刮了刮她的唇瓣，目光火热地道："还是娇娇生得香甜，旁人皆不及娇娇惑人。"

唐灼灼一听，霎时就推开了他，满屋子的旖旎气氛瞬间破碎成虚无。

她俏脸还带着未散去的红晕，声音却全然变了个调，轻揪着他的袖口问："皇上怎知旁人不及臣妾？"

"莫不是尝过那宫女的滋味了？"

唐灼灼一想起这个，顿时就觉得说不出的怪异与不舒坦，分明……分明那人，还是她亲口应下的，临到头来她又如此作为，自己都觉得有些不可理喻。

霍裘没有说话，只是垂下眸子瞧着直到他肩膀处的娇小女人，瞧她红了眼眶的娇气样子，两条小眉头都皱成了一团，还是忍不住将人给搂到跟前，声音沙哑地道："娇娇，别再将朕推出去了。"

唐灼灼的身子顿了顿，目光滑到男人微红的脸颊上，鬼使神差般伸出两条玉藕一样的手臂环上了他的腰身。

霍裘将她搂得更紧了一些，在她耳边吐着酒气，叫她从耳根子酥麻到了心底："朕知晓娇娇的好。"

"我霍裘中意的姑娘，自然是这世间独一无二之人，我喜欢得不行。"

为了表达这种喜欢，霍裘轻轻衔住她的耳珠蹭了蹭。

唐灼灼这才意识到不对，她皱着眉头，伸出手来往男人额上探了探，问："皇上喝醉了？"

霍裘站直了身子，目光锐利而幽深，瞧着又是一派的清明，他勾唇道："这点酒，也想将朕灌醉？"

唐灼灼抿了抿唇，目光落在那空了的小巧酒盏上，推了推他的身子，道："皇上去床榻上躺着歇息一会儿，臣妾命人去煮醒酒茶。"

霍裘似笑非笑地望着她忙活，倒也听话得很，自个往床榻上一躺，却勾了她纤细的腰身，两人一块儿倒了下去。

小姑娘满脸红晕，这会儿生了怒气，挣开了他的桎梏，寻了他的一条手臂狠狠地咬了下去。

霍裘也不说话，任由着她胡来，片刻过后，他才伸出另一只手来抚了抚唐灼灼的黑发，心就这么一点一点地软成了面团。

大约知晓她心底不痛快的缘由，男人的声音格外的低沉些，几乎是贴在了她白嫩的耳根子边，道："朕没碰过别人，连手都没给碰到过。"

霍裘躺在床榻上，高大的身子舒展开来，面上泛着星星点点的红晕，唐灼灼听了他的话，抬头瞥了他几眼，而后默不作声地给他揉了揉方才被自己咬过的地方，问："疼不疼？"

霍裘好笑地望着她，揉了揉她绵软的脸颊，道："母后倒是有一点没说错，娇娇的确是伶牙俐齿。"

唐灼灼的目光随着他移到那块整整齐齐的牙印上，慢慢地红了脸，昂着头问他："母后可醒过来了？"

霍裘面色不变，浅笑着颔首。

唐灼灼的食指绕着他的长发，许久没有说话，也不知该说些什么。

她的那些小心思恨不能都摆在脸上了，自然更瞒不过霍裘，他捏着唐灼灼后颈上的软肉，爱不释手，同时缓声道："母后年纪大了，有些事做得的确不妥，娇娇莫放在心上。"

唐灼灼摇了摇头，闷声道："臣妾从慈安宫出来的时候，恍惚想起第一次被皇上带着给母后请安的场景。"

她美目向四周一瞥："那时候母后还住在这长春宫，见到臣妾的时候，亲亲热热地随着皇上唤一声'娇娇'。"

隔了这许久，她仍旧是记忆犹新，只是如今，关氏与从前判若两人。

霍裘的面色一点点沉了下来，最后没有说什么，握着她手的力度悄然大了许多。

一夜深灯烛火，一夜风雪寒霜。

第二日一早，天还未亮男人就轻手轻脚地起了床，梳洗一番后上早朝去了。

被子里热气散了一大半，唐灼灼翻了个身，倒也没什么睡意了，于是坐起身来，唤了人进来梳洗一番，用过早膳之后，唐灼灼却吩咐备轿，去慈安宫。

外面天寒地冻的，唐灼灼才出了门，就打了个寒战。

一路到了慈安宫门前，唐灼灼才撑着伞进去，同时吩咐身后跟着的宫女与侍从："都守在殿外，没有本宫的吩咐，任何人不得擅闯。"

一句话，将安夏与紫环吓得不轻。

自家主子这是个什么意思？将慈安宫守住？

唐灼灼转头瞧了一眼皑皑白雪中闪着细碎银光的琉璃砖瓦，脸上蕴含着的素淡笑意也变戏法一样消失殆尽。

她独自一人，慢慢地走进了内殿之中。

关氏昨日装晕，被霍裘识破之后，有多尴尬自不用多说，除此之外，便只剩下心灰意冷。

她在这世间，只剩下这么一个亲人，好容易坐到了今天这个位置，自然不会害他，可那孩子，像是被唐家的那个丫头使了迷魂术一样，平素里千般护着不说，就是涉及皇嗣问题，竟也是一副无动于衷的样子。

这怎么可以？

这样她百年之后怎么好意思跟姐姐交代？

说起这唐灼灼，她以前瞧着倒觉着是个不错的，如今瞧瞧，却像头养不熟的白眼狼一般。

可不就是白眼狼吗？

霍裘给了她皇后的尊荣，她却想着独占君心，害得这后宫的妃嫔成了摆设不说，更可恶的却是皇嗣凋敝，皇上至今没个一儿半女。

唐灼灼进来的时候，关氏正在气头上，将昨日里长春宫送过来的花瓶打了个粉碎，一地的红梅散落，点点嫣红似血。

"母后小心莫被这碎片伤了。"唐灼灼嘴角一掀，只朝地上看了一眼，再漠然不过地提醒。

关氏看着一地的狼藉，嘴角抽动几下，竭力端庄又暗带嘲讽地问："皇后今日心绞痛好了？哀家还以为仍需躺在床榻上将养着起不了身呢。"

"劳母后挂念，儿臣是来瞧瞧母后的晕眩之症可有好转的，想来是昨日那几根老参起了作用，母后才能好得这样快。"

唐灼灼嘴皮子上下一合，瞧着关氏保养得宜的面上表情龟裂，笑容渐深。

"好了，都下去吧。"唐灼灼穿着一身桃红色的小袄，神情慵懒，自顾自寻了一张软凳坐下，而后吩咐殿中的人道。

"这……"

伺候在慈安宫的自然都是听命于关氏的，一时之间都有些迟疑着拿不定主意，直到唐灼灼眼风一扫，皱起了眉头，才一个一个都出了这内殿。

关氏的目光从始至终都落在唐灼灼的身上，直到殿里只剩下她们两个人，她才冷笑着出声："皇后好大的威风。"

"比不上太后娘娘指手画脚多管闲事。"唐灼灼眼皮子一掀，嘴里吐出的话让关氏明显一愣。

继而大怒，手指头哆嗦起来，指着她指了半天，却被唐灼灼风轻云淡地用手指挪开，险些一口气接不上来。

"母后，怒极伤身，若您今日再昏了过去，皇上岂不是更心疼？"

她说得飞快，带着一股凉薄与寒气。

关氏恍惚，突然想起霍裘刚大婚那会儿，有人在她耳根子边说起，太子妃将门虎女，生得再柔弱不过，性子却是个刚强的，什么也不放在眼里。

当时不过是当个笑话听听。

这世上哪有真正不怕天家威严的人呢？

看，后来唐灼灼不也是再乖巧不过吗？

直到这时候，关氏才知道，原来她真的是个无所忌惮的。

更别提现在还将皇帝的心抓得死死的，更加肆意妄为。

"皇后！你这样与哀家说话，你的眼里还有没有我这个太后？"关氏反应过来后，大怒。

唐灼灼挪开脚下的一枝红梅，垂下眼睑，漫不经心地道："臣妾不敢。"

"母后也别光顾着生气，臣妾今日来，自然是有事与母后商量。"

关氏面色铁青，过了许久才平复下心情，极为生硬地挤出了几个字："皇后直说便是。"

唐灼灼也不介意，一双漂亮的眸子闪着细光，眼角旁的泪痣勾魂摄魄，她坐到关氏的身旁，嘴角的笑意从未消过，旁人瞧着，倒是再亲热不过的模样。

"那日皇上也说了，母后年事已高，身子大不如前，后宫之事，还是交给臣妾处理的好。"

"毕竟，臣妾才是后宫之主。"

唐灼灼不疾不徐地道来，而后正眼望着关氏，那是一种全然陌生的冰寒之色，间或夹杂着毫不掩饰的警告之意："母后接到慈安宫里养着的那两名女子，还是交给臣妾带走吧。"

关氏不可思议地瞪大了眼睛，脸色涨成了青紫色，她连连冷笑几声："无事不登三宝殿，皇后竟是为这事而来？"

"过几日皇帝生辰，哀家寻了两个美人，好生调教学习规矩，到时候献给皇帝，权当我这母后的生辰之礼了。"

"怎么？这也戳到皇后的痛处了？"

关氏也是经历过大风大浪之人，初初的惊愕过后，便迅速镇定下来，且颇为得意。

见唐灼灼不为所动，关氏开口又道："这两个女子长得出色，哀家也叫人瞧过了，关键是好生育的。"

她在故意激怒唐灼灼，算着时间，嬷嬷应该已到了晏清宫，只要把皇帝叫来，叫他看看唐灼灼的真面目，自然也就厌弃了。

这世上男子，哪有不喜新厌旧的呢？

不过是老四的新鲜感还在罢了。

唐灼灼动了动手腕，只是面上的笑一寸寸淡了下去，她的目光停在关氏脸上，话语耐人寻味："母后尚在长春宫时，闭门二十载，那时可有想过自己如今的样子？"

关氏一愣。

"原本臣妾以为，母后态度变得如此之快，不过是觉得臣妾不能为皇上孕育子嗣，故而打心底介意。"

关氏抬眸看着坐在对面年轻得过分的女子，强自打起了几分精神，道："难道哀家就该继续放任着不管不问？那如何对得起先皇与先皇后的在天之灵？"

唐灼灼眼皮子一掀，也不知听没听进去，她估摸着时间，轻轻地嗤笑了一声，问："母后是觉得对不起先皇呢？还是想独揽后宫大权，培植自个儿的力量？"

她说得漫不经心，却字字诛心，关氏腾地就站起了身，居高临下地望着唐灼灼，气得胸口起伏不定："皇后这是在质问哀家还是要往哀家身上泼脏水？"

她这样一闹，唐灼灼只觉得眉心都在泛疼，她皱着眉头冲关氏做了个噤声的动作，纤长的食指如玉，却生生让这位从来养尊处优的太后傻了眼。

身居高位太久，从未被这样对待过。

"母后，将人送回去吧，不然皇上瞧着心里不舒服，臣妾也不舒坦。"

关氏抿着唇，被气得不轻，重重地冷哼一声："做梦！这事今日没完，皇后也别急着走，等会儿叫皇上来评评理，看哀家怎么得罪了他的皇后。"

唐灼灼轻叹一声，抿了口清茶，从怀中取出两个陈旧的破烂布娃娃，那布娃娃上还贴着碎了一角泛黄的纸，白纸黑字写着一人的生辰八字，最可怕的是上面还留着细细的针孔，直指布娃娃的胸口。

关氏一瞧，只觉得天旋地转，整个人的力气都被抽干了一样，她嘴角蠕动许久，才惊恐万分地道："你怎么……你怎么找到这东西的？"

唐灼灼垂下眸子，动了动手指，将那两个看起来十分陈旧的娃娃放在关氏的手边，后者一个哆嗦，离那东西远了些。

"母后当年为照看年幼的皇上毅然进宫，臣妾对母后更是尊崇有加，再如何任性也不敢对母后有半分忤逆的心思。"

"当年先皇后生皇上的时候，伤了身子，按理说好生调理着能缓过来，可就是这样毫无预兆地去了。"

唐灼灼每说一个字，关氏的脸就更白一分，听到这里，她抬起头来，死死地盯着唐灼灼，颤着声音道："一派胡言！当年诸多太医均是束手无策，姐姐身子亏空得太厉害，又染上了风寒，这才……这才没了。"

她说得艰难，唐灼灼却不以为意，她对这些事都不上心，只是勾了勾唇反问："太后娘娘，擅用巫蛊厌胜之术，罪该如何，不用臣妾跟您细说了吧？"

一击毙命，关氏这下再也坐不住了，脸白得和纸一样。

她居然真的什么都知道！

何止是巫蛊厌胜之术啊，关键那娃娃身上的生辰八字，一查便知是谁的，躲也躲不掉。

若是……若是被霍裘给知晓了，这世上，她就当真再没有一个亲人了，就连弥补的机会也没了。

唐灼灼将娃娃身上黄旧的纸条取下，当着关氏的面，轻轻一扯，那纸就碎成了两片，她敛了神色，道："二十年前的旧物，果真不经用。"

关氏的泪一下子就蜿蜒着流了下来，就连她自己也不知道这泪，到底是为谁而流，是为当年缠绵病榻至死都念着对不起她的姐姐，还是为了可悲又自私到极致的自己。

抑或，是无法再面对曾经做过的丑事。

"你想如何？"关氏眼底的光亮一点点弱了下去，瞧着倒像是一刹那的工夫，老了十岁不止。

唐灼灼瞧着小窗外，外面又开始下起了小雪，和雨丝一样，只是平添了几丝银白的光泽，她开口道："母后身边的嬷嬷现在也不知请到了皇上没有？"

"皇上什么事都藏在心里，嘴上却从来不说，可就是不说，母后应该也能感受到那份孝心。"

关氏的手掌颤动不稳，眼眶都红了，她出声艰难："难道我这样做不对吗？我考虑皇嗣，维持后宫中的平衡，错了吗？"

难不成整个后宫叫她一个皇后只手遮天，眼看着被皇帝迷了心智而无动于衷，才是对吗？

唐灼灼挑眉，摇了摇头："您第一次将那宫女送去侍奉皇上的时候，我半句话都没多说，您想要皇上雨露均沾，皇嗣延绵，这都没有错。”

“错的是你一而再、再而三地出手，将自以为对的强行灌在皇上身上，以长辈的身份施压。”

“自然，真正过分的是什么，您心中也应当清楚。”

唐灼灼将软成一团的关氏扶起，手指尖微微抖了一下，觉得这事可真是棘手。

“你是从何得知的？”关氏一把甩开她的手，面色僵硬地坐直了身子，胸口起伏得厉害，目光一眨不眨地落在唐灼灼的脸上，神情狰狞可怖。

“这两个娃娃是从长春宫小花园里的树下被挖出的。”

长春宫是历代皇后的居所，能在里面藏了东西的，也必定是长春宫的主子，除了先皇后就是关氏了。

关氏闻言，眼底的光亮一丝不剩，整个人如同放了气的皮球一样，颓然无比。

“罢了，人在做天在看，哀家早该算到这一天的。”

关氏说着说着，突然用袖袍掩住了脸，面颊上蜿蜒出几道泪痕，她猛地闭了闭眼睛，手掌都在细细地抖。

唐灼灼瞧着外面的雨绵延落下，落在了一片洁白皑皑的雪地里，砸落下一个个针尖大小的细孔。

她有片刻的出神。

算着时间，霍裘也快到慈安宫了。

唐灼灼拧着眉头，慢慢开口，道：“臣妾今日前来，不过是为了将那两名女子遣送出宫，至于二十年前的旧事，断还轮不到臣妾插手。”

她也懒得管这样的事，平白惹得一身麻烦。

而最主要的原因，却是担忧那男人心底不好受，左右为难。

生育之情养育之恩，哪里是那么容易分得清的？

关氏似乎是不肯置信地抬起头来，问："今日你来……你来，只是为了这个？"

唐灼灼黛眉一挑，轻轻颔首，抿唇反问道："臣妾一进门便将话挑明了说的，是母后非要使人去请皇上，好揭穿臣妾真面目的。"

她说得再淡然不过，却叫关氏青白了一张脸。

此情此景，当真还是应了一句古话，害人终害己。

最后，还是后者颓然地摆手，道："你带走就是了。"

说罢，她微微地睁开了眼睛，声音放软了许多："可就是哀家不往皇帝身边塞人，没有皇嗣，你能留住他几时？"

自古以来，喜新厌旧，男人本性如此。

"与其等他厌弃了你，自个纳了美人，还不如早早放手，叫他有了新人之后，还记得你的宽容大度，至少还会给你留下皇后的体面。"

唐灼灼目光一厉，片刻后轻轻嗤笑一声，半边的侧脸雪白，鲜嫩得如同春日饮尽了露水的花骨朵一样。

端的生了一副妖精般勾人的模样。

关氏以为她自恃美貌，还是忍不住出声："这世上最不缺的就是美人。"

唐灼灼抿唇，神情慵懒地坐回了软椅上，掀了眼皮子，漠然道："母后，我与您不同，现在在我身边的，我就好好珍惜，哪还有放走之理？像您一样悔不当初求而不得酿下祸事，处心积虑得到了却又在长春宫闭门二十载，我是万万做不来的。"

说罢，她抚了抚手上松垮的镯子，温润的碧色似乎能安抚情绪，她将那娃娃往关氏手边一推，略有些挣扎地闭了闭眸子，道："这事不该由我与皇上说，今日我只想将人送走。"

说罢，唐灼灼朝着殿门口淡淡地道："都进来吧。"

关氏眼皮子一跳，几乎是下意识的，就将那两个破旧的娃娃往怀里一揣，从来端庄得宜的上位者此刻竟生生多出几分狼狈来。

唐灼灼冷眼旁观，可也觉得心寒。

她没有姊妹，也知晓血肉相连，关氏心里究竟是藏了多大的怨怼和戾气，才能叫她毫不犹豫地对着刚生下孩子的嫡亲姐姐下手？

也许……当初她也不是没有犹豫过的。

如此一来，唐灼灼大致就已知晓这么多年，关氏为何久闭长春宫，直到先帝临终时，才肯照顾上十几日了。

良心难安啊！

唐灼灼的嘴唇抿成了一条直线，瞧着被关氏接到宫里的那两名女子，并未动怒。

反倒是那两人，朝着唐灼灼与关氏行了礼后，就安静地候在一旁，可到底还是半大的姑娘，又不通皇家礼仪，见了这样的架势，腿肚子都在隐隐发抖。

唐灼灼细细地打量片刻，而后挥了挥手，道："都想家了吧？今日本宫就遣人送你们回去。"

她说这话时，面上还带着浅淡的笑意，用的却是不容置喙的语气，两个小姑娘顿时就手足无措地顿在原地，不知该如何反应。

挣扎片刻，其中瞧起来稍稍年长的收敛了表情，对着唐灼灼福了福身，声音清甜："奴婢谢皇后娘娘恩赐。"

相比之下，那个长相最明艳的，却是不甘地抿了抿唇，僵着身子不肯出声。

唐灼灼饶有兴趣地望着她，问："你不想回去？"

安夏这会儿也进来了，她只瞧了那女子一眼，就覆在唐灼灼的耳边低声道："娘娘，打听清楚了，两位都是关家的远房表小姐，这是二房的姑娘关烟，旁边站着的是大房的姑娘，唤关筠。"

唐灼灼若有所思，偏头望了望还未缓过神来的关氏，一时之间倒摸不清心底是个什么滋味。

关烟入宫几日，生得明艳又长了一张巧嘴，将关氏哄得开心得不得了，自小在家也是被娇宠惯了的，如今一心想着在崇建帝寿辰之日大放异彩，俘获君心。

可这才过了多久？美梦就生生地碎了，她简直无法接受。

就是回了关家，以她父亲如今的地位，也就许个一般的公子，嫁得再好也不及宫中万一。

这宫中的华衣美食，滔天权势富贵足以蒙住任何人的心，这皇后不过是有着她难以企及的家世做靠山，再有着与皇上的情谊，才能如此嚣张，甚至对太后都丝毫不惧，悠然从容。

她凭什么不能一步一步爬上去？

唐灼灼嘴里重复了一遍："关烟……这名字不好。"

她拨弄了一番手腕上的珊瑚，漫不经心地道："烟随风而散，缥缈虚无的东西，不好。"

关烟顿时抬起头来，脸色煞白，眼泪珠子都在眼眶里打转，求救般地朝关氏望了几眼，只是后者如今自顾不暇，哪里还有心思理会她？

唐灼灼站起身来，不欲再多说什么，直接吩咐道："将两位表小姐送出宫去，大房的姑娘不错，本宫瞧着喜欢，多赐些东西下去。"

关筠一愣，连忙行礼道谢。

慈安宫里的熏香闻久了就有些呛鼻，唐灼灼不想多待，可刚准备起身，外面就传来了沉稳的脚步声。

关氏的眼皮子狠狠地跳，不动声色地又将怀中的东西藏得更严实些。

不能叫霍裘发现。

不然一切都完了。

霍裘来的一路上看似无动于衷，步子却走得急，如今一进内殿就皱了眉头，小姑娘一身牡丹色的宫装，身边却站着两个妙龄女子，一个个拿眼睛偷偷地瞥他。

他指腹摩挲了一下手中的玉扳指，略带警告地望了一眼巧笑嫣兮的小女人，昨日晚间她才一声声应下，再不将他推给旁人，今日这又是唱的哪一出？

唐灼灼见状，微微笑着指了指关烟与关筠两人，道："皇上来得正好，母后将两位姑娘接来慈安宫住了一段日子，这会儿刚要送出宫呢。"

霍裘不置可否，又望向关氏，问："母后身子可好些了？"

至于那关氏姐妹二人，瞧也没瞧一眼。

关氏抬起眸子，极牵强地笑，道："有些乏了，哀家便不陪着了，皇帝和皇后先回吧。"

唐灼灼落后霍裘几步，最后瞧了一眼殿中遗落的点点碎纸屑，抿了抿唇。

待出了慈安宫，叫人将关筠姐妹送出宫后，霍裘就毫不避讳地寻了唐灼灼的手握着，微凉如玉的触感叫他带了一丝笑意，道："娇娇说了什么？竟能从母后手中要到人。"

瞧起来对那两姐妹的事并不是一无所知。

唐灼灼偏头望了一眼男人坚毅的侧脸，又瞧了瞧前方白色朦胧的一片，心里烦乱得很。

她本来就是个急性子，藏不住话，但在这男人面前，稍有不慎一个细微的表情就会被顺藤摸瓜查到些什么。

"臣妾直说皇上不喜欢，母后自然就放人了。"

她蹲下身子，雪白娇小的一团，青葱的手指捻了一小团雪末，面上因为被冷风吹着而泛出些微红来，霍裘觉着她孩子气的好笑，伸手抚了抚她乌黑的发丝，道："清远侯的婚事定在了下月月初，那小子倒也心急，赶着要在年前将人娶回去。"

唐灼灼闻言，忍不住笑着道："这样才好。"

总算是有一件喜事了。

霍裘见她难得开心，在宫道的拐角处将人逼到了墙角，眼底的光亮看得唐灼灼心惊。

"皇上？"

霍裘轻笑着应了一声，伸手将她细碎的鬓发挽到耳后，眼底的痴迷不加掩饰："朕若允娇娇出宫一日，可有何好处？"

唐灼灼有样学样，纤细的手指点星带火，从男人的鬓角滑落到下颚，看他有些禁不住地微抬下巴，吐气如兰，道："娇娇想给皇上生个孩子。"

她眉目间带着温软的笑，话却像一瓢冷水，淋得男人面上的表情寸寸瓦解，最后只剩下长久的令人难以喘息的沉默。

霍裘面上的表情凝结成了冰，片刻后才拉着她的手将她轻轻拢在怀中，声音都带着些颤抖："娇娇，咱们再等等。"

他只知晓江涧西那日来给了唐灼灼一瓶药散，可具体功效，却只是心中模糊有数。

可怎么猜测，也只是认为那药强身健体于女子有益，却没敢想竟真能医好不孕之症。

崇建帝一生戎马，战场与朝堂上当之无愧的铁血人物，今日听到这句"想给皇上生个孩子"的话时，却险些红了眼眶。

四面八方吹来的冷风像刀子一样刮在脸上，生疼生疼的，唐灼灼索性将脑袋埋在他胸膛前，也不抬头，只是瓮声瓮气地问："为何还要再等等？"

他有多想要个孩子，她是知晓的。

虽然他从不在她跟前有所表露。

霍裘眯了眯眼睛，道："还不是时候。"

小女人身子一如既往的柔软，就是隔着厚厚的衣物，勾人的身段也足以叫人遐想联翩，可实在是太瘦了，叫她现在怀上孩子，他想想都觉得心惊胆战。

第二十章

得償所願

长春宫里地龙烧得极旺，唐灼灼笨拙地解了男人身上的大氅，刚端着热茶抿上一口，这才觉得身上的寒意有所消退。

　　瞧着时辰，也是时候用午膳了。

　　霍裘今日的心情十分好，好到唐灼灼连着用了几块糕点也没有沉下脸色，她觉得有些不对劲，笑得眯了眼睛问："皇上今日遇到什么好事了？"

　　"全安，将人带上来。"

　　唐灼灼不明所以，朝着殿外一看，顿时紧紧地抿了唇。

　　隔着一扇珠帘，跪着的人形容可怖，凌乱的黑发和着血水粘在额头上，只能瞧见几道错杂的长疤从眼角划到了嘴角口，覆盖了大半张脸，观其神色，却是神志全无了。

　　唐灼灼倒吸了一口凉气，细细观察，倒是霍裘嘴角蕴笑，气定神闲地朝着全安摆了摆手："带下去吧，别吓着皇后了。"

　　殿中的血腥气经久不散，唐灼灼玉手托腮，片刻后才听到了自己带着震惊的声音："霍启？那如今淮南……"

　　霍裘倏而一挑眼角沉沉发笑，手指轻敲，道："擒贼先擒王，如今淮南地区，不过一盘散沙，没了首领，也没了带兵领将的元帅，拿什么与朕的大军抗衡？"

　　男人声音里罕有的喜意叫唐灼灼也跟着弯了眼睛，她飞快地道："恭喜皇上，心愿得偿。"

　　霍裘原本就生得极为俊朗，如今笑起来一扫阴鸷压抑，叫人觉得如沐春风。

他握着唐灼灼的手把玩，一个个地戳着上面的小肉坑，片刻后不满意地轻啧一声，道："怎么还是这样瘦？一点也不长肉。"

唐灼灼心里藏着事情，兴致不高，敛了情绪微嗔道："旁人都是希望自家夫人身子纤瘦长得好看，怎么到了陛下这，就总盼着臣妾长肉？"

霍裘凑近了她，细细看了她两眼，而后道："小傻瓜。"

他一声再细微不过的喟叹，唐灼灼只觉得像是饮了清酒一样，分明浅尝辄止，却已醉得深了。

日子一晃过得飞快，琉璃与清远侯的婚事定在了一月初五，正好是一年中最冷的时候。

宫里倒也没什么变化，唐灼灼的生活过得再舒心不过，不知是因为那颗药丸，还是江涧西给的药散的缘故，她一日日地将养下来，竟真的长了些肉。

就在唐灼灼满心期待着出宫观礼的时候，却又被宫里发生的一件事阻了步子。

皇太后关氏请旨前往龙鸣山上的寺庙礼佛！

出乎意料的是，霍裘一口就答应了下来。

彼时，唐灼灼正在御书房中伴驾，金炉中熏着她最惯来爱用的香，她亲眼见到男人落笔了一个准字。

白纸黑字，干脆利落，一丝犹豫也没有。

几乎就在那一刹那，唐灼灼生出些怪异莫名的心思。

霍裘是不是早就知道了什么？

虽然那娃娃是从她宫里挖出的，这事她并未对任何人说起，可以这男人手段，若是发觉了什么蛛丝马迹，便一定可以顺藤摸瓜将一些陈年旧事牵扯出来。

唐灼灼抿了抿唇，有片刻的失神，而后试探着问："皇上，山里清苦，母后也老了，这时候去礼佛是否欠妥？"

霍裘放下手中的墨笔，往窗外瞧了一眼，揽过她纤细的身子，对这个问题避而不答，只是道："再过两日，朕陪娇娇出宫。"

可那个落下的"准"字，却再也没有改动过。

甚至连慈安宫都没有再去过一次了。

夜里，床幔轻挪，一时春色无边，欢愉过后，唐灼灼只觉得连动动手指的力气都没有了，任由着男人将自己抱着清洗了身子，头再挨着枕头的时候，就撑不住闭上了眼睛。

醒过来的时候窗外噼里啪啦地下了大雨，寒气止不住地往被子里渗，天色浓黑，她身边的位置一片冰凉。

唐灼灼撑着身子半靠在枕头上，目光落在了窗前一侧的男人身上，夜色深浓，烛火都蓄起了幽暗的光，间或摇摆一下，霍裘身姿笔挺如松，一动也不动，像是笼罩在一片密不透风的压抑里。

她掀起被子下了床，缓步走到霍裘身后，也不说话，只是将头贴上去轻轻地蹭了蹭他的背，而后环住了他的腰。

霍裘深吸了一口气，缓缓地道："明日一早，母后便要前往寺里礼佛了。"

唐灼灼眼皮子仍有些睁不开，脑子却清醒了："皇上舍不得，便将母后留在宫中吧。"

霍裘面上极快地闪过一丝挣扎，而后归于平静："不必了，寺里是个好归宿。"

唐灼灼默了默，学着他往常一样，轻轻地在他后背上抚了几下，声音中还带着软软的糯意，和身子一样的软，道："别伤心，我陪着你的。"

哪怕这样的安慰并不能缓解什么。

良久的沉寂过后，霍裴捧了她的小脸，亲了亲额心位置，声音里带着自己也没有察觉的温柔，道："夜里冷，快回床上躺着。"

小姑娘应得倒是快，只是环着他的手臂却不松开，睡眼惺忪的脑袋软软地贴在身后。此情此景，霍裴觉得好气又好笑，手里的动作却是十分实诚，将人好生抱起坐在床沿上，轻声细语地哄。

最后，直到小姑娘沉沉睡过去，霍裴抬起眸子，食指摩挲着她娇嫩的脸颊，声音柔得不像话："也不知道是谁安慰谁。"

第二日一早，难得出了太阳，冬日的暖阳比金子还难得，照得红墙悠悠，宫阙重重，长春宫又添了几分活力。

这些日子天气相比前阵子暖了些，唐灼灼起得也要晚一些，她支着身子起来洗漱，安夏这时候端着一件舒适的罗裙过来，说是陛下吩咐送来的。

唐灼灼原本低着头磨着口脂，听了这话抬起头来，瞥了几眼那件长裙，问："尚衣局新制出来的？"

瞧着也不怎样出彩。

安夏笑着摇头，如实说道："皇上身边的公公说了，就是寻常的衣物。"

"娘娘您忘了？明日就是琉璃郡主的大婚之日了。"

唐灼灼自然没忘。

只是她原本以为明日赶早才能出宫的，可瞧着这架势，说不定今日就能出去。

等用过午膳，帝王仪仗停在了长春宫门口。

霍裴进殿的时候，唐灼灼正在缝制寝衣，一件明黄色的里衣，想也无须想，就知晓是为谁缝的。

安夏突然没了声音，唐灼灼抬眸一望，面上顿时溢出几缕笑意，伸手朝他招了招，道："皇上，过来瞧瞧这个花样喜不喜欢。"

堂堂帝王之尊，被她这样招之即来挥之即去的，却生不起丝毫的恼怒心思，霍裘心中低叹一声，脚下却像是有自己的意识一样，大步走到了她跟前，盯着那团黑青的绣面瞧了半天，最后皱着眉头问："这是什么？"

唐灼灼不太开心地抿抿唇，指着那团东西道："这是祥云纹，是最简单的花样了，还是不像吗？"

霍裘轻咳了一声，又仔细瞧了两眼，揉了揉她的发丝，道："不拘什么样式，娇娇亲手缝的，朕必定视若珍宝。"

唐灼灼弯了许久的腰，也有些累了，于是将那寝衣放到一边，勾了他的脖颈虚虚地搂着，将泛着红晕的食指指腹凑到他跟前，好叫他瞧清楚那上面细小的针孔，道："手都扎破了，给揉揉。"

这小女人撒起娇来要命一样，霍裘虽然早就熟知她的秉性，但还是朗笑一声，捉了伸到跟前直晃的玉指，贴上去吮了吮。

一股酥麻温热的感觉在脑子里炸开，唐灼灼也不挣扎，眼里却慢慢地蓄起了一池春水，勾得人心底痒痒。

霍裘见了她这副模样，更添了几分柔意，小女人何时做过这样的活？一双纤纤玉指跟青白的葱头一样，金贵得很，如今也为了他拿起了绣花针。

年轻的君王心底的柔情蜜意多到几乎要溢出来，他的神情一软再软，之后只剩下了低沉的叹息声："朕的寝衣多的是，娇娇何需自个儿动手？"

唐灼灼偏头去闹他，最后还是霍裘亲自挑了花钿贴在她的额心，才亲了亲她的手，哑着声音道："娇娇，朕不伤怀的，你莫伤着自个儿。"

今日天才蒙蒙亮，关氏就启程去了龙鸣山，唐灼灼要起来去送，却被男人拦了腰接着睡下。

临到头来，堂堂太后离宫，一个能做主的人也没出现，怎么都显得凄凉。

男人咽不下心底的那根刺，可看着关氏孤零零前去山寺心底也不好受，她全瞧在眼底，却也只能用这等法子来哄得他开心开心。

唐灼灼将手指抽回，别过头道："才不是为了这个。"

霍裘连连笑了几声，见她有些着恼了，才揉了揉她腰间的软肉，扯开了话题，道："我家姑娘倒是真长了些肉了。"

唐灼灼与霍裘当晚就出了宫，明里暗里的护卫暗卫自然都做了伪装，等一顶小轿缓缓驶出宫门的时候，西边的红霞滚滚，铺成了一大片织锦。

皇帝微服出巡，且身边还带着皇后，的确不算件小事，唐灼灼在马车的颠簸中来了些困意，掩着唇打了个哈欠便软软地靠在男人的肩上阖了眸子。

天渐渐地黑了下来，风已迫不及待地夹杂着刺骨的寒意往人身上吹，唐灼灼被霍裘唤醒的时候，蒙了一小会儿。

霍裘微微地低下头，抵着她的眉心笑道："最近怎么这般嗜睡？可是晚上累着了？"

唐灼灼听他说起昨天晚上，不由得松了松酸痛的手腕，微嗔着瞥了他一眼，脸上也不知是因为才睡醒还是别的什么原因而泛起红晕。

霍裘眼底沁出笑意，日日夜里娇香软玉在怀，他正是血气方刚的年纪，除了长春宫里娇养着的这位小祖宗，也没有别的人近身，念着这段日子她身子虚，每每情动都是强忍着，这一忍，就是一个多月的工夫。

昨晚，却是着实忍不住，折腾得狠了些。

那样欢愉刻骨的滋味，足以叫人迷失心智。

外面的细碎脚步声打破旖旎，唐灼灼眨了眨眼睛，伸手将帘子掀开半大的缝，刚一瞧清楚外边的情形，便惊得掩住了唇。

朱色木门屹立，门下掩着数代的历史兴衰，见证着几代的皇权更迭，可最触动人心的却是那入骨的熟悉，那是她从出生到出阁前的所有回忆。

唐府。

这下，唐灼灼残存的几分困意彻底没了，她偏头望向霍裴，声音因为激动而有几分不确定的颤抖："咱们今日，歇在府上吗？"

霍裴瞧着小姑娘亮晶晶蕴满了希冀的眼神，心头有些发痒，他揉了揉她的手腕，摇了摇头，道："今夜你先住着，朕还有事，明日一早，便来接你。"

他身份不同，若是一同住下，唐家人难免注重君臣有别，他倒是无所谓，可小女人日思夜想着合家团聚，难免也会不自在。

唐灼灼被人扶着下马车时，又匆匆扭头，蹑手蹑脚地钻到霍裴身边，在他脸颊一侧落下个鹅毛一样的吻。

稍触即离，又酥又麻像过电一样。

小姑娘纤细的背影如同一片落叶，倏地就飘进了那两扇红门里，若不是身边的软垫上还残留着余温，霍裴简直都要怀疑他不过是做了一个梦。

小没良心的，真的头也不回地就进去了。

霍裴剑眸微垂，直到那两扇门又缓缓地合上，发出嘎吱的声音，方才扯了扯嘴角，冷声吩咐道："去清远侯府。"

今夜注定无眠的，可断不止他一个。

唐玄武和良氏听了消息，急急地赶了出来，正巧遇上唐灼灼疾步走过来，良氏当即就落了泪，唐玄武到底是沙场猛将，性情刚硬，但饶是这样，也还是微微红了虎目。

唐灼灼的手被良氏紧紧地握着，将基本情况解释完后环视四周，问："爹，哥哥们呢？"

唐玄武对这个小女儿一向溺爱，可对三个儿子，更多的却是严厉，此刻一听她问起，就绷了脸，一板一眼地道："你三哥读了这么多年圣贤书，眼看着今年就要参加科举了，却临到头时变了卦，要跟着你二哥学武。"

"简直胡闹！"

唐灼灼知道父亲气恼的原因，从文习武皆不是儿戏，讲究持之以恒，这时改文学武，可不是嘴皮子上下一合的事，也难怪唐玄武大动肝火。

她朝着良氏眨了眨眼睛，没有继续问下去了。

夜深露重，唐灼灼歇在了以前的闺房里，房里干净，又烧上了炭火，倒也不冷。

伺候在身边的是安夏，她刚端了一碟子点心掀了帘子进来，笑呵呵地道："娘娘，这是厨房里的杜大娘做的莲子糕，夫人记着您爱吃，就特意叫做了送过来。"

唐灼灼将手头泛黄的旧书放下，抬了抬眸子，从软椅上起身："的确是许久没吃了。"

有些东西，重温起来既熟悉又陌生。

炭火噼里啪啦地轻响，唐灼灼怀中抱着个汤婆子，又起身去开了小窗，顿时一股夜里的寒凉夹在细细密密的小雪粒里，刮进了房中。

"瞧这样子，明日又是一场大雪。"她心里记挂着琉璃的婚事，细长的眉毛都皱了起来。

安夏笑着宽慰道："寒冬瑞雪，是个好兆头呢，娘娘也不必担忧，清远侯为人极好，正与郡主相配呢。"

可比那什么草原上的可汗好多了。

唐灼灼想着，也勾了勾唇，略慵懒地道："也是这么个理。"

就在她望着窗外出神的时候，良氏在外面低低地唤："灼儿，可睡下了？"

安夏瞧了唐灼灼一眼，急急地去开了门。

"母亲，外面冷，您怎么来了？"

良氏脱下了外面的披风，凑近火盆暖了暖身子，才握着唐灼灼的手叹了口气："娘放心不下，想来与你说会儿话。"

唐灼灼身子一软，靠在她肩头没骨头一样地轻哼，就如同小时候那样，听话得不得了，良氏心都要软成了水，再开口时，声音里都是哭腔："我和你爹自幼最放心不下你，你生下来的时候，弱得很，小小的一团，我都不敢抱你。"

"好容易养大了，想着给你找个靠谱些的人家，不拘大富大贵，只要家中清净，真心对你好的，可阴差阳错，竟去了那等吃人不眨眼的地儿。"

这种话，良氏平素里是断断不会说的，可如今在自己府上，年纪也大了，好容易见到唐灼灼，话自然多了些。

唐灼灼一句句都应下，烛光柔和，风霜暂歇，良氏抿了口热茶，压低了声音问："你与皇上成亲也一年有余了，肚子可有消息了？"

唐灼灼有些囧，手不自然地抚上小腹，腼腆地笑："皇上说顺其自然，得先将身子养好，不然他不放心。"

软糯糯的声音却叫良氏一颗心都放进了肚子里，她慈爱地捏捏唐灼灼的手，感叹道："皇帝是个会心疼人的。"

总算没负了当初信誓旦旦放下的话。

而另一边的清远侯府里，张灯结彩，灯火通明，喜庆热闹之意漾满了整个院子。

是夜，落下了满地的银白，石亭子里的石桌，被擦得干干净净，桌上摆着几壶清酒，几碟小菜与点心。

雪渐渐落大了，透过层层的帷幔，仍有几粒雪渣子落到了其中一人的手上，遇热则化，留下丁点的濡湿。

霍裘饮下一口烈酒，从喉头烧到了心口，眯了眯眼睛，道："此次淮南之事，做得好。"

纪瀚拱了拱手，笑得清润："皇上谬赞了，臣不过是食君之禄，为君分忧罢了。"

这话说得轻松，可霍裘知晓其中的艰险与不易，他沉吟片刻，道："兵部侍郎之位尚还空着，朕有意让你任职。"

开口便是从二品的官职，足可见霍裘对纪瀚的看重与欣赏。

从古至今，男人的追求莫过于加官晋爵，妻和妾美，这样的诱惑，足以叫人争个头破血流，却叫崇建帝张口就许给了他。

纪瀚瞳孔稍稍缩了一下，而后将杯中的酒一口饮入肚中，热意升腾，他笑着摇头，道："皇上，您就别诱惑臣了。"

"臣过惯了闲云野鹤的生活，这回留在京中，也是为了求娶琉璃郡主，至于朝堂中的浑水，却是不想沾的。"

霍裘挑了挑眉毛，望了一眼四周，略显玩味地道："屋塔幕率十几个蒙塔轻骑乔装进了京都。"

纪瀚面上的笑意一点点隐了下来，而后凝成了一种惊疑与震怒之色，许久没有出声。

在这当口，屋塔幕好好的草原不管，悄无声息跑来京都，背后的目的、心思路人皆知。

霍裘亲自给自己倒了一杯酒，浅浅饮完，便站起了身，男人身姿高大威武，声音里蕴含着数不尽的压迫威仪："该如何你自己定夺，只一点，想好了便莫再后悔，也莫负了彼此。"

说罢，便大步踏入黑暗中，只剩宫灯盏盏，一路朝着主院的位置蜿蜒。

纪瀚坐在原地，片刻后轻声吩咐道："明日迎亲的队伍人数再加一成。"

他站起身来，负手而立，盯着挂在府中各个角落的红灯笼，上面雾一样柔和的光亮喜庆得很，他想起小姑娘的模样，勾唇笑了笑。

"这时候才想起后悔。"

"不觉得晚了些？"

第二日天才泛起蒙蒙的青光，唐灼灼便醒了，她心里惦记着琉璃的婚事，倒是突然生出了几分紧张与感慨来。

琉璃要嫁的，不是她心上之人，却是将她安放在心上的人。

安夏进来伺候的时候，手冻得通红，眉眼间却是兴奋之色居多，一边为唐灼灼梳发一边道："娘娘，皇上的马车已在后门停了许久了，夫人叫您收拾好了便早早回宫去。"

良氏还不知晓她是为了琉璃的婚事而出宫凑个热闹。

唐灼灼涂着口脂的动作一顿，而后讶异地抬眸，问："皇上没进府里来？"

安夏摇头："虽说清远侯今日大婚，皇上停的又是后门，可到底怕人多眼杂，传出去惹人诟病。"

而等她真正到前院的时候，还是被眼前瞧见的一幕惊得睁大了眼睛。

男人一身清贵，眉目柔和谦逊，俨然就是一副谦和的公子样，把日日在朝堂感受寒凉与威压的唐玄武唬得一愣一愣的。

特别是霍裘那一声"岳父"，莫说是唐玄武，就是日日伴在君侧的唐灼灼，也有片刻的失神。

见她来了，良氏几乎求救一样地挽了她的手臂，竭力自然地道："娘娘可来了，陛下等了许久了。"

等坐了京都最大的酒楼里，唐灼灼才堪堪缓过神来，包间里，珠帘轻晃，圆润的珠子碰撞在一起，带出一连串的脆音。

外面嘈杂乱错的声音越来越大，唐灼灼丝毫不受影响，没脸没皮地挂在霍裘身上，两条腿如藤蔓一样，在他耳边吐气如兰，瞧着他冷静自持的表情土崩瓦解，笑得弯了眼睛。

"我方才见爹爹的表情，也是被皇上的那声'岳父'给吓到了。"

小女人声音甜腻，霍裘手垫在她臀后，神色莫测，带着玉扳指的手指摩挲着她的半边脸颊。

说来也是好笑，所有帝王家的大忌全被这女人碎得一干二净。

而他竟还近乎荒谬地宠了再宠，做什么都怕委屈了她。

全然失了方寸，与他从小学习的帝王之道背道而驰。

唐灼灼主动地去蹭他的手掌，半晌后懒懒地笑："皇上这样给臣妾面子，那生辰之日，娇娇便送上一份大礼。"

霍裘哑然失笑，朗笑几声应了声"好"。

今日迎亲的队伍浩浩荡荡，堪比亲王娶亲仪仗，锣鼓喧天，鞭炮齐鸣，唐灼灼见了，伸手指了指黑色骏马上笑意清隽的纪瀚，笑道："果然是新郎官最精神俊朗。"

下了一夜的雪这时候倒停了，一片的银装素裹里，红色的迎亲仪仗浩浩荡荡，红与白，静与动，碰撞出另一种风韵来。

小女人不安分，又爱看热闹，偏偏还要与他黏在一块，霍裘没了办法，眉目一厉，唐灼灼便老实不少。

他寻了一张椅子坐下，将她圈在臂弯中，唐灼灼生得玲珑，这样一来，竟像是小孩子一般，将他怀中的空隙占得满满当当。

安夏低着头将楼里最出名的玫瑰月露酥送进来，一眼就瞧见自家主子头蹭在皇上的下巴上，或许是这样的事看得多了，竟也有些见怪不怪，轻手轻脚地出去了。

"来了。"倏而，霍裘眼神一冽，缓缓道。

唐灼灼尚不明所以，扭头望着霍裘，直到她顺着男人的目光移到迎亲队伍一侧的看热闹百姓身上。

这样的时候，爱找乐子的平民百姓是不会错过的。霍裘指给她看的人，身上穿着再普通不过的破絮衣服，面色却极其阴沉，周身被裹得紧紧的，只露出半个脑袋和那一双如鹰的眼睛。

唐灼灼原本含笑的目光凝成了冰，她一字一句地道："屋塔幕？他想做什么？"

霍裘揉了揉她腰上的软肉，又抚平了她深深皱起的眉心，别有兴味地道："静观其变就是了，瞧，有人也发现了。"

这人，自然是稳稳骑在马背上的新郎官，清远侯纪瀚。

在所有人的屏息凝神中，迎亲队伍缓缓地过了这条巷子，而人流也跟着队伍移动，屋塔幕却只是呆呆地站着，毫无行动。

直到几盏茶的工夫过后，队伍又返了回来，后面还跟着一顶喜庆繁复的大红花轿。

这会儿的鞭炮声比来时更响了，噼里啪啦地奏成了摄人心魂的一曲。

隔了太远，唐灼灼瞧不到屋塔幕脸上的表情，心都提到了嗓子口。

若是真如她所想，众目睽睽之下，这事必定无法善后了。

这个蠢货，早干吗去了？

这时候来惺惺作态，难免叫人作呕。

可出乎所有人意料的是，屋塔幕真像前来看热闹的百姓一样，除了脸上没有笑意，其他什么动作也没有，屋塔幕始终跟在后面，直到那顶喜轿进了侯府的大门。

唐灼灼这时候倒有些看不懂他了："这个可汗，倒也是个奇人，冒着危险潜入京都，就为了亲眼看琉璃出嫁？"

霍裘挑了挑眉毛，轻嗤了一声："懦夫而已。"

有些人和东西，唾手可得时不在意，失去了又追悔莫及。

可再后悔有什么用呢？

唐灼灼睫毛颤动了几下，突然伸手环了男人的腰，鼻尖缭绕的都是淡淡的松香味，可靠得很，叫人心安。

霍裘将人抱起，心中低叹一声，问："怎么了最近？可是肚子又疼了？"

动不动就发呆，稍不如意那眼泪就像是流不尽一样，愣是叫男人心都提在了嗓子眼，连着向下面伺候的人发了几通大火。

唐灼灼下巴磕在他的胳膊上，样子无辜乖巧，摇了摇头，道："不疼，就是有些饿了，还困。"

小女人如今抱在怀中确实较之前增了些重量，霍裘半颗心放回了肚子里，蕴含着几丝笑意，道："先吃些糕点垫垫肚子，回宫用了药膳再睡，娇娇听话。"

唐灼灼一听到"药膳"这个词，心都颤了颤："怎么还要吃药膳？我都快吃得浑身泛苦水了。"

霍裘剑目一挑，对小姑娘的抱怨习以为常，哪里就有她说得那么夸张？不过是没什么味道，清淡了些，每日重复着那些花样，可对她身子有益，哪怕远远不及江涧西给的药，也聊胜于无。

哪怕是现在，只要一想起江涧西当日说的话，霍裘都觉得有些喘不过气来。

即使唐灼灼已一再保证与解释过了，他也仍有些不安，这种情绪深埋在心底，种下了一颗时时小心的种子。

他怕她离开，怕得要命。

霍裘敛了情绪，捏了捏她的鼻尖，声音低沉，如醇酒入喉："娇娇不想要小孩子了？"

唐灼灼一愣，旋即将头埋在了他的袖袍间，只露出红透的耳根子。

在他瞧不见的地方，唐灼灼眨了眨眼睛，一只手轻轻地状似不经意地触了触腹部，隔着厚实的小袄，她似乎能感受到身体中的另一种心跳。

那日回宫之后，紧接着落了今年最大的一场雪，一下就是两天，往日在阳光下流光溢彩的瓦片上如今裹了厚厚一层的雪，气温急转直下，树梢枝头的雪水凝成了冰柱，齐齐地垂落下来。

长春宫里，唐灼灼纤细的手指夹着一颗黑子，殿中暖意洋洋，她微微抬了下巴，将棋落在了棋盘一角。

坐在她对面的男人挑了挑眉毛，瞧她怀中抱着汤婆子，一副慵懒得不行的模样，他落下了最后一子，结束了棋局。

唐灼灼拂袖扫乱了棋盘，玉手托腮，道："陛下怎么又输在臣妾手里了？"

小家伙没脸没皮，黑的都给说成白的，分明是自个缠着要对弈，临到头了又要耍赖。

殿中的熏香不知什么时候被撤了，再没有以前的那种暖香，可真将小姑娘揽在怀里亲了亲眼角，才闻到她身上更明显的奶香味儿。

"怎么跟个孩子一样？"

他手臂搂得越发紧了，将头低下来，下巴抵在唐灼灼的脑袋上，笑着问："说好给朕备的大礼呢？小骗子，嗯？"

　　唐灼灼笑着瞥了他一眼，道："等晚上宫宴之后，再告诉你。"

　　帝王生辰，不是一件小事，礼部早早地就开始计划此事，宫中里里外外都布置了一番。

　　夜晚，冷得出奇，唐灼灼身子越发懒了，整个宫宴，坐在上面看着下边谈笑风生，倒是瞧见了刚嫁进侯府的琉璃，趁着无人注意，后者冲她眨了眨眼睛。

　　唐灼灼唇畔的笑意更浓郁了些。

　　待回了长春宫，微醺的男人借着酒劲从身后抱住她，闹着闹着呼吸就急了起来。

　　唐灼灼笑着捧了他的脸，问："皇上不想知晓臣妾备的什么大礼？"

　　霍裘眉目深深，笑而不语，片刻后，才在小女人晶亮的目光下俯身，轻轻地在她洁白的额心上啄了啄，声音嘶哑，道："不要礼物，什么礼物也比不上娇娇陪在身边。"

　　也不知怎的，平日里男人倒也时不时蹦出一两句情意绵绵的话来，可今日这一句，竟叫她有些想哭。

　　男人身上的酒味不是很重，淡淡的清冽味道，除此之外，还有一股墨竹的冷香，怀抱十分的暖，唐灼灼偏头，笑得十分开怀："可是臣妾备了许久了。"

　　霍裘从鼻间"嗯"了一声，松开了环着她纤腰的手，抬了眸子好整以暇地微微颔首："那是得好好瞧一番。"

　　他的目光锐利如鹰，被盯上了便有一种无处躲闪的错觉，唐灼灼却浑不在意，雪白的脚腕上银铃叮当作响，叫人心里一颤一颤的。

　　霍裘喝了酒也站得笔直，似有所感般深深地皱了眉头，却没有瞧到她身边有什么不一样的东西，直到小女人浅笑着握了他的手。

　　柔荑微凉，如玉如珠，却又软得如同棉花一样。

小女人就这样站在他跟前，只到他肩膀的位置，娇娇嫩嫩一团，每次瞧着她这副模样，霍裴就怎么也不敢使力了，话说重了怕她难过得掉眼泪，就连抱在怀中，都小心翼翼地护着。

　　真真就是个宝。

　　只是现在，崇建帝心头的这块宝，眉目带着柔和的笑意，映得眼角泪痣妖冶，唐灼灼牵着男人的手，隔着一层小袄，缓缓地贴在了小腹上。

　　她也不说话，这殿里一瞬间就陷入了死一样的寂静。

　　这样的寂静持续了许久，男人沙哑无比的声音才艰难吐出，每一个字都耗费了不少的气力。

　　"这是……什么意思？"

　　唐灼灼难得见他呆愣的模样，上前几步，两条胳膊环住了他精瘦的腰身，声音连着绕了几绕："生辰礼呀，皇上傻啦？"

　　她的这句话如同一张铺天盖地的网，将霍裴惊得连呼吸也轻了起来，男人剑目幽深，目光缓缓地移到女人的小腹上。

　　纤腰楚楚，小腹扁平，丝毫瞧不出里面藏了怎样的玄机。

　　却让泰山崩于顶也面不改色的男人手一抖再抖。

　　唐灼灼也不急，杏眸弯弯，里面蕴含着数不尽的星子点点。

　　霍裴喉结上下滚了几圈，而后猛然抬头，高声道："传太医！"

　　倒是将外面伺候的一干人等吓得不轻，以为里面的两位主子出了什么事。

　　等太医来了之后，霍裴盯着女人手上的那块雪白丝帕，身子绷得死紧，眼睛也不眨一下，恨不得能自己上去把脉。

　　外面北风呼啸，寒意凛然，唐灼灼抬眸观望男人的表情，恰逢他也直直地望过来，顿时有些想笑。

　　李太医收了帕子，抚了抚胡须，心中有些疑惑，但面上仍带上了笑意，道："恭喜皇上，娘娘这是有喜了！"

"如今胎儿尚小，不过月余，娘娘还需比常人更注意些，等会儿微臣下去开些调理的方子，娘娘按时服药即可。"

霍裘虽然早有猜测，但这会儿得到太医的证实，还是忍不住紧了紧垂在身侧的手，最后看了一眼唐灼灼，竭力平静地问："此时有孕，对皇后身子可有危害？"

唐灼灼讶异，没想到他第一句话竟是先问了这个。

李太医虽然百思不得其解，却还是如实娓娓道来："上回娘娘惊马，微臣就替娘娘诊过脉，当时娘娘外虚内热，阴阳失衡，身子亏空厉害，且有不孕之症。这次一瞧，却十分不同，虽然身子依旧算不得康健，却比上回好了许多，好生调理着，对娘娘身子不会有太大的影响。"

说罢，他重重地叹了一口气，道："是微臣无能，当不得江神医万一。"

皇后娘娘也好运气。

霍裘一直悬着的心就这样放下了，萦绕在胸口久久不息的，只剩下满腔无法言说的喜悦。

等伺候的人都出去了，这殿里便又恢复了死一般的寂静。

最后还是唐灼灼站起身来，走到他跟前，伸手牵了他的小指，这时候才发现这男人的身子僵直得不像话，如同亘古伫立的石像一般。

她埋首在男人的胸膛前，蹭了几下，目光柔和得不像话。

她服下了叶氏给的药丸，就在江涧西进宫为她诊脉后不久，再加上还有他留下的那瓶药散，配合着日日的药膳调理，身子眼看着一日比一日好。

可就在前不久，又开始嗜睡，胃里泛酸，喜怒无常，恨不得整日躺在床榻上才好。

她自个儿跟着江涧西也学了许多东西，只是当时脉象太浅，瞧不出什么来，直到几天前，才终于确定下来。

心情自然十分微妙，没有想到这个孩子来得如此之快。

"这个礼物，皇上可还喜欢？"她环着男人的腰，声音软得不像话。

霍裘将人抱得紧了一些，却也不敢太用力，努力使自己的声音平稳下来，却还是又沙又哑，微微斥道："胡闹，明知自个有孕，为何瞒到现在？"

"头一个月瞧不怎么出来的，皇上怎么收了礼就不认人啦？"满腔激动深情之后，是她微嗔地胡搅蛮缠。

因为太医再三嘱咐头三个月格外重要，外面又是天寒地冻的，所以长春宫所用，皆被换了个彻底。

唐灼灼也没个清净，吃下去的东西隔了不久就全吐出来了，前段时间长的肉，又迅速地减了下去。

这胎怀得实在是艰难。

每日早中晚，霍裘必定得来长春宫亲自瞧着哄着，叫她把滋补的药膳喝进去，才稍稍放心一些。

这样的日子，一直持续到过了年开春，唐灼灼的肚子已然显怀，与头几个月的吃什么吐什么不一样的是，这会儿就是刚用完膳，也觉着腹中空荡荡的，非要再用几块点心。

霍裘心里绷着的弦，终于松弛了些。

这日，唐灼灼难得起了外出走走的心思，身边伺候的老嬷嬷喜不自胜，连声道好。

她的肚子吹皮球一样地大了起来，不过才六月的身子，双脚却都水肿了，走起路来实在是困难。可日日歇在长春宫也不是一件好事啊，现在多走走活动活动，日后生产时，也能轻松一些。

这一走，就走到了晏清宫。

唐灼灼走进去的时候，男人脊背稍弯，剑眉深皱，执笔在宣纸上落下一笔，听到她的声音，动作一顿，笔下成型的字便已毁了。

小姑娘站在门口，亭亭玉立的，除了肚子隆起来了些，别的地方依旧不变，甚至脸还要更小一些。

这是他的发妻，如今正怀着他的孩子。

霍裘原本冷冽的目光顿时温和下来，单就这样看着，都觉得心都要在她灼灼的媚眼下蜿蜒化成一摊水。

唐灼灼瞥了一眼他桌案上的字，吃吃地笑，而后问："孩子还未出生，皇上就着急给他取名做什么？"

是男是女都不知道呢。

"提早准备些寓意好的字，离生产期也不远了。"

霍裘不敢让她久站，扶着她的腰才坐下来，就感觉到自己手掌下圆滑的一团动了动，从一边滑到了另一边，瞳孔缩了缩，竟是一动也不敢动了。

自从怀了孩子后，唐灼灼见惯了男人这样傻愣的模样，顿时捉了他的手直发笑。

这是霍裘第一次感受到血浓于水的牵绊，不由得细思，当初他母后十月怀胎生下他，没有父皇陪在身边，最后元气大伤，被至亲妹妹行邪术害死，该是何等的绝望。

这样一想，他对关氏，便再也生不起什么尊敬与不忍了。

到了八个月的时候，唐灼灼就是在院子里走几步，霍裘都看得眼皮子直跳，特别是夜里她翻来覆去难受得直掉眼泪的时候，他想遍了法子也没用，只能半宿半宿地哄着，心疼得不得了。

这日夜里，唐灼灼半夜被隐隐的腹痛折磨醒，睡眼惺忪地换了几个姿势都不舒坦，最后坐起来靠在枕头上吧嗒吧嗒地掉眼泪。

霍裘哪里见过这种架势，剑眉深皱，才下意识地将人搂在怀里，就见她身子微微地抖，带着深浓的哭音喃喃道："疼……"

这次的疼比什么时候都要剧烈，唐灼灼在看到男人变了脸色怒声低吼宣太医的时候，就知道自己这是要生了。

夜色如纠缠不休的恶鬼，追进殿中，内殿支起了一扇扇的屏风，空气中弥漫的皆是不安。

一盆盆的血水被端出来，霍裘别过眼睛，手抖得连茶盏都拿不稳，里面一声声的痛呼也弱了下去，他一脚踢翻了桌凳，揪着江涧西问："究竟是个什么情况？怎么会流这么多血？"

江涧西整了整衣裳，眼皮子也没抬一下，只是深深地皱眉，没好气地道："本来就要比旁人艰难些，更何况这肚子里还有两个。"

他堂堂一个神医，在家中睡得好好的，突然被暗卫捉到这里，若不是看在欠他一份情与里面那丫头的份上，接生这种事，他又怎么会做？

就在压低的痛呼声彻底消失的时候，霍裘再也顾不得什么晦气之说，直接就闯到了床榻前。

他的小姑娘躺在床榻上，浑身都是汗，气若游丝，原本嫣红的唇被咬得出了血，又结成了痂，这样的情形下，霍裘顿时别过头，不敢再看第二眼。

唐灼灼见到他来了，又含了参片吊着气，总算恢复了些气力与精神，疼得实在受不了的时候，就捏捏他的手。

一阵尖锐的疼痛过去，唐灼灼意识涣散，耳边宫人的报喜声也通通听不到了，她只瞧见了守在床沿边男人泛红的眼角，后者哑着声音在她耳边道："先休息吧，朕守着你。"

唐灼灼顿时安心得不得了，眼睛一闭就睡了过去。

两个接生婆抱着孩子来报喜，道："恭喜皇上，贺喜皇上，娘娘诞下了一儿一女。"

霍裘这才站起身来，看着小小襁褓中两张皱巴巴的脸，最后伸手抱了小闺女，脸上总算有了笑意："赏！"

初为人父，崇建帝心中的喜悦不加掩饰，当即大赦天下，朝堂中有些想将自己女儿送入宫内的见了这架势也纷纷歇了这样的心思。

送不送得进去还是两说，进去了也是一辈子守活寡，不值当。

民间都道唐氏命好，深得帝王眷爱，这下又生下了皇长子与长公主，地位稳固无忧。

唐灼灼第二日悠悠睁开眼睛的时候，一眼便见到了守在床前的霍裘。

这刚当了娘的人没什么自觉，伸了胳膊就蹭进了男人怀里，抽抽泣泣地掉眼泪，霍裘轻轻地擦拭掉，揉了揉她的脑袋，道："莫哭，朕听人说，才生了孩子便掉眼泪，日后会落下病来。"

唐灼灼瘪了瘪嘴，眼里还包着一汪的泪，咬着唇细细地道："好疼好疼的。"

霍裘将她搂得紧了几分，片刻后才声音嘶哑地道："朕知道，咱们再不生了。"

他原本就不是那么在意子嗣的人，更遑论如今儿女双全，更没道理叫自己放在心尖上的人再遭几回那样的罪。

唐灼灼抬眸，动了动身子，问："孩子呢？"

"被乳娘抱下去了，等会儿朕叫人带上来。"

他把玩着女人纤细的手指，声音一柔再柔："闺女长得比儿子好看一些，随了你。"

唐灼灼笑着听，几乎可以想象出那样的画面来，两只小小的肉团子，定是像极了她与霍裘。

霍裘说着说着，突然顿了一下，而后俯身啄了啄她的脸颊，温声道："娇娇，朕爱你，比任何人都爱。"

唐灼灼愣了一下，而后眼里蕴了泪，从喉咙里轻轻"嗯"了一声。

她一直都知道。

窗外微风细拂枝头花蕊，乳娘抱着两个孩子走了进来，现世安稳，岁月静好。

（正文完）

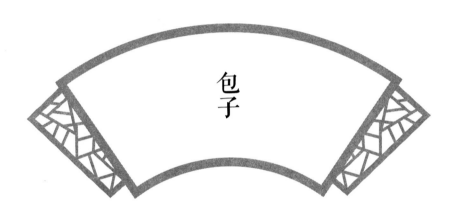

番外一

包子

寒冬腊月，过年前夕，是一年里最难熬的时候，昨日才下了雪，现在外面白茫茫的一片。

　　唐灼灼躺在长春宫的软椅上，怀中虚虚地搂着一个粉雕玉琢的奶娃娃，殿中熏着特调的果香，地龙也烧得极旺，时间久了，便有些昏昏欲睡起来。

　　她轻轻地将手里的医书放在桌子上，又替怡安盖了一层小毯子，才阖了眼眸就着软椅小憩一会儿。

　　寒雪初化，这会儿外面又下起小雨来，淅淅沥沥地听着骨子里就生疼。

　　霍裘和霍昀钰一大一小并肩走进来的时候，她们母女俩已经紧搂着睡着了。

　　年少的太子殿下到底绷不住些，才要跑过去，就被霍裘皱着眉头提了回来，后者一个严厉的眼风扫过来，霍昀钰就只好乖乖地站在炭火旁将外面带来的一身寒意驱散。

　　等一双小手都热乎乎的了，他就三步并作两步地绕过屏风，凑到唐灼灼身边，蹭了蹭妹妹睡得通红的小脸。

　　唐灼灼原本就睡得浅，这样一闹，自然也就醒了，抬头看到踱步进来的男人，才漾开一个笑容，又皱了眉头，声音绵软又带着睡过之后的沙哑："皇上快将怡安抱走，臣妾手都抱麻了。"

　　霍裘挑眉，将奶香奶香的肉团子从她娘亲怀中抱出来，原本还绷着的脸顿时就舒展开来，没忍住在闺女粉嫩嫩的小脸上啄了一口。

霍昀钰站在唐灼灼身边，冷冷地哼，极度看不惯崇建帝的这种区别对待。

这样的差别分明，简直戳心。

"昀钰今天怎么了？从早上出去到现在都不高兴。"唐灼灼笑着戳了戳他酷似他爹的小脸，问。

这时候怡安在霍裘的怀里转醒，哼唧了两声，揉着眼睛糯着声音道："怡安知道，今天潇潇姐姐回去了，皇兄就不开心。"

娇声娇气的奶糯声回荡在殿里，唐灼灼失笑，松了松手腕，而后半蹲下身子牵了她儿子的小手，美目含着笑意，道："母后下回唤潇潇进宫的时候，便叫她在宫里多待一段时日。"

一向稳重的太子殿下这会儿憋红了脸，牵着怡安的小手就哼哧哼哧出去了。

殿中燃着的香气味绵长，霍裘长臂一揽，就将唐灼灼勾到了怀中，小女人身上的奶香味与他闺女的如出一辙，勾得他心都软了。

"怎么大的小的都这么不饶人？"他从喉咙里发出几声闷笑，微凉的鼻梁蹭在她软腻的后颈上，感受着她小小的战栗，舒服地喟叹。

唐灼灼忍不住伸手去闹他："怎么皇上总对昀钰那样严厉？孩子还小呢。"

平时对闺女恨不得将心窝子都掏出来，对儿子却难得有个笑脸。

霍裘日日听她拐着弯说这些话，却还是捋了捋她的长发，耐心道："他是太子，又有天赋，肩上的责任自然也重。"

再说，都四五岁的人了，哪里还小？想当初他六七岁的时候，跟着琼元帝，什么都学，还得防着各种明枪暗箭，过的是刀尖舔血的日子。

说罢，他凑上去啄了啄小姑娘秀气的眉毛，沉吟片刻后道："昨日夜里，柳韩江的夫人失踪了。"

　　这话如同平地一声雷，惊得唐灼灼微微坐直了身子，问："叶氏？好好的大活人怎么失踪的？可有派人去找？"

　　男人沉着脸不说话，唐灼灼心里就已经有了个大概，她惊疑不定地开口，问："是江涧西带走的？"

　　这三个人的关系复杂得很，当事人也从来都闭口不谈，唐灼灼除了知晓柳潇潇是江涧西的骨肉之外，其余的东西，却是理也理不清。

　　霍裘嗤笑一声，漫不经心地把玩着小女人终于养出些肉的手指窝窝，一戳一个准，才缓缓地吐出一口浊气来，道："柳韩江并未派人去找。"

　　啧，明明一副黯然伤神的样子，眼底的乌青就是用脂粉只怕也遮不住，嘴上却逞强地坚持，说她想回来的话自个肯定会回来，若是不想回来找到了也没什么意义。

　　自个藏在心尖上的东西，竟也能割舍得下。

　　天还没完全黑下去，怡安和昀钰就钻到了唐灼灼的榻上，也不吵闹，乖乖地盖着被子望着她，两团奶香奶香的肉团子挨得极近，眼睛和黑葡萄一样的晶亮。

　　也许是做了娘亲的人，心肠总是格外软些，被他们这么看着，唐灼灼拒绝的话都到了喉咙口，却还是没能说出来。

　　她弯下身子替他们掖好被角，瞧出他们神情中的一丝紧张，轻声细语地催："快睡，不然等会儿你们父皇来了，非得又将你们丢出去。"

　　怡安长公主咯咯地笑，咬着手指尖，活像一只嫩白细滑的胖汤圆，稚声稚气地反驳："父皇才不会丢怡安，父皇只丢皇兄。"

太子殿下深深地咬牙，将胖汤圆搭在他胸口的肥手挪开，憋着一口气闭上了眼睛。

无从反驳，只因怡安说的都是实话。

他父皇的心打一开始就偏得没边了。

唐灼灼失笑不已，拍了拍儿子的背，才想安慰几句，就听到屏风后传来的沉稳脚步声。

屋里烛火轻摇，夜明珠放出异彩，崇建帝的目光落在唐灼灼柔和姝丽的侧脸上，声音一下子便柔了几个调："今日怎么这样乖？"

往日里可都是缠着要抱，娇气得不得了的。

唐灼灼很快反应过来，面上大囧，还未来得及说什么，就见男人深浓的剑眉一挑，慢条斯理地问："莫不是前些日子娇娇答应朕的，又要食言不成？"

这是哪来的登徒子？怎么现在尽说些荤话？

唐灼灼掀开被褥一角，露出两张嫩生生的脸庞，都屏着气不敢出声，只是被颤动得厉害的睫毛出卖了。

霍裘的脸一下子黑得有如锅底，就连声音也有如窗外寒冬凛雪："霍昀钰，带着妹妹回自己房里睡。"

唐灼灼拉住了他的手，皱着眉头抱怨："皇上，孩子们还小，冬日天冷，与我们挤挤也无碍的。"

胡说八道！

挤着挤着，夜里挤到自己怀里的人，就成了两颗肉团子，他都多少天没有与小女人好好温存过了？

霍裘倚在床沿边，长指轻点，身上的冷气倏然冒出，霍昀钰只好不情不愿地睁开眼睛，他抿着唇拉了拉妹妹胖乎乎的小手，酷似霍裘的小脸上满是失落。

唐灼灼最看不得这样的画面，只觉得一颗心都要被融化了，她扯了扯男人的袖口，在烛光之下，眼里似乎是涌出了泪光。

霍昀钰瞧这模样，脑袋转了转，推了推怡安，后者心领神会，顿时就哭出了声。

她这一哭，霍裘就受不住了。

怡安长得和唐灼灼极像，就连眼底那颗灼人的泪痣都如出一辙，这会儿眼泪珠子成串地掉，还打起了嗝，软软小小的身子一顿一顿的。

男人揉了揉发痛的眉心，伸手抱着怡安笨拙地哄，最后不得已，将两颗肉团子放在床榻里侧，自个和衣躺在最外侧。

小孩子忘性大，又正是嗜睡的时候，这会儿手搭手、脚搭脚地睡了过去，唐灼灼轻手轻脚地挪着身子，将手脚都搭在了暗自生闷气的男人腰上。

抵不过她胡搅蛮缠，霍裘没了法子，转过身来捂着她冰凉的小手直皱眉头，言语间多有不满："霍昀钰那小子倒是会找靠山。"

唐灼灼往他胸膛处蹭了蹭，接着他的话头道："皇上现在的心思都在怡安身上，哪里还有一点眼神分给臣妾与昀钰？"

霍裘听了这话，又好气又好笑，怡安那丫头长得那般像她，看着怡安一点点长大，他仿佛参与了这女人的前半辈子一般。

若不是这样，他又怎么会那么怕怡安掉眼泪？

就连她们娘俩掉眼泪的时候都一模一样。

一颗颗泪珠子掉下来，砸得他心都发疼。

小女人不老实，身子柔若无骨，霍裘眼底泛出压抑的光，却不得不将心底旖念一一打消平复。

床上还躺着两个小灯泡呢。

叶氏平白失踪，就如同一片落叶消失在茫茫海面上，就真的半点消息也打听不到了，而柳韩江虽是眼睁睁看着瘦了下去，却仍没有派人去寻。

　　唐灼灼嗅到了某种不同寻常的气息，想起数年前叶氏将药丸给自己时的嘱托，思来想去还是将柳潇潇宣进了宫。

　　一住就是两个月的时间。

　　三个小家伙彼此都熟悉了，这会儿更是恨不得天天黏在一起。

　　年后开春，正是冰雪初融，万物复苏之际，夜里繁星点点，唐灼灼牵着怡安进了御书房。

　　霍裘正在考校昀钰的功课，一大一小如出一辙的淡漠脸庞，一问一答颇有一种默契。

　　霍昀钰生得聪慧，随了他爹，又有最好的先生太傅教，在功课上倒没有叫霍裘怎么费心。

　　唐灼灼走上去揉了揉他的脸蛋，夸道："昀钰随了母后，什么都一学就会。"

　　谁料太子殿下并不领情，而是一板一眼地回道："谢母后夸赞，可父皇今日才与儿臣说过，万不能学母后，定要严于律己，恪守本心，不可松懈懒怠，将学业荒废了。"

　　被明里暗里说松懈懒怠的皇后娘娘笑容明显一僵，淡淡地偏头瞥向坐在太师椅上故作镇定的男人。

　　霍昀钰见父皇和母后又开始眉目传情，皱着眉头思索了片刻，而后拱手，声音中带着浓浓的稚气，却极为认真。

　　"父皇，母后，儿臣想让潇潇做儿臣的太子妃。"

　　霍昀钰小小的一个人站在他们跟前，明明还是颗雪白的团子，唐灼灼捏了捏自己的耳朵，以为是自己听左了。

　　倒是霍裘突然来了兴趣，他身子稍稍往前倾，将霍昀钰抱在怀里，饶有兴趣地问："为何？"

　　他如今不过才五岁，怎么就生出了选太子妃的想法？

且柳潇潇还大了他几岁。

　　霍昀钰生怕没人将他的话当回事，一张小脸绷得死紧，十分严肃地一字一句道："儿臣喜欢潇潇，她长得和母后一样好看。"

　　他顿了顿，接着解释："就像父皇喜欢母后那样，瞧见了就欢喜。"

　　小小的人说起话来倒是不含糊，一套一套的有条有理。

　　一边的怡安听了这话，眼泪水直掉，将霍昀钰扯到一边，自个扑到她父皇怀中，气得哽咽："皇兄昨日才说了最喜欢怡安，骗子！"

　　一阵的兵荒马乱里，唐灼灼笑得出了点眼泪，大半的重量都倚在男人身上，看着向来漠然冰冷的男人一边顾着自个儿一边哄着闺女的无奈模样，朝着霍昀钰招手，边笑边耐心地解释。

　　"这世上长得好看的姑娘多不胜数，咱们也不能见一个喜欢一个，更何况你潇潇姐还比你大呢。"

　　霍昀钰无措地抿了抿唇，却又近乎执拗地不松口。

　　有些事，现在怎么说得定呢？

　　未来的时间还那么长呢。

番外二

琉璃

又是一年春节，除旧迎新之际，崇建帝与唐皇后迎来了他们的第三个孩子。

　　又是个皇子。

　　消息从宫里传来时，朱琉正倚靠在窗子边上，瞧着外头一片蜿蜒的雪路发呆。

　　她怀中揣着个汤婆子，琉璃色的眸子泛着微微的细光，像极了湖心粼粼的水色，她瞧了片刻，又觉着没意思，随口问："侯爷在哪？"

　　"夫人，侯爷才出府去了，约摸着快有半个时辰了。"

　　近日里府上流言四起，莫过于侯爷看厌了琉璃郡主，在外头养起了外室。

　　对此，府上的女主人从来都是一笑置之，既不找清远侯求证，也不自个儿瞎揣摩，日子该怎么过就怎么过。

　　朱琉漫不经心地点点头，就着丫鬟的手坐在了软凳上，片刻后又有些不确定地开口问："消息可是属实？"

　　春锦自然知道自家主子想问的是什么，她笃定地点了点头，又给朱琉倒了一杯茶水，道："夫人放心，这话还是皇后娘娘亲口说的，三皇子满月，又恰是除夕，正正好大办一场，也叫咱们跟着热闹热闹。"

　　除夕夜，京城里爆竹声不绝于耳，家家户户门前枝头，都挂起了红灯笼，喜庆的红上覆盖着一层薄薄的雪，竟是出乎意料的柔和。

宫宴上美人袅袅，纤腰婀娜，一派的歌舞升平，朱琉替自己斟了一杯酒，含笑饮下，喝到第二杯时，酒盏被修长的手按下。

"少喝一些。"

朱琉从善如流地点头，没有再动摆在眼前的那壶酒。

六年的光阴眨眼而过，岁月却没在纪瀚身上留下一丝一毫痕迹，男人舒隽轻逸，一言一行皆是风景自成的画卷。

也叫京都一干贵女趋之若鹜。

果酒甘甜，余味绵长，朱琉纤长的睫毛微微颤了颤，而后尽数垂下，似乎全然没有感受到那一道灼热的目光。

好巧不巧的，参加宫宴的那么多侯爵将军，皇亲贵戚，偏偏屋塔幕坐在了他们的对面，朱琉浅浅皱眉，最后两人视线还是避无可避地撞到了一起。

屋塔幕目光如炬，面容更添了几分粗犷，草原男子的阳刚硬朗之意刻在了骨子里，身边站着一个侍从，这回依旧是孑身一人。

朱琉默默地移开视线，转而偏头看向纪瀚，他似乎全心全意地看着殿中起舞的美人，嘴角清润的笑一如既往。

她随着他的目光看了几眼，觉得有些意兴阑珊。

殿中暖和，上头帝王与皇后心情又好，底下的大臣眼观眼心观心的，又恰逢年关，自然比平素更热闹一些。

朱琉觉得胸口有些闷，缓不过气来，她起身覆到纪瀚耳边，道："我出去缓一会儿。"

夫妻六年，纪瀚自然知道她在这等场合胸闷气短的毛病，往常他都会陪她一起到外头转转，可今日，他只是破天荒地点点头，清透的眼瞳里看不出一丝一毫的波动。

朱琉心里一塞，不可避免地想起了外头传得沸沸扬扬的流言。

任何事情都不可能平百无故起秋风，这样的道理，谁都明白。

春锦将她扶到殿外的小桥边，朱琉死死皱着眉头，一片的黑暗静谧里，只剩下树上挂着的灯笼悠悠，春锦忧心忡忡地劝："夫人若是心里不舒坦，就去找侯爷问问吧。"

　　都成亲这么多年了，为何还要一味地嘴硬，迟迟不肯开口问上一句？

　　侯爷也是，这段时日像是变了一个人似的。

　　清熙殿中，屋塔幕的目光在纪瀚身边空着的位子上停了片刻，又冷冷地瞥了一眼那个看起来霁月光风的男人，而后悄然起身出了殿。

　　纪瀚一口灌下杯中的烈酒，捏着杯子的手猛地暴出几根青筋来。

　　六年的时间，足够他从一开始的淡然自若，变到如今这副瞻前顾后的模样，细细算起，从决定留京的那刻开始，这场感情，就注定了是他一人在唱独角戏。

　　一败涂地还贪心不足，一出戏他一人唱了六年，心早就空落落的了。

　　琉璃优秀得出乎他的意料，清远侯夫人的身份被她拿捏得游刃有余，她会笑着与他执伞漫步雨下，也会随着他心意远下江南游玩，他甚至怀疑，是不是哪天他想要纳妾，她都会毫不犹豫地笑着说一声"好"。

　　琉璃郡主的洒脱，在他身上表露得淋漓尽致。

　　可纪瀚知道，这也意味着什么。

　　意味着一场情事中完完整整的抽离，意味着她的一颗心，随着那场围猎，彻底落在了广袤的草原上。

　　他如今能做的，也只有让自己显得体面从容一些。

　　冬日的夜极冷，朱琉身上倒是不冷，只是露出来的手指，被冻得泛了红，一股子冷风进了鼻腔，她激灵灵地打了个寒战。

屋塔幕寻来的时候，她正伏在小河边的石桥上，灯笼的光亮给她精致的侧脸添上了一层柔光，小小的一只，牵动着人心。

他脚下的步子蓦地快了几分，时间不多，他看着一脸警惕连连后退的小姑娘，隔了六年，他沉淀了一肚子的话，这会儿却哑了。

"琉璃，你……你过得好吗？"

朱琉连着往后退了好几步，原本就冷漠的脸上更是镀了一层寒霜。

她话都不想多说一句，抬脚就走。

宫中人多眼杂，稍一被传出些什么，再被有心人利用，又是一场难以抽身的麻烦事。

再说了，她过得好与不好，与他又有什么关系呢？

屋塔幕横在小桥的尽头，离她仅有几步之遥，喉结上下动了动，问出了这六年他最想问的话："琉璃，我带你离开，好不好？"

朱琉气得胸口起伏不定，压着声音怒道："可汗是疯魔了不成？"

屋塔幕心沉了下去，声音也跟着低了下来："近日里京都的风言风语就是我都有所耳闻，纪瀚那厮表面装着亮节高风，背地里养着外室，你还要装看不见不成？"

这般行径，比他当初所做的错事还要过分千倍百倍，可怎么自己就只能一日一日烈酒浇喉，悔过无门？

朱琉终于忍无可忍，眼尾含着讥笑，道："我们夫妻之间的事，再如何也与你无关，他就是真的养了外室，那也是我的选择，他也在我被你逼得无路可退时娶了我！"

一席话似有千钧之力，一下子就将屋塔幕压垮了。

朱琉回到殿中的时候，纪瀚正将一杯烈酒送到唇边，见她来了，下意识地又放下了。

回到侯府的时候，已是后半夜了，天空又开始飘落下小雪，明日又没有早朝，纪瀚心血来潮，叫人提着灯笼在石亭子里摆起了酒菜。

朱琉死水一样的生活被这些时日发生的事彻底打乱，她原以为，屋塔幕是年少爱而不得的人，她就是再极力想忘却，却还是会留下深而疼痛的烙印。

直到她今日再次对上屋塔幕，才知年少的蠢蠢欲动，早已随着这六年的遥遥岁月，消磨殆尽。

时间是最残酷的绝情药，你所认为可能的不可能的，最后都成了风中扬起的细沙，了了无痕罢了。

她靠在窗子前，瞧着窗边才贴上去的喜庆窗花剪纸，终于还是忍不住开了口，问："侯爷呢？"

春锦仔细观她神色，小心翼翼地回："夫人，侯爷在正院赏梅。"

朱琉到底还是丢了手中焐着的汤婆子，几步就出了门。

石亭里，轻纱帷幔飘舞纷飞，一小片红梅曳曳，成了黑暗中唯一的色彩，男人斜卧在长椅上，面容清隽，见她来了，也只是带着醇酒般的笑意问："来了？"

朱琉轻轻颔首，等到走进那石亭子里，坐到了纪瀚的对面，才看见男人眼底不正常的微红之色。

怕是这人饮酒过度，已有三四分的醉意了。

纪瀚依旧是笑，目光轻有玩弄，对着她晃了晃手中的酒盏，轻轻喟叹道："今日夜美，雪也美，再配上美人，便成绝配了。"

朱琉抿唇不语，在石桌的另一面坐下，俏脸拢霜，琉璃色的眸子失了些光彩，她终于出声，声音低低哑哑："侯爷，咱们谈谈吧。"

狰狞的黑暗下，纪瀚面上清润笑容稍减，默不作声又灌下一口醇酒，而后轻声道："你说。"

他太过反常，这样的不可捉摸落在朱琉眼里，便叫她生出些许不自在来。

朱琉理了理思绪，恍惚间又瞧见六年前那场围猎，尚还是世子的他对着她娓娓道来。

你若想说给我听，自然会说，若是不想说，也自有你的道理。

这样一想，朱琉只觉得喉咙口堵了棉絮，想问他是否养了外室的话就怎么也说不出来了。

实则她心底门儿清，他为人堂堂正正光明磊落，是绝对做不出这样的事来的，可六年的时间，还有什么是改变不了的呢？

朱琉的目光落到他深幽的眉目上，站起身来近乎落荒而逃。

"琉璃。"纪瀚叫住了她，声音冷冷，如寒泉绕身。

"你想要离开，对吗？"

朱琉讶然，而后如实地摇头。

纪瀚从长椅上起身，带着深浓的酒味儿步步紧逼，高大的身躯将小小的人儿完全掩住，离得近了，琉璃才借着微弱的光，看清了他眼底深处细细麻麻的微红。

"侯爷，你醉了。"

纪瀚不为所动，片刻后才伸手拢了拢她的碎发，温柔得不像话："早便醉了。六年前饮合卺酒的那刻，就醉得不像话了。"

朱琉愣了片刻，而后脸上如火烧一样红了起来。纪瀚见了，唇角也勾出了一抹笑，却是无奈的意味居多："还是小姑娘的样子。"

朱琉抿唇，都是快三十的人了，马上便要人老珠黄了，哪里还当得那个时候。

纪瀚掩在宽大袖袍底下的手紧了又紧，最后笑容渐失，背对着她沉默了片刻，才低哑出声："你若是想走，就走吧。"

每说一个字，都是剜心的疼痛。

朱琉没有说话，像是冥冥之中早就预料到了一般，眼泪却已经不受控制从脸颊两侧滑落下来了。

"傻姑娘。"

纪瀚轻轻叹了一声，而后举步走进广袤深邃的黑暗中。

他那么爱她，甚至学了崇建帝，先下手为强将人娶了，却还是没能等到想要的结果。

画地为牢，这段婚姻如果没有她的爱，那这六年的时光，不止对她不公平，对他亦是。

而朱琉因为他的那句——"你走吧"，魂不守舍两日。

纪瀚也消失了整整两日。

夜里，烛火微弱，寒气深重，再厚的被子盖在身上也是清冷一片，朱琉翻来覆去睁着眼睛好半晌，最终还是睡了。

连她自己也不知道，她这是想等谁归来。

纪翰轻手轻脚进门的时候，身上依旧是一股淡雅的酒味。

他这些时日喝的酒，只怕是比过往六年合起来还要多。

她缩在床榻的一角，小小的身子蜷缩着，却无比真实。

纪瀚蓦地就松了一口气，她还没走。

朱琉一向睡得浅，这会儿听着了一星半点儿的动静，缓缓睁了眼睛。

幽烛，影影绰绰的床幔，以及坐在床沿上神情不明的男人。

她有片刻的愣怔，而后坐起身来，最先开口低低地道："夜深了，侯爷可用过饭了？我叫人热了饭菜，可要现在呈上来？"

明明时间一晃过得飞快，他们都不再是鲜衣怒马少年郎的年纪了，她却还是一口娇音糯语，一丝一毫也没有改变。

纪瀚棱角分明，被不知从哪刮来的风吹乱了几缕长发。他笑容清隽，摇头回绝："已用过晚膳，你不必费心。"

朱琉轻轻颔首，一时半会儿，竟不知该如何同他说话了。

以往六年，他们两人相敬如宾惯了，只是这段时间纪瀚如同变了一个人般，再加上谣言作祟，这让她多少有些手足无措。

摇曳的烛火发出细细的"啪嗒"声，火苗陡然蹿得高了些，映得两张面孔如出一辙的暗沉。

朱琉挽了挽鬓边细发，任由绣着双燕花样的锦被一路滑落到腰间，她咽了咽口水，稍显艰难地出声："侯爷近日里可是遇着了什么烦心事？"

纪瀚向来温和清隽，可朱琉却觉着他今夜的目光如同开春绵密的雨里藏了针，不摄人，却足够锋利。

"何以见得？"他挑挑眉，目光终于从她脸上挪开，含笑问。

"这段时日，侯爷早出晚归，愁眉不展，我便这样胡乱猜测一番。"朱琉紧紧抿唇，两条细长的眉皱成了一团，秀气得不得了。

纪瀚唇畔的笑意淡了几分，他坐近了几分，高大的身躯温热，带着叫人心安的竹香。他终于开了口，道："确实被一个问题困扰许久。

"琉璃，是否这世上诸事万般，都应了一个先来后到的理？

"若是时间差了些，便是穷极一生一世，也终究过错一场，是否？"

他纪瀚不过就是出现得比屋塔幕晚了些，如此便是娶她为妻，护得她如珠似宝，也无法抹去她心上的那个影子吗？

貌合神离，同床异梦，这样的结果，足以生生碎了他所有日久生情的幻想。

也真够叫人寒心的。

若说先前还残留了些许的困意迷糊，朱琉这会儿却像是被冬日的雪块砸中了身子，彻彻底底地清醒了。

　　她低垂着眸子，俏脸精致，直视着男人高大的身影，道："侯爷的问题，总叫人无从回答。

　　"有些东西，诸如抢手的物件、山间的老参，晚来片刻，被旁人所得，哪怕只是差了一盏茶的工夫，那也是差了。

　　"可若是什么差事，错失一次，自有下次机会，无须放在心上。"

　　她娓娓道来，一言一行叫人挑不出半分错处，纪瀚却勾勾唇，绽出了笑意。

　　"琉璃，你知晓我话中意思的，你如此聪慧，怎会不知？"

　　朱琉睫毛上下颤了颤，而后磕在了一起，他的意思昭然若揭，她怎会毫无察觉？

　　她俏脸微寒，面上清淡的笑意一寸寸淡了下去，拢了拢散在肩后的青丝，问："我该知晓什么？"

　　不等纪瀚回答，她眼角勾着银光，飞快地抛出了一个个问题。

　　"是该问问侯爷昼夜不归流连府外是否正巧应了近日里传得沸沸扬扬的流言？

　　"抑或是该问问你两日前丢下的那句没头没尾的话究竟是个什么意思？"

　　她说得有些急，声音却十分清晰，字正腔圆地拖着软软的尾音。向来风轻云淡的男人狭长的凤目一挑，长指拂过大氅的袖口，问："什么流言？"

　　朱琉别扭地偏过头去，心里梗了一口气，有些生硬地回："府里府外都说你在外头养了人。"

　　外头北风呼号，凛凛来袭，她说得极不情愿，却也仍能听出些许不满与委屈来。

朱琉话才出了口，自己就意识到了不妥。

他是清远侯，又颇受帝王重用，后院本就不该只有她一个，几年如一日的纵容与宠爱，竟也让自己跟着昏了头。

被爱的倒真是有恃无恐起来。

纪瀚眼底倏而闪烁起一束幽光，那些传得沸沸扬扬的流言，他怎么可能毫无察觉，只不过是寒心于她的无动于衷，便也懒得解释了。

她原就不见得有多在意。

"你别听外头人瞎说。"纪瀚极低地叹了一口气，像是拿她没办法一般，才要伸手寻她的手握着，就被轻轻巧巧地躲开。

他的心顿时沉入了无底深渊。

朱琉抬眸与他对视，问出了这两日来一直扰得她食不安寝不眠的问题："你那日说叫我走是个什么意思？"

纪瀚被她一句话逼得身子有些僵直。

他那日才说出那样的话便已在心里悔了无数遍。

接下来亘久的沉默，朱琉也不催促，等着他想明白开口。

朱琉是聪明人，纪瀚更是浸淫朝堂，无数阴谋中得以安然脱身，这辈子唯一能叫他心甘情愿被束缚着且还患得患失的，除了琉璃，再没有第二人。

"昨日里，外头又下了雪，我想着，若我走了，你兴许还能快活些。"最终也没有等到他开口，朱琉语带自嘲。

她生在阴私遍地的王府，父亲寡情，兄长愚钝，王府岌岌可危，情窦初开时爱上的又是那么一个人，前方坎坷崎岖，所见皆是黑暗。

可纪瀚不同，他才情卓越，身份不俗，眼底心上皆是秀丽河山，留在京都守着一隅之地，一言一行都受人所限，这并非他想过的生活。

是朱琉将他从神坛拉了下来。

她心里比谁都要清楚。

纪瀚手背上突出几根青筋来，他声音沙哑着否认："一派胡言。"

"你所言先来后到，口中的先，是屋塔幕吗？"

这个名字，六年里两人心照不宣，谁也没有再提起过，直到半月前，得知他同所有的藩王一般，上京贺喜朝拜，才引得一惯清冷舒隽的男人耿耿于怀。

也就是从那个时候开始，屡屡做出反常之举。

纪瀚凤眸缓缓合上，再睁开时又是一派云淡风轻，他伸手将小小的人儿搂到怀中，力道有些大，答非所问地强调："我没有养外室。"

他抚了抚琉璃有些冰凉的脸颊，稍显笨拙地安慰："是我不好，莫生气了。我方才叫人备好了东西，明日便动身前往岭南，你不是一直想去瞧瞧吗？"

正好春节过年期间，不用日日上朝。

既然怎么都割舍不下，那除了继续捧着放在心上，期望着有朝一日她能给出些许回应，也似乎没有别的法子了。

他的身上有股好闻的淡竹香，格外叫人心安，朱琉眨了眨眼睛，使劲将他推开了。

"侯爷是想写休书还是和离书？

"那日说的话，侯爷可还记得？"

这句话像是一柄锐利的刀子，将两具靠得十分近的身躯里的心割得鲜血直流。

纪瀚面上早已没了笑意，狭长的凤目里涌动着惊天的浪潮，他定了定心神，艰难出声："乖宝，不要闹。"

除了这句，他已说不出别的话来。

不敢问，不敢提及。

纪瀚长指微动，放在桌边的汤碗应声而碎，一地的瓷白瓦片，惊来了守夜的丫鬟和小厮。

"侯爷、夫人，可要奴婢们进来收拾一下？"

朱琉声音极冷极淡漠："不必了，都下去守着吧。"

她蹲下身子，小心地护着腹部，将那细小的碎渣子一颗一颗拢到莹白的手心里，再放置在桌子一角，不紧不慢地道："侯爷一片好心，我怎能辜负？"

纪瀚终日清隽的浅笑面容不复，透彻的寒眸中沉浮着黯然与失望，更多的却是一种由心而发的惊恐。

溶于骨血的东西被生生剥离，纪瀚只觉得从没有这样害怕失去过什么。

朱琉站在他身边，身子纤弱得像是春日里湖畔迎风飘摇的柳，他精心呵护了许久用尽了心血，却仍是为他人徒做嫁衣。

纪瀚眼底慢慢地沁上几丝锈红，他甚至能听见自己低沉的声音，叙说着自由。

放她自由。

一个微微不稳的"好"字过后，便又是北风过境，万籁寂无声了。

朱琉瞧他铁青的脸色，也觉着是时候将事情说开，免得又在两人心中留下疙瘩。

"侯爷可知，我非好游山玩水之人，缘何总将岭南挂在嘴边，央着你有时间了便带我去看看？"

她喜静，不喜舟车劳顿与奔波不休，念着岭南不过是因为知他念着那块钟山灵水，给个台阶下罢了。

"侯爷又知晓为何流言传成那样我却仍不肯开口问你的原

因吗？"

是在乎得狠了，怕自己患得患失，更是要给他独一份的信任。

她信他，比谁都要信。

纪瀚的身子随着她每一句沉甸甸的质问而绷得越发的紧，她人软乎乎的，说的话更是叫他心尖都跟着颤了颤。

"至于侯爷所说的先来后到之论，我却是不敢苟同，在我眼里，一见钟情远远抵不过日久生情。"

她声音分明没什么力道，却似是带了霞光万丈，交映生辉。

人非草木，孰能无情。她的心也是肉做的，真心与假意，她感受得再清楚不过，同样的错误，自然没道理犯两次。

寒夜簌簌，黑暗中北风肆虐，刮得窗子碰到木框上噔噔作响。

朱琉垂下眼眸，从纪瀚的角度上看过去，那张精致的面容上覆着一层冰霜，却在他瞧不见的角落，悄悄弯了眉目。

红烛燃尽，烛泪点点。

男人声音沙哑生硬，一字一句问得艰难："什么时候走？"

朱琉冲他抿唇笑了笑，晃眼得很。

真是没有良心啊，纪瀚狼狈地转过身。

"天明便走，我已叫人收拾好了东西。"朱琉朝他走近几步，单薄的一件中衣，衬得她身子纤细，明眸善睐，一股子浅淡的香味飘入纪瀚的鼻间。

那是女人生来就带的体香，往后，他便再与之无缘了。

"往后，照顾好自己。"纪瀚顿了顿，还是转身揉了揉她的长发，最后抱了抱她。怀中的人温顺，也不挣扎，小巧的下巴磕在他的肩头。

纪瀚原本被压制得死死的不舍突然被敲了十分大的豁口，越蓄越多，而后以肉眼可见的速度喷薄而出，无可阻挡。

朱琉也不好受，这么多年的朝夕相处，这个男人早已成为她旷野晦暗生活中一抹亮色，而年少时那段荒唐的念念不忘，则早在时间的流逝中淡忘出局。

有时候气话说出了口，杀敌一千，自损八百，她心底难过极了。

气他从未问过自己便大度做了决定，可又何尝不气自己这挤不出几句话来的可恼性子？

"你真要将我拱手让人啊？"朱琉牵强地勾着笑意，可眼底分明含着一汪泪，盈盈于睫，纪瀚压根儿就不敢看上第二眼。

"一句挽留的话都没有，你不要我啦？"朱琉用食指戳了戳他僵得不像话的手臂，竭力掩饰住话中的哽咽，却实在是掩不住，最后揪着他的衣物哭得如小兽一般。

纪瀚从她身子贴上来的那一刻，身上每一块血肉都在叫嚣着欲念与惊喜，闭了闭眼睛，他想，他又要没出息一回了。

带着些许粗糙的大掌抚上她哭出些红晕的娇嫩脸庞，缓缓地将那些蜿蜒的泪痕抹去，声音一如既往的醇厚，又似蕴了沙砾："这么大的人还哭，我怎么放心得下？"

朱琉一听他还要放下，顿时气得将他推开了几步，走到角落里翻找衣裳，一副现在就要离开的模样。

纪瀚向来清冷似谪仙，对外永远是一副勾着清润笑意的贵公子样，又生得极好，就连这会儿手足无措上前将她环在怀中的模样，也是叫人赏心悦目得很。

琉璃向来要强，六年来轻易不表露情绪，这样哭着需要他哄的次数屈指可数，他稍显笨拙地说着情话："我再不说这等胡话了。"

"我怎么舍得你离开？"他有些冰凉的唇触到了女人带着幽香的后颈，喟叹道，"你都不知道我有多喜欢你，琉璃。"

朱琉身子立刻就软了下来，恨不得瘫成一摊水缠在他身上。

她两条细长的眉皱了皱，而后别过头轻轻地笑，又觉着老夫老妻的有些不好意思，抿着唇嗔怒道："我还以为你真能舍下我们呢？"

　　纪瀚微微一顿，笑着问："我们？"

　　除了朱琉，他还能舍不下谁？难不成还舍不下屋塔幕？

　　朱琉眼里蓦地闪出几许柔意，她红着脸笑，声音软和得不像话："自然是我与咱们的孩子啊。"

　　只这么一句话，纪瀚就已然傻了，他还维持着抱着她的动作，却一句话也说不出来了。

　　朱琉难得见他这副模样，不由得笑出了声："怎么？侯爷难道不欢喜这个孩子？"

　　怎么可能不欢喜？

　　纪瀚只觉得此时自己脑子里满满当当的都是她那句"咱们的孩子"。

　　他与琉璃的孩子。

　　他等了六年，在这时候来了。

　　良久的沉寂之后，纪瀚手轻微地抖，覆上了朱琉扁平的腹部。

　　那么小，又那么平，丝毫看不出里头孕育着一个孩子。

　　隔着一层衣物，她腹部温热，却像岩浆一样，烫得纪瀚的手怎么也稳不下来，抖得不像样子，却又不舍得放下。

　　历经六年，他终于等到了自己的岁月静好。

　　这样多好。

番外三

师徒

春日还没有到来，似乎就随着一场突如其来的晚雪而消融了。

　　热风肆意，蝉声阵阵，一整日地暴晒下来，就连外头开得正盛的花都有败落的迹象。

　　柳寒江被崇建帝宣进宫的时候，正在叶氏的房中坐着，瞧着柳潇潇单纯而稚嫩的眉眼恍惚出神。

　　她人都走了，便也只留下这空落落的一世幽静与无言，昔日恩爱美满好似一场繁花，开过便也谢了。

　　潇潇懂事，强忍着一汪眼泪，伸出小小的手拽住他的衣角，难免有些卡忐："爹爹莫要太伤怀，娘亲会回来的。"

　　这事瞒得紧，但府中无端消失了一个大活人，伺候的奴婢下人难免议论纷纷，在背后嚼舌根子，小孩子心思浅，一听就当真，自然也信了那等闲言碎语。

　　柳寒江不堪重负地弯下身子，不知是以什么样的心态，伸手揩掉潇潇小脸上的眼泪，道："爹爹知道。"

　　蝉声停了一瞬之后又叫得更放肆了，柳寒江揉了揉小姑娘的发顶，心中的郁气与烦躁却一点一点地堆积起来了。

　　那是一种全然不受控制的情绪，来得突兀又在情理之中。

　　他身为帝师，沉浮朝堂，身居高位，向来沉稳有度，百万大军前也可淡定自若挥洒自如，可这次，终究是不一样的。

　　叶氏走了，跟潇潇的亲生父亲走了。

　　这一走，是否有归期都是两说。

御书房中香气清冽，帝王微靠在梨花木椅上，谈完了政事，又掀了掀眼皮问："你若实在放不下，朕可派人去找。"

柳寒江摇着扇子苦笑着回："多谢陛下好意，不必了。"

若是他有心想将人找回来，自然不会由着崇建帝这时候主动提及。

强扭的瓜不甜。

本就不是心甘情愿嫁与他的，这会子又何必坏了她大好的心情？

叶氏和江涧西有情人终成眷属，正是心底欢悦的时候，他又何必不识趣地非往眼前凑？

霍裘屏息凝神，将手中文书一一看过，才丢到一边起身拍了拍他的肩膀："若是哪日有中意的姑娘了，朕给你们赐婚。"

柳寒江面上的笑意渐渐淡了下去，手紧了紧又松了开来。

他分明是有夫人的，如今又何来赐婚一说？

还是所有人都觉得她不会回来了？

柳寒江皱了皱眉，听到了自己的冷静拒绝声，声声皆是无底寒凉："臣暂时没有这等想法。"

他顿了顿，而后道："不过还有一事，怕是会叨扰皇后娘娘。"

霍裘不过一挑眉，便已知晓他所求何事。

"当日叶氏留下丹药，皇后便承诺日后若有变故，必会保潇潇安稳。这些时日，便叫那姑娘进宫养在皇后宫里吧。"

回到府上时，天将黑未黑，柳寒江心头惶惶之意越加深浓，不过须臾之间，便已下了命令。

"将小姐送入皇宫。"

三十出头的男人长身玉立，眉宇间夹杂着浓得化不开的阴霾之色，玉色的长指不经意间拂过腰间佩戴着的香囊，往日的吴侬软语便像是一口巨大的旋涡，恨不得将他神魂都吸走。

叶氏走了，潇潇也进了宫，这天地之大，竟没有一处他的容身之所。

何其苍凉。

出了这样的事，崇建帝直接允了柳寒江一个月的休假，只是天天免不得听到他喝得烂醉如泥的消息。

就连唐灼灼听了，也只能感慨几句。

这世间，果然属情之一字最为伤人。

无虚岛上，树木葱茏翠绿，在阳光的照耀下每一处都淬着金光。叶氏半弯着腰，两条细长的眉紧紧蹙着，在一大片的草药中细细搜寻，瞧得格外认真。

沉稳的脚步声从身后传来，叶氏手中的动作滞了滞，而后面色如常地转过身，恭敬又疏离："师父。"

江涧西轻轻颔首，声音不知为何有些哑了，目光闪烁一下，道："不必找了，所需药材我都备好。"

"明日早间，你便可离开了。"

听到这话，叶氏沉郁许久的小脸上终于绽放出笑意，她用帕子擦去额间的细汗，转身便离开了。

一地清风绿草，深感孤寂煎熬的，又何止柳寒江一人？

江涧西站在原地，许久都未曾动弹，一直到长夜暗袭，才揉着眉心勾着苦笑去了草药房。

再为宫里那娇气得不像话的姑娘做最后一件事吧，做完了他便再不招惹这世间种种情非得已了。

这么些年，他的心思藏得极深，只怕是除了叶氏，谁也没有察觉到半分异样。

江涧西原想着，当初他为了炼丹，强迫了叶氏，两人稀里糊涂之下有了潇潇，若是叶氏愿意，他自要负起责任，为人夫，为人父。

可时光荏苒，就像是眨眼之间，他的女儿长得一副冰雪可爱的模样，却跟在别的男人身后脆生生地叫爹爹。

说不难受不在乎是假的。

可他断然没有资格插手她们母女的事了，叶氏能找到一个好的归宿，他又是打心底觉着高兴的。

江涧西果然说话算话，第二日太阳升起之时，他满脸疲倦脸色苍白地出来，珍而重之地将手里的东西放到叶氏温热的掌心中，声音温和如山间闯过的清溪："这瓶给唐家丫头。"

叶氏默了默，而后颔首。

江涧西又从怀中拿出一个小小的瓷瓶，上头还刻着某种晦涩的字符，叶氏微昂起头，见他望过来，有一瞬间的愣怔。

"这是？"

"我给潇潇留的，等她长大后给她。"

叶氏便接过了那还带着男人体温的小瓷瓶，没有再多问什么。

他没想着将潇潇带走，她便已觉着无尽欢喜了。

清风拂山岗，嫩柳尽低头，叶氏转身离去之前，终还是问出了心底想问的话："师父若是真的倾心小师妹，何不在那年圣旨下来之前就将心中之事定下？"

凭着他那神医的名头，唐家父母就是为了唐灼灼的身体，也断没有拒绝的理由。

江涧西没料到她会这样问，狭长的剑眉霎时一皱，而后释然地笑："若是跟了我，她又哪里能过得像现在这样好呢？"

闲云野鹤，穷山恶水，唐灼灼那样娇贵的身子和脾性，合该养尊处优，被娇生惯宠着的。

事到如今，强求不得的便都已成了过眼云烟，江涧西淡笑了笑，对叶氏道："当年之事，是我对不住你，柳寒江是个可托付终身的人，你的眼光不错。"

　　叶氏想起那人，唇角便不自觉地绽了两朵小花，侧脸柔和带着暖光，她语调轻柔，坦荡荡地望着她曾经爱慕的奉为天神的男人，道："总有一日，师父也会觅得良人。

　　"当年之事，师父为了小师妹的身子失了心智，其实我从未怨恨过，反倒感谢上天，将潇潇给了我。

　　"更何况，若没有师父当日救命之恩，我也没有今日的光景。"

　　所以，她是不怨他的。

　　江涧西手心缓缓握紧，堵在心口的一颗大石就这样悄无声息地被碾成了灰，他也跟着笑了笑，朝着叶氏挥了挥手。

　　"此次一别，再见不知何时，你与唐家丫头是师姐妹，今后两人相互照拂，可都要好好的。"

　　他的声音清润如屋檐下滴落的雨水，溅开一地的涟漪，叶氏抿唇，转身走向另一个方向。

　　那原本锁得紧紧的铜门，不知何时已然开了。

番外四

兄妹

这日下了极大的雨，暗沉沉的天空中时不时还划过几道霹雳闪电，扯白了一方天幕，一声声像是敲打在心的心尖上一样。

和这天气一样的，还有齐国公府世子爷的心情。

有丫鬟收起了伞，顺着伞面蜿蜒了一地的水，屏息凝神对着里头的人禀报："世子爷，二姑娘还是不肯用饭。"

白宇闻言，嘴角点星的弧度散去，渐渐凝成一汪没有底的寒潭，那双金镶玉软靴在屋子里踱了几步，而后兀自撑了伞朝着后院的方向去了。

小厮忙不迭跟在身后，视线不经意之间瞥前方的伞面，不由得激灵灵打了个寒战。自从秋猎中途回来，二小姐出了那样的事，世子爷这脸色就再没好过。

反正与南平王府的梁子，是彻底结大了。

白冰霁呆呆地坐在窗台前，望着外头的瓢泼大雨，眼珠子一转也不转，只有那青葱一样的指尖，白了又青。

她这副模样，袁妈妈看了自然是不落忍，一边在心底咒骂着夺了自家姑娘清白的南平王世子，一边上前摸了摸她柔顺的发丝，劝慰道："姑娘好歹也用些东西吧，这样子熬下去，您的身子哪里熬得住啊？"

白冰霁只是摇头，也不说话。

她不吃东西，袁妈妈也只好挥挥手叫丫鬟将热好的饭菜撤下，才要轻手轻脚出门，就瞧见了门口站着的活阎王。

"世子爷。"袁妈妈叹了口气，看了眼身子僵硬的白冰霁，道，

"世子爷好好和姑娘说，姑娘心底难受呢。"

白宇斜瞥了她一眼，而后大步走进房中："把饭菜留下，其余人一律退下。"

这偌大的屋里，便只剩下一对世人眼中的好兄妹。

白冰霁眼底泛出沉沉的黑，她扯了扯嘴角，声音干哑得像是几年都没有说过话一般。

"哥哥怎么来了？"

她说话小又轻，哪怕此时声音并不好听，都令白宇有片刻失神。

"我不是你哥哥。"白宇站在桌子旁，良久才一挑凤眉，瞬间邪意横生，而后又拿了一碗热汤，三步就走到她跟前。

"我白宇的嫡亲妹妹还在秋猎场上。"他一字一句说得笃定而不留情，白冰霁眨了眨眼，却被他强硬地捏了下巴，"嫁给我你就这么不情愿？"

从回来就是这个样子。

不吃，不喝，不言，不语。

每一个举动都足以令他火冒三丈。

这样质问的话语无非就是一根导火线，被深深压抑住的怒火蹿到了喉咙口里，她手抖得厉害，一把就将他手中滚烫的汤水打翻在地。

"哐当"一声脆响，白冰霁清丽的面容被温热的眼泪滑过，她痛苦得半捂着脸，喃喃道："我只拿你当哥哥，你是哥哥啊！"

哪怕身世揭开，哪怕他说得十分明白，她却仍是接受不来，一丝一毫也不能。

因为是哥哥啊。

哥哥怎么能这样对妹妹呢？

他怎么能呢？

白宇眸色转冷，他慢条斯理地蹲下身子，将大的碎片捡起来，再抬手抚摸她脸颊的时候，指尖上的温度冷得如同掉进了冰窖一样。

"齐国公府二姑娘身子娇弱，久病无医，于琼元十八年病逝。"白宇不顾她错愕的神色，指尖一点点碾掉她脸上的晶莹，俊朗的脸上突地扯出几缕笑意，像是极满意地道，"到时我安排你去别院小住一段时日，给你安排个新身份。"

白冰霁只觉得一阵天旋地转，她指着从小将自己捧在手心的兄长，声音颤了又颤："你这样，爹娘绝不会答应的，更不会由着你胡来……"

剩下的话，在那片冰凉唇瓣贴上自己脸颊的时候，就已经碎成了满天烟雾。

一触即离浅尝辄止，白宇意犹未尽地抿着唇角，反问："有什么不同意的？他们巴不得你留在府上一辈子。"

后来，白冰霁还是喝了一碗汤，被白宇钳着下巴一口一口喂下去的。

她知道，白宇想得到的东西，机关算尽手段尽出，也一定会得偿所愿。

许多年后的暴雨天里，白冰霁还是会想起那天，那种萦绕在骨子里的寒意，一点点漫过心脏，令她感到窒息不已。

为情所困的，又何止白宇一个？

只是他们两人终究不同，白宇敢说，敢做，她却连想想都觉着是一种亵渎。

她只是平民家的女儿。

鸠占鹊巢，十几年的养育之恩，十几年的滔天富贵，十几年的兄妹情深，她对齐国公府愧疚极深。

之后果然如白宇那日所言，一切都在他的掌控之中。齐国公和夫人还没从秋猎场回来，就听到了小女儿病逝的消息，当即和崇建帝说明缘由回了京。

只是那个时候，白冰霁已经被安排了新的身份，被安置在白宇的别院中，戒备森严，就连蚂蚁都爬不进一只。

丫鬟给她送来了锦绣阁的衣裳，白冰霁仅看了一眼，就移开了目光。

十几天的工夫，她消瘦得厉害，就连手上的玉镯子都要从手腕上掉落下来一般。

就在白宇布置好一切，张灯结彩只等着她脱胎换骨名正言顺站在他身边的时候，好好的一个大活人却失踪了。

没有任何征兆，白冰霁消失得彻底，干净得像是这世上根本就没有这个人一般。

夜里下起了雨，白宇三日没合过眼，手底下的人将京城翻了个底朝天，却还是没有任何线索，在最后一次听到了无音讯的消息时，他一拳砸在厚实的木桌上，彻底红了眼。

一切的努力都像是落入了大海里，白宇像是终于意识到什么，在三年之后，披上战甲去了漠北拼命。

只有没日没夜的厮杀和鲜血，才能叫他有片刻的安宁，才能堪堪压抑住疯狂滋生的想念与偏执。

三年的时间，当初偏执阴鸷的少年权贵已长成了杀伐果断的铁血大将，那些随着他出生入死的老兵更是疑惑，为何白宇放着好好的爵位官职、荣华富贵不要，偏偏要进漠北尝尽鲜血的腥味。

白宇总是避而不谈，只是偶尔喝醉了吐露一言半语，说是自己做错了事，失了最宝贵的一样东西，从此上天入地，悔过无门。

阳春三月，漠北的天稍稍泛暖，白宇被崇建帝调遣回京任职。

回来那日阳光露了个头，他站在齐国公府大门口，齐国公夫妇与白冰薇并排站着，每个人脸上都是止不住的笑意，笑着笑着，眼眶又现出微微的红。

白宇目光顿在老爷子身上，想在他的眼里搜寻出什么，可又丝毫看不出异样，他从鼻子里轻嗤一声，越过众人独自回了自己的院子。

离家数年，他的院子却还是从前的模样，就连窗子上贴着的泛黄窗纸花样也没被揭下来，可见齐国公夫妇是上了心的。

尘封在心底积了一层厚厚灰尘的记忆就这样猝不及防却又无可避免地开启，让男人坚毅的侧脸都裹上了一层低迷的哀痛。

这是他们的家。

用过午膳之后，白宇坐在书房的厚实凳椅上，瞧着窗外的秋千出神，瞧着瞧着，手背上便暴出几根青筋。

三年杳无音信，他知道，她还是不肯见他，更莫说原谅他。

门外的小厮毕恭毕敬地通报："世子爷，大小姐来了。"

小厮跟在白宇身边，今日才回来。此时瞧着白冰薇身边站着的俏生生姑娘说不出话来。

这姑娘脸蛋粉嘟嘟，走路还不利索，站了一会儿就伸手叫白冰薇抱，声音奶声奶气似乎能掐出水来，可是那眉眼，就算是尚未长开也与世子爷像了六七成。

对上自己这个流落在外多年的妹妹，白宇心情复杂，但终归是血脉相连，他起身开了门。

白冰薇前段时间才订了婚，本就温和的性子就更似水一般柔，她抬眸看着这个统共没有接触几回的兄长，到底有些发怵，叫了一声兄长后就把怀中不老实的胖团子放在地上。

白宇原是漫不经心一瞥，可一瞥过后目光却再也收不回来了，他高大的身子一瞬间僵硬得如同石头一样。

"这是？"

他脑子里闪过千百种想法，最后却一一按捺住，偏头望向了白冰薇。

白冰薇腼腆地笑了笑，捏着小丫头肉乎乎的小手耐心地教："思思，叫爹爹。"

轰隆一声炸响从头到脚，白宇全身冰凉，说出口的话都抖着发虚。他咽了咽口水，艰难发问："她在哪里？"

他长这么大，碰过的也只有白冰霁，除了她，不可能再有别人生下他的孩子。

秋猎那回……

白冰薇将懵懵懂懂的白思思推到白宇跟前，敛下眼有些惋惜地道："哥哥回来晚了，二妹妹在前年便由爹爹做主，嫁给了郎家小公子。"

白宇面色黑沉如墨，只在刹那之间，他就理清了来龙去脉，二话不说起身就要出门。

郎家的小公子觊觎白冰霁许久，光是上门提亲，就来了三回，他是什么心思，白宇再清楚不过了。

可就是因为清楚，才没由来地心下一寒。

怕啊，怕她转身就爱上了旁人。

白冰薇叫住了他。

白思思认生，白宇脸色又臭，小姑娘就下意识地躲到了白冰薇的身后，后者只好牵着她的小手和声细语地道："哥哥无须心急，二妹妹每月二十都会悄悄来看一下思思，算着日子，明日便会来。"

念着他们父女血脉亲情，白冰薇说完就将肉乎乎的小姑娘塞到了白宇的怀中，又看了几眼便回了自己的院子。

对着自己与白冰霁的孩子，白宇冷硬的心一点点软了下来，从来铁血铮铮的大将柔了声音，小心翼翼地问："思思，可知我是谁？"

白思思向来是这府上的小祖宗，没天没地惯了，她细细看了白宇几眼，就咯咯地笑了起来，口齿不清地叫"爹爹"。

一声"爹爹"，将男人的心都喊得化了，他微微地笑，眼角堆积起细密的皱纹。

岁月催人老，他去的是漠北，过的又是那样的日子，忧思成疾，郁气集结，若不是天生的好皮囊，只怕如今也是憔悴苍老得不成样子。

是夜，暮色深浓，外头开始有蛙声蝉鸣，白宇冷着脸进了老爷子的书房。

父子对峙，怒气无声。

白宇本就是个无法无天的，这会儿胸腔里戾气翻涌，眼底恨意分明，他一脚踢翻了那厚实的梨花木椅，勾唇冷笑："齐国公一如既往的会替他人做主。"

齐国公斜睨了他一眼，从嘴里冷哼几声："人犯了错，自然是要付出代价。再者冰霁是我女儿，婚姻之事，我又岂能随意委屈了她？与郎家小公子的婚事，是她自个儿求到我跟前来的。"

白宇薄唇紧抿，面上仍是一副不近人情的淡漠冰冷样，眼神却已经放空了。

齐国公见他这副样子，心里也不好受，这手心手背都是肉，木已成舟，两人都有了孩子，若不是那丫头哭着跪了那么久，他又如何会将冰霁就那样许了出去？

到头来苦了自家的这个痴情种。

一夜未眠，第二日天才蒙蒙亮，白宇就刮了胡，理了面，黄铜镜前的男人气度不凡，桀骜不驯，一如当年。

他原以为自己心里诸多的放不下，注定了要与她纠缠到至死方休，可在见到她人的那一刻，就觉得都不重要了。

小姑娘表情鲜活，眉宇间皆是软侬的笑意，见了他也不过是稍稍一愣，随后点头轻唤一声"哥哥"，便又专心去逗弄起白思思。

三年来无数次想着，若是有朝一日能够再见，他必定会毫不顾忌地上前抱住她，融她于骨血，藏在四肢百骸间，可如今真见到了，他却连迈步上前都做不到。

她口口声声只当他是兄长。

白宇眼中有点酸涩，刺刺地疼，目光落在她盘起的乌黑发髻上，又觉阳光太过刺眼，哑着声音说了句："此处阳光大，去亭子里坐坐吧。"

白冰霁秋水一样的眸子飞快扫过他一眼，也知道他有话想说，于是轻轻颔首，将软乎乎的白思思抱给嬷嬷。

长亭古道，微风细沙，白冰霁有些不安地挪了挪身子，低低解释道："我来瞧瞧思思。"

男人的身躯高大，挡住了大半的阳光，侧脸瘦削不少，这样一瞧着，她便有些心疼起来。

"为何不与我联系？"白宇思来想去，仍是皱着眉头将这话问了出来。

他不明白啊，他巴不得对她们母女负责，也会将她风风光光迎娶入门，为何她却选择默默将孩子生下来也不愿意告诉他一声。

思思是这样，嫁人也是这样。

真真正正避自己如蛇蝎。

以这样的方式，决绝又果断地断了这份情。

白冰霁漂亮的眸子里蓄了一层水雾，她起身，想说些什么却又觉着全然没了意义。

事情到了这般境地，再没有回旋的余地了。

她已为人妇，他也终会为人夫。世人提起他们两个，想起的也只会是兄妹情深。

白冰霁走的时候，天已经快黑了，郎旭忧心她的安危，亲自来府上接的人。

自然也瞧见了白宇这个黑面阎王。

两个男人匆匆打了个照面便错开了，便是连话也没有多说上一句。

日子一天天过去，白宇的大部分心思与精力都放在了女儿身上，小小的人儿一天一个样儿，越来越像白冰霁，有时候白宇瞧着，都分不清自己养的是妹妹还是女儿。

他总还记着，白冰霁小的时候，最喜欢窝在他膝头，捉着他墨黑的发丝乱扯，如今女儿无师自通，竟处处随了她娘。

时光荏苒，岁月如梭，数个春秋交替而过，男人敛去了一身阴鸷与不羁，变得沉稳内敛起来，齐国公夫妇催得紧，日日替他相看适龄的姑娘，奈何他压根儿听不进去，每回说起这个事就是笑着推拒了去。

直到他死时，也是孑然一身清清白白。

男人年少轻狂爱上一人，为了将人占为己有，不惜毁她声誉逼她就擒，可在这一场殊途同归的博弈中，到底是谁输了，不是当事人，谁又说得清楚呢？

许多年后，白思思仍会想起自己那霁月光风的爹爹，曾喝得烂醉如泥，踉跄地跌入瓢泼的大雨之中，苦笑着喃喃自语："你看，我有多爱你，我自己都说不清。"

起初，想斩断你所有退路，折了你所有羽翼，让你只能乖乖依附我，我以为这就是爱了。

可最后却选择远远看着你，小心翼翼固守城池不敢靠近一分只怕又伤了你。

最后竟连自己也不知道，自己这到底算不算爱。

无数次雨夜梦回惊醒，白宇想，如果当初，他不那么强硬，手段温和些不把她吓坏了，是不是结局就全然不同了呢？

只是这人世间种种情非得已，哪里又能找到一个如果呢？

不过都是苦果自尝，悔过无门罢了。

罢了罢了……

任她去吧。

（全文完）

图书在版编目（CIP）数据

帝台娇：全2册／画七著. —— 南京：江苏凤凰文艺出版社，2022.6
ISBN 978-7-5594-6566-5

Ⅰ.①帝… Ⅱ.①画… Ⅲ.①言情小说–中国–当代
Ⅳ.① I247.5

中国版本图书馆 CIP 数据核字 (2022) 第 002736 号

帝台娇 ：全 2 册

画七 著

责任编辑	周颖若
特约编辑	王译莘
营销统筹	刘玉瑶
装帧设计	卷帙设计 QQ:2649686699
责任印制	刘 巍
出版发行	江苏凤凰文艺出版社
	南京市中央路 165 号，邮编：210009
网 址	http://www.jswenyi.com
印 刷	天津旭丰源印刷有限公司
开 本	880 毫米 × 1230 毫米 1/32
印 张	20.5
字 数	495 千字
版 次	2022 年 6 月第 1 版
印 次	2022 年 6 月第 1 次印刷
书 号	ISBN 978-7-5594-6566-5
定 价	69.80 元（全 2 册）